KB081233

드라큘라

Dracula   Illustrated by Charles Keeping

Illustrations copyright ⓒ Charles Keeping c/o BL Kearley Ltd.
All rights reserved.
Korean translation copyright ⓒ Yolimwon Publishing Co., 2011
This Korean edition published by arrangement with BL Kearley Ltd. trough THE Agency.

드라큘라

BRAM STOKER

브램 스토커 장편소설 · 홍연미 옮김

CHARLES KEEPING

찰스 키핑 일러스트

열린원

나의 사랑하는 친구 하미 베그에게

여기에 적힌 것들을 읽다 보면, 이 기록들이 어떤 기준으로 배열되었는지 알게 될 것이다. 모든 불필요한 부분들은 삭제하고, 후세대들이 믿기 힘들 만한 이야기들은 간단한 사실들로만 표기했다. 자칫 착오가 생길 수도 있는 과거의 사건들에 대한 언급은 하지 않았다. 왜냐하면 여기에 선택된 모든 기록들은 정확히 지금 시대의 것들이며, 그것을 작성한 사람들이 겪고 아는 것을 바탕으로 한 것이기 때문이다.

01

조너선 하커의 일기

(속기로 기록됨)

5월 3일, 비스트리차[1] 오후 8시 35분에 뮌헨을 떠나 이튿날인 5월 1일 아침 일찍 빈에 도착했다. 예정대로라면 6시 46분에 도착했어야 하지만 기차가 한 시간 연착했다. 기차에서 먼발치로 봤을 뿐 직접 다녀본 거리는 얼마 되지 않아도 부다페스트는 멋진 곳인 것 같다. 연착한 데다가 출발 시간은 되도록 정시를 지킬 예정이어서 기차역에서 멀리 가볼 엄두가 나지 않았다. 부다페스트의 첫인상은 드디어 서유럽을 떠나 동유럽으로 들어선다는 것이었다. 이곳에서 드넓은 폭과 깊이를 자랑하는 도나우 강을 지나는 서유럽식 웅장한 다리들을 넘어서면 어느새 투르크 족 통치의 전통으로 들어서 있는 것이다.

기차는 비교적 정시에 출발해 해가 지고 난 뒤 클루지나포카[2]에 닿았다. 이곳에서 나는 로열 호텔에서 하룻밤을 보냈다. 저녁식사로는 붉은 피망을 곁들인 닭고기를 먹었는데 맛은 훌륭했지만 먹고 나니 목이 탔

---

1 루마니아 북동부의 도시로 트란실바니아 북부 보르고 산맥 기슭 비스트리차 계곡에 위치해 있음.
2 루마니아 북서부 클루지 주의 주도.

다.(참조: 미나를 위해 조리법을 잘 알아둘 것.) 웨이터에게 물었더니 '파프리카 헨들[3]'이라고 부르며 전통 음식이어서 카르파티아 산맥[4] 인근에서는 어디를 가든 맛볼 수 있을 거라고 했다. 나는 더듬거리기는 해도 내 독일어가 이곳에서 제법 쓸 만하다는 걸 알게 되었다. 이나마 안 되었더라면 과연 어땠으려나.

런던에서 나는 시간을 내어 대영 박물관을 찾아 도서관에서 트란실바니아에 대한 책들과 지도를 찾아보았다. 한 나라의 귀족을 대하려면 그 나라에 대한 사전 지식을 갖고 있어야 한다는 생각에서였다. 나는 백작이 이야기한 지명이 그 나라의 극동부, 다시 말해 카르파티아 산맥 한가운데 위치한 트란실바니아, 몰다비아, 부코비나 세 지방의 변경이 맞닿은 곳에 위치해 있다는 것을 알게 되었다. 유럽에서 가장 외지고 황량한 지역이었다. 그 어느 지도나 저작에서도 나는 드라큘라 성의 정확한 위치를 알아내지 못했다. 이 나라를 다룬 그 어떤 지도도 우리나라의 오던스 서베이 지도[5]에 견줄 것이 없었기 때문이다. 그러나 드라큘라 백작이 이야기한 역참인 비스트리차는 제법 잘 알려진 곳이라는 것을 알 수 있었다. 내 여행에 대해 미나와 이야기할 때 기억을 새로이 할 수 있도록 몇 가지 기록을 옮겨 적어야겠다.

트란실바니아는 네 가지 민족으로 이루어져 있다. 남부의 색슨을 비롯해 그들과 섞여 사는 다키아의 후예인 블라키아, 서부의 마자르, 동부와 북부에 사는 세케이가 그들이다. 나는 아틸라[6]와 훈 족의 후예라 주장하는 세케이들의 땅으로 가는 중이다. 마자르 족이 11세기에 이 나라를 정복했을 때 이곳에 훈 족이 자리 잡고 있다는 것을 발견했다는 기록을 보

---

3 헝가리어로 닭고기라는 뜻.
4 동부 유럽의 습곡 산맥, 슬로바키아, 폴란드, 루마니아를 지남.
5 영국 오던스 서베이 사의 지도로, 정확성으로 유명함.
6 훈족의 왕으로 5세기 전반의 민족 대이동기에 트란실바니아를 본거지로 삼아 대제국을 건설함.

면 일리가 있는 얘기다. 나는 카르파티아 산맥의 발굽 모양 안에는 마치 상상력으로 이루어진 소용돌이의 중심이기라도 한 듯 세계의 알려진 미신이란 미신은 모두 모여 있다는 글을 읽었다. 그렇다면 이곳에서의 체류는 꽤나 흥미로울 것 같다.(참조: 백작에게 모든 이야기를 물어볼 것.)

　침대는 아주 편안했지만 갖가지 기이한 꿈에 시달리느라 잠을 푹 잘 수가 없었다. 밤새 창 아래에서 개 한 마리가 울어댔는데 그것과 관련이 있는지도 모르겠다. 어쩌면 파프리카 때문일지도 몰랐다. 유리 물병에 담긴 물을 다 마셨는데도 여전히 목이 말랐으니까. 아침이 다가오면서 어느덧 잠이 들었고, 계속해서 문을 두드리는 소리에 깨어난 걸 보니 그때쯤에는 달게 자고 있었던 모양이다. 나는 아침밥으로 파프리카를 좀 더 먹고 '마말리가'라고 하는 옥수수 가루 죽 비슷한 것과, '임플레타타'라는 가지에 양념한 고기를 저며 넣은 썩 맛좋은 음식을 먹었다.(참조: 이것도 조리법을 받아 갈 것.) 기차가 8시 조금 못 되어 출발할 예정이어서 서둘러 아침 식사를 마쳐야 했다. 정확하게 말하자면 그랬어야 했다는 얘기다. 부리나케 달려가 7시 30분에 기차역에 닿았는데도 족히 한 시간은 지난 뒤에야 비로소 움직이기 시작했으니 말이다. 동쪽을 향해 갈수록 기차 시각이 덜 정확해지는 것 같다. 여기도 이런데 중국에서는 오죽할까.

　하루 종일 기차는 갖가지 아름다움으로 가득한 시골을 빈둥거리며 지나갔다. 때로는 옛 미사 경본에 나오는 것 같은 가파른 언덕 꼭대기의 작은 마을이나 성들도 보였다. 때로는 돌투성이의 널찍한 양 둑 사이로 콸콸 쏟아져 나와 큰 흐름에 섞여드는 듯 보이는 강물이나 냇가를 달려가기도 했다. 역마다 사람들이 옹기종기 서 있었다. 가끔은 갖가지 복장을 한 이들로 역이 북적거릴 때도 있었다. 그중 일부는 내 고향이나 프랑스 혹은 독일을 지나오면서 본 이들처럼 짧은 윗도리와 둥근 모자, 집에서 만든 바지 차림이었지만 다른 사람들은 정말 각양각색이었다. 여자들은 가까이만 가지 않으면 언뜻 보기에는 예뻐 보였지만 허리 근처는 영 꼴사나웠다. 모두들 이런저런 종류의 풍성한 흰 소매 차림이었고, 대부분은 발레복처럼 팔랑거리는 줄이 주렁주렁 달린 커다란 허리띠를 차고 있었다. 물론 아래에 페티코트를 입는다는 점이 발레복과는 달랐지만. 그래도 단연 낯선 모습은 슬로바키아 인들이었다. 커다란 소몰이꾼 모자에 헐렁하고 더러운 흰색 바지, 흰 리넨 셔츠, 거기에 거의 30센티미터에 육박하는 너비에다 놋쇠 못을 잔뜩 박은 엄청나게 묵직한 가죽 허리띠가 어딘가 몹시 야만스럽게 보였다. 높다란 부츠에 바짓단을 쑤셔 넣은 차림에, 길게 기른 검은 머리에 덥수룩한 검은 콧수염이 인상적이었다. 무척 화려하기는 했지만 호감이 가지는 않는 모습이었다. 무대에 서면 곧바로 동양의 산적 떼 역할을 해도 손색이 없을 것 같았다. 그래도 듣기로는 주제넘은 짓을 하지 않는 순박한 사람들이라고 했다.

비스트리차에 닿았을 때는 땅거미가 지고 있었다. 몹시 흥미로운 오래된 고장이었다. 실제로 변경 ― 보르고 고개[7]가 그곳에서 시작되어 부코비나로 이어진다 ― 에 위치한 탓에 온갖 풍파에 시달린 곳으로, 그 흔적을 역력히 드러내고 있었다. 50년 전에는 대화재가 연이어 다섯 번이나 발생해 끔찍한 혼란이 이어지기도 했다. 17세기 초입에는 3주 동안 적군에 포위되는 바람에 전사한 사람과 기근과 질병으로 인한 사망자를 포함해 도합 1만 3천 명이 목숨을 잃기도 했다.

내가 드라큘라 백작의 지시에 따라 도착한 곳은 골든 크론 호텔로, 무척 기쁘게도 몹시도 고풍스러운 곳이었다. 물론 나는 그 지방의 고유한 것에 무척 관심이 많았다. 나를 기다리고 있었는지, 문으로 다가가자 평범한 농부 옷차림 ― 흰색 드레스 위에 예의를 갖추느라 그런지 지나치게 꽉 맞아 보이는, 앞뒤판으로 된 다채로운 색깔의 앞치마를 걸친 ― 을 한 명랑한 표정의 노부인이 나와 나를 맞았다. 내가 다가가자 노부인은 인사

---

7 해발 1201미터의 보르고 산. 루마니아어로는 티후타라 함.

를 하고 물었다.

"영국에서 오신 신사분이시지요?"

"그래요, 조너선 하커입니다."

노부인은 미소를 지으면서 뒤따라 문간에 나와 섰던 흰색 소매 셔츠를 입은 노인에게 뭐라고 말했다. 노인은 안으로 들어가더니 곧 편지를 가지고 돌아왔다.

카르파티아에 온 것을 환영하오, 친구. 뵙고 싶어 못 견디겠군요. 오늘은 편히 쉬도록 하시오. 내일 3시에 합승 마차가 부코비나로 출발할 예정이오. 선생을 위해 좌석을 마련해놓았소. 보르고 고개에서 내 마차가 기다리고 있다가 집으로 모시고 올 것이오. 런던에서부터의 여행이 행복했으리라 믿고, 나의 아름다운 땅에서의 체류를 즐기시기 바라오.

당신의 친구, 드라큘라 백작

5월 4일 나는 내가 묵는 호텔 주인이 백작에게서, 나를 위해 합승 마차에 가장 좋은 좌석을 마련해두라는 편지를 받았다는 것을 알게 되었다. 그러나 좀 더 자세한 내용을 묻자 대답을 회피하려는 듯, 내 독일어를 못 알아듣는 척했다. 적어도 내 물음에 대답을 한 걸 보면 여태까지는 완벽하게 이해한 것으로 보였던 사람이 왜 그러는지 도무지 알 수가 없었다. 주인과 아내, 그러니까 나를 맞아주었던 나이 지긋한 부인은 겁에 질린 듯한 표정으로 서로를 바라보았다. 주인은 편지에 돈이 동봉되어 있었다고 중얼거리고는 그게 자기가 아는 전부라고 했다. 내가 드라큘라 백작을 아느냐고, 그의 성에 대해서 아무 얘기라도 해줄 수 있느냐고 묻자 주인과 노부인은 눈길을 주고받더니 자기들은 아무것도 모른다면서 더 이상의 대답을 피했다. 출발 시간이 다 되어서 다른 사람에게 물어볼 짬도 없었다. 도대체 알 수 없는 일이었지만 아무래도 기분이 좋지는 않았다.

떠나기 직전 노부인이 내 방으로 오더니 불안해서 안절부절못하는 말투로 이야기를 꺼냈다.

"꼭 가셔야 해요? 선생님, 꼭 가셔야 하나요?"

지나치게 흥분한 상태여서 부인은 독일어뿐 아니라 내가 알아듣지 못하는 다른 언어를 뒤죽박죽 섞어 이야기했다. 나는 몇 번이나 질문을 던지고서야 부인이 무슨 말을 하려는지 이해할 수 있었다. 당장 가야 한다고, 무척 중요한 사업상의 일 때문에 어쩔 수 없다고 대답하자 부인은 다시 물었다.

"오늘이 무슨 날인지 아세요?"

나는 5월 4일이라고 대답했다. 부인은 고개를 흔들며 다시 입을 열었다.

"아, 네! 그건 저도 알아요, 당연히 알죠. 제 말은 오늘이 무슨 날인지 아시냐고요."

내가 무슨 뜻인지 모르겠다고 하자 부인은 말을 이었다.

"오늘은 성 조지[8]의 날이에요. 오늘 밤, 시계가 12시를 치면 세상의 온갖 사악한 것들이 활개치고 다닌다는 걸 모르세요? 선생님이 어디를 가시는지, 뭘 하게 되는지 모르세요?"

부인의 표정에는 절망이 역력히 드러나 있었다. 위로하려고 했지만 아무 소용이 없었다. 급기야 부인은 무릎을 꿇고 나에게 가지 말라고 애원했다. 적어도 출발을 하루 이틀 연기해줄 수는 있지 않겠느냐면서. 우스꽝스러운 상황이었지만 편안한 기분은 아니었다. 그러나 해야 할 사업이 있었고 어떤 것도 그 일을 방해하게 놔둘 수는 없었다. 나는 부인을 일으키면서 되도록 엄한 말투로, 고맙지만 내 임무가 막중해서 가야 한다고 말했다. 그러자 부인은 일어서서 눈물을 닦더니 목에서 십자가를 풀어내

---

8 성 조지를 수호성인으로 삼는 유럽 일부 지역의 축일. 원래는 4월 23일이나 그레고리력을 쓰는 동유럽에서는 5월 6일임.

어 나에게 내주었다. 영국 국교회 교도로서 이런 것은 한낱 우상 숭배일 뿐이라고 배운 나였기에 어떻게 해야 좋을지 알 수 없었지만, 나에게 호의를 가지고 이토록 마음을 베풀어주는 노부인의 친절을 거절하는 것은 부끄러운 일이었다. 내 얼굴에 떠오른 미심쩍은 표정을 보았던 모양인지 부인은 묵주를 내 목에 둘러주고 이렇게 말했다.

"선생님의 어머니를 위해서예요."

그러고서 부인은 내 방을 나갔다. 나는 마차를 기다리면서 일기를 적고 있다. 당연히 합승 마차도 늦었다. 묵주는 지금도 내 목에 둘러져 있다. 노부인의 두려움 탓인지 아니면 이 지역의 수많은 으스스한 전통 탓인지 아니면 묵주 자체 탓인지는 알 수 없지만, 나는 평상시처럼 편안한 기분을 좀처럼 찾지 못했다. 만약 이 일기가 나보다 미나에게 먼저 닿는다면 내 작별 인사를 전해주기를. 아, 저기 마차가 온다!

5월 5일, 성 새벽의 잿빛이 지나가고 해가 머나먼 지평선 높이 솟아올랐다. 지평선은 나무 탓인지 언덕 탓인지는 모르겠지만 비죽비죽해 보인다. 워낙 먼 곳이라 커다란 것들과 작은 것들이 서로 뒤섞여 보인다. 졸리지도 않고 일어나기 전까지는 부름을 받을 일이 없기 때문에 졸음이 올 때까지 일기를 적으려 한다. 적어두어야 할 희한한 일들이 많은데, 우선 혹시라도 이것을 읽는 사람이 내가 비스트리차를 떠나기 전에 지나치게 잘 먹었을 거라고 지레짐작하지 않도록 내 식사를 정확하게 적겠다. 내가 먹은 것은 '도둑 스테이크[9]'라는 것으로 베이컨과 양파, 쇠고기를 붉은 피망으로 조리해 막대에 끼워 불에 구운, 런던에서는 고양이에게 주는 먹이 모양으로 대충 만든 듯한 음식이었다! 와인은 골든 메디아슈[10]로, 혀를

---

9 로스보파이슈티. 루마니아의 전통 음식.
10 루마니아 트란실바니아 시비우 지방의 도시 이름.

톡 쏘는 기이한 맛이 있었지만 그래도 나쁘지 않았다. 나는 이 와인을 몇 잔 마시고 다른 것은 건드리지 않았다.

내가 마차에 올랐을 때 마부는 자리에 앉기 전이었고 나는 마부가 호텔의 노부인과 이야기하는 모습을 보았다. 나를 흘깃흘깃 바라보는 품으로 보아 두 사람은 확실히 내 얘기를 하는 모양이었다. 문 밖 벤치―그 사람들 언어로는 '말 옮기개'라는 뜻으로 불리는―에 앉아 있던 사람 몇이 가서 이야기를 듣더니 나를 바라보았는데, 하나같이 딱하다는 눈빛이었다. 군중에 여러 민족이 섞여 있었기 때문에 무척 이상하게 들리기는 했지만 몇 가지 단어가 계속해서 반복되고 있었다. 나는 가만히 가방에서 다국어 사전을 꺼내어 찾아보았다. 내게는 썩 유쾌하지 않은 말들이었다. 그중에는 악마를 뜻하는 '오르도그'[11], 지옥을 뜻하는 '포콜Pokol', 마녀라는 의미의 '스트레고이차Stregoica', 그리고 슬로바키아어와 세르비아어로 늑대 인간이나 흡혈귀를 일컫는 '브롤로크Vrolok'와 '블코스라크Vlkoslak' 같은 단어들이 끼어 있었다.(참조: 드라큘라 백작에게 이러한 미신에 대해 물어볼 것.)

마차가 출발하려 하자 어느덧 굉장한 크기로 불어 있던 군중들은 호텔 문 주위에 서서 성호를 긋더니 나를 향해 두 손가락을 내밀어 보였다. 나는 옆자리의 승객에게 저게 무슨 뜻이냐고 어렵사리 물어보았다. 그는 처음에는 대답하려 하지 않았지만 내가 영국인이라는 것을 알게 되자 두 손가락을 들어 내미는 것은 악마의 눈에 맞서 보호하는 마법, 또는 수호의 뜻이라고 대답했다. 미지의 세계로 알지도 못하는 사람을 만나러 가는 내게는 조금도 유쾌하지 못한 일이었다. 그러나 모두가 친절해 보이고 애처로움과 진심 어린 동정이 담겨 있었기 때문에 감동을 받지 않을 수 없었다. 나는 호텔 마당에서의 마지막 순간을 결코 잊지 못한다. 마당 한가운

---

11 Ordog. 헝가리 신화에 나오는 반인반수의 사악한 존재.

데 옹기중기 모아 놓은 초록빛 화분에서 자라는 서양 협죽도와 오렌지나무의 풍성한 잎을 배경 삼아 커다랗게 반원을 그리고 서서 성호를 긋는 각양각색의 사람들……. 곧이어 마부석 앞쪽 전체를 덮은 널따란 리넨 바지 — '고차' 라고 불렀다 — 를 입은 마부가 작은 말 네 마리 위로 커다란 채찍을 휘갈겼고, 그렇게 우리는 여행길에 올랐다.

마차가 달려가면서 아름다운 풍광 속에서 그 섬뜩한 광경과 두려움의 회상은 차츰 사라졌다. 내가 그 언어들, 정확히는 나와 함께 마차를 탄 승객들이 하는 말들을 알아들었더라면 그렇게 쉽사리 떨쳐버리지는 못했을 테지만 말이다. 우리 앞에는 수풀 가득한 초록빛 비탈진 땅이 놓여 있었다. 여기저기에 가파른 언덕이 보이고 나무나 농가들이 듬성듬성 모습을 드러냈다. 사과나무, 자두나무, 배나무, 벚나무 할 것 없이 사방에 놀라우리만큼 다양한 과일나무 꽃들이 만개해 있었다. 마차가 지나가면서 나는 떨어진 꽃잎이 장식처럼 드리워진 나무 아래의 초록빛 풀밭을 볼 수 있었다. 길은 현지에서 '미텔란트' 라 부르는 이 초록빛 언덕을 감마들며 흘러가다가 풀 깔린 굽잇길로 접어들기도 하고 소나무 숲의 들쭉날쭉한 가장자리에서 자취를 감추기도 했다. 때로는 널름거리는 불길처럼 언덕을 따라 달려 내려가기도 했다. 길은 울퉁불퉁했지만 그래도 마차는 미친 듯한 속도로 날아갔다. 왜 이리 서두르는지 나로서는 이해할 수 없는 일이었지만 마부는 틀림없이 촌각을 다투어 보르고 고개에 닿으려고 안간힘을 쓰는 것 같았다. 듣기로 이 길은 여름에는 무척 훌륭하다고 하는데, 겨울눈이 내리고 난 뒤로 아직 정리가 되지 않고 있었다. 이런 점에서 이 길은 제대로 손보지 않는 것이 전통인 카르파티아 산맥의 다른 길들과는 달랐다. 예전 호스포다르[12]들은 혹시라도 외국 군대를 들일 준비를 한다고, 그래서 혹시라도 발발할지 모를 전쟁을 앞당기려 한다고 투르크 인들

---

12 오래전 몰다비아나 왈라키아의 통치자를 일컫는 말.

이 오해할까 두려워 길을 아예 손보지 않았다고 한다.

미텔란트의 융기한 초록빛 등성이 너머로 카르파티아 산맥의 우뚝 솟은 가파른 낭떠러지를 향해 거대한 산비탈이 솟아 있었다. 좌우로 솟은 봉우리는 까마득했다. 오후의 햇살이 그 위로 내리 비추어 이 아름다운 산지에 찬란한 색상을 가져다주었다. 봉우리의 깊은 푸른색과 보랏빛은 풀밭과 바위의 녹색과 밤색과 한데 섞여 들었다. 울퉁불퉁한 바위와 삐죽한 바위산의 끝없는 전경이, 눈 덮인 봉우리가 웅장하게 솟은 저 멀리의 풍광까지 쉼 없이 이어졌다. 여기저기에 거대한 지구대가 패 있는 듯했고, 뉘엿뉘엿 해가 지면서 그 사이로 떨어지는 폭포의 흰 미광이 간간이 보였다. 마차가 한 언덕 기슭을 휘돌자 흰 눈이 덮인 우뚝한 봉우리가 나타났다. 마차는 뱀처럼 구불구불한 길을 달려 곧장 그 봉우리로 다가가는 것 같았다. 문득 승객 하나가 내 팔을 살짝 건드렸다.

"보세요! 이슈텐 체크ㅡ신의 자리ㅡ예요!"

그러더니 그는 경건하게 성호를 그었다.

마차가 구불거리는 길을 끝없이 달려가고 뒤에서는 차츰 해가 지면서 일몰의 땅거미가 스멀스멀 기어들기 시작했다. 그 광경은 여전히 석양을 품어 미묘하게 차가운 분홍빛으로 빛나 보이는 눈 덮인 산과 묘한 대조를 이루었다. 여기저기서 우리는 화려한 옷차림을 한 체코 인들과 슬로바키아 인들을 지나쳐 갔는데, 나는 이곳에 고통스럽게도 갑상선종이 만연하고 있다는 것을 알아챘다. 길가에는 많은 십자가가 놓여 있었고, 마차가 지나가면서 승객들도 모두 성호를 그었다. 드문드문한 성전 앞에서 무릎을 꿇고 있는 농부들도 보였는데, 마차가 다가가도 고개조차 돌리지 않았다. 아마도 바깥세상에는 눈도 귀도 내놓지 않고 헌신에 몰두한 모양이었다. 내게는 많은 모습이 새로웠다. 숲에 있는 노적가리며, 여기저기에서 섬세한 초록 잎 사이로 은처럼 반짝이는 흰 줄기를 빛내는 자작나무의 아름다운 군락도 눈길을 끌었다. 가끔은 이 평탄하지 않은 길에 적합하도록 치밀하게 계산해 만든 사다리 짐마차ー뱀처럼 기다란 축이 달린, 평범한 농부용 탈것ー를 지나쳐 가기도 했다. 이 짐마차에는 집으로 돌아가는 농부들이 가득 앉아 있었다. 흰옷을 입은 체코 인들과 알록달록한 양피옷을 입은 슬로바키아 인들이었다. 슬로바키아 인들은 끄트머리에 도끼가 달린 창 모양의 장대를 들고 있었다. 밤이 찾아들자 기온이 뚝 떨어졌고, 마차가 고개를 향해 올라가면서 짙어 가는 땅거미는 우거진 참나무와 너도밤나무, 소나무 숲의 어스름 속으로 점적되어 가는 듯 보였다. 고갯길 돌출부 사이에 난 깊은 계곡에서는 컴컴한 전나무가 얼마 전 내린 눈을 배경으로 그 모습을 드러내기도 했다. 때로 어둠 속에서 우리 머리 위를 짓누르는 듯 보이는 소나무 숲 사이로 난 길을 지나갈 때면, 사방에 빽빽이 솟은 나무가 이룬 거대한 잿빛은 이른 저녁, 카르파티아 산지 사이에서 골짜기를 끊임없이 넘나드는 유령 같은 구름들을 기이한 부조浮彫로 드리우는 황혼 사이로 몹시도 기이하고 음울한 인상을 자아냈다. 그러면서 으스스한 생각과 어두운 공상도 다시금 꿈틀거리기 시작했다. 때로는 언덕이 너무도 가팔라 마부가 아무리 서둘러도 속도를 낼 수 없을 때도 있었다. 내가 고향에서처럼 마차에서 내려 걸어가겠다고 했지만 마부는 내 말을 무시했다.

"절대 안 됩니다. 여기서는 걸으시면 안 돼요. 개들이 아주 사납거든요."

그러고서 마부는 은밀한 즐거움을 즐기는 듯한 태도ー다른 승객들의 동의하는 미소를 얻기 위해 고개를 돌린 것을 보면ー로 이렇게 덧붙였다.

"그리고 잠자리에 드시기 전에 선생님은 이런 일들을 숱하게 겪으실 텐데요, 뭘."

유일하게 마부가 멈춘 것은 램프에 불을 붙이기 위한 한순간뿐이었다.

어둠이 짙어지면서 승객들 사이에서는 차츰 흥분이 이는 것 같았다. 승객들은 번갈아 속도를 더욱 내라고 재촉하기라도 하듯 마부에게 말을 건넸다. 마부는 기다란 채찍으로 무자비하게 말들을 내리치며 힘을 내라고 격려의 소리를 질러댔다. 그러더니 언덕 사이에 틈이 갈라지기라도 한 듯 어둠 사이로 한줄기 잿빛 불빛이 나타났다. 승객들 사이의 흥분은 더욱 거세졌다. 안락한 합승 마차가 그 커다란 가죽 스프링 위에서 춤을 추며 폭풍우 치는 바다에서 부대끼는 배처럼 들썩거렸다. 손잡이를 잡지 않으면 안 될 정도였다. 길은 점차 평탄해지고 마차는 날아가는 듯했다. 문득 산지가 양쪽에서 다가드는 것 같더니 머리 위로 위압적으로 드리워졌다. 드디어 보르고 고개로 들어서고 있었다. 곧이어 몇몇 승객들이 주섬주섬 나에게 선물을 내주었는데, 진심이 느껴져 안 받을 도리가 없었다. 틀림없이 괴상하고 별난 것들이었지만 모두가 진정한 신의로, 친절한 말과 축복과 함께 내미는 순수한 선물이었다. 그러면서 그들은 비스트리차의 호텔 밖에서 보았던 두려움을 뜻하는 움직임, 사악한 눈에 대항하는 성호와 수호의 표징이라고 했던 동작도 함께 해 보였다. 날아가듯 달리는 마차 밖에서는 마부가 앞으로 고개를 내밀고 있었고, 양쪽 좌석의 승객들은 창밖으로 고개를 빼고 어둠 속을 뚫어져라 들여다보았다. 뭔가 몹시 흥미로운 일이 일어나고 있거나 아니면 일어나리라고 기대하는 모양이지만 승객들에게 물어보아도 간단한 설명조차 해주는 사람이 아무도 없었다. 이 흥분의 순간은 어느 정도 지속되었다. 그리고 마침내 우리 앞에서 보르고 고개의 동쪽 비탈이 모습을 드러냈다. 머리 위로는 꺼먼 먹구름이 두터이 내리깔리고, 묵직한 공기 속에서는 우렁거리는 천둥의 기운이 느껴졌다. 마치 산지의 대기가 원래 둘로 나뉘어져 있는데, 이제 마차가 천둥치는 쪽으로 들어선 듯한 느낌이었다. 나도 고개를 밖으로 빼고 백작 저택으로 타고 갈 탈것을 찾아 두리번거렸다. 어둠 속을 뚫고 올 램프 불빛을 학수고대했지만 그저 어둠뿐이었다. 불빛이라고는 합승 마차 램프의 깜박임뿐이었고, 그 점멸 속에서 고된 길을 달려온 말들의 입김이 하얀 구름이 되어 피어올랐다. 이제 우리 앞에 놓인 하얀 모랫길이 보였지만 탈것은 흔적도 없었다. 기쁜 한숨을 내쉬며 다시 뒤로 물러앉는 승객들의 모습이

나에게는 내 낙담을 조롱하는 듯 보였다. 어떻게 해야 최선일지 생각하기 시작하는데 마부가 자기 시계를 들여다보더니 다른 승객들에게 뭐라고 중얼거렸다. 아주 낮고 작은 목소리여서 잘 들리지는 않았지만 "예정보다 한 시간 빨라요"라는 뜻이었던 것 같다. 이윽고 마부는 내 쪽으로 고개를 돌리고, 나보다도 형편없는 독일어로 입을 열었다.

"마차가 없습니다. 선생님을 기다리지 않아요. 그냥 부코비나로 가셔서 내일이나 모레 돌아오세요. 모레가 좋겠어요."

마부가 이야기를 하는 사이에 말들이 히힝거리고 콧김을 내뿜으며 온몸을 뒤챘다. 마부는 서둘러 말들을 얼렀다. 곧이어 승객들이 합창으로 비명을 올리며 마구 성호를 그어대기 시작했다. 순식간에 말 네 마리가 끄는 사두마차가 뒤쪽에서부터 바람같이 달려와 합승 마차 곁에 섰다. 합승 마차의 불빛으로 나는 그 말들이 칠흑같이 검고 더할 나위 없이 훌륭하다는 걸 알 수 있었다. 마차를 모는 마부는 갈색 턱수염을 기다랗게 기르고 얼굴을 가리려는 듯 커다란 검은 모자를 눌러쓴 키 큰 사내였다. 유난히 번뜩이는 두 눈만이 보일 뿐이었는데, 합승 마차를 향해 돌아서는 순간 램프 불빛 탓인지 눈빛이 유달리 붉었다.

"오늘은 아주 빨랐군, 친구."

사내가 우리 마부에게 말했다. 마부는 더듬더듬 대꾸했다.

"영국 분이 서두르셔서요."

그 말에 낯선 사내는 이렇게 대답했다.

"자네가 그분이 부코비나로 내처 갔으면 해서 그런 거겠지. 날 속일 수는 없네, 친구. 난 너무도 많은 것을 알고 있고 내 말들은 바람처럼 달리니까."

그러면서 사내가 씩 웃자 램프 불빛에 새빨간 입술과 날카로워 보이는 상아처럼 흰 이가 인상적인 강퍅해 보이는 입이 드러났다. 한 승객이 옆자리 사람에게 뷔르거[13]의 「레노레」[14]에서 한 줄을 속삭였다.

죽은 자에게 여행은 빠르나니.

번뜩이는 웃음을 지으면서 고개를 든 것으로 보아 기이한 사내는 분명히 그 시구를 들은 모양이었다. 승객은 고개를 돌리면서 두 손가락을 들어 성호를 그었다.

"저 선생의 짐을 주게."

사내가 말했다. 순식간에 내 짐들은 밖으로 나와 사두마차에 옮겨 실렸다. 사두마차가 곁에 바짝 붙어 있었던 터라 나는 합승 마차 옆쪽으로 내려야 했다. 사내는 강철 같은 손아귀로 내 팔을 잡아주었다. 힘이 굉장할 것이 틀림없었다. 한 마디 말도 없이 사내는 고삐를 흔들었고, 말들이 방향을 돌리자 우리는 보르고 고개의 어둠 속으로 빨려 들어갔다. 뒤를 돌아보니 램프 불빛에 합승 마차에 매인 말들이 뿜어내는 입김과 승객들이 성호를 긋는 모습이 보였다. 곧이어 합승 마차의 마부가 채찍을 내리치고 말을 어르자 마차는 곧 부코비나를 향해 떠났다. 어둠 속으로 내려가는 합승 마차의 모습을 보며 나는 알 수 없는 냉기를 느꼈고 외로움이 나를 엄습했다. 그러나 어깨에는 망토가, 무릎 위로는 무릎 덮개가 덮여 있었다. 마부가 완벽한 독일어로 말을 걸어왔다.

"밤이 춥습니다, 선생님. 제 주인이신 백작님께서는 특별히 선생님을 잘 모셔오라는 분부를 내리셨습니다. 슬리보비츠—그 나라의 자두 브랜디이다—한 병이 좌석 아래에 있으니 필요하면 드십시오."

마시지는 않았지만 거기에 술이 있다는 사실만으로도 위안이 되었다. 좀 이상하다는 생각은 들었지만 두려움은 별로 없었다. 그래도 만약 선택권이 있었더라면 이 미지의 밤 여행을 떠나는 대신 그 편을 택하지 않았

---

13 18세기 독일 낭만주의 발라드 문학 창시자의 한 사람.
14 여주인공 레노레의 연인으로 행세하는 유령이 번개 치는 밤에 말을 타고 나타나 데려간다는 유령 로맨스.

을까. 사두마차는 상당한 속도로 곧바로 앞을 향해 나아가더니 말끔하게 방향을 틀어 또 다른 쪽 곧은길을 달려갔다. 웬일인지 같은 장소를 계속해서 가고 또 가는 것처럼 느껴졌다. 눈에 띄는 몇 장소를 눈여겨보아 두었다가 확인해보니 내 생각이 옳았다. 왜 이러느냐고 마부에게 묻고 싶은 마음은 굴뚝같았지만, 지금 내 처지에 마부가 일부러 늘쩡거리는 거라면 항의해봤자 아무 소용없으리라는 생각이 들자 선뜻 나설 수가 없었다. 그러나 시간이 어떻게 되는지는 차츰 궁금해질 수밖에 없었고, 나는 성냥을 켜서 유황 불빛 속에서 시계를 들여다보았다. 자정까지 불과 몇 분 남긴 시각이었다. 요 근래 겪은 경험 탓에 자정 무렵에 관한 미신이 머릿속을 떠나지 않던 터라 나는 충격을 받았다. 나는 어질어질할 만큼 조마조마한 마음으로 기다렸다.

불현듯 개 한 마리가 길 저 아래 어느 농가에선가 우우 울어댔다. 공포 탓인 듯 길고 고통에 찬 울부짖음이었다. 그 소리에 다른 개가 울고 또 다른 개, 또 다른 개가 울음을 울어 마침내는 나직하게 한숨을 쉬며 보르고 고개로 불어오는 바람결에 실린 거친 울부짖음이 사방에 울려 퍼졌다. 어두운 밤의 음울한 상상력 탓에 개들의 울부짖음은 마치 이 고장 전체에서 쩌렁쩌렁 울려오는 것 같았다. 첫 번째 울음소리에 말들은 긴장해서 앞발을 들었지만 마부가 살살 어르자 곧 진정했다. 그러나 갑작스럽게 놀라 한바탕 날뛰고 난 직후처럼 부르르 몸을 떨고 식은땀을 흘렸다. 그러더니 저 멀리 어디선가 양편에 우뚝 솟은 산지에서부터 보다 크고 더욱 날카로운 늑대의 울음소리가 시작되었다. 그 소리에 말들은 물론이고 나도 기겁할 듯 놀랐다. 나는 마차에서 뛰어내려 달아나고 싶은 마음이었고 말들은 다시 앞발을 들고는 미친 듯 뒤흔들어댔다. 마부는 말들이 날뛰지 않도록 있는 힘을 다해야 했다. 그러나 몇 분이 지나자 내 귀는 그 소리에 차츰 익숙해졌다. 그즈음에는 말들도 한층 침착해졌고 마부는 마차에서 내려 말들 곁에 섰다. 마부는 내가 예전에 말을 길들이는 모습을 보았을 때처

럼 어르고 달래주면서 말의 귓가에 대고 뭐라고 속삭였다. 마부의 행동은 놀라운 효과를 거두어 비록 여전히 부들부들 떨고 있기는 했지만 고분고분 마부의 말을 들었다. 마부는 다시 자리에 앉아 고삐를 흔들더니 이윽고 엄청난 속도로 달리기 시작했다. 보르고 고개를 왼쪽으로 끼고 달려가던 마차는 갑자기 우측으로 홱 꺾어 좁다란 오솔길로 접어들었다.

곧 마차는 나무로 완전히 둘러싸였다. 곳곳에서 길 위로 아치를 그린 가지 탓에 마치 터널을 지나는 것 같았다. 그러더니 거대한 바위가 양편에서 다시금 위압적인 모습을 드러냈다. 한데에 있지 않는데도 높아가는 바람 소리가 귓전을 울렸다. 바람은 바위 사이로 신음을 토하며 휘파람을 불었고, 나무들은 마차 위에서 서로 가지를 부대껴댔다. 날이 차츰 쌀쌀해지더니 마침내 눈발이 흩날리고 곧 주위의 모든 것이 흰 담요로 덮였

다. 살을 에는 바람은 비록 마차가 나아가면서 차츰 희미해지기는 했어도 여전히 개들의 울부짖음을 실어 나르고 있었다. 늑대의 울음소리는 마치 사방에서 우리를 포위하고 좁혀드는 듯 계속해서 가까워졌다. 나는 극심한 공포를 느꼈고 말들도 두려움을 느끼는 기색이 역력했다. 그러나 마부는 조금도 동요하지 않았다. 마부는 줄곧 고개를 좌우로 돌리고 있었지만 그 어둠 속에서 내가 볼 수 있는 것은 아무것도 없었다.

갑자기 왼쪽 멀찍한 곳에서 어슴푸레한 푸른빛으로 깜박이는 불꽃이 보였다. 마부도 불꽃을 본 모양이었다. 마부는 곧바로 말들을 멈추더니 바닥으로 뛰어내려 어둠 속으로 사라졌다. 늑대의 울음소리는 자꾸만 가까워지는데 나는 어떻게 해야 할지 알 수가 없었다. 그러나 내가 안절부절못하는 사이 어느새 마부가 다시 나타나더니 한 마디 말없이 자리에 앉아 여행을 계속했다. 어쩌면 잠이 들어서 계속해서 같은 꿈을 꾸고 있었던 것일까? 마치 끝이 없는 것처럼 똑같은 일이 반복되었는데 지금 뒤돌아보니 끔찍한 악몽만 같다. 일단 불꽃이 길가에 나타나자 사방을 둘러싼 어둠 속에서도 나는 마부의 몸짓을 또렷이 볼 수 있었다. 마부는 푸른 불꽃이 이는 곳으로 잽싸게 다가갔다. 그 주위조차 거의 보이지 않았던 것을 보면 불꽃은 아주 희미했던 것 같다. 마부가 돌멩이 몇 개를 주워 들더니 바닥에 놓아 일종의 문양을 만드는 순간 기이하기 짝이 없는 눈속임이 벌어졌다. 나와 불꽃 사이에 마부가 서 있었는데도 불꽃이 마부의 몸을 통과해 보이는 것이었다. 나는 기겁했지만 그 효과는 한순간이었고, 어둠 속에서 시달리다 보니 착시를 느꼈나 보다라고 생각했다. 그후에는 한동안 푸른 불꽃이 나타나지 않았고 마차는 마치 움직이는 원을 이루어 따라오는 듯한 늑대 울음소리에 둘러싸인 채 음침한 어둠 속을 계속해서 달려갔다.

마침내 마부가 여태까지보다 훨씬 오래도록 자리를 떠나 있는 때가 찾아왔다. 마부가 자리를 비운 사이 말들은 유난히 떨면서 공포로 히힝거리고 거친 비명을 토했다. 그와 함께 늑대 울음소리가 멈추었지만 나로서는 그 까닭을 알 수 없었다. 그러나 바로 그때 검은 구름 속을 향해하던 달이 웃자란 소나무로 덮인 바위의 들쭉날쭉한 벼랑 뒤에서 그 모습을 드러냈고, 나는 형형한 달빛 속에서 뭔가를 보았다. 마차는 텁수룩한 털로 뒤덮인 기다랗고 탄탄한 다리에, 흰 이를 번뜩이며 시뻘건 혀를 날름거리는 늑대 떼에 둘러싸여 있었다. 이 섬뜩한 침묵이 울음소리보다 수백 배는 더 공포스러웠다. 나는 두려움으로 온몸이 마비된 느낌이었다. 이런 공포는 직접 겪어봐야만 얼마나 소름끼치는 것인지 짐작할 수 있으리라.

마치 달빛이 특별한 영향을 미치기라도 한 듯 별안간 늑대 떼가 울부짖기 시작했다. 말들은 날뛰고 앞발을 들어 올리면서 보기에도 고통스럽게 눈을 회번덕거리며 절망적으로 사방을 둘러보았다. 그러나 살아 있는 공포의 고리는 사방에서 말들을 둘러싸고 있었고 빠져나갈 길은 아무 데도 없었다. 나는 돌아오라고 마부를 소리쳐 불렀다. 그 공포의 고리를 뚫어 마부가 다가올 수 있는 길을 터주는 것이 유일한 희망이라는 생각에 나는 소리로 늑대를 겁주어 마부가 올 수 있게 할 요량으로 마차 측면을 쾅쾅 두드리며 소리를 질러댔다. 갑자기, 어떻게 돌아왔는지 나로서는 알 수 없는 일이지만 도저히 거역할 수 없는 어조로 명령을 내뱉는 마부의 목소리가 들려왔다. 고개를 돌려보니 마부가 길 한가운데 서 있었다. 마뜩지 않은 장애물을 쓸어내듯 마부가 기다란 팔을 휘두르자 늑대들은 주춤주춤 뒤로 물러섰다. 바로 그때 묵직한 구름장이 달빛을 가로질렀고 우리는 다시 암흑 속에 잠겼다.

다시 달빛이 비쳤을 때 마부는 마차에 오르고 있었고 늑대들은 사라진 뒤였다. 너무도 기이하고 기괴한 일이었다. 으스스한 공포가 짓누르는 바람에 나는 움직일 수도, 입을 열 수도 없었다. 마차가 길을 휩쓸고 가는 동안 시간은 무한대로 흐르는 것만 같았다. 이제는 흐르는 구름이 달을 가로막아 칠흑 같은 어둠이 끊임없이 이어졌다. 마차는 간간이 잠깐씩 내리막길이 있을 뿐 줄곧 오르막길을 올라가고 있었다. 문득 마부가 말을 멈추는 것 같았다. 어느덧 마차는 키 큰 컴컴한 창문에서는 불빛 하나 보이지 않고 부서진 흉벽이 하늘을 경계로 높다랗고 울퉁불퉁한 선을 드러내고 있는 거대한 버려진 성의 안뜰에 닿아 있었다.

02

조너선 하커의 일기(계속)

5월 5일 아마도 잠이 들었던 모양이다. 말짱하게 깨어 있었더라면 그렇게 눈에 띄는 장소로 다가가는데도 아무런 눈치를 못 챘을 리 없으니까. 어둠 속에서 안뜰은 어마어마해 보였다. 거대한 둥그스름한 아치 아래를 지나 성으로 들어가는 어둑한 길들 탓에 실제보다 커 보이는지도 모를 일이었다. 아직 나는 이 성을 햇빛 아래서 본 적이 없다.

마차가 멈추자 마부는 풀쩍 뛰어내려 손을 내밀어 내가 내리는 것을 도와주었다. 다시금 나는 마부의 우악스러운 힘을 절감했다. 마부의 손은 마음만 먹으면 내 손을 으스러뜨릴 수 있는 강철 바이스[15] 같았다. 곧이어 마부는 내 짐을 들어 내 곁 바닥에 내려놓았다. 나는 거대한 돌로 만들어진 돌출된 현관에 달린, 커다란 쇠못이 박힌 낡고 육중한 문 앞에 서 있었다. 어두침침한 불빛 속에서도 그 돌에 뭔가 큼지막한 상이 조각되어 있으며, 세월과 풍상으로 닳아 있다는 것을 알 수 있었다. 현관 앞에 서 있는 나를 두고 마부는 다시 마차에 올라타더니 고삐를 흔들었다. 말들은

---

15 공작해야 할 가공품을 사이에 끼워 고정시키는 장치.

앞으로 내달렸고 어둠 속에 빠끔히 난 틈으로 모습을 감추어버렸다.

나는 뭘 해야 할지 몰라 그 자리에 가만히 서 있었다. 초인종이나 문 두드리는 고리쇠는 보이지 않았다. 이 위압적인 벽들과 컴컴한 창문으로 내 목소리가 뚫고 들어갈 수 있을 성싶지도 않았다. 기다리는 시간은 마치 영원 같았고 나는 의심과 두려움이 스멀스멀 다가오는 것을 느꼈다. 나는 대체 어디에, 어떤 부류의 사람들 사이로 온 것일까? 지금 무슨 무시무시한 모험에 발을 담근 것일까? 외국인 고객에게 런던 부동산 매매 건을 설명하러 파견된 변호사 서기로서의 삶에서 이런 일이 일상적일까? 변호사 서기! 미나는 이 말을 좋아하지 않을 것이다. 런던을 떠나기 직전 시험에 통과해 이제는 본격적인 변호사가 되었다는 말을 들었으니까! 나는 과연 내가 깨어 있는 건지 확인하려고 눈을 비비고 내 몸을 꼬집었다. 모두가 끔찍한 악몽처럼 느껴졌다. 가끔씩 밤늦도록 야근을 하고 난 다음 날 아침처럼 정신을 차리면 불그레한 여명이 창문에서 첫 모습을 보이고 어느덧 집에 와 있는 나를 발견하게 되지는 않을까. 그러나 꼬집어보니 내 육신은 반응을 보였고 내 눈이 나를 속이는 것도 아니었다. 나는 정말 말짱하게 깬 채로 카르파티아에 와 있었다. 이제 내가 할 수 있는 일은 인내심을 갖고 아침이 오기를 기다리는 것뿐이었다.

내가 막 이 결론에 이르렀을 즈음 육중한 문 뒤에서 묵직한 발걸음이 다가오는 소리가 나며 문틈으로 불빛이 새어 나왔다. 곧이어 쩔렁거리는 쇠사슬 소리가 들리고 거대한 빗장이 열리는 쩔걱 소리가 울렸다. 오래도록 쓰지 않은 열쇠가 요란하게 삐걱거리며 돌아가더니 마침내 문이 열렸다.

안에는 기다란 콧수염을 제외하고는 말끔히 면도를 하고 머리부터 발 끝까지 검은빛으로 입어 몸 어디에서도 아무 색깔을 찾을 수 없는 홀쭉하게 키 큰 노인이 서 있었다. 노인은 손에 고풍스러운 은 램프를 들고 있었다. 등피를 씌우지 않은 램프여서 문이 열리며 바람이 일자 불꽃이 깜박이면서 바르르 떨리는 그림자를 드리웠다. 노인은 오른손을 저어 정중하게 안으로 들어오라고 손짓하더니 억양이 좀 낯설기는 하지만 훌륭한 영어로 말했다.

"우리 집에 오신 것을 환영하오! 자유롭게 들어오시고 뜻대로 하시오!"

노인은 나를 마중하러 앞으로 나올 기미를 보이지는 않았으나 환영의 몸짓 그대로 굳어진 석상처럼 가만히 서 있었다. 그러나 내가 문지방을 넘어서는 순간 노인은 성큼 앞으로 나와 내 손을 쥐었다. 그 아귀힘이 얼마나 센지 나도 모르게 움찔하고 말았다. 살아 있는 사람의 손이라기보다는 죽은 자의 것에 가까울 만큼 얼음장처럼 차디찼다는 사실도 놀라울 뿐이었다. 노인이 다시 입을 열었다.

"우리 집에 오신 것을 환영하오! 자유롭게 들어오시고 안전하게 가시되, 가실 때는 손님이 가져오신 행복을 조금이라도 남겨주시오!"

악수를 하는 억센 힘은 좀 전에 마부에게서 느낀 것과 비슷했다. 마부의 얼굴을 보지 못했던 터라 한순간 나는 혹시 같은 사람과 이야기하고 있는 것이 아닌가 의구심이 들었다. 정확히 해두려고 나는 심문하듯 물었다.

"드라큘라 백작이십니까?"

노인은 정중하게 인사하더니 대답했다.

"내가 드라큘라요. 우리 집에 오신 것을 환영하오, 하커 씨. 들어오시오. 밤공기가 차군요. 뭘 좀 드시고 쉬셔야지요."

그러면서 노인은 램프를 벽의 브래킷[16]에 걸고 앞으로 나와 내 짐을 들었다. 내가 말리기도 전에 노인은 내 짐을 옮기기 시작했다. 말렸지만 노인은 굽히지 않았다.

"아닙니다, 선생. 선생은 내 손님이시오. 시간이 늦어서 아랫사람들을 부를 수가 없어요. 내가 직접 시중을 들게 놔두시오."

---

16 까치발. 선반 따위를 지탱하기 위해 벽에 대는 나무나 금속으로 된 직삼각형 모양의 지지대.

노인은 고집스레 내 짐을 들고 복도를 따라 죽 걸어가더니 널따란 굽이 진 계단을 올라가 또 다른 너른 복도를 지났다. 돌바닥에서 우리 발소리 가 무겁게 울렸다. 복도 끝에 이르자 노인은 묵직한 문 하나를 열었다. 환 히 밝혀진 방 안에 준비된 식탁과, 새로 장작을 넣어 너울거리는 불길이 활활 타오르는 웅장한 벽난로를 보자 나는 기쁨을 느꼈다.

　백작은 멈춰 서서 내 짐을 내려놓고 문을 닫고 방을 가로질러 가 다 른 문을 열었다. 그 문은 램프가 밝혀지고 언뜻 보기에는 창문이 없는 팔 각형의 작은 방으로 통해 있었다. 백작은 그 방을 가로질러 가 또 다른 문 을 열더니 안으로 들어오라는 몸짓을 해 보였다. 그 안에는 아늑한 광경 이 펼쳐져 있었다. 환히 밝혀진 널따란 침실이었다. 벽으로 우묵하게 파 여 들어가고 커다란 굴뚝이 달린 벽난로는 맨 위의 장작들이 아직 새것인 것으로 보아 갓 땔감을 넣은 것이 분명했다. 백작은 내 짐을 직접 안으로 들여주더니 이 말과 함께 문을 닫고 물러갔다.

　"오랜 시간 여행을 하셨으니 몸단장을 하고 기운을 차리고 싶으시겠지 요? 선생이 바라는 것은 뭐든 찾을 수 있으실 게요. 채비가 되면 저쪽 방 으로 오시오. 저녁식사가 마련되어 있을 테니."

　불빛과 따스함, 그리고 백작의 정중한 환대는 내 의구심과 두려움을 모 두 녹이는 것 같았다. 안정을 되찾자 허기가 져서 견딜 수가 없었다. 잠깐 화장실에 들렀다가 나는 곧바로 다른 방으로 들어갔다.

　저녁식사는 이미 마련되어 있었다. 거대한 벽난로 한쪽 돌벽에 기대어 서 있던 백작은 우아하게 식탁으로 손짓을 하며 말했다.

　"앉아서 맘껏 드시오. 내가 같이 들지 않아도 양해해주겠지요? 난 이미 식사를 해서 같이 들 수가 없어요."

　나는 백작에게 호킨스 씨가 위임한 편지를 건네주었다. 백작은 편지를 열고 심각한 표정으로 읽어보더니 매력적인 미소를 지으면서 나에게 읽 으라고 내밀었다. 적어도 한 문단은 내게 큰 기쁨을 주었다.

'유감스럽게도 제 고질병인 통풍 탓에 한동안은 여행을 할 수가 없게 되었습니다. 그러나 유능한 대리인이자 제가 전적으로 신뢰하는 사람을 대신 보내는 바입니다. 젊고 활력이 넘치며 이 일에 뛰어난 재능을 가지고 있을 뿐만 아니라 성정이 믿을 만한 젊은이입니다. 신중하고 차분하며 성인이 되기 전부터 제 밑에서 자랐지요. 이 젊은이가 그곳에 체류하는 동안 필요하신 모든 것을 시중들 것이며 모든 점에서 지시를 받들 것입니다.'

백작이 친히 앞으로 나서 그릇의 뚜껑을 열자 훌륭한 닭고기 요리가 나왔다. 닭 요리와 치즈 약간, 샐러드, 그리고 오래 묵은 토케이[17] 한 병이 내 저녁식사였다. 나는 토케이를 두 잔 마셨다. 내가 먹는 사이 백작은 여행과 관련해서 많은 질문을 던졌고 나는 내가 경험한 한에서 이야기했다.

저녁식사를 끝내자 나는 저택 주인의 뜻대로 난로 근처에 의자를 갖다 놓고는 백작이 권한 시가를 피웠다. 백작은 자기는 시가를 피우지 않는다고 했다. 이제 나는 백작을 자세히 관찰할 기회를 얻었고 무척 독특한 관상을 가지고 있다는 걸 알았다.

백작의 얼굴은 높다랗고 폭이 좁은 코와 유달리 활을 그린 콧날, 두둑하게 솟은 이마로 강한, 매우 강한 독수리 같은 인상을 주었다. 머리칼은 관자놀이 주위만 성기게 나 있을 뿐 그곳을 제외하고는 숱이 많았다. 눈썹은 거의 코 위에서 맞닿을 정도로 숱이 많고 텁수룩했다. 묵직한 콧수염 아래에 보이는 입은 꼭 다물려진 데다가 유달리 날카로운 흰 이 탓에 왠지 잔인한 인상을 풍겼다. 두드러지게 눈에 들어올 만큼 붉어서 나이에 견주어서는 놀라울 정도로 생기를 띤 입술 위로 흰 이가 돌출되어 있었다. 귀는 창백했고 끝부분이 유난히 뾰죽했다. 턱은 넓고 강하고, 뺨은 홀쭉했지만 강건했다. 전체적 인상은 기이하리만큼 창백했다.

---

17 헝가리에서 생산되는 백포도주.

손의 생김새는, 난롯불 빛에 비친 무릎에 놓인 손등을 바라보았을 때는 희고 매끈해 보였다. 그러나 바로 곁에서 보니 손가락이 땅딸막한데다가 상당히 거칠고 볼품없이 넓적했다. 손바닥 한가운데 털이 숭숭한 것도 기이했다. 기다랗고 멋지게 기른 손톱은 끝이 날카롭게 깎여 있었다. 백작이 내 위로 몸을 굽히면서 손이 내 몸에 닿자 나는 나도 모르게 부르르 몸서리를 쳤다. 아마도 고약한 숨결 탓이었겠지만 섬뜩한 어지러움이 나를 엄습했고 나는 그것을 숨길 수가 없었다. 백작은 나의 반응을 눈치채고 뒤로 물러서더니 돌출된 이를 유독 드러내 보이면서 음울한 느낌의 미소를 짓고는 다시 벽난로 곁 원래 자리로 돌아가 앉았다. 우리는 한동안 말이 없었고 무심코 창 쪽을 내다보자 첫 동이 트는 희끄무레한 빛이 보였다. 사방이 기이하리만큼 괴괴했다. 그러나 귀를 기울이자 저 아래 계곡에서 나는 듯한 수많은 늑대의 울음소리를 들을 수 있었다. 백작은 눈을 번뜩이며 말했다.

"밤의 아이들의 소리를 들어보시구려. 굉장한 음악을 만들고 있지요!"

내 얼굴에 의아스럽다는 표정이 떠올랐는지 백작이 덧붙였다.

"아, 선생. 선생처럼 도회지에 사는 분들은 사냥꾼의 감정을 알 수가 없다오."

곧이어 백작은 일어서서 말을 이었다.

"무척 피곤하시겠지요? 침대가 이미 마련되어 있으니 좋으실 때까지 푹 쉬시오. 나는 오후까지 밖에 나가 있을 테니 안녕히 주무시고 좋은 꿈 꾸시오!"

정중한 인사와 함께 백작은 직접 팔각형 방의 문을 열어주었고 나는 침실로 들어갔다.

나는 지금 의구심의 바다를 떠돌고 있다. 두렵다. 내 자신의 영혼에도 고백하지 못할 이상한 일들을 생각하고 있다. 하느님, 제게 소중한 이들을 위해 저를 지켜주소서!

5월 7일 다시 이른 아침이지만 푹 쉬고 지난 24시간을 충분히 즐긴 뒤
이다. 나는 늦도록 잠을 잤고 내킬 때 잠에서 깨었다. 옷을 입고 어제 저
녁을 먹은 방으로 들어가자 화로에 올린 주전자에 담긴 뜨거운 커피와 함
께 식은 아침식사가 놓여 있었다. 식탁에는 카드가 놓여 있었고 그 카드
에는 이렇게 쓰여 있었다.

　'잠시 출타할 것이니 기다리지 마시오. 드라큘라 백작.'

　나는 자리에 앉아 풍성한 아침을 먹었다. 식사를 마치자 하인들에게 식
사를 끝냈다는 것을 알리려고 벨을 찾았지만 찾을 수가 없었다. 나를 둘
러싼 눈에 띄는 부유함의 증거들을 고려하자면 이 저택에는 확실히 기이
한 결핍이 엿보였다. 식탁 위의 아름다운 식기는 금으로 되어 있었고 값

이 어마어마하게 나갈 성싶었다. 커튼과 의자며 소파에 덧댄 천들과 내 침대에 드리워진 덮개는 최고로 값지고 아름다운 직물로 되어 있었고 상태는 무척 훌륭했지만 수백 년은 되어 보였는데, 아마도 만들어질 당시에는 놀랄 만큼 높은 가치가 있었을 터였다. 이 비슷한 것을 햄프턴 궁전[18]에서 본 적이 있는데 거기서 본 것은 낡고 닳은데다가 나방이 좀먹은 흔적이 역력했다. 그러나 어느 방에도 거울은 없었다. 심지어는 내 방 협탁에도 작은 거울 하나가 없어서 면도를 하거나 머리를 빗으려면 여행 가방에서 작은 면도용 거울을 꺼내야 했다. 나는 여태 어디서도 하인을 보거나, 늑대 울음소리 말고는 성 근방에서 아무 소리도 듣지 못했다. 식사를 할 때가 5시에서 6시 사이였으니 아침식사라 해야 할지 저녁이라 해야 할지 모르겠지만 식사를 끝내고 조금 지나자 뭔가 읽을 것을 찾기 시작했다. 백작의 허락 없이는 성을 돌아다니고 싶지 않아서였다. 방에는 아무것도, 책이건 신문이건 심지어는 글 쓸 재료조차 하나 없었기 때문에 나는 그 방의 다른 문을 열었고, 그곳이 일종의 서재 역할을 하는 곳이라는 것을 알게 되었다. 반대편 문도 열어보았지만 그 문은 잠겨 있었다.

서재에서 나는 수많은 영어 책으로 가득 찬 서가와 수북이 쌓인 잡지며 신문들을 발견하고 몹시 기뻤다. 한가운데의 테이블에는 비록 그 어느 것도 최근의 것은 아니었지만 영어 잡지와 신문들이 흩어져 있었다. 책들은 역사며 지리학, 정치학, 정치경제학, 식물학, 지질학, 법학 할 것 없이 영국과 영국에서의 생활이며 풍습과 양식에 관한 온갖 종류를 망라하고 있었다. 심지어는 『런던 주소록』, 『사교 명사 인명록』, 『휘터커 연감』[19], 『육해군 인명록』, 그리고 내게는 유독 기쁘게도 『법조 인명록』 같은 책들도 포함되어 있었다.

---

18 영국 런던 서쪽 교외의 템스 강변에 있는 궁전.
19 영국의 휘터커앤선스 사에서 1868년부터 해마다 출간한 연감.

책을 보는 사이에 문이 열리더니 백작이 안으로 들어왔다. 백작은 예의 바르게 인사를 건네고 지난밤 잘 쉬셨느냐고 묻고는 말을 이었다.

"이리로 오시는 길을 발견했으니 기쁘군요. 아마도 관심 있어 하실 것들이 많을 줄 아오. 이 안내서들은……"

그러면서 백작은 그 책 중 몇 권 위에 손을 올리며, "내게는 아주 좋은 친구가 되어주었지요. 런던에 가야겠다는 생각을 한 이래로 지난 몇 년 동안 내게 수많은 시간 동안 즐거움을 주기도 했고 말이오. 이 책들을 통해서 나는 대영제국에 대해 알게 되었고, 영국을 알면서 사랑하게 되었소. 나는 그 번성한 런던의 북적이는 거리를 다니고 싶고, 인간 군상의 소용돌이와 돌진의 한가운데 있고 싶고, 그곳의 삶과 변화, 죽음 그리고 런던을 지금의 모습으로 만든 모든 것을 함께 나누고 싶다오. 그러나 슬프게도 나는 당신의 언어를 책에서밖에 접하지 못했소. 내 친구인 당신께 나는 말하는 법을 배우고 싶소"라고 했다.

"하지만 백작님, 백작님 영어는 완벽한 걸요!"

내 말에 백작은 진지하게 절을 해 보였다.

"과찬의 말씀 고맙소, 친구. 허나 나는 내가 여행할 길에 첫발을 내디딘 것뿐이라오. 문법과 단어는 알지만 아직 말하는 법은 잘 몰라요."

"진정입니다. 백작님의 영어는 더할 나위 없어요."

"그렇지 않아요. 내가 런던으로 옮겨 가서 이야기를 한다면 거기서 내가 이방인이라는 걸 모를 사람은 아무도 없을 거요. 그 정도로는 성에 차지 않아요. 이곳에서 나는 귀족이오. 보야르[20]지요. 평민들은 모두 나를 알고 나는 그들의 주인이오. 허나 낯선 땅의 낯선 이들에게는 아무것도 아니오. 아무도 나를 모르고, 모른다는 것은 신경 쓰지 않는다는 뜻이지요. 나는 내가 다른 이들과 다를 바 없어서 누군가 내 말투에 말을 멈추고

---

20 왕권 다음의 위치를 차지하는, 제정 러시아, 루마니아 등의 최고 귀족.

'하하! 타지 분이시군요!' 하며 나를 새삼스레 바라보지 않기를 바라오. 나는 오래도록 주인이었고 여전히 주인이며 적어도 다른 누구도 내 주인 노릇을 해서는 안 되오. 선생은 내 친구인 엑서터[21]의 피터 호킨스 씨의 대리인으로서, 런던에 내가 새로 구입한 부동산에 대해 보고할 목적으로만 이곳에 온 것이 아니오. 부탁이니 한동안 여기서 쉬면서 나와 이야기를 나누며 내가 자연스레 영어 억양을 익힐 수 있도록 해주시오. 내 말에서 소소한 것일지라도 실수가 있으면 바로잡아주었으면 하오. 유감스럽게도 오늘은 오래도록 밖에 있어야 했지만, 선생께서도 워낙 중요한 일이 많은 사람의 처지를 이해해주시겠지요?'

물론 나는 내가 할 수 있는 한 기꺼이 도와드리겠다고 대답하고는 내킬 때 이 방에 들어와도 괜찮겠느냐고 물었다.

"물론입니다."

백작은 대답하더니 이렇게 덧붙였다.

"선생은 이 성에서 문이 잠겨 있는 곳을 제외하고는 어디든 가셔도 되오. 당연히 그런 곳에는 가고 싶지 않으실 거라 믿소. 사물이 지금 모습이 된 데는 다 이유가 있게 마련이고, 만약 선생도 내 눈으로 보고 내가 가진 지식으로 알게 되었다면 충분히 이해하셨을 게요."

내가 고개를 끄덕이자 백작은 말을 이었다.

"우리는 트란실바니아에 있고 트란실바니아는 영국이 아니오. 우리의 방식은 당신들의 방식과 사뭇 다르고 선생께는 기이한 일들이 적지 않을 거요. 그래요, 이미 겪은 일로 이야기해주셨듯 선생도 이곳이 얼마든지 기이한 일들이 일어날 수 있는 곳이라는 걸 아셨을 거요."

그 말에 많은 이야기가 풀려 나왔다. 대화를 위한 대화인지는 몰라도 백작이 이야기를 하고 싶어 한다는 것은 확실했기 때문에 나는 이미 나에

---

21 잉글랜드 남부 데번셔의 주도. 엑스 강 연안에 면한 상업 항구 도시.

게 일어났거나 눈에 띈 갖가지 사건에 관해 수많은 질문을 던졌다. 때로 백작은 교묘하게 주제를 바꾸거나 이해하지 못하는 척 말머리를 돌리기도 했지만 전체적으로는 내가 한 질문에 솔직하게 대답해주었다. 시간이 흐르면서 차츰 대담해진 나는 전날 밤의 해괴한 일 몇 가지, 예컨대 마부가 왜 파란 불꽃이 이는 곳으로 갔는지 따위를 물었다. 그러자 백작은 한 해의 특별한 날, 그러니까 사실 지난밤, 모든 사악한 혼령이 통제에서 벗어난다고 여겨지는 날이면 보물이 감춰진 곳에 파란 불꽃이 인다는 설이 있다고 이야기했다.

"보물은 선생이 지난밤 오신 지역 전체에 걸쳐 숨겨져 있고 그 점에는 의심의 여지가 없소. 블라키아와 색슨 인들, 투르크 인들 사이에서 수세기에 걸쳐 전장이 되어 온 곳이니까. 단 한 뼘의 땅도 애국자든 침략자든 인간의 피로 물들지 않은 흙이 없을 정도라오. 오래전, 오스트리아 인들과 헝가리 인들이 떼를 지어 몰려오던 소란스러운 시대에는 애국자들이 분연히 떨쳐 나갔소. 남자건 여자건, 노인이건 아이이건 할 것 없이 말이오. 그들은 고갯길 위의 바위 위에서 적이 오기를 기다리다가 일부러 산사태를 만들어 모든 것을 말끔히 부수어버렸소. 침입자들이 승리를 거둔다 해도 가져갈 것이 없었지요. 그곳에 있던 모든 것은 너그러운 토양 속에 갇혀버렸으니까요."

"사람들이 기꺼이 찾으려 하는 데다가 확실한 표식까지 있는데 어떻게 그토록 오랫동안 발견되지 않을 수 있었습니까?"

내 물음에 백작은 미소를 지었다. 입술이 뒤로 말리면서 잇몸이 드러나자 기다랗고 날카로운 송곳니가 기이한 모습을 드러냈다.

"왜냐하면 평민들의 본래 겁쟁이거나 멍청하기 때문이지요! 그 불꽃은 오직 단 하룻밤에만 나타나는데 그날 밤에는 이 땅의 누구도 할 수만 있다면 문 밖에 나서지를 않아요. 심지어는 선생이 말씀하신, 어제 불꽃의 위치를 표시했다는 그 작자도 설령 자기 손으로 했더라도 밝은 대낮에는 어딘지 찾지 못할 게요. 이렇게 말씀드리면 언짢으실지 모르겠소만, 선생이라 해도 다시 그곳을 찾을 수는 없으리라 생각하오만."

"그 말씀이 맞습니다. 어디를 찾아야 할지 아무 생각도 없어요."

곧이어 우리는 다른 주제로 넘어갔다.

"자, 이제 런던 얘기와, 선생이 나를 위해 지정해준 저택에 대한 얘기를 좀 할까요?"

마침내 백작이 이야기를 꺼냈다. 나는 불찰을 사과하며 부리나케 내 방으로 가서 가방에서 서류를 꺼내왔다. 내가 서류를 순서대로 놓고 있는데 옆방에서 도자기와 은식기가 달그락거리는 소리가 들려왔다. 방 앞을 지나쳐 가면서 나는 어느덧 식탁이 치워지고, 어느새 밤이 왔는지 램프에 불이 밝혀진 것을 보았다. 램프는 서재, 혹은 도서실이라 할 만한 방에도 밝혀져 있었다. 백작은 소파에 누워 책자를 읽고 있었다. 백작이 읽는 것은 하고 많은 것들 중에서 하필이면 영어로 된 「브래드쇼 가이드」[22]였다. 내가 들어서자 백작은 테이블에서 책과 서류들을 치웠고, 나는 백작과 함께 갖가지 도면과 권리증서, 도해 따위를 살펴보았다. 백작은 모든 것에 관심이 있었고 나에게 그곳과 인근에 대해 수많은 질문을 퍼부었다. 미리 그 인근 지역에 대해 알 수 있는 내용을 샅샅이 연구한 모양인지 나보다도 오히려 많은 것을 알고 있었다. 내가 그렇게 지적하자 백작은 이렇게 대답했다.

"글쎄요, 친구. 필수적인 것 아닌가요? 그곳에 가면 나는 혼자가 될 테고. 내 친구 하커 조너선, 이런, 실례했군요. 우리나라에서는 성을 먼저 말하는 터라 나도 모르게 습관적으로 나와서 말이오. 하여간 내 친구인 조너선 하커 씨가 내 곁에서 나를 교정해주고 도와줄 수는 없지 않겠소? 선생은 몇 킬로미터나 떨어진 엑서터에서 내 또 다른 친구인 피터 호킨스

---

22 1839년부터 영국의 출판업자 조지 브래드쇼가 출간한, 월간 영국의 철도 운행표 일람 잡지.

씨와 법률 서류 작업에 몰두해 있을 테니까요."

우리는 퍼플리트[23]의 부동산 구입에 관한 건을 철저하게 마무리했다. 내가 그 사실을 이야기하고 필요한 서류에 서명을 받은 뒤 그 서류와 동봉해 호킨스 씨에게 부칠 편지를 쓰고 나자 백작은 어떻게 그처럼 적합한 곳을 찾을 수 있었느냐고 물었다. 나는 당시 내가 적었던 메모를 백작에게 읽어주었는데, 그 내용을 여기에도 적겠다.

'퍼플리트의 한 샛길에서 나는 맞춤해 보이는 저택을 발견했다. 마침 저택 밖에는 매물임을 알리는 낡디낡은 표지판이 게시되어 있었다. 아주 오래된 구조물인 묵직하고 높다란 돌담으로 둘러싸여 있는데, 오랜 시일 동안 손본 적이 없었던 듯하다. 닫힌 문은 육중한 참나무와 쇠로 되어 있으며 녹슬고 좀먹어 있다.

이 저택은 카팩스라 불리는데, 나침반의 기본 방위에 들어맞는 네 면을 갖고 있는 것으로 보아 영락없이 옛 쿼트르 파스[24]의 쇠락한 모습이다. 앞서 언급했듯 굳건한 돌담으로 튼튼하게 둘러싸인, 20에이커에 이르는 곳이다. 나무가 무성해 곳곳이 음침한 느낌을 주고, 깊고 음습해 보이는 연못 내지는 작은 호수라 할 만한 웅덩이가 있는데, 수량이 풍부하고 크기가 제법 되는 흐름을 이루어 흘러가는 것으로 보아 수원이 되는 샘이 몇 곳 있는 듯하다. 저택 건물은 무척 크고 수세기에 걸친 갖가지 양식을 모두 보인다. 건물을 이룬 돌이 놀라우리만큼 두터우며 몇 개 나 있지 않은 높다란 창문을 쇠창살로 막아놓은 것을 보면 내 생각으로는 중세 시대까지 거슬러 올라갈 성싶다. 건물은 아성[25]의 일부인 듯 보이고 예전에 예배당 또는 교회로 쓰였음 직한 곳과 근접해 있다. 저택에서 그곳으로 들어

---

23 영국 에섹스 주의 한 지역 이름.
24 4개의 면이라는 뜻.
25 주된 장수가 거처하는 성.

가는 문의 열쇠가 없어서 들어가지는 못했으나 코닥[26]으로 여러 시점에서 사진을 찍었다. 저택은 계속해서 건물을 증축하는 방식으로 계획성 없이 지어진 듯하여 나로서는 그 저택이 점유하는 땅의 넓이가 어느 정도인지 어림짐작할 뿐이지만 상당한 넓이라는 것만큼은 분명하다. 인근에는 집들이 몇 채 없으며, 한 채는 최근 지어진 큰 건물로 개인이 운영하는 정신병원이다. 그러나 지면에서는 그 건물이 보이지 않는다.'

내가 읽기를 마치자 백작이 말했다.

"저택이 낡고 크다니 마음에 드는구려. 오래된 가문 출신이라 그런지 새집에서 사는 건 차라리 죽으라는 얘기나 마찬가지라오. 집이란 하루아침에 살 만한 곳이 되는 것이 아니지요. 한 세기를 이루려면 얼마나 오랜 날이 있어야 합니까? 오래된 예배당이 있다는 것도 무척 기쁜 일이오. 우리 같은 트란실바니아의 귀족들은 우리네 뼈가 평범한 죽은 이들 사이에 누워 있다는 건 생각조차 하고 싶지 않아 한다오. 나는 환락이나 환희를 추구하지도 않고, 젊고 활기찬 이들에게는 크나큰 즐거움을 주는 찬란한 햇살이나 반짝이는 물의 화사한 기쁨에도 별반 관심이 없소. 나는 더 이상 젊지 않아요. 죽은 이들을 애도하며 풍파에 시달린 여러 해를 지나는 동안 내 심장도 환희에 무디어졌지요. 내 성의 담은 부서졌소. 여기저기에 그늘이 드리워지고, 바람은 무너진 흉벽과 여닫이창으로 차가운 숨을 내쉬지요. 나는 어스름과 그늘을 사랑하고 필요할 때면 생각에 잠겨 홀로 있고 싶어 한다오."

어딘지 백작의 말과 표정이 부조화스러워 보였다. 얼굴에서 풍기는 윤곽이 그의 미소를 사악하고 침울하게 만들고 있는 탓일까.

이윽고 실례한다는 말과 함께 내게 서류를 정리하라고 부탁하고는 백

---

26 1881년 창립된 미국의 사진 관계용품 제조·판매 회사로 19세기에 누구나 이용할 수 있는 간편한 카메라를 선보임.

작은 방에서 물러갔다. 백작이 꽤 오래 밖에 있어서 나는 주위의 책들을 둘러보기 시작했다. 한 권은 지도였는데 자주 사용된 듯 자연스럽게 영국 부분에서 펼쳐졌다. 그 지도 위에는 특정 지역에 작은 동그라미가 쳐져 있었는데, 유심히 살펴보자 한 곳은 런던 동쪽 교외로 새로 구입한 저택이 있는 자리라는 것을 알 수 있었다. 다른 두 곳은 엑서터와 요크셔 해안의 휘트비[27]였다.

한 시간은 족히 지나고 난 뒤에 백작이 돌아왔다.

"아하! 아직도 책을 보고 계셨소? 좋습니다! 허나 언제까지 일을 하셔서야 되겠소이까? 저녁식사가 준비되었다는 말씀을 전해야겠군요."

백작이 내 팔을 잡았고 우리는 옆방으로 들어갔다. 식탁에는 성대한 저녁식사가 차려져 있었다. 백작은 집 밖에 나가 있을 때 식사를 했다면서 다시 한 번 실례를 구했다. 그러나 지난밤처럼 자리에 앉아서 내가 먹는 동안 대화를 나누었다. 식사를 끝내자 나는 어젯밤처럼 담배를 피웠고, 오랜 시간 동안 백작은 생각할 수 있는 온갖 주제에 대해 묻고 이야기를 건네 왔다. 나는 밤이 이슥해지고 있다는 걸 느꼈지만 이모저모로 나를 접대하는 이의 바람을 따라야 한다는 의무감을 느꼈기에 아무 말도 하지 않았다. 어제의 오랜 숙면 덕분에 졸리지는 않았어도 동틀 녘이 다가오면서 밀물과 썰물이 바뀌듯 한기를 느끼게 되는 것은 어쩔 수 없었다. 지친 상태로 꼼짝 않고 자리에 묶여 있어야 하는 처지에서 이 같은 공기의 변화를 느껴본 사람이라면 누구나 내 말을 수긍할 것이다. 곧 청명한 아침 공기를 뚫고 수탉이 홰를 치는 소리가 들려왔다. 기이하도록 새된 소리였다. 그 소리에 드라큘라 백작은 자리에서 벌떡 일어섰다.

"이런, 또다시 아침이 밝았군요! 선생을 이리 오래도록 붙잡아두다니 내가 정신이 없소이다. 내게 소중한 새로운 나라인 영국에 관한 대화를 너무

---

27 북해에 면한, 잉글랜드 노스요크셔 카운티의 한 지역.

도 흥미롭게 해주셔서 시간이 이리 날아간 걸 알아채지 못했지 뭐요."

그러더니 정중하게 절을 하면서 백작은 재빨리 방을 나섰다.

나는 내 방으로 돌아와 커튼을 젖혔지만 밖에는 볼 것이 거의 없었다. 내 창은 안뜰로 향해 있었고 내가 볼 수 있는 것은 빠른 속도로 밝아오는 하늘의 따스한 잿빛뿐이었다. 나는 다시 커튼을 닫고 이날에 대해 적고 있다.

5월 8일 일기를 쓰면서 얘기가 지나치게 산란해지는 건 아닌지 걱정 아닌 걱정을 했다. 그러나 지금은 처음부터 상세한 내용을 적어놓은 것이 퍽 기쁘다. 이곳에는 도무지 알 수 없는 기이한 점이 있고 나로서는 불안한 느낌을 지울 수가 없다. 여기서 무사히 나갈 수 있다면, 아니 차라리 오지 않았더라면! 어쩌면 익숙하지 않은 야행성의 생활양식이 내게 영향을 끼치는 탓인지도 모르겠다. 누구라도 이야기를 할 수 있는 사람이 있다면 견딜 수 있겠지만 아무도 없다. 내가 얘기할 수 있는 이는 백작뿐이고 백작은……. 나는 혹시 이곳의 유일한 생명이 나 혼자가 아닌가 두려운 마음을 품고 있다. 있는 그대로의 사실을 이야기할 때는 마음 내키는 대로 늘어놓자. 그렇게 해야 정신을 지탱해 공상이 제멋대로 미치광이처럼 날뛰지 않게 할 수 있을 테니까. 자칫하면 나는 정신을 놓쳐 가망이 없게 될지도 모른다. 여태껏 내가 이해한 것, 적어도 그렇게 보이는 내용은 이러하다.

오늘 침대에 들어 몇 시간 눈을 붙이고는 더 이상은 못 자겠다는 생각에 자리에서 일어났다. 나는 창가에 면도용 거울을 걸어놓고 면도를 하기 시작했다. 갑작스레 어깨에 손이 얹히더니 "푹 주무셨소?" 하고 백작이 인사를 걸어왔다. 나는 소스라치게 놀랐다. 거울에 내 뒤쪽 방 전체가 비치고 있었는데 백작의 모습을 보지 못했던 것이다. 기겁하는 바람에 살짝 손을 베었지만 그 순간에는 어찌나 놀랐는지 미처 알아차리지 못했을 정도였다. 백작의 인사에 답례를 하고 나는 뭘 잘못 봤나 싶어서 다시 거울을 들여다보았다. 아니, 실수가 아니었다. 백작은 내 곁에 서 있고 어깨너머로는 백작의 모습을 볼 수 있었다. 그러나 거울에는 백작의 상이 맺히지 않았다! 내 뒤의 방 안이 전부 보이는데 나 외에는 단 한 사람도 없었다. 단연코 기겁할 만한 일이었다. 일순간 머릿속에 수많은 기이한 일이 겹쳐지면서 백작이 근처에 있을 때 내가 항상 느꼈던 막연한 불안감이 슬그머니 일어나기 시작했다. 그러나 바로 그때 나는 상처에서 피가 나는 것을 알았다. 핏방울이 내 턱을 간질이고 있었다. 나는 반창고를 찾으려고 반쯤 몸을 돌리면서 면도기를 내려놓았다. 내 얼굴을 본 백작은 악마와도 같은 분노의 빛으로 눈을 번뜩이며 느닷없이 내 목덜미를 와락 움켜쥐었다. 내가 엉겁결에 몸을 뒤로 빼는 순간 백작의 손이 십자가가 달린 목걸이에 닿았다. 순식간에 백작의 태도가 바뀌었다. 분노가 눈 깜짝할 사이에 사라져버려 좀 전에 본 백작의 모습이 믿기지 않을 지경이었다.

"조심하시오. 상처를 입지 않게 주의하도록 하시오. 이 나라에서는 선생이 생각하는 것보다 한층 위험한 일이니까."

백작은 내 면도용 거울을 그러쥐더니 말을 이었다.

"이 빌어먹을 물건이 그 짓을 저질렀군요. 추접스러운 허영에 불과한 한낱 쓰레기 같은 물건은 없애버려야 마땅하오!"

그러면서 백작은 그 강철 같은 손을 한 번 뒤틀어 창문을 홱 열더니 거울을 던져버렸다. 거울은 저 아래 안뜰의 돌바닥에 부딪혀 수천 조각으로 산산조각 났다. 백작은 한 마디 말 없이 방을 나가버렸다. 어떻게 면도를 해야 할지 알 수 없으니 영 성가신 일이었다. 금속으로 된 시계 뚜껑이나 면도용 그릇의 바닥을 들여다봐야 할 판이었다.

식당으로 들어가자 아침식사가 준비되어 있었지만 백작의 모습은 어디에서도 찾을 수 없었다. 나는 혼자 식사를 했다. 여태까지 백작이 먹거나 마시는 것을 한 번도 본 적이 없다니 이상한 일이었다. 몹시 별스러운 사람이기 때문일까? 아침식사를 끝낸 후에는 성을 조금 돌아다녔다. 계단으로 나갔더니 남쪽에 면한 방이 하나 나왔다. 전망은 굉장했고 내가 서 있는 자리에서는 환상적인 경치를 만끽할 수 있었다. 성은 아찔한 절벽의 바로 가장자리에 서 있었다. 이 창에서 돌멩이를 떨어뜨리면 아무것도 닿지 않은 채 3, 4백 미터는 족히 떨어져 내릴 성싶었다. 시야가 닿는 한은 깊은 단층이 간간이 균열을 이룰 뿐 초록빛 나무 꼭대기뿐이었다. 숲 속 깊은 골짜기를 지나는 강들이 이룬 은빛 실꾸리처럼 굽이를 이루어 빛나고 있었다.

그러나 나는 아름다움을 묘사하고 있을 기분이 아니다. 멋진 풍광을 보고 난 뒤 나는 탐험을 계속했다. 문, 문, 문, 사방이 문이었다. 하나같이 잠기고 모두 빗장이 걸려 있었다. 성의 창문 말고 빠져나갈 곳은 아무 데도 없었다.

성은 감옥이었고, 나는 그 안에 갇힌 죄수였다!

03

조너선 하커의 일기(계속)

내가 죄수라는 것을 알게 되자 거친 분노가 나를 덮쳤다. 나는 층계를 위아래로 달려 다니며 문이란 문은 모두 열어보고 눈에 띄는 모든 창으로 고개를 내밀어보았지만 시간이 흐르자 내가 무력하다는 생각이 다른 모든 감정을 뒤덮었다. 몇 시간 후에 되돌아보니 그 당시 정신이 나가 덫에 갇힌 생쥐처럼 굴었던 것 같다. 그러나 일단 무력하다는 것을 깨닫게 되자 나는 가만히, 내 평생 그 무엇을 했을 때보다도 꼼짝 않고 앉아서 어떻게 해야 좋을지 생각하기 시작했다. 나는 여전히 골똘히 생각하는 중이고 지금까지는 뚜렷한 결론에 이르지 못했다. 다만 한 가지 확신을 갖고 있을 뿐이다. 내 생각을 백작에게 알려봤자 좋을 일 없다는 것. 백작은 내가 갇혀 있다는 것을 익히 알고 있으며 그렇게 한 장본인인 데다가 의심의 여지 없이 동기를 갖고 있을 테니 사실로 접근해봤자 나를 속일 빌미를 제공할 뿐이다. 지금으로서 내 유일한 계획은 내가 알게 된 사실과 두려움은 나만의 것으로 하고 똑바로 눈을 뜨고 있어야겠다는 것뿐이다. 지금 나는 나 자신의 두려움에 어린아이처럼 속아 넘어갔거나 그것이 아니라면 절망적인 곤경에 빠져 있거나 둘 중 하나이다. 만일 후자의 경우라면 내 머리를 모두 짜내 이 곤경에서 빠져나가야 한다. 이 같은 결론에 이르기가 무섭게 아래층에서 육중한 문이 닫히는 소리가 들려왔고 나는 백작이 돌아왔다는 것을 알았다. 백작은 곧바로 도서실로 향하지 않았다. 나는 조심스럽게 내 방으로 갔다가 침대를 정리하는 백작을 보았다. 그리고 이것은 별스러운 일이기는 해도 늘 의심을 품었던 것, 다시 말해 이 저택 안에 하인이 없다는 점을 확신시켜주는 일이었다. 후에 문쩌귀 사이로 식당에 놓인 테이블을 엿보면서 내 생각을 재차 확인할 수 있었다. 비루한 일들을 손수 하고 있다는 것은 확실히 이 성에 다른 사람은 아무도 없다는 증명이었다. 나를 성으로 데려올 때 마차를 몰았던 마부 역시도 백작이었으리라. 만약 그렇다면, 손을 들어 늑대 떼를 잠잠하게 만든다는 것, 늑대를 조종할 수 있다는 것은 무슨 뜻인가! 비스트리차의 사람들과 합승 마차에 탔던 승객들이 내게 품었던 그 섬뜩한 두려움은 또 무엇인가! 십자가와 마늘, 들장미, 마가목 따위를 준 것은 또 무슨 의미란 말인가! 내 목에 십자가를 걸어준 그 선량한 노부인께 축복 있기를! 십자가를 만질 때마다 나는 힘과 위안을 느낀다. 구시대적 우상 숭배로 여기도록 가르침 받아 온 물건에서 이 외로운 고난의 시기에 위로를 받는다는 것은 기이한 일이었다. 본질적으로 십자가에 무슨 힘이 있거나, 아니면 동정과 위로의 기억을 실어주는 매체, 혹은 손으로 만질 수 있는 도움 역할을 하는 것일까? 언젠가 가능하다면 이 문제를 연구하고 내 생각을 정리해볼 참이다. 그때까지는 할 수 있는 한 드라큘라 백작에 대해 모든 것을 알아내야 한다. 그래야 내 이해에 도움이 될 테니까. 오늘 내가 주제를 돌리면 아마도 백작은 자기 이야기를 할 것이다. 그러나 공연한 의심을 사지 않도록 주의해야 한다.

자정 백작과 오래도록 대화를 나누었다. 나는 백작에게 트란실바니아의 역사에 대해 몇 가지 질문을 던졌고 그는 놀랍도록 그 주제를 반겼다.

사물과 사람, 특히 전투에 대해 이야기할 때는 마치 현장에 직접 있었던 것처럼 보일 정도였다. 뒤에 백작이 설명하기를, 보야르에게 가문과 집안의 자부심은 곧 그 자신의 자부심이며, 그 영광은 곧 자신의 영광이고, 그 운명은 곧 자신의 운명이기 때문에 그런 태도가 나오는 것이라고 했다. 집안 얘기를 할 때면 늘 '우리' 라는 표현을 썼고 왕이 말하듯 복수형으로 이야기했다. 내게 그의 이야기는 몹시 매혹적이었기에 백작의 말을 구구절절 정확히 적고 싶다. 마치 한 나라의 전체 역사가 담겨 있는 것 같았다. 이야기를 하던 백작은 차츰 흥분해 풍성한 흰 콧수염을 당기기도 하고 닿는 것은 뭐든 으스러뜨리기라도 할 듯 손을 그러쥐면서 방 안을 돌아다녔다. 백작의 이야기 중에서 되도록 들은 그대로 적어야 할 것이 있다. 부족의 역사를 여과 없이 드러낸 대목이다.

"우리 세케이들은 자부심을 가질 권리를 갖고 있소. 우리의 핏줄 속에는 주군을 위해 사자처럼 싸웠던 용맹한 부족들의 피가 흐르고 있으니 말이오. 이곳은 유럽의 여러 종족이 소용돌이를 이룬 곳이오. 우그리아 부족은 아이슬란드에서부터 토르[28]과 오딘[29]이 불어넣은 전투의 혼을 가지고 내려왔소. 그들의 베르세르커[30]들은 유럽은 물론이거니와 아시아와 아프리카의 여러 해안선에서 그 잔혹함을 과시하여 그곳 주민들은 늑대인간이 나타났다고 여겼지요. 이곳에 이른 우그리아들은 훈 족과 마주쳤소. 그들의 호전적 분노가 살아 있는 불꽃처럼 대지를 휩쓸었기에, 스러져가는 종족들은 훈 족의 동맥 속에 스키타이[31]에서 축출되어 사막에서 악마와 짝을 지은 오래전 마녀들의 피가 흐른다고 여겼을 정도였다오. 어리석지요, 어리석어! 대체 그 어떤 악마며 마녀가 이 혈관 속에 흐르는

---

28 오딘의 아들로 천둥의 신.
29 북유럽 신화에 나오는 아사 신족(神族)의 최고 신으로 전쟁의 신.
30 광폭하게 싸우는 북유럽 전설의 전사.
31 기원전 6세기~3세기경 남부 러시아의 초원 지대에서 활약한 최초의 기마 유목 민족.

아틸라의 피보다 위대하다는 말이오?"

백작은 팔을 치켜들더니 말을 이었다.

"경이롭지 않소? 우리는 정복 부족이었고, 자긍심을 가졌소. 마자르 족이, 랑고바르드 족[32]이, 아바르 족[33]이, 불가르 족[34]이, 심지어는 투르크 족이 국경에 수천수만을 쏟아 부었음에도 물리친 우리요. 아르파드[35]와 그의 군대는 헝가리를 휩쓸고 지나와 국경에서 우리와 마주쳤소. 그 무시무시한 정복자들이 최후를 맞은 곳이 바로 이곳이오. 헝가리 인의 홍수가 동쪽을 휩쓸자 전승자인 마자르 족은 세케이를 혈연으로 칭하면서 수세기 동안 우리에게 투르크와의 변경을 수호할 책임을 맡겼소. 아, 굉장했소이다. 얼마나 철두철미하게 변방을 수호했는지 투르크 인들은 우리를 일컬어 '물은 잠들더라도 저들은 잠들지 않는다' 고 했을 정도였지요. 4개 국가를 통틀어 누가 '피 묻은 칼' 을 우리보다 더욱 기꺼워하며 받았을 것이며, 전쟁의 부름에 누가 우리보다 빨리 왕의 군기 앞으로 모여들었겠소? 블라키아와 마자르 족의 깃발이 초승달[36] 아래 스러진 그 굴욕, 내 나라의 그 엄청난 치욕을 언제 되갚았겠소? 보이보드[37]로서 도나우 강을 건너가 그 자신의 땅에서 투르크를 쳐부순 이들이 우리 부족이 아니면 과연 누구였겠소? 그래요, 바로 한 드라큘라였소! 패망하여 백성들을 투르크에 팔아넘기고 치욕스러운 노예의 삶을 안겨주었던 하잘것없는 형제에게 비통함을 느낀 한 드라큘라였던 거요! 그 치욕에 분기탱천해 후세에 다시, 그리고 또다시 병력을 이끌고 그는 그 거대한 강줄기를 건너 투르크의 땅으로 진군했소. 패퇴했지만 그는 다시 가고 또

---

32 게르만 민족의 한 부족으로 이탈리아에 정착함.
33 5~9세기에 중앙아시아, 동유럽, 중앙유럽에서 활동한 몽골계 유목 민족.
34 흑해에 인접한 아조프 해 연안에 있었다고 추정되는 유목 민족.
35 10세기 헝가리 최초의 군주로 아르파드 왕조의 창시자.
36 투르크의 깃발.
37 군대의 수장을 일컫는 슬라브어.

가고 또다시 갔소. 군대가 살육당하고 피비린내 진동하는 전장에서 홀로
돌아와야 했을지라도 그 무엇도 그를 멈출 수는 없었다오. 자신만이 궁
극적 승리를 거두리라는 것을 알고 있었으니까! 사람들은 그가 자기 생
각만 한다고 쑤군댔소. 허! 지도자 없는 백성이 무슨 소용이라는 거요?
두뇌 없이, 심장이 없이, 대체 어디서 전쟁이 끝난단 말이오? 드디어 모
하치 전투[38] 후에 우리는 헝가리의 굴레를 끊었고, 그 지도자 중에는 우
리 드라큘라의 핏줄이 들어 있었소. 우리의 영혼은 자유롭지 못하다는
것을 견디지 못한다오. 그래요, 젊은 선생. 세케이 족, 그리고 세케이 족
의 심장의 피이자 그 두뇌, 그 칼인 드라큘라 가문은 버섯 솟듯 솟아난
합스부르크 가문[39]이나 로마노프 가문[40]이 결코 따를 수 없는 자랑스러
운 역사를 지니고 있소이다. 이제 전투의 시절은 지나갔소. 이 속된 평화
의 시기에 피는 너무도 귀한 것이 되었고 위대한 혈통의 영광은 한물간
옛이야기가 되어버렸지요."

어느덧 거의 아침이 되었고 우리는 자러 갔다.(참조: 이 일기는 모든 것
이 수탉이 홰를 치는 소리에 중단된다는 점에서 섬뜩하리만큼 『아라비안나이
트』의 첫 부분을 닮아 있다. 햄릿 부친의 유령과도 유사하다고 할 수 있을까.)

5월 12일 사실, 있는 그대로의 순전한 사실들, 책과 수치로 입증되고 아
무 의심도 있을 수 없는 사실들로 시작하자. 내 자신의 관찰에 의지하거
나 기억에 의존하는 경험과 순전한 사실을 혼동해서는 안 된다. 지난밤,
자신의 방에서 나온 백작은 나에게 특정한 사업의 수행과 관련해 법률적
문제에 대해 질문을 하기 시작했다. 온종일 지치도록 책에 파고들었고,

---

38 1526년 8월 도나우 강가의 모하치에서 벌어진 오스만투르크와 헝가리의 전투. 이 패배로 헝가리는
    1세기가량 오스만투르크에게 지배당함.
39 10세기경 스위스에서부터 출발한 유럽 제일의 명문가로 꼽히는 집안으로 옛 오스트리아의 황실.
40 1613년부터 1917년까지 러시아를 지배한 왕조.

그저 정신을 다른 데 돌릴 요량으로 링컨스 인[41]에서 배웠던 몇 가지 문제를 다시 살펴보기도 한 뒤였다. 백작의 질문에는 특정한 방식이 있었기 때문에 순차적으로 적어 나가야 한다. 어떤 식으로든, 아니면 언제든 나에게 유용한 지식이 되어줄지 모르는 일이므로.

우선 백작은 영국에서는 한 사람이 두 명 이상의 변호사를 둘 수 있느냐고 물었다. 나는 좋다면 수십 명도 쓸 수 있지만 한 가지 거래에 관련해서는 한 번에 한 명만이 움직일 수 있기 때문에 한 명 이상의 변호사를 쓰는 것은 현명하지 않다고, 공연히 사람을 바꾸었다가는 이익에 반하는 결과를 낳을 수 있다고 대답했다. 백작은 내 뜻을 완벽히 이해하는 듯 보였고 계속해서, 예를 들어 금융 업무를 맡은 변호사의 근거지가 멀 때 다른 특정한 지역에서 도움이 필요한 경우, 한 사람에게는 금융 업무를 전담시키고 다른 사람에게는 선적 업무를 맡게 한다고 해도 어려움이 따르겠느냐고 물었다. 혹시라도 뜻을 오해하면 곤란하겠기에 좀 더 자세하게 설명해달라고 하자 백작은 이렇게 말했다.

"상세하게 말씀드리리다. 당신의 친구이자 내 친구이기도 한 피터 호킨스 씨는 런던에서 멀리 떨어진 아름다운 교구 엑서터에 있으면서도 나를 위해 훌륭한 안목으로 런던의 저택을 사주었소. 아, 네! 인근에 사는 사람 대신 구태여 런던에서 멀리 떨어진 곳에서 사람을 찾아 일 처리를 부탁하려는 것에 선생이 오해를 하지 않도록 솔직하게 말하지요. 내 뜻은 나의 일 처리를 전담하는 지역 담당자를 찾으려는 것이었소. 런던 거주자는 아마도 자신이나 지인의 일을 돌봐야 할 테니 순전히 내 일만을 돌보는 대리인을 찾으려 했던 거요. 나는 처리해야 할 일이 많은데, 예를 들어 뉴캐슬[42]이나 더럼[43]이나 하리치[44]나 도버[45]로 어떤 물건을 선적하려 한다면 그런 항구들에 사람을 위임해놓으면 훨씬 일이 수월해지지 않겠소?"

---

41 영국의 4대 법학원 중 하나로 가장 오래되었으며 잉글랜드와 웨일스의 변호사들이 소속된다.

나는 물론 수월해지기야 하겠지만 우리 변호사들은 한 변호사의 위임장을 제시하면 특정 지역에서도 일이 이루어질 수 있도록 하는 대행 체제를 갖추고 있어서, 의뢰인이 특정 변호사에게 일을 맡기면 더 이상의 수고 없이도 일을 처리할 수 있다고 대답했다.

"허나 나는 내 자유자재로 할 수 있었으면 하는 거라오. 가능한가요?"

백작의 말에 내가 대답했다.

"물론입니다. 일 전반에 걸친 내용을 누구에게도 알리기를 바라지 않는 사업가들께서는 종종 그렇게들 하십니다."

"좋아요!"

곧이어 백작은 화물 탁송의 방법과 그에 필요한 양식, 그리고 부딪힐 법한 갖가지 난관과 더불어 어떻게 하면 예상되는 어려움을 사전에 예방할 수 있는지 따위를 물었다. 나는 내 능력이 닿는 한에서 최선을 다해 설명했다. 예상하지 못했거나 미리 점검하지 않은 내용이 전혀 없는 것을 보니 아마도 백작은 변호사가 되었다면 단연 최상급이었으리라는 인상을 심어주었다. 영국에 한 번도 가본 적이 없으며 사업 경험 역시 일천한 데도 백작의 지식과 통찰력은 놀라울 따름이었다. 이야기한 내용에 만족스러운 대답을 얻고 내가 구할 수 있는 책자들로 필요한 부분을 검증해 보이고 나자 백작은 별안간 자리에서 일어나더니 이렇게 말했다.

"우리의 친구 피터 호킨스 씨나 그 어떤 사람에게 편지를 쓴 적이 있소?"

그 말에 나는 가슴 한구석으로 씁쓸함을 느끼며 아니라고, 지금까지는 누구에게도 편지를 보낼 기회가 없었다고 대답했다.

"그럼 이제 쓰시오, 젊은 친구. 우리의 친구와, 원한다면 또 다른 사람에

---

42 영국 잉글랜드 북동부에 있는 도시.
43 영국 잉글랜드 북동부 더럼카운티의 한 도시.
44 영국 잉글랜드 에식스 주의 항만 도시.
45 영국 잉글랜드 남동부 켄트카운티의 항구 도시.

게도 편지를 쓰시오. 선생이 지금부터 한 달 동안 이곳에 머무를 거라고."

백작이 내 어깨에 묵직한 손을 올리며 말했다.

"제가 그렇게 오래 머무르기를 바라시나요?"

문득 가슴 한켠이 서늘해지는 것을 느끼며 내가 물었다.

"그러기를 바라오. 거절은 받아들이지 않겠소. 선생의 주인, 고용주가 본인을 대신할 대리인을 보냈을 때는 내 필요만이 고려되어야 한다는 뜻으로 이해된 거라 여겼소만……. 내 대접이 성에 차지 않아서인가요? 그렇지는 않을 텐데요?"

절을 하며 달게 받아들이는 것 말고는 달리 내가 뭘 할 수 있었겠는가? 이 일은 내가 아닌 호킨스 씨의 일이었고 나는 나 자신이 아닌 호킨스 씨를 생각해야 했다. 게다가 이야기를 하는 사이 드라큘라 백작의 눈과 태도가 내가 죄수라는 것, 뭘 바라든 간에 내게는 선택의 여지가 없다는 점을 여실히 확인시켜주고 있었다. 백작은 내 인사에서 자신의 승리를, 내 얼굴의 걱정스러운 빛에서 자신이 우위임을 읽었는지 곧바로 그 힘을 과시했지만, 여전히 특유의 부드러우며 저항할 수 없는 방식이었다.

"간절하게 부탁하는데, 선생의 편지에 사업 이외의 사안에 대해서는 장황한 이야기를 피해주셨으면 좋겠소. 선생이 잘 지내고 있으며 곧 집으로 돌아가게 되리라는 것을 알게 되면 친구들이 틀림없이 기뻐할 테니까요. 그렇지 않은가요?"

그렇게 말하면서 백작은 내게 세 장의 편지지와 세 장의 편지 봉투를 내밀었다. 얄따란 외국산 편선지였다. 그것을 보고 다시 고개를 드는 순간 새빨간 아랫입술 위로 비어져 나온 날카로운 송곳니와 말없는 미소가 눈에 들어왔다. 나는 그것이 얼마든지 읽어볼 수 있으니 쓰는 내용에 신중해야 한다는 경고라는 것을 알아차렸다. 그래서 나는 우선 공적 내용만 쓴 뒤 나중에 비밀리에 호킨스 씨에게 상세한 내용을 전하고, 미나에게는 혹시 백작이 보더라도 헷갈리도록 속기로 쓰기로 마음먹었다. 두 장의 편

54

지를 쓰고 나자 나는 자리에 앉아서 책을 읽었고, 그러는 사이 백작은 테이블 위에 있는 책자를 참조해가며 편지 몇 통을 썼다. 곧이어 백작은 내 편지를 집어들어 자기가 쓴 편지와 함께 놓고는 필기도구를 정리하고 밖으로 나갔다. 백작 뒤에서 문이 닫히자마자 나는 몸을 내밀어 주소지가 아래쪽으로 하여 테이블 위에 놓인 편지들을 들여다보았다. 무슨 수를 써서라도 스스로를 보호해야 한다고 느끼는 상황이었기 때문에 양심의 가책은 조금도 느껴지지 않았다.

편지 한 통은 휘트비 크레센트 7번지, 새뮤얼 F. 빌링턴 앞이었고 다른 것은 바르나[46]의 로이트너 앞으로 되어 있었다. 세 번째 것은 런던의 쿠츠 상사 앞이었고 네 번째 것은 부다페스트의 은행인 클롭슈토크 & 빌로이트 앞이었다. 두 번째 것과 네 번째 것은 봉해져 있지 않았다. 막 내용물을 들여다보려는 순간 문손잡이가 딸각이며 돌아갔다. 나는 잽싸게 다시 자리에 앉았고 다른 편지를 손에 쥔 백작이 방으로 돌아오기 직전에 책을 집어들 수 있었다. 백작은 테이블 위의 편지들을 집고 조심스럽게 우표를 붙이더니 내 쪽으로 돌아서서 입을 열었다.

"실례지만 내가 오늘 저녁 개인적으로 할 일이 많아요. 선생은 좋으실 대로 하고 싶은 일을 하시오."

문 앞에서 백작은 돌아서더니 잠시 머뭇거리다가 말했다.

"충고 하나 하지요, 젊은 친구. 아니, 진정으로 경고하는 바요. 여기 방들을 떠나면 그 어떤 경우라도 이 성의 다른 곳에서 잠이 들어서는 안 되오. 오래된 성이고 많은 추억을 가진 곳이기 때문에 현명하지 못하게 잠들어버린 이들에게는 악몽을 일으킬 수 있으니까요. 경고했소이다! 언제든 졸음이 밀려오거나 잠을 자야겠다 싶으면 서둘러 선생의 방이나 성의 이쪽으로 오도록 하시오. 그렇게 하면 안전할 테니. 허나 이 점을 간과했

---

46 흑해에 면한 불가리아의 대표적 무역항.

다가는……."

백작은 음산한 방식으로 말을 맺었다. 두 손을 모아 손을 씻는 듯한 동작을 해 보였던 것이다. 충분히 알아듣고도 남았다. 내 유일한 의심은 한 가지, 과연 세상 그 어떤 악몽이 나를 가두고 있는 듯 보이는 음울함과 수수께끼로 가득한 이 초자연적이고 섬뜩한 그물망보다 더 끔찍할 수 있을까, 오직 그것뿐이었다.

후에 나는 마지막으로 썼던 내용을 새삼 확인하는 중이다. 이번에는 의심의 여지가 없다. 백작만 없다면 그 어느 곳에서든 잠을 자는 것이 두렵지 않다. 나는 침대 머리맡에 십자가를 걸쳐놓았고, 그리하여 내 휴식이 꿈에서 자유로워질 수 있고, 앞으로도 그리하리라고 마음속으로 바라고 있다.

백작이 떠난 뒤 나는 내 방으로 갔다. 잠시 기다려도 아무 소리도 들리지 않자 나는 밖으로 나가 남쪽을 내다볼 수 있는 곳까지 돌계단을 올라갔다. 내게는 닿을 수 없는 것이기는 해도, 안뜰의 좁디좁은 컴컴함에 견주면 그곳에서 보는 광대함 속에는 일말의 자유의 느낌이 있었다. 이곳에서니 정말 감옥에 갇혀 있다는 느낌이 절절해지면서, 비록 밤의 것일지언정 신선한 공기를 들이마시고 싶은 간절함이 느껴졌다. 요즘 들어 야행성의 생활 방식이 나에게 영향을 미치기 시작하는 것을 절감하고 있다. 내 신경을 갉아먹어, 내 그림자를 내려다보고 온갖 섬뜩한 공상에 빠져들기 일쑤다. 이 저주 받은 곳에서 나의 불안에 찬 두려움에는 이유가 있음을 신은 아시리라! 나는 낮처럼 환한 은은한 달빛 속에서 그 아름다운 광대한 풍경을 내다보고 있었다. 아련한 빛 속 저 멀리에는 어둠에 언덕이 녹아들고 벨벳 같은 검은빛 계곡과 협곡들의 그림자가 짙게 드리워졌다. 그 순정한 아름다움은 내 기운을 북돋워주는 것 같았다. 내가 들이쉬는 공기에는 평화와 위안이 가득했다. 창문에서 물러나려는데 한층 아래 왼쪽 어딘가, 내 생각으로는 백작의 방이 있는 층에서 꾸물거리는 물체가 내 시야에 잡혔다. 백작의 방에 난 창문에서 뭔가가 어른거리는 듯싶었다. 내가 선 창은 높다랗고 깊었으며, 비록 세월에 닳기는 했지만 돌로 된 중간 문설주가 여전히 튼튼하게 남아 있었다. 나는 그 석조물 뒤에 몸을 숨기고 조심스럽게 밖을 내다보았다.

내 눈에 띈 것은 창밖으로 내민 백작의 머리였다. 얼굴을 볼 수는 없지만 그 목으로, 등과 팔의 움직임으로 백작이라는 것을 대번에 알 수 있었다. 어떤 경우라도 그리도 찬찬히 뜯어볼 기회가 많았던 그 손을 잘못 볼 리 없는 나였다. 처음에 나는 죄수가 되어 감옥에 갇히면 소소한 일도 정말 흥미롭고 재미있게 느껴진다는 생각에 새삼 놀라면서 관심 있게 그 모습을 지켜보기 시작했다. 그러나 곧 몸뚱이 전체가 서서히 창밖으로 나와 얼굴을 벽에 딱 붙이고 거대한 날개처럼 등 뒤로 망토 자락을 펄럭이면서 그 아득한 낭떠러지 위로 성의 담을 따라 기어 내려가기 시작하자 나의 감정은 이내 혐오와 공포로 바뀌었다. 처음에는 내 눈을 믿을 수 없었다. 달빛이 나를 속이는 것이겠거니, 그림자의 기이한 효과이겠거니 여겼건만 아무리 바라보아도 환각일 수는 없었다. 세월을 못 이겨 모르타르가 닳아져 나간 돌의 귀퉁이를 쥔 손가락과 발가락이 똑똑히 보였다. 그렇게 온갖 돌출부와 울퉁불퉁한 자리를 번갈아 쥐면서 백작은 도마뱀이 담장을 기어가듯 놀라우리만큼 빠른 속도로 아래로 내려가고 있었다.

백작은 대체 어떤 사람인가? 아니, 대체 사람의 모습을 띤 어느 피조물이란 말인가? 나는 나를 위압하는 이 섬뜩한 공간에서 몸서리쳐지는 두려움을 느끼고 있다. 두려움, 끔찍한 두려움에 빠져 있고 달아날 길은 없다. 내가 갇힌 곳은 감히 상상조차 할 수 없는 공포 속이다.

5월 15일 다시 한 번 도마뱀처럼 나가는 백작을 보았다. 백작은 30미터는 족히 되는 거리를 비스듬히 아래로 내려가서는 왼쪽으로 상당한 거리를 다시 나아갔다. 그곳 어딘가에 구멍이나 창문이 있는지 백작은 그 안으로 들어갔다. 그의 머리가 사라지자 나는 좀 더 자세히 보려고 밖으로 몸을 내밀었지만 헛수고였다. 거리가 멀어 아무리 해도 시야에 잡히지 않았던 것이다. 이제 백작이 성을 떠났다는 것을 알았으니 이 호기를 놓치지 말고 여태껏 감히 해보려 했던 것보다 더욱 샅샅이 성을 탐험해야겠다는 생각이 들었다. 나는 방으로 돌아가 램프를 들고 나와 모든 문을 열어보았다. 예상했듯 하나같이 잠겨 있었고 자물쇠는 모두 비교적 새것이었다. 나는 처음에 들어왔던 홀로 향하는 석조 계단을 내려갔다. 그곳의 빗장은 제법 수월하게 밀렸고 묵직한 사슬도 벗겨낼 수 있었다. 그러나 문은 잠겨 있었고 열쇠는 간 곳이 없었다! 틀림없이 백작의 방에 있을 터였다. 그 방으로 들어가 빠져나갈 수 있을지도 모르니 백작이 방문을 잠그지 않도록 해야 한다. 나는 계속해서 사방의 층계와 복도를 샅샅이 점검하고 열려 있는 문들을 일일이 확인해보았다. 홀 근처의 작은 문 한두 개는 열려 있었지만 안에는 오래되어 먼지를 뒤집어쓰고 좀먹은 낡은 가구 외에는 아무것도 찾을 수 없었다. 그러나 마침내 층계참 꼭대기에서 잠긴 듯 보이기는 했지만 힘을 주자 살짝 밀리는 문을 찾아냈다. 좀 더 힘주어 밀어보니 문이 잠겨 있는 것이 아니라 쩌귀가 떨어져 나가는 바람에 육중한 문짝이 바닥에 닿아 잘 열리지 않는 것이었다. 다시는 얻지 못할지 모르는 기회였다. 나는 온 힘을 기울이고 갖은 애를 쓴 끝에 간신히 들어갈 만큼 문을 밀어낼 수 있었다. 내가 지내는 방들에서 오른쪽으로 한참 치우치고 한 층 아래인 성의 다른 쪽 부속 건물에 있는 방이었다. 창문으로 내다보니 성의 남쪽으로 방들이 죽 이어져 있으며, 마지막 방의 창문은 서쪽과 남쪽 두 면을 바라보고 있다는 것을 알 수 있었다. 남쪽 역시도 서쪽과 마찬가지로 깎아지른 절벽이었다. 성은 거대한 바위산 위에 세워져 있어서 삼면이 난공불락이었으며, 투석기나 화살, 컬버린[47]도 닿지 않아

굳이 방어할 필요가 없는 곳이었기에, 창문을 커다랗게 내어놓았고, 그리로 들어오는 빛은 크나큰 위안을 주었다. 서쪽으로는 깊은 계곡이 보였다. 저 멀리에는 높다란 봉우리들이 들쑥날쑥 솟아 있는데, 틈새며 균열 부분에 뿌리째 매달린 마가목과 가시 관목이 듬성듬성 나 있을 뿐 그 자체로 거대한 바윗덩어리였다. 지금까지 보았던 것보다 한층 아늑한 분위기를 가진 가구들로 보아 성의 이쪽은 예전에 귀부인들이 쓰던 곳임에 틀림없었다. 창에는 커튼이 없어서 마름모형 창틀로 넘실거리며 쏟아지는 달빛에 심지어는 가구의 색상까지도 알아볼 수 있을 정도였다. 은은한 달빛은 시간과 좀의 폭정을 살며시 가려주는, 가구에 내려앉은 두툼한 먼지를 부드럽게 감쌌다. 손에 들고 온 램프가 그 화사한 달빛 속에서 별 구실을 하는 것 같지는 않았지만, 그 방에는 왠지 심장을 차갑게 만들고 신경을 떨리게 하는 섬뜩한 외로움이 있었기에 나는 램프를 가져온 것이 기뻤다. 백작이라는 존재 탓에 증오하게 된 방에 혼자 있는 것보다 더 나쁜 것이 무엇이 있겠는가. 마음을 가라앉히려 조금 애써보니 부드러운 평안이 깃드는 것이 느껴졌다. 이곳에서, 한때는 아름다운 아가씨가 거듭 얼굴을 붉히며 고민스레 연애편지를 썼을 작은 떡갈나무 탁자 앞에 앉아서, 나는 마지막 일기를 쓴 이래로 내게 일어난 일을 속기로 낱낱이 일기에 적고 있다. 지금은 19세기, 철저하게 현대이다. 그러나 감각이 나를 속이는 것이 아니라면 지금 내게는 지나간 수세기가 고작 '현대성'으로는 제거할 수 없는 고유의 힘을 무소불위로 발휘하고 있다.

후에, 5월 16일 아침 제가 이토록 쇠락하였나니 신이시여, 제 온전한 정신을 지켜주소서. 안전과 안전에 대한 보증을 갈구하는 것은 과거의 일이 되어버렸다. 이곳에 온 이래로 내가 바라는 것은 내가 아직 미친 것이 아

---

47 16~17세기의 장거리 포.

니라면 제발 미치지 않게 해달라는 것이다. 설령 제정신이라고 해도, 이 소름 끼치는 곳에 매복한 온갖 더러운 것들 중에서 그나마 가장 덜 두려운 것이 백작이라고, 비록 그의 목적에 이용되는 것에 국한되어 있을지는 몰라도 오로지 백작에게서만 내가 안전을 찾을 수 있다는 생각을 하는 걸 보면 미쳐가고 있는 것에 틀림없다. 아, 전능하신 하느님! 자비의 하느님, 제발 저를 진정시켜주소서. 그러지 못하면 광인이 되어버릴지도 모르나니. 지금껏 나를 헷갈리게 만든 일들에 대해 나는 새로운 깨달음을 얻기 시작했다. 이제까지 햄릿에게 이 대사를 읊도록 하는 셰익스피어의 의도를 알지 못했다.

"내 수첩! 어서, 내 수첩을! 이걸 적어놓아야 해."

비록 완전히 정신이 나간 듯 느껴지고 마침내 영락으로 끝나게 마련인 엄청난 충격이 찾아왔을지라도, 나는 마음의 안정을 구하려 일기장을 편다. 습관처럼 일기장을 펼치면 확실히 신경을 가라앉히는 데 도움이 된다.

백작의 수수께끼 같은 경고에 나는 몹시 겁에 질렸었다. 지금 돌이켜 생각해보니 더욱 섬뜩하다. 앞으로는 나를 쥐락펴락하겠다는 뜻 아니겠는가. 그가 하려는 말이 무엇인지 의구심을 품기도 두려운 마음뿐!

일기를 적고, 다행히도 일기장과 펜을 호주머니에 넣고 났을 때 졸음이 몰려오기 시작했다. 백작의 경고가 머릿속에 떠올랐지만 그것을 어기는 데서 오는 즐거움을 떨쳐낼 수 없었다. 졸음은 나를 지배했고 잠과 더불어 호위병처럼 따라붙은 완고함이 나를 붙들어 앉혔다. 은은한 달빛은 부드러웠고 창밖의 저 너른 광대함에 나는 상쾌한 자유의 느낌을 맛보았다. 나는 유령이 출몰할 듯한 음울하기 짝이 없는 방으로 돌아가지 않고 오늘 밤은 이곳, 예전에 머나먼 무자비한 전장에 나간 연인 생각에 마음 졸이며 애통해하던 귀부인들이 앉아 쉬었을 이곳에서 잠을 자기로 마음먹었다. 한구석에서 커다란 카우치를 끌어내어 동쪽과 남쪽의 멋진 경관을 바라볼 수 있는 자리에 놓은 뒤 나는 먼지 따위는 아랑곳하지 않고 그 위에 누워 잠을 청했다. 내 생각에는 설핏 잠이 들었던 것 같다. 아니, 제발 그랬기를 바란다. 그러나 그 뒤로 이어진 일들은 소름끼치도록 생생했다. 너무도 생생했기에 아침의 환한 햇살을 받으면서 앉아 있는 지금 이 순간조차도 그것이 꿈결이었다고는 상상조차 할 수 없다.

나는 혼자가 아니었다. 안으로 들어온 뒤로 어느 한 곳 달라진 데 없이 방의 모습은 처음 그대로였다. 나는 그 찬란한 달빛 속에서, 세월을 두고 켜켜이 쌓인 바닥의 먼지 위에 흩뜨려놓은 내 발자국을 볼 수 있었다. 그런데, 달빛 아래 내 맞은편에, 옷차림이나 몸가짐으로 보아 귀부인이 분명한 젊은 여자 셋이 서 있지 않겠는가. 그들을 보는 순간 나는 꿈을 꾸고 있다고 생각했다. 바닥에는 그들의 그림자가 보이지 않았던 것이다. 여자들은 내 쪽으로 다가와서 한동안 나를 내려다보더니 자기들끼리 뭐라고 귀엣말을 했다. 두 여자는 검은 머리에 백작처럼 높다란 매부리코였고, 창백한 노란 달빛과 대조되어 거의 붉게 보이는, 꿰뚫어 보는 듯한 커다란 검은 눈동자를 갖고 있었다. 다른 한 여자는 풍성한 금발을 늘어뜨리고, 정말 눈처럼 새하얀 피부에 옅은 사파이어 빛깔의 눈동자였다. 웬일인지 그녀의 얼굴이 낯이 익었다. 몽환적 두려움과 연결된 기억 속에 떠오르는 얼굴인 듯했는데, 어디서 어떻게 그 기억이 온 것인지는 알 수 없었다. 세 여인 모두 루비처럼 붉은 육감적인 입술에 대비되어 진주처럼 눈부시게 빛나는 흰 이가 눈에 띄었다. 그들에게는 왠지 마음을 불안하게 만드는, 간절한 열망이면서 동시에 섬뜩한 두려움이기도 한 무엇인가가 있었다. 그녀들을 보는 순간 내 심장은 그 붉은 입술로 내게 키스해주기를 바라는 사악한 욕망으로 불타올랐다. 언젠가 미나가 이 일기를 읽으면 마음이 아플 테니 적지 않는 편이 나을 테지만 솔직한 심정이 그러했다. 그들은 서로 귀엣말을 하더니 까르르 웃음을 터뜨렸다. 은방울을

굴리는 듯 음악적인 소리였으나 그 소리에는 인간 입술의 부드러움을 통해서는 결코 나올 수 없을 듯한 날카로움이 숨겨져 있었다. 숙련된 손으로 물 컵 연주를 할 때처럼 감질나도록 견딜 수 없게 만드는 달콤함이랄까. 금발의 여자가 교태스럽게 머리를 흔들자 다른 두 여자가 재촉했다.

"어서 해! 네가 먼저 하면 우리도 따를게. 시작할 권리는 네 것이야."

한 여자의 말에 다른 여자가 덧붙였다.

"젊고 강한 남자야. 우리 모두 입을 맞추자고."

나는 환희에 찬 기대의 고통 속에서 눈꺼풀 아래로 실눈을 뜬 채 가만히 누워 있었다. 금발의 여자가 나서더니 내 위로 몸을 굽혔다. 내 몸 위로 쏟아지는 그녀의 숨결이 느껴졌다. 꿀처럼 달콤하고, 그녀의 목소리처럼 내 신경을 저릿하게 만드는 숨결이었지만, 그 달콤함 속에는 피 냄새 같은 아릿한 불쾌감이 서려 있었다.

두려워서 눈을 뜰 수는 없었지만 눈꺼풀 아래로도 모든 광경이 확연히 보였다. 여자는 무릎을 꿇고 흡족한 표정을 지으며 내 쪽으로 허리를 굽혔다. 그녀에게는 짜릿하기도 하고 혐오스럽기도 한 관능이 느껴졌다. 목을 굽히면서 여자는 동물처럼 혀로 입술을 핥았다. 달빛 속에, 날카로운 흰 이를 혀가 감싸는 순간 그 붉은 혀와 선홍빛 입술 위에서 빛나는 촉촉한 물기까지 또렷하게 드러났다. 아래로, 아래로 그녀의 머리가 내려왔다. 내 입과 턱의 경계 아래로 내려와 재빠르게 내 목덜미로 향했다. 거기서 그녀는 잠시 멈칫했고, 이와 입술을 혀끝으로 차는 가벼운 쩟쩟 소리와 함께 뜨거운 숨결이 목에 느껴졌다. 내 목덜미의 피부에는 손이 간지럼을 태우러 다가올 때처럼 자릿자릿한 느낌이 들기 시작했다. 나는 목덜미의 가장 민감한 피부에 와 닿는 그 부드럽고 떨리는 입술의 감촉을, 두 개의 날카로운 이가 와 닿아 머무는 자극을 느낄 수 있었다. 나는 나른한 황홀경 속에서 눈을 감은 채 기다리고 또 기다렸다. 내 가슴은 터질 듯 마구 쿵쾅거렸다.

그러나 바로 그 순간 또 다른 직감이 번개처럼 잽싸게 내 몸을 훑었다. 나는 분노의 폭풍에 휘말린 백작의 존재를 알아챘다. 마지못해 눈을 뜨자 나는 백작의 우악스러운 손이 금발 아가씨의 가녀린 목을 움켜쥐고 엄청난 힘으로 뒤로 밀쳐내는 것을 보았다. 여자의 푸른 눈에는 분노가 이글거리고 그 흰 이는 격노로 부르르 갈렸으며 흰 뺨은 격정으로 새빨갛게 달아올랐다. 그러나 백작! 나는 그처럼 무시무시한 분노와 격정은 하다 못해 지옥 구덩이의 악마에게서도 상상해본 적이 없다. 백작의 눈은 말 그대로 활활 타오르고 있었다. 눈 속의 붉은빛은 지옥의 불길이 그 뒤에서 이글거리고 있는 듯 불타올랐다. 낯빛은 죽은 이처럼 창백했고 얼굴의 윤곽선은 일그러뜨린 철사처럼 굳었다. 콧잔등 위에서 이어지는 두툼한 눈썹은 하얗게 달궈진 금속 막대 같았다. 백작은 난폭하게 팔을 휘둘러 여자를 떼밀어 내고는 다른 두 여자에게는 마치 때릴 듯한 몸짓을 해 보였다. 전에 늑대에게 그랬듯 절대적 복종을 강요하는 몸짓이었다. 낮아서 속삭임처럼 들리지만 공기를 가르는 쇳소리로 백작이 말했다.

"너희들이 저 사람을 건드릴 생각을 해? 내가 하지 말라고 했는데도 감히 눈길을 주었단 말이냐? 물러서라, 내 명령이다! 이 사람은 내게 속해 있어! 이 사람과 섞이려면 조심하는 게 좋을 게다. 자칫하면 나를 상대해야 할 테니까."

금발의 여자가 상스러운 교태의 웃음을 흘리며 돌아서더니 백작의 말을 받았다.

"당신은 사랑을 해본 적이 없잖아요. 당신은 절대 사랑 못해요!"

그러자 다른 여자들도 합세해 곧 음침하고 날카롭고 공허한 웃음이 방 안에 메아리쳤다. 그 소리를 듣고 있자니 정신을 놓을 것만 같았다. 그것은 마귀의 즐거움이었다. 백작은 내 얼굴을 찬찬히 들여다보고 돌아서더니 나직한 속삭임으로 말했다.

"아니, 물론 나도 사랑할 줄 알아. 너희들도 과거와 다르다는 걸 알 수 있을 게다. 내가 저 사람에게서 볼일을 끝내면 너희들 마음대로 입을 맞춰도 좋아. 이제는 가거라! 가란 말이다! 해야 할 일이 있어 저 사람을 깨워야겠으니."

"오늘 밤에 우리한테는 아무것도 없어요?"

한 여자가 백작이 바닥에 끌어다놓은 가방을 가리키면서 소리 죽여 키득거리며 물었다. 뭔가 살아 있는 것이 들어 있는 듯 가방이 꿈틀거렸다. 대답으로 백작은 고개를 끄덕였다. 한 여자가 성큼 앞으로 나서더니 가방을 열었다. 내 귀가 나를 기만하는 것이 아니라면 내가 들은 소리는 헐떡임과 숨죽인, 반쯤 숨이 막힌 아이의 울부짖음이었다. 내가 공포로 경악해 있는 사이 여자들은 가방 주위에 빙 둘러섰다. 그러나 내가 눈길을 던지는 순간 그들은 사라졌고 그들과 함께 그 끔찍한 가방도 사라졌다. 여자들 주변에는 문이 없었고 내가 보지 못하는 사이 내 곁을 지나쳐 갈 수도 없었다. 마치 달빛 속으로 스며들어 창문을 통해 나간 것 같았다. 나는 창밖에서 그들이 완전히 사라지기 전 일순간 그 흐릿하고 희끄무레한 형태를 알아볼 수 있었다.

순간 공포가 나를 엄습해왔고, 나는 의식을 잃고 말았다.

04

조너선 하커의 일기(계속)

나는 내 침대에서 눈을 떴다. 꿈을 꾼 것이 아니라면 백작이 나를 이곳
으로 옮겨왔으리라. 사실이 무엇인지 만족할 만한 대답을 얻으려 노력했
지만 그 어떤 확실한 결과에도 도달하지 못했다. 확실히 몇 가지 소소한
증거, 예컨대 내 옷이 내 습관과 다른 방식으로 개켜져 있는 것 따위는 증
거가 될 만하다. 내 시계는 여전히 태엽이 풀린 채였는데, 잠자리에 들기
전 마지막으로 태엽을 감는 것은 내가 철석같이 지키는 습성이다. 그밖에
도 사소한 증거가 적지 않았다. 그러나 내 마음이 평상시와 달랐다는 점
에 대한 증명은 될 수 있으며 이런저런 이유로 말미암아 내가 흥분한 상
태였다는 점을 알게 해줄 수는 있을지언정 결정적 증거가 되기에는 어딘
지 부족했다. 나는 결정적 증거를 찾아야 했다. 그래도 한 가지 사실만큼
은 기뻤다. 나를 이곳으로 데려와 옷을 벗긴 이가 백작이라면 몹시 서둘
렀을 테고 그러니 내 호주머니를 건드리지는 않았으리라는 것이었다. 이
일기는 그에게 수수께끼였을 테니 그냥 두고 볼 수는 없었을 터였다. 어
쩌면 가져가서 없애버렸을 수도 있었다. 내게는 두려움으로 가득 찬 곳이
었지만 새삼 둘러보니 이 방은 차라리 성소 같은 느낌이었다. 내 피를 빨

려 기다렸던, 그리고 지금도 기다리고 있는 그 섬뜩한 여자들보다 두려울 것은 세상 그 어떤 것도 없으니까.

5월 18일 진실을 알아야 했기에 밝은 대낮에 그 방을 다시 보러 갔다. 층계참의 꼭대기 문간에 이르자 나는 문이 잠겨 있다는 것을 알았다. 얼마나 문설주에 꽉 닫아두었는지 나무 세공 부분이 꺾였을 정도였다. 자물쇠의 빗장은 걸려 있지 않았지만 문은 안에서 굳게 잠겨 있었다. 두렵지만 아무래도 꿈은 아니었나 보다. 앞으로는 그 일이 꿈이 아니었다는 전제에서 행동해야겠다.

5월 19일 나는 덫에 갇혀 있다. 지난밤에 백작은 내게 편지 세 통을 쓰라고 했다. 한 통은 이곳의 일이 거의 끝났으며 며칠 내에 집으로 출발하겠다는 내용이었고, 또 한 통은 편지의 날짜 그다음 날 내가 출발한다는 내용이었으며, 세 번째 편지는 내가 성을 떠나 비스트리차에 도착했다는 내용이었다. 반발하고 싶은 마음은 간절했지만 지금처럼 전적으로 백작의 수중에 놓인 상황에서 드러내놓고 입씨름을 벌인다는 것은 미친 짓일 터였다. 게다가 거부했다가는 공연한 의심을 키우고 분노를 불러일으킬 수도 있었다. 그는 내가 지나치게 많은 것을 안다는 사실을 알고 있다. 내가 그에게 위협적이지 않은 한 나는 살아남을 수 없다. 내 유일한 희망은 시간을 끌면서 탈출할 호기를 노리는 것뿐. 그 아름다운 여자를 떼어낼 때 백작의 눈에서 이글거리는 분노를 본 나였다. 백작은 내게 우편배달이 드물고 불확실하기 때문에 지금 편지를 써두는 것이 내 친구들이 안심하도록 해주는 길이라고 했다. 그리고 혹시라도 내가 체류를 연장하게 되면 비스트리차에서 대기할 나중 편지들은 발송되지 않을 수도 있다고 덧붙였다. 이런 마당에 반대하고 나서는 것은 새로운 의심을 낳을 뿐이리라. 마침내 나는 백작의 견해에 동의하는 척하고는 편지에 적어 넣을 날짜를 물었다. 백작은 잠깐 계산하더니 입을 열었다.

"첫 번째 편지는 6월 12일, 두 번째는 6월 19일, 세 번째는 6월 29일로 하면 되겠군요."

이제 나는 나의 남은 수명을 알게 되었다. 하느님, 저를 보살펴주소서!

5월 28일 탈출의 기회, 적어도 집에 편지를 전할 기회가 왔다. 시가니 일패가 성으로 와서 안뜰에 야영을 했다. 이들은 집시들이다. 전 세계에 걸쳐 있는 평범한 집시들과 같은 부류이지만 특별히 이곳의 집시를 시가니라 이른다. 헝가리와 트란실바니아에 수천 명이 사는데 거의 법망 밖의 존재들이다. 두려움을 모르고, 미신 말고는 종교도 없으며 로마니 어[48]의 온갖 방언으로 대화를 한다.

집으로 편지를 쓴 다음 시가니들의 힘을 빌려 부치도록 시도해봐야겠다. 친밀해지려는 노력으로 벌써 창문을 통해 그들과 대화를 나누었다. 그들은 공손히 모자를 벗고 다양한 몸짓을 해 보였는데, 그러나 나는 그들의 말을 이해하지 못하는 만큼이나 그 동작 어느 것도 이해할 수 없었다…….

나는 편지를 썼다. 미나에게 보내는 것은 속기로 기록했고 호킨스 씨에게는 그저 미나와 이야기해보시라고만 썼다. 미나에게는 내 처지를 설명했지만 혹시 내 추정에 불과할 수도 있을 공포 부분은 뺐다. 아마 그 일을 알면 미나는 충격을 받아 겁에 질려 쓰러질지도 모른다. 설령 이 편지들이 제대로 닿지 못한대도 백작이 내가 아는 비밀이나 내 지식이 어느 정도인지는 알지 못하리라…….

나는 편지를 내주었다. 금화 한 닢과 함께 내 방 창문의 창살 사이로 편지 두 통을 던지고는 부쳐달라는 몸짓을 열심히 해 보였다. 편지를 주운 남자는 자기 가슴에 갖다대고 절을 하더니 모자 속에 넣었다. 더 이상 내

---

48 집시의 언어.

가 할 일은 없었다. 나는 서재로 물러나 책을 읽었다. 백작이 들어오지 않아서 이곳에서 편지를 쓸 수 있었다…….

백작이 왔다. 백작은 내 옆에 앉더니 편지 두 장을 펼치며 지극히 나긋나긋한 말투로 입을 열었다.

"시가니가 이걸 주었소. 대체 어디서 입수했는지 나로서는 모를 일이지만 물론 신경은 써야겠지요? 봅시다!"

아니, 백작은 벌써 읽어보았음에 틀림없었다. 백작이 말을 이었다.

"한 통은 선생이 내 친구 피터 호킨스 씨에게 보내는 것이로군요. 다른 한 통은……."

봉투를 열자 나열된 기이한 부호들을 앞에서 백작은 금세 어두운 표정을 지으며 사악하게 눈을 빛냈다.

"이건 아주 비열한 짓이오. 우정과 호의에 대한 도발이란 말이오! 서명도 되어 있지 않고! 좋소. 그러니 이것이 우리와 상관이 있어서는 안 되겠지요?"

백작은 침착하게 편지와 봉투를 들고는 램프 불꽃에 대고 재가 될 때까지 태웠다.

"호킨스 씨에게 보내는 편지는 선생의 것이니 물론 부치도록 하겠소. 선생의 편지는 내게는 신성하니까. 실례지만 친구여, 무심결에 내가 봉인을 열었구려. 다시 봉인하시겠소?"

백작은 내게 편지를 내밀었고 정중한 인사와 함께 깨끗한 봉투를 건넸다. 나는 그저 말없이 겉봉을 써서 돌려줄 수밖에 없었다. 백작이 밖으로 나가자 열쇠가 부드럽게 돌아가는 소리가 이어졌다. 잠시 후에 다가가 돌려보니 문은 잠겨 있었다.

한두 시간 후에 백작이 살며시 방으로 들어왔을 때 나는 소파에서 잠들어 있었다. 백작이 들어오는 소리에 나는 잠에서 깨어났다. 백작은 무척 정중하고 활발했으며 내가 자고 있었던 것을 알자 이렇게 말했다.

"아, 선생. 피곤하신 모양이군요. 침대로 가시오. 거기서 편히 쉬어요. 오늘은 내가 할 일이 많아 이야기를 나누는 기쁨을 누릴 수 없을 듯하니 푹 주무시오."

나는 방으로 돌아와 침대로 갔고, 희한한 일이었지만 꿈도 꾸지 않고 잤다. 절망에도 그 나름의 휴지기가 있는 모양이다.

5월 31일 오늘 아침 일어나자 혹시라도 기회가 생기면 편지를 쓸 수 있도록 가방에서 종이와 봉투를 꺼내어 호주머니에 간직해둬야겠다는 생각이 들었다. 그러나 또 다른 놀라움, 또 다른 충격이 나를 기다리고 있었다!

종이가 한 장도 남김없이 사라지고 내가 끼적인 수첩이며 철로와 교통편에 관한 메모, 신임장 할 것 없이 내가 성 밖으로 나가게 되면 긴요할 모든 것이 자취를 감추어버렸다. 나는 자리에 앉아 한동안 곰곰이 생각해보았다. 문득 떠오른 생각에 나는 옷을 넣어둔 옷장과 여행 가방을 뒤져보았다.

내가 입고 여행한 옷이 사라져버렸다. 외투와 무릎 덮개도 마찬가지였다. 어디서도 찾을 수 없었다. 이것도 새로운 사악한 계략의 흔적이려나…….

6월 17일 오늘 아침 침대 가장자리에 앉아 생각에 골몰하고 있는데 안뜰 너머 길에서 채찍이 내리쳐지는 소리와 함께 말굽 소리가 들려왔다. 반가운 마음에 한달음에 창가로 달려가 보니 각각 튼튼한 말 여덟 마리가 끄는 거대한 짐수레 두 대가 들어오고 있었다. 마부석에는 널따란 모자와 커다란 못이 불거진 허리띠, 구질구질한 양가죽 옷, 거기에 높다란 부츠 차림의 슬로바키아 인이 앉아 있었다. 마부 두 사람 모두 손에 기다란 막대기를 들고 있었다. 어쩌면 저들이 들어올 수 있도록 문을 열어두었을지도 모르니 아래층으로 내려가 홀을 가로질러 문까지 내처 달려가면 되지

70

않을까. 그러나 나는 또다시 크나큰 충격을 받았다. 내 방의 문이 밖에서 굳게 잠겨 있었던 것이다.

나는 다시 창가로 달려가 소리를 질렀다. 그들은 멍청한 눈빛으로 나를 올려다보며 손짓을 했지만 바로 그때 시가니의 우두머리가 밖으로 나왔다. 시가니는 내 창문을 가리키는 슬로바키아 인들을 보더니 뭐라고 이야기했고 그러자 그들은 왁자하게 웃음을 터뜨렸다. 그 뒤로는 아무리 애를 써도, 아무리 애처롭게 울부짖고 고통스럽게 소리쳐도 그들은 거들떠보지조차 않았다. 아예 철저하게 외면해버렸다. 짐수레에는 두터운 밧줄로 손잡이를 만든 커다란 직육면체 상자들이 실려 있었다. 마부들이 다루는 품과 끌고 갈 때 바닥에서 울리는 소리로 보아 안은 비어 있는 것 같았다. 짐을 모두 내려 마당 한구석에 높다랗게 쌓아올린 뒤 슬로바키아 인들은 시가니에게서 돈을 받아들더니 행운을 비느라 그 위에 침을 퉤 뱉고는 느릿느릿 말머리를 향해 다가갔다. 곧이어 멀어져가는 그들의 채찍 소리가 들려왔다.

6월 24일 간밤에 백작은 내 곁을 일찍 떠나 자기 방에서 꼼짝도 않고 틀어박혀 있었다. 나는 용기를 내어 나선형 계단을 달려 올라가 남쪽으로 면한 창밖을 내다보았다. 모종의 계략이 진행되는 중이었고 백작을 지켜보아야 했다. 시가니는 이 성 어딘가에 머무르면서 알 수 없는 작업을 하고 있었다. 때로 일부러 소리를 죽인 듯한 곡괭이며 삽 소리가 들려오는 것으로 보아 확실히 알 수 있었다. 무슨 일인지 알 수는 없어도 분명 이 극악무도한 사악함의 대단원이리라.

30분을 채 서 있지 않았을 때 백작의 창문 밖으로 나가는 물체가 눈에 띄었다. 나는 뒤로 물러서서 주의 깊게 지켜보았다. 남자의 몸뚱이가 밖으로 나오고 있었다. 그 광경은 나에게는 새로운 충격이었다. 백작은 내가 이곳에 여행할 때 입었던 옷을 입은 채, 여자들이 들고 사라졌던 그 끔찍한 가방을 어깨에 둘러매고 있었다. 틀림없이 새로운 사냥감을 찾아 나선 것이리라. 내 옷을 입은 채로! 이것이 백작의 새로운 사악한 책략이었다. 그렇게 하면 다른 이들은 나를 봤다고 생각할 테고, 내가 편지를 부치러 마을이며 도시를 돌아다니는 것을 봤다는 증거를 남김과 동시에 백작이 저지르는 그 어떤 악행도 내 탓으로 돌릴 수 있게 될 터였다.

그 생각만으로도 나는 격노했다. 상황이 이 지경인데 나는 이곳에 죄수처럼, 심지어는 범죄자조차 받을 수 있는 권리와 법의 보호도 없이 꼼짝없이 갇혀 있어야 한다니······.

나는 백작이 돌아오는 것을 지켜보려고 오랫동안 창가에 머물러 앉아 있었다. 그러다가 문득 달빛의 흐름 속에 작은 기묘한 반점들이 떠돌고 있는 것을 눈치챘다. 아주 작은 먼지 알갱이처럼 보이는 입자가 알 수 없는 모양새로 무리를 이루어 빙글빙글 돌고 있었다. 바라보자 마음이 가라앉으며 편안함이 나를 뒤덮었다. 나는 공기가 뛰노는 모습을 좀 더 잘 살펴보려고 편한 자세로 총안에 기대었다.

순간 내 시야에는 가려져 보이지 않지만 저 계곡 아래에서 울리는 낮고 비통한 개들의 울부짖음에 나는 소스라치게 놀랐다. 소리는 점차 내 귀를 울리는 것 같았고, 떠도는 먼지 입자는 달빛에 춤을 추면서 그 소리에 맞추어 새로운 모습을 띠어갔다. 아, 내 영혼은 투쟁을 하고 있었고 절반쯤 의식이 있는 내 감각은 그 부름에 화답하려 애를 쓰고 있었다. 나는 서서히 최면에 걸리고 있었다! 차츰차츰, 먼지가 빠르게 춤을 추었다. 달빛은 내 곁을 지나 뒤편의 거대한 암흑 속으로 파르르 떨리며 사라지는 듯했다. 어느덧 그것이 한데 모이더니 어렴풋한 유령의 형상을 띠는 것 같았다. 일순간 나는 소스라치게 놀라 감각을 완전히 되찾고 멀쩡하게 깨어나 비명을 지르며 달아났다. 달빛에서부터 차츰 모습을 띠어간 그 어슴푸레한 형체는 나의 최후를 재촉하던 유령 같은 세 명의 여자들이었다! 나는 허겁지겁 달아나, 달빛이 없고 램프가 환히 타오르는 내 방에서 가까스로 안도감을 느꼈다.

두어 시간이 지난 뒤 백작의 방에서 뭔가가 사락거리는, 날카로운 울부짖음이 울렸다가 순식간에 억눌리는 소리가 들려왔다. 곧이어 깊고 섬뜩한 침묵이 이어졌고 나는 부르르 몸서리를 쳤다. 쿵쿵대는 가슴으로 문을 열어보았지만 나는 감옥에 갇혀 있었고 아무것도 할 수 없었다. 급기야 나는 주저앉아 울음을 터뜨리고 말았다.

그러는 사이 여인의 비통에 찬 외침이 안뜰에서 들려왔다. 나는 재빨리 창가로 달려가 창을 열고 창살 사이로 밖을 내다보았다. 거기에 머리를 풀어헤친 여자가 허겁지겁 달려오느라 두방망이질하는 가슴을 손으로 움켜쥐고 정문 모퉁이에 기대 서 있었다. 창문에 나타난 내 얼굴을 보자 여자는 앞으로 달려 나오더니 원한이 서린 목소리로 소리쳤다.

"이 악마야, 내 아이 내놔!"

여인은 털썩 무릎을 꿇고 두 손을 하늘로 들어 올린 채 심장을 후벼 파는 목소리로 같은 말을 되풀이했다. 이윽고 여인은 감정의 폭발을 억누르지 못하고 머리를 쥐어뜯고 가슴을 내리치기 시작했다. 여인은 곧이어 현관으로 달려왔고, 비록 내 눈에는 보이지 않았지만 맨 손으로 문을 두드려대는 소리를 들을 수 있었다.

위쪽 어딘가, 아마도 탑일 성싶은 곳에서 백작의 목쉰, 금속성의 속삭임이 들려왔다. 그 부름에 저 먼 너른 곳에서 늑대들이 울음소리로 화답했다. 얼마 지나지 않아 늑대 무리가 무너져 내리는 둑처럼 안뜰로 쏟아져 들어왔다.

여인에게서는 비명 소리 하나 없었고 늑대 떼의 울음소리도 짧았다. 얼마 지나지 않아 늑대들은 쩝쩝 주둥이를 핥으면서 사라져버렸다.

아이에게 무슨 일이 일어났는지 아는 나로서는 여인을 동정하지 않는다. 죽는 편이 훨씬 나았을 테니까.

내가 뭘 해야 할까? 내가 뭘 할 수 있을까? 어떻게 하면 이 밤과 음울함, 섬뜩한 공포에서 달아날 수 있을까?

6월 25일 세상 어느 누구도 밤의 고통을 겪기 전까지는 아침이 사람의 마음과 눈에 얼마나 달콤하고 소중할 수 있는지를 깨닫지 못한다. 오늘 아침, 높이 뜬 해가 내 창 맞은편에 난 거대한 정문의 위쪽을 내리비쳤을 때 내게 그 빛은 마치 방주에서 날린 비둘기처럼 보였다. 나를 둘러싼 두려움은 햇살의 따사로움 속에서 기화해버린 듯 내게서 떨어져 나갔다. 대낮의 용기가 내게 있는 동안 어떤 행동이든 취해야 한다. 간밤에 미리 날짜를 적어 넣었던 편지 한 통, 지구상에서 내 존재의 흔적을 지워 나가는 치명적인 일련의 편지 중 첫 번째가 배달되었을 것이다.

그런 건 생각하지 말자. 지금은 행동을 해야 한다!

내가 어떤 식으로든 위험이나 두려움, 의기소침, 위협을 느끼는 것은 언제나 밤이었다. 나는 대낮의 빛 속에서는 백작을 본 적이 없다. 혹시 백작은 다른 사람이 잠들어 있을 때 깨어 있고 다른 이들이 깨어 있을 때 잠드는 것은 아닐까? 그의 방에 들어갈 수만 있다면! 그러나 가능한 방법이 없다. 문은 언제나 잠겨 있으니 나에게는 길이 없다.

아니, 하나 있기는 하다. 감히 용기를 낼 수만 있다면. 그의 몸이 갈 수 있는데 다른 사람의 몸이라고 못할 것은 무엇인가? 백작이 창문으로 기어 나오는 것을 직접 본 나였다. 백작을 흉내 내어 그의 창문으로 기어 들어간다면? 상황이 절박하지만 내 필요는 더욱 절박하다. 위험을 감수해야 한다. 최악의 경우라고 해봤자 죽음일 뿐. 그리고 인간의 죽음은 짐승의 것이 아니며 내게는 내세가 여전히 열려 있을 것이다. 하느님, 제가 하려는 일에서 저를 도우소서! 만약 실패한다면…… 안녕, 미나. 내 신실한 친구이자 아버지와도 같은 그분께도 작별 인사를! 안녕, 모두들, 미나 이것이 마지막이리라!

같은 날, 후에 나는 시도해보았고 하느님이 도우사 안전하게 방으로 돌아왔다. 모든 세부 사항을 순서대로 적어 나가겠다. 아직 용기백배한 사이에 나는 남쪽으로 면한 창문으로 가서 곧바로 밖으로 나갔다. 돌은 커다랗고 거칠게 깎여 있었고 사이사이 세월에 닳은 모르타르가 씻겨 나가 있었다. 나는 장화를 벗고 용기를 그러모아 백작과 같은 방법을 시도해보았다. 그 까마득한 높이를 갑작스럽게 보게 된다 하더라도 충격을 받지 않기 위해 미리 한 번 아래를 내려다보기는 했지만 그 뒤로는 절대 아래쪽으로는 눈길을 주지 않았다. 나는 백작 방의 방향과 거리를 잘 알고 있었고 이 기회를 놓치지 않도록 최선을 다해 그쪽으로 향했다. 몹시 흥분했던 터라 어지러움은 오히려 그다지 느끼지 않았던 것 같다. 백작 방 앞 창턱에 서서 내리닫이 창의 창틀을 들어 올리려고 애쓰기까지 시간은 우스꽝스러우리만큼 짧게 느껴졌다. 그러나 허리를 굽혀 발부터 창 안으로 들어설 때 내 몸은 긴장과 흥분으로 터질 것 같았다. 백작을 찾아 두리번거리다가 나는 한 가지 사실을 발견하고 놀라움과 기쁨을 느꼈다. 방은 비어 있었다! 방은 사용된 적이 없는 듯, 가구가 거의 없이 횅뎅그렁했다. 몇 점의 가구는 남쪽의 방들과 같은 양식의 것이었고 먼지가 수북했다. 열쇠를 찾았지만 자물쇠에 꽂혀 있지 않은 것은 물론이고 어디서도 찾을 수 없었다. 눈에 띄는 유일한 물건은 한구석에 쌓인 어마어마한 황금 더미였다. 오랫동안 땅속에 묻혀 있었던 듯 흙먼지가 앉은 로마, 영국, 오스트리아, 헝가리, 그리스, 터키 금화가 수북했다. 최소한 3백 년은 된 것들이었다. 사슬이며 장식물, 보석도 있었지만 모두가 오래고 세월의 때가 묻어 있었다.

방 한쪽 구석에는 묵직한 문이 하나 있었다. 모든 노력이 허사로 돌아갈 판이었다. 내 탐사의 주된 목적인 밖으로 나가는 문의 열쇠나 방 열쇠를 찾을 수 없었던 터라 나는 탐색을 계속하기로 하고 그 문을 열어보았다. 문은 잠겨 있지 않았다. 문 밖은 가파르게 아래로 내려가는 나선형 계단으로 이어지는 석조 통로였다. 육중한 석조물에 난 작은 총안으로 들이치는 희미한 빛뿐 무척 어두워서 나는 조심조심 계단을 내려갔다. 층계 맨 아래에 이르자 어둑한 굴 같은 복도가 나왔다. 그곳에서는 속이 메슥거리는, 오래 묵은 흙을 새로 뒤챈 듯한 역겨운 악취가 풍겨오고 있었다. 안으로 들어갈수록 악취는 점점 가까워지고 더욱 강렬해졌다. 마침내 빠끔히 열린 육중한 문이 보였다. 문을 열자 안에는 낡디낡은 버려진 예배당이 나타났다. 묘지로 쓰인 곳 같았다. 천장은 망가지고 두 곳에 지하 납골당으로 내려가는 계단이 나 있었으며, 최근에 파헤쳐진 흔적이 역력한 바닥의 흙이 슬로바키아 인들이 가지고 온 것이 분명한 거대한 나무 상자들에 담겨 있었다. 아무도 없었지만 나는 혹시 일말의 기회라도 놓칠세라 흙 위를 남김없이 점검해보았다. 두려움으로 견딜 수 없을 지경이었지만 기어이 희미한 불빛이 넘실대는 지하 납골당에도 내려가보았다. 처음 두 곳에는 낡은 관 조각들과 먼지 더미 말고는 아무것도 없었다. 그러나 세 번째 방에서 나는 뭔가를 발견했다.

거기, 모두 해서 50개의 커다란 상자 중 한 곳에, 새로이 파헤쳐진 흙더미 위에 백작이 누워 있었다! 죽어 있지도, 잠을 자고 있지도 않았다. 나로서는 어느 쪽이라고도 말할 수 없다. 눈은 뜬 채였고 돌처럼 움직이지도 않았지만 시신의 눈과 같은 흐리멍덩함은 보이지 않았고, 뺨에는 죽음 같은 창백함에도 불구하고 온기가 있었다. 입술은 여느 때와 마찬가지로 붉었다. 그러나 움직임의 징조는 없었고 맥이나 숨, 심박도 없었다. 나는 그 위로 허리를 굽히고 살아 있는 흔적을 찾아 샅샅이 뒤져보았지만 소용없었다. 흙의 악취는 몇 시간이 지나면 사라지므로 아마도 오래 누워 있지는 않은 모양이었다. 상자 곁에는 여기저기에 구멍이 뚫린 뚜껑이 놓여 있었다. 백작의 몸에 열쇠가 있으리라 생각하고 뒤지려 하는 순간, 내 눈이 백작의 눈과 마주쳤다. 죽어 있는 듯했지만 그 속에 서린 증오를 보자 나는 백작이 설령 나의 존재에 대해서 인식하지 못할지라도 곧바로 그 자리를 떠나고 말았다. 나는 다시 창문으로 백작의 방을 떠나 성의 벽을 기어 올라갔다. 내 방에 도착하자 나는 숨을 헐떡이며 침대에 몸을 던졌다. 생각을 해야 한다, 생각을.

6월 29일 오늘은 내 마지막 편지의 날짜가 쓰인 날이고 백작은 그 편지가 농담이 아니라는 것을 입증해 보였다. 다시금 내 옷을 입은 채로 창문으로 성을 떠나는 백작을 보았던 것이다. 도마뱀과 같은 자세로 벽을 내려가는 백작을 보며 나는 총이나 다른 치명적 무기가 있다면 단박에 끝장내버리고 싶은 심정이었다. 그러나 인간의 손으로 만든 그 어떤 무기도 백작에게는 효력을 발휘하지 못할까 봐 두려운 마음이 일었다. 혹시라도 그 무시무시한 여자들을 볼까 겁이 나 백작이 돌아올 때까지 기다릴 엄두도 나지 않았다. 나는 서재로 돌아가 잠이 들 때까지 책을 읽었다.

나를 깨운 것은 백작이었다. 백작은 그 누구도 할 수 없을 듯한 소름끼치는 표정으로 나를 내려다보며 입을 열었다.

"내일이면 친구여, 우리는 헤어져야 하오. 선생은 아름다운 영국으로 돌아가고 내게는 이제 막바지에 다다른 할 일이 있으니 아마도 우리는 다시는 만나지 못할 거요. 고향으로 향하는 편지는 속달로 부쳤소. 내일이면 나는 이곳에 있지 않을 테지만 선생의 여행을 위한 만반의 준비가 되어 있을 거요. 아침에 시가니들이 와서 자기들이 할 일을 할 거요. 슬로바키아 인들도 몇 명 올 테고. 그들이 갈 때 내 마차를 이용할 수 있게 될 테니 그걸 타고 보르고 고개까지 가서 부코비나에서 비스트리차로 가는 합승 마차로 갈아타시오. 허나 드라큘라 성에서 선생을 다시 볼 수 있기를 고대하오."

나는 의심스러운 마음에 백작의 진정성을 시험해보기로 마음먹었다. 진정성! 이 단어를 이런 괴물과 연계 짓는 것만으로도 불경스럽게 느껴진다.

"왜 오늘 밤에 가면 안 되지요?"

내가 단도직입적으로 물었다.

"내 마부와 말들이 심부름을 나가 있으니까요."

"하지만 저는 얼마든지 걸어갈 수 있습니다. 지금 나가고 싶은데요."

내 말에 백작은 미소를 지었다. 너무도 부드럽고 은은하고 사악한 미소였다. 나는 그 은은함 뒤에 숨은 모종의 계략을 엿볼 수 있었다.

"선생의 짐은요?"

"괜찮습니다. 나중에 사람을 보내지요."

백작이 자리에서 일어섰다. 백작은 내 눈이 의심스러울 만큼 훌륭한 예의를 갖추어 진심이 담긴 말투로 말했다.

"당신네 영국인들의 속담에 내 마음과 비슷한 것이 있소. 그 속담의 정신은 우리네 보야르를 지배하는 바로 그것이지요. '오는 손님 환영하고 떠나는 손님 빨리 보낸다'는 것이에요. 나와 함께 가십시다. 젊은 친구여. 선생이 가다니 마음이 슬프고, 더구나 이토록 갑작스럽게 떠나고 싶어 하니 서운하기는 합니다만 내 집에서 선생의 의지에 반하는 단 한 시간도 지체하게 할 수는 없는 노릇이니까요. 자, 가시지요!"

장중함을 갖추어 백작은 램프를 들고 나를 이끌고 층계를 내려가 복도를 지나갔다. 갑자기 백작이 멈춰 섰다.

"들어보시구려!"

바로 가까이에서 늑대 떼의 울부짖음이 들려왔다. 지휘자의 지휘봉 아래서 훌륭한 오케스트라가 멋진 음악을 연주하듯, 백작의 손이 올라감에 따라 그 소리는 더욱 높아지는 것 같았다. 잠시 멈춰 서 있던 백작은 품위 있게 문으로 나아가 커다란 빗장을 벗기고 묵직한 쇠사슬을 풀고는 문을 밀어 열기 시작했다.

나는 그 문이 잠겨 있지 않다는 사실에 기겁했다. 미심쩍어서 사방을 둘러보았지만 열쇠는 찾을 수 없었다.

문이 열리자 늑대들의 울부짖음은 계속해서 커져갔다. 이빨을 북북 갈아대는 뻘건 주둥이, 펄쩍거리고 뛸 때마다 드러나는 날카로운 발톱을 세운 발들이 빠끔한 틈 사이로 비집고 들어왔다. 나는 그 순간 백작에 대항해봤자 아무 소용없다는 걸 깨달았다. 마음대로 부릴 수 있는 이 동맹군이 있는 한 나는 아무것도 할 수 없었다. 그러나 문은 서서히 열리고 있었고 이제 늑대 떼와 나 사이에는 백작의 몸뚱이뿐이었다. 급작스럽게 이것이 바로 마지막 순간, 내 최후를 맞는 방법일지도 모른다는 생각이 머리를 스쳤다. 늑대의 먹잇감이 되겠다고 내 최후를 내가 재촉하다니…….

백작의 악마적 계략에 넘어갈 판이었다. 나는 버럭 소리쳤다.

"문 닫으세요! 아침까지 기다릴 테니까."

나는 씁쓸한 절망감의 눈물을 감추려고 손으로 얼굴을 가렸다. 그 강철 같은 팔을 한 번 휘저어 백작은 문을 닫았다. 거대한 빗장이 다시 원래 자리로 돌아가면서 쩔렁거리는 소리가 홀 전체에 쩌렁쩌렁 울려 퍼졌다.

침묵 속에서 우리는 서재로 돌아왔고 잠시 시간이 흐른 후 나는 내 방으로 갔다. 드라큘라 백작이 손에 입을 맞추어 내 쪽으로 그 키스를 날려 보내는 것이 내가 마지막으로 본 그의 모습이었다. 눈에는 승리의 붉은빛이 이글거리고 입가에는 지옥의 유다가 자랑스러워할 만한 미소를 지으면서.

방으로 돌아와 누우려고 할 때 방문 앞에서 속삭이는 소리가 나는 것 같았다. 나는 가만히 다가가 귀를 기울였다. 내 귀가 나를 속인 것이 아니라면 그것은 백작의 목소리였다.

"돌아가, 너희들의 거처로 돌아가라! 아직은 너희들의 시간이 되지 않았어. 기다리라니까! 인내심을 가져야지! 오늘 밤은 내 것이다. 허나 내일 밤은 너희들의 것이야!"

낮고 달콤한 웃음이 자르르 퍼져 나갔고 나는 격노해 문을 활짝 열어젖혔다. 아니나 다를까 그 소름끼치는 여자 셋이 입술을 핥으며 서 있었다.

내가 나타나자 여자들은 까르르 새된 웃음을 웃으며 달아나버렸다.

나는 방으로 돌아와 털썩 무릎을 꿇었다. 이제 종말이 다가온 것인가? 내일! 내일이라니! 하느님, 저를 도우사 제가 사랑하는 이들 품으로 저를 보내주소서!

6월 30일 이것이 내가 이 일기에 적는 마지막 말들일는지도 모른다. 나는 동이 트기 직전까지 잤고 일어나서는 무릎을 꿇었다. 만약 죽음이 다가온다면 대비하고 있기로 마음을 다잡았던 것이다.

마침내 공기의 미묘한 변화가 느껴졌고 나는 아침이 왔다는 것을 알았다. 곧이어 반가운 수탉의 울음소리가 들려왔고 나는 안전하다는 생각에 안도했다. 기쁜 마음으로 나는 방문을 열고 홀로 달려 내려갔다. 그 문이 잠겨 있지 않다는 것을 확인했으니 이제는 탈출할 길이 눈앞에 있는 셈이었다. 열망으로 덜덜 떨리는 손으로 나는 사슬을 풀고 묵직한 빗장을 벗겼다.

그러나 문은 움직이지 않았다. 절망이 나를 덮쳤다. 나는 계속해서 문을 당기고 흔들어댔다. 그 육중한 문이 문틀에서 덜컹거릴 정도로 당기고 또 당겨보았다. 그러다가 잠겨 있는 빗장이 내 눈에 띄었다. 내가 자리를 떠난 뒤에 잠가버린 것이었다.

무슨 위험을 감수하든지 열쇠를 구해야 한다는 격렬한 욕망이 나를 사로잡았다. 다시 벽을 기어 내려가 백작의 방으로 들어가리라. 그자의 손에 죽을지언정 이 상황에서는 죽음이 차라리 행복한 선택 아니겠는가. 잠시의 머뭇거림조차 없이 나는 동쪽 창으로 달려 올라가 예전처럼 벽을 기어가 백작의 방으로 들어갔다. 방은 비어 있었지만 그것은 미리 예상했던 바였다. 열쇠는 어느 곳에서도 찾을 수 없었고 금 더미는 그대로 남아 있었다. 나는 한구석의 문을 통해 나선형 계단을 내려가서 어두운 복도를 지나 낡은 예배당에 이르렀다. 이제 나는 내가 찾는 괴물이 어디에 있는지 잘 알고 있었다.

그 커다란 상자는 같은 자리, 벽 가까운 곳에 있었지만 뚜껑이 덮인 채였다. 꽉 닫혀 있지는 않았지만 못을 박을 준비가 되어 있었다. 나는 열쇠를 찾으려면 백작의 몸뚱이를 뒤져야 한다는 것을 알았기에 뚜껑을 열어 벽에 기대어 놓았다. 그러나 그 안의 광경에 내 영혼은 공포로 가득 찼다. 상자 안에 누워 있는 백작은 반쯤 젊음을 되찾은 형상이었다. 백발과 흰 콧수염은 짙은 철회색으로 바뀌어 있었다. 볼은 팽팽했고 흰 피부에서는 발간 홍조가 엿보이는 것 같았다. 그 어느 때보다도 빨간 입술 위에서 신선한 핏방울이 입 가장자리를 타고 내려가 턱과 목 위로 떨어져 있었다. 그 깊고 활활 타는 눈도 쳐진 눈 밑이 팽팽해져 부풀어 오른 살 안에 움푹 파여 들어간 듯 보였다. 한마디로 섬뜩한 몸뚱이 전체에 피가 탱탱하게 차 있는 형상이었다. 백작은 배가 터지도록 포식하고 나가떨어진 더러운 거머리 꼴로 상자 안에 누워 있었다. 허리를 굽혀 그 몸을 만지려는 순간 나는 부르르 몸서리를 쳤다. 내 몸의 모든 지각이 반발하는 것을 느꼈지만 그래도 열쇠를 찾아야 했다. 그렇지 못하면 끝장이었다. 다가오는 밤에 그 소름끼치는 세 여자들에게 내 몸이 성찬으로 제공될 판이었으니까. 온몸을 뒤져보았지만 아무 데도 열쇠는 없었다. 나는 손길을 멈추고 백작을 바라보았다. 팽팽하게 부풀어 오른 얼굴의 조롱하는 듯한 미소. 순간 분노가 치밀었다. 이 존재가 런던으로 옮겨가는 데 도움을 준 사람이 바로 나라니……. 런던에 가면 앞으로 몇 세기 동안 넘쳐나는 수백만의 사람들 속에서 피를 향한 더러운 욕망을 충족시키면서, 악마나 다름없는 새로운 패거리를 만들어내어 무수한 이들을 고난에 빠뜨리지 않겠는가. 그 생각에 나는 분노로 이성을 잃었다. 세상에서 이 괴물을 없애고야 말겠다는 열렬한 열망이 나를 사로잡았다. 근처에는 어떤 무기도 없었지만 나는 일꾼들이 상자에 흙을 메우는 데 쓴 삽을 집어 높이 들어 올리고는 그 혐오스러운 얼굴을 겨냥하고 한쪽 날을 내리쳤다. 그러나 순간 백작의 얼굴이 스르르 돌아가더니, 형용할 수 없는 섬뜩함으로 이글거리며 번뜩이는

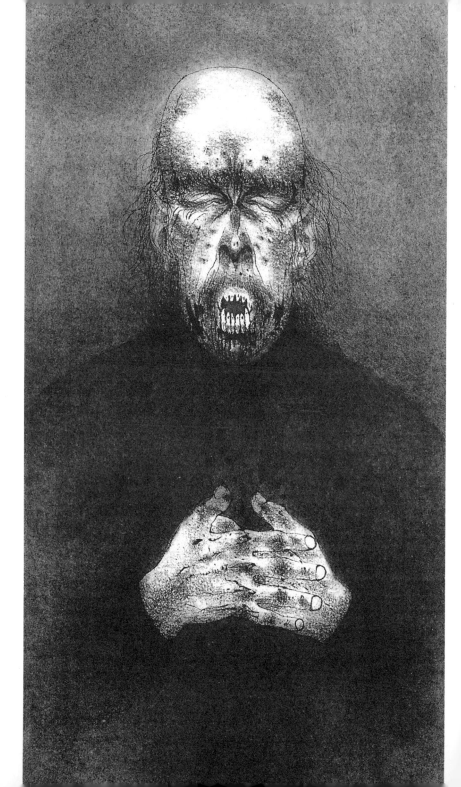

눈이 똑바로 나를 향했다. 그 광경에 내 온몸은 얼어붙었고 삽은 내 손에서 미끄러져 이마에 깊은 상처를 남겼을 뿐 얼굴을 빗나가고 말았다. 손에서 미끄러진 삽은 상자에 비스듬히 걸렸다. 삽을 다시 들어 올리려는데 삽날의 테두리가 관 뚜껑의 가장자리에 끼면서 뚜껑이 덮여버렸고 그 섬뜩한 물체는 내 시야에서 사라졌다. 마지막으로 내 눈에 맺힌 모습은 잔뜩 부풀어 오른, 지옥 불구덩이에 어울릴 만한 사악한 미소를 띤 피로 물든 얼굴이었다.

이제는 어떻게 해야 할까 생각하고 또 생각했지만 머릿속에 불이 붙은 듯 좀체 종잡을 수가 없었다. 절망감이 나를 압도하는 느낌이었다. 하릴없이 기다리고 있는데 멀리서 집시들이 흥겨운 목소리로 노래 부르는 소리가 들려왔다. 노랫소리는 차츰 가까워졌고, 사이사이 묵직한 바퀴가 구르는 소리와 채찍 휘갈기는 소리가 섞여 들었다. 백작이 말한 시가니와 슬로바키아 인들이 오고 있었다. 마지막으로 주위와 사악한 몸뚱이가 든 상자를 돌아보고 나는 그 장소를 떠나 백작의 방으로 돌아왔다. 문이 열리는 찰나에 달려 나갈 생각이었다. 온 신경을 기울여 들어보니 아래층에서 거대한 자물쇠의 열쇠가 돌아가는 소리와 육중한 문이 열리는 소리가 났다. 아마도 달리 들어오는 방법이 있든가 아니면 그 닫힌 문의 열쇠를 가진 사람이 있는 모양이었다. 곧이어 쿵쾅거리는 발소리들이 울리고 그 소리가 어느 복도로 사라지면서 쿵쿵대는 메아리가 들려왔다. 나는 돌아서서 혹시나 새로운 출구를 찾을까 하는 기대로 지하 납골당을 향해 달려 내려갔지만 순간 한줄기 세찬 바람이 불어닥쳤고 그 충격에 나선형 계단으로 향하는 문이 쾅 닫히면서 상인방[49]에서 먼지가 뿌옇게 일었다. 달려가 밀어 열려 했지만 문은 가망 없이 닫혀 있었다. 나는 또다시 죄수가 되어버렸고, 마지막 순간의 그물망은 나를 더욱 옥죄어왔다.

---

49 창이나 문틀 윗부분 벽의 무게를 받치기 위해 대는 들보.

내가 일기를 쓰는 사이, 저 아래 복도에서는 쿵쾅거리는 수많은 발소리와 아마도 흙의 무게가 실린 그 커다란 상자들일 성싶은 묵직한 짐들이 부딪는 소리가 들려온다. 못을 박는 소리도 난다. 그 상자에 못이 박히는 중이었다. 이제는 무거운 발걸음이 복도를 따라 나가는 소리가 들려온다. 그 뒤를 잇는 수많은 다른 느릿한 발소리들.

문이 닫히고 사슬은 쩔걱거린다. 자물쇠에서 무겁게 열쇠가 돌아가는 소리. 열쇠를 빼는 소리가 이어지고 또 다른 문이 열리고 닫힌다. 자물쇠와 빗장의 삐걱거리는 소리가 들려온다.

들으라! 안뜰에서 울퉁불퉁한 길을 따라 묵직한 바퀴가 굴러간다. 채찍이 내리쳐지고 시가니의 합창 소리는 멀어져간다.

나는 그 공포스러운 여자들과 이 성에 홀로 남아 있다. 미나도 여자이지만 공통점은 전혀 없다. 그들은 지옥의 악마들이다!

아니, 이대로 혼자 남아 있지는 않겠다. 지금껏 시도해본 것보다 훨씬 멀리 성벽을 내려가보겠다. 혹시 훗날 필요할지 모르니 금을 좀 갖고 가리라. 어쩌면 이 으스스한 곳에서 벗어날 방법을 찾을 수 있을지도 모른다.

그러고는 집으로 가는 거다! 가장 빠르고 가장 가까이에 있는 기차를 타고! 악마와 그 자손이 여전히 살아 돌아다니는 이 저주받은 곳, 이 저주받은 땅을 떠나서!

하느님의 자비가 괴물들의 것보다 못할 리야 있겠는가. 절벽은 가파르고 높다. 어쩌면 그 아래 바닥에 누군가 누워 있게 되는지도 모른다. 그러나 그는 인간으로서 누워 있는 것이리라! 모두에게 안녕을. 잘 있어요, 미나!

05

미스 미나 머레이가
미스 루시 웨스튼라에게 보내는 편지

5월 9일

사랑하는 루시

오래도록 편지가 없었지? 미안해. 일에 치여서 어쩔 수가 없었어. 보조교사 생활은 때로 얼마나 고달픈지 몰라. 바닷가에서 너랑 같이 지내고 싶고 신나게 떠들면서 하늘에 우리의 성을 만들고 싶구나. 조너선의 공부를 따라가고 싶어서 요즘 아주 열심히 노력하는 중이고 심혈을 기울여 속기를 연습하고 있단다. 우리가 결혼한 뒤 조너선에게 도움이 되었으면 하거든. 속기 타자를 잘할 수 있으면 조너선이 하는 말을 속기로 받아 적은 다음에 타자기로 쳐줄 수 있을 것 아니니. 그래서 타자 연습도 맹렬히 하는 중이야. 조너선과 나는 가끔 속기로 편지를 쓰는데, 조너선은 지금 외국 여행에서도 속기로 일기를 쓰고 있어. 너랑 같이 있게 되면 나도 그런 식으로 일기를 쓸 거야. 내가 쓰려는 일기는 일주일치를 두 페이지에 우겨 넣느라 일요일은 한구석에 몰아넣는 형식적인 일기가 아니라 내킬 때마다 끼적거릴 수 있는 그런 걸 말해. 남들에게야 별 흥미 없겠지만 남들보라고 쓰는 건 아니니까 뭐. 함께 공유할 가치 있는 내용이 있다면 언젠

85

가 조녀선에게 보여줄 수도 있겠지만 실제로는 훈련 공책에 가까울 거야. 나는 여기자들을 흉내 내볼 생각이거든. 인터뷰도 하고, 세부 사항을 적어 놓고, 애써서 대화를 되살리고 말이지. 조금만 연습하면 하루에 일어나는 일이나 들은 대화를 모두 기억할 수 있게 된대. 물론 해봐야 알겠지만 말이야. 우리가 만나면 내 소박한 계획에 대해 이야기해줄게. 트란실바니아에 간 조녀선에게서 휘갈겨 쓴 몇 줄의 편지를 방금 받았어. 잘 지내고 있고, 일주일쯤 뒤에 출발할 거래. 그 사람의 소식을 전부 듣고 싶어. 낯선 나라를 다니는 건 정말 멋진 일일 거야. 우리가, 내 말은 조녀선과 나 말이야, 함께 여행을 할 수 있으면 얼마나 좋을까. 10시 종이 울리고 있어. 안녕.

너를 사랑하는 미나

편지 쓸 때 모든 소식을 알려줘. 오랫동안 나한테 아무 얘기도 안 했잖니. 들은 얘기가 좀 있거든. 특히 그 키 크고 잘생긴 고수머리 남자는 대체 누구니?

루시 웨스튼라가 미나 머레이에게 보내는 편지

채트햄 가 17번지, 수요일
사랑하는 미나에게

고약한 소식통이라고 나를 비난한다니 말도 안 돼! 우리가 헤어진 뒤로 난 너한테 두 번 편지를 썼는데 지난번 것이 네가 보낸 두 번째 편지였잖니. 게다가 난 할 얘기가 없는걸. 너를 즐겁게 해줄 만한 건 아무것도

86

없다니까. 이곳은 지금 무척 즐거운 때고 우리는 자주 화랑을 찾거나 공원에서 산책을 하거나 승마를 하고 있어. 잘생긴, 고수머리 남자라……. 지난 음악회에 나랑 같이 갔던 그 사람을 말하는 것 같구나. 누가 틀림없이 이야기를 지어내나 봐. 그 사람은 홈우드 씨야. 우리를 만나러 자주 오고 어머니와는 사이가 그만이야. 공통된 주제가 아주 많은가 봐. 얼마 전에 우리는 조녀선과 약혼하지 않았다면 너에게 딱 어울릴 사람을 만났단다. 잘생기고 부유하고 집안도 좋은 훌륭한 배필감이지. 의사이고 정말 머리가 비상해. 생각해보렴! 스물아홉밖에 안 되었는데 자기가 모든 것을 주관하는 대규모 정신병원을 갖고 있다니까. 홈우드 씨가 소개시켜줬는데 우리를 보러 자주 와. 내가 본 사람 중에서 단연코 가장 결단력 있으면서 가장 차분한 사람이기도 해. 모든 일에 전적으로 초연해 보여. 환자들에게 얼마나 막강한 영향력을 발휘할지 상상이 된다니까. 마음을 읽을 것처럼 사람의 눈을 똑바로 들여다보는 재미있는 습관을 갖고 있기도 해. 나한테도 그렇게 하는데, 내가 그렇게 쉬운 상대는 아닐걸. 거울을 보면 똑똑히 알 수 있지. 너는 네 자신의 얼굴을 읽으려고 해본 적 있니? 난 해본 적이 있거든. 별로 나쁘지 않은 연구니까 한 번도 해본 적 없다면 시험 삼아 해보렴. 아마 생각만큼 쉽지 않을걸. 그는 나더러 흥미로운 심리적 연구 대상이라는데, 뭐 나도 그렇게 생각해. 너도 알겠지만 내가 새로운 패션에 열을 올리면서 드레스에 지나친 관심을 보이거나 하지는 않잖니. 드레스는 지겨워 죽겠어. 이런, 속어를 써버렸네. 하지만 괜찮아. 아서도 만날 하는 말이니까. 우리는 어릴 적부터 서로 모든 비밀을 털어놓는 친구였으니 솔직하게 말할게, 미나. 함께 잠을 자고 함께 먹고 함께 웃고 함께 울었던 우리니까. 엉겁결에 나온 김에 더 자세한 얘기를 하고 싶구나. 아, 미나. 짐작이 가니? 나 그 사람 사랑해. 그 사람도 나를 사랑한다고 생각하기는 하지만 아직 말로 하지는 않았어. 편지를 쓰면서 얼굴이 붉어지네. 하지만 미나. 나는 그 사람을 사랑해. 사랑해! 너무나 좋아. 예전처럼 너랑 속옷 차림으로 난롯가에 나란히 앉아서 내 느낌을 얘기할 수 있으면 얼마나 좋을까. 아무리 너에게라지만 어떻게 이런 얘기를 쓰는지 모르겠어. 글을 멈추기가 두려워. 꼭 이 편지를 찢어버려야 할 것 같아서 말이야. 하지만 나는 멈추고 싶지 않아. 너에게는 모든 것을 얘기하고 싶거든. 곧 소식을 전해줘. 내가 쓴 내용에 대해 어떻게 생각하는지 전부. 미나, 내 행복을 위해 기도해주렴.

루시

추신 이게 비밀이란 건 말할 필요 없겠지? 잘 자.

L.

루시 웨스튼라가 미나 머레이에게 보내는 편지

5월 24일

사랑하는 미나

고마워, 정말 고마워, 따뜻한 편지 정말이지 고마워. 너에게 말할 수 있고 네 공감을 얻을 수 있어서 얼마나 기뻤는지 몰라.

맙소사, 비가 오면 폭우라더니 옛말 그른 것 하나 없더라. 나 말이야, 9월이면 스무 살이 되는데도 오늘까지는 한 번도, 제대로 된 청혼을 받지 못했잖아. 그런데 오늘 세 번의 청혼을 받았지 뭐니. 생각해봐! 하루에 세 번의 청혼이라니! 굉장하지 않아? 나머지 두 사람한테는 정말, 정말이지 미안한 마음이야. 아, 미나, 너무나 행복해서 어떻게 하면 좋을지 모르겠어. 세 번의 청혼이라니! 하지만 제발 부탁이니 다른 애들한테는 얘기하지 말아줘. 그러면 다들 온갖 터무니없는 생각에 사로잡혀서,

처음 청혼을 받은 날 적어도 여섯 남자에게서 청혼을 받지 못하면 상처를 받고 스스로를 무가치하다고 상상할지도 모르니까. 가끔은 허영이 심한 애들이 있다니까! 하지만 미나 너나 나는 약혼을 하고 곧 정숙한 기혼녀가 될 테니까 허영심 따위는 경멸할 수 있잖니. 자, 이제 세 번의 청혼에 대해 이야기할 텐데 제발 비밀을 지켜줘. 물론 조녀선한테는 예외지만. 내가 네 입장이라도 아서에게는 이야기할 테니 조녀선에게는 이야기해도 돼. 남편한테는 모든 것을 말해야 하는 법이니까. 그렇게 생각하지 않니? 그리고 난 감추는 게 없어야 한다고 생각해. 남자들은 여자들, 특히 아내라면 되도록 감추는 게 없기를 바라잖아. 그런데 여자들은 유감스럽지만 마땅히 해야 할 만큼 솔직하지 못한 경우가 많은 것 같아. 하여간 첫 번째 청혼은 점심시간 전이었어. 너한테 얘기한 적 있지? 정신병원을 운영한다는 존 수어드 박사 말이야. 턱 선이 강하고 이마가 반듯한 사람이야. 겉보기에는 냉정했는데 그러면서도 긴장한 기색이 역력했지. 확실히 온갖 소소한 일까지 미리 준비를 하고 단단히 명심하고 온 것 같았지만 난 하마터면 중절모 위에 앉을 뻔했지 뭐겠니. 마음이 차분할 때 할 만한 행동은 아니잖아? 그러고는 편안한 척 보이고 싶었는지 랜싯50을 가지고 장난을 쳤는데 하마터면 비명을 지를 뻔했어. 미나, 그 사람은 나한테 단도직입적으로 말했어. 날 그렇게 많이 아는 것은 아니지만 내가 자기에게 얼마나 소중한지, 그리고 나와 함께 한다면 자신의 삶이 얼마나 도움이 되고 즐거울지 말이야. 내가 자기에게 신경을 쓰지 않는다면 얼마나 불행할지 이야기하려고 하는데 내가 울음을 터뜨렸더니 자기가 못할 소리를 했다며 나를 고통스럽게 하고 싶지 않다더라. 그러더니 잠깐 말을 멈추었다가 자기를 사랑해줄 수 있겠느냐고 물었는데 내가 고개를 젓자 손이 바들바들 떨리더니 머뭇머뭇하면서

---

50 양날의 끝이 뾰족한 의료용 칼.

군이 내 확답을 듣겠다는 생각은 없지만 만일 여인의 마음이 자유롭다면 희망을 가질 수 있는 법이니 알려달라고 했어. 미나, 그러자 나는 다른 사람이 있다는 얘기를 하는 게 내 의무라는 생각이 들었단다. 내가 그렇게 이야기하니까 수어드 박사는 자리에서 일어나더니 두 손으로 내 손을 잡고 강인하고 어두운 표정으로 내가 행복하기를 바란다고, 내게 친구가 필요하다면 자기가 최선의 친구가 되어주겠다고 말했어. 아, 미나, 내가 어떻게 울음을 터뜨리지 않을 수 있었겠니? 이 편지에 여기저기 얼룩이 묻어 있어도 이해해주렴. 청혼을 받는다는 것은 좋은 일이지만, 진심으로 자기를 사랑하는 사람이 산산조각 난 가슴으로 물러나는 걸 보는 것, 그 순간 무슨 말을 해도 사랑하는 여인이 자기 삶에서 떠나간다는 것을 알게 되는 가엾은 남자를 지켜보는 것은 결코 행복한 일이 못 돼. 친구야, 잠깐 여기서 멈춰야겠어. 난 행복하기는 하지만 무척 비참하기도 하거든.

잘 자.

아서가 방금 갔어. 편지를 멈추었을 때보다 훨씬 기분이 나아져서 그날에 대해 계속해서 이야기할 수 있을 것 같아. 두 번째 구혼자는 점심식사 후에 왔어. 텍사스에서 온 미국인인데 워낙 젊고 풋내기처럼 보여서 그렇게 많은 곳을 다니고, 그렇게 많은 모험을 했다는 것이 믿기지 않을 정도야. 나는 위태로운 급류가 귓가에 쏟아졌을 때 심지어는 흑인임에도 마음이 움직였던 가엾은 데스데모나[51]의 심정이 이해가 가. 내 생각에 우리 여자들은 워낙 겁쟁이어서 어떤 남자가 우리를 공포에서 구해주면 그와 결혼할 거라고 생각하나 봐. 이제 난 내가 남자라면 어떻게 해야 여자가 나를 사랑하도록 만들 수 있을지 알 것 같아. 아니, 물론 난 예외였

---

51 셰익스피어의 희곡 「오델로」의 여주인공으로, 흑인인 오델로 장군과 결혼하나 비참한 최후를 맞음.

지만. 내게 자기 얘기를 들려준 사람은 모리스 씨였지. 아서는 그런 적이 없었거든. 미나, 내가 좀 얘기를 앞서 갔지? 퀸시 모리스 씨는 혼자인 나를 발견했어. 남자는 언제든 여자가 혼자인 걸 알아내나 봐. 아니, 사실 꼭 그런 건 아니네. 아서 같은 경우는 어떻게든 기회를 잡으려고 두 번이나 시도했는데 잘 안 됐거든. 나도 최선을 다해서 도와주려고 했는데 말이야. 이제는 이야기하는 것도 부끄럽지 않구나. 우선 모리스 씨가 늘 속어를 쓰는 사람은 아니라는 걸, 다시 말해 낯선 사람 앞에서는 절대 그러지 않는 사람이란 걸 얘기해둘게. 훌륭한 교육을 받았고 예의범절도 더할 나위 없는 사람이지만 자기가 미국식 속어를 쓰면 내가 재미있어 하는 것을 알기 때문에 충격을 받을 사람이 곁에 없으면 재미있는 소리를 잘해. 번번이 상황에 딱딱 들어맞는 속어를 쓰는 걸 보면 어쩌면 그 사람이 죄다 만들어낸 건 아닐까 싶을 정도라니까. 하지만 원래 속어가 그런 식인지도 모르지. 나도 속어를 말할 수 있을까? 잘 모르겠어. 아서는 쓰는 걸 못 봤으니 그 사람이 좋아할지도 모르겠고. 모리스 씨는 내 곁에 앉아서 몹시 행복하고 기쁜 얼굴이었지만 나는 그 사람이 무척 초조해한다는 걸 알아챌 수 있었어. 모리스 씨는 내 손을 잡더니 정말 달콤하게 말하더라.

"루시 양, 나는 당신의 작은 신발의 장식물을 가다듬기에도 마뜩지 않다는 걸 알고 있지만 램프를 든 일곱 명의 아가씨와 나란히 갈 때 같이할 남자를 찾으려고 기다리고 있는지 궁금하군요. 내 곁에서 함께 쌍두마차용 마구에 매여 기나긴 여정을 함께 신나게 달려가지 않으시겠습니까?"

글쎄, 그 사람이 너무도 명랑하고 즐거워 보여서 가엾은 수어드 박사를 거절할 때보다는 절반도 힘들 것 같지 않았어. 그래서 되도록 가볍게, 난 말 몰이는 잘 모르지만 아직은 마구에 길들여질 준비가 되어 있지 않다고 대답했지. 그랬더니 그 사람은 공연히 가벼이 이야기를 했나 보다면서 자기에게는 너무도 심각하고 진중한 사안에 혹시 실수를 저질렀다면 용서해달라는 거야. 그렇게 말하는 그 사람이 얼마나 심각한지 나도 따라 심각해질 수밖에 없더라. 미나, 내가 못 말리는 바람둥이처럼 보이겠지만 솔직히 말해서 하루에 두 번이나 청혼을 받다 보니 솔직히 좀 우쭐한 마음이 들기는 했어. 그러더니 내가 무슨 말을 하기도 전에 그는 심장과 영혼을 내 발치에 던지고 완전한 구애의 말을 폭포처럼 쏟아냈지 뭐니. 얼마나 진지해 보였는지 난 평소에는 장난기 심하고 진지하지 않은 사람이라도 항상 그런 건 아니라는 걸 알게 됐단다. 내 얼굴의 표정을 읽었는지 모리스 씨는 갑자기 말을 멈추더니 내가 자유로운 몸이었다면 틀림없이 사랑을 느꼈을 너무도 남자다운 열정으로 말을 이었어.

"루시, 당신이 정직한 마음의 소유자라는 걸 압니다. 내가 만약 당신의 청정한 깊은 속내, 바로 당신의 영혼의 깊은 곳까지 깨끗하다는 걸 믿지 못한다면 지금 내가 여기서 당신에게 이런 이야기를 하지는 않을 겁니다. 성실한 친구답게 말해주세요. 마음에 두고 있는 다른 사람이 있나요? 그렇다면 다시는 손톱만큼도 당신을 괴롭게 하지 않겠습니다. 하지만 제발 당신의 진정한 친구로 남아 있게 해주세요."

미나, 우리 여자들이 저렇게 고귀한 남자들의 사랑을 받을 가치가 있을까? 하마터면 이 소중한 마음을 가진 진정한 신사분을 놀림거리로 만들 뻔했다니……. 나는 갑작스레 울음을 터뜨렸어. 유감스럽게도 친구야, 넌 이 축축한 편지에는 이유도 많다며 한심하게 여기겠지? 나는 정말 기분이 좋지 않았어. 왜 여자가 세 명의 남자나 아니면 원하는 만큼의 남자와 결혼하면 안 되는 걸까? 그렇게 되면 이 많은 고통은 겪지 않아도 되잖아. 하지만 이런 말도 안 되는 소리를 입 밖에 내서는 안 되겠지. 나는 비록 눈물을 흘리고 있었지만 모리스 씨의 용감한 눈을 들여다보면서 이렇게 똑바로 말할 수 있어서 기뻤어.

"네, 사랑하는 사람이 있어요. 비록 그 사람은 아직 저를 사랑한다는 말을 하지조차 않았지만요."

그래, 솔직하게 말한 건 잘한 일이야. 그의 얼굴에 화색이 돌더니 두 손으로 내 손을 잡고 열렬한 말투로 이렇게 말했으니까.

"용감한 아가씨로군요. 세상 어느 여인에게 때를 맞춰 청혼한 것보다도 당신을 얻을 기회를 놓친 것이 내게는 오히려 더 가치가 있었습니다. 울지 말아요, 소중한 이여. 그 눈물이 나를 위한 것이라면 그러지 말아요. 내 심장은 단단하니까 담담하게 받아들일 겁니다. 어쨌든 그 사람이 자신의 행복을 모른다면 글쎄요, 곧바로 알아채는 게 좋겠군요. 그렇지 않았다가는 나를 상대해야 할 테니까. 루시 양, 당신의 정직함과 용기는 나를 친구로 만들었고 그것은 연인보다 더 귀한 것이지요. 연인은 어느 정도는 이기적인 것이니까요. 소중한 이여, 나는 여기서부터 저 먼 내세까지 꽤나 외로운 산책을 할 겁니다. 내게 입맞춤을 해주지 않겠어요? 그것이 때로 암흑을 물리쳐줄 테니까요. 마음이 내킨다면 해줄 수 있을 겁니다. 그 훌륭한 젊은이, 당연히 훌륭하고 멋진 사람이겠지요? 그렇지 않다면 당신이 사랑을 느꼈을 리가 없을 테니까요. 그 젊은이가 아직 당신께 이야기를 하지 않았으니까요."

그 말에 나는 몹시 감동했어, 미나. 진정으로 멋지고 용감하고 고귀한 경쟁자였으니까. 안 그러니? 게다가 몹시 슬퍼하기에 나는 허리를 굽히고 그에게 입을 맞추었어. 그는 일어서서 내 두 손을 잡더니 내 얼굴을 똑바로 내려다보았어. 유감스럽게도 얼굴이 많이 빨개졌던 것 같아.

"루시 양, 나는 당신의 손을 잡았고 당신은 내게 입을 맞추었어요. 이런 것들이 우리를 친구로 만들지 못한다면 그 어느 것도 그러지 못하겠지요. 내게 보여준 사랑스러운 정직함에 감사합니다. 안녕히 계십시오."

그는 내 손을 놓고 모자를 집더니 뒤 한 번 돌아보지 않고 곧장 방을 나갔어. 눈물도 떨림도 멈춤도 없이. 나는 지금 어린애처럼 울고 있어. 아, 발을 디디는 땅마저도 숭배할 수많은 여자들이 널려 있는 그런 남자를 내가 왜 불행하게 만들어야 하는 걸까? 만약 내가 자유롭다면……. 물론 미나, 나는 자유롭고 싶지는 않지만 말이야. 이 일에 나는 몹시 동요했고 이 얘기를 쓰고 난 뒤에 계속해서 행복에 대해 쓸 수 있을 것 같지는 않구나. 다시 행복해지기 전까지는 세 번째에 대해서는 말하고 싶지 않아. 언제나 널 사랑해.

루시

추신 아, 세 번째 사람. 그 사람에 대해서는 말할 필요 없겠지? 그렇지 않나? 사실 좀 당황스럽기도 해서 말이야. 그 사람이 방으로 들어와 두 팔로 나를 감싸고 내게 입을 맞추기까지가 정말 한순간의 일이었어. 나는 정말이지, 진짜로 행복해. 내가 이런 행복을 누릴 만한 자격이 있는지 모르겠어. 앞으로 하느님께 내가 감사하는 마음을 갖고 있다는 걸 보여드리려고 노력해야 할 거야. 그분의 은총으로 지극히 훌륭한 연인이자 남편, 친구를 얻게 되었으니까.

안녕.

수어드 박사의 일기

(축음기에 녹음)

5월 25일 오늘 식욕이 전혀 없다. 먹을 수도, 쉴 수도 없어 대신 일기를 기록한다. 어제 거절당한 이후로 어딘지 공허한 기분을 느끼고 있다. 세상의 어떤 일도 할 만한 가치가 없어 보인다. 이런 상황에 내가 아는 유일한 치유법은 일이고 나는 환자들에게 의지하기로 결정한 뒤 상당히 흥미로운 한 환자를 골랐다. 워낙 특이한 경우여서 할 수 있는 한 그 환자를 파고들어 보기로 마음먹었다. 오늘은 그 환자가 지닌 수수께끼의 본질에 그 어느 때보다도 접근한 듯하다.

나는 그가 보이는 환각을 완벽히 이해할 요량으로 이제껏 해왔던 것보다 더욱 세세히 질문을 던졌다. 지금 와서 깨달았지만 그러는 내 방식에는 분명 잔인한 구석이 있었다. 나는 그를 광기 상태 그대로 놔두기를 바랐던 것 같다. 여태 내가 지옥의 입구처럼 피해 왔던 일인데 말이다.(참고 : 어떤 상황에서라면 내가 지옥의 구덩이를 피하지 않을 것인가?) 옴니아 로메이 베날리아 순트[52]. 베르브 사프[53], 지옥도 그 값을 갖고 있는 것을! 이 직관 뒤에 도사린 것이 있다면 후에 정확히 추적해볼 가치가 있을 것이며, 나는 이렇게 시작하려 한다.

R. M. 렌필드, 나이 59세. 다혈질적 성격에 육체적 힘도 좋고 병적으로 흥분성을 보인다. 주기적으로 우울증을 보이는데, 그 결말에는 나로서는 이해할 수 없는 고착관념이 따른다. 다혈질적 성격과 그것의 교란스러운 영향이 정신적으로 고착된 그 같은 결말을 낳는 것이 아닌가 짐작하고 있다. 위험성이 있을 수 있는 인물이며, 자기의 이익에 집착하지 않을 경우 위험의 소지가 다분하다. 자기의 이익에 집착하는 사람들 사이에서는 주의력이 스스로에게만큼이나 적에게도 든든한 갑옷이 되어주는 법이니까. 나의 생각은 이렇다. 자아가 고정점일 때는 구심력이 원심력과 균형을 맞추게 된다. 그러나 의무나 원인 등이 고정점이 되어버리면 원심력이 최고의 힘을 발휘하게 되어 사고가 따르게 마련이고, 일이 벌어지고 나서야 비로소 그 균형이 다시 맞춰진다.

---

52 Omnia Roma venalia sunt, 로마의 모든 것은 돈으로 살 수 있다는 뜻.
53 verb sap, 현명한 사람에게는 한 마디면 충분하다는 뜻.

퀸시 모리스가
아서 홈우드에게 보내는 편지

5월 25일

친애하는 아트

우리는 벌판에서 모닥불을 피워 놓고 이야기를 했고, 마키저스 제도[54]에 가까스로 상륙한 뒤에는 서로의 상처를 치료해주었으며, 티티카카[55] 호숫가에서 술잔을 기울이기도 했지. 이야기할 것이 있고, 치유해야 할 다른 상처가 있으며, 마셔야 할 또 다른 술잔이 있다네. 내일 밤 우리 모닥불로 오지 않겠나? 어떤 아가씨가 저녁 모임에 선약이 있기 때문에 자네가 자유롭다는 걸 알기에 주저 없이 청하는 걸세. 다른 사람도 올 거야. 조선에서 만났던 잭 수어드라는 오랜 친구 말이야. 잭도 올 테고, 우리는 와인 잔을 기울이며 우리의 슬픔을 섞고 우리의 마음을 다해 이 드넓은 세상에서 가장 행복한 사내, 신이 만드신 가장 존귀한 마음을 얻은 행복한 사내의 안녕을 위해 건배를 하고 싶다네. 자네의 오른손이 되어 열렬한 환영과 진정 어린 환대, 그리고 축배의 잔을 약속하지. 어떤 두 눈에 지나치게 마시는 것처럼 보일까 걱정이 된다면 자네 마음대로 떠나도 붙잡지 않겠다고 맹세하네. 와주게나!

언제나 자네의 벗

퀸시 P. 모리스

---

54 남태평양 프랑스령 폴리네시아에 있는 제도.
55 페루와 볼리비아 국경 지대에 있는 호수로, 대규모 호수로는 가장 높은 곳에 있는 호수.

아서 홈우드가
퀸시 P. 모리스에게 보내는 전보

5월 26일

언제든 나를 끼워주게. 자네들의 귀를 간질여줄 소식을 들고 가지.

아트

06

미나 머레이의 일기

6월 24일, 휘트비 루시와 기차역에서 만났다. 그 어느 때보다도 예쁘고 사랑스러워 보였고 우리는 루시네 가족이 지내는 크레센트의 집까지 마차를 타고 갔다. 여기는 아주 멋진 곳이다. 에스크[56]라는 이름의 작은 강이 깊은 계곡을 타고 흐르는데, 강폭이 항구에 이르면서 차츰 넓어진다. 높다란 교각이 달린 거대한 고가교가 강 위를 가로지르고 있어서 풍광이 실제보다 멀찍해 보인다. 아름다운 녹색 계곡은 몹시 가팔라, 계곡 양측의 어느 편 언덕에 서 있든 고지대에 서면 건너편을 건너다볼 수 있다. 우리 쪽에서 측면으로 떨어진 유서 깊은 마을의 집들은 지붕이 모두 붉은색이고, 뉘른베르크[57]을 그린 그림에서처럼 교묘하게 서로 포개져 있는 듯 보인다. 마을 바로 오른쪽으로는 데인 족[58]의 침입으로 파괴된 휘트비 수도원[59]의 폐허가 있는데, 이곳은 『마미온』[60]에 등장하는 한 장면, 바로 소

---

56 영국 요크셔를 흐르는 강으로 휘트비에서 바다와 합류함.
57 독일 바이에른 주의 도시로 중세 양식을 간직하고 있음.
58 9~11세기에 영국에 침입한 북유럽인.

녀가 벽에 갇히는 장면[61]의 무대가 되는 곳이다. 그 어마어마한 규모의 숭고한 폐허에는 아름다움과 낭만적 기운이 넘쳐흐른다. 전설에 따르면 폐허가 된 수도원 창문의 한 곳에서 흰옷을 입은 여인이 보인다고 한다. 그곳과 마을 사이에는 또 다른 교회가 있다. 교구 교회로, 빙 둘러 묘석이 가득한 묘지가 있는 곳이다. 곧바로 마을을 굽어보고 있으며 케틀니스라 불리는 헤드랜드[62]과 항구가 바다에 닿을 때까지의 전경을 훤히 볼 수 있는 이곳이야말로 내게는 휘트비에서 가장 아름답게 느껴진다. 둑의 일부가 떨어져 나간 항구 위로 가파르게 치닫는 교회 묘지에는 무덤 일부가 훼손되어 있다. 무덤의 석조물이 저 아래쪽 모래 오솔길을 넘어 뻗어가 있는 곳도 있다. 교회 묘지를 가로질러 곁에 벤치가 놓인 산책길이 있어서 사람들은 하루 종일 산책을 하거나 벤치에 앉아 그 매혹적 풍광과 산들바람을 즐긴다. 나도 가끔씩 여기에 와서 일을 해야겠다. 사실 지금도 무릎에 책을 올린 채로 곁에 앉은 세 노인의 대화를 들으면서 글을 쓰고 있다. 여기에 앉아 종일 노닥거리는 것 외에는 딱히 할 일이 없어 뵈는 노인들이다.

항구는 내 발치 아래로 펼쳐져 있다. 저 머나먼 곳에서는 끝부분이 바깥쪽으로 휘어져 나간 기다란 석회암 벽이 바닷속으로 뻗어 있는데 그 위에 등대가 서 있다. 두툼한 방파제가 그 바깥쪽으로 달리고 있다. 가까운 이쪽 편에서 방파제는 그와는 반대편으로 휘어져 팔꿈치 모양을 이루는데, 이쪽 끝에도 역시 등대가 있다. 양쪽 방파제 사이에는 좁다란 틈이 있고 이곳을 통과하면 널따란 항구로 이어진다.

만조일 때는 장관을 이루지만 썰물일 때는 여울이 되어 여기저기 바위

---

59 휘트비 이스트 클리프에 위치한 베네딕트회 수도원으로, 9세기 바이킹의 침입으로 폐허가 됨.
60 잉글랜드와 스코틀랜드 간의 플로든 전투를 다룬 월터 스콧의 서사시.
61 마미온의 정부인 콘스탄스가 수녀 서원을 어긴 죄로 산 채로 벽에 갇히는 것을 일컬음.
62 드나듦이 심한 해안 지형에서 불쑥 튀어나온 부분.

가 점점이 모습을 드러내고 양쪽의 모래 둑 사이를 흐르는 에스크 강 말고는 그다지 볼 것이 없다. 항구 바깥쪽으로는 날카로운 끄트머리가 남쪽 등대의 뒤쪽에서부터 죽 이어지는, 1킬로미터에 달하는 거대한 산호초가 있다. 그 산호초 끝에 종이 달린 부표가 있어서 날씨가 사나울 때면 비통한 소리로 울부짖는다. 배가 실종되면 바다에서부터 종소리가 들려온다는 전설도 있다. 노인에게 이것에 대해 물어봐야겠다. 마침 이쪽으로 오는 중이니까…….

재미있는 노인이다. 얼굴에 나무껍질 같은 옹이가 지고 주름이 자글자글한 것으로 보아 무척 나이가 많아 보인다. 노인 말로는 백 살이 다 되었다고 하며 워털루 전투[63]이 한창일 때 그린란드에서 어업 선단의 선원으로 일했다고 한다. 유감스럽게도 무척 회의적인 사람인 듯, 바다의 종소리와 수도원에 나타나는 흰옷을 입은 여자에 대해 묻자 불퉁스럽게 대꾸했다.

"아가씨, 난 그딴 걸로 골머리 썩지 않아요. 다 고릿적 얘기지요. 그런 게 없었다는 건 아니지만 나 때는 아니오. 타지 사람이나 놀러 오는 구경꾼들 재미있으라고 하는 얘기지 아가씨 같은 훌륭한 처자한테는 어울리지 않아요. 통조림 청어를 먹으면서 차를 마시고 싸구려 흑옥을 사러 돌아다니는 요크나 리즈 출신 얼간이들이야 철석같이 믿지만 말이오. 그런 치들한테 대체 누가 성가시게 거짓말을 하는지 모르겠구려. 하다못해 신문에서도 그러지요. 뭐, 신문이야 워낙 시답잖은 얘기투성이니까."

나는 흥미로운 이야기를 들려주기에 그 노인이야말로 안성맞춤일 거라고 생각하고 예전 고래잡이에 대해 재미있는 일화 좀 알려달라고 부탁했다. 그러자 노인이 자리에 앉았는데, 때마침 시계가 6시를 쳤고 그 소리에 노인은 자리에서 벌떡 일어섰다.

---

63 1815년, 나폴레옹을 패퇴시켜 폐위시킨 전투.

"아이고, 휑하니 집에 가봐야겠구려, 아가씨. 우리 손녀는 밥 차려놓고 기다리는 걸 질색한다오. 내가 이 엄청난 층계를 기어 내려가는 데는 시간이 꽤 걸린단 말이오. 게다가 내 배꼽시계는 시간을 딱딱 맞추는 법이라."

노인은 총총히 떠났다. 나는 노인이 부리나케 계단을 내려가는 모습을 볼 수 있었다. 마을에서 교회까지 이어지며 부드러운 만곡을 이루어 휘어지는 수백 개의 계단은 대단한 장관을 이룬다. 가풀막이 그리 심하지 않아 말도 쉽게 오르내릴 수 있다. 원래는 수도원과 관계가 있는 것이 아니었나 싶다. 나도 집으로 가야겠다. 루시는 어머니와 함께 지인을 만나러 갔는데 의례적 방문이어서 나는 가지 않았다. 아마 지금쯤은 돌아와 있을 것이다.

8월 1일 한 시간 전에 루시와 이곳에 왔다. 우리는 나이 지긋한 내 친구와, 늘 그분과 함께 와서 어울리는 다른 두 노인과 즐거운 대화를 나누었다. 노인은 분명히 그 무리의 오라클[64]이었고, 한창 때는 엄청난 전횡을 부렸으리라 생각된다. 남의 말은 아무것도 인정하지 않으며 모두를 깔본다. 언쟁으로 이길 수 없으면 위협을 하고, 상대의 침묵을 자신의 의견에 동의한 것으로 여기는 사람이다. 지금 얇은 흰색 면포 원피스를 입고 있는 루시는 매혹적으로 아름다워 보인다. 우리가 자리에 앉자 나는 세 노인이 조금의 주저도 없이 다가와 루시 곁에 앉는 걸 보았다. 워낙 매력적이어서 노인들도 첫눈에 루시에게 반한 모양이었다. 심지어는 내가 아는 노인조차 매혹되었는지 루시의 말에는 반대하지 않았지만 대신에 내가 두 몫을 당했다. 내가 전설 이야기를 꺼내자 노인은 엄청난 장광설을 늘어놓았다. 잘 기억해두었다가 적어놓아야겠다.

"모두가 허튼소리요, 깡그리 다. 그게 다 헛소리지 뭐겠소? 뭘 하지 말

---

64 셰익스피어의 『베니스의 상인』에 나오는 말로 독단적인 사람을 일컬음.

라느니 뭐가 징조를 보인다느니 하는 소리나, 으스스한 유령이며 무시무시한 밤손님이며 요귀며 그딴 것들은 꼬맹이들이나 겁쟁이 여자들을 겁주는 데나 제격이지 말짱 헛소리라니까. 그런 것들, 무서운 얘기, 징조, 경고 같은 것들은 죄다 똑같아요. 달리는 관심 안 가질 사람들을 끌어모으려는 목사들, 정신 나간 얼간이들, 철도 일 하는 사람들, 뱃일 하는 사람들이 지어낸 것들이란 말이오. 생각만 해도 울화증이 나는구려. 종이에다 버젓이 거짓말을 박아 놓고 설교하는 걸로도 모자라 대체 그런 걸 왜 묘비석에다 새겨 넣고 싶어 하는지, 원. 여기를 한번 둘러보시구려. 자랑스레 고개를 빳빳이 들고 있는 것처럼 보이지만 죄다 거짓말의 무게로 짓눌려 있는 거라오. '여기 시신이 누워 있노라' 니 '신성한 기억을 담아' 뭐 이딴 식으로 쓰여 있지만 절반은 시신 없는 빈 무덤이고 그 기억이라는 것도 신성하기는커녕 눈곱만큼도 기억할 만한 내용이 없다오. 깡그리 거짓말이라니까! 맙소사, 헌데 최후 심판의 날, 죽은 자리에서 일어나 자기들이 얼마나 좋은 사람이었는지 증명하려고 묘비를 끌고 다닐 생각을 하니 기가 막히오. 그중에서 바다 저 밑바닥에 누워 있던 몇몇 사람들은 그 미끈둥거리는 손을 들어 올리고 부들부들 떨어댈 테니 참."

나는 노인의 흡족한 표정과 친구들의 동의를 구하러 주위를 둘러보는 모습에서 지금 '잘난 척' 하는 중이라는 걸 알고 부추길 생각에 슬쩍 말을 섞었다.

"스웨일스 할아버지, 설마 진담은 아니시죠? 이 묘비들이 모두 잘못되었을 리야 있나요?"

"무슨 소리! 자기들이 남들한테 잘했다고 하는 점만 빼면 뭐 제대로 된 것도 가뭄에 콩 나듯 있긴 하겠지만 말이오. 그래도 거짓은 거짓이지. 자, 이걸 봐요. 아가씨가 타지인으로 와서 이 커가스를 봤다 칩시다."

나는 어쨌든 동의하는 편이 낫다고 생각해서 커가스가 뭔지는 몰랐지만 고개를 끄덕였다. 그것이 교회와 뭔가 관련이 있다는 건 알 것 같았다.

노인은 말을 이었다.

"그리고 아가씨는 어찌 됐든 간에 여기에 사람이 들어 있다고 생각하지요?"

나는 다시 동의했다.

"그게 바로 거짓말이라니까. 여기 수십 개가 금요일 밤 던 영감 담뱃갑처럼 텅텅 비어 있단 말이지."

그러면서 노인은 친구 한 사람을 팔꿈치로 쿡 찔렀고 그들은 일제히 웃음을 터뜨렸다.

"참말이오! 정말이라니까! 저걸 봐요. 저기 뒤편에 서 있는 묘비를 읽어보구려!"

나는 가서 읽었다.

"에드워드 스펜슬래프, 선장, 안드레스 해안에서 해적들에게 살해당하다, 1854년 4월, 향년 30세."

내가 돌아오자 스웨일스 노인이 말을 이었다.

"대체 누가 그 사람을 집으로 데려왔겠소? 그게 말이 되오? 안드레스 해안에서 해적들에게 살해당했는데! 그런데도 그 사람 몸이 이 아래 묻혀 있다고 생각하시오? 천만에, 나는 아가씨한테 그린란드 해에 뼈가 놓인 사람을 족히 열 명은 꼽아줄 수 있다오."

그러면서 노인은 북쪽을 가리켰다.

"아니면 해류에 실려서 밀려가버렸거나. 아가씨들 주위에 널려 있다니까요. 그 젊은 눈으로 여기서부터 보이는 거짓말들을 죽 읽어보시구려. 이 브레이스웨이트 로워리는, 내가 그 아비를 아는데, 1820년에 그린란드 해에서 실종되었소. 앤드루 우드하우스는 어땠는가 하면 1777년에 같은 바다서 물에 빠져 죽었지. 존 팩스턴은 한 해 뒤에 페어웰 곳에서 익사했고, 할아비가 나와 같이 항해를 했던 존 롤링스는 1850년에 핀란드 만에서 익사했다오. 나팔이 울릴 때 이 사람들이 죄다 휘트비로 부리나케 달려온다고 생각해보시구려. 맙소사! 내 말하는데, 그 사람들이 죄다 여기로 몰려오면 예전에 우리가 얼음판 위에서 낮부터 밤까지 엎치락뒤치락 싸우고, 북극광에 비춰 우리 상처를 둘둘 매려고 했던 것처럼 한바탕 난리가 날 거요."

노인이 킥킥거리고 동료들이 껄껄거리며 합세한 것으로 보아 그 말은 그 지역에서 통하는 농담인 모양이었다.

"하지만 할아버지 말씀이 꼭 옳은 것 같지는 않은걸요. 할아버지는 모든 가엾은 사람들, 아니면 그 영혼들이 최후의 심판 날에 자기의 묘비를 가지고 있어야 한다는 전제로 말씀하시는 거잖아요. 정말 그것이 필요하다고 생각하세요?"

내 물음에 노인은 이렇게 대답했다.

"글쎄올시다. 안 그러면 묘비가 뭐에 필요하겠소? 대답해보시구려, 아가씨!"

"그 친척들을 기쁘게 하기 위해서 아닐까요?"

"친척들을 기쁘게 하기 위해서라! 버젓이 거짓말이 쓰여 있고 동네 사람들이 죄다 그게 새빨간 거짓말이란 걸 아는 마당에 친척들을 기쁘게 한다라?"

노인의 말투는 비웃는 투가 역력했다. 노인은 우리 발치 아래의 한 묘비를 가리켰다. 절벽 가장자리 가까이 있는 그 묘비는 석판처럼 누워 있어서 그 위에 앉을 수 있게 되어 있었다.

"저 돌덩이 위에 쓰인 거짓말을 읽어보구려."

글자는 내가 앉은 곳에서는 거꾸로 보였지만 루시 쪽에서는 제대로 볼 수 있었기 때문에 루시가 허리를 굽히고 읽었다.

"조지 캐넌을 성스러이 기리며. 영광된 부활을 희망하며 세상을 떠나다. 1873년 7월 29일, 케틀니스의 바위에서 떨어져 사망. 이 무덤은 슬픔에 잠긴 어머니가 사랑하는 아들을 위해 세운 것이다. '그는 어머니의 외동아들이었고 그녀는 과부였다.' 솔직히 스웨일스 할아버지, 저는 여기서 그 어떤 우스운 내용도 찾지 못하겠는걸요."

그러는 루시의 말투는 진지하고 제법 단호했다.

"그 어떤 우스운 내용도 없다고 하셨소? 하하하! 헌데 그건 아가씨가 그 슬픔에 잠긴 어미란 사람이 아들이 곱사등이라고 죽도록 미워한 나쁜 여편네였단 걸 몰라서 그러는 거요. 아들도 어미를 얼마나 미워했던지 어미가 자기 이름으로 들어놓은 보험금을 못 타먹게 하려고 생목숨을 끊었다니까. 까마귀 쫓을 때 쓰려고 집에 놔둔 머스킷[65]으로 자기 머리를 날려버렸단 말이오. 까마귀 없애겠다는 게 사람 목숨을 없앤 거지. 그게 바로 바위에서 떨어져 죽었다는 거라오. 그리고 영광된 부활을 희망한다 했소? 나는 그 친구가 수도 없이 자기는 지옥에 가고 싶다는 소리를 하는 걸 들었소이다. 어미가 신앙심이 깊어서 보나마나 천국에 갈 텐데 어미가 가는 곳에는 가고 싶지 않다고 말이오. 어떻소?"

노인은 지팡이로 툭툭 건드리면서 말을 이었다.

"굉장한 거짓말투성이 아니오? 조지가 자기 굽은 등 위에다 묘비를 아슬아슬하게 지고 돌아다니면서 이걸 증거로 받아들여 달라고 하는 꼴을 보면 대천사 가브리엘도 웃음을 터뜨리지 않겠소?"

나는 무슨 말을 해야 좋을지 몰랐지만 루시가 자리에서 일어나면서 화제를 바꾸었다.

"어머, 저희한테 왜 그런 얘기를 해주시는 거예요? 여기는 제가 가장 좋아하는 자리이고 떠날 수가 없는데 이제부터는 자살한 사람의 무덤 위에 앉아야 하는 판이잖아요."

"그렇다고 아가씨에게 해 될 것은 없을 게요. 그 딱한 조지는 자기 무릎 위에 아가씨 같은 미인이 앉으면 고마워할 테니까요. 전혀 해 될 일 없고

---

65 양손으로 조작하게 되어 있는 구식 소총.

말고요. 그래요, 내 여기서 지난 20년 동안 앉아 있었지만 나한테 무슨 해는 없었소. 저 밑에 누워 있든 아니면 누워 있지 않든 신경 쓰지 마시구려. 죄다 묘비를 지고 돌아다니는 바람에 이곳이 민둥산처럼 헐벗게 되면 그때 가서 충격을 받든지 하시고. 시간이 됐으니 가봐야겠소이다. 안녕히들 계시오, 아가씨들!"

그러고서 노인은 자리를 떠났다.

루시와 나는 한동안 자리에 앉아 있었다. 우리 앞에 펼쳐진 광경이 몹시도 아름다워 우리는 나란히 앉아 손을 마주 잡았다. 루시는 나에게 다가오는 아서와의 결혼에 관한 이야기를 모두 들려주었다. 나에게는 가슴 아픈 이야기일 뿐이었다. 조너선으로부터는 한 달이 다 되도록 아무 소식이 없었으니까.

같은 날 나는 너무도 슬펐기에 혼자 이곳에 왔다. 내게 온 편지는 없었다. 조너선에게 아무 일이 없기만을 바랄 뿐. 시계가 방금 9시를 쳤다. 마을 전체에 흩어진 불빛이 보인다. 때로는 길이 난 곳에 일렬로 서 있기도 하고 때로는 혼자 빛나기도 한다. 불빛은 곧바로 에스크 강으로 달려와 계곡의 굽이 속으로 사라진다. 왼쪽으로는 수도원 곁에 있는 낡은 집의 거무스레한 지붕 탓에 시야가 차단되어 있다. 어미 양과 새끼 양들이 뒤쪽 먼 곳에서 울고, 아래쪽 포장된 도로 위를 오가는 당나귀의 발소리도 들린다. 방파제 위의 악단은 시간을 어기지 않고 설익은 왈츠를 연주하고, 부두를 따라서 좀 더 멀리 가면 뒷골목에서는 구세군 모임이 열리고 있다. 두 악단 모두 서로의 소리를 듣지 못하지만 여기서는 둘 다 보고 들을 수 있다. 조너선은 어디 있을까? 내 생각을 하고 있을까? 그가 이곳에 있다면 얼마나 좋을까.

수어드 박사의 일기

6월 5일 렌필드의 사례는 파고들수록 더욱 흥미로워지고 있다. 그에게서는 상당히 일반적으로 발현하는 특정한 특질, 다시 말해 이기심, 은밀함, 의도가 보인다. 나는 그 의도의 객체가 무엇인지 궁금하다. 모종의 계략에 무척 골몰해 있는 듯 보이지만 그것이 무엇인지는 짐작조차 할 수 없다. 그의 단점을 벌충할 만한 자질은 동물에 대한 사랑인데, 사실 그럼에도 불구하고 때로는 그저 비정상적으로 잔인한 것이 아닌지 의아하게 만드는 기이한 증세를 보인다. 그의 애완동물은 희한한 종류이다. 지금은 파리 잡기를 취미로 삼고 있다. 파리가 굉장한 속도로 불어나 결국 한마디 훈계할 수밖에 없었다. 놀랍게도 내 예상이 엇나가, 렌필드는 분노한 모습을 보이는 대신 그 문제를 진지하게 받아들였다. 그는 한동안 생각하더니 이렇게 말했다.

"사흘만 말미를 주시겠어요? 제가 해결할 테니까."

물론 나는 그렇게 하겠다고 했고 이제는 지켜볼 차례다.

6월 18일 요즘 렌필드는 거미에게로 관심을 돌려 상자에다 큰 놈 몇 마리를 키우고 있다. 자기 파리를 먹이로 쓰고 있는데, 비록 방 밖에서 파리를 꾀느라 음식의 절반을 쓰고 있기는 해도 파리의 수는 눈에 띄게 줄고 있다.

7월 1일 렌필드의 거미는 이제 파리만큼이나 골칫거리가 되었고 오늘 나는 그에게 거미를 없애야겠다고 말했다. 내 말에 그가 몹시 슬퍼 보여 나는 몇 마리쯤은 갖고 있어도 된다고 해주었다. 그는 기쁜 얼굴로 받아들였고, 나는 예전과 같은 시한을 주고 그 안에 줄이라고 했다. 그런데 내가 그 방에 있는 사이 혐오스러운 일이 벌어졌다. 부패한 음식을 먹어 퉁퉁하게 불은 흉측한 검정 파리 한 마리가 방 안으로 들어오자 렌필드는 그것을 덥석 붙잡더니, 환희에 넘치는 표정으로 엄지 검지 사이에 잠깐 들고 있다가는 뭘 하려는 건지 내가 미처 알아채기도 전에 날름 입에 넣고 삼켜버렸다. 그 일로 내가 나무라자 환자는 그건 좋은 것이고 완전한 것이라고 조그만 소리로 항의했다. 생명, 강인한 생명이며 자신에게 생명을 준다는 말이었다. 그 말에 내 머릿속에는 하나의 착상, 적어도 착상의 단초가 생겨났다. 그가 거미를 어떻게 없애는지 지켜봐야겠다. 렌필드는 늘 뭔가를 끼적여 넣는 작은 수첩을 갖고 있다. 그 수첩 안은 수치로 가득하다. 마치 회계사처럼 '집중적으로' 어떤 계산에 집중하는 듯 자리 숫자를 차례로 더하고 그 합계를 다시 차례로 더하는 식으로 되어 있다. 이런 것을 보면 확실히 정신적으로 깊은 문제를 가지고 있음에 틀림없다.

7월 8일 그의 광기에는 한 가지 방식이 있으며 내 머릿속의 착상의 단초는 점차 자라나고 있다. 그것은 곧 완전한 착상이 될 것이며 그렇게 된다면…… 아, 무의식에 박수를! 너는 네 형제인 의식에게 길을 비켜주어야 할 것이다. 나는 어떤 변화가 있다면 금세 알아차릴 수 있도록 며칠 동안 나의 친구를 떠나 있었다. 애완동물의 일부를 떠나보내고 새로운 동물을 한 가지 가지게 되었다는 점을 제외하고는 모든 상황이 그대로였다. 어찌어찌 해서 참새 한 마리를 얻어놓았고 이미 어느 정도 길들여놓은 상태였다. 거미의 수효가 줄어든 것으로 보아 그가 길들인 수단은 간단명료하다. 그래도 남아 있는 것들은 여전히 배불리 먹고 있었다. 지금도 자기 음식으로 꾄 파리를 먹이고 있었던 것이다.

7월 19일 진전이 보인다. 나의 친구는 이제 참새 떼를 갖게 되었고 파리와 거미는 거의 사라졌다. 내가 방으로 들어가자 렌필드는 내 쪽으로 달려오더니, 들어주면 정말이지 감사할 부탁이 한 가지 있다고 했다. 마치 개처럼 아양을 떨면서. 내가 무엇이냐고 묻자 그는 희열이 느껴지는 목소리와 태도로 대답했다.

"새끼 고양이예요. 예쁘고 작고 털이 매끄럽고 잘 노는 고양이요. 제가 데리고 놀고 가르치고, 먹이고 먹이고 또 먹일 수 있는 놈이에요!"

나는 그의 애완동물이 크기며 활력에서 어떻게 성장해 왔는지를 목격했던 터라 이런 요청에는 준비가 되어 있지 않았다. 그러나 길들여진 참새 가족이 파리나 거미와 같은 방법으로 제거된다는 것은 영 마뜩지 않았다. 그래서 나는 두고 보자면서, 새끼 고양이보다는 어미를 갖는 게 어떻겠느냐고 물었다. 그러자 그는 엉겁결에 숨겨 놓았던 열정을 드러내며 대답했다.

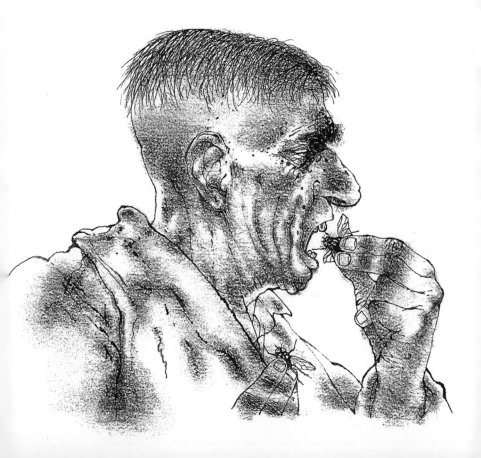

"아, 어미요? 그거 좋겠네요. 제가 새끼 고양이라고 말씀드린 건 어미를 달라고 하면 거절하실까 봐서였어요. 새끼를 달라고 하면 거절하지 않으실 테니까요, 안 그런가요?"

나는 고개를 흔들고는 유감스럽지만 당장은 가능할 것 같지 않다고, 하지만 두고 보자고 말했다. 그는 고개를 숙였고 나는 위험의 징조를 보았다. 그의 표정에 갑작스러운 난폭함이 나타나더니 살기 담긴 눈으로 나를 흘겨보았던 것이다. 이 사람은 발현되지 않은 잠재적 살인광이다. 나는 그가 지닌 현재의 열망으로 그를 시험하고 그것이 어떻게 실현되는지를 지켜볼 것이다. 그렇게 하면 좀 더 많은 것을 알 수 있겠지.

밤 10시 내가 다시 찾아갔을 때 렌필드는 한구석에 앉아 생각에 골몰해 있었다. 내가 안으로 들어서자 그는 내 앞에 털썩 무릎을 꿇더니 제발 고양이를 키우게 해달라고, 자신의 구원이 그것에 달려 있다고 애원했다. 그러나 내가 단호하게 그럴 수 없다고 하자 그는 한 마디 말없이 물러나 내가 들어갈 때 앉아 있던 구석 자리로 돌아가서는 손톱을 물어뜯었다. 내일 아침 일찍 다시 살펴보아야겠다.

7월 20일 보호사가 순찰을 돌기 전에 아침 일찍 렌필드를 방문했다. 그는 콧노래를 흥얼거리고 있었다. 모아놓은 설탕을 창가에 뿌리고 있는 것으로 보아 파리 잡기를 다시 시작했으며 유쾌한 기분도 다시 시작된 듯하다. 참새 떼를 찾아보았지만 보이지 않기에 어디 있느냐고 물어보았다. 그는 고개조차 돌리지 않고 모두 날아가버렸다고 대꾸했다. 그러나 방 안 여기저기에 깃털이 떨어져 있고 베개에는 피도 한 방울 보였다. 나는 아무 말도 하지 않고 나와서 보호사에게 특이한 일이 있으면 뭐든 곧바로 보고하라고 일렀다.

오전 11시 보호사가 방금 찾아와 렌필드가 무척 아프며 엄청난 양의 깃털을 토해 냈다고 말했다.

"선생님, 제 생각으로는 렌필드가 자기 새를 먹은 것 같습니다. 잡아서 그냥 날로요!"

밤 11시 오늘 밤 렌필드에게 강한 진정제를 주고 잠을 재운 뒤 수첩을 가져와서 살펴보았다. 최근 내 머릿속을 떠돌던 착상은 이제 완성되었고 이론은 입증되었다. 내가 연구 중인 살인광은 아주 특별한 부류이다. 그를 규정하려면 새로운 범주가 필요한데, 나는 그를 식육광으로 부르기로 했다. 렌필드의 욕망은 가능한 한 많은 생명을 흡수하는 것이고 차츰 누적되는 방식으로 욕망을 채울 계획을 세웠던 모양이다. 한 마리의 거미를 얻기 위해 수많은 파리를 내주었고, 한 마리의 새에게 수많은 거미를 주었으며, 이제는 많은 새를 먹을 고양이를 달라고 했다. 이후 단계는 무엇이었을까? 그 실험을 완성하는 것은 아마도 의미가 있었을 것이다. 타당한 이유만 있다면 실험을 계속할 수도 있었으리라. 수많은 사람들이 생체 해부를 비웃었는데 지금 그 결과를 보고 있지 않은가! 그랬다면 가장 어렵고 중요한 부분, 다시 말해 두뇌에 관한 과학 지식의 분야에서 상당한 진보를 낳을 수 있지 않았을까? 그 같은 마음의 비밀을 알 수만 있다면 — 나는 이미 한 광인의 망상에 관한 열쇠를 쥐고 있지 않았던가 — 내가 연구하는 과학의 분야를 버든 샌더슨[66]의 생리학이나 페리어[67]의 뇌에 관한 지식을 무효화시킬 정도로 진전시킬 수 있었을지도 모른다. 단, 타당한 이유만 있었더라면! 아니, 그만 생각하자. 자칫하면 유혹을 느낄 테니까. 나 역시 선천적으로 예외적인 두뇌의 소유자는 아니므로 선의의 명분

---

66 존 스콧 버든 샌더슨 경, 1828~1905. 영국의 심리학자.
67 데이비드 페리어, 1843~1924. 스코틀랜드 출신의 선구적 신경학자이자 심리학자.

이라는 것이 균형을 잃고 내 편으로 기울어질 수도 있는 노릇 아닌가.

제아무리 논리적이라도 광인들은 언제나 나름의 범위 안에서 행동하게 마련이다. 나는 그가 한 사람의 목숨을 몇 개의 생명의 가치로 간주하는지, 아니면 그저 하나로 여길 뿐인지 궁금했다. 렌필드는 극히 정확하게 장부를 마감하고 오늘 새로운 기록을 시작했다. 우리 중 얼마나 많은 사람이 삶의 매일을 새로운 기록으로 시작할 수 있겠는가.

나에게는 새로운 희망으로 내 삶 전체가 끝나고 진정으로 새로운 기록을 시작한 것이 고작 어제였던 것 같다. 전능하신 기록자께서는 그렇게 나를 통계 내어 수지를 맞추고 이익이나 손실로 결론을 내면서 내 원장[68]을 마감하실 것이다. 아, 루시, 루시! 나는 당신에게 화를 낼 수 없고 그 행복이 당신의 것인 내 친구에게도 화를 낼 수 없기에 희망 없이 일에 파묻혀 기다릴 수밖에 없다오. 일! 일!

만일 내가 저 딱한 광인처럼 나로 하여금 일을 하게 할 선하고 이기적이지 않은 확고한 이유를 가질 수만 있다면 그것이야말로 나의 진정한 행복이리라.

미나 머레이의 일기

7월 26일 불안해서 견딜 수가 없을 때 일기에 내 마음을 털어놓으면 위안이 된다. 내 자아에게 속삭이면서 동시에 귀를 기울이는 느낌이다. 게다가 평범한 글자와는 다른 속기 부호에도 무엇인가가 있다. 나는 루시

---

68 거래를 계정별로 기록하고 계산하는 장부.

때문에도, 조녀선 때문에도 불행하다. 오랫동안 조녀선으로부터는 아무 소식도 듣지 못해 근심이 이만저만 아니었는데, 어제 늘 친절하신 호킨스 씨가 조녀선이 보낸 편지를 부쳐주셨다. 만약 소식을 들으신 것이 있으면 알려주십사고 편지를 띄웠더니 방금 동봉된 편지가 도착했다고 전해온 것이다. 드라큘라 성에서 온 날짜가 기록된 한 줄짜리 편지에는 곧 집으로 떠난다는 내용이 쓰여 있다. 아무래도 조녀선답지 않다. 도무지 이해할 수 없기에 불안하다. 게다가 루시까지도. 잘 지내기는 하지만 얼마 전부터 잠자면서 걸어다니는 예전의 습관이 다시 살아났다. 루시의 어머니가 내게 그 문제를 상의해오셨고, 밤마다 내가 방문을 잠그기로 결정했다. 웨스튼라 부인은 몽유병자들이 밖으로 나가 지붕 위나 절벽 가장자리를 걸어가다가 별안간 잠에서 깨어나는 바람에 절망에 찬 비명을 지르며 추락할지도 모른다는 생각을 지우지 못하고 있다. 당연한 일이지만 루시 걱정에 안절부절못하고 계신다. 부인의 남편, 그러니까 루시의 아버지도 같은 증세를 보였으며, 밤에 잠자리에서 일어나서는 말리는 사람이 없으면 옷을 입고 밖으로 나가곤 하셨다는 이야기도 들었다. 가을에 결혼하기로 한 루시는 벌써부터 드레스며 집을 어떻게 꾸밀지 계획을 세우고 있다. 나 역시 그렇게 했을 테니 루시의 기분을 이해할 수 있다. 물론 나와 조녀선은 간신히 생계를 꾸릴 만한 형편이라 아주 간소한 살림으로 시작해야 하지만. 홈우드 씨, 혼[69] 아서 홈우드, 고덜밍 경의 외아들이 곧 이곳으로 올 예정이다. 지금은 아버지가 병중에 계셔서 고향에 머무르는데 루시는 그가 올 날만 학수고대하고 있다. 루시는 그와 함께 절벽 위 교회 묘지로 가서 휘트비의 장관을 보여주고 싶어 한다. 내 생각으로는 그 기다림 탓에 루시가 산란해진 것이 아닌가 싶다. 그가 오면 루시도 괜찮아지겠지.

---

69 Hon. 백작 이하 귀족의 자녀나 고등법원 판사, 하원의장 등에 붙이는 경칭.

7월 27일 조너선에게서는 아무 소식이 없다. 왜 그런 기분을 느끼는지는 잘 모르겠지만 차츰 불안감이 더해 간다. 단 한 줄이라도 소식을 전해 오면 좋으련만. 루시의 증세는 더욱 심해졌고 나는 밤마다 루시가 방을 돌아다니는 통에 잠에서 깨어난다. 다행히 날씨가 더워 감기에 걸릴 일은 없다. 그러나 초조한 기분과 밤새 수시로 깨어나는 것 때문에 나는 급속히 신경이 날카로워지고 잠을 잘 못 이룬다. 하느님께 감사하게도 루시의 건강은 괜찮다. 홈우드 씨는 병환이 깊어진 아버지를 만나러 링[70]으로 갑작스럽게 불려 내려간 뒤로 오지 못하고 있다. 만남이 늦어지는 것에 무척 속상해하기는 하지만 그렇다고 루시의 외모가 달라지지는 않았다. 오히려 조금 통통해졌고 뺨은 사랑스러운 장밋빛이다. 이제는 예전처럼 빈혈을 앓는 듯한 기색이 사라졌다. 이 상태가 지속되기를.

8월 3일 일주일이 또 지나갔지만 조너선으로부터는 아무 소식도 없다. 소식을 전해주던 호킨스 씨에게도 연락이 없기는 마찬가지다. 아, 제발 아프지는 않아야 할 텐데. 그렇지 않다면 편지 한 장 보내지 않을 조너선이 아니건만……. 마지막으로 보낸 편지에는 뭔가 석연치 않은 구석이 있다. 글씨는 그의 것이 맞지만 내용은 그의 글 같지가 않다. 내 눈이 틀림없다. 루시는 지난주에는 그다지 밤에 돌아다니지 않았지만 기이하도록 뭔가에 몰두해 있는 것 같고 나로서는 도무지 이해할 수가 없다. 하다 못해 잠을 잘 때조차 나를 지켜보고 있는 것처럼 느껴진다. 문을 열어보았다가 잠긴 것을 확인하면 열쇠를 찾아 방을 돌아다니기도 한다.

8월 6일 다시 사흘이 지났는데 감감 무소식이다. 이제는 차츰 두려워진다. 어디로 편지를 보내야 할지 어디로 가야 하는지 알 수만 있다면 훨씬

---

70 아일랜드 워터퍼드 지역의 지명.

마음이 놓일 텐데……. 지난 편지 이후로 조너선으로부터는 아무도 소식 한 자 듣지 못했다. 인내심을 달라고 하느님께 기도를 드릴 뿐이다. 루시는 유달리 감정이 격해 있지만 그것만 빼면 잘 지내고 있다. 지난밤은 무시무시했고 어부들은 폭풍이 다가올 거라고 했다. 죽 관찰해보고 날씨의 전조가 어떤 것인지 배워야겠다. 오늘은 날이 흐렸고 내가 일기를 쓰는 사이 해는 케틀니스 곶 너머 두툼한 구름장 뒤에 그 모습을 감추었다. 에메랄드처럼 반짝이는 초록빛 풀 말고는 모든 것이 잿빛이다. 바위는 잿빛이고, 머나먼 가장자리에만 어렴풋이 햇살의 느낌이 감도는 잿빛 구름이 잿빛 바다 위로 드리워져 있으며, 모래톱은 잿빛 손가락처럼 바다까지 꿈틀대며 이어진다. 내륙으로 들이치는 해무[71]에 먹먹해진 굉음을 토하며 마구 뒤채는 바다는 여울과 모래땅 위로 거센 물살을 쏟아 붓는다. 수평선은 잿빛 안개 속에 사라져버렸다. 모두가 광대하다. 구름장은 거대한 바위처럼 쌓이고, 바다에서는 최후 심판의 날의 전조인 듯 요란한 우렁거림이 일고 있다. 때로는 절반쯤 안개에 싸인 거무스름한 형체가 해안가 여기저기에 드러나 보인다. 고기잡이배들은 서둘러 집에 닿을 요량으로, 요동치는 파도에 올라갔다 내려갔다 춤을 추면서 항구를 향해 돌진하고 있다. 저기, 스웨일스 노인이 온다. 곧장 내 쪽으로 향하고 있으며 모자를 들어 올리는 품으로 보아 이야기를 하고 싶은 모양이다…….

나는 그 딱한 노인의 달라진 모습에 상당한 충격을 받았다. 노인은 내 곁에 앉더니 아주 공손한 말투로 말을 걸어왔다.

"아가씨, 내 드릴 말씀이 있어요."

노인이 왠지 불편해하는 것을 깨달은 나는 두 손으로 노인의 주름진 손을 잡고 자세히 말씀해보시라고 했다. 그러자 내 손안에 손을 맡긴 채로 노인은 순순히 입을 열었다.

---

71 바다에 끼는 안개.

"죄송하게도, 아가씨. 일전에 죽은 사람에 대해 드린 사악한 말로 충격을 받았지요? 허나 일부러 그런 건 아니었으니 아가씨가 이 늙은이가 떠나고 난 뒤에도 날 기억해주었으면 싶구려. 우리처럼 죽을 날을 기다리는 노인네들은 그런 생각을 하고 싶지 않아 하고 죽음을 무서워하기도 바라지 않아요. 그래서 내가 내 기분 좋아지라고 그런 소리를 한 거라오. 하지만 나는 죽는 게 두렵지 않아요, 눈곱만큼도. 다만 할 수 있다면 죽지 않았으면 싶을 뿐이지. 이렇게 늙었으니 언제라도 죽음이 찾아올지 몰라요. 백 년이란 세월은 언감생심 누구라도 바라기에는 긴 시간이니까. 아마 죽음의 신이 벌써 낫을 갈고 있을 게요. 알겠지만 내가 한순간에 내 말투를 버릴 수는 없다오. 하여간 머지않아 죽음의 천사가 나를 위해 나팔을 불어주실 거요. 아이고, 나 때문에 눈물을 흘리지는 말아요, 아가씨!"

노인은 내가 우는 것을 보고 말을 이었다.

"만약 그분이 바로 오늘 밤에 온다고 해도 난 그 부름에 주저 없이 대답할 거라오. 삶이란 건 결국은 우리가 하는 일 그 외의 것을 기다리는 것에 불과하고, 죽음이야말로 우리가 정당하게 의지할 수 있는 전부이니까. 나는 죽음이 오는 것, 빠른 속도로 다가오는 것에 만족하고 있다오. 우리가 이리저리 살피면서 고개를 갸웃거리는 동안 오고 있는지도 모르지. 어쩌면 손해와 파괴, 고통, 슬픔에 찬 마음을 가져오는 저 바다 위로 불어닥치는 바람 속에 있을지도 모를 일이고. 보구려! 봐요!"

갑자기 노인이 소리를 질렀다.

"저 바람과 그 너머에는 죽음처럼 들리고, 죽음처럼 보이고, 죽음의 맛이 나는 뭔가가 있어요. 바로 공기 속에. 난 그게 다가오는 것이 느껴진다오. 하느님, 제 차례가 되었을 때 기꺼이 화답하게 하소서!"

노인은 열렬하게 두 팔을 뻗더니 모자를 들어 올렸다. 입술은 기도라도 하듯 움찔거렸다. 한동안 침묵이 이어졌다. 곧이어 노인은 일어서서 나와 악수를 하고 내게 축복을 빌어주고 작별 인사를 하더니 총총히 가버렸다.

나는 이 모든 일에 몹시 동요되었고 크나큰 충격을 받았다. 문득 해안 경비원이 팔 아래에 쌍안경을 낀 채로 다가오자 나는 무척 반가웠다. 경비원은 늘 하는 식으로 멈춰 서서 나와 이야기를 나누었지만 시선은 줄곧 낯선 배 한 척에 못 박혀 있었다.

"저 배가 왜 저러는지 모르겠군요. 생긴 모양새로 보아 러시아 배인데 다니는 품이 예사롭지가 않아요. 어쩌면 좋을지 갈피를 못 잡는 것 같아요. 폭풍이 오는 걸 보았을 텐데도 북쪽으로 해서 너른 바다로 나갈지 아니면 이 항구에 머물지 결심을 못하고 있나 봅니다. 저것 좀 보세요! 정말 기이하게 방향을 틀고 있지요? 키를 잡은 손이 있기는 한 건지 바람결에 이리 부대끼고 저리 흔들리고 있어요. 내일 이 시간쯤 되면 저 배에 대해서 자세한 얘기를 들을 수 있을 겁니다."

07

「데일리그래프」 신문 8월 8일자 스크랩

(미나 머레이의 일기장에 첨부된 내용)

특파원 보고 —휘트비

기록상 가장 거칠고 가장 급작스러운 폭풍이 방금 지나가면서 이곳에는 기이하고도 독특한 일이 벌어졌다. 날씨는 후텁지근했지만 8월 날씨로 비정상적이라고는 할 수 없었다. 토요일 저녁은 몹시 화창했고, 어제는 휴일을 즐기려는 일단의 사람들이 밖으로 나와 멀그레이브 숲, 로빈후드 만, 리그 밀, 런스위크, 스테이시스 등과 휘트비 인근의 다양한 명소를 찾았다. 증기선 엠마와 스카보로 호가 해안선을 오가며 관광객을 실어 날랐고, 휘트비에 들어가거나 나가는 사람들도 유독 많았다. 날씨는 오후까지는 이례적으로 좋았으나, 이스트 클리프[72]의 교회 묘지에 자주 들르는 이들과 고지대 전망대에서 온 사람들이 북쪽과 동쪽으로 보이는 너른 바다를 구경하다가 북서쪽 하늘 높이 갑작스럽게 등장한 '노새

---

72 휘트비 해안가는 양쪽으로 절벽을 이루는 이스트 클리프와 웨스트 클리프로 이루어져 있으며, 웨스트 클리프는 마을이 이어지는 반면 이스트 클리프에는 교회와 수도원 폐허가 있음.

꼬리'[73]을 보았다는 말이 퍼져 나갔다. 그때 바람은 남서쪽에서 약하게 불고 있었는데 측정치로는 2급[74]의 미풍이었다. 당직이던 해안 경비원은 즉시 보고했고 반세기 넘게 이스트 클리프에서 날씨의 전조를 관찰해온 한 늙은 어부가 갑작스러운 폭풍이 올 거라고 자신 있게 예상했다. 해넘이가 가까워지자 구름장 속에서 휘황한 색조가 너무도 아름답고 웅장한 장관을 이루었으며, 그 아름다움을 즐기기 위해 절벽을 올라와 옛 교회 묘지에 들어선 사람들이 유난히 많았다. 서쪽 하늘을 향해 당당하게 선 케틀니스 곶의 검은 땅덩이 너머로 사라지기 전 해가 지는 길에는 햇살을 받아 빛나는 온갖 빛깔의 구름장들이 매혹적 광경을 이루었다. 불꽃 같은 빨강, 보랏빛, 분홍, 녹색, 연보라, 그리고 미묘한 색조의 금빛⋯⋯. 그와 함께 여기저기에는 크지 않은 덩이들, 새까맣다 할 만한 검은 덩이들이 갖가지 모양으로 떠올라 있었다. 화가라면 놓쳐서는 안 될 경험이었다. 이 '대폭풍의 전주곡'을 스케치한 화가들 중 일부는 영광스럽게도 내년 5월의 로열 아카데미와 왕립 미술관의 벽을 차지할 것이다. 일부 선장은 마음을 정하여, 폭풍우가 지나갈 때까지 항구에 머물기로 했다. 바람은 밤사이 차츰 잦아들어 자정 무렵에는 죽은 듯 고요했고 찌는 듯 무더웠으며, 민감한 사람들이라면 천둥이 다가오는 것을 눈치챌 만한 긴장이 흐르고 있었다. 평소 때면 해안가에 바짝 닿아 항해하는 연안 증기선도 먼 바다 쪽으로 나가 있었고 고깃배도 좀처럼 보이지 않아 바다 위에 보이는 불빛은 거의 없었다. 눈에 띄는 유일한 배는 모든 돛을 올리고 서쪽을 향해 가는 듯 보이는 외국에서 온 스쿠너[75] 한 척뿐이었다. 사람들은 그 광경을 바라보면서 그 배를 책임진 이들의 무지, 혹은 고집에 대해 한 마디

---

73 권운, 즉 새털구름을 일컫는 말.
74 바람의 세기는 보퍼트 풍력 계급에 따라 12등급으로 나뉨.
75 보통 2개, 때로는 3개 이상의 돛대를 가진 범선.

씩 했고, 신호를 보내 위험에서 벗어나도록 돛을 내리게 하려고도 시도해 보았다. 어둠이 내리기 전까지 그 배는 뒤채는 바다 위에서 나른하게 돛을 흩날리며 부드럽게 흔들리고 있었다, '색칠한 바다 위 색칠한 배처럼 나른하게.' [76]

10시 못 미쳐 공기의 정체감은 차츰 위압적으로 바뀌었고 침묵이 너무도 선연하여 내륙에서는 양이 '매' 거리는 소리나 마을에서 개가 짖는 소리조차도 자연의 침묵과 어우러져 뚜렷한 불협화음이 되어 울렸다. 자정이 약간 지나자 바다 위에서는 낯선 소리가 일기 시작했다. 머리 저 위쪽에서는 공기가 서서히 낯설고 희미한, 우르릉거리는 소리를 싣고 왔다.

곧이어 경고조차 없이 폭풍이 밀어닥쳤다. 그 당시에는 도무지 믿어지지 않았을 뿐 아니라, 심지어 이후에도 이해하기 불가능한 엄청난 빠르기로, 자연의 모든 양상이 일순간에 경련했다. 파도의 분노는 시간이 갈수록 그 강도를 더해 가, 번번이 앞에서 인 물결을 집어삼키고는 커다랗게 일어나기를 반복했다. 고작 몇 분 뒤에는 방금 전까지도 유리 같았던 바다가 울부짖고 비명을 토하는 괴물이 되어버렸다. 파도는 흰 거품을 내뿜으며 광폭하게 모래톱을 집어삼키고 절벽까지 넘보았다. 부두 위로 휘몰아친 너울에 휘트비 항구 양측 부두 끝에 솟은 등대의 등실이 휩쓸리기도 했다. 우레처럼 울부짖는 바람의 힘이 얼마나 무시무시했는지, 심지어는 힘센 남자도 발을 디디려면 우선 쇠기둥을 단단히 그러쥐어야 했을 정도였다. 부두에 흩어져 있던 꽤 많은 수의 구경꾼들을 안전한 곳으로 피신시키는 것이 급선무였다. 자칫 잘못했다면 그날의 사상자 수는 기하급수적으로 늘었을 것이다. 그 어려움과 위험에 더하여 해무까지 내륙으로 몰려 들어왔다. 으스스한 해무가 너무도 축축하고 습하고 차디차 많은 이들이 분노에 부르르 몸을 떨었다. 별다른 노력을 하지 않아도 그 영혼이 바

---

76 영국 시인 S. T. 콜리지의 「늙은 수부의 노래」의 한 구절.

다에서 실종되었다고 상상할 수 있는 축축한 흰 안개가 죽음 같은 차고 끈끈한 손길을 널름거렸다. 때로 안개가 주춤하면 번뜩이는 번갯불에 바다의 모습이 조금씩 드러나 보였다. 매섭게 빠른 번개 뒤에는 머리 위의 하늘 전체가 폭풍의 발자국에 충격을 받아 덜덜 떠는 듯 보이는 천둥이 이어졌다. 번갯불 속에 드러난 광경에는 형용할 수 없는 웅장함과 장엄함이 있었다. 산처럼 일어난 바다를 폭풍이 잡아채어 공중으로 내던지는지, 파도가 칠 때마다 허연 포말이 하늘 높이 일었다. 여기저기서 너덜거리는 돛을 단 고깃배가 안식처를 찾아 미친 듯 내달리고, 폭풍에 뒤친 바닷새의 흰 날개가 희끗거리기도 했다. 이스트 클리프의 정상에는 새로운 탐조등이 실험차 마련되어 있었지만 아직 가동되지는 않은 상태였다. 탐조등을 책임진 관리자들은 곧바로 작동에 들어갔고, 저돌적으로 달려드는 안개가 잠시 멈출 때면 수면 위를 훑었다. 한두 번, 탐조등이 제대로 효과를 발휘하여 뱃전이 바닷물에 잠기다시피한 고깃배가 그 빛의 인도를 따라 부두에 부딪히는 위험에서 무사히 벗어나 항구로 달려들었다. 배가 안전한 항구에 닿을 때마다 해안가에 선 거대한 군중은 기쁨의 외침을 질렀다. 군중들의 외침 소리는 잠시 돌풍을 갈라놓았지만 이내 그 돌풍에 휩쓸리기 일쑤였다. 얼마 지나지 않아 탐조등 불빛에 돛을 모두 올린, 틀림없이 저녁 일찍 목격된 것과 같은 것으로 여겨지는 스쿠너 한 척이 보였다. 그즈음 바람은 동쪽으로 불고 있었고, 그 배가 처한 섬뜩한 위험을 깨닫자 절벽 위의 구경꾼들은 몸서리쳤다. 그 배와 항구 사이에는 선량한 많은 배가 숱한 고통을 겪었던 거대 산호초가 놓여 있었던 것이다. 지금 바람의 방향으로는 그 배가 항구로 들어선다는 것은 불가능해 보였다. 이제 시간은 거의 만조에 이르러 있었지만 파도가 워낙 거세어 너울의 골 사이로 해안의 여울까지 드러날 지경이었고, 돛을 모두 올린 스쿠너는, 한 노련한 수부의 말로는 "어딘가 닿기야 하겠지만 거기는 바로 지옥일" 엄청난 속도로 달리고 있었다. 그러고는 또다시 해무가 몰아닥쳤다. 좀

전보다 한층 짙은 해무였다. 축축한 안개 덩이가 잿빛 장막처럼 사방에 들러붙어 사람들에게 남겨진 것은 오로지 청각 기관뿐이었다. 추적거리는 망각 사이로 폭풍의 울부짖음과 내리치는 천둥소리, 그 강력한 비명이 전보다도 더욱 커다랗게 들려왔다. 탐조등의 불빛은 동쪽 부두를 가로질러 항구의 초입에 고정되어 있었다. 충돌을 예상한 사람들은 숨조차 쉬지 못하고 기다렸다. 순간 바람이 갑작스럽게 북동쪽으로 방향을 바꾸었고 일순 불어온 돌풍에 남아 있던 해무가 걷혔다. 그러고는 미라빌레 딕투[77], 그 낯선 스쿠너가 모든 돛을 올린 채로 엄청난 속도로 양편의 부두 사이로 돌진하여 돌풍이 불기 직전 안전하게 항구로 들어섰다. 탐조등은 그 배의 움직임을 따랐고, 바라보던 모든 이들은 등골이 서늘해졌다. 고개를 숙인 시체 한 구가 키에 묶여 배의 움직임에 따라 이리저리 흔들리고 있었던 것이다. 갑판 위에서는 다른 형체는 아무것도 찾을 수 없었다. 죽은 이의 손이 아니면 키를 조종할 수도 없는데 그 배가 항구를 찾았다는 것을 깨닫자 마치 기적이라도 난 듯 구경꾼들 사이에서는 엄청난 경외가 일었다! 이 모든 일이 이 글을 쓰는 것보다도 빠른 시간에 일어났다는 것이 놀라울 뿐이다. 스쿠너는 멈추지 않고 곧바로 항구를 가로질러, 조수와 폭풍우에 밀려온 모래와 자갈이 퇴적된 곳까지 곧바로 밀고 올라왔다. 현지에서는 테이트 힐 파이어라고 불리는, 이스트 클리프 아래로 돌출된 부두의 남동쪽 구석 자리였다.

　당연한 일이지만 배가 모래톱 위로 올라오면서 상당한 충격이 가해졌다. 모든 활대와 밧줄이며 지삭이 뒤틀렸고, 꼭대기의 돛 일부가 무너져 내리기도 했다. 그러나 그 무엇보다도 기이한 일은 배가 해안에 닿는 순간 커다란 개 한 마리가 마치 충격으로 튕겨 나온 듯 갑판으로 뛰어 올라오더니 이물에서 모래톱으로 뛰어내렸다는 것이었다. 개는 한달음에 가

77 mirabile dictu, 말하기는 이상하지만이라는 뜻.

파른 절벽을 올라가 어둠 속으로 사라졌다. 풀밭 오솔길 위로 동쪽 부두를 향해 교회 묘지가 가파르게 걸쳐져 있어서, 휘트비 인근의 방언으로는 서러프스틴 혹은 스루스톤이라 부르는 평평한 묘석이 바깥쪽으로 비죽비죽 튀어나온 듯 보이는 곳이다. 탐조등 불빛이 닿는 자리를 아슬아슬하게 넘어서는 곳이어서 그곳의 어둠은 더욱 짙어 보였다.

인근의 집에 사는 주민들은 잠자리에 들어 있지 않으면 그 위의 고지대에 나와 서 있었기 때문에 테이트 힐 파이어에는 당시 아무도 없었다. 결국 항구 동쪽을 경비를 맡은 해안 경비원이 즉시 그 작은 부두로 달려 내려와 가장 먼저 배에 올랐다. 탐조등을 작동하던 이들은 항구의 입구를 샅샅이 뒤져도 더 이상 비출 것이 없자 이윽고 버려진 배로 불빛을 돌려 그곳에 고정시켰다. 배에 뛰어든 해안 경비원이 타륜으로 다가가 살펴보더니 놀란 듯 갑작스레 뒷걸음질을 했다. 그 모습에 호기심을 느낀 구경꾼들이 달리기 시작했다. 웨스트 클리프에서 테이트 힐 파이어까지는 도개교를 건너는 상당한 거리이지만, 본 기자는 달리기에는 일가견이 있는 터라 일행의 선두를 지킬 수 있었다. 그러나 도착해보니 이미 부두 위에는 군중들이 옹기종기 모여 있었으며 해안 경비원과 경찰이 승선을 막고 있었다. 항구 책임자의 후의로 기자는 여러분의 특파원으로서 승선 허가를 받았고, 실제로 키에 묶여 있는 시신을 본 극소수에 속할 수 있었다.

좀처럼 보기 힘든 광경이었으니 해안 경비원이 놀란 정도가 아니라 심지어 경외에 차기까지 한 것은 기이한 일이 아니었다. 시신의 손은 한 손이 다른 손 위에 포개진 채로 타륜의 한 손잡이에 결박되어 있었다. 아래쪽 손과 타륜의 나무 사이에는 십자가가 있었는데, 그 십자가는 손목과 키를 한데 묶은 묵주의 일부였고 모두가 단단한 줄로 꽉 동여져 있었다. 한때는 앉아 있었겠지만 돛이 요란스레 휘날리고 펄럭여 키의 방향타를 움직이는 통에 온몸이 이리저리 부대낀 탓에 묶은 줄에 쓸린 손목의 살이 파여 뼈가 드러나 있었다. 곧 상황에 대한 상세한 기록이 작성되었다. 기자의 뒤를 이어 승선한 이스트 엘리어트 플레이스 33번지에 거주하는 외과의사 J. M. 카핀 씨는 시신을 검시한 뒤 죽은 지 이틀은 족히 되었다고 말했다. 선원의 주머니에는 돌돌 만 작은 종이 한 장이 든, 코르크 마개를 꽉 막은 병이 하나 들어 있었다. 후에 그 종이는 항해 일지의 보록임이 밝혀졌다. 해안 경비원은 선원이 아마도 자신의 이로 매듭을 지어 스스로를 결박한 것 같다고 말했다. 경비원이 가장 먼저 배에 오른 덕분에 후에 해사 재판소에서 복잡해졌을 법한 상황이 사전에 정리될 수 있었다. 해안 경비원은 난파선에 들어선 최초의 민간인의 권리인 구조 사례금을 요청할 수 없기 때문이다. 그러나 이미 법과 관련한 말들이 오가고 있고 한 젊은 법학도는 큰 소리로, 입증되지는 않았지만 대리 소유의 상징으로서 키 손잡이가 '죽은 손'에 들어 있었기 때문에 소유주의 권리는 이미 전적으로 희생되었으며 그의 재산은 양도 불능의 부동산 소유권[78]의 상황에 위배되었다고 확언하고 있다. 죽은 키잡이가 생명이 다할 때까지 젊은 카사비앙카[79]만큼이나 숭고하게도 자신의 임무를 영예로이 수행한 그 장소에서 경건하게 옮겨져 차후 조사를 위해 시체 안치실로 이송되었음은 구태여 이야기할 필요 없을 것이다.

갑작스러운 폭풍은 이미 지나갔고 난폭함은 누그러들었다. 군중들은 흩어졌으며 하늘은 요크셔 고원 위로 차츰 불그레해지고 있다. 다음 호에서 폭풍 속에서 기적같이 항구에 도착한 난파선에 관한 상세한 내용을 다루도록 하겠다.

---

78 '죽은 손'에 의해 굳게 지켜지는 부동산의 상태라는 뜻을 지닌 영국법의 용어.
79 18세기 프랑스의 해군 장교로, 나부키르 만 해전에서 나폴레옹 보나파르트의 선대를 이끌고 싸우다 장렬하게 전사함.

휘트비, 8월 9일 간밤 폭풍을 뚫고 기이하게 항구에 도착한 난파선의 후일담은 더욱 놀랍다. 그 배는 러시아의 바르나 항에서 출항한 스쿠너 선 데메테르[80] 호였다. 선적된 화물은 흙이 든 거대한 나무 상자 몇 개 뿐이어서 데메테르 호는 백사[81]의 밸러스트[82]가 전부라 해도 과언이 아니었다. 이 화물은 휘트비의 변호사인 크레스트 7번지의 S. F. 빌링턴 앞으로 되어 있었다. 빌링턴 씨는 오늘 아침 해안으로 나와 자신에게 탁송된 화물을 인수하는 정식 절차를 밟았다. 러시아 영사도 용선 계약[83] 당사자를 대신해 그 배의 공식적 소유를 인계하고 입항비 등 제반 비용을 지불했다. 오늘 이곳에서는 어디를 가나 그 기막힌 우연을 이야기하는 소리뿐이다. 상무부 관리들은 기존의 규율에 따라 일을 처리하는 데 있어서 매사 정확성을 기했다. 후일 문제의 소지를 없애야 한다고 결심한 것이다. 배가 난파할 때 육지로 뛰어내린 개에 대해서도 모두가 상당한 흥미를 보이고 있으며, 휘트비에서 막강한 영향력을 발휘하는 동물 학대 방지 협회의 회원 일부는 그 개와 친구가 되기 위해 노력하고 있다. 그러나 정작 개가 발견되지 않아 많은 이들이 실망을 감추지 못하고 있다. 마치 마을에서 완전히 모습을 감춘 듯 보인다. 겁에 질려서 황무지로 달아나 아직도 숨어 있을 가능성도 있다. 두려움 탓에 그럴 수 있다고 생각하는 이들이 있는데, 분명히 사나운 짐승일 테니 훗날 위협이 되지 않을까 걱정하기도 한다. 오늘 아침, 테이트 힐 파이어 인근 한 석탄 상인 집에서 키우던 마스티프 잡종인 큰 개가 주인 집 마당 맞은편 길가에서 죽은 채 발견되었다. 싸움의 흔적이 있고 목에 큰 상처가 있으며 발톱에 찢긴 듯 배가 갈라져 열려 있는 것으로 극악무도한

---

80 그리스 신화에 나오는 대지의 여신.
81 원예용의 고운 모래.
82 배의 안정을 위하여 바닥에 싣는 돌이나 모래.
83 화물을 운송하기 위해 배의 소유자와 용선자 사이에 체결하는 계약.

상대를 만난 것이 분명해 보였다.

후에 상무성 조사관의 후의 덕분에 기자는 허락을 얻어 데메테르 호의 항해 일지를 볼 수 있었다. 사흘 전까지는 순서대로 되어 있지만 실종된 선원들에 대한 내용 외에는 특별히 흥미를 끌 것이 없었다. 단연 흥미로운 것은 오늘 조사에서 공개된 병 속에서 발견된 종이에 적힌 내용이다. 기자는 지금까지 그 내용보다 더욱 기묘한 일은 듣지도 보지도 못했다. 비공개로 할 이유가 없었으므로 기자는 그 내용을 이용할 허락을 받았으며, 그에 따라 독자 여러분에게 항해와 화물 운송에 관한 기술적 세부 사항을 제외한 전체 번역본을 송부할 참이다. 푸른 바다에 들어서기 전부터 선장이 일종의 광증을 보였으며 그 증상은 항해 동안 계속해서 악화되었던 듯하다. 바쁜 시간에도 불구하고 기자를 위해 친절하게도 번역을 맡은 러시아 영사관의 직원이 들려준 내용을 구술로 적고 있으므로 기자의 진술을 구구절절 받아들여서는 안 될 것이다.

데메테르 호의 항해 일지

바르나에서 휘트비까지

7월 18일 일지를 적기로 했다. 도무지 알 수 없는 기이한 일들이 일어나고 있기 때문에 상륙하기 전까지 계속해서 써나갈 작정이다.

7월 6일 화물 탑재를 완료했다. 백사와 흙이 든 상자. 정오에 출항. 동풍. 날씨 맑음. 승선자는 평선원 5명, 항해사 2명, 요리사, 그리고 본인(선장).

7월 11일 동틀 녘 보스포루스[84]에 들어섰다. 터키 세관원들 승선. 박시시[85]. 이상 무. 오후 4시 다시 항해.

7월 12일 다르다넬스 해협[86]을 통과했다. 더욱 많은 세관원과 경비대의 배가 나타났다. 공무원들의 일처리는 철저했지만 급속하다. 곧 떠나기를 바라고 있다. 저물녘 에게 해[87]에 진입했다.

7월 13일 마타판 곶[88] 통과. 선원들이 어딘지 불만족스러운 모습을 보인다. 겁에 질린 듯 보이나 자초지종을 이야기하지는 않는다.

7월 14일 선원들이 초조한 기색을 보인다. 모두가 전에 나와 항해를 한 적이 있는 견실한 선원들이다. 항해사는 뭐가 잘못되었는지 이해할 수가 없다는 반응이다. 선원들이 뭔가가 있다면서 성호를 그었다고 한다. 항해사는 그날 이성을 잃고 한 선원에게 손찌검을 했다. 격렬한 다툼이 예상되었으나 모두가 잠잠했다.

7월 16일 항해사가 아침에 선원 중 하나인 페트로프스키가 실종되었다는 보고를 받았다. 아무래도 설명이 되지 않는다. 지난밤 여덟 번째 시종[89]에 왼쪽 뱃전의 순번 당직을 끝내고 아브라모프와 교대했는데, 선원실로 돌아오지 않았다. 선원들은 유달리 풀이 죽어 있다. 모두가 이런 일이 일어날 줄 알았다면서도 뭔가가 승선해 있다는 것 외에는 더 이상

---

84 터키의 서부, 마르마라 해와 흑해를 연결하는 해협.
85 동아시아 등지에서 뇌물을 뜻하는 말.
86 지중해 북동쪽 갈리폴리 반도와 소아시아 반도 사이에 있는 좁고 긴 해협.
87 그리스 본토, 소아시아 반도의 서해안과 크레타 섬에 둘러싸인 동지중해의 일부 바다.
88 그리스 라코니아에 있는 곶 이름.
89 항해할 때 순번 당직이 30분마다 한 번씩 울리는 종.

말을 하려 들지 않는다. 항해사는 선원들에게 점차 인내심을 잃고 있다. 더 이상의 골칫거리가 생길까 걱정스럽다.

7월 17일 어제 선원 올가렌이 선장실로 와서 겁에 질린 말투로 자기 생각에는 웬 이상한 사람이 배에 승선해 있는 것 같다고 했다. 순번 당직 때 비바람이 몰아쳐 갑판실 뒤에서 비를 긋고 있는데, 정체를 알 수 없는 키가 크고 홀쭉한 사내가 승강구 계단을 올라와 앞쪽 갑판으로 걸어가다가 사라졌다는 것이었다. 올가렌은 조심스럽게 따라갔지만 이물에는 아무도 없었고 승강구는 모두 닫혀 있었다고 했다. 올가렌은 미신에 찬 공포 탓에 공황 상태였고 나는 다른 선원들에게도 같은 두려움이 퍼져 나갈까 걱정스럽다. 선원들을 진정시키기 위해 오늘 고물에서 이물까지 배 전체를 내가 직접 샅샅이 뒤져볼 생각이다.

같은 날 후에 나는 전체 선원을 집합시켜 이 배에 낯선 사람이 있다고 생각한다니 배 전체를 뒤져보겠다고 했다. 일등 항해사는 어리석은 일이라고 몹시 화를 냈다. 항해사는 그런 얼토당토않은 생각에 굴복하는 것은 선원들의 사기를 오히려 저하시킨다면서 차라리 홈씬 두들겨 패서 골칫거리에서 벗어나게 하겠다고 했다. 나는 항해사에게 키를 맡기고 다른 선원들과 함께 손에 랜턴을 들고서 일정한 간격을 유지하며 배를 샅샅이 수색했다. 커다란 나무 상자들뿐, 사람이 숨을 곳은 아무 데도 없었다. 수색이 끝나자 선원들은 안정을 되찾고 기쁘게 일로 돌아갔다. 일등 항해사는 인상을 찡그렸지만 아무 말도 하지 않았다.

7월 22일 지난 사흘 동안 궂은 날씨가 계속되어 전원이 돛과 씨름을 하느라 두려움을 느낄 여유가 없었다. 선원들은 두려움을 잊은 것 같다. 항해사는 다시 기쁨을 찾았고 성격도 좋아졌다. 고약한 날씨에 다들 열심이라고 선원들을 칭찬했다. 지브롤터 해협[90]을 지나갔다. 이상 무.

7월 24일 이 배에 파멸이 찾아오는 듯하다. 이미 선원이 하나 부족한 상
태에서 궂은 날씨에 비스케이 만[91]에 들어섰는데 간밤에 또 한 사람이 실
종되었다. 처음 선원과 마찬가지로 순번 당직을 선 이후 다시는 눈에 띄
지 않았다. 선원들은 두려움으로 공황 상태이고 혼자 있기 두려우니 두
명이 순번 당직을 서게 해달라고 사발통문을 돌렸다. 항해사는 분노했다.
항해사와 선원들 모두 폭력을 쓸 가능성이 있기 때문에 더 이상의 문제가
생길까 염려스럽다.

7월 28일 소용돌이치는 바다에 휘말린 데다가 폭풍과 같은 바람에 두들
겨 맞아 지옥에서의 나흘을 보냈다. 아무도 잠 한숨 자지 못했다. 선원들
은 탈진했다. 힘이 남아 있는 사람이 없어 순번 당직을 어떻게 꾸려야 할
지 가늠이 되지 않는다. 이등 항해사가 순번 당직을 서겠다고, 그렇게 해
서 선원들이 몇 시간이라도 눈을 붙일 수 있도록 하겠다고 자원했다. 바
람은 수그러졌어도 바다는 여전히 무시무시하지만 배가 안정되어 견디
기에는 한결 낫다.

7월 29일 또 다른 비극이 벌어졌다. 선원들이 너무 지쳐 두 사람이 순번
당직을 설 도리가 없어 한 사람을 세웠다. 그러나 아침이 되어 순번 당직
자가 나가보니 이등 항해사가 감쪽같이 사라져버렸다. 절규가 일었고 선
원들이 우르르 갑판으로 달려 나왔다. 수색을 벌였지만 아무도 찾지 못했
다. 이제는 이등 항해사가 사라졌고 선원들은 공황 상태이다. 일등 항해

90 지중해와 대서양을 연결하는 해협.
91 프랑스 브르타뉴 반도와 에스파냐 오르테가르 곶 사이에 있는 큰 만.

사와 나는 앞으로 무장을 하고 그 어떤 징조가 나타나든 대비해놓기로 결정했다.

7월 30일 지난밤, 우리는 영국에 다가간다는 생각에 들떠 있었다. 날씨는 쾌청하고 돛은 모두 올린 채이다. 탈진해서 자리에 누워 달게 잔 뒤 항해사가 깨워서야 일어났다. 항해사는 순번 당직자와 조타수 모두가 사라졌다고 했다. 이제 배에는 나와 항해사, 그리고 선원 둘뿐이다.

8월 1일 안개가 이틀째 계속되고 돛 하나 눈에 띄지 않는다. 영국 해협[92]으로 들어서면 도움을 청하는 신호를 보내거나 어디로든 닿을 수 있으리라 기대했건만. 돛을 조절할 일손이 부족해 바람을 등지고 가야 한다. 이 배는 차츰 떠돌아 처참한 파멸로 향하는 것 같다. 이제는 선원들보다도 일등 항해사가 더욱 풀이 죽어 있다. 강건한 성정 탓에 더욱 내부로 숙어 들어가는 모양이다. 선원들은 최악을 예상하고, 두려움을 넘어 무감각하게 끈기를 가지고 일하고 있다. 그들은 러시아 인이고 일등 항해사는 루마니아 인이다.

8월 2일 자정 잠든 뒤 몇 분 후에 선장실 밖에서 난 비명 소리에 눈을 떴다. 안개 때문에 아무것도 보이지 않는다. 갑판으로 달려가다가 일등 항해사와 부딪혔다. 비명을 듣고 달려왔다고 하는데 당직을 서는 선원의 흔적은 없다. 또 한 사람이 사라졌다. 하느님, 저희를 도우소서! 항해사는 우리가 도버 해협[93]을 지났을 거라고 한다. 안개가 걷히는 순간 노스 포어랜드[94]을 보았으며 바로 그때 비명 소리를 들었다는 것이다. 우리가 지

---

92 영국과 프랑스 사이에 있는 좁은 해협.
93 영국과 프랑스를 가르며, 영국 해협과 북해를 연결하는 좁은 수로.

금 북해에 나와 있다면, 마치 우리와 함께 움직이는 듯 보이는 이 안개 속에서 우리를 인도할 분은 이제는 오직 하느님뿐이다. 그러나 그분은 우리를 저버리신 것 같다.

8월 3일 자정에 키를 담당한 선원과 교대하러 갔더니 아무도 없었다. 바람은 잔잔했고 배가 균형을 잃은 적도 없었다. 나는 떠날 엄두가 나지 않아 항해사를 소리쳐 불렀다. 몇 초 후에 항해사가 속옷 바람으로 갑판으로 올라왔다. 눈동자가 게게 풀리고 눈빛이 사나운 것이 아무래도 실성한 듯 보였다. 항해사는 내게로 바짝 다가오더니 공기가 엿들을까 두렵기라도 한 듯 내 귀에 입술을 가져다대고 거친 소리로 속삭였다.

"그게 여기 있습니다. 전 이제 알아요. 간밤에 당직을 서다가 봤습니다. 사람 같았어요. 키가 크고 마르고 소름 끼치도록 창백했죠. 이물에 서서 밖을 보고 있었어요. 제가 그 뒤로 살그머니 기어가서 칼을 휘둘렀지만 칼은 그 몸을 통과했어요. 공기처럼 텅 비어 있었다니까요."

항해사는 미친 듯 공중에 대고 칼을 휘두르더니 말을 이었다.

"하지만 그건 여기 있습니다. 제가 찾아낼 거예요. 아마 화물창에, 아마 그 상자 중 하나에 들어 있을 겁니다. 제가 하나하나 나사를 풀어내어 살펴보겠습니다. 선장님이 키를 맡으세요."

경고의 눈빛과 함께 입술에 손가락을 가져다대 보이더니 항해사는 아래로 내려갔다. 마침 거친 바람이 일기 시작해 나는 키를 떠날 수가 없었다. 나는 항해사가 도구 상자와 랜턴을 들고 다시 갑판으로 나왔다가 앞쪽 승강구로 내려가는 모습을 보았다. 항해사는 실성했고 내가 만류할 방법은 없다. 송장에 흙이라고 표기된 커다란 상자들을 구태여 열어보겠다는 걸 무슨 해가 있을 거라고 말리겠는가. 나는 그저 여기 머무르면서 키

---

94 남부 잉글랜드 켄트 해안의 석회암 곶.

를 잡고 글을 끼적이고 있을 따름이다. 오직 하느님만을 믿으며 안개가 걷히기를 기다릴 뿐. 그런 다음에는 바람에 따라 어느 항구로든 키를 조종하거나, 그럴 수 없다면 돛을 잘라내고 한자리에 머물면서 구조 신호를 보내리라……..

이제는 끝이 멀지 않았다. 화물창에서 마구 상자를 두드리고 다니던 항해사가 조용해졌기에 밖으로 나오기를 기다리고 있는데 느닷없이 기겁한 비명이 울렸다. 그 소리에 내 피는 차디차게 식어버렸다. 총알처럼 항해사가 갑판 위로 튀어나왔다. 눈알을 뒤룩거리고 공포로 짓눌린 표정, 완연한 광인의 얼굴이었다.

"살려주세요! 살려주세요!"

항해사는 소리치며 사방을 두리번거리다가 배를 두텁게 싸고 있는 안개를 보았다. 공포는 곧 절망으로 바뀌었다. 항해사는 차분한 목소리로 말했다.

"너무 늦기 전에 선장님도 가시는 게 좋을 겁니다. 그가 저기 있어요! 저는 비밀을 압니다. 바다가 저를 그에게서 구해줄 겁니다. 이제 남은 것은 그것뿐이에요!"

뭐라고 한 마디 하거나 붙잡으러 앞으로 나설 틈조차 없었다. 항해사는 현장 위로 펄쩍 뛰어오르더니 바닷물에 몸을 던져버렸다. 이제는 나도 비밀을 알 것 같다. 이 광인이 선원을 한 명씩 차례로 제거했으며 급기야는 스스로 그들의 뒤를 따른 것이다. 하느님, 저를 도우소서! 항구에 도착했을 때 이 모든 끔찍한 사건을 어떻게 설명할 것인가? 항구에 도착했을 때라고? 과연 그런 때가 오기는 할까?

8월 4일 여전히 안개, 뜨는 해도 뚫지 못하는 안개가 자욱하다. 나는 해가 뜬다는 것을 알 수 있다. 뱃사람인 내가 어찌 모를 수 있겠는가. 감히 아래로 내려갈 엄두가 나지 않고 키 앞을 떠날 자신도 없어 온밤을 꼬박 이곳에 머무르다가 밤의 어둑함 속에서 나는 그것, 그자를 보았다! 하느님, 저를 용서하여주옵소서. 그랬다. 항해사가 기겁해 갑판으로 달려 올라올 만했다. 그랬다. 항해사처럼 죽는 것이 나았다. 푸른 바다에서 선원으로 죽는 것은 누구도 거부할 수 없는 일이거늘. 그러나 나는 선장이며 내 배를 떠날 수 없다. 아니, 나는 이 악마 혹은 괴물에게 혼동을 줄 것이다. 내 힘이 떨어지기 시작하면 타륜에 팔을 묶을 것이고 그렇게 하면 그자, 혹은 그것도 감히 어쩌지 못하리라. 그런 뒤에 선량한 바람이 불거나 악천후가 닥친다 해도 내 영혼과 선장으로서의 명예는 구원받을 것이다. 나는 점차 쇠약해지고 있으며 밤은 다가오고 있다. 만약 그가 다시 똑바로 내 얼굴을 들여다보게 되면 나는 내 생각을 행동으로 옮길 시간이 없을지도 모른다……. 배가 난파한다 해도 이 병은 발견될 테고 이 병을 발견한 사람은 이해하리라. 그렇지 못하다면……. 설령 그러지 못한대도 모든 이가 내가 신의에 충실했다는 것을 알게 되겠지. 하느님, 성모 마리아와 성인들이시여, 자신의 임무를 다하려 애쓰는 이 딱하고 무지한 영혼을 도우소서…….

판단은 누구에게나 열려 있다. 예시할 증거가 없으므로 선장이 살인을 저질렀는지 여부에 대해서는 누구도 왈가왈부할 수가 없다. 이곳 주민들은 선장을 영웅으로서 받드는 분위기여서 장례는 주민장으로 치러질 예정이다. 이미 선장의 시신은 배에 실려 에스크 강을 따라가 테이트 힐 파이어로 운구된 뒤 수도원 계단을 올라가서 절벽 위의 교회 묘지에 묻히기로 결정되었다. 1백여 척 이상의 선박 소유주들이 장지까지 운구를 따라가기로 서명했다.

그 커다란 개의 흔적은 어디서도 찾을 수 없으며 현재 이곳의 여론은 마을에서 키웠으면 좋았으리라는 것이므로 안타까워하는 분위기이다. 장례는 내일이다. 이렇게 또 다른 '바다의 수수께끼'는 끝을 맺는다.

미나 머레이의 일기

8월 8일 루시는 온밤 내내 쉬지 못했고 나 역시 잠을 이룰 수 없었다. 폭풍은 무시무시했고 굴뚝을 통해 우르릉거리며 울리는 소리에 나는 몸을 떨었다. 매서운 돌풍이 몰아치자 먼 곳에서 나는 총소리처럼 울렸다. 이상한 일이지만 루시는 깨지는 않고 두 번 일어나 옷을 입었다. 다행히도 번번이 내가 때맞춰 일어나 루시를 깨우지 않은 채 옷을 다시 벗기고 침대에 누일 수 있었다. 어떤 식으로든 물리적 방법을 쓰는 순간 혹시라도 있을지 모르는 의지가 순식간에 사라지고 평상시의 삶에 온전하게 순응하는 것을 보면 몽유병은 무척 특이한 질병이다.

아침 일찍 우리 둘은 자리에서 일어나 간밤에 무슨 사고가 일어나지나 않았나 살피러 항구로 내려가보았다. 사람은 거의 없었고, 해가 반짝 뜨고 공기는 청명하고 맑은데도 윗부분을 눈처럼 덮은 포말 탓에 불길해 보이는 집채 같은 우울한 느낌의 파도가 난폭한 사내가 군중 사이를 헤집고 나오듯 항구의 입구를 넘나들고 있었다. 나는 한편으로 간밤에 조너선이 바다가 아닌 육지에 있었던 것이 기뻤다. 하지만, 아, 지금 조너선은 육지에 있을까? 아니면 바다에? 대체 어디 있는 걸까? 어떻게 지내고 있을까? 차츰 두려워 우리만큼 조너선이 걱정스럽다. 뭘 할지 알 수만 있다면, 뭐든 할 수만 있다면!

8월 10일 난파선 선장의 장례식이 오늘 벌어진 가장 감동적인 일이었다. 항구의 모든 배가 한자리에 모인 것 같았고 여러 배의 선장들이 테이트 힐 파이어부터 교회 묘지까지 관을 운반했다. 루시도 나와 함께 갔고, 우리는 일찌감치 나가 늘 가는 자리에 앉아서 배들이 고가교까지 강을 거슬러 왔다가 다시 내려가는 모습을 지켜보았다. 시야가 탁 트여 있어서 처음부터 끝까지 모든 광경을 볼 수 있었다. 그 가엾은 선장은 우리가 앉은 곳 근처에 안장될 예정이었다. 딱하게도 루시는 몹시 동요하는 것 같았다. 루시는 안절부절못하고 내내 불안해했는데, 나로서는 밤중의 꿈이 영향을 미쳤다고밖에는 설명할 길이 없다. 루시는 한 가지 점에 있어서 꽤 특이한 모습을 보인다. 불안감에 특정한 이유가 있다는 것을 좀처럼 인정하지 않으며, 이유가 있다손 쳐도 루시 자신조차 알지 못하는 것이다. 오늘 아침 가엾은 스웨일스 노인이 우리가 늘 앉는 자리에서 목이 부러진 시신으로 발견된 것도 한몫을 한다. 의사의 말로는 일종의 공포 탓에 뒤로 굴러떨어진 것이 분명하다고 했다. 사람들은 보기만 해도 몸서리쳐지는 공포와 경악의 표정이 얼굴에 나타나 있었다고 쑤군거렸다. 불쌍한 노인! 루시는 워낙 착하고 민감한 성격이라 다른 사람들보다 감정의 영향에 더욱 예민하다. 방금 루시는 사소한 일 탓에 꽤나 동요하는 모습을 보였다. 나 역시 동물을 좋아하기는 하지만 나는 그다지 주의를 기울이지 않던 일이었다. 이곳에 배를 구경하러 자주 올라오는 사람들 중에는 늘 개를 데리고 다니는 사람이 있었다. 그 개는 언제나 주인과 함께였다. 둘 다 조용했고 나는 그 남자가 화를 내거나 개가 짖는 모습을 단 한 번도 못 보았다. 그런데 장례식이 치러지는 사이 개는 우리 곁에 앉은 자기 주인에게 오려고 하지 않고 몇 미터 떨어져서 킁킁거리고 으르렁거리기만 했다. 주인은 처음에는 온화하게, 곧이어 엄격하게, 급기야는 화를 내며 개에게 가만히 있으라고 명했다. 그러나 개는 다가오지도, 소리 내기를 그만두지도 않았다. 개는 눈을 번뜩이며, 고양이들이 싸움을 벌일 때 꼬리를 세우듯 온몸의 털을 곤두세운 채 으르렁거렸다. 마침내 주인은 화를 참지 못하고 달려가 개를 발로 걷어차고는 개의 목덜미를 쥐고 질질 끌고 와 묘비 위에 내동댕이치다시피 했다. 개는 달아나려고 하지는 않았지만 부르르 떨고 몸을 움츠린 채 웅크리고 앉았다. 겁에 질린 모습이 안쓰러워 달래려 해보았지만 별 소용이 없었다. 루시도 동정하는 표정이었지만 개를 어루만져주려고는 하지 않고 왠지 고통스러운 얼굴로 가만히 바라보고 있었다. 워낙 예민한 루시여서 몹시 걱정스럽다. 오늘 밤 틀림없이 꿈을 꿀 것이다. 이 모든 상황, 죽은 사람의 손에 이끌려 항구를 찾은 배, 십자가와 묵주로 타륜에 묶인 선장, 가슴 아픈 장례식, 거기다 이제는 분노와 공포에 사로잡힌 개까지, 이 모든 것이 루시의 꿈의 재료가 되기에 충분하니까.

　루시를 육체적으로 피곤하게 한 다음 잠자리에 들게 하는 것이 최상이리라. 절벽을 끼고 로빈 후드 만까지 돌아오는 오랜 산책을 해야겠다. 그렇게 하면 잠을 자면서 걸을 생각을 좀 줄일 수 있지 않을까.

08

미나 머레이의 일기

같은 날 밤 11시 아, 몹시 지쳤다! 일기 쓰기를 의무로 삼지 않았더라면 오늘 밤에는 일기장을 펼치지 못했을 것이다. 우리는 멋진 산책을 했다. 시간이 좀 지나자 내 생각에 루시는 등대 근처의 풀밭에서 우리를 향해 코를 들이밀고 다가온 소들 탓에 기겁한 덕분에 오히려 유쾌한 기분을 되찾은 것 같다. 물론 저마다 품은 개인적 두려움이야 어쩔 수 없겠지만 우리는 모든 것을 잊을 수 있었다. 과거를 청산하고 상쾌한 출발을 하는 기분이라고나 할까. 우리는 로빈 후드 만의 해초가 얽힌 바위 바로 앞으로 내닫이창이 나 있는 아름답고 작은 구식 여관에서 최고급 차를 마셨다. 나는 우리의 식욕에 '신여성'[95]들이 틀림없이 충격을 받았으리라 믿는다. 남성들은 좀 더 관대하겠지만. 그들에게 축복 있기를! 곧이어 우리는 몇 번, 솔직히는 여러 번, 멈춰 쉬기도 하고 황소 때문에 겁을 집어먹기도 하면서 집으로 돌아왔다. 루시는 정말 지쳤고 우리는 될 수 있는 대로 빨리 침대로 들어가고픈 마음이었다. 그러나 젊은 부목사가 집을 방문했고, 웨

---

95 19세기 말 유럽과 미국에서 나타난 페미니스트들의 이상형. 남성과 동등한 교육과 정치 참여 등을 주장.

스튼라 부인은 그분을 저녁식사에 청했다. 루시와 나는 후식을 앞에 놓고 잠과 투쟁을 벌여야 했다. 우리 쪽이 불리한 싸움이었지만 나는 아주 영웅적 전투를 벌였다. 언젠가 주교님들이 오셔서, 여자들이 피곤하다는 것을 알아채고는 아무리 청해도 저녁을 먹지 않는 새로운 부류의 부목사들을 양성하는 법을 연구하기 시작하셨으면 좋겠다. 루시는 잠이 들어 부드럽게 숨을 내쉬고 있다. 뺨에는 보통 때보다 화색이 돌고, 정말이지 예뻐 보인다. 홈우드 씨는 거실에서만 보고도 사랑에 빠졌는데 지금 루시의 모습을 보면 어떻게 생각할까? 언젠가 신여성 작가들 중에는 청혼을 하고 상대가 받아들이기 전에 남자와 여자 모두 서로의 자는 모습을 보도록 허락해야 한다는 견해를 내놓을 사람이 있을지도 모르겠다. 그래도 내 생각으로는 신여성들이 결국은 그 견해에 동의할 성싶지 않다. 여성들이 직접 프러포즈를 하게 될지도 모르니까. 그렇게 된다면 참 멋질 텐데! 그런 생각을 하니 위안이 된다. 소중한 루시가 나아 보여 오늘은 무척 행복하다. 루시가 이제는 전환점을 돌았으며 꿈과 관련된 어려움을 극복했다고 진심으로 믿는다. 아, 조녀선에 대해서만 알 수 있다면……. 그렇다면 정말 행복할 텐데. 하느님, 축복을 내리시고 그를 지켜주소서.

8월 11일 또다시 일기. 도저히 잠을 이룰 수가 없으니 차라리 글을 써야겠다. 몹시 흥분해서 잠이 오지 않는다. 우리는 방금 굉장한 모험, 끔찍이도 고통스러운 경험을 했다. 일기를 덮자마자 잠이 들었는데……. 갑작스럽게 잠에서 깨어 똑바로 일어나 앉고 말았다. 뭔가 형용할 수 없는 두려운 느낌이 나를 사로잡았다. 내 주위에 아무도 없는 듯한 느낌이었다. 방은 어두워서 루시의 침대가 보이지 않았다. 나는 살그머니 다가가 침대 위를 만져보았다. 침대가 비어 있었다. 나는 성냥불을 댕기다가 루시가 방 안에 없다는 것을 깨달았다. 문은 닫혀 있었지만 잠겨 있지 않았다. 나는 요즘 들어 눈에 띄게 쇠약해진 루시의 어머니를 깨울까 봐 염려스러워 얼른 옷을 걸쳐 입고 루시를 찾아 나설 채비를 했다. 막 방을 떠나려는데 루시가 입고 있는 옷을 보면 어떤 꿈인지 단서를 알게 될지 모른다는 생각이 머리를 스쳤다. 가운이면 집 안, 드레스면 밖이리라. 가운과 드레스 모두 제자리에 있었다.

"하느님 감사합니다. 잠옷만 걸치고 있으니 멀리 가지는 않았겠지요."

나는 혼잣말을 중얼거리며 아래층으로 달려 내려가 응접실을 살펴보았다. 없다! 나는 커져 가는 두려움으로 가슴이 서늘해지는 것을 느끼면서 방을 모두 뒤져보았다. 마침내 나는 현관으로 갔다가 현관문이 열려 있는 것을 발견했다. 활짝 열리지는 않았지만 자물쇠 빗장이 질러져 있지 않았다. 혹시라도 루시가 밖으로 나갈까 봐 밤마다 문단속에 다들 세심한 주의를 기울이는데……. 무슨 일이 일어날지 생각할 겨를이 없었다. 막연하지만 차츰 짓눌러 오는 두려움이 모든 것을 압도해버렸다. 나는 두툼하고 커다란 숄을 두르고 밖으로 달려 나갔다. 크레센트 가에 닿았을 때 시계가 1시를 쳤다. 길에는 단 한 사람도 보이지 않았다. 노스 테라스 길을 따라 달렸지만 기대하는 흰 형체는 보이지 않았다. 부두 위 웨스트 클리프의 가장자리에 이르자 나는 우리가 좋아하는 자리에서 루시를 볼 수 있을지도 모른다는, 희망인지 두려움인지 알 수 없는 감정으로 항구 너머 이스트 클리프를 넘겨다보았다. 달은 환한 보름달이었지만 스쳐가는 검은 구름장에 사방은 빛과 그림자의 흐르는 디오라마[96]이 되어 있었다. 구름의 그림자가 세인트 마리아 교회[97]과 그 주위 일대를 한동안 흐릿하게 만들어 아무것도 보이지 않았다. 곧이어 구름이 지나가자 수도원의 폐허가 시야에 들어왔고, 칼날처럼 날카롭고 좁다란 빛의 띠가 차츰 넓어지면서 교회와 교회 묘지도 눈에 띄기 시작했다. 내 예상이 옳았다. 그곳, 우

---

96 배경 위에 모형을 설치하여 하나의 장면을 만든 것.
97 휘트비 이스트 클리프의 폐허가 된 교회 이름.

리가 좋아하는 자리에서 은색 달빛이 눈처럼 새하얀, 반쯤 누운 형체를 내리비추고 있었다. 내가 그 모습을 알아채기가 무섭게 빠른 속도로 다가온 구름의 그림자에 빛이 가려졌기 때문에 완전한 모습을 볼 수는 없었지만 뭔가 거무스레한 것이 그 흰 형체가 보이는 좌석 뒤에 서서 허리를 굽히고 있는 것 같았다. 사람인지 짐승인지 알 수 없었다. 다시 한 번 확인하느라 머뭇거릴 시간이 없었다. 나는 부두까지 가파른 계단을 날아가듯 내려가 어시장을 끼고 달려가서는 쉬지 않고 다리까지 달음질쳤다. 그것이 이스트 클리프에 닿는 유일한 방법이었다. 행인이 아무도 없어 마을은 꼭 버려진 것 같았다. 가엾은 루시를 목격할 사람이 아무도 없다는 것에 나는 안도했다. 까마득한 계단을 올라 수도원에 이를 때까지 그 시간과 거리는 끝이 없는 것 같았다. 무릎은 덜덜 떨리고 숨은 턱까지 차올랐다. 아마 빠른 속도로 달리고 있었겠지만, 내게는 마치 발에 납덩이가 달리고 모든 관절이 녹슬어 삐걱거리는 듯 느껴졌다.

정상에 이르자 사방에 저주스러운 그늘이 드리워져 있었지만 거리가 가까워 좌석과 흰 형체를 식별하기에는 충분했다. 확실히 뭔가 길고 검은 것이 반쯤 누운 하얀 형체 위로 허리를 굽힌 채였다. 내가 공포에 질려 "루시, 루시!" 소리치자 그것이 고개를 들었다. 핏기 없는 흰 얼굴, 그리고 붉디붉은, 형형하게 번뜩이는 눈. 루시는 아무런 대답이 없었고 나는 교회 묘지 입구로 내처 달려갔다. 묘지 입구에 들어서자 나와 루시 사이에 놓인 교회 건물 탓에 한동안 루시의 모습이 보이지 않았다. 다시 시야가 확보되었을 때 구름은 지나가 있었고 나는 찬란하기 그지없는 달빛에 좌석 등받이 위로 머리를 누인 채 비스듬히 누워 있는 루시를 알아볼 수 있었다. 허리를 굽혀 들여다보니 루시는 여전히 잠들어 있었다. 입술은 벌린 채였고, 평소와는 달리 숨을 쉴 때마다 폐를 가득 채우는 듯, 부드럽지 못한 기다란 헐떡임이 들렸다. 루시는 잠결에 손을 올리더니 한기를 느끼는 듯 목 주위로 잠옷의 깃을 당겼다. 나는 잠옷 바람인 루시가 밤공기에 한기가 들까 싶어서 따뜻한 숄을 벗어 양쪽 끝을 목 주위에 바짝 둘러주었다. 곧바로 깨울 생각이 아니었기 때문에 부축할 수 있도록 두 손을 자유롭게 놔둘 요량으로 숄을 커다란 안전핀으로 고정시켰다. 그러나 불안감에 손길이 서툴렀는지 안전핀으로 살을 집었거나 찔렀던 모양이었다. 호흡이 안정되고서도 다시 손으로 목을 붙잡고 신음을 했던 것이다. 나는 몸을 잘 감싸준 다음 발에 조심스레 내 신발을 신기고 가만히 루시를 깨웠다. 처음에는 아무 반응이 없었지만 때로 신음을 하고 한숨을 내쉬면서 차츰차츰 잠결에 동요를 보이기 시작했다. 시간은 빠르게 흘러가고 있었고 다른 이유로도 곧바로 루시를 집으로 데려가야겠다는 생각에 내가 힘주어 흔들자 마침내 루시는 눈을 뜨고 잠에서 깨어났다. 루시는 나를 보고도 놀라는 것 같지 않았다. 지금 여기가 어디인지 알지 못했으니 당연한 일이었다. 루시가 깨어나는 모습은 언제나 아름답다. 추위로 온몸을 덜덜 떠는 데다가 한밤중에 교회 묘지를 헐벗고 걸어 다녔으니 오싹했을 텐데도 우아함을 잃지 않았다. 루시는 바르르 몸을 떨며 내게 바짝 다가붙었다. 내가 얼른 같이 집으로 가자고 하니까 루시는 아무 말 없이 어린아이처럼 고분고분하게 자리에서 일어섰다. 걸어가다가 자갈 때문에 발이 쓰려 내가 움찔거리는 모습을 알아챈 루시는 자리에 멈춰 서더니 나더러 신발을 다시 신으라고 우겼다. 하지만 나 역시 고집을 굽히지 않았다. 교회 묘지 밖 오솔길에 닿았을 때 지난 폭풍에 생긴 물웅덩이가 보였다. 나는 집으로 가는 길에 혹시라도 누구를 만난다 하더라도 내 맨발을 알아차리지 못하도록 한 발씩 차례로 발에 진흙을 묻혔다.

운이 따라 주어서 우리는 아무도 만나지 않고 집으로 돌아왔다. 마주친 사람이 있기는 했지만 그 남자는 만취한 상태여서 그대로 우리 앞쪽의 길로 지나쳐 갔다. 그러나 우리는 그 남자가 골목길로 모습을 감출 때까지 어느 집 대문 아래 숨어 있었다. 이곳에는 좁다란 골목길, 스코틀랜드 말로는 '와인드'라고 하는 꼬불꼬불한 길들이 더러 있다. 그사이 내 심장이

얼마나 요란하게 뛰었는지 금방이라도 기절할 것만 같았다. 루시의 건강
도 문제지만 혹시라도 남의 눈에 띄어 불명예스러운 소문이 돌아 고통을
겪지는 않을까 이만저만 걱정이 아니었다. 집에 들어서서 발을 씻고 난
뒤 함께 감사 기도를 드리고 나는 루시를 침대에 뉘었다. 잠에 들기 전에
루시는 나에게 아무에게도, 심지어는 어머니에게도 오늘 밤 모험을 이야
기하지 말라고 부탁, 아니 간청을 했다. 처음에는 약속하기가 망설여졌지
만 몸도 좋지 않은 루시 어머니가 이런 일을 아시게 되면 얼마나 노심초
사하실지, 그리고 혹시라도 말이 새면 이 사건이 어떻게 왜곡될지를 생
각해보고 그러는 게 낫겠다고 결정을 내렸다. 내가 올바른 판단을 내렸기
를 바란다. 나는 문을 잠그고 혹시라도 다시 문제가 생기지 않도록 열쇠
를 손목에 묶었다. 루시는 곤히 잠들어 있다. 저 멀리 바다 위에서는 먼동
이 터오고 있다……

　같은 날, 정오　모든 일이 잘되었다. 루시는 내가 깨울 때까지 잤는데 심
지어는 뒤척이지조차 않은 것 같았다. 밤의 모험으로 해를 입기는커녕 오
히려 득이 되었던 모양인지 요 몇 주 동안보다 훨씬 좋아 보인다. 안전핀
을 채울 때 실수한 걸 보고 몹시 미안한 마음이 들었다. 목의 피부가 뚫린
걸 보니 무척 아팠을 터였다. 살을 집어 뚫었던 모양인지 핀에 찔린 듯한
작은 빨간 자국 두 개가 나 있고 잠옷의 허리띠에는 핏방울까지 묻어 있
었다. 내가 걱정스레 사과하자 루시는 깔깔 웃으며 내 얼굴을 어루만지더
니 아무 느낌도 없었다고 말했다. 다행히 상처가 작아서 흉터가 남지는
않을 것 같다.

　같은 날, 밤　우리는 행복한 하루를 보냈다. 공기는 청명하고 햇살은 밝았
으며 시원한 미풍이 불었다. 우리는 멀그레이브 숲으로 점심을 가지고 나
갔다. 웨스튼라 부인은 길을 따라 마차를 몰고 갔고 루시와 나는 절벽 길

로 걸어가 숲의 입구 앞에서 부인과 만났다. 조너선이 함께 있지 않아 완벽한 행복을 느낄 수 없기 때문에 나는 약간은 슬픈 기분이었다. 하지만 잠깐! 인내심을 가져야지. 저녁에 우리는 카지노 거리로 산책을 나가 슈포어[98]과 매켄지[99]의 멋진 음악을 듣고 일찌감치 잠자리에 들었다. 루시는 요즘 들어 어느 날보다 편안해 보였고 금세 잠이 들었다. 오늘 밤에는 아무 문제도 없을 것 같기는 하지만 언제나처럼 문을 잠그고 열쇠를 간직하고 자야겠다.

8월 12일   루시가 밖으로 나가려는 통에 밤새 두 번이나 잠에서 깨었으니 내 예상이 엇나간 셈이다. 루시는 잠든 와중에도 문이 잠겨 있는 것을 보고 왠지 초조해하는 것 같았고 못마땅한 발걸음으로 침대로 돌아갔다. 동이 트면서 잠에서 깨어보니 창문 밖에서 새들이 지저귀는 소리가 들려왔다. 루시도 일어났는데, 기쁘게도 지난 아침보다 훨씬 나아 보였다. 예전의 명랑한 태도가 되돌아온 것 같았다. 루시는 다가와 내 곁에 눕고는 조곤조곤 아서 이야기를 했다. 내가 루시에게 얼마나 조너선을 걱정하는지 이야기하자 루시는 나를 안심시키려고 애썼다. 어쨌든 루시는 어느 정도는 성공을 거두었다. 따뜻한 마음이 사실을 변화시키지 못한다 하더라도 좀 더 견딜 만하게 만들 수는 있는 법이니까.

8월 13일   또 하루 조용한 날이 지났고 나는 언제나처럼 열쇠를 손목에 찬 채 잠자리에 들었다. 밤에 깨어보니 루시가 잠결에 침대에 앉아 창문을 가리키고 있었다. 나는 가만히 일어나서 블라인드를 젖히고 밖을 내다보았다. 휘황한 달밤이었다. 거대하고 고요한 수수께끼를 이루어 한데 모인

98 독일의 작곡가이자 바이올린 연주자이며 지휘자.
99 알렉산더 캠펠 매켄지. 스코틀랜드 출신의 바이올린 연주자이자 작곡가.

바다와 하늘빛의 부드러운 효과는 형용할 수 없을 만큼 아름다웠다. 나와 달빛 사이에는 커다란 박쥐 한 마리가 원을 그리며 선회하고 있었다. 박쥐는 한두 번 창 가까이 다가왔지만 나를 보자 겁에 질렸는지 항구를 지나 수도원을 향해 퍼덕이며 날아가버렸다. 창가에서 돌아보니 루시는 다시 자리에 누워 평화롭게 잠들어 있었다. 밤새 다시는 뒤척이지 않았다.

8월 14일 이스트 클리프에서 종일 읽고 글을 썼다. 루시는 나보다도 이곳을 더욱 사랑하게 된 것 같다. 점심시간이나 차 마실 시간에 맞춰 자리를 뜨게 하기가 힘들 정도이다. 오늘 오후에 루시는 알 수 없는 소리를 했다. 저녁을 먹으러 집으로 오던 길에 우리는 언제나 그러듯 서쪽 부두에서부터 위로 이어지는 계단 꼭대기에서 눈앞에 펼쳐진 풍경을 바라보았다. 하늘 나지막이 자리했던 일몰의 해가 케틀니스 곶 뒤로 막 사라진 참이었다. 그 붉은빛이 이스트 클리프와 낡은 수도원으로 드리워져 세상 모든 것을 아름다운 장밋빛 색채로 물들였다. 한동안 아무 말 없이 서 있다가 문득 루시가 혼잣말처럼 중얼거렸다…….

"또 그의 붉은 눈이야! 똑같아."

뜬금없이 나온 낯선 말에 나는 소스라치게 놀랐다. 나는 지켜보는 낌새를 채지 못하도록 약간 고개를 옆으로 돌리고 루시를 흘금거렸다. 루시는 반쯤 꿈을 꾸는 듯한 표정이었다. 얼굴에는 내가 이해할 수 없는 기이한 표정이 떠올라 있었다. 나는 아무 말 없이 루시의 눈을 따라갔다. 우리가 늘 앉는 자리 쪽을 넘겨다보는 것 같았는데, 그곳에는 웬 시커먼 형체가 혼자 앉아 있었다. 순간 그 낯선 사람의 커다란 두 눈이 불타오르는 불꽃 같아 보여 화들짝 놀랐지만 다시 보니 환각이었다. 붉은 태양빛이 우리가 앉는 자리 너머 세인트 마리아 교회의 창문을 비추고 있었고, 해가 지면서 반사와 굴절 속에 변화가 생겨 마치 빛이 움직이는 듯 보였던 것이다. 내가 그 특이한 현상을 바라보라고 하자 루시는 깜짝 놀라 정신을 차렸지만 어딘지 서글퍼 보였다. 아마도 그곳에서의 악몽 같은 밤을 생각하고 있었으리라. 우리는 다시는 그 일을 입에 올리지 않았었다. 나는 더 이상 아무 말도 하지 않았고, 이윽고 우리는 저녁을 먹으러 집으로 돌아왔다. 루시는 두통이 난다면서 일찍 잠자리에 들었다. 나는 루시의 잠든 모습을 보고 난 뒤 혼자서 잠시 산책을 했다. 나는 서쪽 방향으로 절벽을 따라 걸었고 조너선 생각에 처절한 슬픔에 잠겨 있었다. 집으로 왔을 때는 달빛이 찬란했다. 크레센트 거리에서 우리가 머무는 집 쪽은 그늘에 가려 있었지만 달빛이 워낙 밝아 사방이 잘 보였다. 나는 창문을 흘깃 올려다보았다가 루시의 머리가 밖으로 나와 있는 것을 발견했다. 내가 손수건을 펼쳐 흔들었지만 루시는 알아채지 못했는지 아무 움직임도 없었다. 순간 달빛이 건물 모퉁이를 돌아 창을 내리 비추었다. 루시가 창틀 한쪽에 머리를 기대고 눈을 감은 채 서 있었다. 곤히 잠든 루시 곁에는 커다란 새 같은 무언가가 창틀에 앉아 있었다. 나는 루시가 감기라도 들까 걱정되어 위층으로 달려 올라갔지만 내가 방으로 들어서자 루시는 다시 침대에 누워 힘겹게 숨을 내쉬면서 잠들어 있었다. 마치 추워서 그러는 것처럼 손으로 목을 감은 채였다. 나는 깨우지 않도록 조심조심 이불을 덮어준 뒤 문을 잘 잠그고 창문도 꼭 닫았다.

　잠든 루시는 너무도 아름답지만 평소보다 훨씬 창백하며 눈 아래에는 지친, 초췌한 그늘이 져 있다. 무엇 때문에 근심하고 있는 것은 아닌지 걱정스럽다. 대체 무슨 일일까.

　8월 15일　다른 때보다 늦게 일어났다. 루시는 나른하고 지쳐 있고 아랫사람들이 깨우러 온 뒤에도 내처 잤다. 우리는 아침식사 시간에 기분 좋은 깜짝 소식을 들었다. 아서의 아버지가 호전되었으며 곧 결혼식이 열리기를 바란다는 것이었다. 루시는 기쁨으로 가득 차 있고 웨스튼라 부인은 기뻐하면서 동시에 안타까워하고 있다. 그날 늦게 부인은 나에게 그 이유를 이야기했다. 소중한 딸을 잃는 것은 슬프지만 루시를 보호해줄 사람을 찾았다는 것은 기쁘다고 했다. 가엾은 부인! 부인은 내게 얼마 살지 못할 거라는 얘기를 들었다고 했다. 루시에게는 말하지 않았다면서, 내게 비밀을 지켜달라는 당부도 덧붙였다. 의사 말로는 기껏해야 몇 달밖에 살지 못할 거라고 했단다. 언제든, 심지어는 지금 당장이라도 갑작스러운 충격을 받으면 세상을 떠나시게 될지 모른다. 아, 루시의 그 섬뜩한 밤을 이야기하지 않은 것은 얼마나 현명했는지!

8월 17일 꼬박 이틀 동안 일기를 쓰지 못했다. 쓸 마음이 없다. 우리의 행복에 어둑한 휘장이 드리워지는 것 같다. 조너선에게서는 아무 소식도 없고, 루시의 어머니는 사실 날이 얼마 남지 않은 것 같은데 루시는 점차 쇠약해진다. 루시의 행동을 보면 쇠약해지는 것이 이해가 가지 않는다. 잘 먹고 잘 자고 신선한 공기를 즐기는데, 뺨의 붉은 기운은 차츰 사라져가고 하루가 다르게 쇠약해지고 창백해지고 있다. 잠이 들면 바람결처럼 쌕쌕 내쉬는 숨소리를 낸다. 밤이면 우리 방문의 열쇠를 내 손목에 꼭 묶어두는데, 루시가 일어나 방 안을 돌아다니다가 열린 창가에 앉는 일이 잦아진다. 간밤에는 눈을 떠보니 루시가 창밖으로 몸을 내밀고 있었는데, 아무리 깨우려고 해도 소용이 없었다. 기절한 상태였다. 간신히 정신을 차리게 하자 루시는 탈진해 있었고, 숨을 쉬느라 고통스럽게 애를 쓰면서 소리 죽여 울었다. 내가 왜 창가로 왔느냐고 묻자 루시는 고개를 흔들고 돌아서버렸다. 루시가 아픔을 느끼는 이유가 혹시 내가 운수 사납게도 안전핀으로 찌른 것 때문은 아닐까? 걱정스러워 잠들어 있을 때 루시의 목을 살펴보았더니 작은 상처는 아직 치유되지 않은 것 같다. 아물기는커녕 오히려 예전보다 더 자국이 커 보인다. 가장자리가 희끄무레한 색이어서 중심이 붉은 조그만 흰색 반점처럼 보인다. 하루 이틀 지나도 차도가 없으면 의사에게 보여야겠다.

휘트비의 변호사 새뮤얼 F. 빌링턴 부자가
런던의 카터 패터슨 회사에 보내는 편지

8월 17일

안녕하십니까?

그레이트 노던 레일웨이[100]으로 탁송된 화물의 송장을 송부합니다. 킹스 크로스 역에서 화물을 수령함과 동시에 같은 서류가 퍼플리트 인근 카팩스에도 송달될 것입니다. 현재 그 저택은 비어 있으므로 꼬리표를 붙인 열쇠를 동봉합니다.

위탁하는 총 수량 50개인 상자를 저택의 한 건물에 놓아주십시오. 부분적으로는 폐허가 된 건물로, 동봉하는 대략의 그림에 'A'로 표시된 위치입니다. 저택의 낡은 예배당이므로 귀사의 대리인이 어렵지 않게 찾을 수 있으리라 확신합니다. 화물은 오늘 저녁 9시 30분 기차로 출발하여 내일 오후 4시 30분경에 킹스 크로스 역에 도착할 예정입니다. 저희 고객께서 되도록 빠른 송달을 희망하시니, 귀사의 작업반이 앞서 말씀드린 시각에 킹스 크로스 역에 나와 있다가 화물을 속히 목적지까지 운반하여주시기를 당부드립니다. 귀사 측에서 지불하게 될 통상적인 필요 경비 문제로 가능할 법한 지체를 사전에 방지하기 위하여 10파운드 수표를 동봉하오니 수령 여부를 확인해주시기 바랍니다. 비용이 이 액수보다 적으면 차액을 돌려주시고, 초과하면 귀사에서 소식을 듣는 대로 그 차액에 해당하는 수표를 보내드리겠습니다. 작업이 끝나고 출발하실 때 저택의 메인 홀에 열쇠를 남겨주시면 소유주께서 복사 열쇠로 들어가신 뒤 직접 수령하실 것입니다.

---

100 GNR. 1846년 설립된 런던의 철도 회사로 1923년 런던·노스 이스턴 레일웨이 사와 합병되었다. 런던과 요크 사이 노선이 주요 노선.

신속하게 모든 일을 처리해주시길 재차 말씀을 드리는 것이 상도商道에 위반되지 않았기를 바랍니다.

귀사의 번영을 기원하며,

새뮤얼 F. 빌링턴 부자

런던의 카터 패터슨 회사에서 휘트비의 변호사 새뮤얼 F. 빌링턴 부자에게 보내는 편지

8월 21일

안녕하십니까?

10파운드의 수표를 수령했음을 알려드리며 여기서 필요 경비를 제하고 남은 1파운드 17실링 9펜스의 수표를 동봉합니다. 화물은 말씀하신 사항에 따라 정확히 송달되었으며, 열쇠는 지시하신 대로 메인 홀에 가져다두었습니다.

안녕히 계십시오.

카터 패터슨 회사 올림

미나 머레이의 일기

8월 18일 나는 오늘 행복한 기분으로 교회 묘지 우리 자리에 앉아 일기를 쓰고 있다. 루시는 정말 많이 좋아졌다. 지난밤에는 내내 달게 잤고 한 번도 나를 깨우지 않았다. 비록 여전히 슬플 만큼 창백하고 파리한 안색 이지만 그래도 뺨에는 장밋빛이 돌아오고 있는 것 같다. 만약 빈혈이라면 내가 단박에 알 수 있을 텐데 그렇지는 않다. 루시는 즐거운 기분이고 활 기와 기쁨으로 가득 차 있다. 병적인 침묵은 자취를 감추었고, 방금 루시 는 바로 이 자리에서 잠들어 있던 날의 기억을 내게 일깨워주었다. 루시 는 신발 뒤축으로 명랑하게 석판을 차며 말했다.

"내 가엾은 발이 그때는 별소리를 내지 않았지? 불쌍한 스웨일스 할아 버지라면 내가 조지를 깨우고 싶지 않아서 그런 거라고 하셨을 텐데."

말을 하고 싶은 것처럼 보여 나는 루시에게 그날 혹시 꿈을 꾸지 않았느 냐고 물었다. 대답하기 전 루시의 이마에는 살짝 찌푸린 사랑스러운 표정 이 떠올랐다. 아서—나도 루시를 따라 그를 아서라고 부른다—가 늘 사랑 스럽다고 하는 표정인데, 아닌 게 아니라 정말 사랑스럽기 그지없다. 루시 는 그날을 기억하려고 애쓰는 듯 반쯤 꿈에 잠긴 듯한 말투로 말했다.

"꿈을 꾸고 있었던 것 같지는 않아, 진짜 생생했으니까. 그냥 이곳에 오 고 싶었어. 정체를 모르겠지만 뭔가를 두려워하고 있었어. 그 까닭은 모 르겠지만. 잠을 자고 있었던 것 같기는 한데 거리를 지나 다리를 건너왔 던 건 기억나. 내가 지나가는데 물고기 한 마리가 뛰어올랐고, 난 그걸 보 려고 고개를 내밀었어. 개들이 우우거리면서 울부짖는 소리도 들었고. 계 단을 올라갈 때는 마을의 개들이 죄다 울부짖는 듯한 느낌이었어. 그런 다음에는 저번에 해질 때 본 것과 같은, 붉은 눈을 가진 뭔가 기다랗고 거 무스레한 물체가 어슴푸레하게 기억이 나. 뭔지는 몰라도 달콤하면서 동 시에 씁쓰레한 것이 내 주위를 감쌌고. 그다음에는 깊고 푸른 물속으로 잠기는 것 같은 기분이 들었고, 익사하는 사람들에게 들린다는 노랫소리 가 귓가에 들리는 듯하더니 모든 것이 나에게서 멀어져가는 느낌이었어. 내 영혼이 몸에서 빠져나가 공기 중을 떠돌아다니는 기분이었지. 한순간

서쪽 등대가 내 바로 발치에 있는 듯한 느낌이 들다가 지진이라도 난 것처럼 고통스러웠던 기억이 나. 그래서 눈을 떠보니 네가 내 몸을 흔들고 있었어. 네가 있다는 걸 느끼기도 전에 난 네가 날 흔들고 있다는 걸 알았지 뭐니."

그러더니 루시는 웃음을 터뜨렸다. 몹시 기이한 이야기였고 나는 숨을 죽인 채 귀를 기울였다. 하지만 영 마뜩찮은 내용이어서 화제를 돌리는 것이 좋겠다는 생각에 얼른 주제를 바꾸었다. 루시는 다시금 예전의 모습을 되찾은 것 같았다. 집으로 갈 때 신선한 산들바람이 루시를 어루만지자 창백한 뺨에는 확실히 조금 화색이 돌았다. 웨스튼라 부인은 딸을 보자 무척 기뻐했고 우리는 함께 행복한 저녁을 보냈다.

8월 19일 기쁘다, 기쁘다, 정말 기쁘다! 비록 완전히 기쁘다고는 할 수 없지만. 마침내 조너선에게서 소식이 왔다. 몹시 아팠고, 그래서 편지를 쓰지 못했다고 한다. 이제 알았으니 더 이상 생각하거나 말을 꺼내지 말아야겠다. 호킨스 씨가 조너선의 근황을 적은 편지 소식을 전하면서 정말 친절하게도 직접 편지를 써 보내셨다. 내일 아침에 여기를 떠나 조너선에게 가서 필요하다면 간호를 돕고 같이 집으로 돌아올 참이다. 호킨스 씨는 우리가 거기에서 결혼식을 올리는 것도 나쁘지 않을 거라고 말씀하신다. 친절한 수녀님의 편지를 보고 얼마나 울었는지 가슴에 안은 편지가 축축이 젖는 것을 느낄 수 있었다. 조너선에 대한 소식이라면 내 심장 가까이 있는 게 당연하지 않겠는가. 조너선은 내 심장이니. 여행 계획도 다 짰고 짐도 준비되었다. 갈아입을 옷은 한 벌만 가져갈 생각이다. 내 트렁크는 루시가 런던으로 갈 때 가져가서 내가 찾으러 갈 때까지 보관해주기로 했다. 만약 일이……. 아니, 더 이상은 쓰지 않겠다. 남은 말은 간직해두었다가 남편 조너선에게 이야기해야지. 그가 보고 만진 편지는 우리가 만날 때까지 나에게 위안이 되어주리라.

부다페스트의 성 요셉과 성 마리아 병원의 아가타 수녀가 윌헬미나 머레이 양에게 보내는 편지

8월 12일

안녕하십니까?

저는 조너선 하커 씨의 부탁으로 이 편지를 쓰고 있습니다. 하커 씨는 하느님과 성 요셉과 성 마리아께 감사하게도 회복 중에 있으나 지금도 친히 편지를 쓰실 상태는 못 됩니다. 하커 씨는 심한 뇌수막염을 앓으셨고 지난 6주 동안 저희의 보살핌을 받으셨습니다. 그분은 아가씨께 사랑을 전하고, 제가 대신 쓰는 이 편지를 통해 엑서터의 피터 호킨스 씨께 지체에 대해 사과드리며 모든 일이 완수되었다는 말씀을 전한다 하십니다. 하커 씨는 산지에 위치한 저희 요양소에 몇 주 더 머무르셔야 하겠지만 그 뒤에는 댁으로 돌아가셔도 괜찮을 것입니다. 돈이 충분치 않으며, 곤경에 빠진 다른 사람이 도움을 받지 못하는 일이 없도록 이곳에서의 체재비를 지불하고 싶다는 뜻도 전해달라고 하셨습니다.

안녕히 계십시오.

아가타 수녀

추신 제 환자가 잠이 들었기에 다시 편지를 열고 그 이상의 내용을 알려드리려 합니다. 하커 씨는 윌헬미나 양에 대한 이야기를 모두 말씀해주셨고 곧 결혼하실 거란 얘기도 하셨습니다. 두 분께 축복이 가득하기를! 의사의 말로는 하커 씨가 공포스러운 충격을 겪었다고 하는데, 하커 씨가 착란 상태에서 이야기하는 늑대며 독약, 피, 유령과 악마, 그리고 두려워 차마 말씀드리기 곤란한 것들에 대한 공상은 실로 섬뜩합니다. 이러한 이유로 상당 기간 동안 하커 씨를 흥분시키지 않도록 주의해주시기 바랍니

155

다. 하커 씨의 경우와 같은 질병의 징후는 쉽게 사라지지 않습니다. 오래 전에 편지를 드렸어야 마땅하지만 환자의 지인에 대해서는 아는 바가 전혀 없었으며 환자에 대해서도 아무것도 알 수 없었습니다. 누구도 알 수 없는 일이었습니다. 클루지나포카에서부터 기차를 타고 오셨는데, 저희 경비원이 역장에게 들은 말로는 집으로 가는 표를 달라고 소리치며 역으로 달려 들어오셨다고 합니다. 역장은 행동거지로 보아 영국인이란 것을 알아채고 역에서는 기차가 닿는 가장 먼 곳, 이곳까지 가는 차표를 주었다고 했습니다.

하커 씨는 여기서 저희들이 잘 돌봐드리고 있습니다. 성격이 워낙 점잖고 좋으셔서 모든 사람들이 좋아하지요. 건강도 눈에 띄게 좋아지고 있으며 몇 주만 지나면 완전히 회복될 것입니다. 그러나 만일의 사태를 대비해 조심해주십시오. 두 분께 하느님과 성 요셉, 성 마리아의 가호가 함께 하시기를 기원합니다.

수어드 박사의 일기

8월 19일 간밤에 렌필드에게 갑작스럽고 기이한 변화가 생겼다. 8시 무렵 흥분하더니 개처럼 바닥을 킁킁대며 돌아다녔다. 그의 태도에 충격을 받은 보호사는 내가 그에 대해 관심이 있음을 알던 터라 이야기를 해보라고 권했다. 렌필드는 평소에는 보호사에게 고분고분하고 때로는 비굴할 정도인데, 오늘은 보호사의 말로는 아주 오만하다고 했다. 감히 말을 하려고 하지 않는다는 것이었다. 하는 말은 이것뿐이었다.

"당신하고는 말하고 싶지 않소. 이제는 당신 따위는 중요하지 않아. 주인님이 곁에 오셨으니까."

보호사는 렌필드가 지금 일종의 종교적 광증에 사로잡혀 있다고 생각한다. 그렇다면 우리는 갑작스러운 돌풍에 주의해야 한다. 살인 광증과 종교적 광증을 동시에 보이는 힘센 사람은 무척 위험할 수 있기 때문이다. 그 조합은 생각만 해도 섬뜩하다. 9시에 나는 직접 렌필드를 방문했다. 나에 대한 그의 태도는 보호사를 대할 때와 별다르지 않았다. 잠재의식 속에서 나와 보호사 사이의 차이에 대한 인식은 아무것도 아닌 듯 보였다. 그것 역시 종교적 광증의 반증으로 여겨진다. 곧 스스로를 신으로 여기게 될 판에 사람과 사람 사이의 소소한 차이야 전능한 존재에게는 하찮기 그지없는 것 아니겠는가. 이런 광인이 자기감정을 드러낼 때는 굉장하다! 진정한 신이 고작 참새 한 마리 떨어지든 말든 대수롭기야 하겠는가. 그러나 인간의 허영으로 창조된 신은 독수리와 참새의 차이를 알아채지 못한다. 아, 인간들이 그걸 알 수만 있다면!

30분 혹은 그 이상의 시간 동안 렌필드의 흥분은 계속해서 강도가 높아졌다. 나는 보지 않는 척하면서 줄곧 세심히 관찰하고 있었다. 눈에는 광인이 나름의 기막힌 착상을 떠올렸을 때 익히 보게 되는, 흘금거리는 눈빛이 느닷없이 떠올랐고 그와 함께 정신병동의 보호사라면 익히 아는 머리의 수상쩍은 움직임도 시작되었다. 그는 별안간 조용해져서 침대 가장자리에 단념한 듯 앉더니 욕망이라고는 없는 멍한 눈길로 허공을 올려다보았다. 나는 그의 무감정이 진정한 것인지 아니면 그저 그러는 척하는 것인지 알아보아야겠다고 마음먹고, 환자를 자극하기에 한 번도 실패한 적 없는 애완동물에 대한 주제로 대화를 시도해보았다. 처음에는 아무 대답이 없었지만 마침내 그는 버럭 화를 내며 소리쳤다.

"빌어먹을 놈들! 난 그놈들한테 눈곱만큼도 관심 없어요."

"설마 렌필드 씨, 거미에게도 신경을 쓰지 않는다는 얘기는 아니겠지요?"(거미는 현재 그의 취미이고 수첩에는 작은 형체의 기둥들이 빼곡하게 적히는 중이다.)

내 말에 그는 수수께끼처럼 대답했다.

"혼례의 처녀들은 신부의 등장을 기다리는 시선을 즐기지요. 그러나 신부가 다가오면 그 어떤 눈에도 처녀들은 빛나지 않아요."

렌필드는 아무 설명 없이 내가 방에 있는 동안 내내 고집스럽게 침대에 앉아 있었다.

나는 오늘 무척 지쳤고 사기도 최악이다. 루시 생각을 하지 않을 수가 없다. 루시가 곁에 있다면 상황이 얼마나 달라졌을까. 한숨도 자지 못한다면, 현대의 모르페우스[101]인 클로랄[102]이여! $C_2HCL_3O.H_2O$! 그것이 습관이 되지 않도록 조심해야 한다. 이런, 루시를 생각했던 내가 클로랄을 떠올리고 있다니……. 둘을 뒤섞어 그녀의 명예를 더럽히지는 않겠다. 오늘 밤은 불면의 밤이어야 하리라…….

결단을 내린 것이 기쁘고 그에 충실했던 것은 더욱 기쁘다. 누워서 뒤척이다가 시계가 치는 소리를 고작 두 번 듣고 났을 때, 보호사가 올려 보낸 야간 경비원이 내게로 와서 렌필드가 탈출했다고 보고했다. 나는 대충 옷을 걸치고 서둘러 달려 나갔다. 내 환자는 바깥을 어슬렁거리고 돌아다니기에는 지나치게 위험한 사람이다. 그의 착상은 낯선 이들을 만나면 위험하게 발현할 소지가 다분했다. 보호사는 나를 기다리고 있었다. 불과 10분 전 문의 관찰 구멍으로 들여다보았을 때만 해도 렌필드는 침대에서 자는 척하고 있었다고 했다. 그러다가 좀 전에 창문이 비틀려 열리는 소리에 놀라 달려가보니 렌필드의 발이 창문을 통해 사라지고 있었고 곧바로 나를 부르러 사람을 보냈다는 것이었다. 잠옷 차림이니 멀리 가지 않

---

101 잠의 신.
102 포수클로랄을 말함. 적당 용량을 투여하면 후유증 없이 5~8시간 지속되는 자연스러운 수면을 유도하지만 많은 양을 복용하면 사망할 수 있으며 습관적으로 복용하면 중독성이 생긴다.

앗을 것이었다. 보호사는 당장 따라나서서 문으로 건물 밖으로 나가느라 렌필드를 시야에서 놓칠 위험을 감수하느니 어디로 가는지 살펴보는 것이 훨씬 유용하리라고 생각했다고 했다. 체격이 큰 보호사로서는 창문으로 나갈 수가 없었던 것이다. 나는 몸이 홀쭉하기 때문에 보호사의 도움을 받아 발부터 밖으로 빠져나갔고, 창문이 땅에서 2미터 정도밖에 떨어져 있지 않았기 때문에 다치지 않고 착지할 수 있었다. 보호사는 환자가 왼쪽으로 똑바로 갔다고 말했다. 나는 그 방향으로 빠르게 달려갔다. 늘어선 나무 사이로 들어서자 병원과 버려진 저택 사이에 난 높다란 담을 기어오르는 희읍스름한 형체가 보였다.

　나는 다시 돌아와 야간 경비원에게 혹시 렌필드가 위험한 행동을 할 경우에 대비해 사람 서너 명을 데리고 곧바로 내 뒤를 따라 카팩스 영지로 오라고 일렀다. 그런 다음 사다리를 가져가 담을 올라가 반대편으로 내려갔다. 바닥에 내려서자 저택 건물 뒤로 막 사라지는 렌필드가 보였다. 나는 주저 없이 따라갔다. 저택 너머에서 렌필드는 예배당의 쇠테를 두른 참나무 문에 바짝 몸을 붙이고 있었다. 확실히 누구에게인가 이야기를 하고 있었지만, 혹시 겁을 집어먹고 달아나버릴까 봐 목소리가 들리는 곳까지 다가갈 엄두가 나지 않았다. 발발거리며 돌아다니는 한 떼의 꿀벌을 쫓아가는 것도 탈출의 발작이 시작된 벌거벗은 광인을 따라가는 일에 견주면 아무것도 아니다! 그러나 몇 분 후에 나는 렌필드가 주위의 어느 일에도 주의를 기울이지 않는다는 것을 알게 되었고 용기를 내어 가까이 가보았다. 어느덧 내가 부른 사람들이 담을 넘어서 렌필드 주위로 모여들고 있었다.

　"여기 주인님의 명을 받들기 위해 제가 와 있습니다. 저는 당신의 노예이며, 제가 충실하면 제게 보답해주심을 믿고 있습니다. 저는 저 멀리서부터 오래도록 주인님을 숭배해왔습니다. 주인님이 가까이 계시는 지금 저는 당신의 명을 기다리고 있습니다. 좋은 것을 나누어주실 때 저를 지나쳐 가시지는 않겠지요, 주인님?"

렌필드가 중얼거렸다.

지금 그는 이기적인 늙은 거지였다. 자신이 '성찬'에 참석하고 있다고 믿을 때조차도 빵과 물고기를 생각하고 있는 것이다. 그의 광증의 조합은 실로 경이로울 뿐이다. 우리가 다가서자 그는 호랑이처럼 맹렬히 싸웠다. 그는 놀라우리만큼 강했다. 사실 사람이라기보다는 야생의 맹수에 더 가까웠다. 여태까지는 이처럼 엄청난 분노의 격발을 보이는 광인을 한 번도 본 적이 없었으며 다시는 보지 않기를 바란다. 적절한 시간에 그의 힘과 위험성을 발견한 것은 다행이었다. 그 같은 힘과 결단력이면 정신병원에 갇히기 전에 엄청난 짓을 저지르고도 남았을 것이었다. 그러나 어쨌든 이제는 안전하다. 잭 셰퍼드[103]라 해도 그를 가두어 놓은 구속복에서 벗어날 수는 없으며, 쇠사슬에 채워져 벽에 완충물을 댄 보호실에 갇혀 있으니까. 간헐적인 비명은 끔찍하지만 그 비명을 잇는 침묵은 더욱더 무시무시하다. 매순간이 살기에 가득 차 있기 때문이다.

이제 그는 처음으로 조리가 있는 말을 늘어놓고 있다.

"저는 인내심을 가지겠습니다, 주인님. 아, 드디어 오고 계시군요, 오고 계세요!"

나는 그 말을 듣고 방으로 돌아왔다. 너무도 흥분한 나머지 잠을 이룰 수 없을 것 같았지만 일기를 기록하다보니 흥분이 가라앉았다. 이제는 얼마큼은 잠을 잘 수 있을 듯하다.

---

103 18세기 초 런던에서 악명을 떨친 강도로, 탈옥의 명수로도 이름 높았음.

09

미나 하커가 루시 웨스튼라에게 보내는 편지

부다페스트, 8월 24일

사랑하는 루시

우리가 휘트비의 기차역에서 헤어진 이후로 일어난 일에 대해 몹시 궁금해하리라는 것 잘 알고 있어. 그래, 나는 무사히 헐[104]에 도착해 함부르크[105]까지 배로 가서는 거기서 이곳까지 기차를 탔어. 조너선에게 가까이 가고 있다는 것과 간호를 해야 할 테니 될 수 있는 대로 푹 자두어야 한다는 사실을 알고 있었다는 것 말고는 그 여행에 대해서는 좀처럼 아무것도 기억이 나지 않아. 결국 사랑하는 사람을 만났는데, 아, 얼마나 여위고 쇠약해져 있던지……. 사랑스러운 눈에는 모든 의지가 사라져버리고, 내가 너에게 이야기한 얼굴에 서린 그 조용한 위엄도 사라져 있었어. 지금의 조너선은 예전의 그의 모습의 껍데기에 불과했고 과거의 꽤 오랫동안 자기에게 일어난 일에 대해서는 아무것도 기억하지 못해. 적어도 내가 그

---

104 영국 요크셔의 도시 이름.
105 독일 북부의 주이자 항구 도시.

렇게 믿기를 바라는 것 같아서 절대로 묻지 않을 작정이야. 끔찍한 충격을 받았는데, 그 기억을 되살리려고 그 가엾은 두뇌를 혹사하게 될까 봐 두려워. 훌륭한 인품을 갖춘 데다 타고난 간호사인 아가타 수녀님은 조너선이 정신이 나가 있는 동안 온갖 무시무시한 것들에 대해 헛소리를 했다고 하셔. 내가 뭔지 말씀해달라고 해도 수녀님은 그저 성호만 그으시고는 차마 말씀을 못하시겠대. 환자의 망상은 하느님의 비밀이고, 간호사가 직업을 수행하다가 들었다 해도 신의를 지켜야 한다는 말씀이야. 친절하고 아주 좋은 분이셔서, 고통스러워하는 날 보시자 내 사랑하는 이가 무엇에 대해 착란 증세를 보였는지 이렇게 말씀하셨어.

"이것만큼은 얘기해드릴 수 있어요. 환자 자신이 잘못한 일과는 아무 상관없다는 것이지요. 그리고 장차 그분의 부인이 될 분으로서 아가씨도 근심하실 이유가 전혀 없어요. 아가씨를 잊거나 잘못을 저지른 것은 아니에요. 하커 씨의 두려움은 위압적이고 끔찍한 것들에 대한 것이고 그 어떤 인간도 상대할 수 없는 것이에요."

내 생각으로는 그 친절하신 분이 내가 혹시 조너선이 다른 여자와 사랑에 빠졌던 것은 아닐까 질투할지도 모른다는 짐작으로 그러신 것 같아. 내가 조너선을 질투할 거라고 생각하시다니! 하지만, 솔직히 친구야, 목소리를 낮춰 소곤소곤 이야기할게. 난 다른 여자가 그 사람의 고통의 이유가 아니란 걸 알아서 몹시 기뻤어. 이제 난 곁에 앉아서 조너선의 자는 얼굴을 들여다보고 있어. 아, 지금 깨어나고 있어! 눈을 뜨자 조너선은 주머니에서 뭘 꺼내고 싶다면서 나에게 윗옷을 가져다달라고 했어. 내가 아가타 수녀님께 부탁드리자 소지품을 모두 가져다주셨지. 나는 그 속에서 그이의 수첩을 발견했고, 혹시라도 그 사람이 겪는 고통의 단서를 찾을지도 모른다는 생각에 봐도 되냐고 물을 참이었는데, 조너선이 내 눈에서 내 바람을 읽었는지 한동안 조용히 혼자 있고 싶다면서 나더러 창가에 가 있으라고 하는 거야. 그러더니 나를 다시 불러 무척 엄숙하게 입을 열었어.

"윌헬미나."

그제야 나는 그이가 몹시도 진지하다는 걸 알았지. 나에게 청혼을 한 뒤로 이 이름으로 나를 부른 적이 없었으니까. 조너선은 말을 이었어.

"당신은 남편과 아내 사이의 신뢰에 관한 내 생각을 알지요? 아무 비밀도 없고, 아무것도 감추지 말아야 한다는 것 말이오. 나는 크나큰 충격을 받았고 그 일을 생각하려 애쓸 때면 머리가 빙빙 돌아요. 혹시 미치광이의 꿈은 아니었는지 알 수가 없다오. 비밀은 이 속에 있고 나는 알고 싶지 않소. 우리의 결혼과 함께 여기서 내 삶을 되찾고 싶으니까."

그렇게 해서 우리는 절차가 완료되는 대로 되도록 빨리 결혼하기로 결정했단다.

"당신도 나의 무지를 공유하고 싶소, 윌헬미나? 내 일기가 여기 있어요. 이걸 갖고 잘 보관해두었다가 내킬 때 읽어요. 하지만 내게는 알려주지 말아요. 어떤 지엄한 사명으로, 잠들었건 깨어 있건, 제정신이건 미쳤건, 내가 그 고된 시간으로 되돌아가야 할 때가 찾아오지 않는다면 말이오."

조너선은 지쳐 누웠고, 나는 베개 밑에서 일기를 꺼내고 입을 맞추었어. 난 수도원장께 오늘 오후에 우리 결혼식을 부탁드려달라고 아가타 수녀님께 말씀드렸고 지금 대답을 기다리는 중이야……

수녀님이 오셔서 국교회 목사님을 부르러 사람을 보냈다고 알려주셨어. 우리는 한 시간 뒤면 결혼할 거야. 아니면 조너선이 깨어나자마자거나……

루시, 그 시간이 왔다 갔단다. 나는 무척 진지하지만 정말, 정말 행복해. 조너선은 한 시간이 조금 지난 뒤에 깨어났고 그때는 모든 게 준비되어 있었지. 그이는 부축을 받아 침대에 일어나 앉아 베개로 등을 받쳤어. 조너선의 "네" 하는 대답 소리는 확실하고 강했어. 나는 좀처럼 말을 할 수가 없었지. 가슴이 벅차올라 심지어는 간단한 말조차도 내 숨을 막는 것 같았거든. 친절하신 수녀님들은 정말 살가우셔. 부탁이니, 하느님, 제가 결코, 절대로 이분들을 잊지 않게 해주시고 제가 갖고 있는 진지하고 소중한 책임감 역시도 잊지 않게 해주소서. 내 결혼 선물에 대해 말해야겠구나. 목사님과 수녀님들은 나를 남편과 둘만 남겨주셨단다. 아, 루시, 드디어 처음으로 '남편'이라는 말을 쓰게 되었구나. 난 남편의 베개 밑에서 일기를 꺼내어 흰 종이에 싸서 내 목에 둘렀던 하늘색 리본으로 묶고는 봉랍으로 그 매듭 위를 봉했어. 봉인으로는 내 결혼반지를 이용했지. 그런 다음에 나는 거기에 입을 맞추고 남편에게 보여주면서, 우리 둘이 평생토록 서로를 신뢰하리라는 눈에 보이는 징표로서 소중히 간직할 것이며, 그이를 위해서나 어떤 엄중한 사명을 위해서가 아니라면 절대 열지 않겠다고 말했어. 그러자 조너선은 내 손을 잡고 — 아, 루시, 그건 그이가 처음으로 아내의 손을 잡은 것이었단다 — 그것이 이 드넓은 세상에서 가장 소중한 물건이라면서, 필요하다면 그걸 얻으러 다시 과거로 돌아갈 수도 있겠다고 말했어. 가엾은 조너선의 얘기는 결국 과거의 일부라는 뜻이 되었지만 말이야. 그 사람은 아직 시간이 어떻게 흘렀는지 몰라. 지금이 몇 월인지뿐만 아니라 올해가 몇 년도인지 헷갈린다 해도 무리는 아닐 거야.

아, 친구야, 내 기분을 어떻게 이야기하면 좋을까? 나는 내가 이 세상에서 가장 행복한 여자이고 나와 내 삶, 내 신뢰 말고는 줄 것이 아무것도 없으며, 그것들과 더불어 내 삶의 매 하루하루의 사랑과 의무를 당신에게 보낸다는 말 외에는 아무 얘기도 할 수 없었단다. 그다음 조너선이 나에게 입을 맞추고 그 힘없는 손으로 끌어안자 그것이 우리 사이에는 엄숙한 맹세가 되었지.

루시, 내가 왜 이 모든 이야기를 하는지 알아? 그건 그 일이 나에게 너무도 소중하기 때문만이 아니라 네가 지금까지, 그리고 앞으로도 내게 정말 귀한 친구이기 때문이야. 네가 성인으로서의 삶을 준비할 때 네 친구이자 안내자가 되는 것은 내 특권이라고 믿어. 지금 당장 너를 보고 싶구나. 그래도 행복한 아내의 눈으로, 의무가 나를 어디로 이끄는지 지켜봐야겠지. 그렇게 해서 네 결혼 생활 속에서 너 역시 나처럼 행복할 수 있도록 말이야. 친구야, 제발 전능하신 하느님께서 네 삶을 황량한 바람을 겪지 않고, 의무를 잊지 않으며 불신도 없는, 오래도록 햇살 가득한 날로 만들어주시기를. 늘 너에게 아무 고통이 없기를 바랄 수야 없겠지만 지금의 나만큼이나 언제까지나 네가 행복하기를 바랄게. 안녕, 친구야. 지금 이 편지를 부치고, 금방 또 편지할게. 조너선이 깨었으니 그만 멈추어야겠다. 남편을 돌봐야 하니까!

언제까지나 널 사랑하는
미나 하커

루시 웨스튼라가 미나 하커에게 보내는 편지

휘트비, 8월 30일

사랑하는 미나

바다와 같은 사랑과 수백만 번의 입맞춤을 보내며 남편과 함께 곧 집으로 돌아오기를 바랄게. 네가 빨리 영국으로 돌아와 우리와 여기서 함께 머물 수 있었으면 좋으련만. 이 상쾌한 공기가 조너선을 회복시켜줄 거야. 나도 꽤나 회복시켜주었으니까. 내 식욕은 가마우지에 버금가고, 생기가 넘치고 잠도 잘 자. 몽유병 증세를 거의 떨쳤다는 걸 알면 기뻐하겠지? 일주일 동안 침대 밖으로 나가지 않은 것 같고, 한번 잠자리에 들면 푹 잔단다. 아서 말로는 내가 통통해지고 있대. 아참, 아서가 여기 와 있다는 말을 안 했구나. 우리는 함께 산책하고 승마를 하고 마차도 타고 뱃놀이를 하기도 해. 테니스를 하거나 낚시를 할 때도 있고. 나는 그 어느 때보다도 아서를 사랑해. 아서는 나를 더욱 사랑한다는데, 처음에 그이 말로 나를 더 이상 사랑할 수는 없다고 한 걸 생각하면 좀 의구심이 나. 물론 농담이야. 아, 아서가 나를 부르고 있어. 지금은 더 못 쓰겠다.

　너를 사랑하는 루시.

　추신　어머니가 사랑한다고 전해달래. 좋아 보이셔. 우리 가엾은 엄마.
　재추신　우리는 9월 28일에 결혼할 거야.

수어드 박사의 일기

　8월 20일　렌필드의 사례는 더욱 흥미로워지고 있다. 이제는 열정의 휴지기인지 무척 평온해진 모습을 보인다. 발작을 보인 이후 첫 주 동안 그는 끊임없이 발작 증세를 보였다. 그러던 어느 날 밤, 갓 달이 뜨자 차츰 조용해지더니 혼잣말로 이렇게 중얼거렸다.
　"이제는 기다릴 수 있어요. 이제는 기다릴 수 있습니다."
　보호사가 와서 보고하자 나는 당장 달려가보았다. 렌필드는 여전히 구속복을 입고 완충물을 댄 보호실에 있었지만, 벌겋게 상기된 표정은 얼굴에서 사라지고 눈에는 예전처럼 애원의 빛이 담겨 있었다. 비굴할 정도로 나긋한 태도였다. 나는 그의 현재 상태에 만족했고 편안하게 해주라고 지시했다. 보호사들은 망설였지만 마침내 별 저항 없이 내 뜻을 받들었다.

환자가 보호사들의 불신을 알아챌 정도로 유머 감각을 갖고 있다는 것은 신기한 일이었다. 내 쪽으로 다가온 렌필드는 보호사들을 흘깃흘깃 곁눈질하며 이렇게 속삭였던 것이다.

"저 사람들은 제가 선생님을 해칠까 봐 걱정인가 봅니다! 제가 선생님을 해치다뇨! 멍청한 것들."

이 딱한 광인의 마음속에서도 나를 다른 사람들과는 달리 생각한다는 것을 알게 되자 기분이 나쁘지는 않았지만 그래도 그의 사고를 이해할 수가 없었다. 내가 자신과 뭔가 공통점을 가지고 있다는 생각일까? 아니면 나의 온전함이 자신에게 필요하기 때문에 내게서 뭔가 이득을 취해야겠다는 꿍꿍이일까? 이 점은 나중에 알아봐야겠다. 오늘 밤에는 말을 하려 하지 않을 테니까. 새끼 고양이, 심지어는 다 큰 고양이를 준다고 해도 끄덕도 하지 않을 것이다. 아마도 이렇게만 말하겠지.

"고양이한테는 아무 관심 없습니다. 지금은 생각할 게 더 있으니까. 그리고 전 기다릴 수 있어요. 기다릴 수 있다고요."

잠시 후에 나는 그를 떠났다. 보호사는 렌필드가 동이 트기 전까지는 조용하다가 차츰 불안해하기 시작해서 마침내는 몹시 난폭해졌다가 급기야 일종의 발작을 일으켰는데, 그 때문에 탈진하여 혼수상태 같은 상황에 빠졌다고 보고했다.

……사흘 동안 같은 일, 종일 난폭하다가 달이 뜰 무렵부터 해가 뜰 무렵까지는 조용해지는 상황이 반복되었다. 그 원인에 대한 단서를 얻을 수 있다면 좋을 텐데. 나타났다 사라지는 일정한 영향력이 있는 것처럼 보이기도 한다. 재미있는 생각 하나! 우리는 오늘 광인을 상대로 멀쩡한 짓을 해볼 작정이다. 전에 렌필드는 우리의 도움 없이 탈출했다. 오늘 밤에는 우리의 도움으로 탈출하게 된다. 우리는 그에게 기회를 줄 것이다, 혹시나 필요할 경우에 대비해 뒤를 밟으면서…….

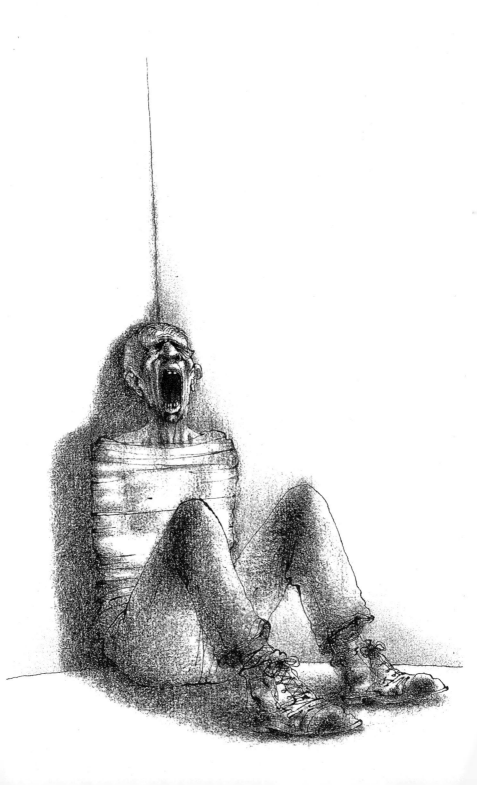

8월 23일 "예상하지 않은 일은 언제나 일어난다." 디즈데일리[106]의 삶에 대한 통찰력은 얼마나 대단한가. 새장이 열려 있는 것을 알았어도 우리의 새는 날아가려 하지 않았고 그리하여 우리의 교묘한 계책은 무위로 돌아갔다. 어쨌든 간에, 한 가지는 입증되었는데, 고요의 주기가 일정 시간 지속된다는 것이다. 앞으로는 하루 몇 시간 동안 속박을 풀어줄 수 있을 것이다. 나는 야간 당직 보호사에게 일단 렌필드가 잠잠해지면 해가 뜨기 한 시간 전까지는 보호실에 가두어두기만 하라고 일렀다. 그 가엾은 사람은 비록 마음으로 감사할 수는 없을지라도 육체나마 편안함을 누릴 수 있을 것이다. 이런, 또다시 예상치 못한 일이 벌어졌다! 나를 부르고 있다. 환자가 또다시 달아났다고.

후에 또 한 번 밤의 모험이 벌어졌다. 렌필드는 교활하게 보호사가 방으로 점검하러 오기를 기다렸다가 쏜살같이 그 곁을 지나쳐 가서 통로를 달려 내려갔다. 나는 보호사들에게 따라가라는 명령을 내렸다. 다시금 렌필드는 그 버려진 저택의 영지로 들어갔고, 우리는 같은 장소에서 낡은 예배당 문에 기대 선 그를 발견했다. 나를 보자 렌필드는 분노했고 때마침 보호사들이 붙잡지 않았더라면 나를 죽이려 들었을지도 모른다. 우리가 환자를 잡고 있는 사이 기묘한 일이 벌어졌다. 갑자기 두 배는 되는 힘으로 날뛰기 시작하더니만 느닷없이 얌전해지는 것 아닌가. 환자의 눈길을 따라가보니 괴괴한 빛을 내뿜는 달을 올려다보는 그의 눈이 닿는 자리에 유령처럼 아무 소리 없이 날개를 퍼덕이며 서쪽으로 날아가는 커다란 박쥐 한 마리 말고는 아무것도 없었다. 박쥐는 대개 선회를 하며 날게 마련인데, 이 박쥐는 마치 어디로 갈지 미리 정해져 있거나, 스스로 의지를 갖고 있기라도 한 듯 똑바로 날아가고 있었다. 환자는 조용해지더니 급기

---

106 19세기 영국의 정치가. 『비비언 그레이』 등 정치 소설을 남겼다.

야는 이렇게 말했다.

"저를 묶으실 필요는 없습니다. 얌전히 갈 테니까요!"

아무 탈 없이 우리는 병원으로 돌아왔다. 그의 차분함에는 뭔가 불길한 기운이 있다. 오늘 밤을 기억해두어야겠다.

루시 웨스튼라의 일기

힐링엄, 8월 24일 미나를 흉내 내어 일기를 적어야겠다. 그렇게 하면 우리가 만날 때 기나긴 이야기를 할 수 있을 테니까. 그게 과연 언제일까? 너무도 불행해 미나가 나와 함께 있으면 얼마나 좋을까 싶은 생각이 간절하다. 간밤에 휘트비에서처럼 다시 꿈을 꾼 것 같다. 어쩌면 공기의 변화 때문이거나 다시 집에 돌아와 분위기가 바뀐 때문일 수도 있다. 아무것도 기억이 나지 않아 모든 것이 내게는 캄캄하고 섬뜩하게 느껴질 뿐이다. 나는 막연한 두려움으로 가득 차 있으며 쇠약하고 탈진한 기분이다. 점심을 먹으러 온 아서가 나를 보고 무척 슬퍼했지만 기운을 낼 기력이 없었다. 오늘 밤에는 어머니 방에서 잘 수 있는지 알아봐야겠다. 변명거리를 찾아서 말씀드려봐야지.

8월 25일 또다시 좋지 않은 밤. 어머니는 내 제안이 탐탁지 않으신 것 같았다. 당신도 몸이 좋지 않으시니 내가 걱정할까 염려가 되시는 모양이다. 나는 깨어 있으려고 노력했고 한동안은 성공했지만 시계가 12시를 치자 졸다 깬 것을 보면 아마 깜박 잠이 들었나 보다. 창문에는 뭔가에 긁혔거나 치인 자국이 있었지만 별 신경을 쓰지 않았다. 더 이상은 기억이 나지 않는 걸로 보아 다시 잠이 들었던 것 같다. 또 다른 악몽. 기억이 나면 좋을 텐데……. 오늘 아침 나는 끔찍하리만큼 쇠약해져 있다. 얼굴은 유령처럼 창백하고 목도 아프다. 그래도 아서가 올 테니 기운을 내야지. 그렇지 않으면 내 모습을 보고 얼마나 슬퍼할까.

아서가 수어드 박사에게 보내는 편지

앨버말 호텔, 8월 31일

친애하는 잭

자네가 내 부탁 하나 들어줬으면 좋겠군. 루시가 아프네. 딱히 병명이 있는 것도 아닌데 안색이 좋지 않고 나날이 나빠지고 있어. 원인이 무엇인지 루시에게 물어보기는 했지만, 그녀의 어머니에게는 여쭤보지 못하겠어. 그랬다가는 그 가엾은 부인의 마음이 무척 산란해질 테고, 현재의 건강 상태로는 딸에 대한 걱정이 치명적 결과를 낳을 수 있으니 말일세. 웨스튼라 부인은 심장병으로 살날이 얼마 남지 않았다는 얘기를 들었다고 말씀하셨네. 딱한 루시는 아직 모르고 있지만 말이야. 내 사랑하는 여인의 마음을 좀먹는 무엇인가가 있다는 생각일세. 그녀를 보는 것 자체가 고통스러워. 루시에게, 자네에게 봐달라고 부탁하겠다고 하니 처음에는 좀 꺼림칙해하는 것 같았어. 물론 나도 그 이유를 알지. 하지만 그녀도 마침내 동의했네. 자네에게는 고통스러운 일일 테고, 친구. 나도 잘 아네만, 그녀를 위한 일이니 나로서는 지체 없이 자네에게 요청할 수밖에 없다네. 자네도 물론 이해하겠지. 웨스튼라 부인이 혹시라도 의심하지 않으시도록 내일 2시에 힐링엄에 점심식사를 하러 와주게. 점심식사 후에 루시가 자네와 단둘이 있을 기회를 갖게 될 거야. 걱정이 이만 저만 아닐세. 자네가 그녀를 보고 난 뒤 되도록 빨리 상담을 하고 싶네. 잘 부탁하네!

아서

아서 홈우드가 수어드 박사에게 보내는 전보

9월 1일

아버지 상태가 악화되어 소환 받았음. 다시 편지 쓰겠음. 오늘 밤 특급 우편으로 링으로 자세한 소식 부탁. 필요하면 전보를.

수어드 박사가 아서 홈우드에게 보내는 편지

9월 2일

친애하는 친구

웨스튼라 양의 건강에 관련해서 서둘러 자네에게 알려야겠다는 생각 이네. 내가 아는 그 어떤 기능성 질환이나 질병도 없어. 그러나 그와 동시 에 그 어떤 이유로도 그녀의 모습을 설명할 길이 없네. 딱하게도 마지막 으로 보았던 그녀가 아니더군. 물론 내가 바라는 대로 찬찬히 진찰할 기 회를 갖지는 못했다는 점을 자네가 유념해주었으면 하네. 우리의 우정이

의학이나 관습으로는 도저히 다리를 놓을 수 없는 약간의 애로점을 만드는 것이 사실이니 말일세. 어느 정도는 자네 스스로의 결론에 맡기고 일어난 상황을 정확하게 말하는 편이 나을 것 같군. 그런 후에 내가 한 일과 앞으로의 제안을 이야기함세.

웨스튼라 양은 명랑한 기분인 듯 보였네. 어머니가 곁에 계셔서겠지. 불과 몇 초 뒤에 나는 그녀가 어머니에게 걱정을 끼칠까 봐 짐짓 그러고 있다는 결론을 내렸어. 정확한 상태야 알지 못할지라도 어머니에 관해 뭘 주의해야 하는지 확실히 짐작하고 있다는 걸 알 수 있었지. 점심을 먹을 때는 모두가 즐거운 기분을 느끼려고 노력을 했기 때문에 그 노력에 어느 정도 보답을 받아서인지 진정한 즐거움을 맛볼 수 있었네. 곧이어 웨스튼라 부인이 쉬러 가셨고 루시와 나만 남았어. 우리는 그녀의 내실로 들어갔고 아랫사람들이 오가고 있을 때는 즐거운 표정이었지. 그러나 문이 닫히자마자 얼굴에서 가면이 떨어져 나가고, 루시는 긴 한숨을 내쉬면서 의자에 무너지듯 주저앉더니 두 손으로 눈을 가렸어. 그녀의 원기가 다 사라졌음을 알고 나는 그 반응을 이용해서 진단을 하려 했네.

"저 자신의 얘기를 당신께 드리기가 얼마나 혐오스러운지 모르겠어요."

루시의 말투는 몹시 상냥했어. 나는 그녀에게 의사의 신의란 신성한 것이라는 점을 일깨우고 자네가 몹시 걱정하고 있다는 이야기를 덧붙였네. 루시는 곧장 내 말뜻을 알아듣고는 한 마디로 그 문제를 정리하더군.

"아서에게 당신이 알게 된 걸 모두 말씀하세요. 저 자신은 신경 쓰이지 않지만 그 사람은!"

그 덕분에 나는 꽤나 홀가분한 느낌이 들었네.

나는 루시에게 어느 정도 피가 부족하다는 것을 알 수 있었지만 통상적 빈혈 증세는 찾아볼 수 없었네. 때마침 기회가 생겨서 혈액 상태를 점검할 수 있었지. 마침 잘 열리지 않는 창문을 열다가 줄이 떨어지면서 깨진 유리에 손을 약간 베었거든. 별일은 아니었지만 내게는 좋은 기회여서 피

몇 방울을 확보해 분석해보았네. 정성 분석[107]은 상당히 정상적인 상태를 보이고, 이 부문에서는 내가 개입해야겠네만, 그 자체로는 건강에 아무 문제가 없다는 것을 보여주었네. 다른 신체적 상태와 관련해서도 걱정할 일이 없다는 게 만족스럽기는 하네만 어딘가에는 이유가 있을 테니 뭔가 정신적인 원인이 있으리라는 결론에 이르렀어. 루시는 때로 찾아오는 호흡 곤란 증세와, 몹시 두렵지만 내용을 기억할 수 없는 꿈을 동반하는 기면적 수면 증세에 대해 고통을 호소하고 있네. 루시 말로는 어렸을 때 몽유병을 앓았다고 하더군. 휘트비에서 머물 때 그 증세가 다시 돌아와 한 번은 밖으로 나가 이스트 클리프까지 갔는데 그곳에서 머레이 양이 자기

---

107 시료의 성분을 검출하여 알아내고 확인하는 화학 분석.

를 찾았다 했네. 그러나 최근에는 그 증세가 없었다고 확인해주었어. 나는 좀 미심쩍어서 내가 아는 최선의 선택을 했네. 내 오랜 친구이자 스승이신 암스테르담에 계시는 반 헬싱 교수께 편지를 드린 걸세. 원인 불명의 질병에 관해서라면 세상 누구보다도 많은 것을 알고 계시는 분일세. 그분께 와달라고 요청 드렸네. 자네가 제반 비용을 다 자네에게 청구하라고 했기 때문에 그분께 자네가 누구이고 웨스튼라 양과 어떤 관계인지를 전부 말씀드렸어. 이보게 친구, 이건 모두 자네의 바람을 따르는 것일세. 나로서는 그녀를 위해서 뭔가를 할 수 있다는 것만으로도 자랑스럽고 행복하고. 반 헬싱 선생은 개인적 이유로 나를 위해서라면 뭐든 해주실 분이니 어떤 동기로 오시든 우리는 그분의 바람을 받아들이면 되네. 언뜻 뵙기에는 독단적으로 보이지만, 이것은 그분이 당신이 말씀하시는 내용을 다른 누구보다도 잘 알고 계시기 때문이야. 그분은 철학자이자 형이상학자이고 현존하는 가장 진보적 과학자 중 한 분이며 내 알기로는 전적으로 열린 마음을 가진 분일세. 여기에 강철 같은 신경과 차디찬 시냇물 같은 성정, 불굴의 결단력, 자제력, 은혜로운 미덕에서부터 기인한 인내심, 친절하고 진정한 마음이 모두 곁들여져서 그분이 인류를 위해 수행하고 계신 숭고한 일들의 기반이 되어주고 있네. 이론과 실제 모두에서 말이지. 그분의 견해는 모든 것을 그러안는 동정심만큼이나 심오하거든. 내가 이런 얘기를 굳이 하는 까닭은 내가 그분을 왜 이리 신뢰하는지 자네가 알아야 할 것 같기 때문이야. 곧바로 와주십사고 말씀드렸네. 내일 웨스튼라 양을 다시 만날 걸세. 나의 잦은 방문에 웨스튼라 부인이 놀라시지는 않을까 싶어서 이번에는 상점가에서 만나기로 했다네.

언제나 자네의 친구
존 수어드

의학 박사이자 철학 박사이며 문학 박사인
애이브러햄 반 헬싱 교수가
수어드 박사에게 보내는 편지

9월 2일

친애하는 친구

자네의 편지를 받자마자 곧바로 가고 있네. 다행히 나를 신뢰해온 누구에게도 잘못함 없이 당장 떠날 수 있었네. 운이 따라주지 않았다면 나를 신뢰해준 이들에게는 곤란했겠지. 왜냐하면 그래도 나는 와달라고 요청한 친구에게 갈 테니 말일세. 우리의 다른 친구가 지나치게 긴장한 나머지 칼을 떨어뜨렸을 때 자네가 잽싸게 달려들어 그 과정에서 생긴 독을 내 상처에서 빨아냈던 사건을 자네의 친구에게 이야기하게나. 그 친구의 전 재산보다도 자네의 요청이 자네 친구를 위해 더욱 많은 일을 할 수 있다는 말도 꼭 덧붙이고. 그리고 나는 자네의 친구에게 도움을 주는 것에 더불어 자네를 만나러 가는 것일세. 그것이 내 기쁨이지. 곧 갈 테니 내일 너무 늦지 않은 시각에 그 아가씨를 볼 수 있도록 주선해주게. 밤에 다시 돌아와야 할 것 같으이. 허나 상황을 봐서 사흘 뒤에는 다시 갈 것이고, 필요하다면 더 오래 머물도록 하겠네. 그때까지 잘 있게나.

반 헬싱

수어드 박사가 아서 홈우드에게 보내는 편지

9월 3일

친애하는 아트

반 헬싱 교수가 가셨네. 그분은 나와 함께 힐링엄으로 갔는데, 어머니가 밖으로 점심을 드시러 가실 수 있게 루시가 미리 조처해놓아 우리는 그녀와만 있을 수 있었어. 선생은 환자를 주도면밀하게 진찰하셨네. 내가 계속 곁에 있었던 것이 아니어서, 선생이 내게 결과를 말씀하시면 나도 자네에게 알리도록 하겠네. 걱정스럽게도 근심이 크신 듯 보이는데, 생각 좀 해봐야겠다고 하시더군. 내가 우리의 우정에 대해 이야기하고 어떻게 자네가 이 문제에서 나를 신뢰하게 되었는지 말씀드리자 그분은 이렇게 대답하셨어.

"친구에게 자네가 생각하는 모든 얘기를 다 해주게. 추측할 수 있다면 내 생각도 이야기하고. 농담을 하는 게 아니야. 농담은커녕 이건 삶과 죽음의 문제, 아니, 그 이상일지도 몰라."

무척 심각한 표정이시기에 나는 무슨 뜻이냐고 여쭤보았어. 그때는 우리가 시내로 나와 있었고, 선생께서 암스테르담으로 되돌아가시기 전에 같이 차 한 잔 하고 있을 때였지. 반 헬싱 선생은 내게 그 이상의 단서를 주지는 않으셨네. 나에게 화를 내지는 말아, 아트. 그분의 과묵함은 그분의 두뇌가 루시에게 유리한 방향으로 움직이고 있다는 뜻이니까. 때가 되면 충분히, 확실히 말씀을 하실 걸세. 그래서 나는 선생께, 「데일리 텔레그라프」[108]에 특별 기고문을 쓰듯 우리의 방문에 대해 적겠다고 말씀드렸네. 반 헬싱 선생은 내 말에 별반 주의를 기울이시지 않고, 런던의 검댕

---

108 1855년부터 발행된 영국의 신문.

이 예전에 학생으로 와 있을 때보다 나쁘지는 않은 것 같다고만 말씀하시더군. 내일쯤 그분이 가능하시면 보고를 받을 수 있을 걸세. 어떤 경우든 간에 편지를 쓰도록 하지.

우리의 방문에 대해서 말하자면, 루시는 내가 저번에 보았을 때보다 훨씬 기운이 나고 좋아 보였어. 자네를 기겁하게 했던 납빛 같은 안색도 얼마간 사라졌고 호흡도 정상이야. 그녀는 선생께 무척 상냥하게 대했고―언제나 그렇지만―그분을 편안하게 하려고 최선을 다했네. 비록 나는 그 가엾은 아가씨가 안간힘을 쓰고 있다는 걸 알 수 있었지만 말이야. 내가 익히 아는, 숱 많은 눈썹 아래로 재빠르게 지나가는 표정을 읽었으니 나는 반 헬싱 선생께서도 알아채셨으리라 생각하네. 그러고서 선생은 우리와 병을 제외한 온갖 주제에 대해 이야기를 하셨는데, 그분의 이야기에 얼마나 크나큰 온정이 담겨 있었는지 루시의 딱한 겉치레가 실제가 되는 것처럼 보였네. 그러고는 눈에 띄지 않게 선생은 방문의 원래 목적으로 슬그머니 주제를 돌리셨어.

"사랑스러운 아가씨, 아가씨가 무척 귀여운 분이어서 무척 기쁩니다. 내가 보지 못한 것이 더 있기는 하겠지만 듣기로는 아가씨 기력이 좋지 않고 안색도 몹시 나쁘다고 했는데 말이지요. 그 얘기를 한 사람들을 비웃어줘야겠습니다그려."

반 헬싱 선생은 나를 향해 손가락을 퉁겨 보이고 말을 이으셨네.

"루시 양과 내가 그 사람들이 얼마나 잘못 알고 있는지 똑똑히 보여주십시다. 어떻게……."

그러더니 선생은 수업 시간에 나를 호명할 때 보이셨던 똑같은 몸짓과 표정으로 나를 가리키셨지. 그 이후에도 결코 잊을 수 없는 특유의 방식으로 말일세.

"이 친구가 젊은 아가씨에 대해 뭘 알 수 있을까요? 광인들과 어울리면서 그들에게 행복을 찾아주고 사랑하는 이들을 되찾아주는 친구지요. 무척 힘든 일입니다만 그러한 행복을 줄 수 있다면 보답도 따르게 마련이에요. 허나 아가씨들 문제는 전혀 다르지요! 이 친구는 아내나 딸이 없습니다. 게다가 젊은 아가씨는 또래의 젊은 사람들에게보다는 나처럼 슬픔과 그 이유를 속속들이 아는 늙은이에게 이야기하기가 편하게 마련이지요. 그러니 루시 양, 아가씨와 내가 우리에 대한 이야기를 할 때 이 친구는 정원에 나가 담배나 피우라고 합시다."

나는 그 말뜻을 알아채고 밖으로 나와 돌아다녔고 잠시 후에 선생께서 창가로 와서 나를 안으로 부르셨네. 심각한 표정이었지만 말씀은 이렇게 하셨지.

"세세히 살펴보았지만 기능적 원인은 찾지 못했네. 혈액이 많이 유실되었다는 점에는 자네 의견에 동의하네만 한때 그랬던 것이지 이제는 아니야. 헌데 지금 상태로는 전혀 빈혈의 증세가 없거든. 나는 루시 양에게 하녀를 불러달라고, 혹시라도 놓치는 부분이 있어서는 안 되니 한두 가지 질문만 하겠다고 했네. 무슨 얘기를 듣게 될지는 잘 아네. 그래도 까닭은 있게 마련이지. 세상 모든 것에는 까닭이 있는 법이니까. 집으로 가서 생각을 해봐야겠군. 날마다 전보를 보내고 필요하면 다시 오겠네. 이 병은, 보기에는 병 같지 않지만, 내게 무척 흥미롭고, 이 사랑스러운 아가씨 역시도 내게는 무척 관심이 가네. 완전히 매혹되었지. 저 아가씨를 위해서라면 자네나 병 때문이 아니더라도 다시 오겠네."

그분은 심지어는 우리 둘만 있을 때도 한 마디도 더는 말씀을 하려 하지 않으셨어. 그러니 이제, 아트 자네는 내가 아는 모든 것을 아는 셈이야. 엄중하게 살펴보겠네. 아버님께서는 회복 중이시겠지? 자네에게 몹시 소중한 두 사람 사이에서 오도 가도 못할 처지에 놓여 있으니 내 친구인 자네에게 틀림없이 끔찍한 일일 걸세. 나는 자네의 아버님에 대한 의무감을 알고 있고 그걸 고수하는 편이 옳다고 생각해. 필요하다면 곧바로 오라는 전언을 전할 테니 내게서 소식이 갈 때까지는 지나친 걱정은 말게나.

수어드 박사의 일기

9월 4일 식육광 환자는 여전히 우리의 관심을 증폭시키고 있다. 어제 한 번 발작을 보였는데 평소와는 다른 시간이었다. 정오가 되기 직전에 차츰 기운이 없어지기 시작했다. 그 증상을 익히 아는 보호사는 곧장 도움을 요청했다. 다행히도 사람들이 때맞춰 달려 들어왔다. 정오를 알리는 소리에 렌필드는 과도하게 난폭해졌고 그를 붙잡아두느라 몇 사람이 진을 뺐을 정도였다. 그러나 5분 뒤에는 차츰 얌전해지더니 급기야는 일종의 조울증 같은 증상을 보였으며, 그 상태가 지금까지 유지되고 있다. 보호사는 발작할 때 그의 비명이 정말 소름끼쳤다고 했다. 나는 안으로 들어갔을 때 렌필드 때문에 겁에 질린 다른 환자들을 돌보느라 여력이 없었다. 사실, 멀리 떨어져 있던 나조차도 불안하게 만들 정도의 소리였으니 보호사의 말을 충분히 이해할 수 있다. 지금은 정신병원에서 저녁식사를 마치고 난 뒤이고 내 환자는 뭔가를 직접적으로 보여주기보다는 막연히 암시하는 듯, 흐리멍텅하고, 뚱하고, 비탄에 잠긴 표정으로 한구석에 앉아 골똘히 생각에 잠겨 있다. 나로서는 저 머릿속에 무슨 생각이 들었는지 짐작도 가지 않는다.

후에 내 환자에게 다른 변화가 생겼다. 5시에 보았을 때 렌필드는 겉보기에는 예전처럼 행복하고 만족스러운 얼굴이었다. 파리를 잡아 날름거리며 먹고 있었고 문에 댄 완충물의 골 사이에 손톱자국을 내어 포획한 기록을 적어 가고 있었다. 나를 보자 렌필드는 얼른 다가와 고약한 행동을 사과하더니, 몹시도 겸손하고 고분고분한 태도로 자기 방으로 돌아가고 수첩을 돌려받을 수 있겠느냐고 물었다. 나는 그의 기분을 맞춰주는 것이 좋겠다고 생각했다. 그래서 환자는 지금 자기 방, 창문이 열린 방 안에 있다. 그는 창가에 설탕을 뿌려두었고, 상당한 파리를 수확했다. 지금은 파리를 먹는 대신 예전처럼 한 상자에 넣은 뒤 벌써 거미를 찾아 방구석을 두리번거리는 중이다. 지난 며칠 동안 그의 사고에 대한 그 어떤 단서라도 크나큰 도움이 되리라는 생각에 렌필드에게 말을 시키려고 노력했지만 그는 아무 말이 없었다. 한두 번인가는 몹시 슬퍼 보였고, 마치 나에게라기보다는 스스로에게 말하듯 공허한 말투로 중얼거렸다.

"다 끝났어! 다 끝나버렸어! 그분이 날 저버리셨어. 이제는 나 스스로 할 밖에는 아무 희망이 없어!"

그러더니 갑작스레 결단을 내린 듯 내 쪽으로 홱 돌아서더니 말을 이었다.

"선생님, 저에게 친절을 베풀어 설탕을 좀 더 주실 수는 없을까요? 저에게는 무척 좋은 일이라서요."

"파리 때문인가요?"

내가 물었다.

"네! 파리들이 좋아하죠. 그리고 저는 파리를 좋아하니까 그러니 결국 제게 좋은 일이 되는 겁니다."

광인들은 논리를 전개하지 못한다고 착각하는 사람이 얼마나 많은 지……. 나는 설탕을 두 배 넣어주도록 했고 내 생각에 그는 세상에서 가장 행복한 사람이 되었다. 내가 그의 마음을 어림할 수 있다면 좋을 텐데.

자정 그에게는 또 다른 변화가 있었다. 한결 나아진 웨스트라 양을 방문하고 방금 돌아와 병원 앞 정문에 서서 지는 해를 바라보고 있는데 렌필드의 비명 소리가 들려왔다. 그의 방이 건물 이쪽에 있어서 아침보다 훨씬 또렷이 들렸다. 그 핏빛 색상과 짙푸른 그늘, 그리고 거무스레한 물 위에서처럼 검은빛을 띤 구름 위로 떠오른 온갖 환상적인 색조들과 어우러진 런던의 아름다운 일몰에서 돌아서서, 내 소유의 차디찬 석조 건물의 침울한 우울함을 깨닫자 크나큰 충격이 찾아왔다. 그 살아 꿈틀대는 넘치는 비참함과 그것을 견뎌내는 나 자신의 피폐한 마음이라니. 내가 렌필드에게 닿은 것은 막 해가 넘어가는 시각이었고 나는 그의 창문에서 벌건 원이 가라앉는 모습을 보았다. 해가 지면서 렌필드는 차츰 덜 미치광이처럼 굴더니, 일몰과 함께 몸을 붙들고 있는 손에서 스르르 빠져나가 무력한 덩어리처럼 바닥에 무너져 내렸다. 그러나 광인의 두뇌 반동은 그저 놀라울 뿐이다. 불과 몇 분이 지나지 않아 렌필드는 가만히 일어서서 주위를 둘러보았다. 나는 그의 행동이 궁금해 보호사들에게 붙잡지 말라고 신호를 보냈다. 렌필드는 곧바로 창문으로 가더니 설탕 부스러기를 쓸어내버리고는 파리 담은 상자를 가져와 창밖으로 비우고 나서 상자를 홱 던져버렸다. 곧이어 렌필드는 창문을 닫고 방을 가로질러 와 침대에 앉았다. 나는 무척 놀랐다.

"더 이상 파리를 키우지 않을 건가요?"

"네. 그따위 쓰레기에는 진력이 났어요!"

렌필드의 대답이었다. 확실히 흥미로운 연구 대상이다. 갑작스러운 열정의 이유나 그의 마음을 조금이라도 알 수 있으면 좋으련만. 잠깐, 오늘 왜 그의 발작이 정오와 일몰에 있었는지를 알게 된다면 단서를 찾을 수 있을는지도 모른다. 달이 때로 그러하듯 특정한 자연에 주기적으로 태양의 악영향이 미치는 것은 아닐까? 하여간 지켜볼 일이다.

런던에서 수어드 박사가
암스테르담의 반 헬싱에게 보내는 전보

9월 4일 오늘 환자가 호전됨.

런던에서 수어드 박사가
암스테르담의 반 헬싱에게 보내는 전보

9월 5일 환자가 상당히 호전됨. 식욕도 좋고 자연스럽게 잠을 자며 활기도 넘치고 혈색도 돌아왔음.

런던에서 수어드 박사가
암스테르담의 반 헬싱에게 보내는 전보

9월 6일 상황이 몹시 악화되었음. 즉시 와주시기 바람. 한시도 지체하지 마시기를. 뵐 때까지 홈우드에게 전보를 유보하겠음.

10

수어드 박사가 아서 홈우드에게 보내는 편지

9월 6일

친애하는 아트

오늘 소식은 좋지 못하네. 아침에 루시 양의 상태가 악화되었네. 그러나 그 덕분에 한 가지 좋은 일도 생기게 되었지. 당연한 일이지만 웨스튼라 부인이 루시 일로 걱정이 되어 내게 전문적 조언을 부탁하셨네. 나는 그 기회를 틈타, 마침 내 오랜 스승이자 탁월한 전문가인 반 헬싱 교수께서 오셔서 우리 집에 계시기로 했다면서 나와 더불어 그분의 보살핌도 받았으면 한다고 말씀드렸네. 이제 우리는 부인을 놀래지 않고 오갈 수 있게 된 셈이야. 충격을 받으면 부인은 돌연사할 수도 있는데, 그랬다가는 루시 양의 허약한 상태로 치명적 결과를 낳을 수 있으니 말일세. 우리 모두 고난의 울타리에 둘러싸여 있지만, 신이시여, 우리가 그 울타리를 온전히 넘도록 해주옵소서. 편지를 쓸 필요가 생기면 그렇게 할 것이고, 내게서 아무 소식이 없으면 내가 새로운 상황을 기다린다고만 여겨주게나.

자네의 영원한 친구

존 수어드

수어드 박사의 일기

9월 7일 리버풀 가에서 뵈었을 때 반 헬싱 선생이 내게 하신 첫마디는 이것이었다.

"그 젊은 친구, 그녀의 연인에게 무슨 얘기를 했나?"

"아뇨, 전보에서 말씀드렸듯 선생님을 뵐 때까지 기다렸습니다. 그저 선생님이 오고 계신다는 것과 웨스트라 양의 상태가 좋지 못해서 필요하다면 선생님께 봐달라고 하겠다는 얘기만 편지로 전했지요."

내 대답에 반 헬싱 선생은 이렇게 말했다.

"잘했네, 친구. 잘했어! 지금은 모르는 게 나아. 아마 앞으로도 모르게 될 수도 있지. 제발 그러기를 바라네. 허나 필요하다면 다 알게 될 게야. 존, 자네에게 주의 하나 함세. 자네는 광인들을 다루지 않나. 사람들은 무릇 한두 가지 점에서는 제정신이 아닌 법이니 자네가 자네의 광인들에게 사려 있게 대하는 만큼 하느님의 광인들에게도 그렇게 하도록 하게. 그러니까 세상의 다른 사람들 말일세. 자네의 광인들에게 자네가 무엇을 하는지, 왜 하는지를 아무 이야기도 안 하지 않나. 그렇게 해서 지식을 마땅히 쉬어야 할 제자리, 같은 부류의 것들을 주위에 모을 수 있는 자리에 놓게 되는 것이고 말이야. 자네와 나는 우리가 아는 걸 아직은 여기와 여기에 간직해놓아야 하네."

그러면서 선생은 내 심장과 이마를 살짝 건드리고는 당신에게도 똑같이 했다.

"나는 지금 많은 생각을 나 혼자만의 것으로 삼고 있네만 나중에 자네에게는 모두 풀어놓지."

"왜 지금은 안 됩니까? 많은 이점이 있을 텐데요. 어떤 결단을 내릴 수도 있고요."

내 말에 반 헬싱 선생은 내 눈을 똑바로 들여다보며 말했다.

"존, 곡식이 자랄 때는 심지어는 대지의 여신의 젖이 땅속에 아직 남아 있고 햇살이 금빛으로 채색하기 전에도 농부는 그 이삭을 잡아당겨 거친 손으로 문지르고 녹색 껍질을 후 불어 날리며 말할 수 있다네. '봐, 좋은 곡식이야. 때가 되면 좋은 수확을 거둘 거야' 이렇게 말일세."

나는 그 암시를 이해할 수가 없어서 사실대로 이야기했다. 대답으로 선생은 손을 뻗어 내 귀를 붙잡더니 예전에 강의 시간에 그랬듯 장난스럽게 잡아당기고 나서 말했다.

"훌륭한 농부가 그런 말을 하는 건 자신이 있을 때일세. 그전까지는 절대 아니야. 자라는지 안 자라는지 보겠답시고 자기가 심은 곡물을 파헤치는 농부는 없는 법일세. 그런 건 밭에서 뛰노는 꼬마들에게나 있을 만한 일이지, 평생의 업으로 삼는 사람에게는 어울리지 않아. 이제 알겠나, 친구? 나는 내 곡식을 심었고 자연은 당신의 일을 하실 것일세. 틔울 싹이 있다면 싹을 틔우게 하실 것이고 말이야. 기대가 있기에 나는 그것이 익을 때까지 기다리는 거라네."

내가 말뜻을 알아들었다고 생각했는지 선생은 잠시 멈추었다가 장중한 어조로 말을 이었다.

"자네는 늘 신중한 학생이었고 자네의 임상 사례집은 그 어떤 학생의 것보다 한층 충실했네. 그 훌륭한 습관이 사라지지 않았으리라 믿으이. 기억하게나, 친구. 지식은 기억보다 강한 법이며, 우리는 더 약한 쪽을 믿어서는 안 된다는 걸 말이야. 설령 자네가 그 훌륭한 훈련을 계속하지 못했다 해도 이 사랑스러운 아가씨의 경우에는 우리 모두와 다른 이들에게 상당한 관심사이니 시쳇말로 어영부영하지는 않겠지? 자, 그러니 잘 기록해두게나. 사소한 건 아무것도 없어. 자네의 의심이나 추정조차도 모두 적어두도록 하게. 차후에 자네의 추측이 얼마나 맞았는지 알 수 있을 테니까. 우리는 성공이 아니라 실패에서 배우는 법이거든!"

내가 루시의 증세가 예전과 같을뿐더러 오히려 더 심해지는 것 같다고 이야기하자 반 헬싱 선생은 몹시 심각해 보였지만 아무 말씀도 없었다. 선생은 예전에 강의 시간에 '우리 은혜로운 직능의 섬뜩한 설비'라고 불렀던, 도구와 약을 가득 넣은 가방을 갖고 있었다. 안내를 받아 안으로 들어가자 웨스트라 부인이 우리를 맞았다. 부인은 놀랐지만 내가 예상한 만큼은 아니었다. 자연은 그 은혜로, 심지어는 죽음조차 자체의 공포에 해독제를 가질 수 있도록 지정해준 모양이다. 여기, 그 어떤 충격도 치명적일 수 있는 환자가 있다. 그런데 어떤 이유인지는 몰라도 환자 자신과 관련된 것이 아니라면, 하다못해 환자가 그리도 애착을 품고 있는 사랑하는 딸에게 일어나는 끔찍한 변화조차도 환자 본인에게는 그다지 영향을 미치지 않는 것처럼 보이는 것이다. 그것은 자연의 여신이 자칫하면 해를 입힐 악으로부터 우리를 보호할 수 있도록 우리의 몸 주위에 민감한 막을 형성해놓은 것과 같다. 만약 이것이 자연의 순리에 따른 이기심이라면 우리는 누군가를 함부로 이기주의자라고 비난해서는 안 된다. 우리의 지식이 아는 것보다 한층 깊은 뿌리가 있을지도 모르는 일이므로.

나는 이 영적 병리에 관한 지식을 활용해, 루시와 함께 있거나 절대적으로 필요한 것 이상으로는 딸의 병에 대해 걱정을 해서는 안 된다는 것을 원칙으로 삼도록 부인을 설득했다. 부인은 순순히 동의했는데, 그 모습에 나는 다시금 생명을 위해 투쟁하는 자연의 손길을 느낄 수 있었다. 반 헬싱 선생과 나는 루시의 방으로 갔다. 어제 본 그녀의 모습이 충격이었다면 오늘은 공포스러웠다. 납빛의 안색은 끔찍스러우리만큼 창백했다. 붉은빛은 심지어 입술과 잇몸에서도 사라진 것 같았고, 광대뼈가 유난히 도드라져 보였다. 호흡은 보거나 듣기만 해도 고통스러웠다. 반 헬싱 선생의 얼굴은 돌처럼 굳었고 두 눈썹은 콧잔등에서 만날 듯 잔뜩 찌푸려졌다. 루시는 아무 움직임 없이 누워 있었다. 말할 기운조차 없어 보여 한동안 우리는 침묵을 지켰다. 그러다가 선생이 나를 손짓했고, 우리는 가만히 방을 나갔다. 문을 닫자마자 선생은 재빨리 복도를 걸어가 마침 열려 있던 옆방으로 들어서더니 내 손을 끌어 얼른 안으로 들이고는 문을 닫았다.

"맙소사! 이거 정말 끔찍하군. 우물쭈물할 시간이 없어. 이대로 놔두면 심장을 움직일 피가 부족해서 죽고 말아. 당장 수혈을 해야 하네. 자네가 할 텐가, 아니면 내가 할까?"

"제가 젊고 강하니 당연히 제가 해야죠, 선생님."

"그럼 얼른 준비하게. 가방을 가져옴세. 다 준비되어 있어."

나는 반 헬싱 선생과 함께 아래층으로 내려갔다. 우리가 걸어가는데 현관문 두드리는 소리가 났다. 하녀가 문을 열자 아서가 부리나케 안으로 들어왔다. 아서는 한달음에 내 쪽으로 다가와 열띤 목소리로 속삭였다.

"잭, 걱정이 되어서 견딜 수가 없었네. 자네가 보낸 편지의 행간을 읽고 무척 고통스러웠어. 아버지가 좀 좋아지셔서 곧바로 달려온 걸세. 이분이 반 헬싱 교수님? 교수님, 와주셔서 정말 감사드립니다."

처음 아서를 보았을 때 반 헬싱 선생은 하필 이런 때 방해를 받은 것에 화가 난 듯했지만 그의 건장한 체구와 그에게서 분출되는 젊고 강건한 남성다움을 보자 눈빛이 반짝였다. 잠시의 머뭇거림도 없이 선생은 아서에게 손을 내밀며 말했다.

"마침 잘 와주었군요. 루시 양의 연인이시지요? 상태가 나빠요. 몹시, 몹시 안 좋아요. 아, 그럴 것까지는 없어요."

갑자기 아서가 창백해지더니 기절할 듯 의자에 주저앉았던 것이다. 선생은 말을 이었다.

"당신은 아가씨를 도울 수 있소. 살아 있는 그 누구보다도 많은 것을 할 수 있지요. 당신의 용기는 최상의 도움이오."

"제가 뭘 할 수 있나요? 말씀해주십시오. 기꺼이 하겠습니다. 제 삶은 루시의 것이고, 저는 루시를 위해서라면 제 몸의 마지막 피 한 방울까지 줄 수 있습니다."

아서가 목쉰 소리로 물었다. 선생은 은근히 장난스러운 구석이 있는 분이었고 나는 그분의 대답에서 그 흔적을 찾을 수 있었다.

"젊은 신사분, 그렇게까지 많은 피를 원하지는 않소이다, 천만에요!"

"그러면 제가 뭘 할 수 있지요?"

눈에서는 불빛이 일었고 벌어진 콧구멍은 결연한 의지로 떨렸다. 반 헬싱 교수는 아서의 어깨를 철썩 치며 말했다.

"자, 당신은 남자이고 우리가 원하는 건 남자요. 당신은 나보다 낫고 내 친구인 존보다도 나아요.".

아서는 어리둥절한 표정이었고 교수는 친절하게 설명해 나갔다.

"루시 양은 몹시, 몹시 상태가 좋지 않아요. 피가 부족한데, 피를 공급해주지 않으면 죽어요. 내 친구 존과 내가 상의해본 결과 우리는 방금 수혈을 하기로 했소이다. 그러니까 한 사람의 핏줄에 흐르는 피를, 피가 필요한 다른 사람에게 넣어주는 거라오. 나보다 젊고 강하다는 이유로 존이 자기 피를 주려고 했는데……."

여기서 아서는 내 손을 잡고 말없이 꽉 쥐었다.

"이제 당신이 왔으니 생각의 세계에서 시달리는 우리보다 훨씬 낫겠지요. 우리의 신경은 그리 고요하지가 못하고 우리의 피는 당신의 피보다 훨씬 탁하니 말이오!"

선생이 말을 맺자 아서는 그 쪽으로 돌아서서 말했다.

"제가 그녀를 위해 얼마나 기꺼이 죽을 수 있는지를 아신다면 선생님도 이해를……."

그러다가 목이 메는지 아서는 더 이상 말을 잇지 못했다.

"좋구려! 머지않아 당신은 사랑하는 그녀를 위해 모든 것을 했다는 이유로 무척 행복해질 거요. 자, 이제 이쪽으로 와서 가만히 계시오. 수혈하기 전에 입을 한 번 맞추어도 되지만 그런 다음에는 나가야 하오. 내 신호에 따라 방을 떠나야 한다는 뜻이에요. 웨스튼라 부인께는 아무 말도 하지 마시오. 그것이 부인에게 어떤 영향을 미칠지 잘 알지요? 충격은 절대안 돼요. 명심해두시오. 자!"

우리는 모두 루시의 방으로 올라갔다. 아서는 지시에 따라 밖에 남아있었다. 루시는 고개를 돌려 우리를 바라보았지만 아무 말도 하지 않았다. 잠들어 있지는 않았어도 입을 열 힘조차 없었던 것이다. 그녀의 눈은모든 것을 말해주고 있었다. 반 헬싱 선생은 가방에서 몇 가지 물건을 꺼내어 루시의 눈길이 닿지 않는 작은 테이블 위에 늘어놓았다. 선생은 마취약을 조제해 침대로 들고 와서는 명랑하게 말했다.

"자, 아가씨, 여기 약이 있습니다. 착하게 한 번에 죽 들이켜세요. 쉽게삼킬 수 있도록 일으켜드리리다. 이렇게."

루시는 애를 썼고 가까스로 약을 삼켰다. 약효가 발휘되기까지 얼마나오랜 시간이 걸리는지 놀라울 정도였다. 그것만 봐도 그녀의 몸이 얼마나약한지 알 수 있었다. 졸음에 눈꺼풀을 깜박이기 시작할 때까지 마치 영원과 같은 시간이 흘렀다. 그러나 마침내 수면제가 그 효력을 드러내기시작했고, 그녀는 깊은 잠에 빠졌다. 루시가 잠이 들자 선생은 아서를 방으로 불러들인 다음 겉옷을 벗으라고 했다.

"테이블을 옮겨 올 테니 가볍게 한 번만 입을 맞추시오. 존, 나 좀 도와주게!"

그래서 우리 둘 다 그녀 위로 허리를 굽히는 아서를 볼 수 없었다. 반헬싱 선생은 내 쪽으로 돌아서서 말했다.

"저 친구는 아주 젊고 강하니, 피가 순수해서 거를 필요도 없겠어."

곧이어 잽싸지만 단호한 손길로, 반 헬싱 선생은 시술을 수행했다. 수혈이 진행되면서 가엾은 루시의 뺨에는 생명의 빛이 돌아왔고, 창백해져가는 아서의 얼굴에는 기쁜 표정이 두드러졌다. 잠시 후 나는 비록 건강한 남성이기는 하지만 혈액 손실이 아서에게 영향을 미치는 것을 보고 차츰 걱정이 되기 시작했다. 아서가 저토록 쇠약해질 정도인데도 회복이 더디기 이를 데 없는 걸 보면 루시의 몸이 얼마나 처참한 고통을 겪었을지 절감할 수밖에 없었다. 그러나 선생의 얼굴에는 변화가 없었고, 눈은 한때는 환자에게 한때는 아서에게 못 박힌 채로 주도면밀하게 지키고 있을 뿐이었다. 나는 내 심장이 뛰는 소리를 들을 수 있을 정도였다. 문득, 선생이 부드러운 목소리로 말했다.

"갑작스럽게 움직이지는 말게. 이제 충분해. 자네가 아서를 돌보게나. 나는 환자를 돌볼 테니."

수혈이 끝나자 나는 아서가 얼마나 약해졌는지 확인할 수 있었다. 나는 상처를 지혈한 뒤 팔로 부축하고 밖으로 데리고 나가려고 했다. 반 헬싱 선생은 돌아보지도 않은 채 마치 뒤통수에도 눈이 달린 것처럼 말했다.

"용맹한 연인은 한 번 더 입맞춤을 할 자격이 있다오. 곧 그렇게 될 거요."

시술이 끝나자 선생은 환자의 머리에 베개를 잘 받쳐주었다. 그 바람에 루시가 언제나 목에 두르는 가느다란 벨벳 밴드가 약간 위로 치켜 올라갔다. 그녀의 연인이 준 다이아몬드 버클로 묶인 밴드였다. 밴드가 올라가면서 목의 붉은 자국이 선명하게 드러났다. 아서는 알아채지 못했지만 나는 반 헬싱 선생이 헉 하고 깊이 숨을 들이쉬는 소리를 들을 수 있었다. 그것은 선생이 감정을 드러내는 한 가지 방법이었다. 선생은 그 순간은 아무 얘기도 없었지만 내 쪽으로 돌아서서 입을 열었다.

"자, 우리의 용맹한 젊은 연인을 모시고 내려가 좋은 포도주를 드리고 한동안 쉬게 하세. 그런 다음에 댁으로 가서 푹 쉬시고. 푹 자고 많이 먹어야 연인에게 준 것을 보충할 것 아니겠소? 여기 머물러서는 안 돼요. 잠깐만! 결과에 안절부절못할 테니 이 말을 드려야겠구려. 모든 점에서 시술은 성공적이었다는 점을 마음에 담아두고 가도록 하시오. 그녀의 목숨을 구했으니 편안한 기분으로 댁으로 가서 푹 쉬도록 해요. 환자가 좋아지면 내 모두 얘기하리다. 아마 이 일로 당신을 더욱 사랑하게 될 게요. 잘 가시오."

아서가 가자 나는 방으로 돌아갔다. 루시는 움직임 없이 자고 있었지만 호흡은 훨씬 강했다. 나는 그녀가 숨을 쉬느라 가슴이 들썩여 이불이 오르내리는 것을 볼 수 있었다. 곁에는 반 헬싱 선생이 앉아 그녀를 주의 깊게 내려다보고 있었다. 다시금 벨벳 밴드가 그 붉은 흔적 위에 덮여 있었다. 나는 속삭이듯 물었다.

"루시의 목에 난 흔적이 뭐라고 생각하십니까?"

"자네는 어떻게 생각하나?"

"아직 세세히 살펴보지 않았습니다."

나는 다가가 밴드를 풀었다. 외경정맥 바로 뒤에, 크지는 않지만 건강해 보이지는 않는 구멍이 두 개 있었다. 질병의 징후는 없었지만 가장자리가 꼭 무엇에 갈린 듯 희고 닳아 보였다. 곧바로 내 머릿속에는 이 상처를 통해 혈액이 유출되었을지도 모른다는 생각이 불현듯 떠올랐다. 그러나 곧 있을 수 없는 일이라는 데 생각이 미쳤다. 수혈 직전의 창백한 모습에 이르려면 침대 전체가 피로 시뻘겋게 물들었을 테니까.

"어떤가?"

반 헬싱 교수가 물었다.

"글쎄요, 아무것도 모르겠는걸요."

선생은 자리에서 일어섰다.

"나는 오늘 밤에 암스테르담으로 돌아가봐야 해. 내게 필요한 책이며 물품들이 그곳에 있어서 말일세. 자네는 밤새 여기 있어야 하네. 한시도 눈을 떼지 말아야 해."

"제가 간병을 하나요?"

내가 물었다.

"우리가 최상의 간호사일세. 자네와 나 말이야. 자네가 밤새 지키도록 하게. 잘 먹는지, 무슨 일로 괴로워하지는 않는지 잘 지켜보게. 밤새 잠을 자서는 안 돼. 우리는 나중에 자면 되니까, 자네와 나 둘 말일세. 되도록 빨리 오겠네. 그러면 시작할 수 있을지도 모르지."

"시작할 수 있을지도 모른다고요? 무슨 말씀이십니까?"

"장차 다 알게 될 걸세!"

그러더니 선생은 서둘러 밖으로 나갔다. 선생은 잠시 뒤에 돌아와 문 안으로 고개를 들이밀고 경고하듯 손가락을 들어 올리며 말했다.

"기억하게. 루시는 자네 책임이야. 자네가 떠나면 해가 닥칠 테니 이제부터는 잠을 자면 안 돼!"

수어드 박사의 일기(계속)

9월 8일 나는 루시와 함께 밤을 새웠다. 새벽녘이 다가올수록 수면제의 효력이 사라지면서 루시는 저절로 잠에서 깨어났다. 시술 이전의 그녀와는 딴판이었다. 원기도 좋고 행복한 생기로 가득 차 있었지만 그래도 쇠약함의 증거가 여기저기에 남아 있었다. 웨스튼라 부인께 반 헬싱 교수가 나더러 따님 곁을 지키라고 하셨다는 말을 전하자 부인은 기운을 차린 생생한 딸을 가리키며 거의 코웃음을 치는 수준이었다. 그러나 나는 단호했고 기나긴 불침번을 설 준비를 했다. 하녀가 루시가 밤을 지낼 준비를 하는 사이 나는 저녁을 먹었고, 곧 방 안으로 들어가 침대 곁에 자리를 잡았다. 루시는 아무 반대도 없었고 눈을 마주칠 때마다 감사의 눈길로 나를 바라보았다. 한참이 지나자 잠이 밀려오는 듯했으나 애써 자신을 추스르고 잠을 떨쳐버리려 하는 것 같았다. 잠을 자고 싶어 하지 않는 기색이 너무도 역력해 나는 곧바로 그 문제를 파고들었다.

"자고 싶지 않으세요?"

"네, 두려워요."

"잠들기가 두렵다고요? 왜요? 우리 모두가 바라는 혜택인데요."

"아, 당신은 저 같지 않으셔서 그래요. 만약 당신에게도 잠이 공포의 전주라면!"

"공포의 전주요? 대체 그 말이 무슨 뜻입니까?"

"모르겠어요, 아, 모르겠어요. 그게 너무도 끔찍해요. 제가 이렇게까지 약해진 건 잠을 자고 있을 때 비롯된 일이에요. 그 생각만으로도 두려워요."

"하지만 루시, 잠을 자야 해요. 내가 여기서 지켜드릴게요. 아무 일도 일어나지 않을 거라고 약속드리지요."

"아, 당신이라면 신뢰할 수 있죠."

그 말에 나는 때를 놓치지 않고 이야기했다.

"악몽을 꾸는 것 같은 조짐이 보이면 당장 깨워드리겠다고 약속하겠습니다."

"그래주시겠어요? 정말요? 아, 저한테 정말 친절하세요. 그러면 잘 수 있겠어요!"

그리고 그 말을 내뱉기가 무섭게 루시는 안도의 한숨을 내쉬고 깊은 잠에 빠져들었다.

밤새 나는 곁에서 루시를 지켰다. 루시는 뒤척임도 없이, 깊고 평온하고 생명과 건강을 주는 잠을 내처 잤다. 입술은 살짝 벌어져 있고, 가슴은 진자처럼 규칙적으로 오르내렸다. 얼굴에는 미소가 떠올라, 그녀의 평화로운 마음을 어지럽히는 악몽은 없다는 것을 여실히 보여주었다.

아침 일찍 하녀가 안으로 들어오자 나는 루시를 하녀의 보호에 넘기고 곧바로 집으로 돌아왔다. 많은 일들이 걱정스러웠다. 나는 반 헬싱 선생과 아서에게 시술의 훌륭한 결과를 알리는 짤막한 전보를 보냈다. 일이 잡다하게 밀려 있어서 정리하는 데 온종일이 걸리는 바람에 저녁이 되어서야 가까스로 식욕증 환자에 대해 물을 수 있었다. 보고의 내용은 훌륭했다. 지난 낮과 밤 동안 꽤나 얌전히 지냈다고 했다. 식사를 하고 있는데 암스테르담의 반 헬싱 선생에게서, 시급하게 오늘 밤 힐링엄으로 가라고, 당신도 야간 우편 열차로 떠나 아침 일찍 합류하겠다는 내용의 전보가 도착했다.

9월 9일 힐링엄에 갔을 때 나는 몹시 지치고 탈진해 있었다. 이틀 밤 동안 한숨도 자지 못했고, 내 두뇌는 지적 탈진을 의미하는 마비 상태를 느끼기 시작하고 있었다. 루시는 깨어 있고 명랑한 기분이었다. 나와 악수를 할 때 그녀는 나를 예리한 표정으로 바라보며 말했다.

"당신을 위해서 오늘 밤 제 곁을 지키는 건 안 돼요. 당신은 탈진했어요. 저는 꽤 좋아지고 있고요. 사실 곁에서 간호해야 할 일이 있다면 제가 오히려 당신을 지켜야겠는걸요."

나는 그 말에 논박할 수가 없어서 가서 식사를 했다. 루시는 나와 같이 있어주었고, 그 매력적 존재가 곁에 있는 것만으로도 기분이 나아졌다. 나는 더할 나위 없는 식사를 하고 최상급 포도주도 두어 잔 마셨다. 식사가 끝난 뒤 루시는 나를 위층으로 안내해 자기 옆방의, 벽난로 불이 활활 타오르는 아늑한 방으로 데려갔다.

"자, 이제 당신은 여기 계셔야 해요. 이 문을 열어놓고 제 방문도 열어놓을게요. 환자가 코앞에 있으면 세상 어느 것도 당신네 의사들을 침대에 들지 못하게 하는 걸 알고 있으니 소파에 누우셔도 돼요. 제가 뭐 원하는 게 있으면 소리쳐 부를 테니 곧바로 와주시면 되고요."

나는 지칠 대로 지쳐 있어서 동의할 수밖에 없었다. 아무리 노력한다 해도 밤을 새울 수는 없을 것 같았다. 뭐든 일이 있으면 반드시 나를 부르겠다는 다짐을 한 번 더 받고 난 뒤 나는 소파에 누워 모든 것을 잊은 채 잠을 잤다.

·

루시 웨스튼라의 일기

9월 9일 오늘 밤 무척 행복하다. 절망적이리만큼 쇠약했기 때문에 이렇게 생각하고 돌아다니는 것이 잔뜩 찌푸린 하늘에서 내내 동풍이 불어닥친 후에 내리쬐는 햇살만 같다. 왠지 아서가 정말, 정말이지 나와 가깝게 느껴진다. 그의 존재는 내 주위에서 따뜻함을 느끼게 해준다. 병약함과 쇠약함은 이기적인 성격을 갖고 있어서 우리 마음의 눈과 동정심을 스스로에게만 돌리는 반면, 건강과 힘은 사랑에 고삐를 내주어 사고와 감정이 원하는 대로 자유로이 돌아다닐 수 있게 하는 것 같다. 나는 내 생각의 자리를 똑똑히 알고 있다. 만약 아서가 이걸 안다면! 내 사랑, 내 사랑, 당신의 귀는 당신이 자는 동안에도 나의 것이 깨어 있으므로 간질거리겠지요. 아, 지난밤의 휴식은 얼마나 은혜로운 것이었는지! 고마운 수어드 박사가 지켜주어 정말 달게 잘 수 있었다. 그리고 오늘 밤, 근처에 소리쳐 부를 수 있는 곳에 수어드 박사가 있으므로 잠드는 것이 두렵지 않다. 나에게 친절한 모든 분들에게 감사한다. 하느님 감사합니다. 잘 자요, 아서.

수어드 박사의 일기

9월 10일 나는 내 머리 위에 선생의 손길을 느끼고 소스라치게 놀라 곧바로 잠에서 깨어났다. 어쨌든 정신병원에 있다 보면 그건 자연스레 몸에 익히게 되는 반응 가운데 하나이다.

"우리 환자는 어떤가?"

"괜찮았습니다. 제가 그녀를 떠났을 때는요, 아니 그녀가 저를 떠났을 때라 해야 할까요."

내가 대답했다.

"자, 가서 보세."

선생이 말했고 우리는 방 안으로 들어갔다.

블라인드가 내려져 있었다. 내가 살며시 블라인드를 걷는 사이 반 헬싱 선생은 특유의 고양이 같은 부드러운 걸음걸이로 침대로 다가갔다.

블라인드가 걷히고 아침 햇살이 방 안으로 쏟아져 들어오자 나는 반 헬싱 교수의 나직한 탄식을 들었다. 그것이 얼마나 드문 감정의 토로인지 잘 아는 나였기에 섬뜩한 두려움이 심장을 뚫고 지나갔다. 내가 다가가자 선생은 뒤로 물러섰고 고통에 찬 선생의 얼굴은 공포에 차서 "오, 하느님!"이라는 외침이 터져 나왔다. 선생은 손을 들어 침대를 가리켰다. 강철 같은 표정은 사라지고 얼굴은 허연 납빛이 되어 있었다. 내 무릎은 덜덜 떨렸다.

침대에는 그 어느 때보다도 끔찍하리만큼 창백한 가엾은 루시가 정신을 잃고 누워 있었다. 오래도록 지병을 앓다 세상을 떠난 시체가 그렇듯 심지어는 입술도 하얗고 잇몸과 이는 구분이 안 될 지경이었다. 반 헬싱 선생은 분노해서 발을 구르려 했지만 삶의 경험과 오랜 세월 습관의 힘으로 가까스로 멈추어 들어 올린 발을 바닥에 가만히 디뎠다.

"서둘러! 브랜디를 가져오게나!"

선생이 소리쳤다. 나는 재빨리 식당으로 달려가 병을 들고 돌아왔다. 선생은 브랜디로 창백한 입술을 적셨고 동시에 우리는 손바닥과 손목과 심장을 마사지했다. 선생은 루시의 심박을 재보았다. 고통스러운 몇 분이 흘러갔다.

"너무 늦지는 않았어. 아주 약하기는 하지만 아직 뛰고 있네. 우리 일이 모두 허사로 돌아갔으니 다시 시작해야 하네. 이제 아서는 이곳에 없어. 이번에는 자네의 차례여야 할 것 같군."

그러면서 반 헬싱 선생은 가방을 뒤져 수혈 도구를 꺼냈다. 나는 겉옷을 벗고 셔츠 소매를 걷어 올렸다. 지금으로서는 안정제를 쓸 필요가 전혀 없었으므로 잠시의 지체도 없이 우리는 시술을 시작했다. 시간이 흘러갔다. 결코 짧은 시간처럼 느껴지지는 않았다. 한 사람의 피를 끌어내는 것은 아무리 자의로 하는 것일지언정 끔찍한 느낌이다. 반 헬싱 선생은 손가락을 들어 경고했다.

"움직이지 말게. 헌데 이러다가 원기가 나기 시작해 루시 양이 깨어나 위험, 그래, 더 큰 위험을 일으키지나 않을까 걱정스럽구먼. 미리 예방을 해놓을 참일세. 피하주사로 모르핀을 놓을 게야."

그러더니 선생은 날쌔고도 능숙하게 모르핀을 주사했다. 기절 상태가 마취로 인한 수면으로 미묘하게 바뀌는 것을 보니 효과가 나쁘지 않은 것 같았다. 그 창백한 뺨과 입술에 살그머니 희미한 색조가 스며드는 것을 보고 있으려니 남모를 자부심이 일었다. 직접 겪어보기 전까지는 자신의 생명을 지탱하는 피가 사랑하는 여인의 혈관으로 들어간다는 것이 어떤 느낌일지 상상조차 할 수 없으리라.

"됐네."

그러면서 반 헬싱 선생은 심각한 표정으로 나를 지켜보았다.

"벌써요? 아트에게서는 훨씬 많이 뽑으셨잖습니까?"

내 항의에 선생은 쓸쓸한 미소를 지으며 대답했다.

"그 사람은 연인이자 약혼자가 아닌가. 자네는 그녀와 다른 사람들을 위해 할 일이 많은 사람이고. 지금으로서는 이 정도면 충분해."

시술을 끝내고 난 뒤 나는 내 상처를 손가락으로 지혈했고 그사이 선생은 루시를 돌보았다. 나는 선생이 짬을 내어 나를 봐주기를 기다리며 누워 있었다. 나도 어질하고 약간 구역질이 났다. 곧이어 선생은 내 상처를 묶더니 아래로 내려가 와인을 한 잔 마시라고 했다. 방을 떠나려 할 때 선생이 내 뒤로 와서 목소리를 낮추어 속삭였다.

"명심하게. 이 일에 대해서는 아무 말도 해서는 안 돼. 전처럼 저 아가씨 연인이 예상치 못하게 나타난다 해도 아무 말도 말아. 겁에 질리고 질투심도 나게 될 테니까. 그래서 좋을 것 없잖나?"

내가 돌아오자 선생은 나를 주의 깊게 살펴보더니 말했다.

"자네 최악이로군. 방으로 가서 소파에 누워 좀 쉬다가 아침을 든든히 먹고 다시 오게나."

나는 그것이 얼마나 옳고 현명한지를 알고 있었기 때문에 고분고분 선생의 명을 따랐다. 나는 내 몫을 했고 이제 차후의 임무는 내 힘을 돋우는 것이었다. 나는 몹시도 쇠약해진 느낌이었고, 몸이 약해지다 보니 일어난 일에 대해 놀랄 기운도 사라져버렸다. 그러나 나는 루시가 어쩌다가 그토록 극심한 퇴행을 보이게 되었으며 피가 빠져나간 흔적은 아무 데도 보이지 않는데 어떻게 그 많은 피를 잃을 수 있었는지 계속해서 곱씹다가 소파에서 잠이 들었다. 내 생각은 아마도 꿈속에서도 계속해서 이어졌던 모양이다. 잘 때도, 깨어 있을 때도 내 생각은 언제나 그녀 목에 난, 가장자리가 나달거리고 닳아 있던 그 작은 구멍으로 되돌아가곤 했으니까.

루시는 낮까지 푹 잤다. 일어나자 그 전날만큼은 아닐지언정 꽤 기운을 차린 듯 보였다. 반 헬싱 선생은 그녀를 보자 나에게 한순간도 곁을 떠나지 말라는 엄명을 남긴 채 산책을 나갔다. 홀에서 가까운 전보국이 어디 있는지 묻는 선생의 목소리가 들려왔다.

루시는 나와 유쾌하게 재잘거렸고, 지난밤에 벌어진 일에 대해서는 전혀 의식하지 못하는 것 같았다. 나는 계속해서 그녀의 기분을 돋워주려 애를 썼다. 루시를 보러 온 웨스튼라 부인은 무슨 변화가 있었는지 알아채지 못하는 듯 보였지만 내게 감사를 담아 이렇게 말했다.

"수어드 박사님, 여태 해주신 모든 일로 저희는 너무 많은 빚을 졌습니다. 이제는 정말로 과로하지 않도록 주의하셔야 해요. 얼굴이 정말 창백해 보이세요. 박사님께는 돌봐주고 신경을 써주실 부인이 필요해요. 정말이라니까요!"

어머니의 이야기에 비록 순간적이기는 했지만 루시의 얼굴이 새빨개졌다. 가여우리만큼 시달린 혈관은 예사롭지 않게 오래도록 피가 머리로만 쏠렸던 것을 견디지 못하는 모양이었다. 그 반응은 애원하는 듯한 눈길을 내게 돌렸을 때 과도한 창백함으로 오롯이 나타났다. 나는 미소를 지으며 고개를 끄덕이고 내 입술에 손을 갖다댔다. 한숨을 내쉬며 루시는 베개에 다시 머리를 뉘였다. 반 헬싱 선생은 몇 시간 뒤에 돌아와 나에게 말했다.

"이제 집으로 가서 많이 먹고 많이 마시게. 얼른 기운을 회복해야 해. 오늘 밤 내가 여기 머물면서 아가씨 곁에서 직접 밤을 새우겠네. 이 아가씨의 경우는 자네와 내가 지켜봐야 하고 다른 사람 누구에게도 알리면 안돼. 아니, 그 까닭은 묻지 말게나. 좋을 대로 생각해. 터무니없는 생각이라고 해서 지레 막지는 말게나. 잘 자게."

홀에서 하녀 두 사람이 내게로 오더니 자기들이 루시 양 곁에서 밤을 새워도 되겠느냐고 애원했다. 반 헬싱 박사의 뜻에 따라 그분 혹은 내가 곁을 지켜야 한다고 대답하니까 하녀들은 그 '외국 신사분'께 잘 말씀드려 달라고 탄원했다. 나는 그들의 친절에 무척 감동을 받았다. 아마도 지금 내가 무척 쇠약해진 데다가 그녀들의 마음 씀씀이가 진정으로 루시를 위한 것이라는 것을 알아서인지 그 헌신이 더할 나위 없이 고맙게 느껴졌다. 여성들이 이처럼 친절한 마음씨를 보이는 경우를 얼마나 많이 보아 왔던가. 나는 늦은 저녁식사를 할 시간에 집으로 돌아왔고 회진을 돌았다. 아무 문제 없었으며 잠자리에 들 준비도 되어 있었다. 드디어 잠이 밀려오고 있다.

9월 11일 오늘 오후에 힐링엄으로 갔다. 반 헬싱 선생의 기력은 더할 나위 없이 생생했고 루시도 훨씬 나아져 있었다. 내가 도착한 직후에 외국에서 선생 앞으로 큼지막한 소포가 배달되었다. 선생은 짐짓 엄숙하게 소포를 열더니 커다란 흰 꽃다발을 보여주었다.

"루시 양께 드리는 겁니다."

"제게 주시는 거라고요? 아, 반 헬싱 박사님!"

"그래요, 아가씨. 하지만 놀잇감은 아니랍니다. 이건 약이에요."

그 말에 루시는 인상을 찡그렸다.

"아니, 허나 달이거나 욕지기나는 모양새로 쓰이는 건 아니니 아가씨가 그 예쁜 코를 찡그릴 필요는 없어요. 내가 친구 아서에게, 그리도 사랑하는 아름다움이 상했어도 참고 견디라고 하면 그 친구가 얼마나 애통해 하겠소? 아하, 예쁜 아가씨가 다시 그 귀여운 코를 바르게 하셨구먼. 이게 의약적 효과가 있는 건 분명하지만 어떻게 쓰이는지는 짐작도 못할 게요. 나는 이걸 창문에 문지르고 예쁜 화환을 만들어 루시 양 목에 걸어줄 거라오. 그러면 편히 잘 수 있을 테니. 그렇다니까요! 로투스[109]처럼 이것들은 아가씨의 고통을 잊게 해줄 게요. 레테[110]의 강물이나, 플로리다에서 콘스퀴타도[111]들이 찾아 헤맸지만 결국은 너무도 늦게야 찾고 만 젊음

---

109 연꽃. 그리스에서는 갈대나무속 식물의 한 가지로 이것으로 만든 술이 망각을 일으킨다 믿었음.
110 그리스 신화에 나오는 망각의 강.
111 스페인의 식민 정복자들을 일컫는 말.

의 샘[112]과 같은 냄새가 나지요."

선생이 이야기하는 사이, 루시는 꽃을 살피고 향기를 맡고 있다가 갑자기 휙 꽃다발을 내리더니 반쯤은 웃음을 지으면서, 반쯤은 혐오스럽다는 듯 이렇게 말했다.

"교수님, 지금 저한테 장난치시는 거죠? 이건 평범한 마늘꽃이잖아요."

놀랍게도 반 헬싱 선생은 자리에서 일어서더니 이맛살을 찌푸려 숱 많은 눈썹을 모은 채 엄격하게 굳은 턱과 매서운 표정으로 엄하게 말했다.

"내 말을 시답잖게 여기지 마시오! 나는 농담 안 합니다! 내가 하는 일에는 진지한 목적이 있소. 경고하는데, 나를 좌절시키지 마시오. 스스로를 위해서 못하겠으면 다른 사람들을 위해서라도 신경을 쓰도록 해요."

가엾은 루시가 겁에 질린 것을 보자 선생은 좀 더 온화하게 말을 이었다.

"아, 루시 양, 겁내지는 마시오. 나는 아가씨를 위해서 이러는 것뿐이고, 이 평범한 꽃은 아가씨에게 좋은 점이 참 많다오. 자, 내 아가씨 방에도 놓아드리리다. 목에 걸 화환도 만들어드리고. 허나 쉿! 호기심으로 물어오는 사람들에게는 아무 말도 하지 말아요. 우리는 순순히 복종해야 하고, 침묵은 복종의 한 부분이며, 복종은 아가씨를 강하게 하여 아가씨를 기다리는 사랑하는 이의 품으로 보내줄 게요. 자, 잠깐만 가만히 앉아 있어요. 자, 이리로 오게, 존. 마늘꽃으로 이 방을 장식하는 걸 도와주게. 모두 하를렘[113]에서 온 것이야. 내 친구 반데르풀이 그곳에서 온실에 1년 내내 약초를 기르고 있지. 어제 전보를 쳤기에 망정이지 안 그랬다면 지금 이게 여기 있지 못할 게야."

우리는 두 손에 꽃을 들었다. 선생의 행동은 확실히 기이했다. 내가 아

---

112 스페인 콘스퀴타도인 폰세 데 레온은 16세기 영원한 젊음을 주는 샘을 찾다가 플로리다를 발견했으나 결국은 인디언들과의 싸움에서 사망했음.
113 네덜란드 노르트홀란트 주의 주도.

는 그 어떤 약리에도 마늘꽃의 효능에 대해서는 이렇다 할 만한 것이 없었다. 우선 선생은 창문을 닫고 굳게 걸쇠를 잠그더니 꽃 한 줌을 가져다가 마치 안으로 들어오는 바람결 하나하나에 마늘 냄새를 실으려는 듯 창틀 전체에 고루 문질렀다. 그런 다음에는 다시 한 줌을 집어 문설주 전부와 문틀 위, 아래, 양편, 그리고 벽난로 주위를 똑같이 문질렀다. 그 모든 행동이 내게는 기괴해 보일 뿐이었다.

"저, 선생님. 선생님이 하시는 일에 언제나 이유가 있다는 걸 잘 아는 저입니다만 이번만큼은 어리둥절합니다. 혹시 이 자리에 무신론자가 있었다면 선생님이 악령을 쫓는 주술을 행하시고 있다고 생각할지도 모르겠어요."

내 말에 루시가 목에 걸 화환을 만들던 선생은 나지막하게 대답했다.

"어쩌면 그러는지도 모르지!"

우리는 루시가 밤을 보내기 위해 화장실에 다녀오기를 기다렸다. 그녀가 침대에 들자 선생은 직접 목에 마늘꽃 화환을 걸어주었다. 반 헬싱 선생이 루시에게 한 마지막 말은 이것이었다.

"흩뜨리지 않도록 조심하시오. 아무리 방이 답답하게 느껴져도 오늘 밤에는 창문도, 문도 열어서는 안 됩니다."

"약속할게요. 두 분께 제게 베풀어주신 친절에 얼마나 감사하고 있는지 몰라요! 아, 제가 무슨 선한 일을 했기에 이런 소중한 친구들을 가지는 은혜를 누리게 된 걸까요?"

루시가 말했다. 밖에서 기다리던 내 마차를 타고 그곳을 떠날 때 반 헬싱 선생이 말했다.

"오늘 밤 나는 평화 속에서, 필요한 만큼 푹 잘 수 있을 걸세. 이틀 밤에 걸쳐 여행을 하고, 낮 동안은 과도하리만큼 책을 읽은 데다가, 그다음에는 엄청난 근심에 시달렸고, 눈 한 번 붙이지 못한 하룻밤을 지난 뒤니까. 내일 아침 일찍 나를 찾아오게나. 우리 함께 우리의 아가씨를 만나러 가세. 내 '주술' 덕분에 훨씬 강해져 있을 테니. 하하!"

선생의 지나치다 싶으리만큼 자신 있는 태도에 나는 이틀 전 내가 품었던 자신감과 그 뒤에 따른 무시무시한 결과를 떠올리며 막연한 비애와 설명할 길 없는 공포를 맛보았다. 그래도 그 말을 선생께 하기 망설인 까닭은 나의 약한 마음 탓이었겠지만, 내 마음속의 그 느낌만큼은 눈가에 맺혀 떨어지지 않는 눈물방울처럼 그대로 남아 있었다.

11

루시 웨스튼라의 일기

9월 12일 모두들 내게 얼마나 친절한지 모르겠다. 나는 선량하신 반 헬싱 박사님을 무척 사랑한다. 그분이 왜 이 꽃 때문에 그토록 안절부절못하시는지 잘 모르겠다. 그분의 엄격한 모습에 지레 겁을 먹기는 했지만 이미 꽃들 덕분에 위안을 받은 것을 보면 그분이 옳았음에 틀림이 없다. 어째서인지, 오늘 밤은 혼자 있는 것이 무섭지 않고 두려움 없이 잠자리에 들 수 있을 것 같다. 창밖에서 퍼덕이는 그 어떤 소리에도 신경 쓰지 않고서. 아, 요즘 들어 너무도 자주 겪어야 했던, 잠을 자지 않으려는 나 자신과의 치열한 싸움, 잠드는 것에 대한 두려운 고통, 도무지 알 수 없는 그 공포심을 어떻게 하면 좋을까? 두려움, 공포가 없는 삶을 살면서, 밤마다 찾아오는 잠이 오직 달콤한 꿈만을 안겨다주는 축복을 누리는 사람들은 얼마나 행복할까. 지금 나는 오늘 밤, 단잠을 자기를 바라며 '처녀화환, 처녀 조화[114]'와 함께 연극 속의 오필리아처럼 누워 있다. 예전에는 마늘을 좋아해본 적이 없지만 오늘은 기쁘다! 그 향 속에는 평화의 기운

---

114 셰익스피어의 『햄릿』에서 오필리아의 장례식을 묘사하는 장면에 나오는 내용.

이 있다. 벌써 잠이 다가오는 것이 느껴진다. 모두들, 평안히 주무시기를.

수어드 박사의 일기

9월 13일 버클리[115]을 방문하니 언제나처럼 반 헬싱 선생이 정시에 기다리고 계셨다. 밖에는 호텔에서 부른 마차가 대기하고 있었다. 선생은 늘 지니고 다니는 가방을 들고 계셨다. 나는 오늘 일어난 일을 모두 정확하게 적을 참이다. 선생과 나는 8시에 힐링엄에 도착했다. 아름다운 아침이었다. 갖가지 아름다운 색깔로 물들어가는 나뭇잎들은 아직 떨어지지 않고 있었다. 화창한 햇살과 초가을의 상쾌한 느낌은 자연의 여신이 1년 내내 하는 일의 완성본인 듯 보였다. 집으로 들어가자 우리는 거실에서 나오는 웨스턴라 부인과 마주쳤다. 언제나 일찍 일어나는 분이었다. 부인은 우리를 따뜻하게 맞아들이며 말했다.

"루시가 좋아진 것을 보시면 기쁘실 겁니다. 지금도 자고 있어요. 방 안을 들여다보니 아직 누워 있었는데 혹시라도 잠을 깨울까 봐 들어가지는 않았어요."

선생은 미소를 지었고 몹시 즐거운 표정이었다. 선생은 두 손을 비비며 말했다.

"아하! 제가 제대로 진단을 한 것 같군요. 치료가 효과를 보이고 있어요."

그 말에 부인은 이렇게 대답했다.

"전적으로 선생님 덕분은 아니랍니다. 오늘 아침 루시의 상태에는 제

---

115 런던에 있는 최고급 호텔.

가 한 일도 단단히 한몫하고 있으니까요."

"무슨 뜻인가요, 부인?"

"밤에 그 아이가 걱정되어서 방에 들어가봤어요. 루시는 달게 자고 있었는데, 얼마나 곤히 잠들었는지 제가 다가가도 깨지 않더군요. 하지만 방 안이 너무 답답했어요. 사방에 지독한 냄새가 나는 꽃이 놓여 있고 목에도 한 다발 두르고 있더군요. 저는 그 묵직한 악취가 약하디약한 딸아이한테 좋을 것 같지 않아서 모두 떼어내고 상쾌한 바람이 조금 들어오도록 창을 약간 열어놓았어요. 아마 그 애를 보면 무척 기쁘실 거예요."

곧이어 부인은 언제나 이른 아침을 드는 내실로 발을 옮겼다. 부인의 이야기를 들으며 나는 반 헬싱 선생의 얼굴을 바라보았다. 선생의 얼굴은 잿빛이 되어 있었다. 부인의 건강 상태를 감안하면 충격이 몹시 좋지 않은 결과를 미칠지 모른다는 사실을 잘 알고 있었기 때문에 선생은 그 가엾은 부인이 곁에 있을 때는 자제심을 발휘하고 있었고 방으로 들어가는 부인을 위해 방문을 열 때는 미소를 지어 보이기까지 했다. 그러나 부인이 사라지자마자 선생은 나를 홱 식당으로 잡아끌더니 문을 닫았다.

내 생애 처음으로 나는 반 헬싱 선생이 무너지는 것을 보았다. 선생은 말없이 두 손을 치켜 올리더니 절망적으로 손바닥을 부딪쳐댔다. 마침내 선생은 의자에 주저앉아 손으로 얼굴을 가리고 흐느끼기 시작했다. 가슴을 갈퀴로 긁어내리는 듯한 격한 흐느낌이었다. 선생은 마치 전체 우주에 호소하기라도 하듯 다시 두 팔을 들어 올리고 소리쳤다.

"아, 하느님, 하느님! 저희가 무엇을 한 것입니까? 이렇게 고통 속에 갇힌 저희가 무엇을 한 것입니까? 아무것도 모르는 이 가엾은 어머니는 자기 판단으로는 최선이라는 생각에 딸의 몸과 영혼을 모두 잃을 일을 저지르고야 말았는데, 자초지종을 이야기하기는커녕 경고조차 할 수 없습니다. 그랬다가는 세상을 뜰 테고 결국에는 두 사람 모두 죽고 말겠지요. 아, 저희는 완전히 궁지에 갇혔습니다! 저희에 대항하는 악의 힘은 대체 얼마나 강한지요!"

그러더니 느닷없이 선생은 펄쩍 뛰어 일어섰다.

"가세. 가서 눈으로 보고 행동해야 해. 악마건 악마가 아니건, 모든 악마가 한꺼번에 우르르 몰려온 것이건 중요치 않아. 우리는 계속해서 싸워야 해."

선생은 가방을 가지러 문간으로 갔고 이윽고 우리는 함께 루시의 방으로 올라갔다.

반 헬싱 선생이 침대로 간 사이 나는 다시금 블라인드를 걷었다. 이번에 선생은 어제처럼 처참한 납빛 안색을 보고도 그다지 놀라지 않았다. 선생의 표정에는 제어된 슬픔과 무한한 동정이 담겨 있었다.

"예상한 대로야."

선생 특유의 쳣소리 나는 호흡은 너무도 많은 것을 의미하고 있었다. 한마디 말없이 선생은 문을 잠그고는 다시 한 번 수혈을 할 요량으로 작은 테이블 위에 필요한 기구를 늘어놓기 시작했다. 나도 진작 수혈이 필요하리라 예상하고 겉옷을 벗기 시작했지만 선생은 경고하듯 나를 말렸다.

"아니! 오늘은 자네가 시술을 해야 해. 피는 내가 제공하겠네. 자네는 이미 약해져 있어."

그러면서 선생은 당신 겉옷을 벗고 셔츠 소매를 걷어 올렸다.

또다시 시술. 또다시 수면제. 또다시 잿빛 뺨에 돌아온 혈색과 건강한 잠을 나타내는 규칙적인 호흡. 이번에는 반 헬싱 선생이 당신 몸을 추스르고 쉬는 사이 내가 그녀를 지켜보았다.

선생은 기회를 봐서 웨스턴라 부인에게, 자기와 협의하지 않고서는 루시의 방에서 아무것도 없애지 말아달라고 이야기했다. 그 꽃들은 의학적 가치를 가진 것으로, 그 악취 나는 숨결이 바로 치료 과정의 일부라면서. 곧이어 선생은 오늘 밤과 내일까지 지켜볼 테고 필요하면 사람을 보내겠다며 당신이 병구완을 떠맡았다.

한 시간 후에 루시는 잠에서 깨어났다. 끔찍한 시련에 비하면 겉보기에는 그다지 나쁘지 않은, 생기 있고 밝은 표정이었다.

이 모든 일이 무슨 의미인가? 광인들과 살아온 오랜 습성이 내 두뇌에 영향을 미치는 것이 아닌지 미심쩍을 지경이다.

루시 웨스튼라의 일기

9월 17일 평화로운 나흘 낮과 밤을 보냈다. 나 자신도 어리둥절할 만큼 몸이 건강해지고 있다. 마치 기나긴 악몽을 지나와 갓 잠에서 깨어나, 아름다운 햇살을 받으며 나를 둘러싼 아침의 상쾌한 공기를 만끽하는 것 같은 기분이다. 그 기다림과 두려움의 초조하고 기나긴 시간, 고난을 더욱 통렬하게 만드는 희망의 고통마저 없는 암흑에 대해서는 희미한 기억밖에는 나지 않는다. 그런 다음에는 오랜 망각이, 그 뒤에는 엄청난 물의 압력을 뚫고 수면 위로 올라오는 다이버처럼 생명으로 되돌아온 순간이 느껴진다. 반 헬싱 박사님이 같이 계신 이래로 모든 악몽이 사라진 것 같다. 나를 미치도록 공포에 시달리게 하던 소음, 창문에 부딪히는 퍼덕임, 내게는 너무도 가까이 느껴지던 머나먼 목소리, 어디서인지는 몰라도 알 수 없는 것을 하라고 내게 명하던 거친 목소리가 모두 멈추었다. 이제는 잠에 대한 그 어떤 두려움 없이 침대에 들 수 있다. 심지어는 깨어 있으려고 애쓰지도 않는다. 마늘이 퍽 마음에 들기 시작했고, 날마다 하를렘에서 한 상자씩 내게 새 꽃이 배달된다. 오늘 밤, 반 헬싱 박사님은 하루 동안 암스테르담에 가 계실 일이 있어 자리를 비우셨다. 하지만 이제는 누가 밤에 곁을 지킬 필요가 없다. 충분히 회복되었으니 얼마든지 혼자 있을 수 있다. 어머니를 위해서, 사랑하는 아서를 위해서, 너무도 친절히 대해 준 모든 친구들을 위해서 하느님께 감사드린다! 지난밤에는 반 헬싱 박사님이 의자에서 오랜 시간 주무셨건만 나는 그 변화를 느끼지조차 못했다. 잠에서 깨었을 때 두 번 그분이 잠든 모습을 보았다. 그러나 큰 가지인지 박쥐인지가 창틀에 성난 듯 부딪혀댔어도 나는 다시 잠드는 것이 두렵지 않았다.

「팰 맬 가제트」 1865 9월 18일자
달아난 늑대
본지 기자의 위험에 찬 모험담

런던 동물원 사육사와의 인터뷰

수많은 질문, 유사하게 수많은 거절, 그리고 일종의 부적처럼 「팰 맬 가제트」[116]라는 이름을 몇 번이고 들먹인 끝에 기자는 런던 동물원의 맹수사에서 일하는 사육사를 찾을 수 있었다. 사육사 토머스 빌더는 코끼리사 뒤의 한 오두막에 살고 있었고, 기자가 오두막을 찾았을 때는 요기를 하려고 막 자리에 앉은 참이었다. 토머스와 그 부인은 손님 접대를 잘하는 나이 지긋하고 아이는 없는 부부로, 기자가 맛본 후의가 일상적인 것이라면 두 사람의 삶은 매우 안락할 것임에 틀림없었다.

사육사는 모두가 만족스러울 만큼 먹기 전까지는 자칭 '사업'이라고

---

116 1865년 2월 런던에서 출간된 석간신문으로, 1923년 「이브닝 스탠다드」에 흡수됨.

하는 주제로 들어가려 하지 않았다. 그러다 마침내 식탁이 치워지고 입에 파이프를 물자 말을 꺼냈다.

"이제는 뭐든 물어보셔도 됩니다, 기자님. 밥 먹기 전에 일 얘기가 싫다 했다고 뭐라 하지 마시구려. 맹수관에서도 늑대건 재칼이건 하이에나건 녀석들한테 질문을 시작하기 전에는 미리 밥을 먹이는 법이니까 말이오."

"동물들에게 질문을 한다니, 무슨 뜻인가요?"

기자가 사육사의 말을 부추기려고 운을 뗐다.

"장대로 머리를 툭툭 두드려주는 게 한 가지지요. 신사 나리들이 아가 씨들에게 뭘 보여주려고 할 때 녀석들 귀 뒤를 쓰다듬어주는 것도 한 방법이고 말이오. 먹을 걸 내밀기 전에 장대로 머리를 두드려주는 거야 뭐 그럭저럭 괜찮지만, 귀 뒤를 쓰다듬어주려 할 때는 먼저 꼭 먹을 걸 줘야 하는 법이거든요."

그러더니 사육사는 철학적으로 이렇게 덧붙였다.

"녀석들한테만큼이나 우리한테도 자연의 본성은 많이 남아 있어요. 자, 기자님이 오셔서 이 늙은이한테 내 사업에 대해 물었는데, 내가 대답하고 싶은 기분도 아닌데 자꾸 물으니 심술이 좀 났지요. 나한테 질문을 하고 싶으면 먼저 내 상관한테 물어봐야 하는지 비꼬듯 말한 것도 그랬고 말이 오. 마음 상하지 말고 들으시구려. 내 아까 지옥에나 가라고 했습니까?"

"그러셨죠."

"기자님이 내가 욕설을 퍼부었다고 내 상관한테 보고하겠다고 한 건 내 머리를 막대기로 흠씬 두드린 거나 매한가지라오. 헌데 반 파운드짜리 를 내미니 기분이 싹 나아진 게요. 난 싸울 생각은 없었고 그래서 음식을 기다린 거라오. 늑대나 사자나 호랑이들이 그러듯 으르렁거리면서 말이 오. 헌데 이제 우리 할멈이 내 케이크로 배 속을 든든히 채워주고 낡아빠 진 찻주전자로 내 목을 씻어주었으니 하고 싶으면 내 귀 뒤를 쓰다듬어주 시구려. 그래도 그르렁거리지는 않을 테니. 자, 기자님 질문으로 들어가지요. 나는 기자님이 왜 왔는지 알아요. 달아난 늑대 때문이지요?"

"그렇습니다. 저는 노인장께서 이 일에 대해 의견을 주셨으면 합니다. 어떻게 이런 일이 일어났는지 경위를 말씀해주신 다음, 그 까닭은 무엇이라고 생각하시는지, 그리고 이 모든 사건이 어떻게 마무리되리라고 예상하시는지를 차례로 이야기해주십시오."

"좋소이다. 일의 전말은 이래요. 버시커라고 부르는, 노르웨이에서 잼라치[117] 씨가 사들인 회색 늑대 세 마리 가운데 한 마리로 작년에 우리가 데려온 녀석이 있었습니다. 성질 좋고 온순한 녀석이어서 이렇다 할 말썽을 피운 적이 없었어요. 이 동물원의 다른 그 어떤 동물도 아닌 하필 그 녀석이 밖으로 나가고 싶어 했다니 내가 다 놀라 나자빠질 지경이었다니까요. 헌데 말이오, 여자를 믿지 못하는 만큼이나 늑대를 믿을 수는 없단 말이지요."

"저 노인네 말은 신경 쓰지 마세요, 기자님! 하도 오랫동안 동물 치다꺼리를 하다 보니 늙은 늑대처럼 심술궂어졌지 뭐예요! 그래도 악의는 없지만."

노부인이 명랑하게 웃으며 끼어들었다.

"그러니까 어제 먹이를 주고 난 뒤 두 시간쯤 지났을 게요. 처음으로 헷갈리는 소리를 들었을 때가 말이지요. 나는 아픈 퓨마 새끼를 넣어두려고 원숭이사에 깔짚을 마련하고 있었소이다. 그런데 우우거리며 울부짖는 소리가 나기에 한달음에 달려갔어요. 가보니 버시커가 밖으로 나가고 싶은지 철창 뒤에서 미친 녀석처럼 날뛰고 있지 뭡니까. 그날은 구경꾼이 별로 없어서 근처에는 한 사람뿐이었어요. 매부리코에다가, 간간이 희끗한 터럭이 섞인 끝이 뾰족한 턱수염을 기른 비쩍 마르고 키가 큰 사내였습니다. 매섭고 차가운 표정에 눈이 붉었는데, 왠지 그 사내

---

117 윌리엄 잼라치. 19세기 영국의 박물학자이자 자연물 거래상.

탓에 동물들이 안절부절못한다는 느낌이 들어서 나는 영 마음에 들지 않았어요. 손에는 흰 장갑을 끼고 있었는데 남자가 동물들을 가리키며 나한테 말을 걸었지요.

'사육사 양반, 이 늑대들이 무엇 때문인지 좀 동요한 것 같군요.'

'손님 탓일지도 모르지요.'

내가 말했어요. 난 그 사람이 영 마뜩지가 않았거든요. 그런데 그 사람은 내가 바란 대로 화를 내기는커녕 입안 가득한 희고 날카로운 이를 드러내면서 오만한 웃음을 웃는 게 아니겠소?

'아, 천만에요, 늑대들이 나를 좋아할 리가 있나요.'

'아, 천만에요, 늑대들이 손님을 좋아할 수도 있지요.'

내가 그 사람을 흉내 내고 말을 이었어요.

'녀석들은 늘 밥 먹을 시간 즈음에 이를 깨끗하게 할 뼈다귀를 한두 개 씹고 싶어 하게 마련인데, 손님에게는 듬뿍 있는 것 같은걸요.'

하여간 참 이상한 일이지만 우리가 이야기할 때는 버시커가 가만히 앉아 있었어요. 그리고 내가 다가가자 언제나처럼 귀 뒤를 쓰다듬게 해주었지요. 그러더니 그 사내가 와서 맙소사, 불쑥 손을 넣어 그 늙은 늑대의 귀 뒤를 자기도 쓰다듬지 뭡니까!

'조심하시구려. 버시커는 잽싸니까.'

'괜찮아요. 나는 녀석들에게 익숙하니까요!'

'손님도 이 일을 하시오?'

내가 모자를 벗으면서 물었소이다. 늑대와 관련된 일을 하는 사람이라면 사육사의 훌륭한 친구니까요.

'아니, 정확하게 그 일을 한다고는 할 수 없소만 몇 마리를 애완동물 삼아 키워본 적이 있어요.'

그러더니 사내는 귀족에게만큼이나 공손하게 모자를 들어 올리더니 걸어갔어요. 늙은 버시커는 사내가 보이지 않을 때까지 눈으로 그 뒤를 쫓더니 한구석에 누워서 저녁 내내 옴쭉도 할 생각을 않았지요. 그런데 어젯밤, 달이 뜨자 동물원 늑대들이 우우 울부짖기 시작했소이다. 대고 짖어댈 거라고는 아무것도 없는데도 말이에요. 공원 길 철책 밖 어디선가 개를 부르는 웬 사람을 빼면 주위에 아무도 없었는데도요. 내가 한두 번 밖으로 나가 아무 일 없는지 살펴보았는데 그때까지는 별일이 없더니만 갑자기 울부짖는 소리가 멈추지 않았겠소? 자정이 되기 직전에 한 번 더 둘러보는데, 버시커의 우리 맞은편에 다다라보니 철창이 망가지고 꼬인 데다가 우리가 비어 있는 걸 알게 됐지요. 그게 내가 확실히 아는 전부요."

"다른 분들은 별다른 것을 못 보셨습니까?"

"우리 정원사 하나가 그 시간쯤에 술집에서 집으로 오다가 커다란 회색 개 한 마리가 울타리 철책 너머로 나오는 걸 봤다고 하더이다. 하여간 말은 그렇게 하는데 난 그다지 믿음이 가지 않아요. 정작 집에 왔을 때는 한 마디도 않더니 늑대가 달아난 것이 다 알려지고 버시커를 찾아 밤새 추적을 하고 난 뒤에야 뭔가를 본 기억이 난다고 했으니까요. 내 생각으로는 술 때문에 머리가 어지러웠던 것 같소이다."

"그러면 빌더 씨께서는 그 늑대가 달아난 것을 어떤 식으로든 설명할 수 있으신가요?"

기자의 물음에 사육사는 짐짓 겸손한 투로 대답했다.

"그럴 수 있을 것 같기는 합니다만 기자님이 그 생각을 마음에 들어 하실지는 영 모르겠구려."

"물론 마음에 들 겁니다. 경험으로 동물을 잘 알고 계시는 노인장 같은 분이시라면 어떤 식으로든 그럴싸한 추측을 하실 수 있을 것 아닌가요? 과연 누가 그런 시도라도 할 수 있겠습니까?"

"그렇다면 기자님, 내 설명은 이래요. 내 생각으로는 녀석이 탈출한 건 그냥 밖으로 나가고 싶어서인 것 같구려."

토머스 빌더와 그 아내가 왁자하게 웃음을 터뜨리는 품으로 보아 미리 계산된 농담이었으며, 설명해주겠다고 짐짓 설레발을 친 것은 잘 공들인 야바위라는 것을 알 수 있었다. 기자는 이 짓궂은 노인을 상대할 생각은 없었지만 노인의 마음을 살 확실한 방법은 잘 알고 있었다.

"저, 빌더 씨, 첫 번째 반 소버린[118]은 제 몫을 하고 나간 것 같은데, 여기 그 녀석의 형제가 노인장이 무슨 일이 일어났으리라고 생각하시는지 이야기해주셨을 때 나가려고 기다리고 있네요."

"아, 그래요? 실례했소이다. 헌데 할멈이 나한테 눈짓을 하지 뭡니까? 그건 얼른 하라는 뜻이라오."

노인이 기운차게 말하자 노부인이 소리쳤다.

"뭘요? 내가 언제!"

"내 생각은 이래요. 버시커는 어딘가에 숨어 있을 게요. 정원사는 그 녀석이 말보다도 잽싸게 북쪽을 향해 구보로 달아나는 걸 봤다는데, 난 그말을 안 믿소이다. 늑대란 개와 마찬가지로 구보를 하는 동물이 아니거든요. 그렇게 타고나지를 않았어요. 늑대들은 옛날얘기 책에서는 뭐 굉장한 동물로 나오지요. 무리를 지어 다니면서 자기들보다도 무시무시한 것들을 공격하고 악머구리 같은 소리를 내고 말이오. 헌데 말입니다, 실제 생활에서 늑대는 아주 하등한 동물이어서 쓸 만한 개의 절반도 영리하거나 용감하지가 못하고 반의반도 싸움을 못해요. 게다가 이 녀석은 싸워보기는커녕 제 먹이를 저 스스로 찾아본 적도 없으니 십중팔구 동물원 근처에 숨어 떨면서 기껏해야 어디서 아침밥을 구할 수 있을까를 궁리하고 있을 게요. 아니면 좀 더 나가 석탄 쌓아두는 지하실 같은 데 숨어 있거나요. 컴컴한 데서 녀석의 푸르스름한 눈을 보고 기겁할 요리사가 눈에 선하구려! 먹을 만한 먹이를 구하지 못하면 어쩌면 기회를 봐서 푸줏간 같은 데

---

118 영국의 옛 1파운드 금화.

로 뛰어들지도 모르지요. 그렇지 않다면 애 보는 아가씨가 산책을 나왔다가 웬 군인 놈과 눈이 맞아 애가 든 유모차를 놔둔 채 달아나기라도 하는 날에는……. 그렇다면 난 우리 인구 통계에서 아기가 한 명 줄어든다고 해도 놀라지 않을 거라오. 그게 다예요."

기자가 노인에게 반 소버린을 건네주는데 뭔가가 창문 밖에서 부시럭거렸고, 빌더 씨는 놀라 입을 떡 벌렸다.

"맙소사! 저기 버시커가 제 발로 찾아왔어요!"

노인은 가서 문을 열었는데 기자에게는 전적으로 불필요한 과정처럼 보이는 행동이었다. 뚜렷하고 든든한 장벽이 사이에 있을 때만큼 야생동물이 좋아 보이는 적은 없으리라고 언제나 생각해온 기자였다. 그리고 개인적 경험은 기자의 견해를 위축시키기보다는 강화시켜주었다.

그러나 결국, 통념은 통념일 뿐이었다. 빌더 씨도 그 부인도 기자가 개를 생각하는 것 이상으로 늑대를 생각하지 않았다. 그 늑대는 일러스트레이션에 나오는 늑대, 한때 빨간 모자의 친구로서 가면을 쓴 모습으로 신뢰를 얻어내는 늑대의 아비처럼 얌전하고 순순히 말을 잘 들었다.

전반적인 광경은 희비극의 형용 불가능한 혼재였다. 런던을 하루의 절반 동안 마비시키고 도시의 어린이들을 덜덜 떨게 만든 사악한 늑대는 그곳에 참회하듯 서 있었고, 개과하여 '돌아온 탕아'처럼 극진한 환영과 애정을 받았다. 빌더 씨는 세심하게 온몸을 꼼꼼히 살펴보고 나더니 회한 가득한 목소리로 말했다.

"그래, 이 녀석한테 문제가 생길 줄 알았다니까요. 내가 뭐랍디까? 여기 머리가 다 베이고 깨진 유리가 박혀 있잖소이까. 꽃이 핀 담장이나 뭐 그런 데 위로 넘어가려고 한 거예요. 깨진 병으로 담장 위를 막아놓다니 창피한 줄 알아야 해요. 그런 것들 때문에 이 지경이 된 것 아니오? 자, 가자, 버시커."

노인은 늑대를 데려가 우리에 가둔 뒤 기름진 송아지 고기를 푸짐하게 내주고는 보고를 하러 갔다.

기자도 떠났다. 런던 동물원에서의 기이한 탈출에 관해 오늘 알게 된 독점 취재 정보를 독자 여러분께 보고하기 위하여.

수어드 박사의 일기

9월 17일 저녁을 먹은 후에 장부를 기재하느라 꼬박 서재에 틀어박혀 있었다. 갖가지 사안에다 루시를 자주 방문하느라 한숨이 나올 만큼 밀려 있던 일이었다. 문득 문이 벌컥 열어젖혀지더니 열정으로 얼굴이 이지러진 환자가 달려 들어왔다. 환자가 자발적으로 감독자의 서재로 들어오는 것은 좀처럼 드문 일이었기에 나는 소스라치게 놀랐다. 한순간 머뭇거림도 없이 렌필드는 곧장 내게로 다가왔다. 손에는 식도가 들려 있었다. 위험한 상황이라는 것을 직감한 나는 탁자를 사이에 두고 환자와 마주하려고 했다. 그러나 나는 렌필드의 적수가 못 되었다. 몹시 빠르고 강했기 때문에 내가 채 중심을 잡기도 전에 그는 나를 쳤고 그 바람에 왼쪽 손목을 심하게 베고 말았다. 그러나 그가 다시 가격하기 전에 나는 오른손으로 그를 쳐서 바닥에 나자빠뜨렸다. 손목에서는 피가 철철 흘러 카펫 위에 자그마한 웅덩이가 생겼을 정도였다. 나는 환자에게 그 이상의 의도가 없음을 깨닫고 그 풀죽은 형체에게서 경계의 눈길을 거두지 않은 채 손목을 묶기 시작했다. 곧 보호사들이 달려 들어왔다. 내가 다시 시선을 돌렸을 때 그가 한 짓거리는 한 마디로 역겹기 짝이 없었다. 렌필드는 바닥에 배를 깔고 엎드려 개처럼, 내 상처 입은 팔목에서 흘러나온 피를 핥고 있던 것이다. 놀랍게도 렌필드는 고분고분 보호사를 따라가면서 반복해서

218

이렇게 말했다.

"피는 생명이다! 피는 생명이다!"

나는 지금으로서는 더 이상의 피를 잃어서는 안 된다. 나는 내 신체적 안녕에 비해 최근 지나치게 많은 피를 잃었고, 루시의 병과 그 섬뜩한 양상이 내 정신에 서서히 영향을 미치기 시작하고 있다. 나는 지나치게 흥분하고 지쳤으며 휴식, 휴식, 휴식이 필요하다. 다행히 반 헬싱 선생이 소환하지 않으셨으니 잠을 설칠 필요는 없을 것이다. 오늘 밤에는 잠을 자지 않으면 내 몸이 견뎌낼 수 없을 것 같다.

앤트워프의 반 헬싱 교수가
카팩스의 수어드 박사에게 보내는 전보

(카운티가 생략된 채 서섹스 주의 카팩스로 보내져 24시간 늦게 배달됨)

9월 17일 반드시 힐링엄으로 올 것. 계속해서 지켜볼 수 없다면 자주 들르고 꽃이 그대로인지 살필 것. 매우 중요하니 명심하기를. 도착 후 되도록 빨리 합류하겠음.

수어드 박사의 일기

9월 18일 막 런던 행 기차에서 내렸다. 반 헬싱 선생이 보낸 전보를 받고 내 마음에는 절망이 가득했다. 온전히 하룻밤을 잃었고, 나는 쓰디쓴 경험으로 말미암아 밤새 무슨 일이 일어났을지 짐작할 수 있었다. 물론 아무 탈 없이 무사할 수도 있겠지만 과연 무슨 사태가 벌어졌을 것인가? 섬뜩한 숙명이 우리 위로 드리워져 있고, 일어날 법한 모든 사고가 죄다 일어나 하려고 애쓰는 일에서 번번이 우리를 좌절하게 만드는 것 같다. 이 실린더를 가지고 가서 루시의 축음기에 일기를 녹음할 것이다.

루시 웨스튼라가 남긴 메모

9월 17일, 밤 혹시나 나 때문에 누구도 문제에 말려들지 않도록 이 메모를 적어 눈에 띄도록 남겨둔다. 이것은 오늘 밤에 일어난 일의 정확한 기록이다. 온몸에 힘이 남아 있지 않다. 죽음이 다가오는 것을 느끼고 있으며 글을 쓸 힘도 거의 없지만 쓰다가 죽는 한이 있더라도 반드시 이 글을 남겨야 한다.

나는 언제나처럼 반 헬싱 박사님이 지시하신 대로 꽃이 제자리에 있는지 확인한 뒤 침대에 누웠고 곧 잠이 들었다.

나는 휘트비에서 절벽 위를 걷다가 미나가 구해준 이후로 시작된, 창가에서 뭔가가 퍼덕이는 소리에 잠에서 깨었다. 이제 내게는 너무도 익숙해진 소리이다. 두렵지는 않았지만, 반 헬싱 박사님이 말씀하신 대로 수어드 박사가 옆방에 있어서 내가 부를 수 있기를 바랐다. 자려고 노력했지만 할 수가 없었다. 곧이어 예전처럼 잠에 대한 두려움이 되살아났고 나는 깨어 있기로 마음먹었다. 괴팍한 잠은 내가 원하지 않을 때에 기어코 오려고 한다. 나는 혼자 있기 두려워 문을 열고 소리쳤다.

"밖에 누구 있나요?"

대답이 없었다. 나는 어머니를 깨울까 봐 겁이 나서 다시 문을 닫았다. 정원 관목에서 개의 소리와 같은, 그러나 더욱 날카롭고 깊은 울부짖음이 들려왔다. 창가로 가서 밖을 내다보았지만, 창에 대고 날개를 부딪쳐대던 커다란 박쥐 한 마리 말고는 아무것도 보이지 않았다. 다시 침대로 돌아왔지만 나는 자지 않기로 마음을 굳혔다. 문득 문이 열리더니 어머니가 안으로 들어오셨다. 내가 자지 않고 돌아다니는 것을 보자 어머니는 안으로 들어와 내 곁에 앉으셨다. 어머니는 그 언제보다도 달콤하고 부드럽게 말씀하셨다.

"너 때문에 마음이 불안해서 들어왔는데 다행히 아무렇지도 않구나."

나는 어머니가 그렇게 앉아 계시다가 감기라도 들까 걱정이 되어 이불 안으로 들어오셔서 같이 자자고 했고 어머니는 침대로 들어와 내 곁에 누우셨다. 어머니는 잠깐 누웠다가 당신 침대로 돌아가실 거라며 가운을 벗으려고 하지 않으셨다. 어머니가 내 팔을 베고 누우시고 나는 어머니의 팔에 안겨 있는데 창에서 퍼덕거리는 소리와 쿵쿵 부딪히는 소리가 또다시 시작되었다. 소스라치게 놀란 어머니는 겁이 난 목소리로 소리쳤다.

"저게 뭐지?"

나는 어머니를 안정시키려고 애썼다. 마침내 성공을 거두어 어머니는 가까스로 진정하셨지만 나는 어머니의 딱한 심장이 극심하게 고동치는 것을 느낄 수 있었다. 시간이 조금 흘렀다. 관목에서 다시 울부짖음이 시작되더니 곧이어 뭔가가 창에 부딪는 소리가 나며 깨진 유리 조각이 바닥으로 우르르 쏟아져 내렸다. 한줄기 바람에 창문의 블라인드가 걷혀 올라가면서, 깨친 창 사이로 커다랗고 으스스한 회색 늑대의 머리가 불쑥 들어왔다. 어머니는 정신이 나간 듯 공포에 질려 비명을 지르면서, 일어나 앉으려고 뭐든 잡아채려고 손을 허우적거렸다. 하고 많은 것들 중에서 하필 어머니의 손에 걸린 것은 반 헬싱 박사가 언제나 목에 걸고 있어야 한다고 말씀하신 꽃목걸이였다. 어머니 손에 걸린 꽃목걸이는 내 몸에서 떨어져 나갔다. 잠깐 동안 어머니는 일어나 앉아 손가락으로 늑대를 가리켰다. 어머니의 목에서는 낯설고 섬뜩한, 꿀꺽거리는 소리가 들렸다. 그러더니 마치 번개에 얻어맞기라도 한 양 어머니는 고꾸라지셨고, 그러면서 머리로 내 이마를 들이받는 바람에 한동안 머리가 어질어질했다. 내 방과 사방이 빙글빙글 도는 것 같았다. 나는 창에 눈길을 못 박아두려고 애썼다. 어느덧 늑대는 들이밀었던 머리를 빼버렸고 깨진 창 안으로는 수없이 많은 조그만 입자가 바람에 날려 들어오고 있었다. 입자는 여행객들이 사막에 이는 모래 폭풍을 묘사할 때 늘 입에 올리는 모래 기둥인 양 빙그르

르 원을 그리며 돌았다. 움직이려 애를 썼지만 마법에라도 걸린 듯 꿈쩍
도 할 수 없었다. 이미 심장이 뛰기를 멈춘, 차디차게 식어가는 어머니의
몸이 나를 짓누르고 있었다. 한동안 그것 말고는 아무것도 기억이 나지
않는다.

　다시 의식을 회복하기까지의 시간이 긴 것 같지는 않았지만 너무도, 너
무도 끔찍했다. 어딘가 가까운 곳에서 조종이 울리고 있었다. 이웃의 개
들이 모두 울부짖었고 정원의 덤불, 바로 창밖에서인 듯 나이팅게일의 울
음소리가 들려왔다. 고통과 두려움으로 머리가 어지러웠다. 아무것도 할
수 없었다. 나이팅게일의 소리는 돌아가신 어머니가 다시 돌아와 나를 위
무해주시는 듯 들렸다. 그 소리에 하녀들도 깨어났는지 내 방 밖의 복도
를 맨발로 내달리는 소리가 들렸다. 나는 소리쳐 불렀다. 하녀들은 안으
로 들어와 무슨 일이 일어났는지, 침대 위 내 몸을 짓누른 것이 무엇인지
깨닫자 비명을 질렀다. 깨진 창으로 바람이 미친 듯 달려 들어와 쾅, 문이
닫혔다. 하녀들은 사랑하는 어머니의 시신을 들었다가 내가 일어난 뒤에
침대 위에 다시 내리고 시트로 덮었다. 너무도 겁에 질리고 안절부절못하
고 있기에 나는 식당으로 가서 와인을 한 잔씩 마시라고 말했다. 한순간
문이 활짝 열렸다가 다시 닫혔다. 하녀들은 비명을 지르고는 한 몸이 되
어 우르르 식당으로 달려갔고, 나는 내 목에 걸고 있던 꽃을 소중한 어머
니의 가슴에 내려놓았다. 불현듯 반 헬싱 박사님의 당부 말씀이 떠올랐지
만 그래도 꽃을 옮기고 싶지 않았다. 게다가 이제는 하녀들이 내 곁에서
나를 지켜주지 않겠는가. 그런데 왜 돌아오지 않는 걸까. 소리쳐 불렀지
만 대답이 없기에 나는 하녀들을 찾아 식당으로 갔다.

　그곳에서 벌어진 광경에 내 심장은 덜컥 내려앉았다. 네 명 모두가 바
닥에 가망 없이 누워 무딘 숨을 내쉬고 있었다. 반쯤 빈 셰리주[119] 병이

---

119 에스파냐 남부 지방에서 생산되는 최고급 백포도주.

식탁 위에 놓여 있었고 이상하고, 아린 냄새가 진동하고 있었다. 나는 미심쩍은 느낌에 술병을 점검해보았다. 아편 냄새가 풍기는 것 같아 찬장을 보니 어머니의 의사가 처방하는—아니, 처방했던—병이 비어 있었다. 이제는 어떻게 해야 하나? 어떻게 하면 좋을까? 나는 어머니가 계신 방으로 돌아왔다. 어머니를 떠날 수 없었고, 잠든 하녀들, 누군가 일부러 약을 먹인 하녀들 외에는 혼자였다. 시신과 혼자뿐이라니! 깨진 창을 통해 들어오는 늑대의 나지막한 울음소리 탓에 밖으로 나갈 수도 없었다.

바람결에 창으로 들어와 선회하는 점이 공기를 가득 메운 것 같고, 그 불빛은 퍼렇고 희미하게 타오르는 듯하다. 이제 나는 어떻게 해야 하나? 신이시여, 오늘 밤 악에서 저를 지켜주소서! 사람들이 와서 내 몸을 내갈 때 찾을 수 있도록 이 종이를 가슴에 숨길 것이다. 사랑하는 어머니가 돌아가셨다! 이제는 나도 갈 시간이다. 사랑하는 아서, 오늘 밤 내가 살지 못한다면 영원히 안녕히. 하느님이 당신을 지켜 주시기를, 그리고 나를 도와주시기를!

12

수어드 박사의 일기

9월 18일 곧바로 힐링엄으로 달려가 일찌감치 도착했다. 정문 앞에 대절한 마차를 세워두고서 현관까지 이르는 길을 부리나케 혼자 올라갔다. 혹시라도 루시나 어머니를 방해할까 봐 문으로 아랫사람만 살짝 불러낼 요량으로 나는 가볍게 문을 두드리고 되도록 가만히 벨을 울렸다. 시간이 지나도 대답이 없기에 다시 문을 두드리고 벨을 울렸지만 여전히 아무도 나오지 않았다. 벌써 10시인데 이토록 늦은 시각까지 자리에 누워 뭉그적거리고 있을 하인들의 게으름을 탓하며 한 번 더, 그러나 약간은 초조한 마음으로 벨을 울리고 문을 두드렸지만 여전히 대답은 없었다. 여태까지는 그저 아랫사람을 탓했건만 슬슬 섬뜩한 두려움이 나를 엄습하기 시작했다. 이 황량함은 과연……. 숙명의 사슬 속 또 다른 연계 고리가 다시금 우리 주위로 감싸들고 있는 것인가? 내가 도착한 곳은 죽음의 집이며, 너무 늦어버린 것인가? 만일 루시가 또다시 그 끔찍한 상태에 빠져 있다면 단 1분, 아니 1초의 지체가 그녀에게는 몇 시간의 위험을 의미할 수도 있다는 것을 잘 알고 있었다. 나는 어떻게든 안으로 들어갈 방법을 찾으려고 집 주변을 돌아다녔다.

안으로 들어갈 방법은 어디에도 없었다. 창문과 문은 모두 굳게 닫히고 자물쇠가 걸려 있었다. 나는 절망해 현관으로 되돌아왔다. 곧 말발굽이 땅을 재게 내닫는 소리가 들려왔다. 발굽 소리는 정문 앞에서 멈추었고, 몇 초 후에 나는 현관으로 달려오는 반 헬싱 선생을 만났다. 나를 보자 선생은 경악하며 소리쳤다.

"자네도 지금 도착한 건가? 루시는? 우리가 너무 늦은 것은 아닌가? 내 전보 못 보았어?"

나는 오늘 아침에야 간신히 전보를 받았으며 곧바로 이리로 달려왔지만 집안사람 누구도 소리를 못 듣는 모양이라고 되도록 빠르고 조리 있게 설명했다. 선생은 멈추어 모자를 들더니 엄숙한 목소리로 말했다.

"그렇다면 우리가 너무 늦은 게로군. 하느님, 당신의 뜻에 따르겠나이다!"

곧이어 선생은 여느 때처럼 꺾일 줄 모르는 결연한 모습을 되찾아 말을 이었다.

"가세. 열어서 안으로 들어갈 데가 없다면 만들어야지. 이제 우리에게는 시간이 전부야."

우리는 집 뒤로 돌아가 부엌 창문을 찾았다. 선생은 가방에서 작은 수술용 칼을 꺼내어 내게 건네주더니 창문을 보호하는 철창을 가리켰다. 나는 그대로 철창에 달려들어 순식간에 막대 세 개를 잘라낸 뒤 기다랗고 날렵한 칼로 섀시의 잠금쇠를 밀어 창문을 열었다. 나는 먼저 선생을 안으로 들어가시도록 돕고 나서 그 뒤를 따랐다. 부엌이나 곁에 딸린 하녀 방에는 아무도 없었다. 우리는 지나가면서 방마다 샅샅이 찾아보다가 식당에 이르렀을 때 덧창 사이로 어렴풋이 들어오는 햇살 속에서 바닥에 널브러진 네 명의 하녀를 보았다. 거친 호흡과 진동하는 아편제의 강한 냄새로 미루어 죽었을까 지레 걱정할 필요는 없었다. 반 헬싱 선생과 나는 서로를 바라보았다. 뒤로 물러나는데 선생이 말했다.

"이 사람들은 나중에 돌봐도 돼."

우리는 곧바로 루시의 방으로 올라갔다. 문 앞에서 귀를 기울였지만 아무 소리도 없이 괴괴했다. 하얗게 질린 얼굴과 떨리는 손으로 우리는 가만히 문을 열고 안으로 들어갔다.

우리 눈앞에 펼쳐진 광경을 어떻게 설명할 수 있을까? 침대에는 두 여자, 루시와 웨스트라 부인이 누워 있었다. 안쪽에 누운 부인은 흰 시트로 덮여 있었는데, 깨진 창문으로 들어온 돌풍에 시트 가장자리가 밀려나 찡그린, 공포의 빛이 역력한 새하얀 얼굴이 드러나 있었다. 그 곁에는 창백하고 더욱더 찡그린 표정의 루시가 누워 있었다. 그녀 목에 둘러져 있던 꽃은 부인의 가슴에 놓여 있었다. 목이 다 드러나 있어 전에 본 작은 상처 두 개가 또렷이 보였다. 예전보다 더욱 섬뜩한 흰빛이 도드라져 있었다. 한 마디 말없이 선생은 머리가 거의 루시의 가슴에 닿을 만큼 침대 위로 허리를 굽혔다. 그러더니 선생은 재빨리 고개를 돌리고 펄쩍 뛰어 일어서면서 내게 소리쳤다.

"아직 아주 늦지는 않았어! 서둘러! 어서! 브랜디를 가져오게!"

나는 아래로 내려가, 혹시 식탁에서 발견한 셰리주 병처럼 누가 약을 타놓지는 않았을까 싶어 조심스럽게 냄새를 맡고 맛을 본 뒤 브랜디가 든 병을 들고 다시 돌아왔다. 하녀들은 여전히 쌕쌕대고 있었지만 수면제 기운이 가시는지 동요가 더욱 심했다. 깨어나는지 확인할 만큼 머물 수는 없었기에 나는 그대로 반 헬싱 선생에게로 되돌아왔다. 선생은 예전처럼 루시의 입술과 잇몸, 손목, 손바닥에 브랜디를 문질렀다.

"지금 당장의 처치는 내가 다 할 수 있네. 자네는 하녀들을 깨워. 젖은 수건으로 얼굴을 톡톡 치다가 점차 세게 치게. 깨어나면 열과 불, 따스한 목욕물을 준비하라 이르게. 이 딱한 아가씨는 곁에 누운 어머니만큼이나 차가워. 더 이상 뭘 하기 전에 우선 몸을 좀 덥히는 게 급선무일세."

나는 곧바로 가서 어렵사리 세 명의 하녀를 깨웠다. 네 번째 하녀는 나이가 어려 약효가 더욱 세게 드는 모양이었기에 나는 그 아이를 안아 소파에 눕히고는 자도록 내버려두었다. 다른 여자들은 처음에는 멍한 표정이었지만 기억이 되돌아오자 광적으로 소리를 지르며 눈물을 훔쳤다. 그러나 나는 엄격한 태도로 하녀들을 꾸중하고는 목숨 하나 잃은 것만으로도 충분히 슬픈 일이라며, 꾸물거렸다가는 루시 양도 희생될 판이라고 말했다. 그러자 흐느끼고 눈물을 훔치면서도 하녀들은 옷도 제대로 걸치지 않은 채 허겁지겁 불과 물을 준비하기 시작했다. 다행히도 부엌과 급탕기의 불이 살아 있어서 뜨거운 물이 부족할 염려는 없었다. 우리는 목욕물을 준비하고 루시를 옮겨다가 욕조 안에 넣었다. 우리가 손발을 문지르느라 정신이 없는 사이에 홀 문을 두드리는 소리가 났다. 하녀 한 명이 옷을 좀 더 걸치고 뛰어나가 문을 열었다. 하녀는 곧 돌아와 우리에게, 홈우드 씨의 전갈을 가진 신사분이 와 계시다고 속삭였다. 나는 지금은 아무도 만날 수가 없으니 기다리시라고만 전하라고 일렀다. 하녀가 나간 뒤 나는 일에 몰두하느라 그 신사에 대해서는 까맣게 잊었다.

내 오랜 경험에서도 반 헬싱 선생이 그리도 맹렬히 일하시는 모습은 처음 보았다. 선생과 마찬가지로 나 역시 이것이 죽음을 앞에 둔 절체절명의 투쟁이라는 것을 알고 있었고 잠시 짬을 봐서 입 밖에 내어 말하기도 했다. 선생의 대답은 내가 이해할 수 없는 것이었지만 얼굴에는 그 무엇보다도 장중한 기색이 서려 있었다.

"그게 전부라면 나는 지금 여기서 멈추고 루시 양이 서서히 평화로 들어가도록 놓아주겠네. 그녀의 지평선 위에는 삶의 그 어떤 빛도 보이지 않으니까."

그러더니 선생은 다시 일에 착수했는데, 어떻게 가능한 일이었는지는 모르겠으나 조금 전보다도 열의가 더욱 두드러져 보였다.

곧 우리는 몸을 덥게 하는 것이 어느 정도 효과를 거두기 시작한다는 것을 깨달았다. 심장 박동은 청진기에 조금 더 잡힐 만했고, 폐의 움직임도 눈으로 확인할 수 있는 정도였다. 우리가 루시를 욕조에서 안아 올려

따뜻한 시트로 감쌀 때 반 헬싱 선생의 얼굴에는 거의 웃음기라 할 만한 것이 서렸다.

"첫 번째 체스 게임에서는 우리가 이겼네! 킹을 잡을 차례야!"

우리는 미리 준비되어 있던 다른 방으로 루시를 데려가 침대에 누이고 브랜디 몇 방울을 입에 떨어뜨렸다. 나는 반 헬싱 교수가 부드러운 실크 손수건을 루시의 목에 묶는 것을 보았다. 루시는 여전히 의식이 없었고 최악은 아닐지언정 몹시 좋지 않은 상태였다.

반 헬싱 선생은 하녀를 불러 루시 곁에 머물면서 우리가 돌아올 때까지 눈을 떼지 말라고 이르고는 나를 손짓해 밖으로 나갔다.

"이제 뭘 해야 할지 상의를 해야 해."

선생이 층계를 내려가며 말했다. 홀에서 선생은 식당 문을 열었고 우리가 안으로 들어가자 조심스럽게 문을 닫았다. 덧창은 열려 있었지만 블라인드는 이미 쳐져 있었다. 영국에서 하급 계층의 여성들이 언제나 굳건하게 지키는 망자에 대한 예의를 따른 것이었다. 그랬기 때문에 식당 안은 침침하게 어두웠지만 이야기를 나누는 데 방해가 될 정도는 아니었다. 선생의 얼굴에 떠올라 있던 엄격한 표정은 당황한 기색이 서리면서 오히려 누그러져 보였다. 확실히 무엇인가가 선생의 마음을 어지럽히고 있었다. 나는 선생이 말을 꺼내기를 기다렸다.

"이제 어떻게 해야 할까? 어디에서 도움을 구해야 하지? 한 번 더 수혈이 필요하네. 그것도 빨리 말이야. 아니면 저 가엾은 아가씨의 목숨이 한 시간도 지탱하지 못할 걸세. 자네는 이미 탈진해 있네. 나 역시 마찬가지야. 설령 기꺼이 할 용기가 있더라도 저 여자들을 믿기는 두려워. 자기 핏줄을 열어 그녀에게 피를 줄 사람을 대체 어디서 구해야 한단 말인가?"

"그러면 저는 어떻겠습니까?"

목소리는 식당 건너편 소파에서 들려왔고 그 어조에 내 마음은 위안과 기쁨으로 가득 찼다. 퀸시 모리스의 목소리였다. 반 헬싱 선생은 처음에는 화난 표정으로 소리가 난 쪽을 돌아보았으나 내가 "퀸시 모리스!" 하고 소리치며 두 팔을 뻗고 달려 나가자 표정이 부드러워지고 눈에 기쁜 빛이 어렸다.

"어쩐 일로 왔나?"

내가 손을 맞잡으며 물었다.

"아트가 원인인 것 같은데."

그러면서 퀸시는 내게 전보를 건네주었다.

'사흘 동안 수어드로부터 아무 소식을 듣지 못해 근심 중. 떠날 수가 없음. 부친이 여전히 위독. 루시의 상태를 알려주기 바람. 지체 없이 부탁. ─홈우드.'

"내가 때마침 왔나 보군. 어떻게 하면 좋은지 말만 하게."

반 헬싱 선생이 앞으로 나와 퀸시의 손을 잡더니 똑바로 눈을 들여다보며 말했다.

"여인이 위험에 처했을 때 이 세상 최고의 것은 용감한 남자의 피라오. 당신이 바로 그 남자요. 악마가 우리에게 대항해 제아무리 사악한 짓을 꾸민다 해도 신은 우리에게 필요할 때 남자를 주시는구려."

다시 한 번 우리는 소름 끼치는 시술을 수행했다. 그 세부 사항을 다 적을 배짱은 없다. 많은 피가 혈관으로 흘러 들어갔음에도 불구하고 앞선 시술보다 몸의 반응이 없는 걸 보면 루시는 엄청난 쇼크를 입었으며 전보다 그 악영향이 훨씬 컸음에 틀림없었다. 삶으로 돌아오려는 그녀의 투쟁은 눈으로 지켜보고 귀 기울여 듣기에 무시무시했다. 그러나 심장과 폐의 활동 모두가 차츰 좋아졌고, 곧이어 반 헬싱 선생은 전처럼 모르핀 피하 주사를 놓았다. 효과가 나타나 루시의 기절 상태는 깊은 수면으로 바뀌었다. 선생은 하녀를 내보내 밖에서 기다리던 대절한 마차의 마부에게 삯을 치르라고 이르고는 내가 퀸시 모리스와 함께 아래층에 머무는 사이 루시 곁을 지켰다. 나는 퀸시에게 와인 한 잔을 마신 후에 누워 있으라고 말한 뒤 요리사에게 풍성한 아침 식탁을 준비하라고 지시했다. 문득 떠오른 생각에 나는 곧이어 루시가 있는 방으로 돌아갔다. 가만히 안으로 들어가자 반 헬싱 선생이 종이 한두 장을 손에 쥐고 앉아 있었다. 틀림없이 그 내용을 읽은 뒤 이마에 손을 짚은 채로 골똘히 생각하는 중이었다. 얼굴에는 의구심이 풀린 이의 씁쓸한 만족감이 떠올라 있었다. 선생은 내게 쪽지를 건네주며 이렇게만 말했다.

"우리가 루시를 욕실로 옮겨갈 때 품에서 떨어진 걸세."

글을 읽고 난 뒤 나는 선생을 뚫어져라 바라보다가 이렇게 물었다.

"맙소사, 이게 다 무슨 뜻입니까? 그녀가 그때, 아니 지금도 미쳐 있는 건가요. 아니면 대체 무슨 끔찍한 위험이 벌어지고 있는 겁니까?"

몹시 어리둥절해서 더 이상은 무슨 말을 해야 할지 알 수 없었다. 반 헬싱 선생은 손을 내밀어 다시 종이를 받아들었다.

"지금은 그 일로 고민하지 말게. 당장은 잊도록 해. 얼마 지나지 않아 다 알고 이해하게 될 테니까. 그리 오래 걸리지 않을 걸세. 그런데 무슨 얘기를 하러 왔나?"

그 말에 나는 다시금 정신을 차렸다.

"사망 증명서에 대해 의논드리러 왔습니다. 우리가 제대로, 현명하게 행동하지 못하면 심리가 열릴 테고 필요한 서류를 제출해야 할 겁니다. 제 바람으로는 심리가 없었으면 합니다. 그랬다가는 별다른 일 없어도 가없은 루시를 죽음으로 몰고가는 것과 다름없을 테니까요. 웨스튼라 부인이 심장병이 있었다는 것은 제가 알고 선생님이 아시고 부인을 돌본 의사가 아는 일입니다. 그러니 그 일 때문에 부인이 세상을 떴다고 증명할 수 있을 겁니다. 지금 증명서를 써서 제가 직접 관청에 갔다가 장의사에게 들르겠습니다."

"아, 훌륭하군, 존! 정말 생각이 깊어! 사방을 포위한 적들 속에서 극심한 비통에 빠져 있기는 해도 루시 양은 진심으로 자신을 사랑하는 친구들 곁에서만큼은 행복을 느낄 걸세. 노인 한 사람을 빼고도 한 명, 두 명, 세명, 이 모두가 그녀를 위해 기꺼이 혈관을 열었지 않는가. 그래, 존, 나는 아무것도 보지 못하는 맹인이 아닐세! 이런 이유로 내가 자네를 더욱 아낄 수밖에 없다니까! 가게나."

홀에서 나는 아서에게 보낼 전보를 손에 든 퀸시 모리스를 만났다. 웨스턴라 부인이 세상을 떠났고 루시 역시 몹시 아팠지만 이제 좋아지고 있으며 반 헬싱 교수와 내가 루시 곁에 있다는 내용이었다. 내가 어디를 가는지 이야기하자 퀸시는 나더러 서둘러 가라고 하면서 이렇게 물었다.

"돌아오면 잭, 우리끼리 얘기 좀 할 수 있겠나?"

나는 대답으로 고개를 끄덕이고 밖으로 나갔다. 관청에서는 아무 어려움을 겪지 않아도 되었다. 나는 인근의 장의업자에게 저녁에 와서 관 크기를 재고 필요한 준비를 하라고 조처를 취해놓았다.

돌아왔을 때 퀸시는 나를 기다리고 있었다. 나는 루시를 살피고 난 뒤 곧 이야기를 하자고 하고 위층으로 올라갔다. 루시는 여전히 자고 있었으며, 언뜻 보기에 선생은 곁에서 옴쭉도 하지 않은 것 같았다. 입술에 손가락을 대는 것으로 보아 선생은 그녀가 얼마 안 있어 깨어나리라고 예상하고 있으며, 자연에 앞서 선수를 치고 싶은 생각이 없다는 걸 짐작할 수 있었다. 나는 아래층으로 돌아와, 블라인드가 내려져 있지 않아 다른 방보다 조금 더 밝은 아침식사실로 퀸시를 데리고 들어갔다. 우리끼리 있게 되자 퀸시는 입을 열었다.

"잭 수어드, 아무 권리도 없는 곳에는 어디든 기웃대는 게 질색인 나지만 이건 일상적인 경우가 아닐세. 자네도 내가 그녀를 사랑했고 결혼하고 싶어 했다는 걸 알지? 다 지난 과거이기는 해도 여전히 걱정스러운 건 어쩔 수 없어. 대체 뭐가 잘못된 건가? 자네와 그 나이 지긋하고 선량하신 네덜란드 분이 식당으로 들어올 때 하던 얘기로는 이미 예전에 수혈이 있었고 자네와 그분 모두 탈진했다고 했네. 자네처럼 의술에 종사하는 이들은 비밀리에 할 의논이 있는 법이고, 그렇게 개인적으로 상의한 일에 대해 궁금해 해서는 안 된다는 건 물론 나도 알아. 하지만 이건 일상적인 일이 아니고 뭐든 간에 나도 관련된 부분이 있어. 그렇지 않은가?"

"그렇지."

내 대답에 퀸시는 말을 이었다.

"나는 자네와 반 헬싱 교수님 두 사람 다 내가 오늘 한 일을 이미 했다고 생각했네. 그렇지?"

"그래."

"내 추측으로는 아트도 벌써 그랬고 말이야. 나흘 전에 그 친구 집에서 봤을 때 어쩐지 이상해 보이더군. 난 무엇이든 간에 그토록 순식간에 쇠잔해지는 모습은 팜파스[120]에 있을 때 내가 아끼던 암말이 하룻밤 만에 나가떨어진 이후로 처음 봤네. 그곳 사람들이 뱀파이어라고 부르던 커다란 박쥐 한 마리가 밤에 습격해서 핏줄을 따 게걸스럽게 피를 마셔댄 걸세. 녀석은 피가 빠져나가 서 있지조차 못할 지경이었고, 하는 수 없이 내가 누워 있는 말에게 총알을 쏘아야 했지. 잭, 신뢰를 저버리지 말고 이야기해주게. 아서가 첫 번째였지, 그렇지 않은가?"

퀸시는 보기에도 몹시 근심스러워 보였다. 자기가 사랑한 여인이 관련된 불안감이라는 고문에 시달리고 있었으며, 그녀를 둘러싼 끔찍한 미스터리에 자신은 철저하게 무지하다는 점이 고통을 배가시키고 있었다. 그의 심장은 피를 철철 흘리고 있었고, 엄청난 용기가 없었다면 특유의 사내다움을 잃고 무너지고 말았을 것이다. 나는 선생이 비밀로 하기를 바라신 그 어떤 것도 누설해서는 안 된다고 느끼고 있었기에 잠시 머뭇거렸지만 이미 퀸시는 많은 것을 알고 많은 것을 추측하고 있었으니 대답하지 않을 이유가 없었다.

---

120 아르헨티나를 중심으로 하는 대초원.

"그랬지."

"그러면 이 일이 얼마나 오래 지속된 건가?"

"열흘 정도."

"열흘! 그렇다면 우리 모두가 사랑하는 저 딱한 아가씨가 고작 열흘 동안 자기 핏줄에 튼튼한 장정 넷의 피를 넣었다는 것 아닌가, 잭 수어드! 맙소사, 어떻게 저 몸에 그 많은 피를 다 넣고 있단 말인가?"

그러더니 퀸시는 내게로 바싹 다가와 속삭이는 소리로 예리한 질문을 던졌다.

"뭔가 피를 빼가는 것이 있나?"

나는 고개를 흔들었다.

"요점이 바로 그걸세. 반 헬싱 선생님은 그 점에 철저하게 집착하고 계시는데 나로서는 도무지 모르겠어. 도대체 뭔지 짐작조차 할 수가 없다니까. 루시를 잘 지켜보겠다고 나름대로 치밀하게 계산해놓았지만 크고 작은 정황 탓에 우리의 계획이 무위로 돌아가곤 했지. 하지만 이런 일은 다시는 일어나지 않을 거야. 모든 것이 다 잘되거나 아니면 어긋날 때까지 우리가 여기 머물 테니까."

퀸시는 손을 내밀었다.

"나도 끼워주게. 자네와 그 네덜란드 분이 뭘 해야 할지만 말해주면 돼. 그러면 기꺼이 할 테니까."

오후 늦게 일어나자 루시가 보인 첫 움직임은 품 안을 더듬어보는 것이었고, 놀랍게도 반 헬싱 교수가 내게 읽어보라고 주었던 종이는 제자리에 그대로 있었다. 사려 깊은 선생이 루시가 깨어나면 행여 놀랄까 봐 원래대로 놓아둔 것이었다. 반 헬싱 선생과 나를 보자 루시의 눈은 대번에 밝아졌고 기쁨으로 빛났다. 곧이어 루시는 방 안을 둘러보고 이곳이 어디인지를 깨닫자 부르르 몸을 떨었다. 그녀는 커다랗게 비명을 내지르고는 비쩍 마른 두 손으로 창백한 얼굴을 가렸다. 우리는 둘 다 그것이 무슨 뜻인지를 알 수 있었다. 그녀는 어머니의 죽음을 똑똑히 알고 있었다. 우리는 그녀를 위로하기 위해 갖은 애를 썼다. 우리의 배려에 그녀가 약간 위안을 받았다는 점에는 의심의 여지가 없었지만 기력도 없고 정신도 혼미해 한참 동안 가만히 훌쩍일 뿐이었다. 우리 둘 다 앞으로 계속 이 집을 지킬 거라고 하자 루시는 마음이 놓이는 모양이었다. 어스름이 깔릴 무렵 그녀는 낮잠에 빠졌다. 그녀가 잠든 사이 기이한 일이 벌어졌다. 잠결에 루시는 품에서 종이를 꺼내어 둘로 찢었다. 반 헬싱 선생이 앞으로 나아가 그녀의 손에서 종이를 빼왔다. 그러나 그럼에도 그녀는 마치 여전히 종이를 손에 쥔 듯 찢는 행동을 계속했다. 마침내 그녀는 손을 들어 올리더니 조각을 흩는 듯한 시늉을 했다. 선생은 놀란 듯 보였고 생각에 잠겨 두 눈썹을 모았지만 아무 말도 하지 않았다.

9월 19일 지난밤 내내 루시는 잠들기를 두려워했고 깨어날 때마다 쇠약해진 모습을 보이며 발작적인 잠을 잤다. 선생과 나는 번갈아 불침번을 섰고, 우리는 항상 돌보는 사람을 옆에 두어 한순간도 그녀를 혼자 남겨두지 않았다. 퀸시 모리스는 뭘 하는지에 대해서는 아무 말 없었지만 나는 밤새 그 친구가 집 주위를 순찰했다는 것을 알고 있었다.

날이 밝아오자 그 환한 빛에 루시의 쇠잔한 모습이 여실히 드러났다. 고개를 돌릴 기운조차 없었고, 간신히 목으로 넘기는 양분도 별 역할을 못하는 모양이었다. 때로 그녀는 잠에 빠져들었고 반 헬싱 선생과 나는 그녀가 잘 때와 깨어 있을 때의 차이를 눈치챌 수 있었다. 잠들어 있을 때는 표정에 왠지 매서운 기색이 서렸지만 훨씬 강해 보였고 숨소리도 한층 부드러웠다. 벌어진 입으로는 평상시보다 길고 날카로워 보이는 이와 창백한 잇몸이 드러나 보였다. 하지만 깨어 있을 때는 눈매의 부드러움 덕분에 표정이 달라져, 비록 죽어가고 있기는 했으나 원래의 그녀로 돌아온 듯했다. 오후에 그녀는 아서를 불러달라고 했고 우리는 그에게 전보를 쳤다. 퀸시가 역으로 아서를 마중 나갔다.

아서가 도착했을 때는 6시쯤이었다. 따스한 빛을 뿜어내는 해넘이의 붉은빛이 창문으로 넘실거리며 들어와 창백한 뺨에 약간의 색조를 더해 주었다. 루시를 보자 아서는 감정이 복받쳐 올라 아무 말도 하지 못했다. 우리 누구도 입을 떼지 못했다. 그렇게 몇 시간이 흘러갔다. 발작적인 잠, 혹은 잠을 넘어서는 혼수상태가 더욱 잦아져 대화가 가능한 시간은 점차 짧아졌다. 그러나 아서가 나타난 것이 강장제 역할을 한 것 같았다. 그녀는 힘을 조금 내서 우리가 도착했을 때보다는 좀 더 밝게 말했다. 아서 역시도 최선을 다해 힘을 내어, 될 수 있는 대로 명랑하게 대화를 나누었다.

지금은 1시쯤 되었고, 아서와 반 헬싱 교수가 그녀 곁에 앉아 있다. 15분 뒤에 내가 교대할 예정이고 지금은 루시의 축음기에 일기를 녹음하고 있다. 두 사람은 6시까지 쉬도록 되어 있다. 충격이 워낙 컸기에 혹시라도 내일이 우리가 그녀를 지켜보는 마지막 날이 되지 않을까 두렵다. 그 가엾은 아가씨는 더 이상 버티지 못할 것 같다. 신이시여, 우리 모두를 도우소서.

미나 하커가 루시 웨스튼라에게 보내는 편지

(루시가 보지 못함)

9월 17일

사랑하는 루시

네게서 소식을 들은 지, 아니, 사실은 내가 편지를 쓴 지 정말 오랜 시간이 지났구나. 내가 전하는 소식을 듣고 나면 내 모든 잘못을 용서해줄 거라 믿어. 나와 남편은 무사히 다시 돌아왔단다. 엑서터에 도착하니 마차가 우리를 기다리고 있었고, 그 안에는 통풍[121]에 시달리는 호킨스 씨가 앉아 계셨어. 호킨스 씨는 우리를 당신 집으로 데려가셨는데, 그곳에는 우리가 쓸 정말 깔끔하고 아늑한 방들이 마련되어 있었고 우리는 함께 저녁을 먹었어. 저녁을 먹고 나자 호킨스 씨가 말씀하셨지.

"자네 부부의 건강과 번영을 위해 건배하세. 두 사람에게 축복이 가득하기를. 나는 자네 둘을 어릴 때부터 알고 있었고 자라나는 모습을 사랑과 자부심으로 보아 왔어. 이제 나는 자네 둘이 나와 함께 여기서 가정을 꾸리기를 바라네. 내게는 아이가 없어. 모두가 나보다 먼저 세상을 떠났으니 말일세. 그래서 내 전 재산을 자네 두 사람에게 남기기로 유언장을 작성해두었네."

루시, 나는 그만 울음을 터뜨리고 말았고 조너선과 어르신은 두 손을 맞잡았단다. 우리의 저녁은 정말, 정말이지 행복했어.

그렇게 해서 우리는 이 아름다운 낡은 집에 자리를 잡았어. 내 침실과 거실에서 내다보면 교회 경내의 아름드리 느릅나무들이 보여. 굵다란 검은 줄기가 교회의 낡은 노란 벽에 기대어 서 있고, 까마귀들이 하루 종일 신나게 까악까악 재잘대고 종알거리는 소리를 들을 수 있단다. 굳이 말 안 해도 알겠지만 잡다한 일들에다 집안일까지 신경 쓰느라 몹시 바빠. 조너선과 호킨스 씨는 온종일 분주하게 일하고. 이제 조너선이 동업자가 되었기 때문에 호킨스 씨는 고객들에 대한 모든 정보를 그 사람과 공유하려 하고 계시거든.

어머니는 잘 계시니? 하루 이틀만이라도 너를 보러 런던으로 달려가고 싶지만 어깨에 내려진 짐이 아직은 너무 많은 데다가 조너선도 여전히 돌봐줘야 하는 상태라서 어쩔 수가 없구나. 다시 뼈에 살이 좀 붙기는 했지

---

121 팔다리 관절에 심한 염증이 되풀이하여 생기는 유전적 질병.

만 오랜 병고로 끔찍하도록 허약해. 지금도 잠을 자다가 소스라치게 놀라 부들부들 떨며 일어나는 일이 잦은데 그러면 내가 살살 달래서 안정을 시켜줘야 돼. 하지만 하느님께 감사하게도, 날이 갈수록 그런 횟수가 차츰 적어지고 있으니 시간이 지나면 완전히 사라질 거야. 난 그렇게 믿어. 이제 내 소식을 전했으니 네 소식이 궁금하구나. 언제, 어디에서 결혼하니? 누가 주례를 맡고 뭘 입을 거야? 공개 결혼식을 올릴 거야, 아니면 가족끼리만 단출하게 할 거야? 전부 말해줘. 너에게 흥미로운 일이라면 나에게 소중하지 않은 것은 아무것도 없으니까 전부 다 이야기해줄 거지? 조녀선은 '존경스러운 경의'를 전하라는데 나는 호킨스 & 하커라는 큰 법률회사를 책임진 사람이 보내기에는 성에 차지 않는 느낌이야. 네가 나를 사랑하고, 그가 나를 사랑하며, 내가 이 세상 동사를 모조리 그러모으고 모든 문법을 총동원해 너를 사랑하니까 간단하게 그 사람의 '사랑'을 대신 전할게. 안녕, 소중한 루시, 신의 축복이 너에게 내리기를.

언제까지나 네 친구

미나 하커

의학 박사 패트닉 헤네시가
의학박사 존 수어드에게 전하는 보고

9월 20일

존 수어드 박사님께

박사의 바람에 따라, 제가 관리하고 있는 제반 상황에 대해 알려드리는 바입니다. 환자 렌필드에 관해서는 따로 드릴 말씀이 더 있습니다. 다시

238

금 발작을 일으켜 하마터면 엄청난 결과를 낳을 뻔했으나 마침 행운이 따라주어 불행한 사고 없이 끝났습니다. 오늘 오후에 남자 둘이 마차와 짐마차를 몰고 병원과 이웃한 빈 저택에 들렀습니다. 박사도 기억하시겠지만 환자가 두 번 달아난 적 있는 곳이지요. 사내들은 이쪽 지리를 몰라 병원 정문에 서서 수위에게 길을 물었습니다. 저는 식사 후에 담배를 피우면서 서재 밖을 내다보다가 한 남자가 그 저택으로 가는 것을 보았습니다. 그 남자가 렌필드의 병실 창문 앞을 지나가는데 환자가 입에서 내뱉을 수 있는 온갖 욕설을 퍼부어댔지요. 제법 점잖아 보이는 사내여서 "그 더러운 입 다물어" 하고 소리친 것이 전부였는데, 그 말에 렌필드는 펄펄 뛰며 저자가 자기 몫을 앗아가 자기를 죽이려 한다면서 이대로 계속하면 가만 안 두겠다고 날뛰었지요. 저는 창문을 열고 사내에게 신경 쓰지 말라는 신호를 해 보였고, 그러자 사내는 흘깃 둘러보고 여기가 어떤 곳인지 알아차렸는지 이렇게 말하고 말더군요.

"신의 가호가 선생님께 내리시기를. 정신병원 환자가 지껄인 소리 따위는 신경 쓰지 않습니다. 저런 거친 짐승과 같은 집에서 살면서 돌봐줘야 한다니 선생님도 참 괴로우시겠습니다."

그러더니 그는 꽤나 정중하게 길을 물었고, 저는 그 사람에게 빈 저택의 정문 위치를 이야기해주었습니다. 사내는 우리 환자의 위협과 저주, 폭언을 받으며 물러갔지요. 저는 혹시라도 분노한 이유를 알 수 있을까 싶어 환자를 보러 갔습니다. 보통 때는 그리도 고분고분한 사람이고, 발작을 일으킬 때를 제외하면 좀체 그런 모습을 보이지 않으니까요. 놀랍게도 환자의 행동은 차분하고 온화하기 이를 데 없었습니다. 제가 그 사건에 대해 이야기하려고 애써 보았지만 렌필드는 부드러운 어조로 도리어 무슨 뜻이냐고 반문했고, 저는 그가 그 일에 대해서 전적으로 망각했다고 생각했습니다. 그러나 그것은, 이렇게 말씀드리기는 유감스럽지만 환자가 얼마나 교활한지를 보여주는 한 사례에 불과했지요. 한 시간도 채 못

되어 환자에 대한 보고를 다시 듣게 되었으니까요. 이번에 환자는 자기 방 창문을 부수고 밖으로 빠져나가 길을 달려가고 있었습니다. 저는 무슨 꿍꿍이가 있을까 두려워 보호사들더러 따라오라고 이른 뒤 환자를 뒤따라갔습니다. 아니나 다를까 아까 길로 지나갔던 짐마차가 있었습니다. 짐마차에는 커다란 나무 상자들이 실려 있더군요. 사내들은 격렬한 일을 하고 난 뒤인 듯 이마를 훔치고 있었고 얼굴이 벌겋게 달아올라 있었습니다. 그런데 제가 미처 저지하기도 전에 환자가 사내들에게 달려들더니, 한 사람을 짐마차에서 끌어내어 바닥에 대고 머리를 짓찧지 뭐겠습니까. 때마침 붙잡지 않았더라면 그 자리에서 죽여버렸을지도 모를 일입니다. 곧 다른 사내가 달려들어 묵직한 채찍 손잡이로 렌필드의 머리를 가격했습니다. 엄청난 힘이었지만 환자는 신경조차 쓰지 않는 듯했고, 도리어 그 사내까지 붙잡아서는 마치 새끼 고양이에 불과한 양 우리 셋과 싸움을 벌였습니다. 아시겠지만 제가 그리 몸이 가볍지는 않으며 다른 사내들도 건장했습니다. 처음에는 말없이 싸움만 벌였지만, 점차 저희가 압도하기 시작하여 급기야 보호사들이 도착해 구속복을 씌우자 렌필드는 버럭버럭 소리를 질러댔습니다.

"저놈들을 좌절시킬 거야! 내 걸 빼앗아 가겠다고? 날 죽이는 꼴을 가만 두고 보지는 않겠다! 나는 내 주인이자 신을 위해 싸울 테니까!"

뭐 이런저런 말도 되지 않는 헛소리를 늘어놓았지요. 보호사들은 어렵사리 환자를 병원으로 끌고 와 보호실에 넣었습니다. 하디 보호사는 손가락이 부러졌습니다만 제가 치료해주었으니 곧 괜찮아질 겁니다.

마차꾼 두 사람은 처음에는 손실에 대해 보상을 해내라고 위협하고, 법에 호소해 본때를 보여주겠다고 펄펄 뛰었습니다. 그러나 그 위협적 어조에는 두 사람이 보잘것없는 광인 한 사람에게 당한 것에 대한 간접적인 변명이 담겨 있었지요. 사내들은 그 무거운 상자들을 짐마차에 싣느라 힘을 다 써서 그랬을 뿐이지 간단히 끝장내줬을 거라고 허풍을 쳐댔습니다.

240

자기들이 워낙 먼지를 뒤집어쓰는 일을 하느라 유난히 갈증이 나는 것과, 일하는 현장 가까운 데서는 한잔 할 곳을 찾을 수 없다는 것을 또 다른 까닭으로 들먹이기도 했고요. 제가 그 말뜻을 곧바로 알아들어 독한 그로그주 한두 잔을 내주고 손에 소버린 한 닢씩을 쥐여주었더니 대번에 얼굴이 펴지면서 저처럼 후한 신사분을 만날 수만 있다면 언제든 더 지독한 미친 놈을 만나는 일도 감수하겠노라고 하더군요. 혹시라도 필요할 경우에 대비해 그들의 이름과 주소를 받아두었습니다. 잭 스몰렛, 그레이트 월워스, 킹 조지 가, 더딩 셋집/토머스 스넬링, 베스널 그린, 가이드 코트, 피터 팔리 연립주택. 두 사람 모두 소호, 오렌지 매스터스 야드의 해리스 & 선스 운송 회사에 소속되어 있습니다.

이곳에서 관심 있으실 만한 일이 일어나면 다시 보고 드리고 중요한 일이 있으면 곧바로 전보를 치도록 하겠습니다.

최선을 다하며,
패트릭 헤네시

미나 하커가 루시 웨스트라에게 보내는 편지

(루시가 보지 못함)

9월 18일

사랑하는 루시

이토록 슬픈 아픔이 우리를 찾아오다니……. 호킨스 씨가 갑작스럽게 돌아가셨어. 뭐 그렇게까지 비통해할 일이냐고 하는 사람들도 있을지 모르지만 우리는 둘 다 몹시 그분을 사랑하게 되어 아버지를 잃은 것 같은 기분이란다. 나는 아버지도, 어머니도 모르고 자랐기 때문에 그 어르신의 죽음은 정말 크나큰 충격이야. 조너선은 몹시 상심했어. 평생을 두고 친구가 되어주셨으며, 마지막에는 자신의 아들처럼 여겨 우리 같은 미천한 신분의 사람은 꿈도 꾸지 못할 엄청난 재산을 상속해주신 훌륭한 분을 향한 슬픔, 너무도 깊은 슬픔만이 그 이유가 아니야. 어깨에 드리워진 어마어마한 책임에도 몹시 초조한 기분이 드는 모양이야. 조너선은 스스로에게 의구심을 품기 시작하고 있어. 나는 그 사람의 기운을 북돋워주려고 애쓰고 있고, 조너선을 향한 나의 전적인 신뢰가 그 사람이 스스로에 대한 신뢰를 갖는 데 도움이 되고 있기는 해. 하지만 얼마 전 겪은 무시무시한 충격이 극심한 영향을 미치고 있어. 아, 조너선이 지닌 상냥하고 명쾌하고 고상하고 강인한 본성이 크나큰 상처를 입은 나머지 그 힘의 본령을 잃고 만 것 같아. 사실 그런 본성이 있었기에 소중한 어르신의 도움을 받아 불과 몇 년 만에 서기에서 주인이 될 수 있었던 것인데 말이야. 넌 무척 행복할 텐데 내 고통으로 말미암아 너를 걱정시켰다면 나를 용서해줘, 친구야. 하지만 루시, 조너선에게 늘 용감하고 쾌활한 모습을 보여야 한다는 스트레스가 너무도 크단다. 스트레스에 시달리다 보니 누구에겐가는 털어놓고 싶은데 여기에는 내가 믿을 사람이 아무도 없는걸. 가엾은 호킨스 씨가 당신의 유언장에서 부친과의 합장을 원하셨기 때문에 모레 장례를 치러야 해서 런던으로 갈 수가 없어. 가까운 친척이 없으신 분이라 조너선이 상주 노릇을 해야 하거든. 당장 달려가 몇 분만이라도 너를 만나고 싶구나. 네 심기를 불편하게 한 걸 용서해줘. 모든 축복이 너와 함께 하기를.

너를 사랑하는
미나 하커

수어드 박사의 일기

9월 20일 내가 오늘 밤 일기를 녹음하는 것은 오로지 결단과 습관의 힘이다. 너무도 비참하고 탈진했으며 삶 자체를 비롯해 세상만사에 지칠 대로 지쳐버려 이 순간 죽음의 천사의 날갯짓 소리를 듣는다 해도 아무렇지도 않을 것 같다. 그리고 죽음의 천사는 요즘 들어 그 으스스한 날개를 퍼덕여 계속해서 당신의 뜻을 알려왔다. 루시의 어머니와 아서의 아버지, 그리고 이제는…… 아, 나는 내 할 일을 해야 한다.

나는 반 헬싱 선생과 교대로 루시 곁을 지켰다. 우리는 아서도 쉬기를 바랐지만 처음에는 거절하고 나왔다. 내가 낮 동안 우리를 도와주어야 한다고, 휴식 부족으로 모두가 탈진해 루시가 고통을 받아서야 되겠느냐고 설득하고 난 뒤에야 아서는 가까스로 물러나기로 했다. 선생은 아서에게 무척 친절했다.

"자, 나와 함께 가십시다. 당신은 몹시 쇠약하고 지쳤으며, 당신의 힘을 갉아먹는 엄청난 슬픔과 정신적 고통을 겪고 있다는 걸 우리 모두 알아요. 혼자 있어서는 안 되오. 혼자 있으면 두려움과 의구심만이 떠오를 테니까. 자, 벽난로에 장작이 잘 타고 있고 소파가 두 개 있는 거실로 갑시다. 당신이 한 곳에 눕고 내가 다른 한 곳에 누우면 아무 말 하지 않을 때라도, 설령 잠이 들었을 때라도 우리의 교감이 서로에게 위안이 될 게요."

아서는 베개에 머리를 기댄 한랭사 천보다도 희어 보이는 루시의 얼굴을 그리운 듯 뒤돌아보며 선생을 따라갔다. 루시는 가만히 누워 있었고, 나는 방 안을 둘러보았다. 모든 것이 제자리에 온전히 놓여 있었다. 반 헬싱 선생은 다른 방과 마찬가지로 이 방에도 마늘꽃으로 사방을 장식해놓았다. 창문 전체에 마늘꽃을 비벼놓았고, 루시의 목에도 같은 향을 풍기는 꽃으로 얼기설기 만든 화환이 걸려 있었다. 선생은 루시의 상처 위에

243

언제나 실크 손수건을 묶어두곤 했다. 루시의 숨소리는 고르지 못했고 열린 입으로 창백한 잇몸이 드러나 있어서 보기만 해도 안쓰럽기 짝이 없었다. 흐릿한 불빛 탓인지 루시의 이는 아침보다도 더욱 길고 날카로워 보였다. 특히 불빛의 장난 탓에 송곳니가 유달리 길고 예리한 느낌이었다. 내가 곁에 앉자 그녀는 괴로운 듯 몸을 움찔거렸다. 그와 동시에 창에서 둔탁한 퍼덕임과 부딪히는 소리가 들려왔다. 나는 가만히 창가로 가서 블라인드 사이로 살며시 밖을 내다보았다. 휘영청 밝은 보름달 아래, 비록 희미하기는 했어도 이 방에서 새어나간 불빛에 이끌린 커다란 박쥐가 주위를 맴돌면서 날개로 간간이 유리창을 치고 있었다. 다시 제자리로 돌아가 보니 루시가 몸을 움직였는지 목에서 마늘꽃 화환이 떨어져 나가 있었다. 나는 화환을 다시 원래 자리에 놓고 곁에 앉아 그녀를 지켜보았다.

루시가 깨어나자 나는 반 헬싱 선생이 처방한 대로 음식을 주었다. 그녀는 아주 조금, 그것도 마지못해 먹을 뿐이었다. 이제는 지금껏 그녀의 병의 특징이 되어 왔던 삶을 위한 무의식적 투쟁도 찾을 길 없는 듯했다. 의식이 돌아오는 순간 마늘꽃 다발을 바짝 끌어안는 모습에 나는 부쩍 호기심이 일었다. 쌕쌕거리는 호흡으로 기면 상태에 들어갈 때면 가까이 하려 하지 않는 마늘꽃을 깨어 있을 때는 바짝 끌어안는 이유를 도무지 이해할 수 없었다. 뒤이은 오랜 시간 루시는 자고 깨기를 반복하면서 계속해서 같은 모습을 보였다. 그 같은 변화가 우연일 가능성은 전혀 없었다.

6시가 되자 반 헬싱 선생이 들어와 교대해주었다. 그때 아서는 설핏 잠이 든 상태였고 자애롭게도 선생은 아서를 내처 자도록 내버려두었다. 루시의 얼굴을 보는 순간 나는 선생이 헉 하고 숨을 들이마시는 소리를 들을 수 있었다.

"블라인드를 걷게. 빛이 필요해!"

선생이 쉿소리로 내게 속삭였다. 선생은 루시에게 거의 얼굴이 닿을 만큼 깊숙이 허리를 굽히고 세밀하게 진찰했다. 선생은 꽃을 치우고 목에서 실크 손수건을 들어냈다. 그러다가 깜짝 놀라 뒤로 물러났고 나는 선생의 "하느님!"이라는 숨 막히는 외침을 들을 수 있었다. 허리를 굽혀 들여다보는 순간 기이한 냉기가 내 온몸을 타고 흘렀다.

목의 상처가 씻은 듯 사라져 있었다.

5분은 족히 되는 시간 동안 반 헬싱 선생은 굳은 표정으로 루시를 내려다보고 서 있었다. 한참 뒤에 선생은 내 쪽으로 고개를 돌리더니 차분하게 말했다.

"죽어가고 있네. 이제 얼마 남지 않았어. 의식이 있는 상태에서 죽는 것과 수면 중에 죽는 것과는 큰 차이가 있을 게야. 그 가엾은 친구를 깨워서 임종을 지키게 하게. 우리를 신뢰하는 친구에게 약속을 했으니 말일세."

나는 식당으로 가서 아서를 깨웠다. 아서는 한동안 멍한 얼굴이었으나 덧창의 틀을 통해 비껴 들어오는 햇살을 보자 늦었다는 생각이 불쑥 들었는지 걱정스러움을 드러냈다. 나는 루시가 아직 자고 있다고 안심시키고는, 하지만 반 헬싱 선생과 나는 유감스럽게도 최후가 가까이 왔다고 생각한다고 될 수 있는 대로 부드럽게 이야기했다. 아서는 손으로 얼굴을 가리고 소파 곁에 스르르 무릎을 꿇더니 머리를 파묻은 채 슬픔으로 어깨를 들썩이며 기도를 올렸다. 나는 아서를 잡아 일으켜 세웠다.

"가세, 친구. 기운을 모두 모아야 해. 그게 루시에게도 최선이고 가장 편안하게 해주는 길일세."

루시의 방에 들어가자 나는 반 헬싱 선생이 평소의 선견지명을 유감없이 발휘해 주변을 말끔히 정리해놓았다는 것을 알 수 있었다. 심지어는 루시의 머리칼까지 빗겨주어, 평상시의 햇살같이 아름다운 머리칼이 베개 위로 구불구불 늘어져 있었다. 우리가 안으로 들어가자 루시는 눈을 뜨고 아서를 보더니 부드럽게 속삭였다.

"아서! 아, 내 사랑. 당신이 와줘서 얼마나 기쁜지 몰라요!"

아서는 허리를 굽혀 입을 맞추려고 했지만 반 헬싱 선생은 뒤로 물러서

라는 몸짓을 해 보였다.

"안 돼! 아직은 안 돼! 손을 잡으시오. 그게 한층 위안이 될 테니."

아서는 루시의 손을 잡고 그 곁에 무릎을 꿇었다. 루시는 천사 같은 눈매와 어울리는 부드러운 윤곽선들로 더할 나위 없이 아름다웠다. 차츰 눈이 감기더니 그녀는 잠에 빠져들었다. 한동안 가슴이 부드럽게 오르내리고 곤한 어린아이처럼 곤하게 숨을 내쉬었다.

불현듯 내가 간밤에 알아챈 기이한 변화가 찾아들었다. 숨결이 점차 거칠어지더니 입이 벌어지고 창백한 잇몸이 드러나면서 그 어느 때보다도 길고 날카로워 보이는 이가 도드라져 보였다. 몽유병에 시달리기라도 하는 듯 무의식적 상태에서 루시가 눈을 떴다. 눈빛은 흐리멍덩했지만 어딘지 날카로운 기운도 서려 있었다. 이윽고 루시는 내가 그녀의 입에서 한 번도 들어본 적 없는 나긋나긋하고 관능적 목소리로 입을 열었다.

"어서! 아, 내 사랑. 당신이 와줘서 얼마나 기쁜지 몰라요! 어서 입 맞춰줘요!"

아서는 기꺼이 허리를 굽히고 입을 맞추려 했다. 바로 그 순간 나만큼이나 그녀의 목소리에 기겁해 있던 반 헬싱 선생이 달려들어 두 손으로 아서의 목덜미를 붙잡더니, 그분이 가졌으리라고는 나조차 상상 못한 엄청난 힘으로 아서를 뒤로 홱 잡아당겼다. 아서는 방 건너편에 나동그라지고 말았다.

"절대 안 되오! 이게 다 당신의 살아 있는 영혼과 루시의 영혼을 위해서요!"

그러더니 선생은 마치 사자처럼 두 사람 사이에 굳건히 버티고 섰다.

아서는 소스라치게 놀라 한동안 뭘 할지 무슨 말을 해야 할지 모르는 것 같았지만, 분노를 터뜨리기 전 이 장소와 이 사태의 특별함을 깨닫고 말없이 서서 기다렸다.

나는 반 헬싱 선생과 마찬가지로 루시에게서 눈을 떼지 않았다. 우리는 그녀의 얼굴 위로 그림자처럼 경련이 지나가는 것을 보았다. 마치 분노의 표정 같았다. 날카로운 이가 굳게 맞물리더니 눈이 감기고 거친 호흡을 내쉬었다.

얼마 안 있어 루시가 다시 눈을 떴다. 다시 부드러운 눈빛이었다. 루시는 가늘디가는 창백한 손을 내밀어 반 헬싱 선생의 갈색 손을 잡더니 몸쪽으로 끌어가 입을 맞추었다.

"제 진정한 친구세요. 제 진정한 친구이자 저 사람의 친구이기도 하시죠! 제발 저 사람을 지켜주시고 저에게 평화를 주세요!"

루시의 목소리는 희미했지만 형용할 수 없는 서글픔이 담겨 있었다.

"맹세하리다!"

선생이 루시 곁에 무릎을 꿇고 앉아 손을 들어 올리고 맹세하듯 엄숙하게 대답했다. 이윽고 선생은 아서 쪽으로 고개를 돌렸다.

"오시오. 루시 양의 손을 잡고 이마에 입을 맞춰주시오, 한 번만."

두 사람의 입술이 아닌 눈이 만났다가 그렇게 서로 헤어졌다.

루시의 눈이 감겼고 가까이서 지켜보던 반 헬싱 선생은 아서의 팔을 잡아 뒤로 물렸다.

루시의 호흡이 다시 거칠어지는가 싶더니 한순간에 뚝 멈추었다.

"끝났소. 세상을 떠났소!"

선생이 말했다. 나는 아서를 부축해 거실로 데려왔다. 아서는 주저앉아 두 손에 얼굴을 파묻더니 지켜보던 내 가슴조차 무너져 내릴 만큼 서글프게 흐느꼈다.

나는 방으로 돌아갔다가 루시를 지켜보는 반 헬싱 선생을 보았다. 선생의 표정은 그 어느 때보다도 굳어 있었다. 그녀에게는 약간의 변화가 일어나 있었다. 죽음이 아름다움의 일부를 되돌려놓기라도 했는지, 이마와 뺨에 예전의 풍성한 아름다운 선이 되살아나고 심지어는 입술에서조차도 죽음의 창백함이 떨어져 나간 듯싶었다. 이제는 심장을 위해 일할 필요가 없어진 피가 이 가혹한 죽음을 조금이나마 덜 고통스러운 것으로 만들려는 배려일까.

> 잠들었을 때는 세상을 떠난 것 같더니
> 세상을 떠났을 때 잠든 듯하구나[122]

"아, 이 가엾은 아가씨가 드디어 평화를 찾았군요. 드디어 끝이 났어요."

내가 반 헬싱 선생 곁에 서서 입을 열었다. 그 말에 선생은 내 쪽으로 고개를 돌리고 무겁고 어두운 목소리로 말했다.

---

122 영국 시인 토머스 후드의 시 「죽음의 침상」의 일부.

"안타깝게도 아니야. 이건 단지 시작일 뿐일세!"

나는 선생에게 무슨 뜻이냐고 물었지만 선생은 그저 고개를 흔들 뿐이었다.

"우리는 아직은 아무것도 할 수 없어. 그저 기다리고 지켜볼 밖에는."

13

수어드 박사의 일기(계속)

장례식은 모레로 정해졌고 루시와 어머니를 합장하기로 했다. 나는 그 음울한 공식 절차에 모두 참석했고, 예의 바른 장례업자는 지나칠 정도의 정중함을 보이면서, 자신의 직원들이 몹시 슬픔을 느끼고 있지만 한편으로는 축복받은 듯한 기분도 느낀다고 말했다. 죽은 이를 염한 여자조차도 죽음의 방에서 나왔을 때 넌지시, 그러나 어느 정도는 직업적인 투로 내게 이렇게 말했다.

"정말 아름다운 시신이에요. 이런 분 시중을 들다니 영광입니다. 저희 장의사에 크나큰 영광이라고 할 수 있겠어요."

반 헬싱 선생은 늘 시신 곁에서 그다지 멀리 떨어지지 않은 곳에 계셨다. 사실 정황이 정황인 만큼 그럴 수밖에 없었다. 가까운 친척도 없고 아서는 이튿날 열릴 아버지의 장례식에 참석해야 했기 때문에 누구에게 연락을 해야 좋을지 알 수가 없었다. 이 지경이었으니 반 헬싱 선생과 나 둘이서 갖가지 서류를 점검할 수밖에 없었다. 선생은 루시의 서류를 당신이 보시겠다고 주장했다. 혹시 외국인인 선생이 영국의 법적 요구 사항을 잘 몰라 불필요한 일이 벌어지지 않을까 염려되어 왜 그러시냐고 여쭤보았더니 선생은 이렇게 대답했다.

"저런, 자네는 내가 의사이면서 동시에 변호사이기도 하다는 걸 잊은 모양이로군. 헌데 내가 보려는 까닭은 법률적 이유 때문이 아닐세. 자네도 검시관을 피하려 했지 않은가. 나는 그 이상을 피해야 돼. 이런 문서가 좀 더 있을 게야."

그러면서 선생은 당신 수첩 안에서 종이를 꺼냈다. 루시가 품에 넣어두었다가 잠을 자면서 찢었던 그 메모였다.

"고 웨스튼라 부인의 변호사가 누군지 알게 되면 서류를 모두 봉하고 그 사람에게 오늘 밤 편지를 쓰게. 나는 여기 이 방, 루시 양의 옛 방에서 밤새 지키면서 뭐든 찾아볼 테니. 그 아가씨의 생각이 낯선 이의 손에 넘어가는 건 좋지 않겠지."

나는 내가 맡은 일을 계속했고 30분 뒤에 웨스튼라 부인 변호사의 주소와 이름을 알아내어 그에게 편지를 썼다. 가엾은 부인의 서류는 모두 말끔히 정리되어 있었다. 장지에 대한 명확한 내용도 지정되어 있었다. 내가 막 편지를 봉하는데 반 헬싱 교수가 안으로 들어와 물었다.

"내가 도울까, 존? 할 일이 없으니 기꺼이 자네를 도움세."

"찾으시던 것은 발견하셨어요?"

내가 묻자 선생은 대답했다.

"뭐 딱히 정해진 걸 찾았던 것은 아니야. 혹시 뭔가 찾을 수 있지 않을까 바란 것뿐인데 있는 거라고는 편지 몇 장과 메모 몇 장, 그리고 얼마 전에 시작한 일기 정도더군. 그래도 그것들을 가져왔어. 지금은 거기에 대해서는 아무 말 하지 마세. 내일 저녁 그 가엾은 젊은이에게 보여주고 허락을 받아 일부를 이용할까 하네."

우리가 하던 일을 끝내자 선생은 내게 말했다.

"이제 존, 우리 잠자리에 들어야 할 것 같으이. 우리에겐 잠이 필요해, 자네도 나도. 그래야 다시 힘을 내지. 내일은 할 일이 더 많고 오늘 밤에는 우리가 더 이상 필요 없지 않은가, 아!"

자러 가기 전에 우리는 가엾은 루시를 살펴보았다. 장의사의 일솜씨가 워낙 야무져 그 방은 작고 경건한 영안실이 되어 있었다. 아름다운 흰 꽃의 향연이 펼쳐져 있어 죽음을 조금이나마 덜 불쾌한 것으로 만들어주었다. 선생은 허리를 굽혀 시신의 얼굴 부분을 덮은 시트 끝자락을 부드럽게 젖혔다. 순간 눈앞에 펼쳐진 미모에 우리는 소스라치게 놀랐다. 커다란 밀랍 양초 덕분에 그 모습이 생생히 드러나 있었다. 루시가 지녔던 모든 아름다움이 영면에 들어간 그녀에게로 되돌아왔는지, 흘러간 시간이 부패의 흔적을 남기기는커녕 도리어 생명의 아름다움을 복원시켜놓았고 나는 내 눈을 좀처럼 믿을 수가 없었다. 시신을 보고 있다고는 도무지 믿어지지가 않았다.

반 헬싱 선생은 몹시 심각해 보였다. 나만큼 루시를 사랑한 것이 아니었으니 눈물을 흘릴 필요는 없을 터였다. 선생은 "내가 돌아올 때까지 가만있게" 하고는 방을 떠났다. 선생은 개봉되지 않은 채 홀에 놓여 있던 상자에서 야생 마늘꽃을 한 줌 가져와 그 꽃을 다른 꽃들과 함께 침대 주위에 둘러놓았다. 곧이어 목깃에서 작은 금 십자가를 꺼내어 시신 입 위에 올렸다. 선생은 시트를 제자리에 돌려놓았고 우리는 방을 떠났다.

내가 방에서 옷을 벗고 있는데 똑똑, 노크 소리가 나더니 선생이 들어와 곧바로 이야기를 하기 시작했다.

"내일, 밤이 되기 전에 내게 부검용 칼들을 좀 가져다주게나."

"부검을 해야 합니까?"

내가 물었다.

"그렇기도 하고 아니기도 해. 시술을 하긴 할 텐데 자네가 생각하는 것은 아닐세. 이제 자네에게는 이야기하겠네만 다른 사람들에게는 일언반구도 하지 말아. 나는 루시의 목을 베어내고 심장을 들어낼 생각일세. 아! 외과 의사인 자네가 그리도 충격을 받다니! 물론 손이건 심장이건 떨

252

리는 것을 본 적 없는 자네가 삶과 죽음을 가르는 수술을 해야 마땅하겠지. 아, 허나 나는 내 소중한 친구인 존 자네가 그녀를 사랑했다는 것을 잊지 않을 것이고, 그러니 수술을 할 사람은 나이며 자네는 도울 필요 없네. 아서 문제만 없다면 오늘 밤에 했으면 좋겠네만 내일 아버지의 장례가 끝나면 이리로 돌아올 테고, 당연히 그녀를 보고 싶어 할 테니 말이야. 아서가 시신을 보고 난 다음, 이튿날 장례식을 준비하도록 다시 관에 그녀를 넣고 모든 준비를 마쳤을 때 다들 잠든 사이를 틈타 자네와 내가 이리로 와야 하네. 우리는 관 뚜껑을 열고 시술을 한 다음 다시 제자리에 놓아야 해. 그래야 우리 말고는 아무도 모를 테니."

"하지만 왜 그렇게 해야 합니까? 루시는 죽었어요. 왜 아무 이유 없이 그녀의 가엾은 몸을 절단합니까? 부검을 할 필요가 없지 않습니까? 그렇게 해서 얻어지는 것도 없고, 그녀를 위해서나 우리를 위해서나 과학을 위해서나 인간 지식을 위해서나 좋을 것이 없는데 왜 그래야 합니까? 이유 없이 그러는 건 야만 행위나 다름없습니다."

대답으로 선생은 내 어깨에 손을 내려놓더니 지극히 부드러운 목소리로 말했다.

"존, 나는 자네의 피 흘리며 애통해 하는 마음을 동정하네. 그렇게 피를 흘릴 수 있는 까닭에 내가 자네를 더욱더 아끼는 것이지. 할 수만 있다면 자네에게 지워진 짐을 내가 대신 지고 싶으이. 헌데 자네가 알지 못하는 일들이 있고, 곧 알게 될 것이야. 알기에 전혀 유쾌한 일은 아니네만. 존, 자네는 오랫동안 내 친구였는데, 그 어떤 타당한 이유 없이 내가 뭘 하는 것을 보았나? 나도 인간이니 실수를 할 수는 있겠지만 나는 내가 하는 모든 일에 믿음을 갖고 있어. 이러한 이유가 없었다면 크나큰 어려움이 닥쳤을 때 자네가 나를 불렀겠나? 그렇지? 루시가 죽어가고 있는데도 아서가 입을 맞추는 것을 허락하지 않고 온 힘을 다해 뒤로 잡아채는 나를 보며 자네는 놀라거나 무섭지 않았는가? 그렇지? 그러고서 자네는 루시가 죽음을 앞둔 그 아름다운 눈과 미약하기 짝이 없는 목소리로 내게 감사하는 것을 보았고, 나의 이 늙고 무딘 손을 잡고 입 맞추며 축복하는 것을 보지 않았는가? 그렇지? 그리고 내가 약속하니 그녀가 감사하며 눈을 감는 것을 보지 않았나? 그렇지?

　자, 나는 내가 원하는 일을 할 충분한 이유를 갖고 있네. 자네는 오랫동안 나를 믿어 왔어. 기이한 일이 워낙 많아 충분히 의구심을 품을 법했는데도 지난 몇 주도 나를 믿어줬고. 조금만 더 나를 믿어주게나, 존. 자네가 나를 믿지 못하면 내 생각을 털어놓아야 하는데 지금은 그러고 싶지 않아. 게다가 나는 이 일을, 자네가 신뢰하건 신뢰하지 않건 기어코 할 것이네만, 나에 대한 친구의 신뢰가 없이 해나가는 내 마음은 무척 무겁겠지. 아, 도움과 용기를 절실히 필요로 할 때 내가 얼마나 외롭겠는가!"

　반 헬싱 선생은 잠시 멈추었다가 엄숙하게 말을 이었다.

　"존, 우리 앞에는 기이하고 섬뜩한 나날이 놓여 있다네. 우리가 둘이 아닌 하나가 되게 하세. 훌륭한 결말을 위해 우리가 함께 일하는 것일세. 나를 믿어주지 않겠나?"

　나는 선생의 손을 잡고 약속했다. 나는 선생이 밖으로 나갈 때 문을 잡고 있었고, 그분이 당신의 방으로 들어가 문을 닫는 것을 지켜보았다. 움직이지 않고 서 있는데, 하녀 하나가 가만히 복도를 지나가 루시가 누워 있는 방으로 들어갔다. 하녀는 등을 내게 돌리고 있어서 나를 보지 못했다. 그 광경은 내 뇌리에 깊이 남았다. 헌신은 귀한 것이고, 우리가 사랑하는 이를 향해 일부러 청하지 않아도 헌신하는 사람이 있다는 것은 감사할 일이다. 죽음 앞에서 마땅히 품을 법한 공포를 젖혀두고 자신이 사랑하는 아가씨를 위해 마지막으로 곁을 지키려는 하녀가 있다. 그 가엾은 이는 영면에 이르기까지 외롭지는 않으리라…….

　반 헬싱 선생이 내 방으로 들어왔을 때는 이미 환한 대낮이었으니 오래도록 달게 잤음에 틀림없었다. 선생은 침대 곁으로 와서 말했다.

"칼은 신경 쓸 것 없네. 하지 않을 거야."

"왜요?"

간밤의 선생이 보인 진중함에 무척 감명을 받았던 나였다. 선생은 무거운 어조로 말했다.

"너무 늦었기 때문이지. 아니, 너무 이른 건가? 두고 봐야지!"

그러더니 선생은 작은 금 십자가를 들어올렸다.

"간밤에 이걸 도난당했다네."

"지금 갖고 계시는데 어떻게 도난당할 수가 있습니까?"

내가 미심쩍어 하며 물었다.

"이걸 훔친 쓸모없는 잡것에게서 다시 빼앗았으니까. 죽은 사람에게서나 산 사람에게서나 훔쳐대는 여자지. 그 여자는 곧 벌을 받겠지만 나를 통해서는 아닐세. 그 여자는 자기가 무슨 짓을 했는지 몰랐고, 무지했기에 훔친 것이지. 이제 우리는 기다려야 해."

그 말을 남기고 선생은 가버렸다. 내게 새로이 생각할 미스터리, 새로이 파고들 수수께끼를 남기고서.

아침나절은 무료하게 지나갔지만 정오쯤 홀맨, 선스, 마퀀드 & 리더데일 사의 변호사 마퀀드 씨가 찾아왔다. 몹시 사근사근한 성격으로, 우리가 한 일을 무척 높이 평가했으며 세부 사항과 관련해서는 우리 손에서 모든 걱정을 덜어주었다. 점심을 먹으면서 그는 웨스튼라 부인이 오래전부터 심장병으로 갑작스러운 죽음을 맞이할 것을 예상하여 본인과 관련한 모든 일을 완벽히 정리해두었다고 말했다. 변호사는 루시 부친이 직접 지정하여 먼 친척에게 돌아간 특정한 일부 재산을 제외하고는 전체 영지와 부동산, 개인 소유물이 아서 홈우드에게 남겨졌다고 이야기했다. 변호사는 이렇게 말을 이었다.

"솔직히 저희는 그러한 유산 배분을 막기 위해 최선을 다했습니다. 비상 상황에서는 따님이 한 푼도 없게 되거나 혼인 관계에 의해서만 움직여야 하기 때문에 자유롭지 못할 수도 있다는 점을 지적했지요. 아닌 게 아니라 저희가 그 점을 완강히 주장해 하마터면 충돌을 빚을 뻔하기도 했습니다. 부인께서 저희에게 당신의 뜻을 따를 생각이 없느냐고 물으셨을 정도였니까요. 물론, 저희로서는 받아들일 수밖에는 선택의 여지가 없었습니다. 원칙적으로는 저희가 옳았고, 백 중 아흔아홉에서는 상황의 논리에 따라 저희 판단의 정확성이 입증되었을 것입니다. 그러나 솔직히 이번 경우에는 다른 식이었다면 고인의 유지를 받들기가 불가능했으리라는 점을 인정하지 않을 수 없군요. 부인이 따님보다 앞서 가셨기 때문에 따님은 그 재산의 소유권을 상속하셨을 것이고, 어머니보다 5분밖에는 더 살지 못했다 하더라도 아무 유언도 없는 데다가 이런 경우에는 유언장이 절실히 필요하기 때문에, 따님의 재산은 사망과 함께 무유언 상속[123]으로 간주되었을 테니까요. 이러한 경우 고달밍 경은 훌륭한 분이시기는 하지만 아무 권리도 주장하실 수가 없습니다. 아무리 관계가 멀더라도 가능한 유산 상속인이 완전한 타인인 것을 감안하면 감정적 이유로 자신들의 정당한 권리를 포기할 친인척은 없을 테니까 말입니다. 이 결과에 저는 몹시 기쁩니다. 진심으로 기뻐요."

선량한 사람이었지만 이런 비극적 상황에서 사소한 직업적 관심에 이리도 기뻐하는 모습을 보이는 것은 보기에 과히 좋지 않았다.

변호사는 오래 머물지 않았고 오후에 고달밍 경을 만날 것이라고 말했다. 그러나 그의 방문은 우리에게 어느 정도의 위안이 되었다. 우리의 그어떤 행동도 적대적 비난을 받을 일은 없으리라는 것을 확인시켜주었기 때문이다. 아서는 5시에 오기로 되어 있었고 우리는 그 시각 직전에 죽음의 방을 방문했다. 이제는 정말 말 그대로 어머니와 딸이 누워 있는 죽음의 방이었다. 일에 충실한 장의사가 자기가 가진 물품으로 나름대로는 성

---

123 상속법에서 유효한 유언에 따라 처분되지 않은 재산 상속.

의젓 장식을 해놓았지만 도리어 들어서는 사람의 기운을 일거에 떨어뜨리는 영안실의 공기가 물씬 풍기고 있었다. 반 헬싱 선생은 고달밍 경이 곧 올 텐데 약혼자의 물건이 남아 있는 것을 보면 덜 서글플 것이라고 설명하면서 원래대로 돌려놓았으면 한다고 말했다. 장의사는 자신의 어리석음에 충격을 받은 것처럼 보였고 잽싸게 손을 놀려 그 전날 밤 우리가 떠날 때의 상태로 다시 만들어놓아 다행히 아서가 크나큰 충격을 받는 것을 막을 수 있었다.

가엾은 친구! 절망적 슬픔에 잠긴 아서의 모습은 피폐하기 이를 데 없었다. 심지어는 그 강인한 남성다움도 지나치게 시달린 감정의 무게 탓에 얼마간 위축된 듯했다. 내가 알기로 진정으로, 그리고 헌신적으로 부친과 밀착되어 있던 아서였으니 하필 이런 시기에 부친을 잃는 것은 엄청난 타격이었을 것이다. 나와 함께 있을 때 아서는 언제나처럼 따뜻했고 반 헬싱 선생에게는 무척 예의 발랐다. 그러나 나는 아서의 내부에서 이는 압박감을 보지 않을 수 없었다. 선생도 그것을 알아채고는 나더러 위층으로 데려가라는 몸짓을 해 보였다. 위층에 이르자 나는 루시와 단둘이 있고 싶어 하는 기색을 느끼고 문 앞에서 그를 두고 오려 했으나 아서는 내 팔을 잡아 안으로 들이더니 쉰 목소리로 말했다.

"자네도 루시를 사랑했잖나. 그녀가 나에게 모든 것을 이야기했고 그 어떤 친구도 그녀 마음속에 자네보다 가까운 자리를 차지하지는 못했어. 루시에게 해준 모든 일에 어떻게 감사해야 할지 모르겠군. 아직 아무 생각도……."

그러더니 아서는 갑작스럽게 무너져 내리고 말았다. 아서는 두 팔을 내 어깨에 두르고 내 가슴에 얼굴을 묻고는 울부짖었다.

"아, 잭! 잭! 난 어떻게 하지? 삶의 모든 것이 한꺼번에 나에게서 사라진 것 같아. 이제 이 넓은 세상에 내가 의미를 두고 살아갈 것이 아무것도 남지 않았어."

나는 할 수 있는 대로 아서를 위로했다. 이러한 경우에는 격한 표현이 필요치 않다. 손 한 번 쥐어주는 것, 어깨에 팔 한 번 둘러주는 것, 함께 울어주는 것이면 남자의 가슴에 충분한 공감의 표현이 된다. 나는 가만히 서서 아서의 흐느낌이 멈출 때까지 말없이 기다리다가 부드럽게 말했다.

"와서 루시를 보게나."

우리는 함께 침대로 갔고 내가 그녀 얼굴에 덮인 한랭사를 걷었다. 아, 신이시여, 얼마나 아름다운지! 시시각각 그녀의 사랑스러움은 더해가는 것만 같았다. 그러나 그 모습에 나는 경악했다. 도리어 두려움이 생겨났다. 아서는 부들부들 떨더니 오한뿐만 아니라 의구심으로 급기야는 온몸을 뒤흔들었다. 한참 아무 말이 없더니 마침내 아서가 가만히 속삭였다.

"잭, 루시가 정말 죽은 걸까?"

나는 서글프게 그렇다고 대답했다. 나는 그 같은 섬뜩한 의구심이 한순간도 더 지속되도록 놔두어서는 안 되겠다는 것을 절감하고는, 죽은 뒤에 얼굴선이 부드러워지는 것은 종종 있는 일이며 심지어는 젊었을 때의 아름다움이 드러나기도 한다고, 특히 죽음을 맞기 전 극심하고 오래된 고통을 겪은 뒤에 그런 현상이 두드러진다고 말해주었다. 그러자 아서는 모든 의구심을 걷어낸 것 같았다. 소파 곁에 무릎을 꿇고 오래도록 사랑스러운 눈길로 그녀를 바라본 뒤 아서는 고개를 돌렸다. 내가 이제 입관할 차례이니 이것이 작별 인사가 될 것이라고 하자 아서는 다시 돌아가 그녀의 죽은 손을 꼭 잡고는 입을 맞춘 뒤 허리를 굽혀 이마에도 입을 맞추었다. 그는 물러섰지만 어깨너머로 사랑이 담긴 눈길을 줄곧 던지고 있었다.

나는 그를 거실에 남겨두고 반 헬싱 선생에게 돌아가 아서가 작별 인사를 했다고 전했다. 선생은 식당으로 가서 장의사에서 온 사람들에게 관 닫을 절차를 준비하라고 일렀다. 선생이 돌아오자 나는 선생에게 아서의 질문에 대해서 이야기했다.

"놀랄 일도 아니지. 나도 한동안은 미심쩍을 정도였으니 말일세!"

우리는 함께 저녁을 먹었고 나는 딱한 아트가 최선을 다하고 있다는 것을 알 수 있었다. 반 헬싱 선생은 식사 시간 내내 침묵을 지키고 있었지만 시가에 불을 밝히자 입을 열었다.

"경이……."

그러나 아서가 선생의 말을 막았다.

"아, 아닙니다, 그러시면 안 됩니다! 죄송합니다, 교수님. 전 실례되는 말씀을 드리려는 게 아니었습니다. 제가 최근 너무도 많은 것을 잃는 바람에……."

그러자 선생은 따스함이 묻어나는 말투로 대답했다.

"혹시나 해서 그렇게 불러봤소이다. 경칭을 쓸 필요는 없겠지요? 나는 당신이 무척 좋아졌고 그러니 편하게 아서라 부르리다."

아서는 손을 내밀어 노인의 손을 꼭 잡았다.

"좋으실 대로 부르십시오. 저는 언제나 친구라는 이름을 갖고 싶습니다. 제 가엾은 연인에게 베풀어주신 후의에 감사하려면 말로는 드릴 말씀이 없습니다."

아서는 잠시 멈추었다가 다시 말을 이었다.

"저는 루시가 교수님의 선의를 저보다 잘 이해했다는 걸 압니다. 제가 무례했거나 어떤 식으로든 결례를 범했다면……. 기억하시겠지만 말입니다……."

선생은 고개를 끄덕였다.

"저를 용서해주십시오."

아서의 말에 선생은 진지한 친절함을 담아 대답했다.

"그렇게 거칠게 나서고서 당장 양해를 구하는 건 무리였겠지요. 그때 당신이 나를 신뢰하기가 어려웠으리라는 걸 알고, 아직 상황을 모르니 지금도 나를 신뢰하지 않는다는, 신뢰할 수 없다는 걸 받아들이겠소. 당신이 이해할 수 없고 이해하지 못할 때, 도저히 이해할 수 없을 때 나를 신뢰하기를 바랄 때가 앞으로도 몇 차례 더 있을 것이오. 허나 언젠가는 당신이 나를 온전하고 완전하게 신뢰할 날, 하늘에서 비추는 태양빛처럼 자연스레 받아들일 날이 올 것이오. 그렇게 되면 당신도 스스로를 위해, 다른 이들을 위해, 그리고 내가 보호하겠다고 맹세한 루시 양을 위해 처음부터 끝까지 나를 신뢰할 것이오."

그 말에 아서는 부드럽게 말했다.

"네, 진실로, 진실로 그렇습니다. 저는 어느 식으로든 교수님을 신뢰할 것입니다. 저는 교수님이 무척 훌륭한 마음을 가지고 계시다는 것과, 잭의 친구이며 또한 그녀의 친구였다는 것을 알고 또 믿습니다. 뭐든 좋으실 대로 하십시오."

선생은 어려운 이야기를 꺼내려는 듯 몇 번 목을 고르더니 마침내 운을 뗐다.

"지금 뭘 좀 물어봐도 되겠소?"

"그렇게 하십시오."

"웨스튼라 부인이 전 재산을 당신에게 남긴 것을 아오?"

"아니요. 생각도 못한 일입니다."

"이제 그 모두가 당신 것이니 원하는 대로 할 권리가 있소이다. 나는 루시 양의 서류와 편지 모두를 읽을 수 있도록 허락해주기를 부탁하는 바요. 고약한 호기심 때문은 아니라는 점은 믿어주시오. 내게는 확실한 동기가 있고, 루시 양이라면 틀림없이 승인했을 것이오. 여기 모두 가져왔소. 혹시라도 타인이 손을 대어 거기 쓰인 단어를 통해 루시 양의 영혼을 들여다보지 못하도록, 이 모두가 당신의 것이라는 사실을 알기 전부터 내가 보관해두었다오. 아마 심지어는 당신도 아직 못 보았을 테지만 내가 안전하게 보관해두리다. 단 하나도 유실되지 않을 것이고 조만간 돌려주겠소. 어려운 부탁이지만 그녀를 위해 거절하지 말았으면 하오."

아서는 평소의 모습대로 진정한 마음을 담아 말했다.

"반 헬싱 박사님, 좋으실 대로 하십시오. 저는 제 사랑하던 이가 허락했으리라는 것을 느끼고 있습니다. 때가 될 때까지는 공연한 질문을 던져 박사님을 괴롭히지 않겠습니다."

노교수는 일어서서 근엄하게 말했다.

"그래요. 우리 모두에게 고통이 있겠지만 그것이 고통의 전부는 아닐 것이며, 이 고통이 마지막도 아닐 것이오. 우리에게도, 당신에게도. 그 누구보다도 당신은 달콤한 행복의 강물에 이르기 전에 쓰디쓴 고난의 강을 건너야 할 것이오. 허나 우리는 용맹하고 이타적인 마음으로 의무를 다할 테니 모든 것이 잘될 거라 믿읍시다!"

나는 그날 아서의 방 소파에서 잤다. 반 헬싱 선생은 아예 잠자리에 들지 않고 루시가 관 안에 누워 있는 방에서 눈을 떼지 않은 채 마치 순찰하듯 집 안 여기저기를 돌아다녔다. 밤의 어둠 속으로 백합과 장미 사이사이에 흩뿌려진 야생 마늘꽃이 무겁고 강한 냄새를 풍기고 있었다.

미나 하커의 일기

9월 22일 엑서터로 가는 기차 안. 조너선은 자고 있다.

마지막 일기를 적은 것이 어제 일 같은데 휘트비와 내 앞의 모든 세상 사이에는 얼마나 많은 것이 놓여버렸는가. 조너선이 떠나고 감감무소식이었다가, 어느덧 조너선과 결혼을 했으며, 조너선은 변호사이자 부유한 사업가가 되었다. 호킨스 씨가 세상을 떠나 매장되었고, 조너선은 그에게 해가 될 수 있는 또 다른 위기를 맞기도 했다. 언젠가 그는 나에게 모든 것을 상세하게 물을지도 모른다. 예상치 못한 부가 주어지자 속기 연습을 게을리

해 실력이 많이 줄었다. 열심히 연습해서 예전으로 되돌아가야겠다.

장례 의식은 간단하고 엄숙했다. 우리와 사무실 직원들, 엑서터에서 온 고인의 옛 친구 두어 명, 런던의 대리인, 변호사협회 회장인 존 팩스턴 경을 대신해 온 신사 한 사람이 전부였다. 조너선과 나는 손을 맞잡고 서 있었다. 우리의 가장 소중한 친구가 우리에게서 떠나갔다는 것을 절감하면서…….

우리는 조용히 시내로 돌아와서 하이드 파크 코너[124]으로 가는 합승 마차를 탔다. 조너선은 로[125]에 들르면 내가 좋아할 거라 생각했고 우리는 그쪽으로 가서 자리를 잡았다. 그러나 막상 가보니 사람이 거의 없었고, 수많은 빈 의자를 보자니 쓸쓸하고 황량한 느낌이었다. 그 모습에 우리 집의 빈 의자가 떠올랐던 것이다. 우리는 일어서서 피커딜리로 걸어갔다. 조너선은 내가 학교에 가기 오래전 그랬던 것처럼 내 팔을 잡고 있었다. 정작 자기는 지키지 못하고 도리어 남자에게 팔을 잡게 하면서 몇 년 동안 여학생들에게 에티켓과 예절을 가르쳤으니 참 터무니없는 노릇이다. 하지만 내 팔을 잡은 사람이 남편 조너선이었고 아무도 우리를 보지 않았기 때문에 — 설령 누가 빤히 쳐다본다고 해도 신경 쓰지 않았겠지만 — 우리는 개의치 않고 계속해서 발걸음을 옮겼다. 길리아노 상점 밖에서 이륜마차에 앉은, 챙이 커다란 모자를 쓴 몹시 아름다운 여자를 바라보고 있는데 갑작스럽게 조너선이 저릴 정도로 내 팔을 꽉 붙잡았다.

"아, 하느님!"

조너선이 숨죽여 내뱉었다. 또 다른 신경적 발작으로 혹시나 정신을 잃지는 않을지 언제나 걱정하던 나였다. 나는 재빨리 조너선 쪽으로 돌아서서 무엇 때문에 그러느냐고 물어보았다.

---

124 런던 하이드 파크 공원의 남동쪽 모퉁이. 나이츠브리지, 피커딜리 등이 만나는 교차로임.
125 로튼 로. 하이드 파크 코너에서 서쪽으로 이어지는 부유층의 승마 도로.

조녀선은 몹시 창백했고 그의 눈은 반은 공포로, 반은 놀라움으로 당장이라도 튀어나올 듯 보였다. 조녀선의 눈은 매부리코와 검은 콧수염, 끝이 뾰족한 턱수염을 가진 키 크고 홀쭉한 남자에게 못 박혀 있었다. 남자도 그 아름다운 아가씨를 바라보고 있었다. 어찌나 뚫어져라 바라보는지 우리 둘에게는 눈길을 주지 않았기 때문에 나는 그 남자를 자세히 관찰할 수 있었다. 좋은 인상은 아니었다. 완고하고 잔인하고 호색적 얼굴이었다. 지나치리만큼 빨간 입술 탓에 더욱 희어 보이는 커다랗고 흰 이는 짐승의 것처럼 뾰족했다. 조녀선은 혹시 남자가 알아챌까 걱정스러워질 만큼 뚫어져라 바라보고 있었다. 남자의 인상이 너무도 사납고 고약해서 공연한 시비라도 붙지 않을까 염려스러웠다. 내가 무엇 때문에 그러느냐고 물어보자 조녀선은 내가 자기만큼이나 자세한 내막을 알고 있다는 투로 이렇게 대꾸했다.

"그 사람이야. 봤지?"

"아뇨. 난 모르는 사람이에요. 누군데요?"

이어진 조녀선의 대답은 내게 충격과 공포를 주었다. 조녀선은 지금 대화하는 상대가 나, 미나라는 사실을 모르는 듯했던 것이다.

"바로 그 사람이잖아!"

그 가엾은 사람은 분명히 뭔가 때문에 겁에 질려 있었다. 그것도 끔찍하리만큼이나. 아마 내가 곁에서 부축하고 기댈 수 있게 해주지 않았더라면 조녀선은 그대로 쓰러지고 말았을 것이다. 조녀선은 좀처럼 눈길을 거두지 못했다. 한 남자가 가게에서 작은 꾸러미를 가지고 나와 여자에게 주었고 둘은 마차를 타고 떠나갔다. 음침한 표정의 남자는 그녀에게 눈을 떼지 못하다가 마차가 피커딜리 길을 달려가자 같은 방향으로 걸어가다가 합승 마차를 불렀다. 조녀선은 눈길로 그 뒤를 쫓고 있다가 혼잣말처럼 중얼거렸다.

"백작이 맞는데 젊어졌어. 하느님, 어떻게 이런 일이 일어날 수 있는지……. 맙소사! 하느님! 진작 그걸 왜 몰랐을까! 진작 왜 몰랐을까!"

조녀선이 너무도 괴로워했기 때문에 나는 혹여 내가 던지는 질문 탓에 도리어 조녀선이 그 주제에서 벗어나지 못할까 두려워 잠자코 입을 다물었다. 내가 가만히 뒤로 물러서자 내 팔을 잡고 있던 조녀선도 따라왔다. 우리는 조금 더 걸어가 그린 파크[126] 안으로 들어가 잠시 앉아 있었다. 가을치고는 더운 날이었지만 그늘 아래 자리는 안락했다. 한동안 멍하니 앉아 있던 조녀선의 눈이 서서히 감겼다. 이윽고 조녀선은 내 어깨에 머리를 기댄 채 잠에 빠져들었다. 나는 잠이 최선이라고 생각해 일부러 깨우지 않고 내버려두었다. 20분쯤 뒤에 조녀선이 깨어나더니 제법 명랑하게 말했다.

"이런, 미나, 내가 잠이 들었구려! 이렇게 무례한 짓을 하다니 미안해요. 자, 어디 가서 차 한 잔 마십시다."

조녀선은 예전 병중에 그 병을 일으킨 모든 사건을 깨끗이 잊었듯 그 음험한 낯선 이를 까맣게 잊고 있었다. 이렇게 종종 망각으로 빠져드는 것이 마음에 걸린다. 이런 일이 계속되면 뇌를 다치게 되고 그 상태가 지속될 수도 있다. 득보다는 해가 될까 두려워 묻지 않았건만 외국을 여행할 때 벌어진 일에 대해 다소간은 알아야 할 것 같다. 꾸러미를 열어 그 안에 쓰여 있는 내용을 보아야 할 때가 온 듯해 두려운 마음뿐이다. 아, 조녀선, 내가 잘못한다면 나를 용서해줘요. 하지만 모두 당신을 위해서랍니다.

후에 우리에게 그토록 친절했던 분이 떠나간 집으로 돌아오는 길은 어느 모로 보아도 서글펐다. 조녀선은 여전히 예전에 앓았던 병이 약하게나

---

126 16세기에 만들어진 런던의 공원으로, 세인트 제임스 파크, 하이드 파크와 더불어 런던의 3대 공원으로 불림.

마 영향을 미치는 듯 창백하고 어지러워하고 있다. 거기다가 반 헬싱이라는 사람에게서 온 전보까지…….

'이 같은 소식을 전하게 되어 유감입니다만 웨스튼라 부인이 닷새 전에 세상을 떠나시고 루시 양도 그저께 세상을 떠났습니다. 두 사람 모두 오늘 매장될 예정입니다.'

아, 몇 마디 말속에 얼마나 깊은 슬픔이 녹아 있는가! 가엾은 웨스튼라 부인! 가엾은 루시! 이렇게 떠나버려 다시는, 다시는 우리에게로 돌아올 수 없다니! 아, 그리도 사랑한 사람을 떠나보낸 가여운 아서는 또 어떻게 하나! 신이시여, 저희 모두가 이 고통을 이겨낼 수 있게 도와주소서.

수어드 박사의 일기(계속)

9월 22일 모든 것이 끝났다. 아서는 링으로 돌아갔고 퀸시 모리스도 함께 갔다. 퀸시는 더할 나위 없는 친구이다. 내심 루시의 죽음을 우리 중 누구보다도 애통해한다는 것을 나 역시 알건만 퀸시는 용맹한 바이킹 전사처럼 헤쳐 나갔다. 미국이 저런 젊은이를 계속해서 키워낸다면 반드시 세계 최고의 강국이 될 것이다. 반 헬싱 선생은 여행을 할 준비로 자리에 누워 쉬고 계신다. 오늘 밤 암스테르담으로 떠나실 예정인데, 개인적으로 처리할 몇 가지 일을 끝내고 내일 밤에 돌아오시겠다고 한다. 가능하다면 우리 집에 머무르실 수도 있을 것이다. 런던에 볼일이 있는데 시간이 좀 걸릴 거라고 하신다. 가엾은 분! 지난주의 스트레스가 그분의 강철 같은 힘마저도 무너뜨린 것 같다. 매장 내내 나는 선생이 자제력을 발휘하려고 안간힘을 쓰고 있다는 걸 알 수 있었다. 장례가 끝나자 우리는 아서 곁에

섰다. 아서는 피가 루시의 혈관으로 흘러 들어갈 때의 일을 이야기했다. 나는 반 헬싱 선생의 얼굴이 번갈아 희어졌다 보랏빛이 되었다 하는 것을 볼 수 있었다. 아서는 그때 이후로 둘이 정말로 결혼했다는 느낌이었다면서 드디어 루시가 신 앞에서 자신의 아내가 된 기분이었다고 말했다. 우리 중 누구도 다른 시술에 대해서는 한 마디도 하지 않았고 앞으로도 그럴 터였다. 아서와 퀸시는 함께 기차역으로 갔고 선생과 나는 이리로 왔다. 마차에 둘만 남게 되자 선생은 간혹 가다 보이는 히스테리 발작을 일으켰다. 선생은 그것이 히스테리라는 것을 부정하고 자신의 유머 감각이 끔찍한 상황에서 튀어나오는 것에 불과하다고 주장했지만 말이다. 선생은 눈물이 날 때까지 웃어젖혔고 나는 누구라도 우리를 보면 공연한 오해를 하지 않을까 싶어 서둘러 덧창을 닫아야 했다. 선생은 갑자기 울다가 다시 웃음을 터뜨렸다. 히스테리를 일으키는 여자처럼 동시에 울고 웃었던 것이다. 나는 그런 상태의 여자에게 그러듯 되도록 엄격하려고 노력했지만 아무 소용이 없었다. 남자와 여자는 초조함이나 허약함을 드러내는 데 있어서 얼마나 다른지! 선생의 표정이 차츰 심각해지고 엄격해지자 나는 하필이면 이런 때에 뭐가 그렇게 즐거우시냐고 물었다. 선생의 대답은 논리적이고 확고하면서 동시에 수수께끼 같은 것이 선생의 원래 성격 그대로였다.

"아, 자네는 이해 못해, 존. 웃었다고 해서 내가 슬퍼하지 않는다고는 생각 말게. 나는 웃음이 내 목을 옥죌 때도 울었네. 허나 내가 운다고 해서 지독히 슬퍼한다고 생각해서도 안 되지. 웃음도 같은 식으로 오니까 말이야. 똑똑 노크를 하고 '들어가도 되나요?' 하고 묻는 것은 진정한 웃음이 아니라는 점을 명심하게나. 아니, 웃음은 제왕이고 자기가 원할 때 원하는 방식으로 오게 마련일세. 누구에게 묻지도 않을뿐더러 적당한 때를 찾는 것도 전적으로 자기 마음이지. 웃음은 이렇게 말하네. '나 여기 왔소.' 보게, 예를 들어 그 사랑스러운 아가씨의 죽음에 내 마음은 온통 슬픔뿐이었어. 비록 기력이 쇠잔해진 늙은이에 불과하지만 나는 그 아가씨에게 내 피를 내주었네. 내 시간, 내 기술, 내 잠을 내주었지. 고통을 받는 다른 젊은이들에게도 그녀에게 모든 것을 기꺼이 내주도록 했던 나일세. 그런데 나는 그 아가씨의 무덤에서 웃을 수가 있었네. 그래, 웃었지. 교회지기의 삽에서 흙이 그녀의 관 위로 떨어지며 내 마음에 '쿵 쿵!' 하고 울려 내 뺨에서 핏기가 가실 때도 웃었네. 그때 내 마음은 그 젊은이, 살아 있을 때 내가 그리도 아꼈던 내 아들 또래의 젊은이, 머리칼과 눈매도 똑같은 그 젊은이를 보고 피를 흘리고 있었는데도 말일세. 아마 자네도 내가 그 젊은이를 사랑한다는 것을 잘 알 게야. 그 친구가 나의 마음을 정곡으로 찌르는 이야기를 하고 내 부성이 그 친구를 그 어떤 사람, 심지어는 자네—우리는 아버지와 아들이라기보다는 경험에서 한층 평등한 사이이니까—보다도 더욱 애타게 그릴 때도 제왕인 웃음은 내게로 와서 내 귀에 대고 속삭였다네. '내가 왔다! 내가 왔느니라!' 그러한 순간, 피가 거꾸로 춤을 추며 돌아오고 그가 가져온 햇살이 내 뺨에 와 닿는 것이라네. 아, 존, 이 세상은 기이함과 슬픔, 비참함과 고통, 골 칫거리로 가득 차 있어. 그러나 웃음이 찾아오면 자신이 연주하는 곡에 맞추어 모든 것을 춤추게 하지. 철철 피 흘리는 마음, 교회 묘지의 바싹 마른 뼈다귀, 떨어지면서 타버리는 눈물방울, 이 모두가 제왕 웃음의 웃음기 없는 입에서 만드는 음악에 맞추어 함께 춤을 추는 것이야. 나를 믿게, 존. 웃음은 훌륭하고 친절한 것일세. 아, 우리 인간은 서로 반대편으로 마구 잡아당기는 밧줄과도 같아. 곧이어 눈물이 찾아와 밧줄 위에 내리는 빗방울처럼 우리를 받쳐 올리지. 밧줄의 긴장이 너무도 팽팽해져 우리가 부서질 지경까지 말이야. 허나 제왕 웃음이 햇살과 같이 다가와 그 긴장을 다시 누그러뜨려 주어 우리는 어떻게든 삶을 이어갈 수 있는 거라네."

나는 선생의 생각을 이해하지 못하는 티를 내어 마음 아프게 하고 싶지는 않았지만 도무지 그 웃음의 원인을 알 수 없었기에 재우쳐 물었다. 내게 대답하는 사이, 선생의 표정은 점차 엄격해지고 어조도 전혀 다른 색을 띠어 갔다.

"아, 이 모든 것이 엄청난 아이러니였네. 화환으로 장식된 그리도 아름다운 아가씨, 살아 있는 것만큼이나 너무도 아름다워 정말 세상을 떠났는지가 의심스러울 정도로 아름다운 아가씨가, 많은 친지들이 쉬고 있는 곳에서 그녀를 사랑했으며 그녀가 사랑했던 어머니와 나란히 외로운 교회 묘지의 훌륭한 대리석 관에 누워 있었네. 성스러운 종소리는 구슬프게 '댕! 댕! 댕!' 나지막이 울리고, 천사의 흰옷을 입은 성스러운 이들은 모두 성경을 읽는 척하고 있었지. 눈은 결코 성경의 페이지에 머물지 않았지만 말이야. 그리고 우리 모두는 고개를 숙이고 있었네. 이것이 무슨 뜻인가? 그녀는 죽었어, 그렇지? 그렇지 않은가?"

"하지만 선생님, 저는 어디서도 우스운 구석을 찾을 수가 없습니다. 선생님의 말씀은 오히려 더 어려운 퍼즐이 되었어요. 설령 장례 의식이야 우스꽝스러웠다 쳐도 아트와 그가 겪는 고통은 무엇이 어떻다는 말씀이십니까? 그 친구의 심장은 말 그대로 무너지고 있었는데요."

"그랬지. 헌데 그 친구는 자기 피를 루시의 혈관으로 수혈한 일이 그녀를 진정한 신부로 만들어준 것 같다고 하지 않았나?"

"네, 그 친구를 위해서는 크나큰 위안이 되는 생각이었지요."

"바로 그래. 헌데 바로 거기에 문제가 있지. 만약 그렇다면 다른 사람들은 어떻게 되나? 하, 하! 이 귀여운 아가씨는 일처다부제론자여야 하고, 비록 정신이 다 나가버려 아무것도 모르지만 교회법에 따라 살아 있는 아내가 있는, 아내라 할 만한 존재가 없이도 신의로운 남편인 나는 중혼론자여야 하지 않은가?"

"그것이 뭐가 우습다는 말씀인지 마찬가지로 전혀 모르겠습니다!"

내가 말했다. 나는 선생의 말씀이 영 언짢았다. 선생은 내 팔에 손을 올

269

리고 말했다.

"존, 마음을 상하게 했다면 미안하네. 나는 남에게 상처를 입힐 만할 때는 내 감정을 드러내지 않는 사람일세. 다만 전적으로 신뢰할 수 있는 오랜 친구인 자네에게만은 예외지. 내가 언제 웃고 싶어 하는지 자네가 내 마음을 들여다볼 수 있었더라면, 만약 웃음이 찾아왔을 때 내 마음을 읽을 수 있었더라면 얼마나 좋았을까. 제왕인 웃음은 자기 왕관을 싸고 짐을 주섬주섬 챙겨버렸네. 이제는 나에게서 멀리, 아주 멀리 떠나가 오래, 정말 오래도록 떠나가 있을 테고 아마도 자네는 그 무엇보다도 그것으로 인해 나를 딱하게 여길지도 모를 일이야."

나는 선생의 서글픈 어조에 마음이 아파 왜 그러시냐고 물었다.

"왜냐하면 나는 알고 있으니까!"

이제 우리는 모두 흩어졌다. 오랜 시간, 외로움이 생각의 날개를 달고 우리의 지붕 위에 앉아 있게 되리라. 루시는 친척들과 함께 북적이는 런던에서 떨어진 외로운 교회 묘지, 상쾌한 공기와 햄스테드[127] 언덕 위로 찬란하게 솟아오르는 태양을 받으며 들꽃이 제 뜻대로 자라는 그곳, 장엄한 죽음의 집 안에 누워 있으리라.

이제 나는 이 일기를 끝낼 수 있다. 또 다른 일기를 시작할 수 있을는지는 신만이 아실 일이다. 그렇게 된다면, 혹은 하다못해 이 실린더를 다시 연다면, 그때는 다른 사람과 다른 주제를 다루고 있을 것이다. 내 삶의 로맨스를 기록한 이 일기는 여기서 끝을 맺는다. 다시 일상으로 돌아가기 전 나는 서글픈 심정으로 희망 없이 이야기한다,

'끝'이라고.

---

127 런던 교외의 주택가.

햄스테드 미스터리

요즘 햄스테드 인근은 신문의 헤드라인을 장식한 '켄싱턴의 공포'나 '단검 여인'이며 '검은 옷의 여인'에 필적할 일련의 사건으로 떠들썩하다. 지난 2, 3일 동안 어린아이가 집 밖을 돌아다니거나 히스에서 놀다가 제시간에 돌아오지 못하는 사건들이 벌어졌다. 매 사건마다 주인공이 너무 어린 관계로 흡족할 만한 설명을 할 수는 없었지만 아이들이 늘어놓은 이야기의 공통점은 '예쁜 아줌마'와 함께 있었다는 것이었다. 아이들이 실종된 것은 언제나 저녁 늦은 시각이었고 두 차례는 이튿날 아침 이른 시각까지 발견되지 못했다. 인근에서는 첫 번째로 실종된 아이가 '예쁜 아줌마'가 같이 산책하러 나가자고 꾀었다고 사라진 이유를 댔기 때문에 다른 아이들도 그 아이를 본떠 이야기한다는 것이 일반적으로 받아들여지는 견해이다. 꼬마들이 서로를 속여 넘겨 멀찍이 꾀어내는 놀이가 유행이라는 점을 감안하면 그 견해는 타당하다 할 수 있다. 특파원은 조그마한 아이들이 '예쁜 아줌마'인 척하는 모양새가 가관이라는 말을 전해 왔다. 특파원의 전언으로는 캐리커처 화가라면 현실과 그림을 비교함으로써 이 그로테스크한 아이러니 속에서 뭔가 배울 점이 있으리라고 한다. 소위 '예쁜 아줌마'가 꼬마들의 야외극에서 인기 높은 역할이라는 점은 인간 본성의 일반 원칙에 부합한다. 특파원은 상상에 빠져 연기하는 일부 어린아이의 경우에는 엘린 테리[128]조차도 무색해질 지경이라고 한다.

그러나 여기에는 분명 심각한 측면이 존재한다. 아이들 일부, 실은 밤

---

128 1847~1928. 영국의 유명한 연극배우.

에 실종된 아이들 모두에게서 목에 약간 찢긴 흔적, 혹은 상처가 나타났다는 점이다. 쥐나 작은 개의 흔적인 듯 보이는데, 그 상처 자체로는 별로 문제시될 것은 없으나 해를 입힌 동물이 무엇이든 간에 나름의 체제나 방법론이 있다는 점을 간과해서는 안 될 것이다. 구역 경찰에게는 햄스테드 히스[129] 인근에서 돌아다니는 아이들, 특히 나이가 어린 아이들을 유심히 살피고 떠돌이 개 역시도 주의하라는 상부 지시가 내려졌다.

「웨스트민스터 가제트」, 9월 25일자 특집판

햄스테드의 공포

또 다른 어린아이 부상 '예쁜 아줌마' 사건

방금 소식통으로부터 지난밤 실종되었던 한 어린이가 오늘 아침 느지막이 발견되었다는 소식이 전해졌다. 아이가 발견된 장소는 햄스테드 히스의 다른 곳보다는 인적이 드문 편인 슈터스 힐 부근의 금작화 덤불 아래였다. 목에는 다른 사례에서와 마찬가지로 작은 상처가 나 있었다. 아이는 몹시 쇠약해져 있었고 거의 탈진한 상태였다. 어느 정도 회복되자 아이는 '예쁜 아줌마'의 꾐에 넘어갔다는 이야기를 반복했다.

---

129 런던 교외의 녹지 지역.

14

미나 하커의 일기

9월 23일 조너선은 고통스러운 밤을 겪은 이후로 상당히 좋아졌다. 할 일이 많아 섬뜩한 생각을 떠올릴 틈이 없는 것이 더할 나위 없이 기쁘다. 아, 새로운 직위의 막중한 책임감에 그저 감사할 따름이다. 자신에게 늘 충실한 조너선이 앞에 놓인 임무를 여러 모로 차근차근 해나가는 모습을 보니 얼마나 자랑스러운지 모르겠다. 오늘 집에서 점심을 먹을 수 없다고 한 걸 보니 늦게까지 밖에 있을 모양이다. 집안일은 끝냈고, 지금부터 나는 그가 외국에서 적은 일기를 꺼내어 내 방문을 잠근 채 읽으려 한다…….

9월 24일 간밤에는 조너선의 무시무시한 기록 탓에 마음이 너무도 뒤숭숭해 차마 일기를 쓸 엄두가 나지 않았다. 가엾은 사람! 사실이든 상상이든 간에 얼마나 고통을 받았던 걸까. 과연 그 속에는 진실이 있는 것일까. 열에 시달려 자기도 모르게 그 끔찍한 일들을 적었거나 혹은 그럴 만한 다른 이유가 있었던 것은 아닐까. 차마 그 주제를 입에 올릴 수는 없는 노릇이니 나는 결코 알지 못할 것이다. 그러나 우리가 어제 본 그 남자는! 조너선은 그 남자에게 확신을 갖고 있는 것 같았다. 아, 가엾은 사람! 혹시 장

273

례식 탓에 심란해져서 마음이 동요했던 것은 아닐까? 하지만 아서는 온전히 믿고 있었다. 나는 우리의 결혼식 날 그가 했던 말을 똑똑히 기억한다.

"어떤 지엄한 사명으로, 잠들었건 깨어 있건, 제정신이건 미쳤건, 내가 그 고된 시간으로 되돌아가야 할 때가 찾아오지 않는다면……."

어쩌면 일련의 이어지는 실이 존재하는 것은 아닐까……. 그 가공할 만한 백작은 런던에 오려 했다……. 그랬다면, 그자가 정말 런던으로 왔다면…… 이 수백만 사람들이 바글거리는 곳에 나타났다면……. 그렇다면 이것은 지극히 지엄한 사명이며, 만약 사실이라면 우리가 그 앞에서 움츠러들어서는 안 된다. 철저히 준비가 되어 있어야 한다. 당장 타자기를 꺼내어 옮겨 적어야겠다. 그렇게 해두면 필요할 경우 다른 사람에게도 보일 수 있을 테니까. 사명이 부른다면, 그리고 내가 준비되어 있다면, 가엾은 조너선도 동요할 일은 없을 것이다. 왜냐하면 내가 직접 그를 위해 목소리를 높일 테고, 다시는 그 일 때문에 고통을 받거나 근심하도록 가만 놔두지는 않을 것이니까. 언제든 초조함을 극복하고 나면 조너선은 아마도 나에게 그 이야기를 하고 싶어 할지도 모른다. 그때가 되면 그이에게 물어 모든 사실을 알아내고 그이를 위로할 방법을 찾아내리라.

반 헬싱 교수가 하커 부인에게 보내는 편지

(친전)

9월 24일

친애하는 부인께

루시 웨스튼라 양의 죽음이라는 슬픈 소식을 전해드렸으니 친구와는 거리가 먼 저 같은 사람이 편지를 드리는 결례를 용서해주십시오. 몇 가지 긴요한 문제로 몹시 근심하던 차에 고달밍 경의 친절 덕분에 루시 양의 편지와 서류를 읽을 권한을 부여받았습니다. 루시 양의 서류를 검토하다가 저는 부인의 편지를 보았고, 부인이 루시 양에게 무척 좋은 친구였으며 얼마나 루시 양을 사랑했는지를 알게 되었습니다. 아, 마담 미나, 그 사랑으로, 간청하건대, 저를 도와주십시오. 엄청난 잘못을 바로잡아야 합니다. 부인이 상상하실 수 있는 것보다 한층 고통스러운 문제들을 해결하기 위하여, 다른 이들의 안녕을 위하여 제가 이렇게 요청드립니다. 한번 찾아뵈어도 되겠는지요? 저는 존 수어드 박사의 친구이며 고달밍 경(루시 양에게는 아서였지요)의 친구이니 저를 믿으셔도 됩니다. 한동안은 모두에게 이 사실을 비밀로 부쳤으면 합니다. 제가 찾아뵐 권리가 있으며 언제 어디가 좋을지 말씀해주시면 한달음에 엑서터로 달려가겠습니다. 다시금 양해를 부탁드립니다. 저는 부인이 루시 양에게 보낸 편지를 읽었고, 부인이 얼마나 훌륭한 분이며 남편께서 얼마나 고통을 받으셨는지 잘 알고 있습니다. 혹시라도 해를 끼칠지 모르니 가능하면 남편께는 알리지 말아주십시오. 다시 한 번 실례를 무릅쓰고 용서를 구합니다.

반 헬싱

하커 부인이 반 헬싱 교수에게 보내는 전보

9월 25일 가능하다면 10시 15분 기차 편으로 도착 바랍니다. 언제든 찾아오셔도 됩니다.

윌헬미나 하커

미나 하커의 일기

9월 25일 반 헬싱 교수의 방문 시간이 다가올수록 견딜 수 없을 만큼 흥분되는 것을 어쩔 수 없다. 어떤 이유에서인지 나는 이 일이 조너선의 쓰디쓴 경험에 빛을 던져주리라고 기대하고 있다. 게다가 병에 시달린 루시의 마지막을 돌보아주신 분이니 루시 이야기도 모두 들려주실 수 있을 것이다. 물론 이 방문 목적은 루시와 그 애의 몽유병과 관련 있는 것이지 조너선에 관한 것은 아니다. 그렇다면 나는 결코 진실을 알지 못하게 되는 걸까? 내가 무슨 멍청한 소리를 한담. 그 참담한 일기가 내 머릿속을 온통 메워버려 모든 것을 그 색조로 물들이고 있다. 당연히 그분이 오시는 건 루시 일 때문이다. 가엾은 내 친구에게 예전의 습관이 되돌아왔으며, 그날 절벽에서 끔찍한 밤을 보낸 후 병에 걸리고 말았다. 그 이후로 그 애가 겪은 고통은 내게 닥친 일 탓에 거의 잊고 있었다. 아마도 루시는 몽유병으로 절벽 위를 걸었던 밤 이야기를 했을 것이며 내가 모든 걸 알고 있다고 말했을 테니, 반 헬싱 교수가 기대하는 것은 그분이 이해하실 수 있도록 내가 아는 내용을 전부 이야기하는 것이리라. 웨스튼라 부인께 아무 말도 하지 않았던 것이 올바른 결정이었기를 바란다. 아주 소소한 것일지라도 가엾은 루시에게 악영향을 끼쳤다면 나 자신을 결코 용서할 수 없을 테니까. 반 헬싱 교수가 나를 책망하지 않으시면 좋을 텐데. 요즘 들어 근심 걱정이 부쩍 늘어나 당장은 더 이상 감당하기 힘들 것 같다.

비가 공기를 깨끗이 씻어주듯 때로는 눈물도 퍽 유익하다고 생각한다. 내가 이리도 초조해하는 까닭은 어제 읽은 일기와 더불어 오늘 아침 조너선이 출장을 갔기 때문이다. 결혼한 이래 처음으로 그이와 하루를 꼬박 떨어져 지내게 되었다. 제발 스스로를 잘 돌보고, 그 사람을 동요시킬 어

276

떤 일도 일어나지 않기를. 이제 2시이니 곧 교수가 도착할 것이다. 묻지 않으시면 그분께 조녀선의 일기에 대해서는 아무 말도 하지 않을 생각이다. 혹시라도 루시 일을 질문하면 건네드리려고 내 일기를 미리 타자기로 쳐놓아 다행이다. 덕분에 질문 공세를 피할 수 있을 테니까.

후에 반 헬싱 교수가 왔다 가셨다. 아, 이 얼마나 기이한 만남이었으며 얼마나 내 머릿속을 어지럽혀놓았는가. 꼭 꿈속에 있는 것만 같다. 아니, 혹시 지금도 꿈의 일부가 아닐까? 만약 조녀선의 일기를 먼저 읽지 않았더라면 일말의 가능성조차 받아들일 수 없었을 것이다. 가엾은, 가엾은 조녀선! 얼마나 큰 고통을 받았을까. 선하신 하느님, 이 일로 그 사람이 다시 동요하지 않도록 해주십시오. 나는 그 사람이 고통을 받지 않도록 애쓰겠지만, 눈과 귀와 두뇌가 자신을 속이지 않았으며 그 모든 일이 사실이라는 것을 알게 되면 비록 끔찍하고 섬뜩하기는 해도 결국은 그 사람에게 위안과 도움이 될 것이다. 그의 머릿속에 출몰해 괴롭히는 것은 바로 의구심이다. 그 정체는 알 수 없어도 깨어서든 꿈속에서든 의구심이 사라지면 사실이 드러날지도 모를 일이다. 그렇게 되면 조녀선도 충격을 더욱 잘 견딜 수 있을 것이다. 반 헬싱 교수는 아서와 수어드 박사의 친구이며, 루시를 돌봐달라고 네덜란드에서까지 와주시기를 청한 것을 보면 매우 명석하고 훌륭한 분이리라. 게다가 직접 뵙고 보니 선량하고 친절하며 숭고한 성품을 지닌 분이라는 걸 느낄 수 있었다. 내일 다시 오시면 조녀선에 대해 여쭤어봐야겠다. 그러면 하느님께 간청하오니, 이 모든 슬픔과 근심이 행복한 결말로 이끌어질 수도 있지 않으려. 나는 인터뷰 연습을 좋아한다. 「엑서터 뉴스」지에서 근무하는 조녀선의 친구는 그런 일에서는 기억이 전부라 해도 과언이 아니며 후에 다시 정서하는 한이 있어도 입 밖에 나온 모든 단어를 정확하게 받아 적을 수 있어야 한다고 말했다. 하기 힘든 인터뷰 기회가 있었다. 그 내용을 가능한 한 그대로 적도록 노력하겠다.

2시 30분에 문 두드리는 소리가 났다. 나는 두 손을 쥐어 용기를 그러모으고 기다렸다. 몇 분 후에 메리가 문을 열고 말했다.

"반 헬싱 교수님이 오셨습니다."

나는 일어서서 인사를 했고, 중간 키에 몸이 다부지고 넓은 가슴팍, 뒤로 젖혀진 어깨에 그 몸집에 어울리는 목을 가진 남자가 내게로 다가왔다. 일단 머리 생김새부터가 사고력과 힘을 보여주는 것 같아 무척 인상적이었다. 고상한 기운이 풍기는 머리는 큰 편이고 귀 뒤로 넓어지는 모양새였다. 얼굴은 깨끗하게 면도되어 있고, 네모진 틱 선이 뚜렷하며, 크고 표정이 풍부한 입매는 결단력 있어 보인다. 큼지막한 코는 비교적 곧지만, 그 숱 많고 풍성한 눈썹이 아래로 내려와 서로 만나는 듯한 느낌을 주어 날래고 민감한 콧구멍이 상대적으로 넓어 보인다. 이마는 넓고 훤했으며, 아랫부분은 거의 평평하게 솟아 있었지만 위쪽으로 올라가면 양쪽이 두두룩하게 두드러져 붉은 머리칼이 그 위로 구불거리지 못하고 뒤와 옆으로 늘어뜨려져 있었다. 사이가 먼 편인 커다란 짙푸른 두 눈은 기분에 따라 부드럽게도, 엄격하게도 변했다.

"하커 부인이시지요?"

그가 묻자 나는 맞다고 인사를 해 보였다.

"예전에는 미나 머레이 양이셨고요?"

나는 다시 고개를 끄덕였다.

"나는 루시 웨스튼라 양의 친구인 미나 머레이 양을 만나러 왔습니다. 마담 미나, 내가 찾아온 것은 고인에 관한 일 때문입니다."

"루시 웨스튼라의 친구이자 큰 도움을 주신 분이니 저에게 도움을 요청하신 것은 오히려 제 기쁨이에요."

나는 손을 내밀었다. 반 헬싱 교수는 내 손을 잡고 부드럽게 말했다.

"아, 마담 미나, 나는 그 가엾은 아가씨의 친구가 좋은 분이리라는 것을 알고 있었습니다만 이렇게까지 훌륭하신 분일 줄은 미처 알지 못했군요."

교수는 예의 바른 절로 말을 맺었다. 내가 뭘 알고 싶으시냐고 묻자 반 헬싱 교수는 곧 본론으로 들어갔다.

"루시 양에게 보내신 부인의 편지를 읽었습니다. 죄송합니다만 어디에든 문의를 해야 했는데 마땅히 물어볼 사람이 없더군요. 휘트비에서 부인이 루시 양과 함께 계셨지요? 루시 양은 때로 일기를 쓰기도 했는데, 아 놀라지 마십시오, 마담 미나. 일기 쓰기는 부인이 떠난 뒤에 시작되었고 부인을 본뜬 것이며, 그 일기에서 루시 양은 부인이 구해주었다면서 몽유병과 관련한 사건을 추론으로 추적해놓았습니다. 헌데 뭐가 뭔지 잘 알 수 없어서 부인께 찾아온 겁니다. 기억하시는 내용을 모두 말씀해주십사 청하고 싶습니다만."

"네, 그렇게 할게요. 거의 전부라도 말씀드릴 수 있어요, 반 헬싱 교수님."

"아, 세부 사항에 대해 훌륭한 기억력을 갖고 계신가 보군요. 젊은 부인들께 쉬이 따르는 자질은 아닙니다만."

"아니에요, 교수님. 하지만 제가 당시 일어난 일을 낱낱이 적어놓았거든요. 원하신다면 보여드리겠습니다."

"아, 마담 미나. 정말 감사드립니다. 큰 도움이 될 겁니다."

나는 반 헬싱 교수를 조금 어리둥절하게 하고 싶은 유혹을 견딜 수가 없었다. 여전히 우리의 입속에 남아 있는 원죄의 사과의 흔적 때문일까. 나는 속기로 쓴 일기를 내밀었다. 교수는 감사의 인사와 함께 받아들고 물었다.

"읽어도 될까요?"

"그러고 싶으시면요."

나는 되도록 새침하게 대답했다. 반 헬싱 교수는 일기를 펼쳤지만 곧 얼굴에 당황한 표정이 서렸다. 교수는 자리에서 일어서더니 내게 고개를 숙여 인사를 했다.

"아, 정말 현명하신 분이로군요! 오래도록 조너선 씨를 감사할 점을 여럿 갖고 계신 분으로 생각했습니다만, 이제 보니 부인께서 좋은 점을 두루 가지신 분이었습니다그려. 큰 폐가 되지 않는다면 내가 읽을 수 있도록 좀 도와주실 수 있을까요? 안타깝게도 나는 속기를 모릅니다."

이쯤 되자 내 소박한 장난은 끝났고 적잖이 부끄러운 기분이 들었다. 나는 일거리를 넣어두는 바구니에서 타자기로 친 원고를 꺼내어 내밀었다.

"죄송합니다. 제가 좀 짓궂었지요? 저는 교수님이 루시에 대해 묻고 싶어 하실 거라 생각해서 기다리느라 시간을 허비하지 않으시도록 이미 타자기로 쳐놓았어요. 교수님의 시간이 귀중하다는 것을 저도 아니까요."

원고를 받아든 반 헬싱 교수의 눈빛은 환하게 빛났다.

"정말 훌륭하십니다. 그러면 지금 읽어도 될까요? 읽고 나서 몇 가지 여쭙고 싶은 게 있습니다."

"그렇게 하세요. 제가 점심 준비를 이르고 올 테니 그동안 읽으세요. 식사를 하시면서 질문을 하시고요."

교수는 목례를 하고 불빛에 등을 돌린 채 의자에 편안하게 앉아 원고에 몰입했고, 그사이 나는 방해가 되지 않도록 점심 준비를 시키러 나갔다. 돌아와보니 반 헬싱 교수가 흥분으로 벌게진 얼굴로 방 안을 오가고 있었다. 교수는 곧바로 내 쪽으로 오더니 내 두 손을 잡았다.

"아, 마담 미나. 이 신세를 어떻게 갚을 수 있을까요? 이 원고는 햇살입니다. 내게 문을 활짝 열어주었어요. 그 빛에 머리가 어지럽고 눈이 부실 정도입니다. 설령 구름장이 그 뒤로 지나간다 해도요. 부인은 이해하실 수 없으시겠지요. 그래도 부인께 정말 감사드립니다. 진정으로 영민하신 분이에요."

그러더니 교수는 근엄한 어조로 말을 이었다.

"부인이나 부군을 위해 이 애이브러햄 반 헬싱이 뭐든 해드릴 수 있다면 알려만 주십시오. 부인의 친구로서 봉사할 수 있다면 그것이 내 기쁨이고 즐거움일 테고요. 허나 내가 알게 된 모든 것, 내가 할 수 있는 모든 것은 그것이 무엇이든 부인과 부인이 사랑하는 이들을 위한 것입니다. 삶에는 어두움이 있고 빛도 있습니다. 부인은 빛에서 오신 분이에요. 부인은 행복한 삶을 누리실 것이며, 부군은 부인 안에서 축복을 받으실 겁니다."

"하지만 교수님, 칭찬이 과하세요. 저를 알지 못하시잖아요."

"부인을 잘 모른다고요? 이리도 나이를 먹은 데에다, 평생을 남자와 여자를 연구하는 데 보냈고, 두뇌와 인간에게 속한 모든 것, 인간에게서 나온 모든 것을 전문 분야로 한 내가 왜 모르겠습니까? 나를 위해서 더할 나위 없이 훌륭하게 써주신 일기를 읽었고 그 일기의 한 줄 한 줄이 진실을 토로해주었습니다. 딱한 루시 양에게 당신의 결혼에 대해, 그 지극한 신뢰에 대해 적어 보낸 그 소중한 편지를 읽었던 내가 부인을 모를 리가 있겠습니까? 아, 마담 미나. 훌륭한 여성은 자신의 삶을 있는 그대로 드러내며, 매일매일, 한 시간 한 시간, 1분 1분을 천사께서 읽으실 수 있는 법입니다. 그렇기에 우리네 남자들이 천사의 눈과 같은 것을 갖고 싶어 하는 것이지요. 부군께서는 숭고한 분이고 부인 역시 숭고한 분이며 서로를 신뢰하고 있습니다. 신뢰란 것은 음험한 성격에는 깃들 수 없지요. 부인의 부군, 그분에 대해 말씀해주세요. 무탈하십니까? 열은 가시고 이제 건강을 회복하셨는지요?"

나는 이 질문을 조너선에 대해 물을 좋은 기회라고 여겼다.

"거의 회복되었는데 호킨스 씨가 세상을 떠나시면서 몹시 동요했어요."

"아, 네, 압니다. 지난 두 통의 편지에서 읽었지요."

"제 생각에는 남편을 몹시 동요시킨 일이 있었던 것 같습니다. 목요일 시내에 나갔다가 큰 충격을 받았어요."

"뇌막염을 앓은 뒤 얼마 지나지 않아 충격을 받았다라! 그것 좋지 않은데요. 무슨 충격이었습니까?"

"조녀선은 뇌막염으로 이르게 한 뭔가 끔찍한 일을 회상시키는 어떤 사람을 봤다고 생각해요."

문득 모든 것이 한달음에 나를 압도하는 것 같았다. 조녀선에 대한 동정심, 그 사람이 겪은 경험에 깃들인 공포, 일기에 쓰인 무시무시한 미스터리, 그때 이래로 나를 위압하는 두려움이 한꺼번에 격정이 되어 몰려왔다. 나는 무릎을 꿇고 두 손을 교수 쪽으로 들어 올려 남편을 회복시켜달라고 애원하고야 말았다. 거의 히스테리나 다를 바 없었다. 반 헬싱 교수는 내 손을 잡고 나를 일으켜 세워 소파에 앉게 한 뒤 곁에 앉았다. 그러고는 내 손을 잡고 아, 너무도 부드럽게 말을 건네 왔다.

"내 삶은 황량하고 외로운 것이었고 워낙 일이 많아 우정을 나눌 시간도 많지 않았습니다만, 내 친구 존 수어드가 이리로 와달라고 한 이후로 훌륭한 분들을 많이 만나게 되었고 그 어느 때도 느끼지 못한 숭고함을 숱하게 보았습니다. 그러면서 나이가 들어갈수록 더욱 극심해진 내 삶의 외로움을 절감하게 되었지요. 나를 믿으세요. 나는 부인에 대한 존경심을 가득 담아 이곳에 왔고, 부인은 내게 희망, 비단 내가 찾고 있었던 것만이 아니라 훌륭한 여성은 삶을 행복하게 만들 수 있으며, 그 삶과 신뢰가 미래의 아이들에게 좋은 본보기가 될 수 있으리라는 희망을 안겨주었습니다. 부군께서 고통을 받는다 해도 내 연구와 경험의 범위를 벗어나지는 않을 겁니다. 내가 할 수 있는 것을 다하여, 그분의 삶을 남자다운 강인한 것으로, 부인의 삶을 행복한 것으로 만들어드리도록 최선을 다하겠다고 약속드리지요. 이제는 식사를 하셔야 해요. 몹시 지치고 무척 근심이 크신 것 같군요. 이렇게 창백한 모습을 보면 부군께서 어떻게 생각하시겠습니까? 아마 그분에게도 좋지 못할 거예요. 그러니 그분을 위해서라도 부인은 잘 드시고 웃으셔야 해요. 이미 루시 양 말씀은 하셨으니 더는 이야기하지 맙시다. 오늘 밤 이곳 엑서터에서 머물 것이고 좀 생각해본 뒤 필요하다면 질문을 드리겠습니다. 부인은 좋으실 때 부군인 조녀선의 고통에 대해 이야기하실 수 있겠지만 적어도 지금은 아닙니다. 우선 식사를 하시고 그후에 다 이야기해주세요."

점심식사 후에 거실로 돌아왔을 때 반 헬싱 교수가 내게 말했다.

"이제 그분에 대해서 이야기해주세요."

이 학식 높은 분께 이야기할 때가 오자 나는 잠시 망설여졌다. 혹시라도 나를 유약한 바보로 여기고, 그 기이한 일기를 쓴 조녀선을 미치광이로 생각하지는 않을까? 그러나 교수는 무척 친절하고 살가웠고 기꺼이 돕겠다고 약속했기에 나는 그분을 신뢰하기로 했다.

"반 헬싱 교수님, 제가 말씀드려야 하는 내용이 정말이지 기괴하기 짝이 없기는 하지만 부탁이니 저나 제 남편을 비웃지 말아주세요. 어제 이래로 의구심에 시달리고 있어요. 제가 이 기이한 일들을 절반쯤 믿는다고 해도 부디 저를 어리석다고 생각하지 말아주시고요."

이어진 교수의 반응은 말뿐만이 아니라 태도로도 나에게 확신을 주었다.

"아, 부인, 내가 여기 온 것이 얼마나 기괴한 일 때문인지를 알게 되면 아마 비웃는 쪽은 부인이실 겁니다. 제아무리 이상한 것이라도 남의 믿음을 사소하게 여겨서는 안 된다는 걸 익히 아는 납니다. 나는 열린 마음을 가지려고 노력해왔고, 내 머릿속에는 평상적인 것들이 아닌 이상한 일, 극도로 기묘한 일, 혹시 내가 미쳤거나 돌았나 하는 의구심이 들게 할 만큼 기이한 일들이 가득합니다."

"감사합니다, 정말 감사드려요! 제 마음에서 큰 짐을 벗겨주셨어요. 읽어보시라고 서류를 하나 드리고 싶어요. 길지만 타자기로 친 것이에요. 이걸 보시면 저와 조녀선의 문제에 대해 아실 수 있을 거예요. 외국에 갔을 때 그곳에서 일어난 일을 낱낱이 적은 남편 일기의 사본입니다. 감히 아무 말씀도 못 드리겠네요. 직접 읽고 판단해주세요. 다시 교수님을 뵐 때 생각하시는 내용을 말씀해주셨으면 해요."

내 말에 반 헬싱 교수는 서류를 건네받으며 말했다.

"약속드리겠소이다. 되도록 아침 일찍 와서 부인과 필요하다면 부군도 뵙도록 하지요."

"조너선은 11시 30분에 올 거예요. 저희 집에 오셔서 함께 점심을 드시면서 이야기를 나누도록 하세요. 3시 34분 특급을 타시면 8시 전에 패딩턴 역에 닿으실 수 있을 거예요."

교수는 즉석에서 나오는 기차 시간에 대한 내 지식에 놀랐지만, 혹시라도 급할 경우에 조너선을 도울 수 있도록 엑서터를 오가는 모든 기차편을 내 머릿속에 꿰고 있다는 사실은 몰랐다.

곧 반 헬싱 교수는 자료를 들고 떠났고 나는 여기에 앉아 생각하고 또 생각하고 있다. 나조차 모를 것들을.

반 헬싱 교수가 하커 부인에게 보내는 편지

(인편으로 보내옴)

9월 25일, 6시

친애하는 마담 미나

부군의 경이로운 일기를 읽어보았습니다. 의구심 없이 주무셔도 됩니다. 비록 기괴하고 섬뜩하나 그것은 사실입니다! 제 생명을 걸고 말씀드릴 수 있습니다. 다른 이들에게라면 상황이 훨씬 좋지 못했을 테지만 부군과 부인께서는 아무것도 두려워하실 것이 없습니다. 부군은 숭고한 분이고, 경험에서 말씀드리는데, 그분처럼 그 돌 벽을 기어 내려와 그 방으로, 그것도 두 번씩이나 들어갈 수 있는 분이라면 충격 탓에 회복 불능의 상처를 입는 일은 절대 없을 것입니다. 아직 뵙기도 전이지만 그분의 두뇌와 정신이 정상임을 자신 있게 말씀드릴 수 있습니다. 다른 일들에 관해 부군께 여쭤보고 싶은 것이 많을 듯합니다. 오늘 부인을 볼 수 있었던 것은 축복입니다. 모든 것을 한꺼번에 알게 되어 그 어느 때보다도 머리가 어지러울 지경입니다. 생각을 해야겠습니다.

신뢰를 담아

애이브러햄 반 헬싱

하커 부인이 반 헬싱 교수에게 보내는 편지

9월 25일, 오후 6시 30분

친애하는 반 헬싱 교수님께

친절하신 편지에 수없는 감사를 드립니다. 제게서 큰 짐을 벗겨준 편지였습니다. 그러나 그것이 사실이라면 세상에 어떻게 그렇게 끔찍한 일들이 있을 수 있을까요? 그 사람, 아니 그 괴물이 런던에 와 있다니 그 또한 얼마나 무시무시한 일일까요! 생각하기조차 두렵습니다. 저는 편지를 쓰면서 곧바로 남편에게 오늘 밤 6시 25분에 론서스턴을 떠나 10시 18분에 도착해달라는 내용의 전보를 보냈습니다. 그렇게 하면 오늘 밤에는 모든 두려움을 벗을 수 있을 테니까요. 그러니 저희와 점심을 같이 하시는 대신 교수님께 너무 이른 시각이 아니라면 8시에 아침을 들러 와주실 수 있겠는지요? 필요하시다면 10시 30분 기차를 타고 가실 수도 있고, 그렇게 하면 2시 35분에는 패딩턴 역에 닿으실 수 있습니다. 답장을 보내지 않으시면 아침식사를 하러 오시는 것으로 생각하겠습니다.

교수님의 친구

미나 하커

조너선 하커의 일기

9월 26일   다시 이 일기를 적게 되리라고는 생각하지 않았지만 그때가 왔다. 간밤에 집으로 오니 미나가 저녁을 준비해놓았고, 함께 저녁을 먹고 나자 미나는 반 헬싱 교수의 방문에 대해 이야기하면서 그분께 일기의 사본을 드렸으며 나에 대해 얼마나 근심했는지를 이야기해주었다. 미나는 내가 적은 모든 것이 사실이라고 적힌 교수의 편지를 보여주었다. 마치 내가 새로운 사람이 된 것 같다. 나를 거꾸러뜨렸던 것은 이 이야기 전체가 과연 사실일까 하는 의구심이었다. 나는 무력한 기분이었고 어둠과 불신 속에 있었다. 그러나 사실을 알게 된 지금은 심지어는 백작조차 두렵지 않다. 어떻게 해서든 런던에 오겠다는 그자의 의도는 성공을 거두었고 내가 본 것은 그자가 맞았다. 더욱 젊어진 채로. 어떻게 된 일일까? 반 헬싱 교수는 미나가 이야기한 대로의 사람이라면 그자의 가면을 벗기고 그자를 축출할 수 있는 사람이다. 미나는 외출 준비를 하고 있고 나는 몇 분 후에 호텔에 가서 그분을 모셔올 것이다.

반 헬싱 교수는 나를 보고 놀란 것 같았다. 내가 방 안으로 들어가 내 소개를 하자 교수는 내 어깨를 붙잡고 내 얼굴을 불빛 쪽으로 돌리고는 예리하게 살펴보고 난 뒤 말했다.

"헌데 마담 미나는 당신이 아프다고 했는데요. 큰 충격을 받았다고."

이렇게 친절하고 강건한 얼굴의 노인이 내 아내를 '마담 미나'라고 부르는 것을 보니 은근히 재미있었다. 나는 미소를 지으며 말했다.

"아팠습니다. 충격을 받았지요. 하지만 교수님께서 저를 벌써 치유해 주셨습니다."

"어떻게요?"

"간밤에 미나에게 보내신 편지로요. 저는 의구심을 가졌고 그때부터 세상 모든 것이 비현실적으로 느껴져 과연 무엇을 믿어야 할지 알 수가 없었습니다. 심지어는 제 자신의 감각으로 확인한 것도 알 수 없게 되었지요. 뭘 믿어야 할지 모르니 뭘 할지 몰랐고, 그래서 이제껏 제 삶의 기쁨이 되었던 일에 매달릴 밖에는 방법이 없었습니다. 하지만 그 기쁨조차 어느덧 위안이 되기를 멈추었고 저는 저 자신을 믿지 못했지요. 모든 것, 심지어는 자기 자신을 믿지 못한다는 것이 어떤 것인지 교수님은 짐작도 하지 못하실 겁니다. 아니, 절대로요. 교수님처럼 강한 눈썹을 가진 분은 절대 그러실 수 없어요."

반 헬싱 교수는 즐거운 표정으로 껄껄 웃음을 터뜨렸다.

"저런! 관상가시로구먼. 여기서는 매시간 뭘 배우게 됩니다그려. 아침 식사를 하러 댁에 가다니 큰 기쁨이에요. 아, 늙은이로부터 칭찬을 받아 언짢지 않다면 부인에게서는 큰 축복을 받으신 겁니다."

나는 교수가 미나를 칭찬하는 소리는 종일이라도 듣고 싶은 마음이어서 가만히 고개를 끄덕이고 입을 다문 채 서 있었다.

"부인은 하느님이 보내신 여인이에요. 당신 손으로 직접 빚어 우리 남자들과 여타의 여자들에게, 우리가 들어갈 수 있는 천국이 있으며 그 빛이 이곳 땅 위에도 비칠 수 있다는 것을 보여주는 그런 분이지요. 정직하고, 친절하고, 숭고하고, 이기적인 구석은 전혀 없는, 이처럼 회의적이고 이기적인 세상에는 과분한 분이에요. 그리고 당신…… 가엾은 루시 양에게 보낸 편지를 모두 읽었는데 그중 몇 장에 당신 이야기가 나와 진작부터 어떤 분인지 알고 있었소이다만 지난밤 이후로는 당신의 진정한 모습을 보게 되었지요. 손을 주시겠소이까? 평생의 친구가 되기로 합시다."

우리는 악수를 나누었다. 반 헬싱 교수의 성의와 친절에 나는 목이 메어왔다.

"지금 도움을 좀 청해도 되겠소? 내게는 막중한 임무가 있는데 그 시작은 아는 것에서 비롯되게 마련이지요. 트란실바니아로 가기 전에 어떤 일이 있었는지 이야기해줄 수 있겠소? 나중에 더욱 많은 도움, 다른 종류의 도움을 부탁하겠지만 우선은 이것으로도 충분하오."

"잠시만요, 교수님. 그것이 그 백작과 관련이 있습니까?"

"그래요."

반 헬싱 교수가 엄숙하게 말했다.

"그러면 제 모든 가슴과 영혼을 다하겠습니다. 10시 30분 기차로 가셔야 하니 읽으실 시간은 없겠지만 서류 더미를 가져다드리겠습니다. 가지고 가서 기차 안에서 읽으십시오."

아침식사 후에 나는 교수를 역까지 배웅 나갔다. 우리가 헤어지는데 반헬싱 교수가 말했다.

"내가 청하면 시내로 오실 수 있겠지요? 그때 마담 미나도 함께 오도록 하시구려."

"필요하시다면 언제든 저희 둘 다 가겠습니다."

내가 말했다.

나는 반 헬싱 교수께 조간신문들과 어제 자 석간신문들을 가져다드렸다. 기차가 출발하기를 기다리며 객차 창 너머 이야기를 나누는 틈틈이 교수는 신문을 훑어보았다. 갑자기 교수의 눈이 한 신문, 색상으로 보아 「웨스트민스터 가제트」라는 것을 알 수 있는 신문에 못 박혔고 얼굴에서 차츰 혈색이 사라졌다. 교수는 신음처럼 "맙소사! 하느님! 이렇게 빨리! 이렇게 빨리!" 하고 혼잣말로 중얼거리면서 정신을 집중하고 기사를 읽었다. 그때 기적이 울리고 기차가 출발했다. 그 소리에 교수는 정신을 수습하고 창밖으로 손을 흔들며 소리쳤다.

"마담 미나께 안부를 전해주시오. 되도록 빨리 편지를 쓰리다."

수어드 박사의 일기

9월 26일 사실 마지막 같은 것은 존재하지 않았다. '끝'이라고 말한 뒤 일주일도 못 되어 나는 새로이 시작하고 있다. 아니, 정확히는 그 기록을 계속하는 중이다. 오늘 오후가 되기 전까지 내게는 그럴 이유가 없었다. 렌필드는 어느 면으로 보나 언제보다도 제정신이었다. 이미 파리 단계를 넘어 얼마 전 거미 과정을 시작했으니 내게는 아무 문제가 되지 않았다. 일요일에 쓰인 아서의 편지를 받았는데, 그 친구가 무척 잘 견디고 있다는 걸 알 수 있었다. 퀸시 모리스가 함께 있었고, 워낙 활기 넘치는 친구여서 퍽 큰 도움이 되고 있었다. 퀸시도 내게 편지를 보내주었다. 아서가 예전의 낙천적 성격을 회복하고 있다는 퀸시의 말에 내 마음은 무척 편안해졌다. 나는 예전에 지녔던 열정을 되찾아 내 일에 몰두해 있고, 루시가 내게 남긴 상처도 점차 아물어가고 있다고 말할 수 있었다. 그런데 이제 모든 것이 다시 활짝 열려버렸으며 그 끝에 무엇이 있을지는 오직 하느님만이 아실 일이다. 반 헬싱 선생도 알고 계시다고 생각하기는 하지만 그분은 도리어 호기심을 자극할 정도만 찔끔찔끔 알려주실 뿐이다. 어제는 엑서터에 다녀오셨고 거기서 하룻밤을 보내셨다. 오늘 돌아온 선생은

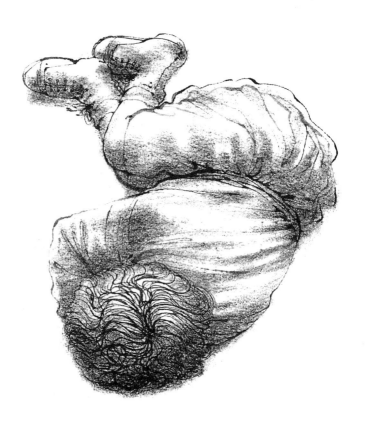

5시 30분쯤 내 방으로 뛰어 들어오다시피 하시더니 간밤의 「웨스트민스터 가제트」지를 내 손에 들이밀었다.

"이걸 어떻게 생각하나?"

선생은 뒤로 물러서서 팔짱을 끼며 물었다. 나는 선생의 말이 무슨 뜻인지 몰라 그저 뒤적여보았다. 선생은 내 손에서 신문을 빼앗더니 햄스테드에서 누군가의 꾐에 실종되었다가 발견되었다는 아이들에 대한 기사를 지적했다. 내게는 별 감흥이 없는 내용이었지만 아이들 목에 난 작은 구멍 모양의 상처 자국에 이르자 상황이 달라졌다. 머릿속에 떠오른 생각에 나는 순간 고개를 들었다.

"어떤가?"

선생이 물었다

"루시의 목에 난 것과 같군요."

"그래서 그걸 어떻게 생각하나?"

"간단히 말하자면 공통의 원인이 있을 겁니다. 뭔지는 몰라도 그녀를 해친 것이 아이들도 해쳤겠지요."

내 말에 이어진 대답을 나로서는 도무지 이해할 수가 없었다.

"그건 확실히 간접적인 것일세. 직접적인 것은 아니야."

"무슨 말씀이십니까, 선생님?"

내가 되물었다. 어쨌든 그 활활 타오르는, 온몸을 갉아댔던 근심에서 벗어나 나흘을 쉬고 난 뒤라 원기가 회복되어 있었기 때문에 선생의 심각함을 가볍게 받아들이고 싶은 충동이 불쑥 일었지만 선생의 표정을 보는 순간 생각이 달라졌다. 가엾은 루시 탓에 극심한 절망에 빠져 있을 때조차도 이토록 심각한 표정인 적이 없던 반 헬싱 선생이었다.

"말씀해주세요! 저는 아무 생각이 없어요. 무슨 생각을 해야 할지도 모르겠고 추측을 할 만한 정보도 전혀 없습니다."

"존, 자네는 왜 가엾은 루시가 죽었는지 아무 의심이 없나? 사건이며 내 암시며 그 모든 단서가 주어졌는데도?"

"혈액의 유실에 뒤이은 신경적 쇠퇴 때문이지요."

"그러면 어떻게 해서 피를 잃게 되었을까?"

나는 고개를 흔들었다. 선생은 성큼 다가와 내 곁에 앉아 말을 이었다.

"자네는 현명한 사람이야, 존. 추론을 잘하고 생각은 대담하지만 지나친 선입견을 갖고 있네. 자네의 일상생활 밖에서 자네에게는 중요하지 않은 것에 대해서는 눈을 뜨게 놔두지 않고 귀가 열리게 하지도 않아. 자네가 이해할 수 없는 것이 존재하며, 다른 이들은 보지 못하는 것을 일부의 사람들은 볼 수 있다고는 생각하지 않나? 사람들의 눈에는 보이지 않는 새로운 것, 또 오래된 것들이 실제로 존재하네. 그런데 사람들은 대개 누군가가 이야기해준 것만을 알거나 혹은 안다고 생각하지. 아, 세상 모든 것에

설명을 요하고, 설명하지 못할 것은 아무것도 없다고 하는 것은 우리 과학의 실책일세. 우리는 날마다 우리 주위에서 스스로를 새롭다고 생각하는 신념이 자라나는 것을 보게 되지. 그런데 정작 내막을 들여다보면 오페라에 등장하는 부인네들처럼 젊은 척할 뿐인 낡아빠진 것이거든. 자네는 육체적 전이를 믿지 않아, 그렇지? 물화物化 역시도 그럴 테고. 유체[130]도 그렇고. 안 그런가? 독심술도 마찬가지일 게야. 그렇지? 최면 역시도⋯⋯."

"아뇨, 샤르코가 꽤 잘 입증해주었으니까요."

---

130 심령학에서 이야기하는 육체 속에 들어 있는 보이지 않는 또 하나의 몸.

선생은 미소를 지으며 말을 이었다.

"그렇다면 그것에는 만족하겠구먼, 그렇지? 물론 자네는 최면이 어떻게 기능하는지를 이해할 테고, 안타깝게도 이제는 고인이 된 위대한 샤르코의 생각을 따라 환자의 생각 속으로 곧바로 들어갈 수 있다는 것도 믿을 게야. 아닌가? 그렇다면 존, 자네는 사실을 받아들이기는 하지만 어떤 전제에 따라 어떤 결론이 났는지에 대해서는 별생각이 없다고 단순화해서 생각해도 무방하겠는가? 그것도 아니야? 그렇다면 두뇌를 연구하는 연구자로서, 왜 최면술은 받아들이고 독심술은 거부하는지 그 까닭을 내게 말해주게나. 이보게, 오늘날 전기 과학에서 이루어지는 일들을 이야기해보세. 그것들은 전기를 발견한 바로 그들에 의해서 불경하다고 여겨졌던 것들일세. 마법사의 멍에를 쓰고 불에 타 죽지는 않을까 염려가 되어서 말이지. 삶에는 언제나 미스터리가 있게 마련일세. 므두셀라[131]은 9백 년을 살았고 올드 파[132]은 169년을 살았는데 왜 가엾은 루시는 남자 네 명의 피를 혈관에 넣고도 하루도 더 못 살았을까? 그녀가 하루만 더 살았더라면 우리가 그녀를 구할 수도 있었을 텐데 말이야. 자네는 삶과 죽음의 수수께끼를 모두 알고 있다 생각하나? 비교 해부학에 능통한 자네니, 잔혹한 성질이 어떤 사람에게는 나타나는데 왜 다른 사람에게는 발현하지 않는지 말해줄 수 있겠나? 왜 다른 거미들은 조그만 채로 얼마 살지 못하고 곧 죽는데 어떤 거대한 거미는 스페인의 오랜 교회에서 몇 세기를 살면서 점점 커지고 더 커져서, 마침내 벽을 기어 내려와 교회 램프의 기름을 마실 수 있게 되는지 설명할 수 있겠나? 팜파스를 비롯한 여러 곳에서 밤이면 나타나 소와 말의 혈관을 열어 피를 몽땅 마셔버리는 박쥐는 또 어떤가? 서쪽 바다의 일부 섬에는 하루 종일 나무에 매달려 있어서 커

---

131 구약성서에 나오는 인물로 969년을 살았다 함.
132 15세기 영국에서 태어난 농부로 152년을 살았다고 함. 원래 이름은 토머스 파이지만 올드 파로 불림.

다란 열매나 꼬투리처럼 보이는 박쥐가 있는데, 날이 더워 선원들이 갑판 위에서 잠을 자기라도 하면 그들에게 달려든다고 하네. 그러면 이튿날 아침에 그 선원들은 루시 양보다도 더 창백한 몰골의 시체로 발견되곤 하지. 이건 또 어떻게 설명할 수 있겠는가?"

"좋습니다, 좋아요. 선생님! 그러니까 지금 루시가 그런 박쥐에 물렸다, 바로 여기 런던에서 19세기에 그런 일이 벌어졌다, 그 얘기를 하고 싶으신 건가요?"

내 말에 반 헬싱 선생은 조용히 하라는 신호로 손을 흔들더니 말을 이었다.

"왜 거북이 인간의 몇 세대보다도 오래 사는지, 왜 코끼리가 왕조의 변화를 볼 만큼 오래 사는지, 왜 앵무새가 고양이나 개가 문다고 죽지 않는지 이야기할 수 있겠나? 모든 시대와 모든 곳에는 죽지 않는 사람들이 있다는 믿음이 존재하네. 이건 또 어떻게 설명할 수 있겠나? 몸이 가까스로 들어갈 수 있을 만큼 비좁은 틈에 갇혀 수천 년을 바위에 갇혀 산 두꺼비

294

가 있었다는 건 과학이 입증해준 것이야. 인도의 파키르[133]은 스스로 죽음을 청하여 매장되고 무덤을 봉하게 하네. 그 무덤 위에 곡물을 기르는데, 곡물이 익어 수확하고 베어낸 다음 다시 씨를 뿌리고 수확하고 베어낸 뒤 처음 봉해진 상태 그대로의 봉인을 열면 죽지 않은 파키르가 일어서서 예전처럼 돌아다닌다고 하는데 이걸 어떻게 설명하겠나?"

거기서 내가 끼어들었다. 머리가 어질어질했다. 선생이 읊은 자연의 초자연적 온갖 사례와 가능한 불가능의 목록을 듣고 있자니 마음이 산란해지고 상상력이 마구 춤을 추었다. 나는 선생이 예전 암스테르담 그분의 서재에서 그랬듯 나에게 뭔가 배움을 주려고 하신다는 것을 어렴풋이 알 수 있었다. 그러나 그때는 먼저 사실을 이야기해주셨기 때문에 나는 항상 그분 머릿속에 자리한 생각의 객체를 알 수 있었다. 하지만 지금은 달랐고 선생은 내게 아무 도움도 주지 않았지만 나는 선생의 말을 이해하고 싶은 마음이 간절했다.

"선생님, 다시 한 번 선생님의 애제자가 되게 해주세요. 선생님이 말씀하시는 지식에 적용할 수 있도록 논제를 말씀해주세요. 지금 저는 광인처럼 머릿속에서 갈팡질팡 오갈 뿐 도무지 갈피를 잡지 못해 선생님의 말씀을 이해하지 못하고 있습니다. 안개 속 늪에 빠져서 어디로 가는지 모르는 채, 그저 앞으로 나가겠다는 맹목적 노력에 따라 이 풀숲에서 다른 풀숲으로 옮겨 다니며 방황하는 기분입니다."

"그 심상이 아주 훌륭하군. 그래, 그럼 말해줌세. 내 논제는 이걸세. 나는 자네가 믿기를 바라고 있어."

"뭘 말씀입니까?"

"자네가 믿을 수 없는 것들을 믿는 것이지. 자세하게 이야기함세. 나는 한 미국인이 믿음에 대해 '우리가 진실이 아니라고 알고 있는 것들을 믿게 하는 능력'이라고 정의한 것을 들은 적이 있네. 일단 나는 그 사람을 따르려네. 그 말은 우리가 열린 마음을 가져야 하며, 돌멩이 하나가 화물 열차의 움직임을 막듯 진실의 소소한 부분이 거대한 진실의 돌진을 가로 막아서는 안 된다는 뜻이야. 우선 작은 진실에서 시작하세. 좋아, 그걸 높이 평가하고 따르도록 하세나. 허나 그렇다고 그것이 스스로를 이 우주의 만고불변의 진리로 여기도록 놔두어서는 안 되겠지."

"그렇다면 선생님 말씀은 섣부른 예단 탓에 어떤 기이한 일에 관한 제 마음의 감수성이 무뎌지지 않기를 바란다는 것이로군요. 제가 선생님의 가르침을 제대로 받아들였습니까?"

"아, 자네는 예나 지금이나 내 애제자라니까. 정말 가르칠 만한 친구야. 이제 이해할 의지를 갖게 되었으니 이해를 위한 첫 번째 단계를 밟은 셈일세. 자네는 아이들의 목에 난 작은 구멍이 루시의 구멍을 만든 것과 같은 원인에 의한 거라고 믿지?"

"그렇습니다."

그러자 선생은 자리에서 일어서서 무겁게 말했다.

"그렇다면 틀렸네. 아, 그렇다면 얼마나 좋겠는가! 허나 슬프게도 아니야! 훨씬 좋지 않다네, 훨씬."

"선생님, 대체 그게 무슨 말씀이십니까?"

내가 소리쳤다. 선생은 절망스러운 몸짓으로 무너지듯 의자에 앉더니 테이블에 팔꿈치를 올리고 두 손으로 얼굴을 가린 채 내뱉었다.

"바로 루시 양이 만든 것이니까!"

15

수어드 박사의 일기(계속)

한동안 겉잡을 길 없는 분노가 나를 휘어잡았다. 마치 선생이 루시의 얼굴을 정면으로 한 대 친 것 같은 느낌이었다. 나는 쾅, 테이블을 내리치 며 벌떡 일어서서 소리쳤다.

"반 헬싱 박사님, 지금 제정신이십니까?"

선생은 고개를 들어 나를 올려다보았다. 그 얼굴에 스민 부드러운 표정 에 나는 곧바로 침착함을 되찾았다.

"나도 내가 제정신이 아니면 좋겠구먼! 이런 진실에 비하면 광증이 차 라리 견디기 수월할 테니까. 이보게, 생각해보게나. 내가 왜 이토록 에둘 러 말을 했겠나? 그렇게 간단한 소리를 하는데 왜 이렇게 오랜 시간이 걸 렸겠나? 자네가 밉고 자네를 증오해서? 자네에게 고통을 주고 싶어서? 이제라도 너무 늦지는 않았다는 생각에 나를 구해준 자네, 그 두려운 죽 음에서 나를 구해준 그때의 자네에게 새삼 보복을 가하고 싶어서? 천만 에!"

"죄송합니다."

내 사과에 선생은 말을 이었다.

"이보게, 그건 자네가 그 아름다운 아가씨를 얼마나 사랑했는지 알기에 자네에게 서서히 충격을 주기 위함이었다네. 허나 지금도 나는 자네가 믿을 거라고는 기대하지 않아. 그 어떤 추상적 진실도 곧바로 받아들이기는 어려운 법이지. 게다가 언제나 '아니'라고 믿어왔을 때 그것이 가능하다는 걸 믿기는 더더욱 쉽지 않아. 너무도 서글픈 엄중한 진실, 루시 양과 같은 이에 대한 진실을 받아들이기는 더욱 어려운 일이고. 오늘 밤에 나는 그걸 증명하러 갈 걸세. 자네도 같이 가겠나?"

나는 멈칫했다. 그러한 진실을 증명하기는 데 기꺼이 나설 사람이 얼마나 있겠는가. 바이런은 그 범주, 질투에 있어서 예외적이었다.

가장 혐오한 바로 그 진실을 증명하다니[134].

선생은 나의 망설임을 알아채고 이렇게 말했다.

"논리는 간단해. 여기에는 안개 낀 진창 속을 이 풀숲에서 저 풀숲으로 넘어 다니는 광인의 논리는 필요 없네. 만일 그것이 사실이 아니면 증명은 곧 위안이 되겠지. 최악의 경우에도 해될 것은 없을 것 아닌가? 헌데 만약 사실이라면! 아, 그렇다면 그건 곧 두려움일세. 허나 그 두려움이 내 뜻을 돕게 될 것이야. 거기에는 믿음이 절실히 필요하니까. 자, 내 제안을 이야기하지. 우선 곧바로 나가서 병원으로 가서 그 아이를 만나보세. 신문에 따르면 그 아이가 입원해 있다는 노스 병원에는 내 친구인 빈센트 박사가 있어. 자네도 암스테르담에서 같이 수업을 받았으니 자네 친구이기도 하지. 친구 두 사람은 몰라도 과학자 두 사람이라면 자기 환자를 보게 해줄 게야. 아무 말도 마세. 그저 배우고 싶다고만 하고. 그런 다

---

134 영국 시인 바이런의 「돈 주앙」의 일부로 아내의 부정을 증명하기 위해 남편이 아내의 침실로 잠입하는 부분에서 인용된 내용임.

음에는……."

"그런 다음에는요?"

선생은 주머니에서 열쇠 하나를 꺼내어 들어올렸다.

"그런 다음에는 우리, 자네와 내가 루시가 누워 있는 교회 묘지에서 밤을 보내는 걸세. 이건 그 안치소를 잠근 열쇠야. 장의사한테서 아서에게 주겠다고 해서 받았지."

우리 앞에 엄혹한 시련이 놓여 있다는 느낌에 내 마음은 무겁게 가라앉았다. 그러나 나는 아무것도 할 수 없었다. 나는 용기를 모두 그러모아 서두르는 게 낫겠다고 이야기했다. 오후가 다 지나가고 있다고…….

우리가 갔을 때 아이는 깨어 있었다. 잠도 푹 자고 음식도 먹고 난 뒤라 상태가 좋았다. 빈센트 박사는 아이의 목에서 붕대를 풀어 구멍을 보여주었다. 루시의 목에 있던 상처와 유사점이 있다는 데는 의심의 여지가 없었다. 더 작고 가장자리가 더 최근의 것처럼 보이기는 했지만 다른 점은 그것이 전부였다. 우리가 상처의 원인이 무엇이겠느냐고 묻자 빈센트 박사는 어떤 동물, 아마도 들쥐 같은 것이 문 자국이겠지만 개인적으로는 런던의 북부 고지대에 서식하는 박쥐의 짓이라고 생각한다고 대답했다.

"무해한 박쥐가 대부분이지만 남쪽에서 온 좀 더 거칠고 유해한 종도 끼어 있을 수 있으니까요. 선원이 고향으로 데려왔는데 달아나버렸거나 동물원에서 어쩌다 흘러나온 새끼일 수도 있고, 흡혈박쥐와 섞인 것일 수도 있고요. 아시겠지만 별별 일들이 다 일어나지 않습니까? 열흘 전만 해도 늑대 한 마리가 동물원에서 빠져나와, 제가 알기로는 이쪽을 지나쳐 갔거든요. 그 일이 벌어지고 일주일 동안 히스와 인근의 골목에서 아이들이 하는 놀이는 죄다 빨간 모자 놀이였어요. 그러다가 이 '예쁜 아줌마' 사건이 불거졌고 꼬마들 사이에서는 한바탕 난리가 났지요. 하다못해 이 딱한 꼬마도 오늘 눈을 뜨자마자 간호사에게 나가도 되느냐고 물어봤을 정도니까요. 왜 나가고 싶으냐고 물으니까 '예쁜 아줌마'와 놀고 싶어서라고 하더랍니다."

그 말에 반 헬싱 선생은 이렇게 말했다.

"아이를 집으로 보낼 때 아이 부모에게 세심히 잘 관찰하라고 특별히 일러주시게나. 이렇게 나돌아 다니고 싶어 하는 건 퍽 위험한 일이고, 하룻밤만 더 밖에 있다가는 이 꼬마에게 치명적 결과를 낳을지도 모른다네. 헌데 아이 상태가 이 지경이니 며칠 동안은 밖에 내보내지 않을 거라고 믿어도 괜찮겠지?"

"물론입니다. 일주일 동안은 어림도 없지요. 상처가 아물지 않으면 어쩌면 그 이상일지도 모르고요."

병원을 방문하는 일은 생각보다 시간이 오래 걸렸고 밖으로 나오자 이미 해가 져 있었다. 날이 저문 것을 깨닫자 선생이 말했다.

"서두를 것 없네. 내 생각보다 늦기는 했지만. 자, 가서 요기할 데를 찾아보고 그런 다음 다시 갈 길을 가세."

우리는 '잭 스트로스 캐슬[135]'에서 싹싹하고 요란한 자전거 타는 사람들 몇몇과 그 밖의 손님들과 함께 식사를 했다. 10시쯤 되자 우리는 그곳을 떠났다. 그때쯤 날은 무척 어두웠고, 산재된 램프 불빛은 일단 그 빛이 닿는 자리를 넘어서면 짙은 어둠을 오히려 더욱 짙게 만들어주는 것 같았다. 선생은 미리 가는 길을 알아놓으셨는지 망설임도 없이 성큼성큼 나아갔지만 나는 어디가 어딘지 알 수 없었다. 걸어갈수록 길에서 행인을 만나는 일이 차츰 뜸해졌고, 급기야는 평소처럼 교외 순찰을 하는 기마경찰대를 만났을 때에도 화들짝 놀랄 정도가 되었다. 마침내 교회 묘지에 이른 우리는 담장을 타 넘었다. 칠흑같이 어둡고 그 장소 자체가 낯설어 쉽지는 않지만 머지않아 웨스튼라 집안의 안치소를 찾을 수 있었다. 선생은 열쇠를 꺼내어 끼익거리는 문을 열더니 뒤로 물러서서, 공손

---

135 햄스테드 인근의 역사적으로 유명한 간이음식점.

하게, 그러나 틀림없이 무의식적으로, 나더러 먼저 가라는 시늉을 해 보였다. 그토록 섬뜩한 순간에 우선권을 주는 예의에는 미묘한 아이러니가 있었다. 선생도 곧바로 나를 따라와 자물쇠가 스프링이 아니라 빗장으로 되어 있는지 주도면밀하게 확인하고 난 뒤 주의 깊게 문을 닫았다. 스프링 자물쇠라면 고약한 궁지에 빠질 수도 있었다. 곧이어 선생은 가방을 내려놓고 성냥과 양초 한 도막을 꺼내어 불을 붙였다. 한낮의 안치소, 신선한 꽃으로 장식되어 있는 한낮의 안치소도 으스스하고 섬뜩했지만 촛불이 내뿜는 미약한 명멸 속에 보이는 지금의 모습은 상상할 수 있는 것보다 훨씬 비참하고 추레했다. 며칠이 지나 꽃은 시들고 이울어 그 흰빛은 녹슬고 초록 이파리는 갈색이 되었으며, 거미와 딱정벌레가 제 집인 듯 마음대로 드나들었다. 세월에 색 바랜 돌과 먼지가 뿌옇게 앉은 모르타르, 녹슨 철과 퇴색한 놋쇠와 얼룩덜룩해진 은도금까지, 그 모든 광경은 삶이란 그저 덧없는 것일 뿐이라는 저항할 수 없는 생각을 실어 나르고 있었다.

반 헬싱 선생은 체계적으로 착착 일을 해나갔다. 선생은 손에 초를 쥔 채 하나씩 관의 명패를 확인했다. 초의 녹은 경랍이 뚝뚝 떨어져 명패의 금속에 닿으면 곧바로 하얗게 들러붙었다. 마침내 선생은 루시의 관을 확인하고 다시 한 번 가방을 뒤져 드라이버를 꺼냈다.

"뭘 하시려는 겁니까?"

내가 물었다.

"관을 열려고. 자네도 납득하게 될 걸세."

곧바로 선생은 드라이버를 돌리기 시작했다. 관 뚜껑이 들어 올려지자 납으로 된 안쪽의 내관이 드러났다. 내게는 지나친 광경이었다. 살아 있을 때 잠자는 그녀의 옷을 벗기는 것이나 다를 바 없는 터무니없는 모독이었다. 내가 선생의 손을 잡아 멈추려고 했지만 선생은 이렇게 말할 뿐이었다.

"다 알게 될 거라니까."

선생은 다시 가방을 뒤져 작은 실톱을 꺼냈다. 날랜 손짓으로 납관에 드라이버를 쾅쾅 내리치는 모습에 나는 움찔했다. 곧 실톱의 끝부분이 들어가기에 충분한 작은 구멍이 났다. 나는 일주일 된 시체에서 가스가 우르르 쏟아져 나오리라고 예상했다. 우리 자신의 위험을 미리 생각해야 하는 우리네 의사들은 이런 일에는 익숙해져 있게 마련이고 나는 재빨리 문 쪽으로 물러섰다. 그러나 선생은 한순간도 멈칫하지 않았다. 선생은 납관의 한쪽을 5, 60센티미터가량 베어나간 뒤 다시 세로로 톱질을 하고 반대편도 썰었다. 곧이어 선생은 헐거워진 납판 가장자리를 들어 관의 발치 쪽으로 끌어다놓은 뒤 촛불을 들어 올리고 내게 들여다보라는 시늉을 했다.

나는 다가가 살펴보았다. 관은 비어 있었다.

나는 몹시 놀라고 크나큰 충격을 받았지만 반 헬싱 선생은 조금도 동요하지 않았다. 선생은 지금 그 어느 때보다도 확고한 입장을 굳히고 굳건히 당신의 임무를 수행할 태세였다.

"이제 만족하나, 존?"

선생이 물었다. 나는 기어코 시시콜콜 논쟁을 벌어야 성이 풀리는 내 습성이 일거에 일어나는 것을 느끼며 부루퉁하게 대답했다.

"루시의 시신이 관에 있지 않다는 건 알았습니다만 그건 한 가지 사실만을 증명할 뿐입니다."

"그게 뭔가?"

"거기에 시신이 없다는 것이지요."

"그 자체로는 훌륭한 논리야. 헌데 시신이 없는 것을 어떻게 설명하려는가? 설명을 할 수가 있겠는가 말일세."

"어쩌면 시체 도둑 소행일지도 모르지요. 장의사 측에서 훔쳐 냈을 수도 있고요."

대답을 하면서 어리석은 소리를 하고 있다는 것을 나 자신도 느꼈지만 그것이 내가 제시할 수 있는 단 하나뿐인 타당한 이유였다. 반 헬싱 선생은 푹 한숨을 내쉬었다.

"아, 더 이상의 증명이 필요할 모양이로군. 같이 가세."

선생은 다시 관 뚜껑을 닫은 뒤 물건을 모두 챙겨 가방에 넣고 촛불을 불어 끄고는 가방에 초를 마저 넣었다. 선생은 문을 열고 밖으로 나갔다. 내 뒤에서 선생이 문을 닫고 자물쇠를 잠갔다. 선생은 내게 열쇠를 건네주며 말했다.

"자네가 가지고 있겠나? 자네가 더 확실할 테니."

나는 웃었지만 썩 유쾌한 웃음은 아니었다. 나는 안 받겠다는 시늉을 하며 이렇게 말할 수밖에 없었다.

"열쇠야 별문제겠습니까? 복제본도 쉽게 구할 수 있는 데다가 이런 종류의 자물쇠는 별 어려움 없이 딸 수 있는걸요."

선생은 아무 말도 없이 당신 주머니에 열쇠를 넣었다. 그러더니 선생은 당신이 다른 쪽을 지킬 테니 나더러 교회 묘지 한쪽에서 망을 보라고 했다. 나는 주목나무 뒤에 자리를 잡고 묘석과 나무들이 내 시야를 가로막을 때까지 선생의 어둑한 그림자가 움직이는 모습을 지켜보았다.

외로운 불침번이었다. 자리를 잡자마자 나는 머나먼 곳의 시계가 열두 번을 치는 소리를 들었다. 곧 한 번과 두 번이 이어졌다. 몸은 으슬으슬하고 초조했고, 이 따위 심부름을 시킨 선생과 따라온 나 스스로에게 화가 치밀었다. 춥고 졸려서 뚫어져라 망을 볼 자신은 없었지만 그렇다고 신의를 저버릴 만큼 졸음이 밀려오는 것도 아니었다. 이 모두가 합쳐져 나는 따분하고 비참한 시간을 보냈다. 이리저리 두리번거리는데 불현듯 하얀 띠 같은 것이 안치소에서 좀 떨어진 교회 묘지 한켠 주목나무 두 그루 사이에서 움직이는 것을 얼핏 본 것 같았다. 동시에 선생이 있는 쪽에서 어두컴컴한 덩어리가 움직이더니 재빨리 그 흰 것을 향해가는 것이 보였다. 곧바로 나도 행동을 개시했지만, 묘석을 비켜가고 둘러막은 무덤들을 돌아가고 무덤에 발이 걸려 넘어지기도 하느라 걸음은 생각보다 더뎠다. 하늘은 우중충했고 어디선가 수탉의 이른 울음소리가 들렸다. 약간 떨어진 자리, 교회로 이르는 오솔길에 줄지어 선 노간주나무의 열 너머에서 안치소 방향으로 희읍스름하고 흐릿한 형체가 휘리릭 지나갔다. 안치소가 나무에 가려져 있었기 때문에 그 형체가 어디로 사라졌는지는 볼 수 없었다. 문득 처음 그 흰 형체를 본 곳에서 뭔가 버스럭거리는 소리가 났다. 그쪽으로 가보니 반 헬싱 교수가 팔에 꼬마 아이를 안고 서 있었다. 나를 보자 선생은 아이를 내 쪽으로 보이며 말했다.

"이제 만족하나?"

"아뇨."

대답을 하면서도 나는 나 자신이 무척 공격적이라고 느끼고 있었다.

"이 아이가 안 보인다는 말인가?"

"네, 아이가 있어요. 하지만 누가 여기로 데려왔습니까? 그래서 다치기라도 했나요?"

"가서 보세."

선생의 말에 우리는 교회 묘지 밖으로 나갔다. 선생의 품에 안긴 아이는 자고 있었다.

묘지에서 나가자마자 우리는 작은 숲으로 들어가 성냥불을 켜고 아이의 목을 들여다보았다. 긁힌 자국도 상처도 없었다.

"제가 옳지 않았습니까?"

내가 의기양양하게 묻자 선생은 감사한 표정으로 말했다.

"우리가 마침 때를 맞췄구먼."

이제 아이를 어떻게 할지 결정할 차례였다. 경찰서에 데려다주면 밤사이 우리의 행적에 대해 설명해야 할 것이 뻔했다. 최소한 아이를 어떻게 찾게 되었는지에 대해서는 진술을 해야 할 판이었다. 그래서 우리는 아이를 히스로 데려가 귀를 기울이고 있다가 경찰이 다가오는 소리가 들리면 눈에 띄는 곳에 아이를 놓아둔 다음 곧장 집으로 가기로 결정했다. 우리 계획은 아무 탈 없이 끝났다. 햄스테드 히스 외곽에 이르러 기다리다가 경찰의 묵직한 발소리가 들리자 우리는 아이를 길가에 뉘어 놓았다. 우리는 경찰이 랜턴을 앞뒤로 흔들다가 아이를 발견할 때까지 기다리며 지켜보았다. 곧 경찰이 경악에 찬 외침을 내뱉었고 우리는 그 소리를 듣자마자 가만히 그곳을 빠져나왔다. 다행히 '스패니아스[136]' 인근에서 마차를 잡을 수 있었고, 곧 시내로 돌아왔다.

잠을 이룰 수가 없어 지금 일기를 녹음하고 있다. 그러나 선생이 정오에 나를 부르실 것이니 몇 시간 눈을 붙이도록 애써 봐야겠다. 선생은 또 다른 여정에 함께 가자고 하신다.

9월 27일 우리가 적당한 기회를 찾은 것은 2시가 다 되어서였다. 장례식은 정오에 끝났고 조문객 중 마지막으로 남았던 사람들도 서서히 떠나갔다. 오리나무 덤불 뒤에서 주의 깊게 지켜보던 우리는 교회지기가 마지막으로 출입문의 자물쇠를 잠그는 것을 보았다. 아침까지는 들킬 염려 없이 안전했지만 선생은 내게 기껏해야 한 시간 남짓 걸릴 거라고 말했다. 다시금 나는 이 어떤 상상의 노력조차 어울리지 않는 듯 보이는 이 상황의 끔찍한 현실감을 절감했으며, 우리가 저지르는 불경한 짓의 위험성을 뚜렷이 깨달았다. 게다가, 내 머릿속에는 이 모두가 아무 소용없는 짓이라는 생각이 강하게 자리 잡고 있었다. 세상을 떠난 지 일주일이 된 여인이 진짜로 죽어 있는지 보려고 납관을 열다니 그것만으로도 정신 나간 짓이었거늘, 관이 비어 있다는 것을 직접 눈으로 확인한 다음에도 다시 무덤을 열다니 이건 이만저만 어리석은 짓이 아니었다. 나는 어깨를 으쓱했지만 반 헬싱 선생은 이미 성큼성큼 가고 있었기 때문에 아무 말도 하지

않았다. 선생은 열쇠로 안치소 문을 열고는 또다시 예의 바르게 나더러 먼저 들어가라는 시늉을 했다. 그 장소는 간밤처럼 섬뜩하지는 않았다. 그러나 들이비친 햇살 속에 드러난 모습은 차마 형용할 수 없을 만큼 흉측했다. 반 헬싱 선생은 루시의 관 쪽으로 갔고 나는 그 뒤를 따랐다. 선생은 허리를 굽히고 다시 납으로 된 뚜껑을 열었다. 이윽고 놀라움과 절망의 충격이 내 심장을 꿰뚫었다.

거기에 루시가, 장례식 전날 밤 보았던 그대로의 모습으로 누워 있었다. 어떻게 가능한 일인지는 모르지만 루시는 그 어느 때보다도 눈부시게 아름다웠고 나는 그녀가 죽었다는 것을 도무지 믿을 수가 없었다. 입술은 빨겠다. 아니, 예전보다 더 빨겠다. 뺨에는 부드러운 홍조가 띠어져 있었다.

"이게 무슨 조화죠?"

내가 물었다.

"이제는 납득이 되나?"

선생이 대답처럼 중얼거리더니 손을 움직여, 고인의 입술을 들어 올려 흰 이를 내보였다. 나는 부르르 몸서리치고 말았다.

"보게. 예전보다 더 날카로워졌어. 이것과 이것……."

그러면서 선생은 송곳니 하나와 그 송곳니의 아래 이를 만져보았다.

"이것이 어린아이들을 문 이일 거야. 이제는 믿겠나, 친구?"

되받아치고픈 적의가 다시금 내 안에서 스멀거렸다. 나는 선생의 그 터무니없는 견해를 도저히 받아들일 수가 없었다. 그 순간에조차도 부끄러움을 느끼면서도 뭐든 논박하겠다는 시도로 나는 입을 열었다.

"어쩌면 지난밤 이후로 여기에 놓여 있는 건지도 모릅니다."

"그래? 그렇다면 누가 시신을 갖다놨을까?"

"모르지요. 누군가가 그랬을 겁니다."

"그렇다 해도 루시는 죽은 지 일주일이 지났네. 대개의 사람들은 그 정

307

도 시간이면 이렇게 보이지 않아."

나는 그 말에는 아무 대꾸도 할 수 없어서 가만히 있었다. 반 헬싱 선생은 내 침묵을 알아채지 못하는 것 같았다. 어쨌든 분개도, 의기양양함도 보이지 않았다. 선생은 죽은 여인의 얼굴을 뚫어져라 바라보면서 눈꺼풀을 열어보고 눈동자를 들여다보더니 다시 한 번 입을 열어 이를 점검했다. 곧이어 선생이 내 쪽으로 돌아서서 입을 열었다.

"여기에는 모든 기록과는 다른 한 가지가 있군. 일반적인 것과는 다른 이중적 특징이야. 루시는 최면 상태, 그러니까 몽유병 중에 뱀파이어에게 물렸네. 아, 자네 놀라는군. 존, 언젠가는 알게 될 일이었지만 하여간 최면 상태가 많은 피를 취하기에 최상의 상태이지. 최면 상태에서 루시는 죽었고 마찬가지로 최면 상태에서 언데드[137]가 된 걸세. 그래서 그녀가 다른 특징을 보이는 것이야. 통상적으로 언데드가 집에서 자고 있을 때는……."

그러면서 선생은 뱀파이어에게 '집'이 무슨 의미인지를 설명하느라 팔로 주위를 빙 둘러 보이며 말을 이었다.

"그들의 얼굴은 현 상태를 보여주지. 그런데 언데드가 아닐 때는 일반적 죽음의 무로 돌아가 이렇게 아름답거든. 악의 기운이라고는 도통 찾을 수가 없네. 잠자고 있을 때 죽여야 하는데 영 쉽지가 않았어."

그 말에 내 피는 차갑게 얼어붙었다. 나는 서서히 반 헬싱 선생의 이론을 받아들이기 시작하고 있었다. 이미 죽은 그녀를 또다시 죽인다는 것은 얼마나 무시무시한 일인가. 확실히 선생은 내 얼굴에서 내 심경의 변화를 보았는지 기쁘다고 할 만한 투로 말했다.

"아, 이제 믿겠는가?"

그 말에 나는 이렇게 대답했다.

---

137 죽었으나 살아 있는 것과 마찬가지로 행동하는 신화적 존재들을 통틀어 일컫는 말.

"한꺼번에 너무 심하게 몰아세우지는 마십시오. 저도 받아들이고 싶습니다. 하여간 그 끔찍스러운 일을 어떻게 하시겠다는 겁니까?"

"목을 절단하고 입에 마늘을 채운 다음 말뚝으로 몸통을 꿰뚫을 것이네."

내가 사랑했던 여인의 몸을 절단한다는 생각에 내 온몸에는 소름이 쭉 끼쳤다. 그러나 그 감정은 내가 예상했던 만큼 강하지는 않았다. 사실 나는 반 헬싱 선생이 칭한 언데드라는 존재에 몸서리치고 있었고, 혐오감이 일기 시작했던 것이다. 사랑이 모든 것의 주체가 되거나 객체가 된다는 것이 가능한 일이겠는가.

나는 반 헬싱 선생이 시작할 때를 기다렸지만 선생은 생각에 파묻힌 듯 서 있었다. 갑자기 선생이 가방을 닫아 잠갔다.

"좀 생각을 해보고 뭐가 최선일지 마음을 정했네. 내키는 대로만 한다면 지금 당장 내 임무를 수행할 수 있겠지. 허나 차후에 따라올 다른 일들이 있어. 그 속에는 우리가 알지 못하는 수천 배 어려운 과정도 있을 것이네. 이건 간단해. 비록 시간 때문이겠지만 그녀는 아직 아무 목숨도 앗아가지 않았네. 지금 행동하는 것이 그녀에게서 영원히 위험을 제거하는 일일 것이야. 헌데 우리가 아서를 필요로 할 일이 있을지도 모르는데, 그때 이 일을 어떻게 설명할까? 루시 목의 상처를 본 자네, 병원에서 아이의 목에서 유사한 상처를 본 자네, 간밤에 관이 빈 것을 확인했건만 오늘은 죽은 지 일주일이 지났는데도 전보다 더욱 발그레해지고 더욱 아름다워진 여인을 발견하고, 이런저런 정황을 알고 교회 묘지로 간밤에 아이를 데려오는 흰 형체를 직접 본 자네도 스스로의 눈을 믿지 못했는데, 이 모든 것을 아무것도 모르는 아서가 어떻게 믿기를 기대할 수 있겠는가? 그녀가 죽어갈 때 키스를 하지 못하게 하자 아서는 나를 의심했네. 그 친구는 내가 마땅히 해야 할 작별 인사를 못하게 막았지만 그래도 자기가 나를 용서했다고 오해하고 있네. 그러니 이 여인이 산 채로 묻혔다는 더욱 심한 오해와, 무엇보다도 우리가 그녀를 죽였다는 극심한 오해를 할 수도 있는 것이야. 그렇게 되면 오해를 받은 우리가 우리의 생각 탓에 그녀를 죽였다고 반박할 테고 언제까지나 불행에서 벗어나지 못할 걸세. 다시는 무엇에도 확신을 갖지 못할 것이고 그것이 최악이야. 때로는 자신이 사랑한 여인을 산 채로 묻었다는 착각에 빠져 그녀가 시달렸을 고통을 상상하며 공포에 질려 악몽에 괴로워하다가는, 때로는 어쩌면 우리가 옳을지도 모르고 자신이 그리도 사랑한 사람이 언데드일지도 모른다는 생각에 고문을 당할지도 모르지. 아니! 나는 그 친구에게 한 차례 이야기했고 그때 많은 것을 배웠네. 내 의구심이 모두 사실이라는 것을 확인한 지금 나는 그 친구가 달콤한 행복에 이르기까지는 쓰디쓴 고난의 강물을 건너야 한다는 걸 수백 배 더욱 절감하네. 아서, 그 가엾은 사람은 하늘이 캄캄해질 한 시간을 겪어야 해. 그런 다음에는 잘 조처를 취하면 평화를 맞게 될 걸세. 나는 결심이 섰어. 가세. 자네는 오늘 밤 정신병원으로 돌아가서 병원이 무탈한지 알아보게. 나는 내 식으로 이 묘지에서 오늘 밤을 보낼 테니. 내일 10시에 버클리 호텔로 날 찾아오게. 사람을 시켜 아서도 오라고 이르겠네. 루시에게 피를 준 그 훌륭한 미국 젊은이도 함께. 나중에 우리가 다 같이 할 일이 있어. 우선 피커딜리까지 자네와 함께 가서 거기서 식사를 하겠네. 해가 지기 전에 다시 돌아와야 하니까."

우리는 안치소 밖으로 나와 자물쇠를 잠그고 교회 묘지 담을 넘었다. 이제는 이 정도는 일도 아니었다. 우리는 마차를 잡아타고 피커딜리로 향했다.

반 헬싱이 여행 가방에 남겨놓은 메모, 버클리 호텔, 의학박사 존 수어드 앞

(송달되지 않음)

9월 27일

친애하는 존

무슨 일이든 일어날 수 있기에 만일을 대비해 이 메모를 남기네. 교회 묘지에 혼자 불침번을 서러 가네. 언데드, 루시 양이 오늘 밤 밖으로 나가지 못해 내일 밤 더욱 피를 갈망하기를 바라니까. 그래서 그녀가 좋아하지 않을, 마늘과 십자가로 안치소 문을 봉쇄할 생각이라네. 언데드로는 신참이라 조심성이 강하거든. 게다가 이것이 그녀를 밖으로 못 나가게 하는 유일한 방법일세. 그렇다고 해서 안으로 들어오고 싶어 하는 걸 막을 수는 없겠지만. 그때는 언데드가 필사적이기 때문에 어떻게든 가장 저항이 덜한 곳을 찾아 기필코 들어가게 마련이니까. 나는 해질녘부터 해돋이까지 밤새 그 근처에 있을 것이고 새로이 알게 될 내용이 있다면 익혀둘 것이야. 루시 양을 위해서든 혹은 루시 양 때문이든 그 일로 두려움은 없네. 허나 그자는 달라. 그녀의 무덤을 찾거나 안식처를 구할 힘을 갖게 되었으니 말이야. 조너선 씨에게서 알게 된 바로는 무척 교활한 자이며, 루시 양의 생명을 두고 우리를 가지고 놀다가 결국 우리가 패배한 저간의 상황을 돌아보아도 그 언데드의 힘이 막강하다는 것을 알 수 있네. 스무 명 사내의 힘을 손에 쥐고 있으니 우리의 힘을 루시 양에게 준 우리 넷은 상대가 되지 않아. 게다가 늑대를 부를 수도 있고 다른 것들도 또 모르는 일일세. 만약 그자가 오늘 밤 그곳으로 온다면 나를 찾게 되겠지. 허나 다른 이들은 나를 찾지 못할 걸세. 설령 찾는다 해도 때가 늦는 일은 없을 테고. 물론 그자가 그곳에 찾아오지 않을 수도 있네. 꼭 그럴 이유는 없으니까. 그자의 사냥터는 언데드 여인이 잠들어 있고 늙은이가 망을 보는 교회 묘지보다는 훨씬 많은 사냥감으로 가득 차 있으니 말일세.

내가 이 메모를 쓰는 건 만일의 경우에 대비해서일세……. 이것과 같이 있는 서류들, 하커 씨의 일기며 다른 원고도 가져가 읽어보고, 그 막강한 언데드를 찾아 그 목을 자르고 그의 심장을 태우거나 아니면 말뚝을 박아넣어 세상을 구원해주게.

일이 그렇게 돌아간다면 이것은 내 작별 인사가 되겠지.

반 헬싱

수어드 박사의 일기

9월 28일 사람에게 밤의 단잠이 해줄 수 있는 일은 정말 놀랍다. 어제 나는 하마터면 반 헬싱 선생의 기상천외한 개념을 받아들일 뻔했지만 상식을 되찾은 지금은 기괴하게 느껴지기 시작한다. 선생이 전적인 믿음을 가지고 있다는 점에는 의심의 여지가 없다. 혹시 어느 식으로든 선생의 정신에 약간 문제가 생긴 것은 아닌지 의심스럽다. 제아무리 수수께끼 같은 일이라 해도 이성적인 설명이 가능하게 마련이다. 혹시라도 반 헬싱 선생이 이 모두를 혼자 저질렀을 가능성은 없겠는가? 워낙 탁월한 두뇌를 지닌 분이니 머리가 살짝 돌아버리면 고착된 사고에 집착해 놀라운 방식으로 당신의 의지를 수행하고도 남을 분이다. 내 생각이 거기에 미치자 나 자신이 혐오스러웠다. 사실 반 헬싱 선생이 미쳤다고 생각하는 것 역시 터무니없기는 매한가지다. 그래도 어떻게든 그분을 세심하게 지켜보아야겠다. 어쩌면 우리 앞에 놓인 수수께끼에 빛을 얻게 될지도 모르니까.

9월 29일 지난밤, 10시가 조금 못 되어 아서와 퀸시가 반 헬싱 선생의 방으로 들어섰다. 그분은 우리에게 우리가 해주기 바라는 바를 말씀하셨는데, 특히 마치 아서가 우리의 의지의 중심인 듯 그를 설득하는 데 온 힘을 집중했다. 선생은 우리가 모두 당신과 함께 가주기를 바란다는 얘기로 말문을 열었다.

"그곳에서 수행해야 할 엄중한 임무가 있기 때문이라오. 내 편지에 틀림없이 놀랐겠지요?"

이 질문은 분명히 고달밍 경을 겨냥한 것이었다.

"그랬습니다. 사실 얼마간 당황스럽기도 했어요. 최근 저희 집안에 워낙 일이 많았는데 이제는 좀 나아졌습니다. 게다가 박사님이 염두에 두신 일이 궁금하기도 했고요. 퀸시와 제가 이야기를 좀 해봤습니다만 대화를 나눌수록 오히려 더 헷갈려서 도무지 갈피를 못 잡겠다는 것 외에는 드릴 말씀이 없습니다."

"저 역시 마찬가지입니다."

퀸시 모리스가 간결하게 말했다.

"아, 그렇다면 두 분 모두 여기 이 친구 존보다 시작에 근접해 있는 셈이에요. 이 친구는 시작하기 전까지 정말 먼 길을 빙 돌아와야 했으니까."

내가 한 마디도 하지 않았어도 선생은 내 마음속에 회의가 가득하다는 것을 알아챈 것이 틀림없었다. 곧이어 선생은 두 사람 쪽으로 돌아서서 지극히 엄중한 목소리로 말했다.

"오늘 밤 내가 옳다고 생각하는 일을 하는 데 여러분의 허락을 구하고 싶소이다. 청하기에 과한 요청이란 걸 나도 압니다. 내 제안을 알게 되면 다들 그것이 얼마나 과한 것인지 실감하게 될 게요. 그러니 지금, 아무것도 모르고 있는 암흑 속에서 내게 약속해주겠소? 앞으로 한동안은 아무리 나에게 분노하게 된다 하더라도 스스로를 그 어떤 이유로든 자책하지 않겠다고 말이오. 내게 분노할 가능성이 없는 척은 도저히 못하겠구려."

"당연한 말씀이십니다. 제가 보증해드리지요. 저는 박사님이 무슨 생각을 하시는지는 모르겠지만 정직하시다는 것만큼은 맹세할 수 있고, 그 정도면 제게는 충분하고도 남습니다."

퀸시가 나서자 반 헬싱 선생은 자랑스레 말했다.

"고맙소이다. 나는 당신을 믿을 만한 친구로 영예롭게 꼽았는데 그렇게 보증해주니 고맙구려. 내게는 몹시 귀중한 것이오."

선생이 손을 내밀자 퀸시는 그 손을 잡았다. 그러고는 아서가 입을 열었다.

"반 헬싱 박사님, 저는 스코틀랜드에서 흔히들 말하는 '주머니에 든 돼지'[138]을 사는 건 좋아하지 않는 사람이고, 신사로서의 제 명예나 기독교인으로서의 제 신념과 관련된 일이라면 그 같은 약속을 할 수는 없습니다. 박사님의 의도가 이 두 가지 중 어느 것에도 위배되지 않는다고 확인해주신다면 곧바로 저도 동의하겠습니다. 저로서는 어떻게 해서도 박사님의 생각을 감을 잡을 수가 없으니까요."

"당신의 제한 조건을 받아들이겠소. 나는 내 행동의 어느 것이라도 비난을 퍼부을 만하다면 우선 잘 숙고해보고 그것이 당신의 제한 조건에 위배되는지 생각해보기를 바라오."

반 헬싱 선생의 말에 아서는 이렇게 대답했다.

"동의합니다! 아주 공정합니다. 이제 사전 교섭이 모두 끝났으니 저희가 하려는 일이 무엇인지 여쭤봐도 되겠습니까?"

"나는 당신들이 나와 함께, 은밀하게 킹스테드의 교회 묘지로 갔으면 하오."

아서의 얼굴에 경악의 표정이 떠올랐다.

"가엾은 루시가 묻힌 곳 말씀입니까?"

---

138 예전 고기가 귀할 때 자루에 고양이를 대신 넣고 돼지라고 해서 속여 판 것에서 유래한 속담.

선생은 고개를 숙여 목례를 했다. 아서는 말을 이었다.

"거기에 가서요?"

"무덤에 들어갈 거요!"

아서는 자리에서 벌떡 일어섰다.

"박사님, 지금 진심이십니까, 아니면 무슨 끔찍한 농담을 하시는 겁니까? 실례지만 진심이신 걸 알겠군요."

아서는 다시 자리에 앉았지만 나는 그 친구가 마치 스스로의 위엄을 드러내듯 굳건하고 짐짓 위세당당하게 앉아 있다는 것을 알 수 있었다. 아서가 다시 입을 열기까지는 한동안 침묵이 이어졌다.

"그래서 무덤에 들어가면요?"

"관을 열 거요!"

그러자 아서는 분노해 다시 자리에서 일어섰다.

"이건 지나치군요! 저는 타당한 일이라면 뭐든 기꺼이 참을성을 보일 마음이 되어 있지만, 무덤을 훼손하는 것, 게다가 그 무덤은……."

분개해서 아서는 목이 메는 모양이었다. 반 헬싱 선생은 딱한 눈빛으로 아서를 바라보았다.

"내가 당신을 위해 조금이라도 고통을 줄일 수 있다면 반드시 그렇게 하겠소, 내 딱한 친구여. 하지만 오늘 밤 우리의 발은 가시밭길을 걸어야 한다오. 그러지 못하면 후에, 아니, 영원히, 당신이 사랑한 발이 화염의 길을 걸어야만 하오!"

아서는 창백해진 얼굴을 들고 입을 열었다.

"진정하십시오! 진정하세요!"

"내가 하는 말을 제발 잘 들어주기를 바라오. 그러면 적어도 내 목적의 끝을 알게 될 것 아니겠소? 계속해도 되겠소?"

반 헬싱 선생의 말에 퀸시가 나섰다.

"그게 공정하겠군요."

잠시 뜸을 들인 뒤 엄청난 노력을 하고 있음이 역력히 드러나는 투로 선생은 말을 이었다.

"루시 양은 죽었소. 그렇지 않은가요? 그렇소! 그렇다면 그녀에게 잘못할 수는 없소. 그러나 만약 그녀가 죽지 않았다면……."

아서는 벌떡 일어섰다.

"맙소사! 대체 무슨 말씀이십니까? 무슨 실수가 있어서 그녀가 산 채로 묻혔다는 말씀인가요?"

아서는 일말의 희망조차 누그러뜨릴 수 없는 격통에 괴로워하며 신음을 토했다.

"나는 그녀가 살아 있었다고는 하지 않았소. 아니, 그런 생각조차 한 적 없소. 내 단도직입적으로 말하리다. 그녀는 언데드요."

"언데드! 살아 있지 않다! 이게 무슨 말씀입니까? 이 모두가 악몽인가요? 아니면 무엇인가요?"

"그저 추측만 할 뿐이오. 수세기가 지나도 오직 일부분만이 풀리는 수수께끼가 있게 마련이라오. 나를 믿으시오. 우리는 지금 그 한 가지 수수께끼의 가장자리에 와 있소. 허나 나도 아직 그 끝을 보지는 못했다오. 내가 죽은 루시 양의 머리를 절단해도 되겠소?"

그 말에 아서는 격정의 소용돌이에 휩싸여 소리쳤다.

"지금 뭐라고 하셨습니까? 맙소사! 세상 그 어떤 걸 주어도 그녀의 시신을 훼손하는 건 용납하지 않겠습니다. 반 헬싱 박사님, 저를 지나치게 시험하셨습니다. 제가 뭘 어떻게 했기에 저를 이다지도 고문하시는 겁니까? 그 가엾은 아름다운 아가씨가 무엇을 했기에 그녀의 안식처에 이러한 불명예를 가하시려는 겁니까? 그런 말씀을 하시다니 정신이 나가셨습니까, 아니면 그런 말을 듣고 있는 제가 미쳤나요? 그러한 신성모독은 생각도 마십시오. 박사님이 하시는 일에는 아무 동의도 하지 않겠습니다. 저는 극악무도한 행위에서 그녀의 안식처를 지킬 의무가 있고, 신에 맹세코 그렇게 하고야 말 겁니다!"

그러자 반 헬싱 선생은 내내 앉아 있던 자리에서 일어나 묵직한 우울함이 밴 장중한 목소리로 말했다.

"고달밍 경. 나 역시 다른 이들에게, 당신에게 해야 할 임무, 고인에게 해야 할 임무가 있고, 신에 맹세코 그것을 할 것이오! 지금 내가 당신에게 요청하는 것은 나와 함께 가서 보고 들으라는 것이 전부요. 후에 내가 같은 요청을 할 때는 당신은 나보다도 그 임무를 완수하기 위해 열성을 쏟을 것이고, 그때는 상황이 어떻든 간에 나는 내 임무를 할 것이오. 그리고 난 뒤에는 하느님의 뜻에 따라 나는 나 스스로를 당신의 처분에 맡기고 언제 어디서든 당신의 뜻대로 하게 하리다."

선생은 약간 갈라지기는 했지만 동정심으로 가득한 목소리로 말을 이었다.

"허나 제발 애원하건데, 내게 분노하지는 말아주시오. 내 기나긴 삶에서 때로는 하기에 유쾌하지 못한 일들을 해야 했으나, 내 가슴을 쥐어짰던 그 어떤 일이라 해도 지금처럼 버겁고 무거운 임무에 비할 것은 아무것도 없었다오. 당신이 나를 향한 마음을 바꿀 때가 오면 당신이 건네는 눈길 하나가 이 슬픈 시간을 씻어버릴 것이오. 나는 당신을 슬픔에서 구원하기 위해 뭐든 할 것이니 말이오. 생각해보시오. 내가 왜 스스로에게 이 많은 부담과 슬픔을 지우려 하겠소? 나는 처음에는 내 친구인 존을 기쁘게 하려고 고향에서 이곳까지 달려왔고 그런 뒤에는 나 역시 사랑하게 된 사랑스러운 아가씨를 도우려 했소. 이렇게까지 말하려니 부끄럽지만 내 마음을 보이려니 얘기해야겠구려. 나 역시 당신이 준 것, 내 혈관의 피를 내주었다오. 나도 피를 주었지만 그것은 당신처럼 연인이 아니라 그녀의 의사이자 친구로서 준 것이었지요. 나는 세상을 떠나기 전에도 떠난 후에도 루시 양에게 나의 밤과 낮을 주었고, 지금이라도 내 죽음이 그녀에게 이롭다면, 죽어 언데드가 된 마당에 그녀는 자유롭게 내 목숨을 가

317

질 수 있을 것이오."

선생의 말에는 지극한 엄중함, 자상한 자부심이 담겨 있었고 아서는 몹시 감동을 받은 듯했다. 곧 아서는 선생의 손을 잡고 갈라진 목소리로 말했다.

"아, 생각하기도 힘들고 이해할 수도 없지만 적어도 함께 가서 기다리기는 하겠습니다."

16

수어드 박사의 일기(계속)

우리는 12시 15분에 야트막한 담을 넘어 교회 묘지로 들어갔다. 하늘을 가로지르는 두툼한 구름장 사이로 간간이 달빛이 비칠 뿐 사방이 칠흑같이 어두웠다. 반 헬싱 선생만이 약간 앞에서 길을 이끌었고 우리 셋은 서로 바짝 다가붙어 걷고 있었다. 안치소에 이르자 슬픔만이 가득한 기억으로 점철된 곳으로 다가간다는 사실에 동요할까 두려워 아서에게서 눈길을 떼지 않았지만 아서는 잘 견뎌내고 있었다. 아마도 이 과정을 둘러싼 수수께끼가 그 친구의 슬픔에 어느 식으로든 중화제 역할을 하는 모양이었다. 문의 자물쇠를 연 선생은 다양한 이유로 우리 사이에 이는 자연스러운 망설임의 기색을 느꼈는지 당신이 성큼성큼 앞서 들어갔다. 곧이어 우리도 안으로 들어가자 선생은 문을 닫았다. 선생은 랜턴을 켜고 관을 가리켰다. 아서가 멈칫거리며 앞으로 나섰다.

"자네는 어제 나와 여기 왔었네. 루시 양의 시신이 관에 들어 있었나?"

반 헬싱 선생이 내게 물었다.

"그랬습니다."

선생은 두 사람 쪽으로 돌아서서 입을 열었다.

"두 분도 들었고, 나를 믿지 않을 사람은 없겠지요?"

선생은 다시금 스크루드라이버를 꺼내고 또다시 관 뚜껑을 들어 올렸다. 아서는 창백해진 낯빛으로, 그러나 아무 말없이 지켜보고 있었다. 뚜껑이 옮겨지자 아서가 앞으로 나섰다. 아무래도 아서는 그 안에 납으로 된 내관이 있다는 사실을 몰랐거나 적어도 미처 그 생각을 못했던 것이 틀림없었다. 납관의 손상된 자리를 보자 잠시 피가 얼굴로 솟구쳤으나 곧바로 다시 사라졌고 아서의 안색은 섬뜩하리만큼 창백했다. 여전히 아서는 아무 말이 없었다. 곧 반 헬싱 선생은 납으로 된 판을 뒤로 물렸고, 우리는 모두 안을 들여다보고 주춤하고 말았다.

관이 비어 있었다!

몇 분 동안 누구도 말이 없었다. 그 침묵을 깬 사람은 퀸시 모리스였다.

"박사님, 저는 아까 박사님을 보증했던 사람입니다. 박사님의 말씀이 제가 원하는 전부입니다. 평소라면 구태여 이런 질문을 여쭤보지도 않을 테고 박사님께 의심을 품을 만큼 불명예를 지워드릴 생각은 없습니다만 이것은 명예와 불명예의 문제를 넘어선 수수께끼이니 별수 없군요. 박사님이 하신 일입니까?"

"내가 가진 모든 것을 걸고 내가 루시 양을 옮기거나 만지지 않았다는 걸 맹세하오. 저간에 일어난 일을 말하리다. 이틀 밤 전에 나와 친구 수어드는 선의를 갖고 이리로 왔소. 나는 그때까지 봉해져 있던 관을 열었고, 그때 우리는 지금처럼 관이 비어 있는 것을 발견했소. 그런 뒤에 우리는 기다리고 있다가 뭔가 흰 형체가 나무 사이로 다가오는 것을 보았소. 그리고 이튿날, 대낮에 다시 와보니 루시 양은 여기에 누워 있었지요. 그렇지 않았나, 존?"

"그랬습니다."

"그날 밤, 우리는 때마침 시간을 맞출 수 있었소. 또다시 꼬마가 실종되었는데, 하느님이 도우사 우리는 그 아이를 무덤 사이에서 다치지 않은 채로 찾을 수 있었던 거요. 어제 나는 해가 지기 전에 이리로 왔소. 해가 질 무렵부터 언데드는 움직일 수 있으니까. 나는 밤새, 해가 떠오를 때까지 기다렸지만 아무것도 보지 못했소. 아마도 그건 내가 이 문틈 쥠쇠에 언데드가 견디지 못하는 마늘이며 질색하는 다른 것들을 갖다놓았기 때문일 게요. 지난밤에는 탈출을 못했소만 오늘 밤에는 해가 지기 전에 내가 마늘이며 다른 것들을 치워놓았소. 그렇게 해서 이 관이 빈 것을 보게 된 거라오. 아, 참아주시오. 지금까지 기이한 일들이 많았지요. 밖에서 눈에 띄지 않고 아무 소리도 들리지 않게, 가만히 나와 함께 기다리도록 하시오. 더 기이한 일은 아직 일어나지 않았으니까. 그러니……"

선생은 랜턴의 차광판을 내리며 말을 이었다.

"이제 밖으로 나갑시다."

선생은 문을 열었고 우리는 밖으로 나갔다. 선생이 마지막으로 나와 문을 잠갔다.

아! 안치소에서의 공포를 겪은 뒤의 밤공기는 얼마나 신선하고 순수하게 느껴지는가. 마치 한 인생을 둘러싼 기쁨과 슬픔처럼 두터이 지나가는 구름과, 그렇게 스쳐가는 구름장 사이사이로 비쳐드는 달빛을 바라보는 것은 또 얼마나 달콤한가. 죽음과 부패의 기운이 없는 신선한 공기를 마시는 것은 또 얼마나 행복한가. 언덕 너머 하늘의 붉은빛을 바라보고, 머나먼 곳에서 거대한 도시의 삶을 이야기하는 숨죽인 아우성에 귀기울이는 것은 그 얼마나 인간적인가. 저마다의 고유한 방식으로 우리 모두는 엄숙함과 무언가에 압도된 듯한 기분을 느끼고 있었다. 아서는 아무 말이 없었고, 나는 그 친구가 이 수수께끼에 숨은 의미와 목적을 파악하기 위해 안간힘을 쓰는 것을 알 수 있었다. 나 역시도 상당한 인내심을 되찾아 반쯤은 의구심을 떨치고 다시 반 헬싱 선생의 결론을 받아들일 채비가 되어 있었다. 퀸시 모리스는 모든 것을 받아들일 수 있고, 사력을 다해 대범한 용기로 모든 가능성을 수긍할 수 있는 사람답게 담담

한 태도를 보였다. 담배를 피울 수 없었기 때문에 퀸시는 씹는담배를 큼지막하게 잘라 씹기 시작했다. 반 헬싱 선생은 확고한 몸짓으로 움직이고 있었다. 우선 가방에서 흰 냅킨에 싸인 얇팍한 과자처럼 보이는 덩이를 조심스럽게 꺼냈다. 그다음에는 반죽이나 지점토처럼 보이는 뭔가 희끗한 물건을 두 손 가득 담아냈다. 선생은 과자처럼 생긴 물건을 잘게 짓찢어 두 손에 든 덩이에 넣고 주무른 다음 덩이를 들어 기다란 띠가 되도록 얇팍하게 만 뒤 안치소 문과 틈새에 고루 붙였다. 그 모습에 가까이 있던 나는 몹시 놀라 무얼 하시느냐고 물어보았다. 아서와 퀸시도 궁금한지 문 쪽으로 다가왔다.

"언데드가 들어가지 못하도록 무덤을 봉하는 걸세."

선생이 대답했다.

"지금 그 물건이 그렇게 한다는 말씀이십니까? 세상에 맙소사! 이건 또 무슨 게임인가요?"

퀸시 모리스가 물었다.

"글쎄올시다."

"지금 쓰고 계신 물건이 뭔가요?"

이번의 질문은 아서가 한 것이었다. 반 헬싱 선생은 경건한 마음으로 모자를 들어 올린 뒤 이렇게 대답했다.

"성체[139]요. 암스테르담에서 가져왔소. 은사를 받았다오."

그것은 우리 중에서 종교와는 가장 거리가 먼 사람조차 떨리게 만드는 대답이었다. 자신에게 가장 성스러운 것을 사용할 정도의 목적을 위한 반 헬싱 선생의 행위 앞에서 불신을 드러내기란 불가능했다. 경의를 담은 침묵 속에서 우리는 누가 다가오더라도 시선을 피할 만한 위치의 안치소 주위에 저마다 자리를 잡았다. 나는 모두, 특히 아서에게 동정이 갔다. 이러

---

139 가톨릭에서 성찬식에 쓰는 빵.

한 공포를 지켜보는 것에 이미 익숙해져 있고, 한 시간 전만 해도 증거를 거부하려 했던 나조차도 심장이 내려앉는 것을 느끼는데 아서야 오죽하겠는가. 무덤들이 그토록 섬뜩하게 허옇게 보인 적은 없었다. 사이프러스와 노간주나무며 주목도 장례식의 음울함을 이토록 절절히 드러내는 듯 보인 적은 없었다. 나무나 풀밭의 흔들림이나 바스락거림도 이처럼 불길해 보인 적이 없었다. 나뭇가지가 바스스 스치는 소리가 이토록 수수께끼처럼 들리고, 저 머나먼 곳에서 개가 울부짖는 소리가 밤을 뚫고 이처럼 애끓는 비통의 전조를 전한 적은 없었다.

침묵의 기나긴 시간이 이어졌다. 고통스럽고 공허한, 정말이지 오랜 침묵이었다. 이윽고 선생 쪽에서 날카로운 "쉿!" 소리가 들렸다. 선생이 가리키는 쪽을 바라보자 주목이 늘어선 저 먼 길에서 다가오는 희읍스름한 형체가 눈에 띄었다. 흐릿한 허연 형체의 가슴팍에는 뭔가 거무스레한 것이 안겨 있었다. 형체가 멈추는 순간 움직이는 구름장 사이를 뚫고 비쳐든 달빛에 수의를 입은 검은 머리의 여자의 모습이 선명하게 드러났다. 가슴에 안은 금발의 아이 쪽으로 고개를 숙이고 있어서 여자의 얼굴은 보이지 않았다. 잠시 정지 상태에서 아이가 잠결에 내지르는 듯한, 난로 앞에서 꿈꾸던 개가 불현듯 내는 듯한 날카로운 짤막한 비명이 일었다. 우리는 슬그머니 앞으로 나아가기 시작했지만 주목나무 뒤에서 반 헬싱 선생이 경고하듯 손을 들어 올리자 뒤로 물러섰다. 곧이어 우리가 지켜보는 사이, 흰 형체가 다시 앞으로 움직이기 시작했다. 이제는 우리가 또렷이 볼 수 있을 만큼 가까운 위치였고, 달빛도 여전히 비치고 있었다. 내 심장은 얼어붙는 것만 같았다. 아서의 거친 숨소리가 귓전에 선했다. 그녀는 루시 웨스튼라였다. 루시 웨스튼라, 그러나 그녀는 너무도 변해 있었다. 생전의 사랑스러움은 차디차고, 아무 감정도 없는 잔혹함으로 바뀌었고, 그 순수함은 관능적 농염함으로 변해 있었다. 문득 반 헬싱 선생이 앞으로 나섰고 그분의 몸짓에 따라 우리도 따라 움직였다. 우리 네 명은 나란

히 안치소 문 앞에 늘어섰다. 반 헬싱 선생은 랜턴을 들어 차광판을 올렸다. 빛줄기가 루시의 얼굴에 쏟아져 내렸다. 피로 새빨갛게 물든 입술에서 한줄기 피가 턱 위로 타고 흘러 그녀가 입은 한랭사 수의의 순수함을 물들이고 있었다.

우리는 공포로 몸서리쳤다. 빛이 일렁이는 것으로 보아 반 헬싱 선생의 강철 같은 신경조차도 흔들리는 모양이었다. 아서는 내 곁에 있었고, 내가 팔을 잡아주지 않았더라면 쓰러졌을지도 모른다.

루시 — 그녀의 모습을 띠고 있으니 우리 앞에 서 있는 존재를 루시라 한다면 — 는 우리를 보자 갑작스럽게 공격을 받은 고양이처럼 성난 으르렁거림을 내뱉으며 뒤로 풀쩍 물러서더니 우리를 향해 눈을 부라렸다. 모양이나 색은 루시의 눈이었지만 우리가 아는 순수하고 맑은 눈동자가 아닌 지옥의 불길이 이글거리는 탁한 눈빛이었다. 그 순간 남아 있던 나의 사랑까지도 모조리 증오와 혐오로 바뀌었다. 그때 그녀를 죽여야 했다면 야만적 기쁨을 느끼며 얼마든지 기꺼이 나섰으리라. 우리를 바라보는 그녀의 눈은 천박한 빛으로 번뜩였고, 얼굴에는 욕정이 가득한 미소가 드리워졌다. 아, 신이시여, 그 모습을 보며 내가 얼마나 몸서리쳤는지! 그녀는 뼈다귀 앞에서 으르렁거리는 개처럼 짐승 같은 울부짖음을 토하더니 악마 같은 잔인함을 드러내어 지금까지 가슴에 끌어안고 있던 아이를 바닥에 내동댕이쳤다. 아이는 새된 비명을 지르고 바닥에서 끙끙거렸다. 이 매정하고 냉혹한 행동에 아서의 입에서는 고통스러운 신음이 터져 나왔다. 그녀가 창부 같은 미소를 지으며 두 팔을 벌린 채 다가오자 아서는 두 손에 얼굴을 묻고 뒷걸음질 쳤다.

"이리로 와요, 아서. 저 사람들은 놔두고 나에게 와요. 내 팔이 당신을 그리워하고 있잖아요. 와서 우리 함께 쉬어요. 와요. 내 남편, 어서요!"

그녀의 어조에는 악마적이고 달콤하면서도, 깨진 유리가 잘강거리는 듯하여 그 말을 듣는 우리의 두뇌조차도 뚫고 들어올 듯한 무언가가 있었다. 아서는 마치 주술에 걸린 듯 얼굴 앞으로 손을 내밀어 두 팔을 활짝 벌렸다. 그녀가 그 팔에 뛰어들려는 순간 반 헬싱 선생이 앞으로 나서 둘 사이에 작은 금 십자가를 들이밀었다. 십자가를 보자 그녀는 주춤 뒤로 물러서더니 갑작스레 얼굴을 일그러뜨리고 분노가 이글거리는 표정으로 잽싸게 선생을 지나쳐 안치소로 향했다.

그러나 안치소 문 5, 60센티미터 앞에서 그녀는 마치 저항할 수 없는 힘에 붙잡히기라도 한 것처럼 멈춰 섰다. 그녀가 휙 돌아섰다. 형형하게 빛나는 달빛과, 이제는 선생의 신경이 조금도 흔들리지 않아 전혀 움직임 없는 랜턴 불빛 속에서 그녀의 얼굴이 선명하게 드러났다. 나는 여태껏 그 누구의 얼굴에서도 그토록 지독한 악을 본 적은 없었다. 앞으로도 그 어떤 인간의 눈에서도 볼 수 없으리만큼 그악스러운 악이었다. 그 아름다운 얼굴빛은 흙빛이 되었고, 눈은 지옥의 불길을 내뿜는 것 같았으며, 잔뜩 찌푸려진 이맛살의 고랑은 메두사의 똬리처럼 보였다. 피로 물든 아름다운 입은 그리스나 일본 연극에서 격노한 표정을 나타낼 때 쓰는 가면처럼 사각으로 벌어져 있었다. 보는 것이 곧 죽음을 의미하여 한 번 보기만 해도 거꾸러질 얼굴이 있다면 우리가 그때 목도한 것이 바로 그 얼굴이었다.

족히 1분 남짓 그녀는 들어 올린 십자가와 들어갈 길을 막은 성체 사이에 옴쭉 못하고 서 있었다. 우리에게는 영원처럼 느껴지는 1분이었다.

"답해주시오, 친구! 내 임무를 계속해도 되겠소?"

문득 반 헬싱 선생이 침묵을 깼다. 아서는 털썩 무릎을 꿇고 바닥에 주저앉아 두 손으로 얼굴을 가렸다.

"뜻한 대로 하십시오. 뜻한 대로요. 이런 공포가 다시는 있어서는 안 되니까요."

그러면서 아서는 고통스러운 신음을 토해냈다.

퀸시와 나는 동시에 아서를 향해 달려가 그의 팔을 잡았다. 반 헬싱 선생이 랜턴을 내리고 스위치를 끄는 딸각 소리가 들려왔다. 안치소로 다가간 선생은 문 주위에 붙여놓았던 성스러운 상징을 떼어내기 시작했다. 선생이 뒤로 물러서자, 우리와 다름없는 실재의 육체를 가진 그녀가 칼날 하나 들어갈 정도의 틈새를 통해 안치소 안으로 홀연히 사라졌다. 그 광경을 지켜보던 우리는 공포와 경악으로 넋을 잃고 말았다. 반 헬싱 선생이 다시 반죽을 문가에 붙이는 모습에 우리는 모두 안도의 기쁨을 느꼈다.

일을 끝내자 선생은 아이를 안아 올리고 말했다.

"이제 가십시다, 친구들. 내일까지는 할 수 있는 일이 없으니까. 정오에 장례식이 있으니 모두들 그 의식이 끝나고 얼마 되지 않아 다시 와야 하오. 고인의 친구들은 2시면 갈 테고, 교회지기가 문을 잠그면 우리끼리 묘지 안에 남아 있을 수 있소. 그 뒤에 더 할 일이 있기는 하지만 오늘과 같은 일은 아니라오. 보아하니 이 꼬마는 많이 다치지는 않은 것 같으니 내일 밤이면 말짱해질 거요. 저번 밤처럼 경찰이 찾을 곳에 아이를 놔두고 우리는 집으로 갑시다."

아서 쪽으로 다가가면서 선생은 말을 이었다

"아서, 내 친구여. 너무도 고통스러운 시련을 겪었으나 이제 후에 돌아보면 얼마나 요긴했는지를 알게 될 거요. 지금 당신이 있는 곳은 쓰디쓴 고난의 강물 속이오. 허나 내일 이맘때쯤이면 하느님께 감사하게도 고난의 강물을 지나 달콤한 물을 마시게 될 것이오. 그러니 지나치게 애통해하지는 말구려. 그때까지는 나를 용서하라는 부탁도 하지 않겠소."

아서와 퀸시는 나와 함께 집으로 갔고 우리는 어떤 식으로든 서로의 기운을 북돋워주기 위해 노력했다. 아이는 안전한 곳에 데려다놓은 뒤였다. 지칠 대로 지친 우리는 잠이라는 현실을 달갑게 받아들였다.

9월 29일 밤 정오가 되기 조금 전에 우리 셋, 그러니까 아서, 퀸시 모리스, 그리고 나는 반 헬싱 선생을 찾았다. 모두가 검은색 옷을 입고 있다는 건 우연의 일치라고 하기에는 무척 특이한 일이었다. 물론, 지금 애도 중에 있는 아서야 검은 옷을 입는 것이 당연했지만 나머지는 무의식적으로 입은 것이었다. 우리는 1시 30분에 묘지에 도착해 그곳 일꾼들의 눈에 띄지 않는 곳에서 어슬렁거렸다. 무덤 파는 사람들이 일을 끝내고 난 뒤 교회지기는 조문객이 모두 떠났다고 생각해 문을 잠갔고 묘지에는 우리만 남았다. 반 헬싱 선생은 예의 작은 검은 가방 대신에 기다란 가죽 가방, 크리켓 용구를 넣는 케이스처럼 생긴 가방을 들고 있었다. 언뜻 보기만 해도 무게가 퍽 나갈 성싶었다.

묘지에 우리끼리 남고 마지막 발소리가 도로 위에서 사라지자 우리는 마치 명령을 따르듯 반 헬싱 선생을 따라 안치소로 가만히 발길을 옮겼다. 선생은 안치소 문을 열었고 우리가 안으로 들어가자 다시 문을 닫았다. 그런 다음 선생은 가방에서 랜턴을 꺼내 불을 밝히고는 밀랍 양초 두 개를 꺼내어 불을 붙인 뒤 다른 관 위에 촛농을 떨어뜨려 고정시켰다. 그 정도면 작업을 하기에 충분한 빛이었다. 다시 선생이 루시의 관을 여는 순간 우리는 모두 아서가 사시나무 떨듯 떠는 것을 볼 수 있었다. 시신은 죽음의 아름다움을 그대로 간직한 채 관 안에 누워 있었다. 그러나 내 마음속에는 영혼 없이 루시의 외양을 하고 있는 더러운 존재에 대한 증오뿐 사랑은 흔적조차 남아 있지 않았다. 심지어 아서조차도 시신을 바라보며 차츰 얼굴이 굳어져갔다. 이윽고 아서는 반 헬싱 선생에게 물었다.

"이것이 진정한 루시의 몸입니까, 아니면 그녀의 모습을 한 악마일 뿐입니까?"

"루시의 몸이며 그렇지 않기도 하오. 허나 잠시만 기다리시오. 그러면 예전 그대로이면서, 지금의 루시를 볼 수 있게 될 테니까."

그녀는 거기에 루시의 악몽처럼 누워 있었다. 뾰족해진 이, 보기만 해도 몸서리쳐지는 피로 물든 관능적인 입……. 영혼을 찾을 길 없는 육감적이기만 한 외양은 루시의 사랑스러운 순수함을 악마적으로 조롱하는 것만 같았다. 반 헬싱 선생은 차례차례 가방에서 갖가지 내용물을 꺼내어 쓸 수 있게 늘어놓았다. 우선 납땜인두와 땔 납을 꺼내고는 작은 석유램프를 꺼내어 불을 붙였다. 램프는 무덤 한구석에서 푸른 불꽃을 일으키며 활활 뜨겁게 타올랐다. 그다음에는 수술용 칼 여러 개와, 마지막으로 6, 7센티미터 두께에 길이는 90센티미터 남짓한 둥그스름한 나무 말뚝을 하나 꺼냈다. 한쪽을 불에 그슬려 단단하게 한 뒤 뾰족하게 깎은 말뚝이었다. 이 말뚝과 함께 나온 것은 석탄광에서 큰 덩이를 쪼갤 때 쓰는 묵직한 망치였다. 어떠한 것이든 의사가 시술을 준비하는 모습은 내게는 마음을 움직이고 흥분되는 일이지만 아서나 퀸시에게는 그저 대경실색할 광경일 따름이었다. 그러나 두 사람 모두 용기를 잃지 않고 아무 말 없이 가만히 기다리고 있었다.

모든 준비를 마치자 반 헬싱 선생이 입을 열었다.

"뭐든 실행에 옮기기 전에 이 이야기를 해야겠구려. 이건 고대로부터 전해진 민간전승과 언데드의 힘을 연구한 모든 연구자들의 경험에서 온 것이라오. 일단 언데드가 되면 그 변화와 함께 죽음을 맞지 못하는 저주가 함께 따르게 되오. 언데드는 죽지 못하고 세대를 거듭하여 살면서 새로운 희생자를 추가하고 지하 세계의 악의 수를 늘려야만 하오. 언데드에게 희생되어 죽음을 맞은 자 또한 언데드가 되어 예전의 자신과 같은 부류를 사냥하게 되지요. 그렇게 해서 이 악순환은 물에 던져진 돌멩이가 일으키는 파문처럼 계속해서 커져나간다오. 아서, 가엾은 루시가 죽기 전 당신이 그 키스를 받았거나 아니면 간밤에 팔을 벌리고 그녀에게 다가갔더라면 결국에는 당신도 세상을 떠난 뒤 동부 유럽에서 칭하는 대로 노스페라투가 되었을 테고, 우리에게 이 끔찍한 공포를 일으키는 언데드를 만들어내는 데 일조하게 되었을 게요. 이 불행한 아가씨는 언데드로서 이제 갓 첫발을 내디딘 것에 불과하오. 그러므로 그녀가 피를 빨아들인 아이들은 아직은 최악이라 할 수 없지요. 허나 만약 그녀가 계속해서 언데드로 살아간다면 아이들은 더욱더 많은 피를 잃게 될 것이오. 그녀가 휘두르는 힘에 의해 자발적으로 그녀에게 향하게 되며, 그러면 그녀는 그 사악한 입으로 아이들의 피를 빨아들이기 때문이지요. 허나 만약 루시가 진정으로 죽음을 맞는다면 이 모든 것이 끝나게 된다오. 목의 작은 상처는 사라지고, 아이들은 무슨 일인지 모르는 채 계속해서 뛰놀 수 있게 되는 거라오. 그러나 이 언데드가 진정한 죽음을 맞아 안식을 취하게 되어 얻어지는 가장 큰 축복은 우리가 사랑하는 가엾은 아가씨의 영혼이 다시 자유로워진다는 것이오. 밤을 틈타 사악한 짓거리를 저지르고 낮에는 그 사악함에 물들어 나날이 퇴색하고 추레해지는 대신에 그녀는 다른 천사들과 함께 마땅히 차지할 제자리를 찾게 되는 게요. 그러니 친구들이여, 그녀를 위해, 그녀를 자유롭게 하기 위해 타격을 가하는 손은 축복받은 손일 것이오. 나는 기꺼이 할 준비가 되어 있지만, 우리 중에 그 일에 나보다 더욱 큰 권리를 가진 이가 있지 않겠소? 잠 못 이루고 뒤척이는 어느 고요한 밤 '그녀를 저 별들 사이로 보낸 것은 내 손이었지. 그녀를 가장 사랑하는 남자의 손, 만약 그녀에게 선택권이 있었더라면 그녀가 기꺼이 선택했을 그 손이 바로 내 손 아니겠는가' 하며 생각에 잠기는 것은 크나큰 기쁨 아니겠소? 우리 중에 그 사람이 있다면 이야기해주시오."

우리는 모두 아서를 바라보았다. 그는 우리의 눈빛에서 무한한 따스함을 느끼고 있었다. 우리의 눈빛에는, 우리 모두에게서 루시에 대한 기억을 사악함이 아닌 성스러운 것으로 되살릴 손은 바로 그의 손이라는 생각이 오롯이 담겨 있었다. 아서가 앞으로 나섰다. 비록 손은 부들부들 떨리고 얼굴은 백설처럼 새하얘져 있었지만 아서는 용맹하게 입을 열었다.

"제 진정한 친구시여, 제 산산이 부서진 마음의 가장 깊은 곳에서부터 깊은 감사를 올립니다. 제가 해야 할 일을 말씀해주십시오. 저는 망설이지 않겠습니다!"

그러자 반 헬싱 선생은 그의 어깨에 손을 얹고 말했다.

"정말 용감하오! 순간의 용기로 모든 것이 이루어졌소. 이 말뚝으로 루시 양의 몸을 관통해야 하오. 두려운 시련이오. 그걸 부정할 수는 없지요. 허나 오직 짧은 시간에 불과할 것이고, 고통이 크나큰 만큼 기쁨은 그 이상일 것이오. 이 음울한 안치소에서부터 당신은 마치 공기를 밟듯 가벼운 마음으로 나갈 수 있을 거요. 허나 일단 시작하면 절대 주춤거려서는 안 되오. 우리, 당신의 진정한 친구들이 곁을 지키면서 계속해서 기도를 올리리라는 것만을 기억하시오."

"알겠습니다. 제가 뭘 해야 할지 말씀해주십시오."

아서가 목쉰 소리로 말했다.

"이 말뚝을 왼손에 쥐고 심장 위에 이 날카로운 끝을 놓은 다음 오른손에 망치를 드시오. 그런 뒤 우리가 망자를 위한 기도를 시작하리다. 여기 기도서가 있으니 내가 읽고 다른 사람들은 따라하도록 하시오. 우리가 기도를 올리면 하느님의 이름으로 그 말뚝을 내리치도록 하시오. 그러면 언데드는 사라지고 우리가 사랑한 고인은 행복을 되찾을게요."

아서는 말뚝과 망치를 들었다. 일단 행동을 하겠다고 마음을 굳히자 그의 손은 떨리지도, 흔들리지도 않았다. 반 헬싱 선생이 미사 경본을 들고 읽기 시작하자 퀸시와 나는 열심히 선생을 따랐다. 아서는 말뚝 끄트머리를 심장 위에 놓았다. 새하얀 피부 속에 살짝 들어간 자국이 보였다. 곧이어 아서는 있는 힘을 다해 말뚝을 내리쳤다.

관 속에 누운 언데드는 마구 몸부림쳤다. 벌어진 붉은 입에서는 피가 얼어붙도록 섬뜩한 비명이 터져 나왔다. 몸뚱이가 꿈틀꿈틀 움직이고 부르르 떨리며 마구 뒤틀어졌다. 날카로운 흰 이가 바득바득 갈리면서 입술이 베어져 입 주위가 선홍색 거품으로 벌겋게 물들었다. 그러나 아서는 결코 주춤거리지 않았다. 아서는 토르[140] 형상처럼 조금도 떨리지 않

---

140 게르만 민족의 신으로, '천둥'이라는 뜻이며 벼락을 뜻하는 쇠망치를 들고 있는 모습으로 그려진다.

는 굳은 손길로 자비를 품은 말뚝을 더욱더 깊게 박아넣었다. 뚫린 심장에서 뿜어져 나온 피가 주위에 흥건하게 고였다. 아서의 표정에는 확신이 서려 있었고 이 숭고한 임무가 그의 얼굴을 통해 드러나는 듯했다. 그 광경에 용기백배한 우리의 목소리는 작은 안치소를 뚫고 울리는 것만 같았다.

차츰 몸뚱이의 꿈틀거림과 떨림이 잦아들었다. 갈리던 이도 점차 자리를 찾고 얼굴의 경련도 서서히 멈추었다. 마침내 모든 움직임이 멈추었다. 섬뜩한 사명은 이제 마무리되었다.

아서의 손에서 망치가 떨어졌다. 아서는 비틀거렸고 우리가 붙잡지 않았더라면 바닥에 쓰러졌을지도 몰랐다. 이마에서는 굵은 땀방울이 솟아올랐고 숨결은 거칠었다. 틀림없이 그에게는 엄청난 긴장을 요하는 일이었으며, 인간의 사고력을 넘어서는 강제력이 없었다면 도저히 수행할 수 없는 사명이었다. 몇 분 동안 우리는 아서에게 온 정신이 팔려 있어서 관 쪽으로 시선을 주지 못했다. 그러나 관 안을 들여다보는 순간 숨죽인 탄성이 저도 모르게 입에서 터져 나왔다. 우리의 놀라움에 바닥에 앉아 있던 아서도 서둘러 일어서서 다가왔다. 시신을 바라보자 아서의 얼굴에는 깊이 드리워져 있던 수심이 걷히며 오묘한 기쁨의 빛이 떠올랐다.

관 속에 누운 것은 우리가 지극히 두려워하고 증오하게 된 나머지 그것을 없애는 것이 누군가의 특권으로 여겨질 법한 더러운 존재가 더 이상 아니었다. 관 속에는 생전에 우리가 보았던 비할 길 없는 사랑스러움과 순수함을 간직한 얼굴의 루시가 누워 있었다. 아닌 게 아니라 생전의 모습 그대로, 근심과 고통과 쇠약함의 흔적도 온전히 남아 있었다. 그러나 그 흔적은 우리가 아는 진실된 루시의 증거였기에 우리에게는 더할 나위 없는 기쁨이었다. 그 초췌한 얼굴과 육신에 햇살처럼 내리는 성스러운 침묵이 이제 영원토록 그녀가 누리게 될 안식의 상징임을 우리 모두 느끼고 있었다.

반 헬싱 선생은 다가가 아서의 어깨에 손을 얹었다.

"자, 아서, 내 친구여, 이제 내가 용서되지 않겠소?"

아서를 붙들었던 그 지독한 긴장은 노인의 손을 잡아 자신의 입술에 갖다대면서 일거에 씻겨 나갔다.

"용서라고요? 박사님께서는 제 소중한 루시에게 다시 영혼을 찾아주셨고 제게는 평화를 주셨습니다. 박사님께 하느님의 축복이 함께 하시기를!"

아서는 두 손을 선생의 어깨에 얹고 그 가슴에 얼굴을 묻고는 한동안 소리 없이 흐느꼈다. 우리는 움직이지 않고 서 있었다. 아서가 고개를 들자 반 헬싱 선생은 그에게 말했다.

"자, 이제 루시에게 입을 맞춰도 되오. 원한다면 그녀의 죽은 입술에 입을 맞추시오. 그녀도 원할 테니까. 이제는 헤픈 웃음을 흘리는 악마도 아니며, 더러운 존재에서 영원히 벗어났으니 말이오. 더 이상 루시는 악마의 언데드가 아니오. 이제는 하느님의 진정한 망자이고 그 영혼이 그분과 함께 할 거요!"

아서는 허리를 굽히고 루시의 시신에 입을 맞추었다. 곧이어 나와 반 헬싱 선생은 아서와 퀸시를 무덤 밖으로 내보냈다. 선생과 나는 말뚝의 날카로운 부분을 몸속에 박은 채로 윗부분을 톱으로 썰어낸 뒤 목을 자르고 입에 마늘을 채웠다. 우리는 납으로 된 관을 납땜하고 관 뚜껑에 나사못을 박은 뒤 물건을 챙겨 밖으로 나왔다. 선생은 안치소 문을 잠그고 열쇠를 아서에게 건네주었다.

밖에 나오자 공기는 상쾌하고 햇살이 내리비추며 새들의 노랫소리가 평화로워 자연 전체가 다른 장단에 맞춰 움직이는 것 같았다. 우리가 평안을 찾자 사방이 기쁨과 즐거움과 평화가 가득한 듯 느껴졌다. 비록 드러내지는 않았지만 모두가 기쁨을 느끼고 있었다.

발걸음을 내딛기 전 반 헬싱 선생이 말했다.

"자, 친구들, 우리 사명의 첫 번째 단계, 우리를 가장 괴롭히던 일이 완

수되었소. 허나 훨씬 엄중한 사명이 남아 있다오. 이 모든 것의 근원, 슬픔의 원인을 찾아 무찌르는 것이오. 추적할 수 있는 단서를 갖고 있기는 하지만 오랜 시간이 걸리는 몹시도 어려운 임무이고, 엄청난 위험과 고통이 따르게 마련이오. 모두가 나를 도와주지 않겠소? 우리 모두는 서로 믿는 법을 배웠소이다, 그렇지요? 그리고 그 이후로 우리의 임무를 깨닫게 되지 않았던가요? 그랬지요! 그러니 마지막 결말을 향해 함께 헤쳐 나갈 것을 약속해주지 않겠소?'

한 명씩 차례로, 우리는 반 헬싱 선생의 손을 잡고 굳게 약속했다. 마침내 우리가 발걸음을 옮길 때 선생이 말했다.

"이틀 밤 뒤에 7시에 존의 집에서 식사를 함께 하도록 합시다. 거기서 아직 당신들은 모르는 두 사람을 소개하리다. 이제 모든 내막을 낱낱이 알리고 계획을 전부 이야기할 준비가 되어 있소. 나는 오늘 암스테르담으로 떠나지만 내일 밤에는 돌아올 거요. 그러고 난 뒤 우리의 추적이 시작되는 것이지요. 그에 앞서 우선 할 얘기가 많소. 그래야 우리가 무슨 일을 할 것이며 무엇을 두려워해야 하는지 알 수 있을 테니까. 그런 뒤에 우리의 약속은 새로이 시작될 것이오. 우리에게는 너무도 엄중한 사명이 있다오. 일단 발을 가랫날에 올린 지금 물러설 수는 없는 일이오."

17

수어드 박사의 일기(계속)

버클리 호텔에 도착해보니 반 헬싱 선생 앞으로 한 통의 전보가 와 있었다.

기차로 가겠음. 조너선은 휘트비에. 중요한 소식.

미나 하커

전보를 읽고 선생은 무척 기뻐했다.

"아, 그 훌륭한 마담 미나, 여자 중에서 단연 진주지! 마담 미나가 온다는데 나는 머무를 수가 없으니……. 일단 자네 집으로 가시게 하게. 역으로 마중을 나가야 할 게야. 미리 준비를 하시게끔 도중에 전보를 치게나."

전보를 보낸 뒤 우리는 차를 마셨다. 차를 마시면서 선생은 조너선 하커가 외국에 체류할 때 쓴 일기에 대해 이야기하면서 타자기로 친 사본과 휘트비에서 하커 부인이 쓴 일기의 사본을 내게 건네주었다.

"이걸 가지고 잘 연구하게. 내가 돌아올 때쯤에 자네는 모든 사실에 통달해 있어야 해. 그러면 보다 수월하게 추적에 착수할 수 있을 테니까. 이 속에는 엄청난 보물이 들어 있으니 소중히 간직하게. 오늘 그 끔찍한 경험을 겪은 자네가 보기에도 상당한 믿음이 필요할 걸세. 여기서 한 말은……."

선생은 두툼한 서류 위에 진지한 자세로 손을 얹으며 이었다.

"자네와 나, 그리고 많은 다른 이들에게는 대단원의 서막이 될 수도 있고 지금 세상을 돌아다니는 언데드에게는 조종이 될 수도 있네. 부탁이니 열린 마음으로 이 서류를 모두 읽고 여기 쓰인 내용에 어떤 식으로든 덧붙이고 싶으면 그렇게 하게나. 모두가 중요한 것이니까. 자네도 여태 벌어진 기괴한 일들에 대해 일기를 기록하지 않았나, 그렇지? 좋아! 그렇다면 우리가 만났을 때 이 모두를 함께 연구해보게 될 걸세."

곧이어 반 헬싱 선생은 떠날 채비를 하고 리버풀 거리로 나섰다. 나는 패딩턴 역으로 길을 잡았고 기차가 도착하기 15분 전에 역에 닿을 수 있었다.

도착 플랫폼에 일상적 부산스러움이 일고 난 뒤 군중들은 서서히 밖으로 빠져나갔다. 혹시라도 손님을 놓쳤을까 슬슬 불안해지려는데 사랑스러운 얼굴의 가냘픈 여자가 내게로 다가오더니 나를 흘깃 보고 물었다.

"수어드 박사님이시죠?"

"하커 부인이시군요!"

내가 대답하자 그녀는 손을 내밀었다.

"가엾은 루시가 해준 이야기를 보고 박사님이실 거라 생각했어요. 하지만……."

그녀는 갑자기 말을 멈추었고 급작스러운 홍조가 얼굴에 퍼졌다.

내 얼굴에도 떠오른 홍조가 그녀의 붉어진 뺨에 대한 묵시적 대답이 되어 우리는 순간적으로 서로에게 편안한 느낌을 갖게 되었다. 나는 타자기가 포함된 부인의 짐을 들었고, 가정부에게 하커 부인이 쓰실 거실과 침실을 준비하라는 전보를 보낸 뒤 우리는 곧바로 지하철을 타고 펜처치 가에 이르렀다.

잠시 후에 우리는 집에 도착했다. 물론 부인도 그곳이 정신병원이라는 것을 알고 있었지만 안으로 들어갈 때 나는 그녀가 자기도 모르게 바르르 몸서리치는 것을 알 수 있었다.

하커 부인은 내게, 이야기할 것이 많으니 가능하다면 곧바로 내 서재로 갔으면 한다고 말했다. 지금 그녀를 기다리는 동안 내 일기를 녹음하는 중이다. 비록 내 앞에 펼쳐진 채로 놓여 있기는 하지만 나는 아직도 반 헬싱 선생이 주고 가신 서류를 들여다볼 짬을 내지 못했다. 부인의 홍미를 다른 데 잡아두고 난 뒤 기회를 틈타 서류를 읽어야 한다. 내게 시간이 얼마나 귀중한지, 우리의 목전에 얼마나 엄중한 임무가 놓여 있는지 부인으로서는 짐작도 못할 테니까. 공연한 겁을 주지 않도록 조심해야 한다. 아, 저기 부인이 온다!

미나 하커의 일기

9월 29일 화장실에 들러 몸단장을 하고 난 뒤 수어드 박사의 서재로 갔다. 문간에서 나는 박사가 누군가와 이야기하는 소리를 들었다는 생각에 잠시 멈칫했다. 그러나 나더러 빨리 오라고 부탁했기 때문에 문을 두드렸고 "들어오세요" 하는 소리에 곧 안으로 들어갔다.

놀랍게도 방 안에는 박사 혼자였다. 안에는 박사 말고는 아무도 없었지만 맞은편 탁자 위에 그 생김새에 대한 묘사를 숱하게 들었던 터라 즉각적으로 축음기라는 것을 알 수 있는 물건이 놓여 있었다. 한 번도 본 적은 없었지만 무척 흥미로웠다.

"기다리시게 하지 않았기를 바랍니다. 하지만 박사님이 이야기하시는 소리를 듣고 다른 분이 같이 계시는 것 같아서 문 앞에서 기다렸어요."

내 말에 박사는 미소로 대답했다.

"아, 저는 일기를 녹음하고 있었을 뿐입니다."

"박사님 일기요?"

내가 놀라 물었다.

"네, 저는 이렇게 기록합니다."

그러면서 그는 축음기에 손을 올렸다. 나는 꽤 흥미를 느껴 무심결에 말했다.

"어머, 이게 있으면 속기도 못 이기겠네요. 좀 들어볼 수 있을까요?"

"그럼요."

박사는 선선히 대답하고는 일어서서 축음기를 작동시키려 했다. 그러더니 얼굴에 당혹스러운 표정이 스치며 멈칫 손을 멈추었다. 박사는 어색하게 입을 열었다.

"사실 저는 여기에 일기만을 녹음하는데 그건 전적으로, 그러니까 거의가 제 환자들에 대한 거라서…… 좀 낯설게 느껴질 수가…… 그러니까 제 말씀은……."

박사는 말을 멈추었고, 당혹해하는 그를 도우려고 내가 나섰다.

"박사님은 마지막까지 루시를 돌봐주시느라 애쓰셨어요. 제가 아는 것만으로도 무척 감사하고 있어요. 그 애의 마지막을 이야기해주세요. 루시는 저에게는 정말 더없이 소중한 친구였으니까요."

그 말에 놀랍게도 박사의 얼굴에는 공포의 빛이 떠올랐다.

"그녀의 죽음에 대해 이야기해달라고 하셨습니까? 절대 안 됩니다!"

"왜죠?"

묵직한 섬뜩함이 엄습하는 것을 느끼며 내가 물었다. 다시금 그는 멈칫했고 나는 그가 변명거리를 찾느라 안간힘을 쓰고 있다는 것을 알 수 있었다. 마침내 박사가 더듬더듬 입을 열었다.

"저…… 실은…… 제가 일기에서 특정한 부분을 골라내는 방법을 몰라서요."

그렇게 말하는 사이에도 뭔가 생각이 떠올랐는지 갑자기 박사는 전혀 다른 목소리로 덧붙였다.

"진짜예요. 정말입니다!"

박사 자신도 알아채지 못한 단순하고 어린애 같은 순진함이 엿보이는 말투에 나는 미소를 지을 수밖에 없었다. 박사는 얼굴을 찌푸렸다.

"저도 참 정신이 없군요. 지난 몇 달 동안 일기를 기록하면서도 혹시 필요할 경우에 특정한 부분을 어떻게 찾아야 할지에 대해서는 단 한 번도 생각해본 적이 없다니 믿어지십니까?"

이쯤 되자 나는 루시를 돌본 의사의 일기에 그 무시무시한 존재에 대한 우리의 지식에 보탬이 될 만한 내용이 담겨 있으리라는 확신이 들기 시작했다. 나는 용기를 내어 나섰다.

"그러면 수어드 박사님, 제가 타자기로 한 부 쳐서 드릴게요."

그 말에 박사의 얼굴에는 핏기가 가시면서 말 그대로 죽음과 같은 창백함이 떠올랐다.

"아뇨! 안 됩니다! 절대로! 절대로 안 됩니다. 부인께 그 끔찍한 전말을 알릴 수는 없어요, 절대로!"

역시 무서운 일이었다. 내 직관이 옳았다! 한동안 나는 생각에 잠겼다. 그러는 사이 나 자신을 도울 무엇인가를 찾아, 혹은 기회를 찾아 무의식적으로 방 안을 훑다가 탁자 위에 놓인 타자로 친 서류 더미에 가 닿았다. 박사는 내 눈길을 포착하고 아무 생각 없이 그 방향을 쫓았다. 그 꾸러미에 시선이 닿는 순간 박사는 내 뜻을 알아차렸다. 나는 다시 입을 열었다.

"박사님은 저를 모르세요. 이 서류들, 제 일기와 제가 타자기로 친 남편의 일기를 읽으셨다면 저에 대해 훨씬 잘 알게 되셨을 텐데요. 저는 어떤 목적을 위해서라면 제 생각을 낱낱이 드러내는 데 조금도 거리낌이 없었답니다. 하지만 물론 박사님은 저를 모르시니, 지금까지는 저를 신뢰하시

340

기를 기대하기는 무리였겠지요."

수어드 박사는 확실히 고결한 본성을 지닌 남자였다. 가엾은 루시의 말이 옳았다. 박사는 일어서서 커다란 서랍을 열었다. 서랍 안에는 거무스레한 밀랍으로 덮인, 속이 빈 금속 실린더 몇 개가 차곡차곡 놓여 있었다.

"부인 말씀이 옳습니다. 저는 부인을 몰랐기 때문에 부인을 신뢰하지 않았습니다. 하지만 이제 부인을 알게 되었고 오래전부터 알았으면 좋았으리라 싶군요. 저는 루시가 부인께 제 얘기를 했다는 걸 압니다. 그녀도 제게 부인 얘기를 했고요. 제가 가진 힘으로 이렇게 속죄를 해도 될까요? 이 실린더를 가져가서 들어보세요. 처음의 여섯 개는 제 개인적인 것이고 부인을 공포스럽게 할 것은 없습니다. 이것들을 들으시면 보다 저에 대해 잘 아시게 될 테고, 그때쯤이면 식사가 준비되어 있을 겁니다. 그사이에 저는 이 서류들을 좀 읽어보겠습니다. 그러고 나면 이해가 훨씬 빨라지겠지요."

박사는 축음기를 직접 내 거실로 들고 와 나를 위해 조절해주었다. 이제 곧 재미있는 이야기를 알게 되겠지. 내가 이미 한쪽을 알고 있는 진정한 사랑의 에피소드를 다른 시각에서 전해줄 테니까……

수어드 박사의 일기

9월 29일 조너선 하커와 그의 부인의 경악스러운 일기에 완전히 빠져들어 생각할 겨를도 없이 시간이 흘러갔다. 하녀가 식사 준비가 되었다고 알리러 왔을 때 하커 부인은 아직 서재로 오지 않았고 나는 이렇게 말했다.

"아마 몹시 피곤하실 거야. 한 시간 뒤로 미루게."

하녀를 내보낸 뒤 나는 일을 계속했다. 막 하커 씨의 편지를 읽고 났을 즈음 부인이 들어왔다. 무척 아름다워 보였지만 슬픔에 잠겨 있었고 눈은 울음으로 발갛게 충혈되어 있었다. 그 모습에 몹시 마음이 움직였다. 요즘 들어 나 역시 눈물 흘릴 이유가 충분했으니까! 그러나 눈물이라는 구원은 나를 피해갔었기에, 이처럼 갓 흘린 눈물로 빛나는 아름다운 눈을 보자니 곧 내 마음이 움직였던 것이다.

"제가 근심을 끼쳐드렸나 보군요. 죄송합니다."

내가 되도록 부드럽게 말했다.

"아, 아니, 그렇지는 않았어요. 하지만 박사님의 슬픔이 제가 표현할 수 있는 것보다 훨씬 진한 감동으로 와 닿았어요. 정말 멋진 기계지만 잔인하도록 현실을 드러내주는군요. 박사님의 마음의 고통을 그 자신의 어조로 이야기하는 것을 듣자니 마치 전능하신 하느님 앞에서 울부짖는 영혼의 소리를 듣는 것 같았어요. 다시는 누구도 그 이야기를 듣게 하지는 마세요! 그래서 제가 유용한 방법을 말씀드리려 해요. 제가 타자기로 실린더의 내용을 옮겨 적을게요. 그렇게 하면 누구도 저처럼 박사님의 심장이 뛰는 소리를 생생하게 들을 필요는 없을 테니까요."

"아무도 할 필요가 없을 것이고, 알지 못할 겁니다."

내가 낮은 소리로 말했다. 그러자 그녀는 내 손에 자기 손을 얹고 진지하게 말했다.

"아, 하지만 그래야만 하는 걸요!"

"그래야만 한다고요! 왜지요?"

"박사님의 일기도 가엾은 루시의 죽음과 그 원인을 낳은 이 끔찍한 이야기의 일부이니까요. 이 세상에서 그 가공할 괴물을 제거하려는 우리 앞에 놓인 투쟁에서, 우리는 구할 수 있는 모든 지식과 도움을 총동원해야만 하기 때문이기도 하고요. 제게 주신 실린더에는 박사님이 제게 알려주려고 의도하셨던 것 이상이 담겨 있었어요. 하지만 저는 박사님의 기록에서 이 음침한 수수께끼에 비치는 수많은 빛을 볼 수 있었답니다. 저를 도와주시겠지요, 그렇죠? 저는 이미 어느 정도는 알고 있어요. 비록 박사님의 일기는 저를 9월 7일까지일 뿐이지만 저는 가엾은 루시가 어떻게 괴롭힘을 당했으며 그 애의 섬뜩한 숙명이 어떻게 이루어졌는지를 알고 있어요. 조너선과 저는 반 헬싱 교수님을 뵌 뒤로 밤낮을 두고 일했어요. 조너선은 더욱 많은 정보를 얻으려고 휘트비로 갔고, 내일은 우리를 돕기 위해 이리로 올 거예요. 우리에게는 아무 비밀도 필요 없어요. 함께 일하고 절대적으로 신뢰함으로써 우리는 우리 중 누군가가 암흑 속에 있을 때보다 한층 강해질 수 있으니까요."

그녀의 간절한 애원이 담긴 눈빛과 크나큰 용기와 단호한 결단력이 엿보이는 태도에 나는 곧바로 그녀의 바람에 굴복하게 되었다.

"그 일에 관해서라면 원하는 대로 하십시오. 제가 잘못을 한다 해도 신이 저를 용서하시기를! 하지만 처참한 내용들을 알게 되실 겁니다. 그래도 가엾은 루시의 죽음까지의 여정을 따라오신 부인을 어둠 속에 남겨둔 채 만족하시기를 기대해서는 안 된다는 걸 저도 압니다. 마지막, 정말 마지막에는 아마 평화의 기쁨을 얻게 되실 거라고 약속드립니다. 자, 식사가 마련되어 있습니다. 우리 앞에 놓인 일을 위해서라도 몸을 튼튼히 해야 해요. 잔혹하고 두려운 과업을 앞에 두고 있으니까요. 식사를 마치고 나머지를 들으시고 난 뒤 부인이 이해하지 못하시는 것이 있다면 뭐든 질문해주십시오. 성심껏 답해드리겠습니다."

미나 하커의 일기

9월 29일 식사를 한 뒤 그의 서재에서 수어드 박사와 보냈다. 박사는 내 방에서 축음기를 다시 가져왔고, 내가 의자에 앉자 일어서지 않고도 만질 수 있도록 축음기 위치를 조정해준 뒤 멈추고 싶을 때 멈추는 법을 알려주었다. 그러고 나서 박사는 내가 최대한 편안함을 느끼도록 사려 깊게 내게 등을 돌린 채로 의자에 앉아 서류를 읽기 시작했다. 나는 소리를 모으는 구부러진 금속을 귀에 대고 열심히 들었다.

루시의 죽음과 그 뒤를 이은 섬뜩한 이야기가 끝나자 나는 무력하게 의자에 늘어지고 말았다. 기절하지 않은 것이 천만다행이었다. 수어드 박사는 내 모습을 보자 겁에 질린 외마디 비명을 외치며 벌떡 일어서더니 황급히 찬장에서 브랜디 병을 가져왔다. 나는 박사가 준 브랜디를 조금 마시고 몇 분이 지나자 얼마간 정신을 차릴 수 있었다. 머리가 빙빙 돌았다. 그 켜켜이 앉은 공포를 모두 뚫고 내 소중한 루시가 마침내 평화를 찾았다는 성스러운 빛줄기가 없었더라면 나는 도저히 견디지 못하고 발작을 일으켰을지도 모른다. 모두가 터무니없고 수수께끼 같으며 기이하기 이를 데 없어서, 트란실바니아에서 조너선의 경험을 몰랐더라면 도저히 믿겨지지 않았을 것이다. 만약 그랬더라면 뭘 믿어야 할지 갈피를 잡지 못하고 그 어려움에서 벗어나기 위해 뭔가 엉뚱한 것에 매달렸을지도 모를 일이다. 나는 타자기의 덮개를 벗기고 수어드 박사에게 말했다.

"지금 전부 타자기로 치도록 할게요. 우리는 반 헬싱 교수님이 돌아오셨을 때 준비가 되어 있어야 해요. 제가 조너선에게 전보를 쳐서 휘트비를 출발해 런던에 닿으면 이리로 오라고 할게요. 이 일에는 하루하루가 정말 중요하고, 저는 우리가 가진 자료를 모두 준비하고 모든 내용을 시간 순서에 따라 정리해두면 엄청난 도움이 되리라고 생각해요. 고달밍 경과 모리스 씨도 오신다고 하셨죠? 두 분이 오시면 우리가 말씀을 드릴 수 있어야 돼요."

그러자 수어드 박사는 축음기를 느린 속도에 맞춰주었고 나는 일곱 번째 원통 첫 부분부터 타자기로 치기 시작했다. 다른 일기와 마찬가지로 먹종이를 이용했기 때문에 한 번에 사본 세 부씩을 만들 수 있었다. 일을 끝냈을 때는 이미 늦은 시각이었지만 수어드 박사는 그사이 환자 회진에 나섰고 회진을 마치자마자 서재로 돌아와 내 곁에 앉아 원고를 읽었다. 덕분에 나는 일을 하면서도 지나치게 외로운 느낌을 받지 않을 수 있었다. 얼마나 훌륭하고 사려 깊은 분인지 모르겠다. 비록 괴물들이 설치기는 하지만 세상은 훌륭한 사람들로 가득한 것 같다. 서재를 나오려다가 수어드 박사의 신문철을 보자, 일전에 엑서터 역에서 석간신문 기사를 읽으며 반 헬싱 교수가 낭패스러운 표정을 지었다고 조너선이 일기에 적어 놓은 내용이 머릿속에 떠올랐다. 나는 「웨스터민스터 가제트」와 「펠 맬 가제트」 파일을 빌려 내 방으로 가져왔다. 내가 철해놓은 「데일리그라프」와 「휘트비 가제트」가 드라큘라 백작이 상륙했을 때 휘트비에 일어났던 섬뜩한 일들을 이해하는 데 상당한 도움을 주었다는 것을 기억하고 있었다. 그 일 이후로 석간신문을 죽 살펴봐야겠다. 그렇게 하면 새로운 빛을 얻을 수 있을지도 모르는 일이니까. 지금은 조금도 졸리지 않으니 신문을 살펴보고 있노라면 마음을 가라앉힐 수 있을 것이다.

수어드 박사의 일기

9월 30일 하커 씨는 9시에 도착했다. 출발 전에 부인이 보낸 전보를 받았다고 한다. 얼굴로 사람을 판단할 수 있다면 유난히 영리하고 정력적인 사람이라 할 수 있다. 그리고 만약 이 일기의 내용이 사실이라면 ― 내가 겪은 경이로운 경험으로 판단했을 때에도 ― 그는 또한 굉장한 정신력의 소유자이기도 하다. 그 납골당으로 두 번이나 내려갔다니 그 담대함이 놀라울 뿐이다. 그의 기록을 읽고 훌륭한 인간의 표본을 만날 채비를 하고 있었으나 정작 오늘 온 사람은 사업가풍의 조용한 신사였다.

후에 점심식사 후에 하커 씨 부부는 그들 방으로 갔고 좀 전에 그 앞을 지나가는데 타자기가 딸각이는 소리가 들려왔다. 두 사람은 일에 몰두해 있었다. 하커 부인은 남편과 함께 모든 증거 조각을 시간 순서에 따라 짜 맞추고 있다고 말했다. 하커 씨는 휘트비의 하물 인수자와 하선된 수하물을 책임진 운반 회사 사이에 주고받은 편지를 갖고 있었다. 이제 그는 부인이 타자 친 내 일기의 사본을 읽고 있다. 그 일기에서 두 사람이 무엇을 알아낼지 궁금하다. 과연…….

바로 옆 저택이 그 백작의 은신처일 수도 있다는 생각이 한 번도 떠오르지 않았다니 도리어 이상한 일이다! 환자 렌필드의 행동으로 그렇게 많은 단서를 쥐고 있었는데도! 타자로 친 그 저택의 구입과 관련된 서신 다발이 놓여 있었다. 아, 우리가 그 서신을 조금만 일찍 손에 넣을 수 있었더라면 어쩌면 가엾은 루시를 구할 수 있었을지도 모르는 것을! 그만! 광기는 바로 그런 식으로 존재하는 것이다! 하커는 다시금 일에 몰두해 자료를 모으고 있다. 저녁때까지는 전반적으로 완결된 이야기를 엮어낼 수 있을 거라고 한다. 하커는 나더러 이제껏 렌필드가 백작의 움직임에 일종의 지표 역할을 해왔으니 그사이에 환자를 만나보라고 했다. 아직 그다지 수긍이 가는 것은 아니지만 날짜를 이어보니 그래야 할지도 모르겠다는 생각이 든다. 내 일기를 녹음한 실린더를 타자로 치겠다고 한 하커 부인의 판단은 얼마나 현명했는지! 그렇지 않았다면 그 날짜들을 어떻게 알아냈겠는가…….

렌필드는 자기 방에서 선량한 웃음을 지으며 두 손을 포갠 채 평온하게 앉아 있었다. 그 순간의 그는 내가 본 그 누구보다도 정상적이었다. 나는 자리에 앉아 다양한 주제로 이야기를 나누었고, 그 모두에 렌필드는 자연

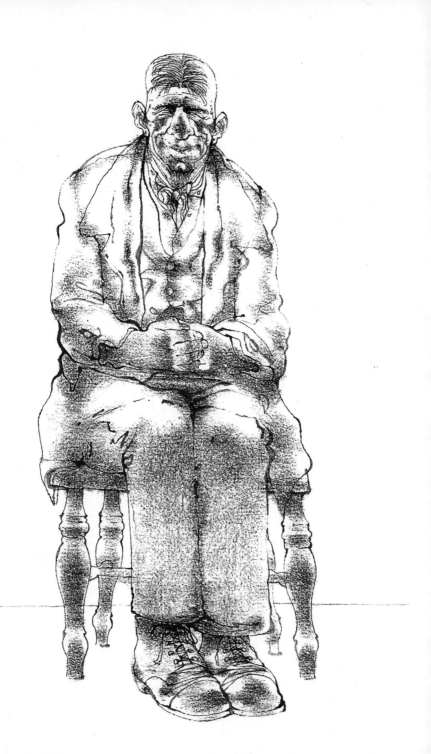

스럽게 대응했다. 곧이어 환자는 자발적으로 내가 알기로는 이곳에 머문 뒤로 한 번도 꺼낸 적 없는 퇴원이라는 이야기를 입에 올렸다. 아닌 게 아니라 당장 퇴원해도 된다고 자신 있게 주장하고 나왔다. 하커와 대화를 나누지 않았고 그 편지들과 환자가 발작을 일으킨 날짜에 대한 기록을 읽지 않았다면 나는 잠시 관찰한 후 아마도 환자의 퇴원을 허락하는 서명을 했을지도 모른다. 그러나 나는 속으로 의구심을 품고 있었다. 렌필드의 발작은 모두 백작이 가까이 왔던 때와 밀접하게 관련되어 있었다. 그렇다면 환자의 이 절대적 만족감은 무엇을 의미하는가? 혹시 그의 본능이 그 뱀파이어의 궁극적 승리를 느끼며 만족하고 있다는 뜻일까? 아니, 잠깐. 렌필드는 식육광이고, 미쳐 날뛰는 공상 속에서 버려진 저택의 예배당 문에 매달려 언제나 '주인님'을 되뇌던 사람이 아닌가. 그렇다면 우리 모두의 생각을 확인시켜주는 셈이다. 그러나 잠시 후에 나는 그 방에서 물러났다. 나의 환자는 지금 정상적이기 때문에 질문을 던져 심문하기에는 안전하지 못할 듯싶다. 어쩌면 슬슬 감을 잡아 생각을 하기 시작하고, 그런 뒤에는……. 아니, 안 될 일이다! 그래서 나는 그의 곁을 떠나기로 했다. 렌필드의 고요한 감정 상태가 영 미심쩍어서, 보호사에게 주의 깊게 살펴보고 혹시 필요할 경우에 대비해 구속복을 준비해놓으라고 일러두었다.

조너선 하커의 일기

9월 29일, 런던으로 가는 기차에서 자신의 힘이 닿는 한 모든 정보를 주겠다는 깍듯한 예의를 갖춘 빌링턴 씨의 전갈을 받자 나는 휘트비로 가서 내가 필요로 하는 조사에 곧바로 착수하는 편이 낫겠다고 생각했다. 이제는

348

백작의 소름 끼치는 화물이 송달된 런던의 배송처를 추적하는 것이 내 목표였다. 후에, 우리는 아마도 그 물건을 처리할 수 있을 것이다. 빌링턴 주니어라는 썩 훌륭한 젊은이가 역까지 나를 마중 나와 부친의 집까지 데려갔다. 빌링턴 댁에 이르자 주인은 당신 집에서 그날 밤을 묵으라고 권했다. 빌링턴 씨는 진정한 요크셔의 후의를 보이며 손님에게 최선을 다하고 편안하게 쉴 수 있도록 성심껏 배려해주었다. 내가 바쁘다는 것과 짧게 체류한다는 것을 익히 알고 있었기에 빌링턴 씨는 이미 사무실에 상자의 탁송과 관련된 제반 서류를 모두 준비해두고 있었다. 그 서류 사이에서 나는 백작의 악마적인 계획을 깨닫기 전 드라큘라 성의 탁자 위에서 보았던 한 통의 편지를 다시 보게 되었다. 모든 것이 세심하게 계획되고, 체계적으로 세밀하게 이루어진 것이었다. 백작은 자신의 뜻이 이루어지는 과정 중에 자칫하면 일어날 법할 가능성이 있는 장애물에 대해 완벽한 준비를 해놓은 듯 보였다. 미국식 어법을 쓰자면 '여지를 남기지' 않은 셈이었다. 그의 지시가 철두철미하게 충족된 것은 백작이 지닌 세심함의 단순한 논리적 결과일 따름이었다. 송장에는 '일반 흙 50상자, 실험용'이라는 메모가 적혀 있었다. 카터 패터슨에게 보내는 편지 사본과 답신에도 마찬가지였다. 나는 두 가지 모두의 사본을 얻었다. 여기까지가 빌링턴 씨가 내게 줄 수 있는 정보의 전부였기에 이윽고 나는 항구로 내려가 해안 경비원과 세관원들, 항장[141]을 만나보았는데, 고맙게도 항장이 실제 상자를 수령한 이들과 선을 대주었다. 화물을 수령한 일꾼들이 기록한 수치는 목록과 정확히 맞아떨어졌으며, "흙이 담긴 상자 50개"라는 간단한 묘사에 더해 그 상자들이 "혀가 다 빠지도록 무거웠"으며 그것들을 옮기다 보니 목이 타서 죽을 것 같았다는 말 외에는 별달리 해준 이야기가 없었다. 그중 한 사람은 "선생님과 같은 신사분"이 안 계셔서 일이 어려웠

---

141 항구를 관리·운영하는 최고 책임자.

다고 덧붙였는데, 나름으로는 유들유들하게 자기들 일에 대해 너스레를 떠는 셈이었다. 곧이어 다른 사내가 그때 얼마나 목이 탔는지 시간이 지났어도 지금까지 달래지지 않았다고 거들고 나섰다. 더 이상 듣고 있을 필요가 없어서, 나는 사내들의 비난을 충분히 씻어줄 수 있도록 돈을 좀 쥐여준 뒤 자리를 떠났다.

9월 30일 휘트비 역장이 친절하게도 오랜 동료인 킹스 크로스의 역장에게 줄을 대주어 나는 아침에 킹스 크로스에 닿자마자 그 상자와 관련한 내용을 물어볼 수 있었다. 킹스 크로스 역장 역시도 곧바로 적절한 관계자들과 연결을 시켜주었고, 그 덕분에 나는 곧 그들의 수치 역시 원래 송장과 일치한다는 것을 알게 되었다. 여기서는 그때와 같은 비정상적 갈증을 얻을 기회가 있을 성싶지는 않았지만 그래도 고상한 요청에 따라 나는 그들이 겪었던 이전의 갈증을 달래줄 수밖에 없었다.

그 이후로 나는 카터 패터슨 본사를 찾아가 그곳에서 최상의 예우를 받았다. 본사에서는 거래일장과 서신 발송 대장에서 그 거래를 찾아본 뒤 보다 자세한 세부 사항을 알아낼 수 있도록 킹스 크로스 지사에 연락을 취해주었다. 운 좋게도 직접 그 화물을 운반한 사람들이 일할 채비를 갖추고 대기 중이었기 때문에 관계자는 곧바로 그 사람들을 본사로 보내면서 그중 한 사람을 통해 카팩스로 옮겨놓은 상자의 운송과 관련한 화물 운송장을 비롯한 제반 서류를 보내주었다. 여기서 다시 한 번 나는 수치가 정확히 일치한다는 것을 확인할 수 있었다. 화물 회사의 일꾼들은 서류에 쓰인 빈약한 내용에 약간의 세부 사항을 더해줄 수 있었다. 이윽고 나는 이것 역시 그 일을 하느라 얼마나 갈증이 났는지에 관한 이야기라는 것을 알게 되었다. 틈을 봐서 내가 우리나라에서 통용되는 화폐라는 수단으로 이 뻔히 보이는 수작에 장단을 맞춰주자 한 사내가 입을 열었다.

"굉장한 집이었습니다요. 평생 그렇게 고약한 덴 처음 들어가봤지 뭡니까요. 맙소사! 몇 백 년 동안 손 하나 안 댄 것 같았습죠. 먼지가 얼마나 수북한지 아무 데서나 누워 자도 허리가 아플 일은 없겠던데요. 얼마나 오랫동안 버려져 있었는지 냄새도 죽이더라고요. 낡은 예배당이 있었는데 거기는 어휴! 저와 제 동료가 같이 들어갔다가 순식간에 뛰쳐나왔습니다요. 1파운드를 온전히 준대도 해 진 뒤에는 거긴 절대 못 갑니다."

그 집에 들어가본 적이 있으니 그 말을 이해하고도 남았다. 그러나 내가 안다는 걸 알면 보나마나 말이 길어질 게 뻔했다.

이제 한 가지만큼은 확실하다. 바르나에서 데메테르 호에 실려 휘트비에 도착한 상자가 모두 안전하게 카팩스의 낡은 예배당에 놓였다는 것이다. 수어드 박사의 일기로 미루어 걱정이 되기는 하지만 그 이래로 내간 적이 없다면 그곳에 50개의 상자가 있을 것이다.

카팩스에서 상자를 내가려다가 렌필드에게 공격을 받았다던 짐꾼들을 만나봐야겠다. 이 단서를 찾아가면 많은 것을 알 수 있으리라.

후에 미나와 나는 온종일 일을 해서 모든 서류를 순서에 맞춰놓았다.

미나 하커의 일기

9월 30일 얼마나 기쁜지 나 자신을 주체할 줄 모르겠다. 끊임없이 나를 괴롭혔던 데에다, 그 끔찍한 과거와 옛 상처를 다시 파헤치게 되면 조녀선에게 몹시 해로우리라는 두려움이 너무도 컸던 탓에 기쁨도 큰 것 같다. 조녀선이 용감한 얼굴로 휘트비로 떠나는 것을 보았지만 걱정이 태산이었다. 그러나 그런 노력은 그이에게 아주 좋았던 모양이다. 이토록 결단력 있고 강인하고 화산 같은 에너지로 가득한 모습을 본 적이 없으니까. 훌륭하신 반 헬싱 교수님이 말씀하신 것처럼 진정한 투지를 지닌 사람답게 고난 속에서 나약한 면모를 깨끗이 씻어내고 한층 더 나은 모습을 보이게 된 것이다. 조너선은 생기와 희망, 결연함을 품고 되돌아왔다. 우리는 오늘 밤 모든 서류를 순서대로 해놓았다. 흥분해서 정신을 못 차릴 지경이다. 늘 그 백작처럼 수세에 몰려 있는 존재라면 무엇이든 가엾게 여겨야 한다는 생각을 품어 온 나였다. 하지만 이 일은 다르다. 백작은 사람이 아니며, 심지어는 짐승도 아니다. 가여운 루시의 죽음과 그 후일담에 대한 수어드 박사의 기록을 읽자 동정심의 샘물은 한 방울 남김없이 완전히 말라버렸다.

후에 고달밍 경과 모리스 씨는 우리 예상보다 일찍 도착했다. 수어드 박사가 일이 있어서 밖으로 나갔고 조너선이 동행했기 때문에 내가 두 사람을 맞아야 했다. 불과 몇 달 전 불쌍한 루시의 소망이 떠올라 나에게는 그 모임이 여간 고역스럽지 않았다. 물론 그들은 루시가 나에 대해 이야기하는 것을 들었고, 반 헬싱 교수 역시도 모리스 씨의 표현을 빌자면 꽤나 '트럼펫을 불고' 다니셨던 모양이었다. 가엾은 사람들……. 루시에게 청혼했다는 사실에 대해 내가 낱낱이 알고 있다는 걸 두 사람 다 까맣게 몰랐다. 두 사람은 내가 얼마나 아는지 짐작도 못했기 때문에 무슨 말을 할지, 어떻게 행동해야 할지 갈피를 잡지 못하는 것 같았고 이야기는 평범한 주제로만 흘렀다. 그러나 나는 잠시 생각해보고 내가 할 수 있는 최선이 모든 일을 최근의 상황까지 두 사람에게 알리는 것이라는 결론을 내렸다. 수어드 박사의 일기에서 두 사람이 루시의 진실된 죽음의 순간에 같이 있었다는 걸 알았으며, 그러므로 혹시라도 내가 어떤 비밀을 누설할까 두려워할 필요가 없다는 것을 알고 있었던 것이다. 나는 모든 서류와 일기를 읽었으며, 내가 직접 타자기로 쳤고, 방금 전 나와 남편이 그 내용을 시간 순서에 따라 배치했다고 이야기했다. 그러고서 나는 두 사람에게 서재에서 읽으라고 사본을 한 부씩을 건네주었다. 고달밍 경은 사본을 받아 훑어보고는 그 두께에 놀랐는지 이렇게 말했다.

"이걸 다 타자로 치셨습니까, 하커 부인?"

내가 고개를 끄덕이자 그는 말을 이었다.

"저로서는 이렇게까지 하신 맥락을 잘 모르겠습니다만, 두 분이 워낙 훌륭하고 친절하시고 열과 성을 다해 일을 하셨으니 제가 할 수 있는 일은 아무 편견 없이 여러분의 생각을 받아들이고 도우려 노력하는 것이겠지요. 저는 이미 삶의 마지막 순간까지 한 사람을 겸손하게 만들 사실을 받아들이면서 한 가지 교훈을 얻은 바 있습니다. 게다가 저는 부인이 저의 루시를 사랑했다는 것을……."

여기서 그는 돌아서서 두 손에 얼굴을 묻었다. 나는 그 사람의 목소리에서부터 그의 눈물을 들을 수 있었다. 본능적으로 세심함을 갖춘 모리스 씨는 한동안 고달밍 경의 어깨에 손을 얹고 있더니 가만히 방 밖으로 나갔다. 나는 여성의 본성에는 남자로 하여금 스스로를 자유롭게 무너뜨리게 하고 남성다움을 잃는다는 두려움 없이 자신의 유약하고 감정적 측면을 맘껏 드러내게 하는 무언가가 있다고 생각한다. 그래서인지 고달밍 경은 나와 둘만 있다는 것을 알게 되자 소파에 주저앉아 공공연하게 자신의 감정을 토로했다. 나는 그 곁에 앉아 손을 잡았다. 내가 외람되었다고 생각하지 않으면 좋으련만. 앞으로도 결코 그런 생각을 품지 않기를 바라는 마음이 간절하다. 사실 이런 걱정을 하는 것부터가 잘못이다. 절대로 그럴 사람이 아니라는 걸 잘 알고 있는 내가 아닌가. 고달밍 경은 속속들이 훌륭한 신사이니 말이다. 나는 그의 마음이 무너지고 있다는 것을 알았기에 이렇게 말했다.

"저는 루시를 사랑했고 그 애가 당신에게 어떤 존재였는지, 당신이 그 애에게 어떤 존재였는지 알아요. 루시와 저는 자매나 다름없었죠. 이제 그 애가 떠났으니 고통을 겪을 때 저를 당신의 여동생처럼 생각해주시지 않겠어요? 저는 그 깊이까지는 알 수 없지만 당신이 가진 슬픔을 알아요. 당신이 겪는 고통에 동정심과 동질감이 도움이 된다면 제가 루시를 위해서라도 약간의 보탬이 될 수는 없을까요?"

곧바로 그 가엾은 사람은 슬픔에 압도되었다. 요즘 들어 침묵 속에서 묵묵히 견뎌온 고통이 한꺼번에 탈출구를 찾은 것 같았다. 고달밍 경은 차츰 히스테릭해져서 두 손을 올린 채 지극한 슬픔의 고통 속에서 미친 듯 두 손바닥을 마구 맞부딪혀댔고, 벌떡 일어섰다가 다시 주저앉기도 했다. 눈물은 비처럼 뺨으로 줄줄 흘러내렸다. 나는 무한한 동정심을 느껴 무심코 두 팔을 벌렸다. 그는 흐느끼면서 내 어깨에 머리를 기대더니 감정으로 들썩이면서 아이처럼 서럽게 울먹였다.

우리 여자들은 내부에 모성을 갖고 있다. 일단 이 어머니의 영이 일깨워지면 소소한 일 따위는 아무렇지도 않게 느껴지게 된다. 내 어깨에 머리를 기댄 이 크나큰 슬픔에 잠긴 남자가 마치 언젠가 내 가슴에 품을 아기라도 된 듯한 느낌이 나를 감쌌고, 나는 내 아이처럼 그의 머리를 쓰다듬었다. 그것이 얼마나 이상한 일인지 그때는 아무 생각도 들지 않았다.

시간이 좀 흐르자 흐느낌이 멈추었다. 그는 자신의 감정을 짐짓 감추려 하지는 않았지만 사과의 말과 함께 고개를 들었다. 슬픔에 잠겼을 때는 이야기를 해서 풀어내야 하건만 지나간 낮과 밤들, 지칠 대로 지친 낮과 잠 못 이루는 밤 동안 그는 누구와도 이야기를 할 수 없었다고 했다. 자신이 처한 처참한 상황으로 허심탄회하게 이야기를 나누거나 동질감을 느낄 수 있는 여인이 아무도 없었던 것이다. 고달밍 경은 눈물을 훔치며 말했다.

"그간 제가 얼마나 고통을 받았는지는 이제 알겠습니다. 하지만 심지어는 지금도, 부인의 다정한 마음씨가 오늘 저에게 얼마나 큰 힘이 되었는지는 짐작도 못하겠군요. 아마 누구도 결코 모를 겁니다. 시간이 흐르면 제가 알게 되려나요? 지금도 물론 감사하지 않는 것은 아니지만 제 감사의 마음은 이해와 함께 더욱 커나가리라고 믿습니다. 루시를 위해서 평생 동안 저를 오빠처럼 여겨주시지 않겠습니까?"

"네, 루시를 위해서요."

그리고 우리는 두 손을 맞잡았다.

"아, 그리고 부인을 위해서도요. 한 남자의 감사와 칭송이 받을 만한 가치가 있는 것이라면 부인은 오늘 그것을 얻으셨습니다. 장차 부인께서 한 남자의 도움을 필요로 하는 순간을 맞으시면 결코 부인의 부름을 헛되이 하지 않을 것임을 믿으셔도 좋습니다. 물론 하느님께서는 부인의 삶에서 햇살을 앗아갈 시간을 결코 허락하지 않으시리라 생각합니다만, 혹여 그런 일이 있다면 반드시 제게 알리겠다고 약속해주십시오."

그의 열정은 놀라웠고 그의 마음은 너무도 생생히 전해져 왔다. 나는 내 대답이 그에게 위로가 되리라는 것을 느끼며 대답했다.

"약속드릴게요."

복도를 따라 걸어가다가 나는 창문 밖을 내다보고 있는 모리스 씨를 보았다. 모리스 씨는 내 발소리를 듣고 고개를 돌렸다.

"아트는 어떻습니까?"

그가 물었다. 내 붉어진 눈을 보자 그는 말을 이었다.

"아, 부인께서 아트를 위로해주셨군요. 가엾은 친구! 그 친구에게는 그게 절실했습니다. 마음의 고통으로 시달리고 있을 때, 아무도 위로해줄 이 찾을 길 없을 때, 남자를 도울 수 있는 것은 한 여인뿐이니까요."

자신의 고통을 너무도 용감하게 견뎌내는 모리스 씨의 모습에 내 가슴에서는 피가 흐르는 것 같았다. 그의 손에는 서류 뭉치가 들려 있었고, 나는 그것을 읽었으니 내가 얼마나 많은 것을 알고 있을지 이해하리라는 생각에 이렇게 말했다.

"저는 마음의 고통으로 괴로워하는 모든 사람들을 위로하고 싶어요.

저를 친구로 삼아주시고 필요하실 때 위안을 찾아 제게 오시겠어요? 후에 제가 드리는 말씀이 무슨 뜻인지 아시게 될 거예요."

그는 내가 진정이라는 것을 알고 허리를 굽혀 내 손을 잡아 입술에 가져다대더니 키스를 했다. 그토록 용감하고 이타적인 영혼에게는 너무도 보잘것없는 위로인 것 같아 나는 충동적으로 허리를 굽혀 그에게 입을 맞추었다. 그의 눈에 눈물이 솟더니 한동안 목이 메었다.

"꼬마 아가씨, 평생 살아가는 동안 그 진정한 마음의 친절을 결코 잊지 않을 겁니다!"

모리스 씨가 차분하게 말했다. 곧이어 그는 친구가 있는 서재로 돌아갔다.

'꼬마 아가씨!'란 말은 그가 루시에게 썼던 바로 그 표현이었다. 아, 그는 그 자신이 친구란 사실을 입증한 것이었다.

18

수어드 박사의 일기

9월 30일 5시에 집에 도착해보니 고달밍과 모리스가 도착했을 뿐만 아니라 이미 두 사람 모두 여러 일기는 물론이거니와 하커가 헤네시 박사가 일전에 내게 보낸 편지에서 언급한 적 있는 화물 회사 일꾼들을 찾아가서 빌려와 아직 돌려주지 않은 편지까지 모두 검토해놓은 상태였다. 하커 부인은 우리에게 차를 내주었고, 솔직히 나는 내가 이곳에 살게 된 이래 처음으로 이 낡은 집이 진짜 집 같은 느낌을 받았다. 우리가 차를 다 마시고 나자 하커 부인이 말했다.

"수어드 박사님, 부탁 하나 드려도 될까요? 저는 박사님의 환자인 렌필드 씨를 보고 싶어요. 그 사람을 보게 해주세요. 일기에 쓰신 내용이 정말 흥미로워서요!"

아름다운 부인이 워낙 간절하게 애원하기에 부탁을 거절하기가 어려웠던 데다가 굳이 거절할 타당한 이유가 있었던 것도 아니기에 나는 부인과 같이 회진에 나섰다. 방에 들어서서 렌필드에게 어떤 부인이 만나고 싶어 하신다니까 그는 그저 "왜요?"라고만 대꾸했다.

"이 집을 샅샅이 둘러보실 거라오. 이곳에 사는 사람들을 전부 만나고 싶어 하셔서."

내가 대답했다.

"아, 그래요? 어쨌든 들어오시게 하세요. 그런데 제가 방을 좀 치울 때까지는 잠시 기다리라 하세요."

렌필드의 방 치우는 방법은 무척 독특했다. 미처 말리기 전에 상자에 든 파리와 거미를 몽땅 먹어치우는 것이었으니까. 내 눈에는 환자가 어떤 개입을 두려워하거나 질투하고 있는 것처럼 보였다. 이 혐오스러운 일을 마치자 렌필드는 명랑하게 "부인더러 안으로 들어오라고 하십시오" 하더니 침대 끄트머리에 앉았다. 머리를 숙인 채였지만 눈꺼풀은 그녀가 들어올 때 볼 수 있도록 치켜져 있었다. 한동안 나는 혹시 살의를 품고 있는 것은 아닐까 의심스러운 마음을 지울 수가 없었다. 내 서재에서 그가 나를 공격하기 전에 얼마나 차분했는지를 기억하고 있었기에 나는 혹시 부인에게 달려들려고 할 경우에 대비해 당장 붙잡을 수 있는 자리에 서 있었다. 그녀는 그 어떤 광인이라도 대번에 존경심을 보일 소탈한 우아함을 보이며 안으로 들어왔다. 소탈함은 광인들이 가장 존경하는 자질 중 하나다. 하커 부인은 환하게 미소를 지으면서 다가가 렌필드에게 손을 내밀었다.

"안녕하세요, 렌필드 씨, 수어드 박사님이 말씀해주셔서 당신에 대해서는 잘 알고 있습니다."

렌필드는 곧바로 대답을 하지는 않았지만 얼굴을 잔뜩 찌푸린 채 노골적으로 부인을 바라보았다. 그러나 그 표정은 곧 경이로움으로 바뀌었고 이윽고 거기에 의구심이 더해지더니 내게는 너무도 놀랍게도 이렇게 말했다.

"부인은 의사 선생이 결혼하고 싶어 했던 그 여자가 아니죠, 그렇지요? 그럴 리가 없지요. 그 여자는 죽었으니까."

부인은 아름다운 미소를 지으면서 대답했다.

"아, 아니에요! 저는 남편이 있고 수어드 박사님과 만나기 전부터 이미 결혼한 상태였어요. 저는 하커 부인이에요."

"그러면 여기서 뭘 하는 겁니까?"

"저와 남편은 수어드 박사님 댁을 방문 중이에요."

"그러면 머무르지 마시구려."

"왜요?"

나는 이러한 류의 대화가 나뿐만 아니라 하커 부인에게도 유쾌하지 않을 것이라는 생각에 얼른 끼어들었다.

"내가 누군가와 결혼하고 싶어 한다는 걸 어떻게 알았소?"

렌필드는 하커 부인에게서 눈을 떼고 잠깐 내 쪽으로 눈길을 주더니 순식간에 돌려버렸다. 경멸감이 그득한 눈빛이었다.

"별 시답잖은 질문을 하시네!"

"무슨 말씀이신지 모르겠어요, 렌필드 씨."

하커 부인이 곧바로 나를 옹호하고 나섰다. 이어진 렌필드의 대답에는 내게 보인 경멸만큼이나 예의와 존경이 듬뿍 담겨 있었다.

"우리 집 주인처럼 한 사람이 지극한 사랑과 존경을 받을 때 그 사람과 관련된 모든 일은 우리네 작은 공동체 속에서는 크나큰 관심거리라는 걸 이해하시겠지요, 하커 부인? 수어드 박사님은 가솔과 친구뿐만 아니라 환자들에게도 사랑을 받고 있어요. 그 환자들 중 일부는 정신적 평정을 찾지 못해서 원인과 결과를 왜곡하기 일쑤인데도 말이지요. 제가 직접 한 정신병원의 수감자가 되어보니, 저로서도 그 수용자 중 일부의 궤변적 성향이 논 코사[142]과 이그노라티오 엘렌치[143]에 쉬이 영향을 받는다는 것을

---

142 이유 없음이라는 뜻.
143 논점 상위의 허위. 문제의 중심을 잘못 파악해 참으로 요구하는 결론이 아니라 엉뚱한 다른 결론을 나타낼 때 생기는 오류.

이해하게 되겠더라고요."

나는 이 새로운 진전에 화들짝 놀랐다. 여기, 내가 가장 아끼는 광인, 그 부류로는 내가 접했던 중에서 가장 증상이 심한 환자가 있다. 그런데 지금 그가 기초 철학을 이야기하고 세련된 신사의 태도를 보이고 있는 것이다. 혹시 하커 부인이라는 존재가 그의 기억 깊은 심연에 감춰진 무언가를 울렸던 것일까. 만약 이러한 새로운 현상이 자연발생적인 것이라면, 다시 말해 그녀의 무의식적 영향에 어느 정도 기인한 것이라 하면 하커 부인은 몹시 희귀한 자질이나 힘을 지니고 있는 셈이다.

우리는 한동안 대화를 이어갔고, 보기에 환자가 제법 이성적인 것 같았는지 그녀는 의문을 담은 눈길을 내게 던지면서 그가 가장 좋아하는 주제로 대화를 이끌어갔다. 그의 전적으로 정상적이고 공명정대한 대답에 나는 또다시 충격을 받았다. 심지어는 어떤 일을 언급할 때는 스스로를 실례로 삼기도 했으니까.

"아, 제 자신이 바로 기이한 믿음을 가졌던 한 예입니다. 사실, 제 친구들이 대경실색한 나머지 저를 일정한 통제 속에 가두어야 한다고 나선 것도 무리는 아니었지요. 저는 생명이란 긍정적이고 영속적 실재이며, 창조라는 차원에서 제아무리 낮은 단계에 있는 것이라도 살아 있는 생명을 상당수 섭취함으로써 수명을 늘릴 수 있을 거라고 생각했습니다. 때로는 그 믿음이 너무도 강한 나머지 실제로 인간의 생명을 취하려 한 적도 있었고요. 여기 계신 의사분도 한 번 그런 시도에서 가까스로 벗어난 적이 있었지요. 언젠가 '육체의 생명은 피에 있음이라[144]'는 성서의 취지에 입각하여, 제가 그분의 피라는 수단을 통해 그분의 삶을 저 자신의 육체와 동화함으로써 제 생적인 힘을 강화시키려 든 적이 있었거든요. 그럼에도 불구하고, 실은, 기막힌 비책을 운운하는 행상들이 그 절대적 진리를 속화시

---

144 구약성서 레위기 17장 11절.

키는 바람에 경멸이 대상이 된 겁니다. 그렇지 않은가요, 선생님?"

나는 너무도 놀라 무슨 말을 하거나 생각해야 할지 알 수가 없어서 그저 고개만 끄덕였다. 불과 5분 전에 자기가 기르던 거미와 파리를 먹어치운 사내라고는 도무지 믿어지지가 않았다. 시계를 들여다보았다가 나는 반 헬싱 선생을 만나러 역에 갈 때가 되었다는 것을 알았고 그래서 하커 부인에게 이제 나가실 시간이라고 말했다. 그녀는 렌필드에게 유쾌하게 "안녕히 계세요. 보다 나은 상황에서 종종 뵐 수 있었으면 좋겠네요" 하고 인사를 건네고는 나를 따라 나섰다.

부인의 인사에 따른 대답에 나는 또 한 번 소스라치게 놀라고 말았다.

"안녕히 가세요, 부인. 부인의 아름다운 얼굴을 다시는 보지 않게 되기를 하느님께 기원드립니다. 그분이 부인을 축복하고 지켜주시기를!"

나는 다른 이들은 집에 남겨두고 반 헬싱 선생을 마중하러 역으로 나갔다. 가엾은 아서는 루시가 처음 아팠을 때보다 좀 더 기운이 나 보였고, 퀸시는 부쩍 원래의 모습을 찾은 듯 보였다.

반 헬싱 선생은 소년처럼 민첩하게 객차에서 내렸다. 선생은 나를 보자 곧바로 성큼성큼 다가와 말했다.

"아, 존, 잘 지냈나? 좋아? 그래! 난 무척 바빴어. 필요하다면 자네 집에 머물러야 할지도 모르겠구먼. 내 일은 다 정리되었고 할 얘기가 아주 많으이. 마담 미나는 자네와 함께 계신가? 그렇군. 훌륭한 남편분도? 아서와 퀸시는? 두 사람도 함께 있고? 좋군!"

집으로 마차를 타고 오면서 나는 선생에게 그간 있었던 일과, 하커 부인의 제안에 따라 어느 때든 일기를 이용할 수 있게 된 사정을 이야기했다. 문득 선생이 내 말을 끊었다.

"아, 정말 훌륭한 부인이야! 훌륭한 남자의 두뇌에 여자의 마음을 지녔지. 그렇게 훌륭한 조합을 빚으신 걸 보면 하느님께서 뜻하신 바가 있으셔서 만드신 인물일 게야. 존, 이제까지는 운이 따라주어 그 부인이 우리에게 크나큰 도움이 되어주었네만, 오늘 밤 이후로는 이 무시무시한 일에 더 이상 관련되어서는 안 되네. 여인이 그렇게 큰 위험을 감수하는 것은 좋지 않아. 우리 남자들은 결단이 섰네. 그 괴물을 처단하기로 약조를 하지 않았나? 허나 이 일에 여성이 할 몫은 없네. 설령 다치지는 않는다 할지라도 마음에 엄청난 고통을 받아 그 이후로 깨어 있을 때는 날카로운 신경 탓에, 잠들었을 때는 악몽 탓에 수많은 공포에 시달릴 것이야. 게다가 젊은 여성이고 결혼한 지도 얼마 되지 않으니 지금 당장은 아니더라도 생각할 많은 일들이 있지 않겠는가. 부인이 서류를 전부 타자로 쳤다고 하니 우리에게 조언을 해줄 수는 있겠지만 내일부터는 이 일에 안녕을 고하고 우리끼리 해나가야 해."

나는 진심으로 그 말에 동의하고 그런 뒤에 선생의 부재중에 드라큘라 백작이 바로 우리 옆집을 구입했다는 사실을 이야기했다. 선생은 몹시 놀랐고 근심이 더욱 깊어지는 듯 보였다.

"아, 우리가 그 사실을 예전에 알았더라면! 그렇다면 그자를 진작 처단해 가엾은 루시를 구할 수 있었을 것을……. 허나 '엎질러진 우유 앞에서 울어도 소용없다'고들 하지. 더 이상 생각 말고 끝까지 우리의 길을 가야 해."

그러고서 선생은 침묵에 빠져들었다. 그 침묵은 우리 집의 진입로에 접어들 때까지 이어졌다. 식사를 하러 가려다가 선생이 하커 부인에게 말했다.

"마담 미나, 부인과 부군께서 지금까지 여태 일어난 일들을 시간 순서대로 정리하셨다는 말씀을 존에게서 들었습니다."

"바로 지금까지는 아닙니다. 하지만 오늘 아침까지는 맞아요, 교수님." 부인이 불쑥 대답했다.

"헌데 왜 지금까지는 아닙니까? 지금껏 소소한 일들이 얼마나 훌륭한 빛이 되었는지를 보아오지 않았습니까? 우리는 서로 비밀을 털어놓았고,

비밀을 이야기했다는 이유로 좋지 않은 일을 겪게 된 사람은 아무도 없지 않습니까?"

그 말에 하커 부인은 얼굴을 붉히며 주머니에서 종이 한 장을 꺼내들었다.

"반 헬싱 교수님, 이것을 읽어주시고 이것도 넣어야 할지 말씀해주세요. 제가 오늘 있었던 일을 기록한 겁니다. 아무리 사소한 것이라도 지금은 전부 적어놓아야 한다는 걸 느낀 저지만 이 내용에는 개인적인 것을 제외하면 별일이 없어서요. 이것도 들어가야 할까요?"

선생은 진지하게 메모를 읽고 돌려주며 말했다.

"원하지 않으신다면 넣지 않으셔도 좋습니다만 괜찮으시면 첨부해주십시오. 이 일로 부군께서는 부인을 더욱 사랑할 것이고, 부인의 친구인 우리 모두가 부인을 더욱 사랑하고 경외하며 존경하게 될 테니까요."

그 말에 그녀는 또 한 번 얼굴을 붉히고 환한 미소를 지었다.

그렇게 해서 바로 이 시간까지 우리는 모든 기록을 완성하고 순서대로 해놓았다. 선생은 저녁식사 후에 한 부를 들고 9시에 예정된 회합 전까지 읽으시겠다며 서재로 갔다. 나머지 우리는 이미 모든 내용을 읽었던 터라 서재에서 다시 만났을 때는 모두가 일어난 사실을 머릿속에 꿰고 있었고, 그랬기에 그 섬뜩하고 수수께끼 같은 적과의 전투에 대비한 계획을 세우는 데 곧바로 착수할 수 있었다.

미나 하커의 일기

9월 30일 6시에 시작된 식사가 끝난 후 두 시간 뒤에 수어드 박사의 서재에서 다시 만났을 때 일부러 그런 것은 아니었지만 우리는 의장단이나 위원회 비슷한 조직을 결성하게 되었다. 반 헬싱 교수가 들어서자 수어드 박사가 테이블의 상석으로 자리를 안내했고 그렇게 해서 자연스럽게 의장을 맡게 되었다. 박사는 나에게는 그분 오른편에 앉아 서기 역할을 해 달라고 부탁했다. 조녀선이 내 곁에 앉았다. 우리 맞은편에는 고달밍 경, 수어드 박사, 모리스 씨가 앉았다. 고달밍 경이 반 헬싱 교수 곁이었고 수어드 박사가 가운데였다.

"우리 모두가 이 서류의 모든 내용을 숙지하고 있다고 간주하겠습니다."

반 헬싱 교수가 운을 뗐다. 우리 모두가 동의를 표하자 교수는 말을 이었다.

"그렇다면 우리가 다루어야 하는 적이 어떤 부류인지를 말씀드려야 하겠군요. 그런 뒤에 내가 확인한 이 사내의 역사에 대해 알려드리도록 하겠습니다. 그렇게 하면 우리가 어떻게 행동해야 하며 그에 따라 어떤 조치를 취해야 할지를 의논할 수 있을 겁니다.

세상에는 뱀파이어와 같은 존재가 있으며, 우리 중 일부는 그들이 실재한다는 증거를 갖고 있기도 합니다. 우리 자신의 불행한 경험이라는 증빙이 없었더라도 과거의 교훈과 기록만으로도 우리네 같은 평범한 이들에게 증거가 되기에 충분하지요. 나 역시 처음에는 회의적이었다는 점을 인정해야겠군요. 열린 마음을 갖도록 스스로를 단련시킨 오랜 세월을 지나오지 않았더라면 나 역시 현재의 시간이 내 귀에 대고 '보아라! 보아라! 내가 증명한다! 내가 증명한다!' 하고 이야기하기 전까지는 도무지 믿지 않았을 것입니다. 아아! 지금 아는 것을 처음에도 알았더라면, 아니, 최소한 추측이라도 할 수 있었더라면 너무도 귀중한 생명 하나가 그녀를 사랑하는 우리들에게 아직까지 남아 있었을 텐데요. 그러나 그것은 이미 지난 일이고, 앞으로는 또 다른 가엾은 영혼이 우리가 구할 수 있음에도 파멸하는 일이 없도록 우리는 최선을 다해야 합니다. 그 노스페라투는 한 번 쏘면 죽는 벌처럼 죽는 존재가 아닙니다. 오히려 더욱 강해지고, 그렇게 더욱 강해짐으로써 사악한 일을 할 더욱 많은 힘을 얻게 되지요. 우리들 사이에 와 있는 이 뱀파이어는 장정 스무 명의 힘을 합친 만큼 강한 데다가 교활함 역시 해가 갈수록 우리 인간들의 두뇌를 뛰어넘고, 어원이 함축하고 있듯 지금도 망자들의 영을 불러 점을 치는 네크로만시의 도움을 받고 있으며, 가까이 접근할 수 있는 망자들을 좌지우지하기도 합니다. 그는 짐승보다 더한 존재이며, 잔인무도한 악마이고, 심장을 갖고 있지 않습니다. 일정한 범위 안에서는 폭풍, 안개, 번개가 내리도록 명령할 수 있으며 쥐나 올빼미, 박쥐, 나방, 여우, 늑대 따위의 하등한 동물을 부릴 수 있고, 스스로 몸집을 키울 수도 줄일 수도 있습니다. 때로는 사라지기도 하고 모습이 보이지 않을 수도 있지요. 사실이 이런데 우리가 어떻게 그자를 파괴할 투쟁을 시작해야 할까요? 그자가 어디에 있는지 어떻게 알아내고, 일단 알아낸다 해도 어떻게 파괴시킬 수 있을까요? 친구들이여, 우리가 수행해야 하는 과업은 엄청나고 두려운 일이며, 용맹한 이들조차 몸서리치게 만드는 결과가 따를지도 모릅니다. 만일 우리가 이 투쟁에서 진다면 승리는 그자에게로 돌아가는 것이고 그럴 경우 우리의 궁극적 최후는 어디가 될까요? 생은 아무것도 아니며 나는 그자가 두렵지는 않습니다. 그러나 여기서 패배란 비단 삶과 죽음의 문제가 아닙니다. 우리가 그자처럼 되어버린다면, 장차 그자처럼 심장도 양심도 없이 우리가 가장 사랑하는 이들의 몸과 영혼을 먹이로 삼는 더러운 존재가 되어버린다면…… . 그렇다면 우리에게 천국의 문은 영원히 닫히겠지요. 누가 우리를 위해 그 문을 다시 열어주겠습니까? 우리는 모든 이의 혐오의 대상, 하느님의 햇살 앞에서의 오점, 우리를 위해 돌아가신 그분의 옆구리에 박힌 가시가 되겠지요. 허나 우리는 주어진 의무를 정면으로 대해야 합니다. 이럴 때에 우리가 주춤해서야 될까요? 나는, 단연코 나는 아니라고 말할 수 있습니다. 그러나 나는 늙었고 내 삶은 햇살, 아름다운 장소들, 새들의 노랫소리, 음악이며 사랑과는 저 멀리 떨어져 있지요. 반면에 여러분은 젊습니다. 슬픔을 보기도 했지만 아직 화창한 날들이 많이 남아 있어요. 그런 여러분은 뭐라고 대답하겠습니까?"

반 헬싱 교수가 이야기하는 사이 조녀선은 내 손을 잡았다. 조녀선이 내뻗은 손을 보며 나는 우리가 처한 위험이 지니는 섬뜩한 본성에 그가 압도당하는 것은 아닐까 얼마나 두려웠는지 모른다. 그러나 강인하고 의지가 되는 그 결단력 있는 그 손길은 내게 곧 생명이었다. 용기 있는 남자의 손은 스스로 이야기를 하는 법이다. 그 손이 연주하는 음악을 들어줄 한 여인의 사랑조차 필요로 하지 않으면서.

반 헬싱 교수가 말을 맺자 남편은 내 눈을 들여다보았고 나는 남편의 눈을 들여다보았다. 우리 사이에는 말이 필요 없었다.

"제가 미나와 저의 대답을 드리지요."

조녀선이 입을 열었다.

"저도요, 교수님."

퀸시 모리스 씨가 언제나처럼 간결하게 말했다.

"저도 함께 하겠습니다. 다른 이유가 아니더라도 루시를 위해서요."

고달밍 경이 말했다.

수어드 박사는 간단히 고개를 끄덕였다. 반 헬싱 교수는 자리에서 일어서더니 테이블에 금 십자가를 내려놓고 양편으로 팔을 뻗었다. 나는 그분의 오른손을 잡았고 고달밍 경은 왼손을 잡았다. 조녀선은 왼손으로 내 오른손을 잡고 모리스 씨 쪽으로 다른 손을 뻗었다. 그렇게 해서 우리 모두는 손을 잡았고, 우리의 굳건한 맹약이 이루어졌다. 내 가슴이 얼음장처럼 차디차게 식는 것을 느끼면서도 맹세를 철회할 생각은 조금도 들지 않았다. 우리가 다시 자리에 앉자 반 헬싱 교수는 그처럼 어려운 과업을 시작하는 것치고는 다소간 명랑해 보이는 투로 말을 이었다.

"음, 여러분 모두 우리가 싸워야 할 대상이 어떤지를 알고 있습니다만,

그렇다고 해서 우리가 힘이 없는 것은 아닙니다. 우리에게는 여러 가지 힘이 한데 결합되어 있습니다. 뱀파이어 부류에게는 거부되는 힘인 과학을 갖고 있으며, 행동하고 생각할 자유를 가지고 있을뿐더러, 낮과 밤의 시간이 공정하게 우리의 것입니다. 사실 우리의 힘은 확장될수록 더욱 커질 것이며 자유로이 이용할 수 있게 될 것입니다. 우리는 헌신할 장엄한 목표와 결코 이기적이지 않은 목적을 지니고 있습니다. 이러한 것들은 무척 중요합니다.

이제 우리에 반하여 작용하는 그 힘이 얼마나 제한되어 있으며 개별적 힘의 한계는 어떠한지를 알아봅시다. 그리고 마지막으로 그 뱀파이어의 전반적 한계를 고려해보고 이것이 어느 면에서 독특한 것인지도 알아보도록 하겠습니다.

우리 모두가 기반을 두어야 할 것은 전통과 미신입니다. 전통과 미신은 이 사태가 삶과 죽음의 문제, 아니, 삶과 죽음 모두와 거리가 있는 문제였을 때인 처음에는 그다지 중요해 보이지 않았습니다. 그러나 우리는 거기에 기댈 수밖에 없습니다. 첫째는 우리가 기댈 수 있는 다른 수단이 없기 때문이며, 둘째는 이것들이 궁극적으로는 전부이기 때문이지요. 우리가 아닌 다른 사람들도 전통과 미신을 바탕으로 뱀파이어를 믿었던 것이 아니겠습니까? 1년 전만 해도 누구도 이 같은 가능성을 믿지 않았을 우리입니다. 과학적 사고가 팽배한, 이 회의적이며 물질적인 19세기에 사는 우리가 말이지요. 우리는 바로 눈앞에서 증거를 보고도 진실을 믿기를 거부했습니다. 그러니 같은 이유로 한동안은 그 뱀파이어, 그리고 그자의 한계와 제거에 대한 믿음을 받아들이기를 바랍니다. 그자는 인류가 살았던 곳이라면 어디에서도 알려져 온 존재입니다. 옛 그리스와 고대 로마를 비롯하여 독일 전역, 프랑스, 인도, 심지어는 케르소네수스[145]나 중국까

---

145 그리스의 한 식민 도시를 비롯해 고대의 여러 지역을 일컫는 말로, 반도라는 뜻으로 쓰이기도 함.

지, 모든 방식에서 우리와는 거리가 먼 어느 장소, 어느 때에서도 번성했던 것입니다. 그자는 존재했을뿐더러 지금도 그자를 두려워하는 이들이 적지 않습니다. 그자는 아이슬란드 베르세르커의 발흥과 악마의 자손이라 일컫는 훈 족, 슬라브, 색슨, 마자르 족의 발흥을 따랐습니다. 지금까지 알아본 내용이 우리가 앞으로 행동을 해나갈 기반입니다. 우리의 많은 믿음은 그토록 불행했던 우리 자신의 경험에 따라 입증된 바 있습니다. 뱀파이어는 어떻게든 살아남으며, 세월의 흐름만으로는 죽음을 맞을 수 없을 뿐만 아니라, 산 사람의 피로 배를 불릴 기회가 있으면 얼마든지 번성할 수 있습니다. 더욱이 심지어는 도리어 젊어질 수도 있을뿐더러 생체적 기관 역시 더욱 강건해진다는 것을 알게 되었으며, 뱀파이어 특유의 영양분을 충분히 구할 수 있을 때는 새로이 활력이 더해지기도 한다는 것 역시 목도한 바 있지요. 그러나 그 음식 없이는 번성할 수 없으며, 우리네 사람들처럼 먹을 수는 없습니다. 백작과 몇 주를 살았던 우리의 친구 조너선도 그자가 한 번도 뭔가를 먹는 것을 보지 못했다고 했습니다, 단 한 번도요! 그림자를 드리우지 않고 거울에도 상이 맺히지 않는데, 이 역시 조너선이 직접 목격한 것입니다. 그자는 손아귀에 여러 사람의 힘을 갖고 있습니다. 이 역시 백작이 늑대 떼를 상대로 문을 닫을 때나 마차에서 내리는 도움을 받을 때 조너선이 직접 목격한 것이지요. 휘트비에 배가 도착했을 때 개가 찢어발겨진 사건에서 보았듯 스스로가 늑대로 변신할 수도 있고 휘트비 저택의 창문에서 마담 미나가 보았듯, 이 집 가까이 날아오는 것을 존이 보았듯, 우리의 친구 퀸시가 루시 양의 창문에서 보았듯 박쥐로 변할 수도 있습니다. 그 배의 숭고한 선장이 증명해주었듯 스스로 만들어낸 안개에 파묻혀 다가올 수도 있지만, 우리가 알게 된 바로는 그자가 안개를 만들 수 있는 거리는 제한되어 있어서 오직 그의 주위뿐입니다. 입자의 덩이로 달빛 아래 내릴 수도 있습니다. 이것 역시 조너선이 드라큘라의 성에서 세 명의 자매를 보았을 때 겪었던 일이지요. 이제는 영

368

면에 든 루시 양이 안치소 문 앞에서 머리카락이나 간신히 들어갈 틈으로 미끄러져 들어가는 것을 우리가 직접 목도했듯 아주 작아질 수도 있습니다. 일단 자기 길을 발견하기만 하면 얼마나 단단히 묶여 있든 심지어는 불로 납땜을 했어도 아무것에라도 드나들 수 있지요. 그는 어둠 속에서도 볼 수 있습니다. 세계의 절반이 그 앞에 닫혀 있는 존재에게 이것은 이만저만한 능력이 아닙니다. 아, 허나 내 얘기를 끝까지 들어야 합니다. 그자는 이 모든 것을 할 수 있지만 그렇다고 자유로운 것은 아닙니다. 아니, 갤리선의 노예보다도, 보호실에 갇힌 광인보다도 더욱 자유롭지 못한 죄수입니다. 그는 제한된 곳에는 절대로 갈 수 없습니다. 자연의 것이 아닌 그이지만 여전히 일부 자연 법칙에는 복종해야 합니다. 그 이유를 우리로서는 알 수가 없지만요. 그는 그 집에 사는 일원이 들어오기를 청하지 않으면 처음에는 어느 집에도 들어갈 수 없습니다. 물론 한번 들어간 뒤에는 자기 마음대로 드나들 수 있습니다만. 세상 모든 악한 것들이 그러하듯 날이 밝으면 그자의 힘은 사라집니다. 그저 일정한 때에만 제한된 자유를 가질 수 있는 것이지요. 그자가 마땅히 있어야 할 곳에 있지 않은 처지라면 정오나 혹은 정확히 일몰과 일출에만 변신을 할 수 있습니다. 우리는 이러한 내용을 들었으며 우리의 기록에 미루어보아 증거를 갖고 있습니다. 그러므로 휘트비에서 자살자의 무덤에 갔을 때 보았던 것처럼 그자가 흙의 집, 관의 집, 지옥의 집, 성스럽지 못한 집을 갖고 있을 때에는 자신의 한계 내에서 제멋대로 변화할 수 있는 반면, 그렇지 못할 경우에는 특정한 시간이 되어야만 변신을 할 수 있는 것이지요. 또한 흐르는 물은 썰물이나 밀물 때에만 지날 수 있다고 합니다. 게다가 그자의 힘을 무력화하는 막강한 영향을 미치는 것들이 있습니다. 우리가 익히 아는 마늘이나 갖가지 성스러운 물건, 다시 말해 내 십자가 같은 것이 있으며 이런 물건을 보게 되면 그자는 멀찍이 떨어져 달아나거나 꼼짝을 못하게 되지요. 이런 영향을 갖는 물건으로는 다른 것들도 있는데, 우리의 추적에서 필요할 수 있으므로 이제부터 죽 말씀드리겠습니다. 그자의 관 위에 찔레 가지를 놓으면 그자는 꼼짝을 할 수가 없으며, 관에 성스러운 탄환을 쏘면 그자를 죽여 완전한 죽음으로 이끌 수 있습니다. 이것은 이미 우리가 그 평화를 주는 역할을 목도했듯 그자의 육신에 말뚝을 박아넣는 것이나 안식을 주도록 목을 자르는 것과 마찬가지지요. 이 역시 우리가 직접 본 일입니다.

그러므로 우리가 한때는 인간이었던 그자의 소굴을 찾는다면 우리는 그자를 관에 묶어둔 채 파멸시킬 수 있습니다. 우리가 아는 지식을 충분히 활용해서 말이지요. 허나 그자는 영리합니다. 나는 부다페스트 대학의 친구 아르미니위스에게 그자의 기록을 만들어달라고 요청했고, 아르미니위스는 갖고 있는 자료를 모두 종합해 그의 정체를 이야기해주었습니다. 우리의 적은 아마도 그 거대한 강을 건너 투르크 땅의 변경으로 침입해 들어가 투르크와 전투를 벌여 명성을 얻은 보이보드, 바로 그 드라큘라임에 틀림없을 것입니다. 만약 그렇다면 그는 비범한 인물입니다. 당대, 그리고 그 이후로 수세기 동안 그는 그 '숲 너머 땅[146]'의 가장 용맹한 아들일 뿐만 아니라 가장 영리하고 가장 교활한 이로 명성을 떨쳤으니까요. 그 비범한 두뇌와 강철 같은 결단력이 그와 함께 무덤에 이르렀고 심지어는 지금까지도 우리에 대항하고 있는 것입니다. 아르미니위스에 따르면 드라큘라는 위대하고 숭고한 핏줄이라고 합니다. 비록 그 자손들 중에는 동시대인들로부터 사악한 존재와 거래를 한다는 말을 왕왕 들어온 이들이 있기는 하지만 말이지요. 드라큘라들은 헤르만슈타트 호[147] 위쪽 산지의 스콜로만스[148]에서 악마의 비밀을 배웠다고 하는군요. 거기서 악

---

146 중세 라틴어로 트란실바니아는 숲 너머 땅이라는 뜻을 지님.
147 루마니아 시비우 시에 있는 호수 이름.
148 루마니아의 헤르만슈타트 호수 인근에 있다고 전해지는, 악마가 세운 흑마술 학교.

마는 자기 몫으로 열 번째 학자임을 자처했다고 하지요. 그 기록들에는 마녀라는 뜻의 '스트레고이차', 사탄과 지옥을 뜻하는 '오르도그'와 '포콜' 같은 단어들이 나오며, 한 원고에서는 바로 이 드라큘라가 우리 모두가 너무도 잘 이해하고 있는 '뱀피르'로서 언급되어 있습니다. 이처럼 위대한 남자들과 훌륭한 여자들의 본령으로부터 왔으며 그들의 무덤이 땅을 성스럽게 만들어준 덕분에 그 더러운 존재가 살 수 있게 되는 것이지요. 비록 사악하지만 선한 것에 깊은 뿌리를 내리고 있다는 사실은 전혀 놀라운 일이 아닙니다. 성스러운 기억이 담긴 불모의 흙이 없다면 그 악은 지탱할 수가 없어요."

반 헬싱 교수가 이야기를 하는 사이에 모리스 씨는 꾸준히 창밖을 보고 있다가 가만히 일어서더니 방을 나갔다. 교수는 잠시 멈칫했다가 다시 말을 이었다.

"그리고 이제 우리는 무엇을 할지 결정해야 합니다. 여기 많은 자료를 갖고 있으니 우리는 이제 우리의 과업을 전개해나가야 합니다. 조녀선이 추적한 결과로 우리는 그 성에서 휘트비까지 50개의 흙이 담긴 상자가 도착해 카팩스로 운송되었다는 것을 알고 있으며, 적어도 이중 일부가 옮겨졌다는 것도 알고 있습니다. 나로서는 오늘 우리가 취할 첫 번째 단계가 담 너머의 집에 상자가 모두 그대로 있는지, 아니면 얼마나 옮겨졌는지를 확인하는 것이라 생각합니다. 후자라면 우리는 추적을……."

타앙, 갑작스러운 소리에 반 헬싱 교수는 말을 끊었다. 집 밖에서 권총이 발사되는 소리가 나더니 창문이 총알에 맞아 산산조각 났다. 총알은 창틀 꼭대기에서 되튀어 방의 건너편 벽을 맞혔다. 나는 비명을 질렀다. 나 자신이 정말 겁쟁이인 것 같아 염려스러울 지경이다. 남자들은 모두 벌떡 일어섰고 고달밍 경은 창가로 달려가 덧창을 열었다. 그 와중에 모리스 씨의 목소리가 들려왔다.

"죄송합니다! 놀라셨지요? 들어가서 다 말씀드리겠습니다."

곧바로 모리스 씨가 방으로 들어왔다.

"제가 어리석은 짓을 해서……. 죄송합니다. 특히 하커 부인, 제 탓에 몹시 놀라셨지요? 하지만 교수님이 말씀하시는 중에 커다란 박쥐 한 마리가 날아와 창턱에 앉았습니다. 최근의 사건들로 그 빌어먹을 짐승에 공포감이 생겼거든요. 도저히 견딜 수가 없어서 요즘 들어 밤마다 박쥐를 발견하면 총으로 쏘려고 했던 겁니다. 아서는 비웃었지만요."

"그래서 맞혔소?"

반 헬싱 교수가 물었다.

"모르겠습니다만 숲으로 날아간 걸 보니 못 맞혔나 봅니다."

더 이상 말없이 그는 자리에 앉았고 반 헬싱 교수는 말을 이었다.

"우리는 이 상자를 한 개도 남김없이 추적해야만 하고, 준비가 되는 대로 소굴에 들어 있는 이 괴물을 사로잡거나 죽이거나, 아니면 그 흙을 한 마디로 쓸 수 없게 만들어야 합니다. 그래야 거기서 안식을 찾지 못할 테니까요. 그러므로 결국 우리는 정오와 일몰 사이에 인간의 모습으로 있는 그를 찾아야 하며 가장 취약한 상태일 때 그자를 공격해야 합니다.

그리고 이제 마담 미나께 드릴 말씀이 있습니다. 오늘 밤 일은 이 정도로 끝입니다. 부인께서는 크나큰 위험을 감수하시기에는 우리 모두에게 너무도 소중한 분이십니다. 우리가 오늘 헤어지면 부인은 더 이상 질문을 하셔서는 안 됩니다. 때가 되면 모두 말씀드릴 테니까요. 우리는 남자이고 감당할 수 있습니다. 그러나 부인은 우리의 희망이고 별이시므로, 부인이 위험에서부터 자유로워야 우리가 더욱 자유롭게 행동할 수 있습니다."

모든 남자들, 심지어는 조너선까지도 마음이 놓이는 듯 보였다. 그러나 나에 대한 걱정 탓에 힘을 모으는 것이야말로 안전을 도모하는 최상의 방책임에도 위험을 감수해야 한다니 나는 그다지 마음에 들지 않았다. 그러나 이미 그들의 결심은 확고했다. 나에게는 삼키기에 쓰디쓴 약이었지만 그들의 기사도적 보살핌을 묵묵히 받아들일 뿐 항의조차 할 수 없었다.

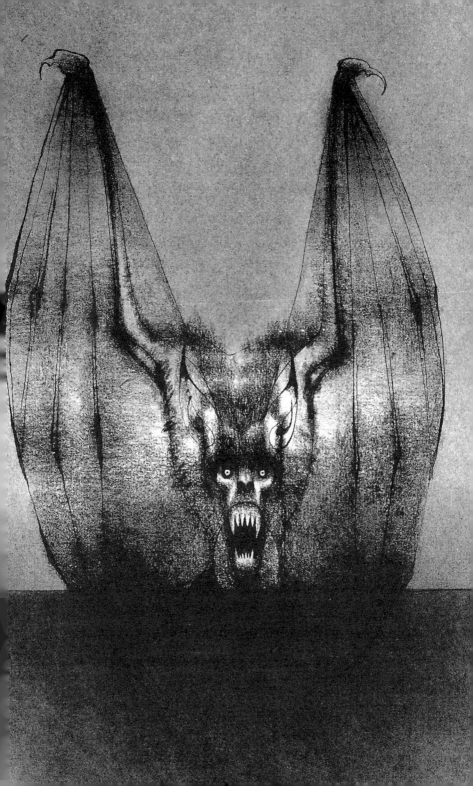

"허비할 시간이 없으니 그자의 집을 당장 살펴봅시다. 그자에게는 시간이 전부입니다. 우리 측에서 날쌔게 움직이면 또 다른 희생자를 구할 수 있을지도 모릅니다."

모리스 씨가 다시 이야기를 이어나갔다.

나는 행동의 시간이 이리도 빨리 닥쳐오는 것을 보며 내 마음이 나를 배신하는 것을 느꼈지만 그래도 그 과업에 내가 걸림돌이나 훼방으로 여겨지는 날에는 회의조차도 참석하지 못하게 할지 모른다는 더 큰 두려움 때문에 아무 말도 하지 않았다. 이제 그들은 그 저택에 들어갈 도구를 지니고 카팩스로 떠났다.

남자답게, 그들은 나에게 침대로 가서 자라고 했다. 여자란 자신이 사랑하는 사람들이 위험에 처해 있을 때 쿨쿨 잠을 잘 수 있는 존재이기라도 한 것처럼! 그래도 돌아왔을 때 조너선에게 더 큰 걱정을 끼치지 않으려면 누워서 자는 척이라도 해야겠지.

수어드 박사의 일기

10월 1일, 오전 4시 우리가 막 집을 떠나려는데 렌필드가 내게 보낸 긴요한 전갈이 왔다. 극히 중요한 할 얘기가 있으니 곧바로 와줄 수 있느냐는 내용이었다. 나는 당장은 몹시 바쁘니 아침에 만나러 가겠다고 소식을 전해 온 보호사에게 이야기했다. 내 말에 보호사는 이렇게 말했다.

"매우 절박한 것 같습니다. 이렇게 열성적으로 나오는 건 처음 봤습니다. 곧 가시지 않으면 아마도 그 난폭한 발작 상태에 빠져들 것 같습니다."

보호사가 이유 없이 이런 말을 할 사람이 아니라는 것을 누구보다도 잘 아는 나였다.

"알았어요. 곧 가보지요."

곧이어 나는 다른 사람들에게, 가서 환자를 만나봐야 하니 몇 분만 기다려달라고 청했다.

"나도 같이 가세, 존. 자네 일기에 나온 그 사람의 사례가 무척 흥미롭더군. 다소간은 우리 사례와도 관계가 있고 말이야. 그러니 그 사람을 만나봤으면 하네만. 특히 마음이 산란한 상태일 때 말일세."

반 헬싱 선생이 말했다.

"나도 함께 가면 안 될까?"

고달밍 경이 물었다.

"나는?"

퀸시 모리스가 물었다.

"저도 가도 될까요?"

하커도 물었다. 나는 고개를 끄덕였고 우리 모두는 나란히 복도를 걸어갔다.

우리가 만났을 때 렌필드는 몹시 흥분한 상태였지만 내가 본 그 어느 때보다도 말솜씨에 있어서는 이성적이고 점잖았다. 내가 광인에게서 한 번도 본 적 없는, 스스로에 대한 비범한 이해가 있었으며 자신의 논리가 전적으로 정상인 다른 사람에게도 납득되리라는 것을 기정사실로 여기고 있었다. 우리 다섯 명이 방으로 들어갔지만 다른 사람들은 누구도 처음에는 아무 말이 없었다. 환자는 당장 자기를 정신병원에서 내보내 집으로 보내달라고 청했다. 자기는 완전히 치료되었으며 건강 상태가 몹시 좋지 못하다는 것이 그 이유였다.

"선생님의 친구분들께 호소합니다. 아마도 제 사례에 있어서 배심원의 위치에 서는 것을 꺼려하지 않으시겠지요? 아, 그런데 아직 소개가 없으셨네요."

나는 얼마나 놀랐는지 정신병원에서 미치광이를 소개하는 것이 얼마나 희한한 일인지 당시는 아무 생각이 들지 않았던 데다가, 환자의 태도에 거부할 수 없는 위엄과 동등함이 깃들어 있었기에 엉겁결에 내 친구들을 소개했다.

"고달밍 경, 반 헬싱 교수님, 텍사스 출신의 퀸시 모리스 씨, 조너선 하커 씨, 이쪽은 렌필드 씨입니다."

렌필드는 모두와 악수를 나누고 차례로 이렇게 말했다.

"고달밍 경, 저는 윈드햄에서 일전에 경의 부친을 보좌하는 영예를 누린 적이 있습니다. 작위를 이어받으신 것을 보니 그분이 세상을 떠나셨나 보군요. 삼가 조의를 표합니다. 그분은 당신을 아는 모든 이들로부터 사랑과 존경을 받는 분이셨고, 젊으셨을 때는 럼펀치[149] 한 종류를 개발하셔서 더비 경마[150] 일에는 엄청난 인기 몰이를 하셨다고도 들었습니다. 모리스 씨, 아마도 선생은 선생이 태어난 위대한 주를 자랑스러워하시겠군요. 극과 적도가 별과 줄무늬와 나란히 동맹을 맺을 때 텍사스가 연방에 편입하게 된 것은 이후로 상당한 효과를 낳게 될 전조였습니다. 이 조약이 계속해서 연방을 넓혀나갈 광대한 엔진이라는 점이 아직까지는 입증되지 않고 있으나 먼로주의[151]이 정치적 우화로서 그 진정한 자리를 차지할 때면 그 효과는 머지않을 것입니다. 세상 어느 누가 반 헬싱 씨를 만날 영광을 마다할 수 있을까요? 관습적 경칭이라는 형식을 뗀 것을 먼저 사과드립니다. 뇌의 작용의 계속적 진화에 대한 발견으로 혁명적 치료법을 찾은 한 개인에게 관습적 형식은 들어맞지 않지요. 형식이라는 것은 사람을 특정한 것으로 제한하게 마련이니까요. 여러분 신사분들은 국가

---

149 과일 주스와 럼주를 섞은 칵테일.
150 18세기부터 시작된 영국의 유명한 경마 경기.
151 1823년 미국 5대 대통령 먼로가 밝힌 외교 방침으로 아메리카와 유럽의 상호 불간섭을 주요 내용으로 함.

적으로나 혈통적으로나 소유하신 천부적 재능에 따라 이 움직이는 세계 속에서 존경받는 위치를 갖기에 적합하신 분들이며, 저는 전적인 자유를 지닌 여러분들의 최소한 다수에게라도 제가 정상이라는 것을 보여드리려 합니다. 그렇게 하여 과학자일 뿐만 아니라 인도주의자이며 법의학자이신 수어드 박사님께서는 저를 예외적 상황하에 있는 이로서 간주하여 주심이 그분의 도덕적 임무에 합당할 것으로 사료됩니다."

렌필드의 마지막 호소는 정중할 뿐만 아니라 자체의 매력을 듬뿍 발산하고 있었다.

나는 우리 모두가 몹시 놀랐으리라고 생각한다. 렌필드의 성격과 병력에 익숙한 나 자신조차도 그의 이성이 되돌아왔다는 확신에 차서, 환자가 제정신이며 아침이 되면 퇴원시킬 필요할 절차를 밟도록 하겠다고 말하고 싶은 강력한 충동을 느꼈다. 그러나 이 특정한 환자가 보일 법한 갑작스러운 변화에 대해 익히 알고 있었기에 나는 그처럼 중대한 말을 내뱉기 전에 조금 기다려보는 편이 낫겠다고 생각했다. 그래서 나는 급속도로 좋아지는 것 같기는 하지만 내일 아침 좀 더 긴 대화를 나누고 싶다면서, 그때 가서 당신의 희망을 만족시킬 방향으로 무슨 일을 할 수 있을지 알아보자는 일반적 대화로 선을 그었다. 내 말에 환자는 조금도 달가운 기색이 아니었다.

"한데 안타깝게도 수어드 박사님은 제 희망을 좀처럼 이해하지 못하시는 것 같군요. 저는 가능하다면 지금 당장, 여기서, 바로, 지금 이 시간, 바로 이 순간에 가기를 바라는 겁니다. 시간이 급박합니다. 죽음의 낫을 휘두르는 자와 합의된 내용에서 시간은 계약의 정수지요. 수어드 박사님 같은 감탄할 만한 개업의께는 단순히 제 소망을 피력하는 것만으로도 충분하리라 확신합니다만."

환자는 나를 유심히 바라보더니 내 얼굴에서 부정적 표정을 읽자 다른 사람들 쪽으로 고개를 돌리고 세세히 뜯어보았다. 그래도 만족스러운 반

응을 얻지 못하자 환자는 말을 이었다.

"제 가정에 오류가 있을 가능성이 있나요?"

"그렇지요."

나는 솔직하게 말했지만 동시에 잔인하다는 생각이 들었다. 꽤 오랫동안 침묵이 이어졌다. 마침내 환자가 천천히 입을 열었다.

"그렇다면 제가 간청의 토대를 바꾸어야 하겠군요. 용인, 특혜, 혜택, 하여간 뭐든 간에 청하게 해주십시오. 저는 지금 저 개인을 위해서가 아니라 다른 이들을 위해 이렇게 간곡히 청하는 것입니다. 제가 자유롭게 그 까닭을 온전히 말씀드릴 수는 없는 노릇이지만 제가 보증하건대, 그 다른 이들이 훌륭한 사람들이며, 제 간청은 온전하고 이타적이며 고결한 의무감에서 나온 것이라는 점을 자신 있게 여러분께 말씀드릴 수 있습니다.

제 가슴을 들여다보신다면 제게 활기를 띠게 하는 이 모든 감정을 인정하시게 될 겁니다. 아니, 그 이상이지요. 아마도 친구 중에서도 가장 참되고 진정한 이로서 제게 의지하게 되는지도 모를 일입니다."

다시금 렌필드는 우리를 열렬히 바라보았다. 점차 나는 전적으로 지적 태도를 보이는 이 갑작스러운 변화가 환자가 지닌 광기의 다른 표현에 지나지 않는다는 확신을 갖게 되었고, 내 경험상 여타 광인들과 마찬가지로 결국에는 본 모습을 드러내리라는 것을 알았기에 좀 더 밀고 나가보기로 마음먹었다. 반 헬싱 선생은 그 숱 많은 눈썹이 거의 서로 맞닿을 정도로 굳은 표정으로 환자를 뚫어져라 응시하고 있었다. 곧이어 선생은 내가 당시에는 그다지 놀라지 않았지만 돌이켜보니 놀랍기 그지없는 어조로 렌필드에게 말을 걸었다. 완전한 동등함을 전제로 한 말투였던 것이다.

"오늘 밤에 자유의 몸이 되고 싶어 하는 진짜 이유를 솔직하게 말해줄 수 없겠소? 만약 당신이 선입견이 없으며 열린 마음을 갖는 것을 습관으로 삼는 나 같은 사람을 만족시킬 수 있다면, 수어드 박사는 모든 것을 스스로의 위험과 책임으로 떠맡고 당신이 찾는 특권을 내줄 것이오."

그러자 환자는 서글프게 고개를 흔들었다. 그의 얼굴에는 통한과 후회의 빛이 떠올라 있었다.

"자, 렌필드 씨. 잘 생각해보시오. 우리에게 완벽한 이성으로 감명을 주려 하고 있으니 당신은 최상의 정도로 논리라는 특권을 요구하고 있는 게요. 당신이 지닌 바로 이 결점 탓에 의료적 처치에서 아직 놓여나지 못하는 겁니다. 물론 누가 제정신인지는 생각해볼 여지가 있겠지만 말이지요. 가장 현명한 길을 고르려는 우리의 노력에서 당신이 도움을 주려 하지 않는데 우리가 어떻게 당신이 우리에게 준 의무를 수행할 수 있겠소? 현명하게 생각하고 우리를 도와주시오. 그러면 우리가 당신의 희망을 얻는 데 도움이 될 테니."

그러나 렌필드는 여전히 고개를 흔들며 말했다.

"반 헬싱 박사님, 저는 드릴 말씀이 없습니다. 박사님의 논리는 완결된 것이니 만약 제게 말할 자유가 있다면 한순간도 망설이지 않겠습니다만 저는 이 일에서 저 자신의 주인이 못 됩니다. 저는 그저 저를 믿어달라고 만 부탁드릴 수 있을 뿐이지요. 제가 거절당한다면 그 책임 역시 제게 있지 않습니다."

나는 우스우리만큼 지나치게 심각해지는 이 소동을 슬슬 끝낼 때가 되었다고 생각하고 그저 한 마디만 던지고 문을 향해 발걸음을 옮겼다.

"친구들, 가십시다. 우리는 할 일이 있어요. 안녕히 주무시오, 렌필드 씨."

그러나 내가 문 쪽으로 움직이는 순간 새로운 변화가 환자를 사로잡았다. 환자가 나를 향해 얼마나 재빨리 다가왔는지 잠시 나는 그가 살의를 품고 또다시 공격을 감행할 참인가 보다고 생각했다. 그러나 내 두려움은 근거 없는 것이었다. 그는 애원하듯 두 손을 들어 올리고 탄원을 했던 것이다. 갑작스러운 감정의 토로가 자신에게 유리할 것이 하등 없다는 점을 잘 알면서도 렌필드는 예전의 우리의 관계를 넘어서서 더욱 비굴한 모습을 드러내 보였다. 나는 힐끗 반 헬싱 선생을 보고 나의 확신이 그 눈에 반사되는 것을 확인한 뒤 엄격하게까지는 아니었지만 좀 더 확고한 태도로, 아무리 애써도 소용없다는 몸짓을 해 보였다. 나는 예를 들어 환자가 고양이를 갖고 싶다고 했을 때처럼 소중히 생각하는 것을 요청할 때 흥분이 점차 배가되는 경험을 한 적이 있었기 때문에, 지금도 예전과 마찬가지로 묵시적 포기를 드러내며 급작스럽게 의기소침해져 뚱한 표정을 지으리라 예상했다. 그러나 나의 예상은 빗나갔다. 렌필드는 자신의 호소가 성공을 거두지 못하리라는 것을 깨닫자 엄청나게 광적 상태로 접어들었다. 그는 무릎을 꿇고 두 손을 들어 올리고는 호소하듯 두 손을 비틀었다. 눈에서는 눈물이 줄줄 흘러내렸다. 렌필드는 간절한 감정이 담긴 얼굴로 탄원의 말을 한가득 쏟아냈다.

"수어드 박사님, 이렇게 부탁드립니다, 제발 간절히 애원합니다. 부탁이니 이곳에서 당장 나가게 해주세요. 어떻게든, 어디로든 박사님이 원하시는 대로 하십시오. 경비원들에게 채찍과 사슬을 들고 따라가라 하셔도 좋습니다. 구속복을 입히고 수갑을 채우고 족쇄를 채우고, 심지어는 재갈을 물려도 좋습니다. 어떻게든 나가게만 해주세요. 제 마음의 가장 깊은 곳, 제 영혼에서 말씀드리는 겁니다. 박사님은 누구에게 어떻게 잘못을 저지르고 계시는지 짐작도 못하시는데, 저로서는 말씀을 드릴 수가 없어요. 아, 이 일을 어쩌나! 저는 말씀을 드릴 수가 없습니다. 박사님이 성스럽게 여기시고 소중하게 여기시는 모든 것, 박사님의 잃어버린 사랑, 살아 있는 박사님의 희망을 걸고, 신을 위해, 제발 저를 여기서 벗어나게 하시고 제 영혼을 죄악에서 구해주세요! 제 말이 안 들리십니까? 저를 이해 못하십니까? 절대 알려 하시지 않겠습니까? 이제는 제가 발광을 하는 정신병자가 아니라, 멀쩡하고 신실하며 자신의 영혼을 위해 투쟁하는 정상인이라는 것을 모르시겠습니까? 아, 제발 제 말을 들어주세요! 여기서 내보내주세요, 내보내주세요, 내보내주세요!"

나는 이 상황이 계속될수록 환자가 더욱 광포해져서 발작을 할지도 모른다는 생각에 그의 손을 잡고 일으켰다.

"자, 이제 그만하지요. 지금까지로 한 것으로도 충분했어요. 침대로 가서 좀 더 점잖게 행동하려고 노력해보시오."

내가 엄한 어조로 말했다.

렌필드는 갑작스럽게 애원을 멈추고 오랫동안 나를 뚫어져라 바라보았다. 그러더니 한 마디 없이 일어서서 저벅저벅 걸어가 침대 한편에 주저앉았다. 예상했던 대로 예전과 마찬가지로 의기소침해지는 순간이 왔던 것이다.

내가 일행과 함께 방을 떠나는데 렌필드가 차분하고 점잖은 목소리로 입을 열었다.

"수어드 박사, 당신은 내가 오늘 당신을 납득시키기 위해 어떻게 했는지 나중에라도 잘 새겨두는 것이 좋을 거요."

19

조너선 하커의 일기

10월 1일, 새벽 5시 나는 미나에게서 그토록 강인하고 굳건한 모습을 본적이 없다는 생각에 일행과 함께 편안한 마음으로 수색에 나섰다. 나는 미나가 우리 남자들끼리 그 일을 하도록 동의하고 물러나준 것이 무척 기뻤다. 그녀가 이 무시무시한 일에 같이한다는 것이 그러지 않아도 적잖이 걱정스러웠던 나였다. 이제 그녀의 몫은 끝났다. 모든 이야기를 꿰에 맞게 짜맞춘 것이 그녀의 열정과 두뇌와 통찰력 덕분이니 자신의 역할이 완수되었다는 것을 충분히 느낄 테고, 그런 이유로 남은 일을 미련 없이 우리에게 맡길 수 있었던 것이다. 내 생각으로는 렌필드 씨와의 소동으로 다들 어느 정도는 동요되었던 것 같다. 환자의 방에서 돌아오자 우리는 서재로 갈 때까지 침묵을 지켰다. 잠시 후에 모리스 씨가 수어드 박사에게 말했다.

"이보게, 잭, 그 남자가 허세를 부릴 작정이 아니었다면 내가 본 중에서 가장 멀쩡한 광인이었네. 확신할 수는 없지만 뭔가 중대한 목적을 가지고 있는 듯했는데 그렇다면 기회를 얻지 못한 건 좀 가혹하지 않은가?"

고달밍 경과 나는 가만히 있었지만 반 헬싱 교수가 나섰다.

"존, 자네는 나보다 광인들을 더 많이 알고 있네. 만약 결정을 내리는 사람이 나였다면 나는 마지막 히스테리가 분출되기 전에 그를 놓아주었을 테니 그 점을 다행으로 생각해. 허나 우리는 살며 배워야 하고, 우리가 지닌 현재의 임무에서 우리는 내 친구 퀸시가 말하듯 '여지를 남겨서는' 안 되지. 있는 그대로에서 최선을 다해야 돼."

수어드 박사는 두 사람 모두에게 마치 꿈속에서인 듯 몽롱한 말투로 대답했다.

"잘은 모르겠습니다만 선생님께 동의합니다. 그 사람이 평범한 광인이었다면 그를 믿을 여지를 남겼을지도 모릅니다만 아무래도 그 백작과 이모저모 얽혀 있는 듯 보였기 때문에 혹여 제가 그 사람의 변덕을 맞춰주다가 잘못된 일을 저지르지는 않을까 염려스러웠어요. 저는 좀 전에 보였던 것과 비슷한 열정으로 고양이를 달라고 졸라대더니 곧이어 이로 제 목을 물어뜯으려 했던 사건을 잊을 수가 없습니다. 게다가 그는 백작을 '주군, 주인님'으로 불렀고, 어쩌면 그자를 어떤 악마적 방식으로 도우려고 하고 있는지도 모릅니다. 그 섬뜩한 존재는 늑대와 쥐를 비롯한 자신과 유사한 부류를 불러 도움을 받곤 하니 자신을 존경하는 광인을 이용하려는 것도 무리는 아니라고 봅니다. 그럼에도 불구하고 렌필드가 신실해 보였다는 점은 부정할 수가 없어요. 저는 최선을 다했기를 바랄 뿐입니다. 지금 눈앞에 엄청난 과업이 놓여 있는데도 이런 일 때문에 한 사람이 무기력해지고 마는군요."

반 헬싱 교수는 다가가 박사의 어깨에 손을 올리더니 진중하고 친절한 말투로 입을 열었다.

"존, 두려움을 갖지 말게. 우리는 이 엄혹하고 서글픈 사안에서 우리의 의무를 다하려고 노력하고 있기는 하지만 어쨌든 우리가 최선으로 간주하는 것만을 할 수 있을 뿐일세. 선하신 하느님의 자비 외에 우리가 뭘 더 바랄 수 있겠는가?"

어느덧 잠시 자리를 비웠던 고달밍 경이 돌아와 있었다. 그의 손에는 작은 은 호루라기가 들려 있었다.

"그 낡은 집에는 아마 쥐가 득실거리고 있을 겁니다. 그렇다면 적절한 처방이 필요하겠지요."

담을 넘은 뒤 우리는 달빛이 휘영청 비치는 풀밭에 드리워진 나무 그늘을 세심하게 골라 저택으로 다가갔다. 현관에 닿자 반 헬싱 교수는 가방을 열고 갖가지 물건을 꺼내어 계단에 늘어놓고는 네 개의 작은 덩이로 분류했다. 한 사람당 하나씩 나누려는 모양이었다.

"자, 우리는 지금 엄청난 위험에 들어갈 참이니 갖가지 무기가 필요할 거요. 우리의 적은 단순히 영적 존재만이 아니오. 그자는 손아귀에 장정 스무 명의 힘을 가지고 있소. 우리의 목이나 갈비뼈는 지극히 평범해 부러질 수도, 부수어질 수도 있는 반면 그자의 것은 물리적 힘만으로는 어쩔 수 없다는 걸 기억하시오. 유독 힘이 센 사람, 모두 다해서 그보다도 힘이 좋은 사람이라면 잠깐은 그자를 붙들 수 있을지 모르지만 그렇다고 하더라도 우리가 다칠 확률이 그자가 다칠 확률보다는 훨씬 높다는 걸 기억하시오. 그러니 우리는 그자의 손아귀에서 스스로를 보호해야 하오. 이걸 가슴 가까이 지니고 있으시오."

그러면서 교수는 은으로 된 작은 십자가를 들어 가장 가까이 있는 내게 내밀었다.

"이 꽃은 목에 걸고 있으시오."

이번에 교수는 내게 시든 마늘꽃 화환을 건네주었다.

"혹시 좀 더 세속에 가까운 적이 있으면 이 권총과 칼이면 충분할 테고, 이건 작은 전기 램프요. 가슴에 걸고 있으면 아무래도 도움이 될 게요. 그리고 무엇보다도 이것이 있는데, 적어도 이것만큼은 불필요한 일로 속되게 써서는 곤란하오."

그러면서 반 헬싱 교수는 성체를 조금 잘라 내어 봉투에 넣은 뒤 내게 건네주었다. 다른 사람들도 모두 비슷한 장비를 갖추었다.

"자, 존, 곁쇠[152]는 어디 있나? 그걸로 문을 열 수 있다면 예전 루시 양 집에서처럼 창문을 부술 필요는 없을 텐데."

수어드 박사는 곁쇠 한두 개를 자물쇠 구멍에 넣어보았다. 유능한 외과 의사로서의 솜씨가 제대로 힘을 발휘해 이윽고 박사는 마땅한 곁쇠를 찾아내어 잠시 앞뒤로 움직거렸다. 곧이어 걸쇠가 빗겨나더니 녹슨 쇳소리가 울리며 풀려 내려갔다. 문을 밀자 녹슨 찌귀가 끼익거리며 안으로 밀려들어갔다. 그 광경에 내 머릿속에는 수어드 박사의 일기에서 읽었던, 웨스튼라 양이 누워 있는 안치소 문을 연 순간이 떠올랐고, 다른 사람들 머리에도 같은 영상이 떠올랐는지 하나같이 뒤로 움찔 물러섰다. 가장 먼저 앞으로 나서서 열린 문 안으로 들어선 사람은 반 헬싱 교수였다.

"인 마누스 투아스, 도미네[153]!"

교수는 성호를 그으면서 문지방을 넘었다. 우리는 등 뒤에서 문을 닫았다. 혹시라도 불을 켜면 길을 지나는 행인의 눈길을 끌지도 몰라서였다. 교수는 만약의 경우 서둘러야 할 때 문이 열리지 않아 출구가 막히는 일이 없도록 세심하게 자물쇠를 점검했다. 곧이어 우리는 램프를 밝히고 수색에 나섰다.

작은 램프에서 나오는 빛이 서로 얽히거나 우리 몸에 가려져 울퉁불퉁한 그림자가 드리워지는 바람에 벽에는 갖가지 기이한 형상이 생겨났다. 꼭 누군가 다른 사람이 우리 일행 속에 섞여 있을 것 같은 생각을 좀처럼 떨칠 수가 없었다. 아마도 그 음침한 분위기 탓에 트란실바니아에서 겪은 섬뜩한 경험이 다시 내 머릿속에 떠올랐기 때문이었으리라. 바스락거리

---

152 원래 열쇠가 아니면서 자물쇠를 여는 데 대신 쓰는 열쇠.
153 In manus tuas, Domine. '주님, 당신의 손안에'라는 뜻으로 뒤에는 '나의 영혼을 맡깁니다'라는 뜻의 commendo spirituum meum이 생략되어 있음.

는 소리 하나, 새로 생겨난 그림자 하나에 나뿐만 아니라 다른 사람들도 흘깃흘깃 어깨너머를 넘겨다보는 것을 보면 그 느낌은 비단 나만의 것이 아니었다.

안에는 어디를 보나 먼지가 켜켜이 앉아 있었다. 바닥은 최근에 발자국이 난 자리를 제외하고는 언뜻 보기에 몇 센티미터는 족히 되는 먼지가 사방에 쌓여 있는 것 같았다. 램프를 아래로 내리자 먼지 위에 난 구두 징자국이 선명했다. 벽에도 묵직한 먼지가 수북했고, 구석구석 빽빽한 거미줄은 먼지의 무게 탓에 부분적으로 끊겨 나가 낡아빠진 누더기처럼 보였다. 홀의 탁자 위에는 세월로 누렇게 된 꼬리표가 붙은 큼지막한 열쇠 꾸러미가 놓여 있었다. 이 열쇠는 몇 번 사용되었는지, 반 헬싱 교수가 꾸러미를 들어 올리자 탁자 바닥에 드러난 자국과 유사한 자국이 여기저기에 나 있다는 것을 알 수 있었다. 교수가 내 쪽으로 눈길을 주며 말했다.

"이곳을 잘 알겠군요, 조너선. 당신이 이곳의 지도 사본을 만들었으니 우리보다는 적어도 잘 알겠지요? 예배당은 어느 쪽인가요?"

예전에 이곳을 찾아왔을 때는 안으로 들어설 수 없었지만 그 방향은 또렷하게 기억하고 있었다. 나는 기억을 더듬어 길을 잡아나갔고, 몇 번 모롱이를 잘못 접어들기는 했지만 잠시 후에 우리 맞은편에 쇠 띠로 장식된 아치 모양의 야트막한 떡갈나무 문이 나타났다.

"여기로군."

반 헬싱 교수가 이 저택의 매매와 관련된 서류 더미에서 베껴낸 저택의 작은 지도 위에 램프를 비춰 보며 중얼거렸다. 어렵사리 우리는 열쇠 뭉치에서 열쇠를 찾아 문을 열었다. 문을 여는 순간 그 틈바구니 사이로 희미한 악취가 풍겨 나오는 듯했다. 그 낌새에 어느 정도 불쾌하리라는 예상을 하기는 했지만 그 안으로 들어서면서 훅 끼친 정도로 지독한 악취를 상상한 사람은 아무도 없었다. 나 외에 다른 사람은 아무도 닫힌 공간에서 백작을 만난 적이 없었고, 내가 머물던 곳에서 보았을 때는 단식 중이었거나, 설령 새로운 피로 한껏 배를 채웠을 때라 해도 그 폐허가 된 건물로는 바깥공기가 새어 들어오고 있었다. 그러나 이곳은 비좁고 사방이 막힌 데다가 오랫동안 사용하지 않아 정체된 공기에 스민 악취가 고약하기 이를 데 없었다. 그 고약한 공기 사이에는 메마른 소택지에서 풍기는 독기와 같은 흙내가 한데 섞여 뿜어져 나오고 있었다. 그 끔찍한 악취를 어떻게 설명하면 좋을까? 죽음에 이르는 모든 병을 모은 다음 얼얼하고 아릿한 피의 냄새를 더한 냄새, 부패라는 것 자체가 부패된 듯한 냄새였다. 휴우! 생각만 해도 속이 울렁거린다. 거기에 괴물이 내뿜는 숨결 하나하나가 그 자리에 들러붙어 있어 혐오감을 더하는 것 같았다.

평상시 그 정도 악취라면 우리의 모험을 끝내도록 만들기에 충분했다. 그러나 지금은 평상시와는 거리가 멀었으며, 우리가 겨냥하는 지엄하고 장엄한 목적은 우리에게 단순한 육체적 고통 이상을 뛰어넘을 수 있는 힘을 부여해주었다. 처음에는 고약한 냄새에 무심결에 잠깐 주춤하기는 했지만 곧이어 우리는 한 사람씩 마치 그 혐오스러운 곳이 장미로 가득한 뜰이라도 되는 것처럼 본격적으로 일에 착수했다.

우리는 그곳을 철저하게 점검해보았다. 일을 시작할 때 반 헬싱 교수가 말했다.

"첫 번째 할 일은 상자가 몇 개나 남아 있는지 확인하는 거요. 옮겨진 상자와 관련해서도 혹시 단서를 찾을 수 있을지 모르니까 구석과 세세한 부분까지 놓치지 말고 살펴야 하오."

하나하나의 상자 크기가 워낙 컸기에 슬쩍 보기만 해도 몇 개가 남았는지 확인할 수 있었다.

50개 중에 고작 29개만 남아 있었다! 일순간 고달밍 경이 느닷없이 휙 돌아서서 아치 모양으로 된 문을 지나 그 너머의 어두운 통로로 들어섰고, 나 역시 그쪽으로 눈길을 주다가 소스라치게 놀라고 말았다. 잠깐이지만 내 심장은 멎는 것 같았다. 그림자 어딘가에서 백작의 사악한 얼굴

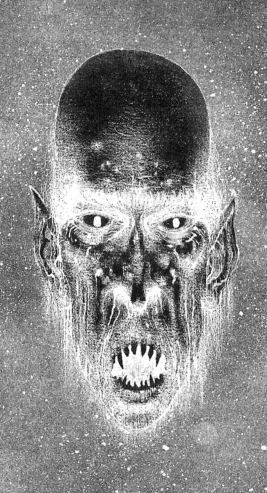

을, 그 매부리 진 코와 뻘건 눈, 새빨간 입술, 그 섬뜩한 창백함을 본 듯한 느낌이 들었던 것이다. 그러나 그 효과는 한순간에 지나지 않았다. 곧바로 고달밍 경은 이렇게 말했다.

"언뜻 얼굴을 본 것 같은 기분이었는데 확인해보니 그림자였습니다."

고달밍 경은 다시 조사를 계속했고 나는 그쪽으로 내 램프를 돌리고 통로에 발을 들였다. 아무 흔적도 보이지 않았다. 후미진 자리도, 문도, 어느 종류든 벌어진 틈도 보이지 않고 오직 통로의 탄탄한 벽뿐이어서 제아무리 백작이라 해도 몸을 숨길 곳은 없었다. 나는 두려움으로 머릿속에 공연한 상상을 불러일으킨 것이라고 생각하고 아무 말도 하지 않았다.

몇 분 후에 한쪽 구석을 탐색하고 있던 모리스가 별안간 뒤로 확 물러섰다. 우리는 일제히 눈으로 그의 움직임을 좇았다. 긴장감이 우리 모두를 휩쓸었다. 곧 우리 눈앞에 별처럼 반짝거리는 인광 덩이가 나타났다. 그 모습에 우리는 본능적으로 뒤로 물러섰다. 그곳 전체가 쥐들로 꿈틀대고 있었던 것이다.

한동안 우리는 모두 겁에 질려 꼼짝 못하고 서 있었다. 다만 그러한 비상상태에 대해 마음의 준비를 했던 듯싶은 고달밍 경은 예외였다. 고달밍 경은 예전에 수어드 박사가 묘사한 적 있으며 이제는 내가 직접 눈으로 확인한 쇠로 테를 두른 육중한 떡갈나무 문으로 달려가 자물쇠에 꽂힌 열쇠를 돌리고 거대한 빗장을 벗긴 다음 문을 벌컥 열어젖혔다. 그러더니 주머니에서 작은 은 호루라기를 꺼내어 낮고 날카로운 소리로 휘익 불었다. 그 소리에 수어드 박사의 집에서 개들이 짖는 소리가 화답하더니 순식간에 테리어 세 마리가 집 모퉁이를 돌아 달려왔다. 무의식적으로 우리는 모두 문 쪽으로 물러서 있었고 그렇게 움직이는 사이 나는 그곳의 먼지가 상당히 들쑤셔진 것을 발견했다. 아마도 상자를 이쪽으로 내간 것이 틀림없었다. 그러나 그 얼마 안 되는 시간 동안에도 쥐들의 수효는 엄청나게 불어나 있었다. 순식간에 그 장소가 쥐들에게 점거당한 듯 보였다.

그 꾸무럭거리는 시커먼 몸뚱이와 사악한 눈 위에 램프 불빛을 비추자 그 곳은 반딧불이가 점점이 박힌 두두룩한 진흙 둑처럼 보였다. 개들은 맹렬하게 달려들다가 문지방에서 멈추어 서서 으르렁거리더니 동시에 코를 들어 올리며 가련하기 이를 데 없는 소리로 울부짖기 시작했다. 그 사이 쥐들은 수천 마리로 늘어나 있었고 우리는 주춤거리며 물러났다.

고달밍 경이 개 한 마리를 안아 올려 안으로 들이고는 바닥에 내려놓았다. 발이 땅에 닿는 순간 개는 용기를 되찾은 듯 천적을 향해 달려들었다. 쥐 떼가 개 앞에서 얼마나 쏜살같이 달아났는지, 그 개가 스무 마리 남짓한 쥐의 목숨을 끊고 곧이어 차례로 안아 들인 나머지 개들도 몇 마리를 해치우기가 무섭게 쥐 떼는 아예 자취를 감추어버렸다.

쥐 떼가 사라지면서 정체를 알 수 없는 사악한 기운도 떠나간 듯, 개들은 왕왕 짖어대며 신나게 깡충거리면서 잡아놓은 적을 향해 새삼스럽게 달려들기도 하고 맹렬하게 물어 공중에 던져 올리기도 했다. 우리도 모두 원기가 솟는 것을 느꼈다. 예배당 문을 열어 그 죽음의 공기를 정화시켜서인지 아니면 이제 더 이상 폐쇄된 곳에 있지 않다는 안도감 때문인지는 알 수 없었지만 옷자락처럼 들러붙어 있던 공포의 그림자는 우리에게서 서서히 물러나는 것 같았다. 우리의 결의는 처음이나 지금이나 한 치의 달라짐도 없었건만 처음 도착할 때와 같은 음울한 무게감은 더 이상 느껴지지 않았다. 우리는 바깥쪽 문을 닫고 빗장을 지르고 자물쇠를 잠근 다음 개들을 데리고 저택의 다른 곳을 수색하기 시작했다. 샅샅이 뒤져보았지만 내가 처음 이곳을 찾아왔을 때 남긴 발자국만이 남아 있을 뿐, 사방에는 아무도 건드리지 않은 수북한 먼지 말고는 아무것도 찾을 것이 없었다. 다시는 개들도 불안한 모습을 보이지 않아서, 심지어는 예배당으로 다시 돌아왔을 때조차도 여름날 숲에서 토끼 사냥을 할 때처럼 신이 나서 돌아다녔다.

우리가 현관 밖으로 나왔을 때는 붉은 해가 동녘을 훤히 비추고 있었다. 반 헬싱 교수는 열쇠 꾸러미에서 홀 문의 열쇠를 꺼내어 세심하게 문을 잠근 뒤 주머니에 넣었다.

"우리의 밤은 분명 성공적이었소. 내가 두려워하던 위해도 없었고 상자 몇 개가 없어졌는지도 확인했으니 말이오. 이보다도 내게 기쁜 일은 우리의 첫 번째이자 아마도 가장 어렵고 위험했을 임무가 우리에게 지극히 소중한 마담 미나를 모셔오지 않고도 완수될 수 있었다는 것이오. 그랬다가는 결코 잊지 못할 공포의 광경과 소리, 냄새의 기억 탓에 깨어 있을 때나 잠들어 있을 때나 괴로움에 시달려야 했을 테니까요. 또 하나 우리가 배운 점은 물론 특정한 사례라는 점이 감안되어야 하겠지만, 백작의 명령에 따라 움직이는 짐승들이 그자의 영적 힘에 아직은 절대적 복종을 하지 않는다는 것이오. 좀 전에 보았다시피 이제는 고인이 된 그 가엾은 어머니의 울부짖음을 듣고 백작이 자신의 성 꼭대기에서 불러들인 늑대와 마찬가지로 그자의 부름에 따라 이곳에 왔을 쥐 떼는, 비록 명을 따라 오기는 했지만 우리 친구 아서의 작은 개들에게조차 쫓겨 허둥지둥 달아났소. 우리 앞에는 수많은 다른 문제들이 놓여 있소이다. 다른 위험, 다른 두려움과 같은. 그리고 그 괴물이 짐승 세계에 영향을 미치는 자신의 힘을 사용한 것은 오늘 밤이 처음이자 마지막일 것이오. 확실히 그자가 다른 곳으로 갔으리라 여겨도 될 것 같소. 좋아요! 그 결과 우리에게는 인간의 영혼을 걸고 하는 이 체스 게임에서 '체크'를 부를 기회가 생겨났소. 자, 이제 집으로 갑시다. 어느새 먼동이 트고 있는 데다가 첫날 밤의 과업은 이 정도로 만족해도 충분할 거요. 우리 앞에는 수많은 밤과 낮의 시련과 위험이 놓여 있겠지만 우리는 계속해서 앞으로 나아가야 하며 그 어떤 위험도 우리를 위축시키지는 못할 것이오."

우리가 돌아왔을 때 수어드 박사의 집은 멀리 떨어진 감방에서 비명을 울려대는 한 딱한 피조물의 소리와 렌필드의 방에서 들려오는 나지막한 탄식 외에는 조용했다. 아마도 그 가엾은 사람은 고통조차 느끼지 못한 채 미치광이다운 방식으로 스스로를 고문하고 있을 터였다.

　살그머니 우리 방에 들어서니 미나는 달게 자고 있었다. 어찌나 곤히 잠들어 있는지 귀를 바짝 갖다 대어야 숨소리가 들릴 정도였다. 평소보다 안색이 좀 나빠 보인다. 오늘 밤의 모임이 그녀를 동요시키지 않았기를 바란다. 미래의 일, 하다못해 우리의 토의에서도 미나가 제외된 것이 정말 다행이다. 여인이 감당하기에는 지나친 일이니까. 처음에는 그렇게까지 생각하지 못했지만 지금은 생각이 달라졌고, 그런 결론이 난 것에 진심으로 기쁜 마음이다. 듣기만 해도 그녀가 겁에 질릴 일이 얼마든지 일어날 수 있다. 그러나 돌아가는 상황을 그녀에게만 감추는 것은 일단 뭔가 숨기는 것이 있나 보다 미나가 의구심을 품기 시작하면 오히려 털어놓고 이야기하느니만 못할 수도 있다. 앞으로 우리의 일은 미나에게는 봉인된 책이다. 적어도 우리가 이제 모든 것이 끝났으며, 이 땅이 지옥의 괴물로부터 안전하다고 그녀에게 말할 수 있을 때까지는. 여태껏 지켜온 우리의 전적인 신뢰 속에서 침묵을 지키는 일이 쉽지는 않겠지만 지금은 결단이 필요한 때이다. 내일, 나는 오늘 밤 일어난 일들은 어둠 속에 묻어버리고 그녀에게는 일언반구 언급하지 않을 것이다. 나는 미나를 깨우지 않으려고 소파에 누워 잠을 청했다.

　10월 1일, 후에　몹시 분주한 하루를 보낸 데다가 밤에도 휴식을 취하지 못했기 때문에 우리는 당연히 모두 늦잠을 잤다. 해가 중천에 떴을 때까지 잠을 잤는데도 내가 먼저 일어나 이름을 두세 번 부르고 난 뒤에야 잠에서 깬 걸 보면 미나 역시 몹시 피곤했던 모양이다. 사실, 미나는 얼마나 깊은 잠에 빠져 있었는지 깨어나서도 한동안 나를 알아보지 못했고, 악몽을 꾸다 일어난 사람처럼 공포가 담긴 공허한 눈빛으로 나를 바라보았다. 일어난 미나가 피곤하다고 하기에 나는 그녀에게 조금 더 쉬라고 했다. 이제 우리는 이제 스물한 개의 상자가 옮겨졌다는 것을 알고 있으며 몇 개를 찾아 나가면 전부를 추적할 수 있을 것이다. 그렇게 되면 큰 수고를 덜 수 있을 테고 이 일은 빠를수록 좋다. 오늘 당장 토머스 스넬링을 만나 봐야겠다.

수어드 박사의 일기

10월 1일 정오가 다 되어 가는 시간에 나는 선생이 내 방으로 들어오는 소리에 잠에서 깨었다. 유독 명랑하고 즐거운 표정으로 보아 간밤의 일이 그분의 마음에서 고민의 무게를 어느 정도 덜어주었던 모양이다. 지난밤의 모험에 대해 이야기하다가 선생이 불쑥 이런 말을 꺼냈다.

"자네의 환자에게 내가 무척 관심이 많으이. 오늘 아침 그 사람을 만나러갈 때 같이 가도 되겠나? 혹시 자네가 할 일이 많다면, 괜찮다면 나 혼자 가도 좋고. 철학을 논하고 그렇게 정연한 논리를 펼치는 광인을 발견한다는 것은 내게는 새로운 경험이어서 말일세."

나는 급하게 처리할 일이 몇 가지 있어서 선생께 혼자 가실 수 있다면 그렇게 해주십사고 말씀드리고, 굳이 미룰 필요가 없는 일이니 곧바로 보호사를 불러 필요한 지시를 내리겠다고 했다. 선생이 방을 떠나기 전에 나는 내 환자에게서 헛된 인상을 받지 않도록 경계하시라는 얘기를 덧붙였다.

"헌데 나는 그 사람이 자기 얘기를 하고, 살아 있는 것들을 삼키는 열망에 대해 이야기하기를 바란다네. 어제 자네 일기에서 보니 한때 그런 믿음을 가졌다는 말을 마담 미나에게 했다더군. 왜 웃나, 존?"

선생의 물음에 나는 이렇게 대답했다.

"죄송합니다. 하지만 답은 여기 있어요."

나는 타자기로 친 글에 손을 올리고 말을 이었다.

"우리의 멀쩡하고 학식 높은 광인이 어떻게 생명을 취하는지를 설파하고 있을 때 그 사람의 입은 하커 부인이 방으로 들어서기 직전에 먹은 파리와 거미들로 엉망이 되어 있었지요."

그러자 반 헬싱 선생은 맞받아 미소를 지었다.

"훌륭하군! 자네의 기억은 정확해, 존. 나도 기억했어야 하는데 말이야. 그런데 정신병을 그토록 매혹적 연구 대상으로 만드는 건 기억과 생각의 바로 그 왜곡 아니겠는가? 가장 현명한 사람을 가르치는 것에서보다 이 광인의 어리석음에서 더욱 많은 지식을 얻을 수 있을지도 모르는 일일세. 또 누가 알겠나?"

나는 계속해서 내 일을 했고 얼마 지나지 않아 당장 처리할 일들을 끝냈다. 시간은 실제로 불과 얼마 걸리지 않았지만 어느새 반 헬싱 선생이 서재로 돌아와 있었다.

"내가 방해가 되었나?"

선생이 문간에 서서 가만히 물었다.

"천만에요. 들어오세요. 일이 끝나서 이제 자유롭습니다. 원하신다면 지금 같이 가드릴 수도 있어요."

"필요 없게 됐네. 벌써 보고 왔으니까!"

"그러셨어요?"

"유감스럽게도 나를 그다지 높게 평가하지 않는 것 같더군. 면담은 짧았네. 내가 안으로 들어갔을 때 그 사람은 무릎에 팔꿈치를 올린 채 의자에 앉아 있었네. 얼굴에는 불만족스러운 뚱한 표정을 가득 짓고 말이야. 나는 되도록 명랑하게, 최대한 존중을 담아 이야기를 꺼냈지. 그런데 아무 대꾸가 없는 게야. '나를 모르시오?' 내가 물었더니 시원찮게 대답하더군. '잘 알지요. 멍청한 늙은이 반 헬싱 아니오? 당신과 당신의 그 어리석은 두뇌 이론 따위는 내다버렸으면 좋겠구려. 멍청한 네덜란드 노인네

같으니!' 그게 다였네. 더 이상은 한 마디도 않고는 내가 아예 그 방 안에 있지도 않은 것처럼 무관심하게 뚱한 표정으로 앉아만 있지 뭔가. 그래서 이번에는 이 영리한 광인에게서 뭘 배울 기회가 끝났다는 걸 알고 얌전히 물러난 걸세. 가능하다면 기운을 차릴 겸 훌륭하신 마담 미나와 행복한 대화를 나누러 갈 생각이야. 존, 미나가 더 이상 고통을 받거나 우리의 섬뜩한 과업 탓에 더는 근심하지 않아도 된다는 생각만 해도 나는 표현할 수 없으리만큼 기쁘다네. 물론 그녀의 도움이 무척 아쉽겠지만 그 편이 훨씬 나아."

나는 선생의 의견에 적극적 동의를 나타냈다.

"전적으로 같은 생각입니다. 하커 부인은 이 문제에서 벗어나 계시는 편이 나아요. 세상의 남자 중 단연 남자로 이 시대의 온갖 힘든 곳들을 두루 경험한 우리에게도 고약한 일인데, 여성이 있을 자리는 아니지요. 계속해서 이 일과 관련을 갖게 된다면 언젠가는 회복 불능하게 망가지고 말 겁니다."

대화가 끝나자 반 헬싱 선생은 하커 부인과 상의를 하러 갔고 하커와 퀸시와 아트는 흙이 담긴 상자에 관한 단서를 추적하러 나섰다. 밤에 다 같이 만나기로 되어 있으니 얼른 회진을 돌고 와야겠다.

미나 하커의 일기

10월 1일 오늘처럼 어둠 속에 있는 듯한 느낌은 정말 낯설다. 요 몇 년 동안 조너선은 나에게 완벽한 신뢰를 보여왔는데 오늘은 어떤 특정한 일들, 단연코 가장 중요한 일들에 대해 이야기를 피하는 기색이 역력하다.

오늘 아침 나는 피곤한 어젯밤을 보낸 뒤 느지막이 잠에서 깨었고 조너선도 나보다 이르기는 했지만 역시 늦잠을 잤다. 밖으로 나가기 전에 조너선은 그 이상 달콤하고 부드러울 수 없는 목소리로 내게 말을 건네왔지만 백작의 저택을 찾았을 때 벌어진 일에 대해서는 단 한 마디도 없었다. 하지만 조너선은 내가 얼마나 끔찍하도록 걱정을 했는지 알았던 모양이다. 가엾은 사람! 아마도 그 일로 오히려 나보다도 그 자신이 더욱 시달리는 것 같다. 다들 이 섬뜩한 일에서 이제는 내가 물러서는 게 최선이라는 데 동의했고 나는 그 뜻을 받아들였다. 아무리 그렇다고 해도 그이가 내게서 무엇이든 감추어야 한다니! 하지만 나는 그것이 남편의 사랑과 강인한 남자들의 선량한, 너무도 선량한 희망에서 온 것임을 알기에 어쩔 줄 모르고 어리석은 바보처럼 울고만 있다…….

아마 내게는 좋은 일이리라. 그래, 언젠가는 모두 이야기해주겠지. 그동안 내가 그이에게 무언가를 숨기고 있다는 인상은 주고 싶지 않기 때문에 나는 평상시처럼 일기를 쓸 참이다. 혹시라도 나의 신의를 잃을까 두려워하면 내 마음속 생각을 낱낱이 적어 사랑스러운 그의 눈앞에 보여줄 수 있도록. 오늘따라 이상하게도 슬프고 기력이 없다. 그간 느낀 끔찍한 흥분의 반작용일까.

간밤에 나는 남자들이 가고 난 다음에 잠자리에 들었다. 내게 그렇게 하라고 했기 때문이었다. 조금도 졸리지 않았고, 머릿속에 가득한 걱정 탓에 좀처럼 잠을 이룰 수 없었다. 내 머릿속에는 조너선이 나를 만나러 런던으로 왔을 때부터 벌어진 일들이 끊임없이 떠올랐다. 이 모든 것이 내게는 운명이 예정된 파국을 향해 무자비하게 몰아붙이고 있는 섬뜩한 비극처럼만 느껴진다. 내게는 정말 올바른 일처럼 여겨졌던 일들이 결국에는 통탄해 마땅한 결과를 낳는 것만 같다. 내가 휘트비에 가지 않았더라면 가엾은 루시는 지금 우리와 함께 있지 않을까. 그 애는 내가 가기 전까지는 교회 묘지에 발걸음을 하지 않았을 뿐더러 나와 더불어 낮에 그곳을 찾지 않았을 때는 몽유병 증세조차 보이지 않았다. 밤에 잠든 채로 그곳에 가지 않았더라면 그 괴물이 루시를 해치지도 못했으리라. 아, 내가 왜 휘트비에 갔을까? 아, 또다시 눈물을 흘리고 있다! 오늘 대체 내게 무슨 일이 생긴 걸까? 만약 아침에만 두 번이나 울었다는 걸 알면 조너선이 슬퍼할 테니 그 사람에게는 비밀로 해야겠다. 나 자신 때문에는 운 적이 없고 그가 날 울게 할 일도 없는데……. 아마 이걸 알면 남편은 몹시 마음이 상할 것이다. 울음이 나더라도 그이가 알아채지 못하도록 천연덕스러운 표정을 지어야겠다. 이것도 우리 가엾은 여자들이 배워야 하는 교훈의 한 가지일 뿐이려니…….

간밤에 어떻게 잠이 들었는지는 잘 기억이 나지 않는다. 갑작스럽게 개들이 짖는 소리가 나고 여기서 약간 아래에 있는 렌필드 씨의 방에서 격앙된 소리로 기도를 올리는 듯한 기묘한 소리를 들었던 것은 기억한다. 그러고는 모든 것을 뒤덮을 만한, 너무도 깊어서 오히려 놀라울 지경이었던 침묵이 이어졌고, 나는 일어나서 창밖을 내다보았다. 사방이 컴컴하고 괴괴했다. 달빛 탓에 드리워진 검은 그림자들은 나름의 조용한 수수께끼로 가득 차 있었다. 어느 것 하나 움직이지 않는 듯, 모든 것이 죽음이나 숙명처럼 무겁게 정지해 있었기 때문에 스멀스멀 잔디를 가로질러 집을 향해 눈치챌 수도 없을 만큼 살그머니 다가온 한줄기 가느다란 안개가 그 자체의 생명력과 감각을 가진 것처럼 보일 정도였다. 잠시 다른 생각을 한 것이 도움이 되었는지 침대로 다가가자 서서히 졸음이 밀려오는 것 같았다. 하지만 잠시 누워 있었어도 잠을 이룰 수가 없어 다시 일어나 창밖을 내다보았다. 어느덧 안개가 사방에 퍼져 이제는 집까지 다가들어 있었다. 벽에 두터이 깔린 안개는 넘실거리며 창문을 타 넘을 것만 같았다. 가엾은 환자는 이제 그 어느 때보다도 요란했고, 그 사람이 하는 말을 전혀 알아들을 수는 없었지만 그 어조에서 열정적 탄원을 하고 있다는 걸 알 수 있었다. 곧이어 몸싸움이 벌어진 듯한 소리가 이어졌고 나는 보호사들이 그를 제지하고 있다는 걸 알았다. 나는 겁에 질려서 침대로 기어 들어가 머리 위까지 이불을 뒤집어쓴 채 손가락으로 귀를 틀어막았다. 그때도 조금도 졸리지 않았다. 적어도 내 생각은 그랬다. 그런데 어느덧 잠에 빠진 모양인지, 꿈을 꾸었던 기억 말고는 아침에 조녀선이 깨울 때까지 아무것도 생각이 나지 않는다. 내가 어디 있는지 알 수 없었고, 내 머리 위로 허리를 굽히고 있는 사람이 조녀선이라는 것을 깨닫기까지도 약간의 노력과 시간이 필요했던 것 같다. 내 꿈은 무척 독특해서 말짱할 때의 생각들이 꿈에 더해지거나 계속해서 이어졌던 것처럼 느껴졌다.

나는 내가 잠이 들어 있고 조녀선이 돌아오기를 기다리고 있었다고 생각했다. 남편이 몹시 걱정이 되었지만 몸은 움직여지지 않았다. 내 발과 내 손, 내 두뇌였지만 묵직해서 어느 것도 평상시대로 가눌 수가 없었다. 불안감 속에서 나는 설핏 잠이 들었다. 곧이어 서서히, 공기가 무겁고 축축하고 차갑다는 생각이 떠올랐다. 나는 얼굴에 덮어쓴 이불을 내렸다가 사방이 침침하다는 걸 깨닫고 화들짝 놀랐다. 내가 조녀선을 위해 켜놓은 가스등은 불빛이 잦아들어, 점차 방으로 두터이 쏟아져 들어오는 듯한 안개 속에서 조그만 빨간 불꽃처럼만 보였다. 이윽고 내 머릿속에는 침대에 들기 전에 분명히 창문을 닫았다는 생각이 떠올랐다. 창으로 가서 확인해보고 싶었지만 알 수 없는 묵직한 무력감이 내 손발, 심지어는 의지까지 묶어놓은 것 같았다. 나는 가만히 누워서 버티고 있을 뿐 아무것도 할 수 없었다. 눈을 감았지만 눈꺼풀을 통해 모든 것이 보였다.(우리의 꿈이 무슨 일을 할 수 있으며 얼마나 편리한 상상을 할 수 있는지 그저 놀라울 뿐이다.) 안개는 점차 짙어지고 더욱 짙어졌고, 나는 이제 방 안으로 들어오는 안개의 모습을 똑똑히 볼 수 있었다. 연기 혹은 끓는 물의 허연 김과 같은 것이 창문이 아니라 창문의 틈을 통해 들어오고 있었다. 방 안에서 안개는 짙어지고 짙어져 마치 구름 기둥인 양 덩어리로 모여들었고, 그 꼭대기에서 나는 가스등이 빨간 눈처럼 빛나는 것을 볼 수 있었다. 어느덧 구름 기둥이 방 안에서 빙빙 돌았다. 내 머릿속에 성서의 말씀 '낮에는 구름 기둥으로 밤에는 불기둥[154]' 이 떠오르면서 모든 것이 뱅글뱅글 돌아가기 시작했다. 잠든 내게 실제로 영적 수호가 찾아온 것일까? 그러나 그 기둥은 붉은 눈의 불을 함께 지니고 있었으니 낮과 밤 모두의 수호라 해야 옳았다. 거기에 생각이 미치자 새로운 공상이 나를 사로잡았다. 내가 바라보는 사이 그 불빛이 둘로 나뉘더니, 절벽에서 루시가 순간적 착란 상태에 빠져 세인트마리아 교회의 창문에 부딪는 지는 햇살을 보고 중얼거렸듯 안개를 뚫고 마치 두 개의 빨간 눈처럼 빛나는 듯했다. 문득 섬뜩한 여인들이 달빛에서 춤을 추는 안개로 나타나 실제의 모습을 띠어갔다는 조너선의 이야기가 떠오르면서 나는 공포에 사로잡혔다. 아마 꿈속에서도 정신을 놓쳤는지 갑자기 모든 것이 암전이 되어버렸다. 공상이 그 의식적 노력 속에서 마지막으로 만들어낸 허상은 그 안개 사이로 내 위로 허리를 굽힌 창백한 흰 얼굴이었다. 이런 꿈들은 지나치면 사람의 이성을 불안하게 만들 수도 있으니 정신을 바짝 차려야겠다. 반 헬싱 교수나 수어드 박사에게 잠이 잘 들게 하는 약을 처방해달라고 하고 싶지만 공연한 걱정을 끼치지나 않을까 염려스럽다. 지금과 같은 때 그런 꿈을 꾼 걸 알게 되면 다들 얼마나 걱정을 하겠는가. 오늘 밤에는 자연스럽게 잠을 잘 수 있도록 애써봐야겠다. 한 번 정도야 그다지 무리가 되지 않을 테니 오늘도 잠을 잘 못 이루면 내일 밤에는 잠을 잘 잘 수 있도록 그분들께 클로랄을 처방해달라고 해야겠다. 지난밤은 한숨도 자지 못한 것보다도 오히려 더 나를 탈진하게 만들었다.

10월 1일, 밤 10시 지난밤에는 잠을 잤지만 꿈을 꾸지는 않았다. 조너선이 침대로 왔을 때도 깨어나지 않았으니 분명히 달게 잔 모양이지만 잠을

---

154 출애굽기 13장 22절의 내용.

자도 기운을 회복하지는 못했다. 오늘 나는 끔찍하도록 쇠약하고 기력이 없다. 어제는 책을 읽으려 하거나 누워서 눈을 붙이려고 애쓰면서 하루 종일을 보냈다. 오후에는 렌필드 씨가 나를 만날 수 있겠느냐고 청해왔다. 가엾은 사람. 무척 점잖았고, 내가 방을 떠날 때는 내 손에 입을 맞추며 하느님의 축복을 빌어주었다. 나는 몹시 감동을 받았다. 그 사람 생각을 하면 눈물이 솟는다. 이것 역시도 내 나약한 모습이니 조심해야 한다. 내가 울었다는 걸 알면 조녀선이 얼마나 슬퍼하겠는가. 그와 다른 사람들은 저녁식사 때까지 밖에 나가 있었고 모두 지쳐서 돌아왔다. 나는 그분들의 기분을 돋우려고 애를 썼고 그 노력은 아마도 내게도 좋은 영향을 미쳤던 것 같다. 내가 얼마나 피곤한지를 잊었으니까. 저녁식사 후에 그분들은 나를 침실로 보내고는 함께 담배를 피우러 간다고 했는데, 나는 오늘 일어난 일을 이야기하고 싶어 한다는 걸 눈치챌 수 있었다. 조녀선의 태도로 보아 이야기를 나눌 뭔가 중요한 일이 있는 모양이었다. 잘 시간이 되어도 잠이 오지 않아 그분들이 나가기 전에 수어드 박사에게 부탁해서 전날 잠을 잘 못 잤다고 수면제를 부탁했다. 박사는 친절하게 마시는 약을 조제해주었다. 아주 순한 거라 아무 해도 끼치지 않을 거라면서……. 수면제를 마시고 잠이 오기를 기다리고 있지만 지금까지는 말짱하다. 잠이 나를 희롱하기 시작하면서 새로운 두려움, 잠에서 깨어나는 힘이 내게서 사라졌을지 모른다는 두려움이 찾아온다. 내가 잘못을 한 것은 아니겠지. 내게는 그 힘이 간절히 필요한 것을. 이제 잠이 온다. 다들 안녕히.

20

조너선 하커의 일기

10월 1일, 저녁 베스널 그린에 위치한 자택에서 토머스 스넬링을 찾았지만 불행하게도 그는 뭔가를 기억할 수 있는 상태가 아니었다. 내가 방문하면 으레 맥주를 마실 수 있으려니 지레짐작하고 진작부터 폭음을 시작했던 것이다. 그래도 나는 꽤나 단정해 보이는 딱한 그의 아내에게서 스넬링이 스몰렛이라는 사람과 함께 일하고 있으며 책임자는 스몰렛이고 스넬링은 조수일 뿐이라는 이야기를 들었다. 그 말을 듣고 나는 월워스로 마차를 몰았다. 조지프 스몰렛은 집에 있었고 셔츠 바람으로 느지막한 아침식사를 하고 있었다. 스몰렛은 점잖고 제법 배운 데다가 성실하고 믿을 만한 노동자였고, 나름으로는 머리도 비상한 사람이었다. 그는 그 상자에 관련한 일을 모두 기억하고 있었으며, 바지 엉덩이께 달린 희한한 주머니에서 굵은 연필로 쓴, 반쯤 지워져 판독하기 어려운 글씨가 가득 적힌 구깃구깃한 수첩을 꺼내더니 그 상자의 행선지를 알려주었다. 그의 말로는 카팩스에서 꺼내온 여섯 개는 마일 엔드 뉴 타운의 칙샌드가 197번지로 갔으며, 다른 여섯 개는 버몬시의 자메이카 레인에 부렸다고 했다. 그렇다면 백작은 자신의 섬뜩한 망명객들을 런던에 산개해놓을 작정이고, 이곳들이 첫 번째 배달지로 선택된 것이며 이후에 더욱 주의 깊게 분산시킬 법했다. 일처리와 관련한 체계적 방식으로 미루어보아 백작은 스스로를 런던의 양측에 제한할 생각이 없는 것처럼 보인다. 이제 백작은 템스 강 북부의 머나먼 동쪽과 남부의 동쪽, 그리고 남쪽에 자리를 잡았다. 시티오브런던[155]이나 남서부와 서부의 사교계 중심지는 물론이거니와 북부와 서부도 분명히 그자의 악마적 계획에서 비껴갈 리가 없었다. 나는 다시 스몰렛에게 카팩스에서 다른 데로 운반된 또 다른 상자가 있는지 물어보았다.

"선생님께서 저한테 워낙 후하게 해주셨으니 제가 아는 걸 죄다 말씀 드립죠."

아닌 게 아니라 내가 진작 반 소버린을 내주었던 것이다. 스몰렛은 말을 이었다.

"블록샘인가 하는 이름의 사내가 나흘 전에 핀처스 앨리의 '토끼와 사냥개' 술집에서 떠벌려대는 걸 봤습니다. 자기와 자기 동료가 퍼플리트의 낡아빠진 집에서 보통 때는 구경도 하기 힘든 먼지투성이 일을 했다고 말입니다요. 요즘 여긴 그런 일이 많지 않으니까 블록샘이 말한 게 선생님이 찾으시는 그 일 같구먼요."

나는 그에게 어디서 블록샘을 찾을 수 있는지 이야기해달라면서, 그 사람의 주소를 알아다주면 반 소버린을 더 주겠다고 했다. 그러자 스몰렛은 남은 차를 훌쩍 마시더니 벌떡 일어서서 당장 알아보겠다고 나섰다. 밖으로 나가려던 스몰렛은 문간에서 멈춰 서서 말했다.

"저, 선생님, 여기서 계셔봤자 별 소득이 없을 것 같습니다요. 제가 곧 샘을 찾겠지만 곧바로 찾지 못하면 오늘 밤까지는 선생님께 별말씀을 드릴 수 있을 성싶지 않습니다. 샘은 술을 퍼마셨다 하면 아주 끝을 보는 사

---

155 런던 가운데서도 특히 금융 중심지를 일컬음.

402

내라서요. 우표를 붙이고 주소를 쓰신 편지 봉투를 한 장 주시면 샘이 있는 곳을 알아내서 오늘 밤에 편지를 부치겠습니다요. 한데 그 사내를 만나보시려면 그 전날 퍼마신 술에는 신경 쓰지 마시고 아침 일찌감치 가시는 게 좋을 겁니다요."

지극히 현실적 제안이었다. 나는 스몰렛의 아이 하나에게 페니 동전을 주고 봉투와 종이를 사오라고 하고는 거스름돈은 가지라고 했다. 아이가 돌아오자 나는 편지 봉투에 주소를 쓰고 우표를 붙여 내주었다. 스몰렛에게서 주소를 알아내면 곧 편지를 하겠다는 확답을 다시 한 번 듣고 나는 집으로 돌아왔다. 하여간 지금 우리는 추적의 궤도에 올라 있다. 오늘은 몹시 피곤하고 잠을 자고픈 생각이 굴뚝같다. 미나는 곤히 잠들어 있는데 좀 과하게 창백해 보인다. 눈을 보니 울었던 모양이다. 가엾은 사람……. 아무것도 모르는 암흑 속에 있으니 오히려 더욱 초조하고 나와 다른 사람들에 대한 근심 걱정도 더욱 커졌으리라. 그러나 지금 이대로가 최선이다. 아예 신경이 산산조각 나는 것보다는 지금은 이 상태 이대로 걱정과 낙담에 빠져 있는 편이 훨씬 낫다. 이 소름 끼치는 일에서 빠져야 한다는 것은 의사들이 주장한 것이었고 그 말이 옳다. 나에게 특별히 침묵의 짐이 지워져 있으니 흔들려서는 안 된다. 어느 경우에든 미나와 이야기할 때는 이 일과 관련한 내용을 입에 올리지 말아야겠다. 사실, 우리의 결심을 이야기한 뒤로 미나 자신이 그 주제를 꺼리게 되었으며 백작이나 그자의 계략에 대한 이야기를 언급하지 않게 되었으니 그렇게까지 힘든 일은 아닐 듯싶다.

10월 2일, 저녁 길고 고달프고 흥분에 찬 하루였다. 아침 첫 배달 우편에서 안에 지저분한 종이가 든 편지봉투가 내 앞으로 도착했다. 종이에는 목수들이 나무에 줄을 그을 때 쓰는 연필로 이렇게 갈겨 쓰여 있었다.

'샘 블록샘, 월워스 바텔 가 보터스 골목길 4, 코카란 하숙집. 다리인을

찾을 것.'

나는 이 편지를 침대에서 읽고는 미나를 깨우지 않고 살며시 일어났다. 아무리 봐도 찌무룩하고 피곤해 보인다. 안색도 창백한 것이 몸이 좋지 않은 모양이다. 나는 그녀를 깨우지 않기로 마음먹었다. 아무래도 오늘의 새로운 수색을 끝내고 돌아온 다음에는 미나를 엑서터로 돌려보낼 채비를 해야겠다. 여기 우리네 남자들 사이에서 아무것도 모른 채 있기보다는 우리 집에서 그녀를 즐겁게 할 만한 일상적 일을 하는 편이 훨씬 행복할 테니까. 나는 잠시 수어드 박사를 만나 어디를 가는지 이야기한 뒤, 곧 돌아와서 알게 된 사실을 모두에게 보고하겠노라고 말했다. 나는 월워스로 마차를 타고 가서 어렵사리 포터스 골목길을 찾았다. 스몰렛 씨가 적어준 철자가 잘못되어 포터스가 아닌 보터스 골목길이 어디냐고 묻고 다녔기 때문이다. 그러나 일단 그 골목길을 찾자 코코란 하숙집은 그리 어렵지 않게 찾을 수 있었다. 문간으로 나온 사내에게 '데피트depite'에 대해 묻자 그 사람은 고개를 흔들고 말했다.

"그런 사람 몰라요. 그런 사람 여기 없는뎁쇼. 평생 그런 일을 한다는 사람 얘기는 들어보지도 못했습니다요. 여기나 다른 데 사는 사람도 그런 작자는 모를 겁니다요."

나는 스몰렛의 편지를 꺼내어 다시 읽어보았다. 문득 스몰렛이 골목길 이름을 잘못 적었던 데 생각이 미쳤다.

"당신은 무슨 일을 합니까?"

내가 물었다.

"전 데피티depity, 대리인인뎁쇼."

곧바로 나는 제대로 된 길을 찾았다는 걸 알았다. 또다시 소리나는 대로 적은 철자법이 나를 잘못 이끌었던 것이다. 반 크라운[156] 덕에 대리인

---

156 영국의 옛 5실링 은화.

이 알고 있는 내용은 내 것이 되었고, 그리하여 간밤에 코코란에서 남은 맥주를 싹 먹어치우고 잠이 든 블록샘이 오늘 아침 5시에 포플라로 일하러 갔다는 걸 알게 되었다. 일터가 어느 곳인지는 몰랐지만 '최신식 창고'인가 뭔가 그렇다는 얘기를 들려주었고, 나는 이 별 볼일 없는 단서를 손에 쥔 채 포플라를 향해 출발했다. 12시가 다 되어서야 일꾼들이 밥을 먹는 간이식당에서 소위 그 '최신식 창고'에 대한 만족스러운 답을 얻을 수 있었다. 그들 중 한 사람이 크로스 엔젤 스트리트에 새로운 '냉장 보관 창고' 건물을 짓는 중이라고 이야기해주었던 것이다. '최신식'이라는 말과 들어맞는다는 생각에 나는 곧바로 그리로 마차를 타고 갔다. 퉁명스러운 경비원, 그리고는 퉁명스럽기가 한술 더 뜨는 십장과 간단한 대화를 나눈 뒤 돈푼을 좀 쥐여주자 두 사람은 블록샘을 찾을 수 있도록 다리를 놓아주었다. 개인적 일과 관련한 몇 가지 질문을 하는 대가로 오늘 임금을 대신해서 지불하겠다고 제안하자 십장은 블록샘을 찾아오라고 사람을 보냈다. 블록샘은 언행은 거칠었지만 영리한 사내였다. 정보에 돈을 내겠다는 내 말이 진정이라는 것을 알게 되자 블록샘은 카팩스와 피커딜리의 어느 집 사이를 두 번 오갔으며, 자기 말과 세낸 마차를 이용해서 커다란 상자 아홉 개, 그의 표현을 빌자면 '혀 빠지게 무거운' 상자를 옮겼다고 말했다. 내가 피커딜리 집의 주소를 이야기해줄 수 있느냐고 묻자 그는 이렇게 대답했다.

"글쎄요, 선생님. 제가 그 주소는 잊어먹었지만 커다랗고 허연 교회인지 뭔지 하여간에 지은 지 얼마 되지 않은 건물이 있는 데서 몇 집 떨어지지 않은 곳이었습니다요. 더럽게 먼지 많은 낡아빠진 집이었지요. 뭐 우리가 그 혀 빠지게 무거운 상자들을 들고 나온 집에 비하면 새발의 피였지만입죠."

"두 집이 다 비어 있었다면 어떻게 들어갔소?"

"퍼플리트의 집에 가보니 웬 노인네가 저를 기다리고 있었습니다요.

제가 상자를 들어 마차에 싣는 것도 도와줬고요. 젠장, 그렇게 힘 좋은 사람은 처음 봤습니다요. 허연 콧수염을 기른 노인네인데 얼마나 말랐는지 바닥에 그림자도 안 지겠더라고요."

그 표현에 내가 얼마나 흥분했던가! 사내는 말을 이었다.

"어, 그 노인네가 그 커다란 상자들을 고작 몇 파운드짜리 차 통처럼 덜렁 들어서는 휙 놓는데 제가 완전히 두 손 들었습죠. 저도 겁쟁이는 아닙니다만."

"피커딜리의 집에는 어떻게 들어갔소?"

내가 물었다.

"노인네가 거기에도 와 있더라고요. 무진장 서둘렀는지 저보다 먼저 와 있었습니다요. 제가 벨을 누르니까 직접 나와 문을 열고 홀에 상자를 넣는 걸 도왔습니다요."

"아홉 개 모두요?"

내가 물었다.

"네, 첫 번째에 다섯 개, 두 번째에 네 개였습죠. 얼마나 목이 타는 일이었는지 어떻게 일을 끝냈나 기억도 잘 안 납니다요."

"상자는 홀에 남겨졌소?"

"네, 엄청나게 커다란 홀이었고 다른 것은 아무것도 없었습니다요."

나는 좀 더 나가보았다.

"열쇠는 안 갖고 있지요?"

"열쇠건 뭐건 아예 쓰지를 않았습니다요. 그 노인장이 직접 문을 열고 제가 나갈 때 잠갔으니까요. 마지막은 기억이 안 나네요. 다 맥주 때문에……."

"그러면 그 집 주소는 기억 못하겠군요?"

"그렇습죠. 헌데 그건 아무 문제 없습니다요. 앞면에 높직하니 돌로 된 장식이 달리고 문까지 높다란 계단이 난 집입니다요. 그 빌어먹을 계단은 좀체 잊을 수가 없습죠. 잔돈푼 벌겠답시고 어슬렁거리던 놈팡이 세 놈과 같이 그 상자를 옮겼거든요. 그 노인 양반이 실링 동전을 주었는데 그 정도면 됐지 더 주었으면 하더라고요. 헌데 노인네가 그놈들 어깨를 잡아 계단 아래로 내던지니까 냅다 꽁무니를 뺐지 뭡니까."

나는 이 정도 묘사면 그 집을 찾을 수 있으리라고 생각하고 내가 얻은 정보에 대해 돈을 지불하고는 피커딜리로 향했다. 나는 새로운 고통스러운 경험을 얻게 되었다. 백작이 자기 힘으로 흙이 든 상자를 다룰 수 있다는 것이 확실해졌다. 그렇다면 상자의 배분을 어느 정도 끝낸 지금 자기가 편한 때를 골라 눈에 띄지 않도록 목표를 이룰 수 있게 되었으니 우리에게 시간은 더욱 귀중해진 셈이다. 피커딜리 서커스에 이르자 나는 마차에서 내려 서쪽으로 걸어갔다. 청소년 건강 증진 센터 건너편에서 나는 블록샘이 설명한 것과 유사한 집을 발견하고 다가가 보았다. 이곳이 드라큘라가 마련한 다음 차례의 소굴이었다. 오랫동안 사람이 살지 않았던 것처럼 보이는 집이었다. 창문에는 먼지가 수북하게 쌓이고 덧창은 떨어진 채였다. 얼개는 모두 세월에 거무스레해지고 쇠의 칠은 거의 벗겨져 있었다. 분명히 얼마 전까지 발코니 앞에 커다란 게시판이 놓여 있었던 모양이었다. 지금은 아무렇게나 뜯겨져 나가 있었지만 게시판을 지탱하던 받침대는 여전히 남아 있었다. 발코니 난간 뒤쪽에 가장자리가 희끗해진 나무 판이 보였다. 혹시 그 집의 소유주에 대한 단서를 줄 수 있을지도 모른다는 생각에 나는 그 게시판을 제대로 보려고 안간힘을 써보았다. 카팩스를 조사하고 구입했던 일과 관련한 나의 경험에 비추어, 혹시라도 예전 소유주를 알게 되면 그 집에 들어갈 방도를 구할 수 있을지도 모른다는 생각이 문득 머리를 스쳤다.

지금으로서는 피커딜리 쪽에서는 아무것도 알아낼 것이나 할 일이 없었기에 나는 혹시나 뭔가 다른 정보를 얻을까 싶어서 집 뒤편으로 돌아가보았다. 뒤쪽에 늘어선 뮤즈[157]는 활기에 넘치는 것이 빈집이 없어 보였다. 나는 주위에서 어슬렁거리던 사육사며 조수 한두 사람에게 빈집에 관해 물어보았다. 한 사람이 그 집에 최근 누가 들어왔다는 얘기는 들었지만 누군지는 모른다는 대답을 주었다. 그 사람은 최근까지만 해도 '매매 문의' 게시판이 붙어 있었고, 대행 회사의 이름이 쓰여 있었던 기억이 난다면서, 대행사인 미첼·선스 앤 캔디에 한번 찾아가보라고 이야기해주었다. 나는 유별난 열정을 보여 내게 정보를 주는 사람에게 지나치게 많은 것을 알리거나 추측할 여지를 주고 싶지 않아 짐짓 아무렇지도 않은 듯 감사의 인사를 건네고 걸어갔다. 어느새 어스름이 지고 있었고 가을밤이 다가오고 있었기에 허비할 시간이 없었다. 나는 버클리 인명부에서 미첼·선스 앤 캔디의 주소를 알아낸 뒤 곧 색빌 가의 사무실을 찾아갔다.

나를 만난 신사는 태도는 더할 나위 없었지만 그만큼 대화가 되는 상대는 아니었다. 잠깐의 만남 동안 그가 '맨션'이라고 칭한 피커딜리의 집에 대해서는 팔렸다고만 할 뿐 더 이상의 말을 아꼈다. 누가 구입했느냐고 묻자 그는 생각하듯 눈을 크게 뜨고 잠시 뜸을 들이다가 이렇게 대답했다.

"팔렸습니다, 선생님."

그 대답에 나는 똑같이 예의를 갖추어 대답했다.

"결례인 줄은 압니다만 저는 누가 그곳을 샀는지 알아야 할 특별한 이유가 있습니다."

다시 좀 더 뜸을 들이고 눈썹을 좀 더 치켜 올리며 "팔렸습니다만, 선생님"이 돌아온 유일한 대답이었다.

"제게 자세한 내용을 알리기가 꺼려지시는 모양이군요."

내 말에 그는 대답했다.

"고객의 일은 미첼·선스 앤 캔디에서는 완벽하게 안전을 보증하니까요."

아무리 봐도 융통성이라고는 찾을 수 없는 사람과는 논쟁해봤자 소용

---

157 마구간을 개조한 집.

없었다. 나는 그 사람의 눈으로 그를 대하는 것이 최선이라고 생각하고 말을 바꾸었다.

"선생님의 고객들은 자신들의 신뢰에 완벽한 보증을 가질 수 있으니 무척 행복하겠군요. 저도 이 분야의 전문가입니다."

그러면서 나는 내 명함을 내밀었다.

"제가 이 일을 알려는 까닭은 호기심에서가 아닙니다. 저는 고달밍 경을 대신해서 일하고 있습니다. 그분이 아시기로는 최근까지 매매가 되지 않았던 그 동산의 근황에 대해 궁금해 하셔서요."

내 말에 상황은 전혀 다른 국면으로 접어들었다.

"할 수 있다면 기꺼이 돕고 싶군요, 하커 씨. 특히 경께는 그러하지요. 저희는 일전에 그분이 혼 아서 흄우드이실 때 그분께 전세 아파트를 빌려 드리는 소소한 일을 수행해드린 적이 있습니다. 하커 씨가 경의 주소를 알려주시면 지금 말씀하시는 저택에 관해 보고를 드리지요. 무슨 일이 있더라도 오늘 저녁 우편으로는 알려드리도록 하겠습니다. 경께 필요한 정보를 제공하기 위해서라면 저희 규칙에 약간 위배되더라도 기쁨으로 여기겠습니다."

나는 친구를 만들었으면 만들었지 적을 만들고픈 생각은 없었기에 기꺼이 감사를 하고 수어드 박사의 주소를 주고는 물러났다. 어느새 어두워져 있었고, 나는 지치고 배가 고팠다. 에어레이티드 브레드 사[158]에서 요기를 한 뒤 나는 다음 기차로 퍼플리트로 내려갔다.

다른 사람들은 모두 집에 있었다. 미나는 지치고 창백해 보였지만 밝고 명랑해 보이려고 애서 노력하고 있었다. 일어나는 모든 것을 숨기는 바람에 그녀의 동요가 심해진다는 생각에 내 가슴은 아렸다. 신께 감사하게도, 오늘은 그녀가 우리의 회합을 지켜보면서도 자신에게 아무것도 알리

---

158 효모 대신 탄산가스로 부풀린 빵을 만드는 회사로 1862년에 세워졌으며 체인식의 간이식당을 운영함.

지 않는다는 사실에 마음 아파하는 마지막 밤이 될 것이다. 미나를 이 엄중한 과업에서 제외시키자는 현명한 결단을 유지하는 데는 내 용기를 모두 그러모아야 했다. 실수로라도 언급이 되면 부르르 몸서리치는 걸 보면 미나는 어느 정도는 그 사실에 익숙해졌거나 어쩌면 그 주체 자체에 염증을 느끼게 된 모양이다. 제때 결단을 내린 것이 기쁘다. 그런 감정을 갖고 있는 판에 새록새록 알게 되는 사실이 늘어날수록 그녀에게는 고문이 되었을 테니까.

나는 그날 알아낸 사실에 대해서는 남자들만 남기 전까지는 아무 말도 할 수 없었다. 비록 우리끼리기는 했지만 체면치레를 하느라 음악까지 곁들여 저녁을 먹은 후에 나는 미나를 방으로 데려가 잠자리에 들게 했다. 내 소중한 아내는 어느 때보다도 내게 애정을 느끼고 떨어지지 않으려는 듯 내게 붙어 있으려 했지만 나는 할 이야기가 많았기에 물러나야 했다. 하느님께 감사하게도 대화는 중단되었어도 우리 사이에는 아무 문제가 없다.

다시 아래층으로 내려가보니 다른 사람들이 모두 서재의 난롯가에 모여 있었다. 나는 돌아오는 길에 기차에서 일기를 기록해두었고, 내가 알게 된 정보를 최대한 알릴 가장 좋은 방법이라고 생각해 내 일기를 읽어주었다. 내가 읽기를 마치자 반 헬싱 교수가 말했다.

"굉장한 수확이었소, 조녀선. 틀림없이 우리는 사라진 상자를 찾는 제 궤도에 오른 거요. 우리가 그 집에서 나머지 상자를 모두 찾을 수 있으면 우리의 과업은 막바지에 다다른 셈이오. 허나 또다시 사라진 것이 있다면 우리는 그걸 찾을 때까지 수색을 계속해야 하오. 그런 다음 마지막 전투를 벌여 그 괴물을 진정한 죽음으로 이끌어야 하오."

우리는 한동안 아무 말 없이 앉아 있었다. 문득 모리스 씨가 입을 열었다.

"이런! 그런데 어떻게 그 집에 들어가지요?"

"다른 곳처럼 하면 되겠지."

고달밍 경이 재빨리 대답했다.

"하지만 아트, 지금은 달라. 카팩스의 집에는 무턱대고 들어갈 수 있었지만 그때는 밤이었고 담장이 우리를 가려주었어. 하지만 밤이 됐건 낮이 됐건 피커딜리의 집에 침입하는 건 전혀 다른 문제일세. 대행사에서 열쇠 비슷한 걸 찾아주기라도 한다면 모를까 나로서는 어떻게 들어가야 할지 아무 생각도 나지 않는걸."

모리스 씨의 말에 고달밍 경은 이맛살을 모은 채 자리에서 일어서더니 방 안을 왔다 갔다 했다. 때로 고달밍 경은 멈춰 서서 우리 한 사람 한 사람을 돌아보며 중얼거렸다.

"퀸시의 머리는 비상해요. 이 침입 문제가 심각한 걸요. 한 번은 무사히 해냈지만 지금 닥친 일은 이만저만 힘든 일이 아니에요. 행여 백작의 열쇠 바구니라도 찾는다면 모를까."

아침까지는 아무 일도 될 수 없었고 최소한 고달밍 경이 미첼·선스 앤 캔디 사로부터 소식을 듣기 전까지는 기다리는 편이 바람직할 터였기 때문에 우리는 아침식사 전까지는 아무 행동도 취하지 않기로 했다. 한동안 우리는 앉아서 이모저모로 그 문제를 의논하며 줄곧 담배만 피워댔다. 나는 기회를 봐서 지금까지 일어난 일을 일기에 적고 있다. 졸음이 밀려온다. 어서 잠자리에 들어야지…….

한 가지만 더. 미나는 곤히 잠들어 있고 호흡도 규칙적이다. 마치 자면서도 생각에 잠긴 듯 이마에는 작은 주름이 잡혀 있다. 여전히 창백하지만 오늘 아침처럼 처참한 모습은 아니다. 내일은 이 모두가 나아져 있기를 바라는 마음 간절하다. 엑서터의 집에 가면 다시 예전으로 돌아갈 수 있겠지. 아, 정말 졸리다!

수어드 박사의 일기

10월 1일 렌필드 일로 새로이 어리둥절해 있다. 기분이 얼마나 빠르게 변하는지 도무지 파악하기가 어려운데, 그의 기분은 단순히 환자의 상태가 정상인지 아닌지 그 여부 이상을 의미하기 때문에 흥미로운 연구 대상에 그치지 않는다. 오늘 아침 반 헬싱 선생에게 퇴짜를 놓은 뒤로 내가 만나러 갔을 때, 렌필드의 태도는 운명을 주관하는 사람 같았다. 아닌 게 아니라 주체적으로 자기 운명을 주관하고 있었다. 단순한 세속적 일에는 아무 관심 없이, 구름 위에 올라 우리 가여운 인간들의 나약함과 부족함을 내려다보고 있던 것이다. 나는 이 상황을 진전시켜 뭐라도 알아낼 요량으로 물었다.

"이번에는 파리가 어떤가요?"

내 질문에 그는 나를 향해 우월함으로 가득 찬 미소를 지어 보였다. 말볼리오[159]의 얼굴에나 어울릴 법한 웃음이었다.

"파리에게는 놀라운 모습이 한 가지 있지요. 파리의 날개는 심령의 능력이 공기의 힘으로 나타난 전형적 모습입니다. 고대인들이 영혼을 나비로 묘사한 것은 얼마나 기가 막히는지!"

나는 이 비유법을 논리적 극한으로 몰고 가기로 결정하고 재빨리 말했다.

"아, 그러니까 지금 당신이 쫓고 있는 건 영혼이군요. 그렇지요?"

어느새 광기가 이성을 무력하게 했는지, 좀처럼 보지 못했던 단호함으로 고개를 흔들어대는 환자의 얼굴에는 어리둥절한 기색이 역력했다.

"아, 아닙니다. 아니에요! 저는 아무 영혼도 원하지 않습니다. 제가 원하는 건 생명뿐이에요."

그러더니 렌필드는 환해진 얼굴로 말을 이었다.

---

159 셰익스피어의 『십이야』에 등장하는 올리비아 댁 집사 이름.

"그리고 저는 지금은 별반 관심이 없어요. 생명? 좋아요. 생명이 제가 원하는 전부입니다, 선생님. 식육증을 연구하시려면 새로운 환자를 찾아보시죠!"

렌필드의 반응에 적잖이 당혹한 나는 계속 밀어붙이기로 했다.

"그렇다면 당신이 생명을 주관하는 것이로군요. 당신이 곧 신인 것 같은데, 맞지요?"

그러자 환자는 도무지 형용할 수 없는 선한 우월감을 드러내며 씨익 미소를 지었다.

"아, 아닙니다! 저 스스로에게 그러한 신성을 부여할 정도의 오만함은 없는 사람입니다. 심지어는 그분의 특별한 영적 행위에도 그다지 관심을 두지 않아요. 제가 지적으로 점하는 위치를 설명한다면 어디까지나 순수하게 지상적인 것, 에녹[160]이 영적으로 점한 위치라고나 할까요!"

그 말은 나에게 난해한 문제였다. 에녹을 왜 들먹였는지 당장은 이해가 되지 않았다. 그래서 비록 미치광이의 눈앞에서 체면이 깎이는 것을 느끼면서도 간단한 질문을 던질 수밖에 없었다.

"왜 하필이면 에녹이죠?"

"하느님과 나란히 걸었으니까요."

나는 그 비유법을 이해할 수가 없었지만 그 점을 인정하기 싫어서 환자가 부정했던 내용으로 되돌아갔다.

"그러니까 당신은 생명에 대해서는 신경 쓰지 않고 영혼은 원하지 않는다는 거지요? 왜 그렇지요?"

나는 환자를 쩔쩔매게 만들 의도로 재빨리, 다소간 엄한 말투로 질문을 던졌다. 내 노력은 성공을 거두어 한동안 그는 멍하니 예전의 굽실거리는

---

160 구약성서의 『창세기』에 나오는 인물로 300년 동안 하느님과 동행하다가 죽지 않고 하늘로 들려 올라갔다고 함.

태도로 돌아가 내 앞에서 허리를 깊이 굽히고는 아첨하는 말투로 비굴하게 대꾸했다.

"저는 정말이지 어떤 영혼도 원하지 않습니다. 정말이에요, 정말이라니까요. 설령 제가 가졌다 해도 이용할 줄도 모르는걸요. 그걸 무슨 수로 제가 이용하겠습니까? 먹을 수도 없고 또 마……."

갑작스럽게 환자가 말을 멈추었다. 바람줄기가 수면 위를 쓸 듯 예전의 교활한 표정이 얼굴을 스쳤다.

"그리고 선생님, 생명 말씀인데요, 그게 결국에는 뭐겠습니까? 필요한 걸 모두 얻고 더 이상은 원할 게 없다는 걸 알았다, 그게 전부입니다. 제게는 친구들이 있어요, 좋은 친구들이죠. 선생님과 같아요, 수어드 박사님. 저는 생명을 취할 수단이 결코 부족하지 않을 거라는 걸 잘 압니다!"

그렇게 대답하는 렌필드의 얼굴에는 이루 말할 수 없이 교활하고 심술궂은 표정이 떠올라 있었다.

광증의 구름 사이로 렌필드는 내게서 뭔가 반감을 읽었던 모양이다. 곧바로 그는 고집스러운 침묵, 자신의 마지막 피난처로 돌아가 버렸다. 나는 지금은 무슨 말을 해봤자 아무 소용없다는 것을 깨달았다. 뚱해 있는 환자를 놔두고 나는 그대로 물러났다.

그날 시간이 좀 더 흐른 뒤 렌필드가 나를 불러달라고 청해 왔다. 평소에는 특별한 이유가 없으면 가지 않았을 테지만 지금 같은 상황에서는 환자에게 무척 관심이 많은 터라 기꺼이 움직였다. 게다가 시간을 때울 수 있는 아무 일이라도 있으면 기쁠 판이었다. 하커는 단서를 쫓아 밖으로 나갔고, 고달밍 경과 퀸시도 마찬가지였다. 반 헬싱 선생은 내 서재에서 하커 부부가 준비한 기록에 심취해 있었다. 일하는 중에 이유 없이 방해받는 것을 질색하시는 분이다. 선생은 모든 세부 사항의 정확한 지식이 있으면 단서에 불을 밝힐 수 있다고 생각하시는 모양이다. 나는 환자를 보러 함께 가시자고 청해볼까 생각했지만 지난번에 환자에게서 쫓겨나 다시피 한 이후로 다시 만나고 싶은 기분이 내킬 것 같지가 않았다. 거기에 또 다른 이유도 한몫했다. 렌필드는 그와 단둘이 있을 때보다 제3자가 같이 있을 때면 자유롭게 이야기를 하려 하지 않는 것이다.

내가 들어갔을 때 렌필드는 어떤 정신적 에너지를 암시하는 자세로 바닥 한가운데에 놓인 의자에 앉아 있었다. 나를 보자 그는 질문이 혀끝에 맴돌고 있었는지 대뜸 내게 물었다.

"영혼은요?"

내 추정이 옳았다. 무의식적 두뇌 활동은 심지어는 광인에게서도 제 역할을 하게 마련이다. 나는 그 문제를 파고들기로 마음먹었다.

"영혼이 당신에게는 어떤데요?"

내가 물었다. 렌필드는 한동안 대답 없이 자기 주위며 아래위를 휘휘 둘러보았다. 마치 어떤 영감이 대답을 주기를 기대하는 것 같은 모습이었다.

"저는 어떤 영혼도 원하지 않는다니까요!"

렌필드의 목소리는 힘없고 사과하는 듯한 투였다. 그 문제가 아마도 환자의 마음을 좀먹고 있는 듯했고 나는 그것을 '오직 친절하기 위한 잔인함'[161]으로 이용하기로 마음먹었다.

"당신은 생명을 좋아해요. 그리고 생명을 원하지 않나요?"

"네, 그렇습니다! 하지만 됐어요. 그 점에 대해서는 선생님이 걱정할 필요 없으세요!"

"하지만 그 영혼을 함께 얻지 않고 어떻게 생명을 얻을 수가 있지요?"

내 물음에 그는 혼란스러운 표정이었다. 나는 말을 이었다.

"언젠가 때가 와서 저 밖을 날아다닐 때 당신 주위에는 수천의 파리와 거미, 새, 고양이 들의 영혼이 붕붕거리고 짹짹거리고 야옹거리면서 곁을 따라다닐 거요. 그들의 생명을 가진 건 당신이니 그들의 영혼을 처리하는

---

161 셰익스피어 『햄릿』 3막 4장에서 나오는 햄릿의 대사.

것도 당신이 할 일이오!"

뭔가가 그의 상상력을 자극했는지 렌필드는 손가락으로 귀를 틀어막고는 얼굴에 비누칠을 당하는 꼬마 아이처럼 질끈 눈을 감았다. 그 모습에 내 마음에는 애처로움이 일었다. 내 앞에는 비록 외양은 늙수그레하고 턱 위의 수염 그루터기는 희끗했지만 고작 아이에 불과한 한 사람이 있었다. 나는 새로운 깨달음을 얻었다. 렌필드가 어떤 정신적 혼란의 과정을 겪고 있다는 것은 명확했다. 지난날 그의 감정이 그에게는 낯선 것들을 어떻게 차단해 왔는지 잘 알기에 나는 되도록 그의 마음으로 함께 들어가 보기로 했다. 첫 번째 단계는 신뢰를 회복하는 것이었고, 나는 귀를 틀어막고 있어도 똑똑히 들릴 만큼 큰 목소리로 이렇게 물었다.

"다시 파리를 잡을 수 있게 설탕을 좀 더 줄까요?"

갑자기 그가 정신을 차렸는지 머리를 흔들었다. 웃음과 함께 렌필드는 대답했다.

"됐습니다! 하여간 파리는 형편없는 놈들이죠!"

그러더니 잠시 뜸을 들였다가 덧붙였다.

"하지만 저는 영혼들이 제 주위를 윙윙거리고 다니는 건 싫어요."

"아니면 거미들은 어떻소?"

내가 계속했다.

"빌어먹을 거미들! 거미가 뭔 소용이랍니까? 먹을 것도 없고 그렇다고 마……."

렌필드는 금지된 주제가 불현듯 생각나기라도 한 듯 갑작스럽게 말을 멈추었다.

'이런, 마신다는 말 앞에서 갑자기 말을 멈추는 게 이번이 두 번째로군! 이게 무슨 뜻일까?'

나는 마음속으로 생각했다. 렌필드는 자기가 실수를 했다는 것을 스스로도 알아차렸는지 내 주의를 흩뜨리려고 재빨리 말을 이었다.

"전 그런 것들에는 이제 관심 없습니다. 셰익스피어가 말한 대로 '들쥐와 쥐 그리고 작은 짐승들'[162]이라고 하는 것들이지요. 저는 이런 터무니없는 일에서 완전히 벗어났어요. 제 앞에 무엇이 있는지 제가 아는 판국에, 저로 하여금 그 하찮은 것들에게 관심을 갖게 하느라 애쓰지 마시고 차라리 젓가락 한 쌍으로 분자를 먹어보라고 하시지 그러십니까?"

"알았소. 그러니까 당신은 이가 서로 맞부딪힐 수 있을 만큼 커다란 걸 원하는 거로군요? 그렇다면 아침밥으로 코끼리를 먹는 건 어때요?"

"대체 무슨 말도 안 되는 소리를 하시는 겁니까?"

대번에 렌필드가 반응을 보이는 것을 확인하자 나는 좀 더 강하게 밀어붙여야겠다고 생각했다.

"코끼리의 영혼은 어떨까 영 궁금하구려!"

내가 생각에 잠긴 것처럼 중얼거렸다. 내 예상이 맞아떨어졌다. 렌필드는 곧바로 거만함을 벗어던지고 또다시 어린애가 되었다.

"저는 코끼리의 영혼을 원하지 않습니다. 아니, 아무 영혼도요!"

한동안 그는 의기소침해서 앉아 있다가 갑자기 펄쩍 뛰어 일어났다. 번뜩이는 눈에는 극심한 두뇌의 흥분이 역력히 드러나 있었다.

"당신하고 당신이 운운하는 그 영혼들은 죄다 지옥으로 떨어져버려! 대체 왜 영혼을 들먹여 나를 괴롭히는 거야? 굳이 영혼 생각을 하지 않아도, 걱정하고 머리를 쥐어짜고 마음 산란해지는 일이 쌓여 있다는 게 안 보여?"

렌필드가 버럭 소리쳤다.

그의 적의가 너무도 뚜렷해 나는 다시 발작을 일으키다가 살의를 드러낼 것이라고 여기고 호루라기를 불었다. 그러나 그러기가 무섭게 렌필드는 차분해지더니 사과하듯 말했다.

---

162 『리어 왕』 3막에 등장하는 내용으로 '들쥐와 쥐 그리고 작은 짐승들이 톰이 먹고사는 짐승들이었지'의 일부.

"용서해주세요, 선생님. 제가 제정신이 아니었습니다. 선생님은 어떤 도움도 필요 없으시겠지요. 하지만 저는 마음속에 너무도 걱정이 많아 가끔은 안달복달하게 되고 만답니다. 제가 직면한 채 뚫고 나가고 있는 문제가 어떤 건지 아시면 선생님도 아마 저를 가엾이 여기시고 참고 용서하실 겁니다. 제발 구속복은 입히지 말아주세요. 저는 생각을 하고 싶은데, 몸이 갇혀 있을 때는 자유롭게 생각을 할 수가 없습니다. 선생님은 이해하시리라 믿습니다!"

그는 확실히 자제심을 갖고 있었다. 보호사들이 도착했지만 내가 신경 쓰지 말라고 하자 물러났다. 렌필드는 보호사들이 가는 모습을 지켜보았다. 문이 닫히자 그는 위엄과 부드러움이 담긴 말투로 입을 열었다.

"수어드 박사님, 선생님은 제게 늘 아주 사려 깊게 대해주셨습니다. 제가 선생님께 무척 감사드린다는 점을 의심치 말아주십시오!"

나는 이 상태로 환자 곁을 떠나는 것이 좋겠다는 생각에 방에서 나왔다. 이 환자의 증상에 대해서는 확실히 생각해봐야 할 문제들이 있다. 제대로 순서를 맞추어 놓으면 미국에서 기자들이 '기삿감'이라고 할 만한 것을 이루기에 충분할 성싶다. 예컨대 이런 식이다.

'마신다'는 말을 하려 하지 않는다.

무엇이든 '영혼'의 부담을 진다는 생각을 공포스러워 한다.

앞으로는 '생명'이 부족하게 되리라는 점에 대한 두려움이 없다.

비록 그 영혼이 괴롭힐까 두려워하기는 하지만 낮은 단계의 생명을 경멸한다.

논리적으로 이 모든 내용은 한 가지 길을 향하고 있다! 렌필드는 보다 고차원적 생명을 획득할 것이라는 확신을 갖고 있다. 그러나 그 결과로 나타날 영혼의 짐을 두려워한다. 그렇다면 그가 바라는 것은…… 바로 인간의 생명이다!

그렇다면…… 그렇다면?

아, 자비로우신 하느님! 백작이 렌필드에게 갔으며, 새로운 공포의 계략이 이제 막 움트고 있지 않은가!

후에 나는 회진 후에 반 헬싱 선생을 찾아가 나의 의구심을 이야기했다. 선생은 심각한 표정으로 한동안 그 문제를 생각해보더니 당신을 렌필드에게 데려다달라고 하셨다. 나는 선생의 바람을 따랐다. 문가에 이르자 우리는 그 광인이 방 안에서 즐겁게 노래를 하고 있다는 것을 알았다. 이제는 너무도 오래전처럼만 느껴지는 예전에 그랬듯. 안으로 들어가보니 렌필드는 놀랍게도 예전처럼 설탕을 뿌려놓았고, 가을이 되면서 힘을 잃은 파리들이 방 안으로 날아들었다. 우리는 좀 전의 대화 주제를 계속해서 이어나가려고 애를 썼지만 그는 들은 척도 하지 않은 채 마치 우리는 있지도 않은 양 계속해서 노래를 흥얼거렸다. 그는 신문 기사를 스크랩해서 수첩에 끼워놓고 있었다. 우리는 안으로 들어갈 때와 마찬가지로 아무것도 알지 못한 채 밖으로 나와야 했다.

정말 흥미로운 사례이다. 오늘 밤 유심히 지켜봐야겠다.

미첼·선스 앤 캔디 사에서
고달밍 경에게 보내는 편지

10월 1일

고달밍 경께

경의 바람을 들어드리게 되어 무한히 기쁜 마음입니다. 하커 씨께서 대신 말씀하신 고달밍 경의 바람에 따라 피커딜리 347번지 저택의 판매와 구입에 관한 다음의 정보를 알려드리는 바입니다. 판매자는 고 아치볼드 윈터서필드 씨의 유언 집행인들입니다. 구입자는 드빌 백작이라는 외국 귀족으로, 이렇게 속된 표현을 쓰는 것을 용서해주십사 부탁을 드리는데, 지폐로 '현금치기'를 하여 구입 대금을 지불하였습니다. 이 이상으로 그분에 대해 저희가 아는 것은 전무합니다.

경의 충실한 충복

미첼 · 선스 앤 캔디

수어드 박사의 일기

10월 2일 나는 지난밤에 복도에 보호사 한 사람을 세워두고 렌필드의 방에서 어떤 소리라도 듣게 되면 자세히 기록해두라고 이른 뒤 뭔가 이상한 점이 있으면 곧바로 나를 부르라고 지시했다. 저녁식사 후 서재의 난로 주위에 모였을 때 쓸 만한 결과를 보고한 사람은 하커가 유일했고, 우리는 그의 단서가 중요한 것일지도 모른다는 크나큰 희망을 품고 있다.

잠자리에 들기 전에 나는 환자 방을 회진하고 관찰 구멍으로 안을 들여다보았다. 렌필드는 곤히 잠들어 규칙적 호흡으로 가슴이 오르락내리락하고 있었다.

오늘 아침, 불침번을 세웠던 보호사가 와서 자정이 좀 지나자 랜필드가 안절부절못하더니 큰 소리로 기도를 웅얼거리더라고 했다. 내가 그게 전부냐고 묻자 그는 자기가 들은 것은 그것이 전부라고 말했다. 태도에 왠지 미심쩍은 구석이 있어서 나는 단도직입적으로 혹시 잠을 잤느냐고 물어보았다. 보호사는 잠을 잤다는 것은 부정했지만 잠깐 '졸았다'는 것만큼은 인정했다. 지켜보는 사람이 없다고 신의를 저버리는 짓을 하다니 정말 서글픈 일이다.

오늘 하커는 단서를 추적해 밖으로 나갔고 아트와 퀸시는 말을 구하고 있다. 고달밍은 찾는 정보를 구하면 지체할 시간이 없기 때문에 항상 말을 준비해두어야 한다고 했다. 일출과 일몰 사이에 외국에서 온 흙을 모조리 정화시켜야 한다. 그러면 우리는 백작이 가장 약하며 달아날 피난처가 없을 때 그를 붙잡을 수 있을 것이다. 반 헬싱 선생은 고대 의학에 관한 권위서를 찾으러 대영 박물관에 갔다. 옛 의사의 글 중에는 후세에서는 받아들일 수 없는 내용이 있고, 선생은 우리에게 후에 유용할지 모를 마녀며 악마 구제법을 찾는 중이다.

가끔씩 내 머릿속에는 우리가 모두 돌아버렸으며, 구속복을 입고 제정신을 찾아야 하는 게 아닌가 싶은 생각이 떠오를 때가 있다.

후에 우리는 다시 만났다. 마침내 추적의 본궤도에 올랐다는 것에는 의심의 여지가 없는 듯하다. 내일 우리가 할 일은 끝을 향한 시작이다. 혹시 렌필드가 잠잠한 것이 이것과 관련이 있는 걸까? 그의 기분은 백작의 행동과 연계되어 있으니 다가오는 그 괴물의 파멸이 미묘한 방식으로 렌필드에게 전달될 수 있기 때문이다. 만약 오늘 나와 대화를 나눈 시각과 파리 잡이가 다시 시작된 시각 사이에 그의 마음에 무슨 일이 일어났는지 그 단서를 얻을 수만 있다면 우리에게는 정말 요긴한 정보가 될 텐데……. 확실히 지금은 한참 동안 잠잠한 것 같다. 아니, 과연 그럴까? 거칠디거친 비명이 그의 방에서 들린 듯한데……. 보호사가 내 방으로 불쑥 들어와 렌필드가 사고를 쳤다고 말했다. 고함을 지르는 소리에 방 안으로 들어가보니 렌필드가 온몸이 피투성이가 된 채로 얼굴을 바닥에 대고 엎드려 있었다고 한다. 당장 가봐야겠다.

21

수어드 박사의 일기

10월 3일 마지막 녹음을 한 이래로 일어난 모든 일을 기억이 닿는 한 되도록 정확하게 기록해보자. 내 머릿속에 있는 단 한 가지 세부 사항도 잊혀서는 안 된다. 최대한 마음을 가라앉히고 앞으로 나아가야 한다.

방으로 들어가보니 렌필드는 번들거리는 피 웅덩이 속에서 몸 왼쪽을 바닥에 대고 누워 있었다. 다가가 움직이려 해보니 끔찍한 상처를 입었다는 것을 대번에 알 수 있었다. 무력하기는 해도 완전히 정신을 놓친 것 같지는 않았지만 몸의 어느 부분도 통제할 수 없이 제멋대로 움직이고 있었다. 얼굴이 드러나 있어서, 바닥에 대고 짓찧기라도 한 듯 심하게 멍들어 있다는 것을 알 수 있었다. 사실 그 피 웅덩이는 얼굴의 상처 탓이었다. 우리가 환자를 돌려 누이는데 몸 쪽에서 무릎을 꿇고 있던 보호사가 말했다.

"선생님, 척추가 부러진 것 같습니다. 보세요, 오른팔과 다리, 그리고 얼굴 전체가 마비되어 있어요."

어떻게 이런 일이 가능할 수가 있는지 도저히 가늠이 되지 않는지 보호사는 어리둥절한 얼굴이었다. 몹시 당혹했는지 눈썹을 잔뜩 찡그린 채 보

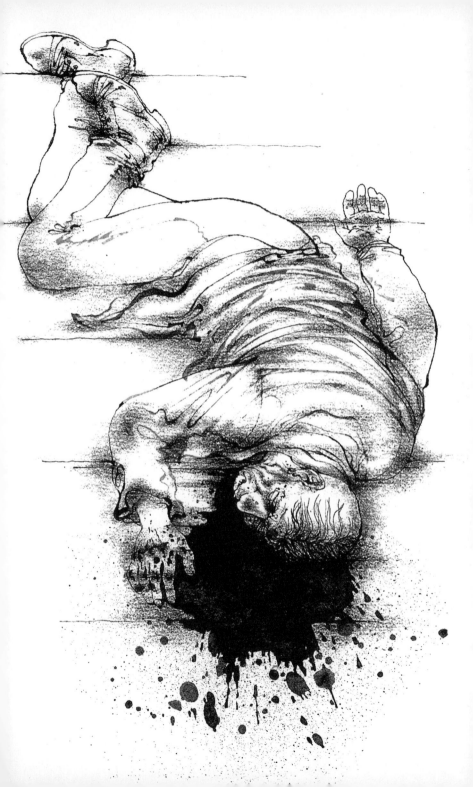

호사는 말을 이었다.

"이 두 가지 일이 어떻게 같이 일어날 수 있는지 이해가 가지 않네요. 얼굴을 보면 자기 머리를 일부러 바닥에 짓찧은 것처럼 보입니다. 저는 에버스필드 정신병원에서 미처 누가 말릴 틈도 없이 한 젊은 여자가 이러는 것을 본 적이 있거든요. 제 생각으로는 목이 부러진 건 경련을 일으켜서 침대에서 떨어지는 바람에 그렇게 된 것 같습니다. 하지만 아무리 해도 어떻게 그 두 가지가 같이 일어날 수 있는지는 짐작이 되지 않습니다. 만약 척추가 부러졌다면 얼굴을 찧을 수 없었을 테고, 침대에서 떨어지기 전에 얼굴이 저랬다면 그 흔적이 있어야 하는데요."

보호사의 말에 내가 말했다.

"반 헬싱 박사에게 가서 정중하게 곧 와주십사고 청하게. 즉시 그분이 오셨으면 하네."

보호사가 달려가고 몇 분 지나지 않아 잠옷과 슬리퍼 차림의 선생이 나타났다. 바닥에 누운 렌필드를 보자 선생은 한동안 뚫어져라 바라보더니 내 쪽으로 돌아섰다. 나는 내 눈에 드러난 생각을 그분이 읽었다는 것을 알아챘다. 선생은 혹시 보호사의 귀에 들릴까 목소리를 낮추어 이렇게 말했던 것이다.

"아, 슬픈 사고일세! 주의 깊은 관찰과 더 세심한 주의가 필요하이. 내가 자네와 함께 있겠네. 우선 옷부터 좀 챙겨 입고 난 다음에 말이야. 여기 있게나. 금방 돌아올 테니."

환자는 이제 거칠게 숨을 몰아쉬고 있었다. 끔찍한 상처로 고통이 극심한 모양이었다. 이윽고 반 헬싱 선생이 수술 도구가 든 가방을 들고 부리나케 돌아왔다. 잠시 생각을 해보고 결심을 굳혔는지 환자를 채 보지도 않고서 선생은 내게 속삭였다.

"보호사를 돌려보내게. 수술 후에 환자가 의식을 찾으면 우리끼리 있어야 해."

나는 선생의 말을 따랐다.

"지금으로서는 된 것 같소, 시몬스. 현재로서는 할 수 있는 걸 모두 했으니 가서 회진을 돌아요. 반 헬싱 박사가 수술을 하실 테니까. 어디서든 뭔가 특별한 일이 일어나면 즉시 알려주고."

보호사가 물러나자 우리는 곧바로 환자를 세심히 진찰해보았다. 얼굴의 상처는 피상적인 것에 불과했다. 실제 부상은 운동령[163] 전반에 걸친 두개골의 깊은 골절이었다. 선생은 한동안 생각에 잠겼다가 입을 열었다.

"뇌압을 최대한 낮추어 되도록 정상 상태로 돌려놓아야 해. 급박하게 충혈되는 것으로 보아 부상 정도가 아주 심각해. 운동령 전반이 손상되어 있어. 혈액이 극심한 속도로 뇌에 집중되고 있으니 즉시 관상톱 시술을 해야지 안 그러면 늦고 말 게야."

선생이 이야기를 하는데 문에서 가벼운 노크 소리가 들렸다. 내가 다가가서 열어보니 복도에 아서와 퀸시가 잠옷에 슬리퍼 차림으로 서 있었다.

"자네 보호사가 반 헬싱 박사님을 깨우고 사고에 대해 이야기하는 것을 들었네. 그래서 내가 퀸시를 깨웠어. 아니, 실은 자지 않고 있었으니 불렀다고 해야겠지. 상황이 급박하고 워낙 기이하게 돌아가고 있어서 요즘은 우리 누구도 단잠을 자지 못하고 있잖나. 내일 밤이면 모든 일을 예전과는 다른 시각으로 보게 될 거라 생각하고 있었네. 우리는 지금까지 한 것보다 좀 더 뒤를 돌아보아야 하고 좀 더 앞을 바라봐야 해. 우리도 들어가도 되겠나?"

아서가 물었다. 나는 고개를 끄덕이고 두 사람이 안으로 들어올 때까지 문을 잡고 있다가 다시 닫았다. 퀸시는 환자의 상태와 바닥의 처참한 피웅덩이를 보자 목소리를 낮춰 말했다.

"맙소사! 무슨 일이 일어난 건가? 정말 가여운 일이로군!"

---

163 대뇌피질의 일부로서 골격근의 운동을 조절하는 중추가 모인 곳.

나는 간단하게 설명하고 난 뒤 수술을 마치고 나면 잠시라도 환자가 의식을 회복하기를 바라고 있다고 덧붙였다. 퀸시는 곧바로 침대 가장자리에 앉았고 고달밍 경도 그 곁에 앉았다. 우리는 모두 참을성을 가지고 지켜보았다.

"충혈이 증가하고 있다는 게 확실하기 때문에, 가장 빠르고 완벽하게 핏덩이를 제거할 수 있도록 관상톱 시술을 하기에 적절한 자리가 나는 데 필요한 시간만큼만 기다릴 것이오."

반 헬싱 교수가 말했다.

기다리는 동안 시간은 두려우리만큼 느리게 흘러갔다. 나는 심장이 섬뜩하게 내려앉는 것을 느꼈고, 반 헬싱 선생의 얼굴에서는 장차 벌어질 일에 대한 두려움과 우려를 읽을 수 있었다. 렌필드의 입에서 튀어나올 단어가 두려웠다. 아니, 생각하는 것 자체가 겁이 났다. 그러나 임종을 지킨 사람들의 이야기를 숱하게 읽었던 만큼 다가오는 것에 대한 확신은 있었다. 가엾은 사내의 숨소리는 불확실한 헐떡임이 되어 있었다. 매순간 눈을 뜨고 뭔가를 말하려는 듯 보였지만 곧이어 거친 숨이 다시 이어지고 다시금 인사불성의 상태로 빠져들었다. 환자의 침상과 죽음에 단련되어 있던 나조차도 긴장감에 온몸이 저렸다. 내 심장이 뛰는 소리가 들릴 지경이었고, 관자놀이에 솟구치는 피가 망치 소리처럼 쿵쿵 울렸다. 마침내 침묵은 견딜 수 없는 고통이 되어갔다. 나는 내 동료들을 차례로 돌아보고 그 벌건 얼굴과 축축한 이마에서 그들 역시 나와 같은 고문을 견디고 있다는 걸 알았다. 우리 모두는 예상하지 못하고 있을 때 머리 위에서 두려운 종소리가 우렁차게 울릴 듯한 긴장감에 안절부절못하고 있었다.

마침내 환자의 상태가 급박해지는 것을 확연히 알 수 있는 순간이 찾아왔다. 당장이라도 숨을 거둘 것만 같았다. 나는 반 헬싱 선생을 바라보았다. 선생의 눈은 내게 못 박혀 있었다. 곧이어 입을 여는 선생의 얼굴은 근엄하게 굳어 있었다.

"허비할 시간이 없네. 이 환자의 말에 여러 생명이 달려 있을지도 모르니까. 여기 서 있으면서 그런 생각을 했지. 어쩌면 위험에 처한 영혼도 있을지 모르는 일이고! 바로 귀 위쪽으로 수술을 하려 하네."

더 이상의 말없이 선생은 수술에 돌입했다. 한동안 환자의 숨소리는 계속해서 거칠어져만 갔다. 그러더니 가슴을 찢어 열기라도 한 듯 숨은 끝없이 길어졌다. 갑작스럽게 렌필드가 눈을 떴다. 눈빛은 거칠었고 무력하기 그지없었다. 그 상태가 한동안 지속되다가 기쁨이 담긴 놀라움이 눈동자에 나타나더니 입술에서는 안도의 한숨이 흘러나왔다. 렌필드는 경련하듯 움직이며 입을 열었다.

"가만히 있겠습니다, 선생님. 그러니 제발 이 구속복을 벗겨달라고 해주세요. 끔찍한 악몽을 꾸는 바람에 힘이 죄 빠져서 움직일 수가 없어요. 제 얼굴에 무슨 문제가 생겼나요? 퉁퉁 부어오른 느낌이 들고 아려서 죽을 것 같아요."

환자는 머리를 돌리려고 했지만 고작 그 움직임만으로도 눈빛이 다시금 탁해지는 것 같아 내가 살며시 고개를 내려주었다. 곧이어 반 헬싱 선생이 나지막하고 근엄한 어조로 말했다.

"그 악몽에 대해서 이야기해주시오, 렌필드 씨."

그 목소리를 듣자 환자의 엉망이 된 얼굴이 대번에 밝아졌다.

"반 헬싱 박사님이군요. 박사님이 여기 계셔서 얼마나 좋은지 모르겠습니다. 물을 좀 주세요. 입술이 바짝 말라서요. 그러면 말씀드리도록 해볼게요. 저는……."

환자가 말을 멈추었다. 환자는 정신을 잃는 것처럼 보였다. 나는 가만히 퀸시에게 말했다.

"브랜디가 내 서재에 있네. 서둘러!"

퀸시는 재빨리 밖으로 나갔다가 컵과 브랜디 병, 물병을 들고 돌아왔다. 우리가 그 갈라진 입술을 축여주자 환자는 곧바로 의식을 차렸다. 그러나 극심한 부상을 입은 그 가여운 두뇌는 일정한 간격을 두고 움직이는 것 같았다. 제법 의식이 있을 때 환자는 내가 결코 잊지 못할 고통스러운 혼란이 담긴 눈으로 나를 뚫어져라 바라보며 이렇게 말했다.

"나 자신을 속일 수는 없는 노릇이지요. 그건 악몽이 아니라 소름 끼치는 현실이었어요."

그러더니 렌필드의 눈이 방 안을 죽 훑었다. 침대 가장자리에 참을성 있게 앉아 있는 두 사람을 보자 환자는 말을 이었다.

"제가 진작 확신이 들지 않았더라도 저분들을 보니 확실히 알겠습니다."

한동안 그의 눈이 감겼다. 고통이나 졸음 때문이 아니라 자기 의지에 따른 행동이었다. 마치 자신의 모든 힘을 모으는 것 같았다. 다시 눈을 뜨자 환자는 서둘러서, 지금까지 보인 것보다 한층 힘을 실어 말했다.

"어서요, 선생님. 어서요. 저는 죽어가고 있습니다! 몇 분 남지 않았다는 것을 느끼고 있습니다. 그런 다음에는 죽음으로 돌아가겠지요. 아니면 더 고약한 곳이거나! 브랜디로 제 입술을 다시 축여주세요. 죽기 전에 꼭 드릴 말씀이 있습니다. 적어도 제 뭉개진 딱한 머리가 죽기 전에 반드시요. 고맙습니다! 선생님이 저를 떠나신 날, 바로 그날 밤이었어요. 제가 내보내달라고 애원했던 그 밤이요. 그때는 제 혀가 묶여 있는 걸 느꼈기 때문에 말을 할 수 없었어요. 하지만 그때 저는 그것만 빼고는 지금처럼 멀쩡했어요. 저는 선생님이 나가신 뒤로 오랫동안 절망의 고통에 빠져 있었습니다. 몇 시간은 되는 것 같았어요. 그러더니 갑작스러운 평화가 찾아왔습니다. 제 머리는 다시 차가워지고, 저는 제가 어디 있는지를 깨달았지요. 이 집 뒤에서 개들이 짖는 소리를 들었습니다만 거기는 '그'가 있는 곳이 아니었어요!"

환자가 말하는 사이 반 헬싱 선생은 눈 하나 깜짝 하지 않았지만 손을 내뻗어 내 손을 잡고 꽉 그러쥐었다. 그러나 자신의 생각을 입 밖으로 드러내지는 않았다. 선생은 가볍게 고개를 끄덕이더니 낮은 목소리로 말했다.

"계속하시오."

렌필드는 말을 이었다.

"그는 제가 전에 종종 보았던 것처럼 안개에 싸여 창가로 다가왔습니다만 그때는 심령체가 아니라 형체가 뚜렷했고, 눈은 분노한 사람의 것처럼 매서웠어요. 나무가 죽 늘어선 자리를 돌아보며 왈왈 짖어대는 개들을 향해 뻘건 입술로 웃으니 날카로운 하얀 이가 달빛 아래서 번쩍 빛나더군요. 저는 그가 오랫동안 원했던 것처럼 들어오라고 해주기를 바란다는 걸 알았지만 처음에는 안으로 들이지 않았습니다. 그러자 그는 저에게 주겠다고 약속을 했어요, 말로가 아니라 행동으로요."

그러자 선생이 말을 잘랐다.

"어떻게지요?"

"생겨나게 한 거지요. 햇빛이 비칠 때 제게 파리들을 들여보내 주었을 때와 똑같아요. 날개에 쇠와 사파이어가 붙은 커다랗고 퉁퉁한 놈들이었습니다. 커다란 나방들도요. 등에 뼈다귀가 엇갈리고 해골이 있는 놈들이요."

반 헬싱 선생은 무의식적으로 고개를 끄덕이며 내게 속삭였다.

"박각시과에 속하는 아케론티아 아트로포스일세. 흔히들 해골박각시라고 부르지."

환자는 멈춤 없이 말을 이었다.

"그러더니 제게 속삭이기 시작했어요. '쥐, 쥐, 쥐를 주겠다! 수백, 수천, 수백만 마리, 모두가 생명이 있는 놈들이지. 그것들을 먹어치울 개들과 고양이들도 주마. 모두 생명이다. 모두가 그 속에 몇 년씩 살 수 있는 뻘건 피를 가진 것들이야! 윙윙거리기만 하는 보잘것없는 파리와는 상대가 되지 않지.' 나는 그가 뭘 할 수 있는지 보고 싶어서 짐짓 킬킬거렸습니다. 그랬더니 그의 집 어둑한 나무들 너머에서 개들이 울부짖더군요.

429

그는 저를 창가로 오라고 손짓했습니다. 제가 일어나서 밖을 내다보았더니 그가 손을 들었고, 아무 말 없이 뭔가를 부르는 것처럼 보였어요. 풀밭 위로 불꽃이 퍼지듯 거무스레한 덩이가 퍼져 나갔습니다. 곧이어 그는 안개를 오른편 왼편으로 움직였고, 그러자 크기만 작을 뿐 그의 눈과 똑같이 뻘건 눈을 빛내는 수천 마리의 쥐 떼가 보였어요. 그가 손을 들자 쥐들은 일제히 멈추었고 저는 그가 이렇게 말하고 있다고 생각했습니다. '이 모든 생명을 내가 네게 주겠다. 헤아릴 수 없이 여러 해 동안 더욱 많이, 더더욱 많이. 네가 엎드려 나를 숭배만 한다면!' 어느덧 핏빛 같은 벌건 구름이 제 눈을 덮는 것 같았고, 제가 뭘 하는지 미처 깨닫기도 전에 저는 창을 열고 그에게 '오십시오, 제 신이자 주인이신 분!' 하고 중얼거리고 있었습니다. 어느새 쥐들은 모두 사라졌지만 그는 창틀 사이를 통해 방으로 미끄러져 들어왔습니다. 겨우 1센티미터 정도밖에는 열려 있지 않았는데, 달님이 조그만 틈새로 들어와 제 앞에서 그 영광을 다 보여주시듯 말이지요."

렌필드의 목소리가 약해지자 나는 다시 브랜디로 입술을 축여주었고 환자는 다시 말을 이었지만, 그사이에도 기억만큼은 움직이고 있었는지 이어지는 이야기는 훨씬 앞으로 나아가 있었다. 내가 그 점을 지적해 끊긴 자리로 되돌아가려고 하자 반 헬싱 선생이 내게 속삭였다.

"계속하게 놔두게. 중단시키지 마. 어떻게 해도 돌아갈 수 없을 것이고 한번 생각의 실마리를 잃으면 아예 앞으로 나갈 수 없을지도 모르네."

렌필드는 계속해서 말을 이었다.

"하루 종일 저는 그에게서 소식을 듣기를 기다렸지만 그는 저에게 아무것도, 하다못해 검정 파리 한 마리조차 보내주지 않았고 달이 솟아오르자 저는 무척 화가 났습니다. 꽉 닫혀 있었는데도 노크도 없이 창문을 통해 안으로 들어오는 그를 보고 저는 펄펄 뛰며 화를 냈지요. 그는 저를 비웃었습니다. 그의 허연 얼굴의 뻘건 눈을 빛내면서 안개 밖을 내다보더니

만 마치 자기가 이곳을 모조리 소유하고 있고 저는 아무것도 아닌 양 제 멋대로 돌아다녔습니다. 제 곁을 지날 때는 예전 같은 냄새도 나지 않았어요. 저는 그를 붙잡을 수 없었습니다. 그런데 제 생각으로는 어떻게 해서인지 몰라도, 하커 부인이 방에 들어왔던 것 같았어요."

침대에 앉아 있던 두 사람이 벌떡 일어나 다가와 뒤쪽에 섰다. 렌필드는 그들을 볼 수 없었지만 목소리는 훨씬 잘 들리는 자리였다. 모두 말이 없었지만 선생은 기겁해 부르르 몸을 떨었다. 그러나 얼굴만큼은 더욱 어두워지고 더욱 굳어졌다. 렌필드는 알아차리지 못하고 말을 이었다.

"하커 부인이 오늘 오후에 저를 보러 왔을 때 부인은 전 같지 않았습니다. 꼭 찻주전자에 물을 붓고 난 뒤의 차 같았지요."

그 말에 우리는 모두 움찔했지만 아무도 한 마디도 하지 않았다. 환자는 말을 계속했다.

"부인이 말씀하시기 전까지는 부인이 여기 있다는 걸 몰랐는데, 아무래도 부인은 예전 같지 않았어요. 저는 창백한 사람은 관심 없습니다. 저는 많은 피를 가진 사람을 좋아하는데 부인은 꼭 피가 죄다 빠져나간 사람 같았으니까요. 그때는 그 생각을 못했는데 부인이 가고 나서 생각을 해보니 그가 부인에게서 생명을 빼앗고 있다는 걸 알게 되었어요. 전 몹시 화가 치밀었습니다."

나는 다른 사람들도 나와 마찬가지로 온몸을 떠는 것을 느낄 수 있었다. 그럼에도 아무도 입을 열려 하지 않았다.

"그래서 오늘 그가 왔을 때 저는 단단히 준비가 되어 있었지요. 저는 안개가 도둑처럼 들어오는 걸 보고 꽉 붙잡았습니다. 미친 사람에게는 초자연적 힘이 있다고 하지 않습니까? 저는 제가 미치광이라는 걸, 적어도 때로는 그렇다는 걸 알고 있기 때문에 제 힘을 쓰기로 결심했습니다. 아, 그도 그걸 느꼈어요. 저와 한바탕 몸싸움을 하고 나서야 안개 밖으로 나올 수 있었으니까요. 저는 그를 꽉 붙잡았고 제가 이기리라고 생각했습니다.

전 부인의 생명을 더 이상 앗아가지 못하게 할 작정이었지요. 그의 눈을 보기 전까지는요. 하지만 그 눈은 저를 불태우는 것 같았고 제 힘은 물처럼 흐느러져 버렸습니다. 그는 제 손 사이로 미끄러져 나가더니 다시 제가 들러붙으려 하자 저를 번쩍 들어 올려서 바닥에 내동댕이쳤어요. 제 눈앞에서 우렛소리와 함께 벌건 구름이 일더니, 안개는 문 아래로 슬그머니 사라져버렸습니다."

환자의 목소리는 점차 희미해졌고 호흡도 더욱 거칠어졌다. 반 헬싱 선생이 즉각 일어섰다.

"이제 우리는 최악을 알았소. 그자는 이곳에 있고 우리는 그자의 목적을 알았소. 너무 늦지는 않았을지도 모르오. 지난번 밤처럼 무장을 합시다. 한시도 지체해서는 안 되오."

우리의 두려움, 우리의 확신을 말로 옮길 필요는 없었다. 우리는 모든 것을 공유하고 있었다. 우리는 재빨리 각자의 방으로 돌아가 백작의 집에 들어갈 때 가져갔던 무기를 갖추고 나왔다. 우리가 복도에 모였을 때 선생은 이미 준비를 마치고 나와 의미심장하게 무기를 가리켜 보였다.

"절대 내 손을 떠나지 않을 것들이오. 이 불행한 과업이 끝나기 전까지는 결코! 현명해집시다, 친구들. 우리가 다루는 적은 평범하지가 않소. 아! 아! 그 훌륭한 마담 미나가 겪을 고통이란!"

선생이 말을 멈추었다. 목소리가 갈라져 있었다. 나는 내 자신의 마음속에 이는 감정이 분노인지 공포인지 알 수가 없었다.

하커 부부의 방 앞에서 우리는 멈추었다. 아서와 퀸시는 뒤로 물러섰다.

"부인이 잠들어 있을 텐데 방해를 해서야 되겠습니까?"

퀸시가 물었다.

"그렇게 할 거요. 만약 문이 잠겨 있다면 나는 부수고라도 들어가겠소."

반 헬싱 선생이 장중한 목소리로 말했다.

"그러면 몹시 겁에 질리실 텐데요. 숙녀의 방을 부수고 들어간다니!"

그러자 반 헬싱 선생은 엄숙하게 말했다.

"퀸시, 당신의 얘기는 늘 옳소. 허나 이것은 삶과 죽음의 문제요. 의사에게는 모든 방이 똑같은 법이오. 설령 그렇지 않더라도 오늘 내게는 어느 방이나 매한가지라오. 존, 내가 손잡이를 돌릴 테니 문이 열리지 않으면 어깨로 밀게. 두 사람도 같이, 자!"

선생이 손잡이를 돌렸지만 문은 열리지 않았다. 우리는 일제히 문으로 뛰어들었다. 쿵 하는 소리와 함께 문이 열어젖혀지고 우리는 고꾸라지다시피 안으로 들어갔다. 선생은 말 그대로 바닥에 나동그라지고 말았다. 안으로 들어가자 내 눈앞에는 소름 끼치는 광경이 펼쳐져 있었다. 모골이 송연해지는 느낌이었고 심장이 멎는 듯했다.

달빛이 환해서 그 두터운 노란 블라인드를 뚫고도 방 안이 충분히 보일 만큼 밝았다. 창문 곁에 놓인 침대에는 조너선 하커가 벌게진 얼굴로 마치 혼수상태에 빠진 듯 거친 숨을 내쉬며 누워 있었다. 침대 가장자리 근처에 무릎을 꿇고 앉아 바깥쪽을 바라보고 있는 사람은 흰옷 차림의 하커 부인이었다. 그녀 곁에는 검은 옷을 입은 키가 크고 마른 사내가 서 있었다. 얼굴은 우리 쪽을 향하고 있지 않았지만 언뜻 모습을 보는 순간 어느 모로 보나 하다못해 이마의 상처로도 그자가 백작이라는 것을 대번에 알수 있었다. 백작의 왼손은 하커 부인의 양손을 우악스럽게 등 뒤로 꺾어 쥐고 있었다. 오른손으로는 그녀의 뒷목덜미를 붙잡아 그녀의 얼굴을 자기 가슴에 강제로 처박은 채였다. 그녀의 흰 잠옷은 피로 더럽혀지고, 가느다란 핏줄기가 열어젖혀진 셔츠 밖으로 드러난 사내의 맨 가슴을 타고 흘러내리고 있었다. 그 둘이 연출하는 끔찍한 모습은 영락없이 꼬마가 새끼 고양이의 코를 접시에 처박고 강제로 우유를 먹이는 형국이었다. 우리가 방 안으로 문을 부수고 들어가자 백작은 얼굴을 돌렸고, 내가 익히 들었던 지옥과도 같다던 표정이 순식간에 그 얼굴에 드리워졌다. 그의 눈은 악마 같은 정열로 뻘겋게 불타고 있었다. 흰 매부리코의 커다란 콧구멍이

433

벌어져 가장자리가 파르르 떨리고, 피가 뚝뚝 떨어지는 입술 뒤로 보이는 희고 날카로운 이는 들짐승의 것처럼 꽉 맞물려 있었다. 백작은 내던지듯 자신의 희생자를 침대에 내동댕이친 뒤 몸을 홱 틀어 우리에게 달려들었 다. 그러나 어느덧 반 헬싱 선생이 몸을 추스르고 일어서서 성체가 담긴 봉투를 내밀고 있었다. 백작은 가엾은 루시가 무덤 밖에서 그러했듯 움찔 하더니 뒤로 주춤 물러섰다. 우리가 십자가를 들고 앞으로 나아가자 백작 은 차츰차츰 뒤로 물러섰다. 짙은 검은 구름이 하늘을 가로지르자 달빛은 갑자기 빛을 잃었다. 퀸시가 성냥을 꺼내 가스불을 당겼지만 희미한 증기 외에는 아무것도 볼 수 없었다. 우리가 보는 앞에서 희뿌연 증기는 왈칵 열어젖힌 반동으로 다시 원래대로 닫혀 있던 문 아래로 슬그머니 빠져나 갔다. 반 헬싱 선생과 아트와 나는 하커 부인 쪽으로 다가갔다. 이제 부인 은 호흡을 되찾아 미친 듯 비명을 질러대고 있었다. 귀를 찢는, 처참한 절 망이 깃든 그 비명은 내가 숨을 거두는 날까지도 내 귓전을 울릴 것만 같 다. 몇 초 동안 그녀는 무기력하게 늘어져 아무렇게나 누워 있었다. 그녀 의 창백한 얼굴은 입술과 뺨과 턱을 물들인 뻘건 피와는 대조를 이루어 파리하기 이를 데 없었다. 목에서는 한줄기 피가 흘러내리고 있었다. 그 녀의 눈은 공포로 넋이 나간 채였다. 부인은 그 가여운 짓뭉개지고, 백작 의 섬뜩한 손자국이 선명히 벌겋게 남아 있는 두 손으로 얼굴을 가렸다. 그 가려진 손 뒤에서는 좀 전의 끔찍한 비명이 끝없는 슬픔의 즉각적 반 응에 불과했다는 것을 알려주듯 낮고 절망적 흐느낌이 쉼 없이 터져 나왔 다. 반 헬싱 선생이 앞으로 나아가 가만히 그녀의 몸에 침대 시트를 덮어 주었다. 아트는 일순간 절망적으로 그녀의 얼굴을 바라보다가 밖으로 달 려 나갔다.

"조너선은 혼수상태에 빠져 있네. 우리 모두 알고 있듯 그 뱀파이어가 일으킬 수 있는 바로 그 상태지. 스스로 정신을 수습할 때까지 당분간은 가엾은 마담 미나께 우리가 해줄 수 있는 것은 아무것도 없어. 난 조너선을 깨워야겠네!"

반 헬싱 선생이 내게 속삭였다.

선생은 수건 한 끝을 찬물에 담가 하커의 얼굴을 찰싹찰싹 때리기 시작했다. 하커 부인은 얼굴을 두 손에 묻은 채로 듣는 이의 마음을 찢는 듯한 소리로 끊임없이 흐느끼고 있었다. 나는 블라인드를 걷고 창밖을 내다보았다. 형형한 달빛에 잔디밭을 달려가 커다란 주목나무 그늘에 숨는 퀸시 모리스의 모습이 보였다. 퀸시가 왜 저러는지 알 수 없어 의아해하는데 순간 하커의 입에서 재게 내지르는 비명 소리가 울렸고 나는 곧바로 침대로 돌아갔다. 부분적으로 의식을 회복한 것이었다. 하커의 얼굴에는 조금도 걸러내지 않은 날 것 그대로의 놀란 표정이 나타나 있었다. 조금은 어질한 듯 보이더니만 갑작스럽게 완전한 의식이 돌아온 듯 하커는 소스라치게 놀라 깨어났다. 하커 부인은 남편의 재빠른 움직임에 몸을 일으키고 그를 안으려는 듯 몸을 돌려 두 팔을 벌렸다. 그러나 순간적으로 그녀는 팔을 다시 움츠리더니 두 팔꿈치를 모으고 손에 얼굴을 묻은 채 침대가 흔들릴 만큼 부들부들 떨었다.

"이게 다 뭡니까? 수어드 박사, 반 헬싱 교수님, 이게 다 뭔가요? 무슨 일이 일어난 겁니까? 뭐가 잘못되었지요? 미나, 이게 어떻게 된 일이오? 그 피는 다 뭐요? 아, 하느님, 하느님! 어떻게 이런 일이!"

하커가 소리쳤다. 그는 벌떡 일어서서 미친 듯 두 손으로 가슴을 치며 말을 이었다.

"자비로우신 하느님, 저희를 도와주소서! 제 아내를 도와주소서! 제발 아내를 도우소서!"

하커는 눈 깜짝 할 사이에 침대에서 펄쩍 뛰어 일어나더니 옷을 입기 시작했다. 그의 몸속에 깃든 남성성이 급박한 필요에 따라 한꺼번에 깨어난 것 같았다.

"무슨 일이 일어난 겁니까? 제발 전부 이야기해주세요! 반 헬싱 교수

436

님, 미나를 아끼시지 않습니까? 아, 제발 아내를 구하기 위해 뭐든 해주세요. 아직 그렇게까지는 멀리 가지 못했을 겁니다. 제가 그놈을 찾는 동안 아내를 지켜주세요!"

하커는 멈추지도 않고 내처 소리쳤다. 하커 부인은 그 극심한 공포와 두려움과 절망 속에서도 남편의 위험을 알아차렸다. 부인은. 곧바로 자신의 슬픔을 잊고 남편을 붙잡고 소리쳤다.

"안 돼요! 안 돼! 조너선, 당신은 날 떠나면 안 돼요. 내가 오늘 밤 지나친 시련을 겪었다는 걸 하느님도 아세요. 백작이 당신을 해칠지도 모르는데 더 이상의 위험은 안 돼요. 당신은 나와 함께 있어야 해요. 당신을 지켜줄 이 친구들과 함께 있어요!"

그 말을 내뱉는 동안 그녀의 표정에는 광기가 서렸다. 하커가 그 말에 따르자 그녀는 남편을 침대에 앉히고 바짝 달라붙었다.

반 헬싱 선생과 나는 두 사람을 안정시키려고 애썼다. 선생은 금 십자가를 들어 올리고 놀랍도록 차분한 말투로 이야기했다.

"두려워하지 마시오. 우리가 여기 있고 이것이 곁에 있는 한 어떤 악도 다가올 수 없으니까. 두 분은 오늘 안전하오. 우리는 침착함을 잃지 말고 함께 의논을 해야 해요."

그녀는 부르르 몸서리를 치고 남편의 가슴에 머리를 기댄 채 가만히 있었다. 그녀가 고개를 들자 그의 흰 잠옷은 그녀의 입술이 닿은 곳과 목의 가느다란 상처에서 핏방울이 솟아난 곳이 발갛게 물들어 있었다. 그 자국을 보는 순간 부인은 낮은 탄식과 함께 뒤로 물러서며 숨 막히는 흐느낌 속에서 속삭였다.

"난 부정해, 부정해! 더 이상 그이를 만지거나 입을 맞추어선 안 돼. 아, 이제 남편의 최악의 적이자 남편에게 가장 큰 두려움을 일으킬 사람이 바로 내가 되었다니……."

부인의 말에 하커는 결단력 있게 대꾸했다.

"터무니없는 소리 말아요, 미나. 그런 말을 들으니 내가 부끄럽소. 그런 얘기는 듣지 않겠소. 아니, 앞으로는 그런 얘기를 들을 일 없을 거요. 어떤 행동이나 나의 의지 탓에 우리 둘 사이가 벌어진다면 하느님께서 나를 심판하시고 이 시간보다 더욱 비통한 고통으로 나를 벌하시기를!"

하커는 팔을 내밀어 그녀를 가슴에 끌어안았다. 한동안 그녀는 남편의 가슴에 안겨 흐느꼈다. 그는 품에 안은 부인의 머리 위로 우리를 올려다보았다. 코끝은 덜덜 떨리고 축축한 눈이 깜박이고 있었다. 입은 강철처럼 강하게 앙다문 채였다. 잠시 후에 부인의 흐느낌이 잦아지자 하커는 내가 느끼기에 온 신경을 최대한 단련시킨 듯 철저하게 억제된 차분한 어조로 내게 말을 건네 왔다.

"이제 수어드 박사, 모든 것을 이야기해줘요. 나는 여태 벌어진 사실을 똑똑히 알아야 해요. 일어난 모든 일을 이야기해줘요."

나는 무슨 일이 일어났는지 정확하게 이야기했고 하커는 겉보기에는 무감정한 얼굴로 듣고 있었다. 그러나 백작의 무자비한 팔이 그 섬뜩한 자세로 하커 부인을 붙잡아 벌어진 가슴팍 상처에 그녀의 입을 강제로 갖다댔다는 이야기를 할 때 그의 코끝은 떨렸고 눈은 불타올랐다. 그러나 하얗게 질린 얼굴이 숙여진 부인의 머리 위로 부르르 경련하는 그 순간에조차 그의 손은 부드럽고 사랑스럽게 부인의 헝클어진 머리를 쓰다듬고 있었고, 나는 그 모습에서 눈길을 뗄 수가 없었다. 이야기를 끝냈을 때 퀸시와 고달밍이 문을 노크했다. 들어오라고 하자 두 사람이 안으로 들어섰다. 반 헬싱 선생은 내게 질문을 던지는 듯한 눈길을 보냈다. 나는 선생의 얼굴에서 두 사람이 도착한 것을 핑계 삼아 고통에 골몰해 있는 이 불행한 부부의 생각을 다른 데로 돌릴 수 있지 않겠느냐는 질문을 읽을 수 있었다. 내가 동의하듯 고개를 끄덕이자 선생은 두 사람에게 뭘 했는지, 혹시 본 것이 있는지 물어보았다. 그러자 고달밍이 대답했다.

"통로나 방 어디에서도 그자를 보지 못했습니다. 서재에 들어가보았는데, 거기 있었던 흔적은 있었지만 사라졌더군요. 그런데 그자가……."

그러다가 아서는 침대에 엉거주춤하게 앉은 가엾은 형체를 보자 갑작스럽게 말을 멈추었다. 반 헬싱 선생이 엄격하게 말했다.

"계속하시오, 아서. 우리는 여기에서 더 이상 감출 것이 없소. 우리의 희망은 이제 모든 것을 아는 데 있소. 자유롭게 이야기해요!"

그 말에 아서는 말을 이었다.

"그자가 왔다 간 흔적이 있었습니다. 고작 몇 초에 지나지 않았을 텐데도 그곳을 엉망으로 만들어놓았더군요. 원고는 모두 불타버려 그 푸른 불꽃이 흰 재 사이에서 껌벅이고 있었어요. 수어드 박사가 녹음한 실린더도 불에 던져져 있었는데 거기서 녹아 나온 밀랍 탓에 불길이 더욱 거세진 모양입니다."

그 말을 듣고 내가 끼어들었다.

"하느님께 감사하게도 금고에 사본이 있어요!"

아서의 얼굴은 잠시 밝아졌지만 다시 어두워진 얼굴로 말을 이었다.

"그래서 아래층으로 달려 내려가봤지만 그자는 흔적도 보이지 않았습니다. 렌필드의 방을 들여다보았는데 아무 흔적도 없기는 했지만……."

아서는 다시 말을 멈추었다.

"계속하세요."

하커가 목쉰 소리로 중얼거렸다. 아서는 고개를 까닥하고 혀로 입술을 축이고 난 뒤 덧붙였다.

"그 불쌍한 사람이 죽어 있었어요."

하커 부인은 고개를 들고 우리를 한 명씩 차례로 바라보며 엄숙하게 말했다.

"하느님의 뜻이 이루어지소서!"

나는 아트가 뭔가를 숨긴 채 이야기하지 않고 있다는 생각을 지울 수가 없었다. 그러나 나는 분명 이유가 있으리라고 여겨 아무 말도 하지 않았다. 반 헬싱 선생은 모리스 쪽으로 돌아서서 물었다.

"그러면 퀸시, 당신은 뭐 할 얘기 없소?"

"조금요. 결과적으로는 많은 얘기일지도 모르지만 지금으로서는 알 수 없지요. 저는 백작이 집을 떠나 어디로 가는지를 알아두는 편이 좋겠다고 생각했습니다. 그자를 보지는 못했지만 렌필드의 창문에서 박쥐 한 마리가 솟아올라 서쪽을 향해 날개를 퍼덕이며 가는 것을 보았습니다. 제 생각으로는 그자가 어떤 모습으로든 카팩스로 돌아오리라고 예상했지만 틀림없이 다른 소굴로 갔나 봅니다. 오늘은 돌아오지 않을 거예요. 동쪽 하늘이 발간 것으로 보아 동틀 녘이 멀지 않았으니까요. 내일 해치워야 해요!"

마지막 단어들은 굳게 앙다문 이 사이로 한 말이었다. 몇 분가량 침묵이 흘렀고, 나는 우리의 심장이 뛰는 소리를 들을 수 있는 것 같은 느낌이었다. 그러다가 반 헬싱 선생의 하커 부인의 머리에 부드럽게 손을 올리며 침묵을 깼다.

"자, 마담 미나. 가여운, 너무도 가여운 마담 미나, 무슨 일이 일어났는지 정확하게 말씀해주세요. 하느님은 내가 부인이 고통 받기를 원하지 않는다는 걸 아십니다만 우리는 모든 것을 알아야 합니다. 이제는 그 어느때보다도 빠르고 정확하게, 엄청난 성실성으로 모든 일이 이루어져야 합니다. 가능하다면 종지부를 찍을 날이 가까이 다가왔고, 이제야말로 우리가 살며 배워야 하는 때이지요."

가엾은 부인은 부르르 몸서리쳤다. 그녀는 남편에게로 몸을 더욱 바싹 붙이고 그의 가슴에 더욱 깊이 얼굴을 묻었다. 그녀의 신경은 팽팽하게 긴장되어 있었다. 그러더니 꼿꼿하게 고개를 들고는 한 손을 반 헬싱 선생에게 내밀었다. 선생은 그 손을 잡고 허리를 굽혀 정중하게 입을 맞춘 다음 꼭 쥐었다. 그녀의 다른 손은 한쪽 팔로 부인을 보호하듯 끌어안고 있는 남편의 손에 쥐여져 있었다. 틀림없이 생각을 정리하는 듯한 잠시의 머뭇거림 끝에 부인이 입을 열었다.

"수어드 박사께서 친절하게 지어주신 수면제를 마셨지만 오랫동안 약이 듣지 않았어요. 오히려 더욱 말짱해지는 것 같았고 끔찍한 수만 가지 공상들이 머릿속에 꾸물거리며 일어났어요. 한결같이 죽음과 뱀파이어, 피와 고통, 고난과 관련이 있는 것들이었죠."

그녀의 남편은 자신도 모르게 신음을 토했다. 그녀는 남편 쪽으로 고개를 돌리고 사랑스럽게 말했다.

"괴로워하지 말아요, 여보. 당신은 용감하고 강해야 하고, 이 섬뜩한 상황을 뚫고 나가도록 나를 도와야 해요. 이 모든 두려운 일을 이야기하기에 얼마나 큰 노력이 필요한지를 당신이 안다면, 내가 얼마나 당신의 도움을 간절히 바라는지도 이해할 거예요. 그래요, 저는 약효를 보려면 제 의지로 약이 듣도록 애를 써야 한다고 생각했고 무슨 수를 써서든 잠이 들려고 노력했어요. 확실히 곧 졸음이 몰려왔던 것인지 더 이상은 기억이 나지 않아요. 조녀선이 들어와도 깨어나지 않았던 건 분명해요. 그다음 기억이 날 때는 이 사람이 제 곁에 누워 있었으니까요. 그때 방 안에는 제가 예전에 알아챈 적 있는 얄팍한 희뿌연 안개가 깔려 있었어요. 제가 그얘기를 여러분께 했는지는 지금으로서는 기억이 나지 않네요. 그래도 제가 나중에 보여드릴 일기에서 찾으실 수 있을 거예요. 저는 전에 다가왔던 것 같은 막연한 공포를 느꼈고 뭔가 같은 존재가 있다는 걸 알아챘어요. 저는 조녀선을 깨우려고 고개를 돌렸지만 얼마나 곤히 잠들었는지 마치 제가 아니라 남편이 그 수면제를 먹은 것 같았어요. 애를 써봤지만 조녀선은 꼼짝도 하지 않았지요. 그러자 저는 극심한 두려움에 사로잡혀 공포에 질려 사방을 둘러보았어요. 그 순간 정말로 제 심장이 가라앉는 것 같았어요. 침대 옆에, 안개에서 걸어 나온 것처럼, 아니면 안개의 흔적조차 사라진 것으로 보아 안개에서 바뀐 형체인 것처럼, 온통 검은색 차림의 키가 크고 홀쭉한 남자가 서 있었으니까요. 다른 분들이 묘사한 내용을 기억하고 있어서 단박에 알아볼 수 있었어요. 밀랍 같은 얼굴, 빛이 가느다란 흰 선을 그리는 높다란 매부리코, 그 사이로 날카로운 흰 이가 보이는 벌어진 빨간 입술, 제가 휘트비의 세인트메리 교회의 창문의 일몰에서 보았던 것과 같은 그 빨간 눈……. 조녀선이 쳤던 이마 위의 붉은 흉터도 알아볼 수 있었어요. 일순간 제 심장은 정지해버렸고 저는 비명을 지르고 싶었지만 온몸이 마비되어 버렸죠. 잠시 후에 백작은 조녀선을 가리키며 날카롭고 쇳된 속삭임으로 중얼거렸어요.

'입 다물어! 만약 찍 소리라도 내면 저놈을 들어 네 눈앞에서 머리를 부숴버리겠다.'

저는 겁에 질리고 완전히 넋이 나가서 뭘 할 수도, 무슨 말을 할 수도 없었어요. 백작은 조롱하듯 웃으면서 한 손을 제 어깨에 얹어 저를 꽉 붙잡고는 다른 손으로 제 목을 풀어 헤쳤어요. 이렇게 말하면서요.

'우선 내 수고에 대한 보답으로 잠깐 요기를 해야겠군. 잠자코 있는 게 좋을 거다. 네 혈관이 내 갈증을 달래준 건 이번이 처음도, 두 번째도 아니니까!'

저는 얼이 나갔는데, 이상하게도 물리치고 싶은 생각이 들지 않았어요. 백작의 손길이 희생자의 몸에 닿을 때 따라붙는 저주의 일부인가 봐요. 아, 하느님, 하느님, 저를 가엾이 여기소서! 그러더니 백작은 제 목에 그 악취 나는 입을 갖다댔어요!"

그녀의 남편은 다시 신음을 토했다. 부인은 남편의 손을 더욱 꼭 쥐고 마치 그가 상처를 입은 사람인 양 애처로운 눈길로 바라보더니 말을 이었다.

"저는 제 힘이 빠져나가는 것을 느꼈고 반쯤 기절한 상태였어요. 이 무시무시한 일이 얼마나 지속되었는지는 모르겠지만 백작이 그 더럽고 혐오스러운 조소를 띤 입을 떼기까지는 꽤 오랜 시간이 걸렸던 것 같아요. 저는 그 입에서 새로운 피가 뚝뚝 떨어지는 것을 보았어요!"

그 기억에 한동안 그녀는 압도되어버렸다. 만약 남편의 팔이 지탱해주지 않았더라면 그대로 고꾸라졌을지도 모를 일이었다. 안간힘을 써서 부인은 정신을 수습하고 말을 이었다.

"그러더니 백작은 비웃듯 말했어요.

'그러니까 네가 다른 놈들과 마찬가지로 나의 이 두뇌에 맞서 네 머리를 굴리겠다는 거지? 나를 사냥하고 내가 세운 계획을 좌절시키려는 그 사내놈들을 돕겠단 말이지? 내가 가는 길을 가로막는다는 것이 무슨 뜻인지 이제 너는 알았을 게다. 그놈들도 이미 얼마간은 알았고, 머지않아 낱낱이 알게 될 게야. 그놈들은 힘이 그리 넘치거든 집안일에나 써야 마땅했어. 놈들이 태어나기 수백 년 전에 나라를 지휘하고 나라를 위해서 음모를 꾸미고 투쟁했던 나와 대항해서 싸우겠답시고 그놈들이 설치는 동안 나는 놈들의 계략을 역으로 이용하고 있었다. 그리고 그놈들이 가장 사랑하는 너는 이제 나에게 와 내 육신 중의 육신, 내 피 중의 피, 내 친척 중 친척으로서 한동안은 풍부히 네 것을 내어주는 와인의 조달자로서, 앞으로는 나의 동료이자 조력자로서 살게 될 것이다. 이제는 네가 나의 보복을 당하는 것이지. 그놈들 중 단 한 명도 네게 도움이 되지 못할 게다. 너는 네가 한 짓에 대해 벌을 받게 될 게야. 너는 나를 좌절시키는 데 도움을 주어왔으니까. 이제 너는 나의 부름에 응해야 한다. 내 두뇌가 네게 "오라!"고 명하면 너는 바다든 육지든 어디로라도 나의 부름에 따르게 될 것이다. 그 목적을 위해서는 바로 이것!'

그러면서 백작은 자기 셔츠를 열어젖히고 기다란 손톱으로 가슴의 핏줄 하나를 열었어요. 거기서 피가 뿜어져 나오자 백작은 한 손으로 제 두 손을 꽉 움켜쥐고 다른 손으로는 목을 붙잡아 제 입을 그 상처에 가져다 댔어요. 저는 질식하거나 아니면 삼키는 수밖에는……. 아, 하느님, 하느님! 제가 무슨 짓을 한 걸까요? 제가 무엇을 했기에 이토록 가혹한 운명을 맞아야 하나요? 저, 평생 온순하고 올바르게 행동하려 노력했던 제가 아닙니까? 하느님, 제게 자비를 베풀어주소서! 죽음을 맞는 파멸보다

443

도 더욱 끔찍한 운명에 처한 이 가엾은 영혼을 굽어살피소서! 자비로운 동정심으로 제게 소중한 이들을 보살펴주소서!"

그러더니 그녀는 마치 오염된 것을 떨어내려는 듯 마구 입술을 문질러 댔다.

하커 부인의 섬뜩한 이야기를 듣는 동안 서서히 동녘 하늘이 밝아오기 시작했고 사방이 점차 뚜렷해졌다. 하커는 꼼짝하지 않았고 아무 말도 없었다. 그러나 그 처참한 이야기가 이어지는 동안 그의 얼굴에 드리운 잿빛 표정은 아침 햇살 속에서 더욱 깊어지고 짙어져만 갔고, 붉은 햇살이 처음으로 빛을 쏘아내자 새하얗게. 센 머리칼이 선명하게 빛났다.

우리는 다시 만나 이후 일을 준비할 수 있을 때까지 한 사람은 이 불행한 부부의 부름에 닿는 곳에 머무르기로 했다.

그때 내 머릿속에는 한 가지 확신이 들어차 있었다. 오늘 뜨는 해가 비추는 집들 중 날마다 반복하는 그 거대한 순환에서 이보다 더욱 비탄에 잠긴 집은 없으리라고.

22

조너선 하커의 일기

10월 3일 뭐라도 하지 않으면 미칠 것 같아 이 일기를 쓴다. 이제 6시이고 우리는 30분 후에 서재에서 만나 요기를 하기로 약속했다. 반 헬싱 교수와 수어드 박사는 우리가 뭐라도 먹고 기운을 차리지 않으면 최선을 다할 수 없다고 한다. 신께서는 아시겠지만 오늘은 반드시 최선이 필요한 날이다. 생각을 멈추기가 두려워서 기회가 닿을 때마다 계속해서 일기를 쓸 작정이다. 모조리, 큰일이건 사소한 일이건 모든 것을 기록할 것이다. 아마도 결국에는 소소한 일들이 우리에게 가장 많은 것을 가르쳐줄지도 모를 일이니까. 그 가르침은 작건 크건, 오늘의 미나나 나, 우리 두 사람보다 더욱 최악의 상황에 처한 이들에게 찾아올 수는 없으리라. 그러나 우리는 신뢰하고 희망해야 한다. 가엾은 미나는 방금, 그 사랑스러운 뺨에 눈물을 흘리면서 이것은 우리의 신뢰를 시험하는 고난과 시련이라고 말했다. 그러니 우리는 계속해서 서로를 믿어야 하며, 하느님은 마지막에는 우리를 지켜주실 것이라고. 마지막! 아, 하느님! 과연 어떤 결말일까요? 아니, 다른 생각 말고 일을 해야 한다. 일!

반 헬싱 교수와 수어드 박사가 가엾은 렌필드를 보고 돌아왔을 때, 우리는 무엇을 해야 할지를 두고 진지한 논의를 벌였다. 우선 수어드 박사는 우리에게, 자신과 반 헬싱 교수가 아래층 방으로 갔을 때 렌필드가 바닥에 처참한 몰골로 누워 있었다고 말했다. 얼굴은 멍투성이에 으깨져 있고 목뼈가 부러진 상태였다.

수어드 박사는 통로에서 근무 중이던 보호사에게 무슨 소리를 들었느냐고 물었다. 보호사는 불침번을 서면서 고백하기로는 반쯤 졸고 있었다는데, 문득 방에서 큰 목소리가 들렸고 곧이어 렌필드가 몇 차례 커다랗게 "하느님! 하느님! 하느님!" 하고 소리쳤다고 했다. 그 뒤로 무엇인가가 떨어지는 소리가 나기에 안으로 들어가 보니 의사들이 보았던 대로 렌필드가 바닥에 나동그라져 있었다고 했다. 반 헬싱 교수가 '여러 목소리를' 을 들었는지 아니면 '한 목소리'를 들었는지 묻자 보호사는 모르겠다고 대답했다. 처음에는 두 사람 목소리가 났던 것 같기는 한데 방 안에 아무도 없었던 것을 보면 한 사람 목소리였으리라는 것이었다. 보호사는 "하느님"이라는 말이 환자의 입에서 나온 소리라는 것을 필요하다면 맹세할 수도 있다고 말했다. 우리끼리 있을 때 수어드 박사는 보호사가 이 문제에 끼어들기를 바라지 않는다고 했다. 그러므로 심문할 내용은 미리 철저하게 연구되어야 했고, 아무도 믿지 않을 테니 사실을 이야기해서는 안 되었다. 수어드 박사는 보호사를 증인으로 세워 침대에서 낙상하면서 일어난 사고사라고 사망 증명서를 작성하겠다고 말했다. 검시관이 요청할 경우에는 정식 심문이 있을 수도 있겠지만 같은 결과가 나오게 마련일 거라고도 덧붙였다.

우리가 취할 다음 단계가 무엇이어야 하는지에 대한 논의로 넘어가자 결정해야 할 첫 번째 사안은 미나에게 모든 사실을 이야기할지 여부였다. 어떤 종류의 것이든, 아무리 괴로운 것이라도 그녀에게서 감추어서는 안 될 듯싶었다. 그녀 스스로가 이에 동의했는데, 그 슬픔과 절망 속에서도 그토록 용감한 태도를 보이는 아내의 모습을 지켜보기란 안타깝기 그지

446

없었다.

"아무것도 감추어서는 안 돼요. 아아! 우리는 벌써 너무 많은 고통을 받았고, 세상에서 이미 제가 견디고 있는 것, 제가 이미 받고 있는 것보다 더욱 큰 고통을 줄 수 있는 것은 아무것도 없어요. 무슨 일이 일어나든 제게는 새로운 희망이고 새로운 용기가 될 거예요!"

미나가 말했다. 그녀가 말하는 사이 반 헬싱 교수는 뚫어져라 그녀를 바라보고 있다가 갑작스럽지만 가만가만히 입을 열었다.

"허나 마담 미나, 두렵지 않은가요? 당신을 위해서가 아니라, 이미 일어난 일이 있으니 이후에 당신에게서 비롯될 다른 사람들을 위해서 말입니다."

교수의 말에 미나의 얼굴은 차츰 굳어졌지만 대답하려 입을 열 때 그녀의 눈은 성녀의 것과 같은 헌신으로 빛나고 있었다.

"아, 아니에요! 제 마음은 진작 정해졌어요!"

"어떻게요?"

교수가 부드럽게 물었다. 저마다 미나의 말이 무슨 뜻일지를 막연하게나마 생각하고 있었던 우리는 잠자코 대답을 기다렸다.

그녀의 대답은 있는 그대로의 사실을 선언하듯 간결하고 직접적이었다.

"저는 유심히 지켜보다가 저 자신에게서 제가 사랑하는 누군가를 해칠 징조가 보이면 목숨을 끊어버리겠어요!"

"설마 자살을 하겠다는 말씀은 아니겠지요?"

교수가 목 쉰 소리로 물었다.

"아뇨, 그럴 거예요. 만약 저를 사랑하는 친구가 없다면, 저를 이러한 고통에서 구해주기 위해 필사적 노력을 해줄 사람이 아무도 없다면 제가 하겠어요!"

그러면서 교수를 바라보는 그녀의 눈에는 더없는 진심이 담겨 있었다.

그때까지 자리에 앉아 있던 반 헬싱 교수는 이제 일어서서 그녀에게 다가가 머리에 손을 얹고 진중한 말투로 입을 열었다.

"부인을 위해서라면 기꺼이 나설 사람이 있지요. 하느님께 약속하건 대, 그것이 최선이라면 부인을 위해서 기꺼이 안락사를 고려하겠습니다. 그래요, 그게 안전하다면 말이지요. 허나……."

한동안 교수는 목이 메는 듯했고 목구멍까지 흐느낌이 치밀어 올랐다. 반 헬싱 교수는 치밀어 오르는 흐느낌을 삼키고 말을 이었다.

"여기에는 부인과 죽음 사이에 설 사람들이 있습니다. 부인은 죽어서 는 안 됩니다. 부인의 손뿐만 아니라 누구의 손에 의해서도 죽으면 안 됩니다. 부인의 아름다운 생명을 더럽힌 그자가 진정한 죽음을 맞기 전까지 는 부인은 죽으면 안 됩니다. 만약 지금처럼 그자가 살아 있는 언데드와 함께 있을 수 있을 때라면 부인의 죽음은 부인을 그와 같은 존재로 만들 고 말 테니까요. 아니, 부인은 절대 죽으면 안 됩니다! 비록 죽음이 말할 수 없는 축복처럼 느껴질지라도 부인은 살아남기 위해 투쟁하고 안간힘 을 써야 합니다. 부인은 비록 그것이 고통이건 기쁨이건 죽음 자체와 싸 워야 합니다. 낮에도 밤에도, 안전해도, 위험에 빠져서도 결코 포기해서 는 안 됩니다! 부인의 살아 있는 영혼에 나는 결코 죽어서는 안 된다는 의무를 부가하겠습니다. 아니, 이 거대한 악이 종말을 맞기 전까지는 죽 음에 대해 생각하지 마십시오."

가엾은 미나는 죽음처럼 창백해져서 조수가 밀려올 때 흔들리고 떨리 는 유사[164]처럼 머리를 흔들며 온몸을 바들바들 떨었다. 우리는 모두 침 묵했다. 우리가 할 수 있는 일은 아무것도 없었다. 차츰 그녀는 침착함을 찾더니 반 헬싱 교수에게 고개를 돌리고 차분하게 대답했다.

"제 소중한 친구께 약속드릴게요, 하느님께서 제가 살도록 하신다면 무슨 수를 써서든 살려고 하겠다고요. 하느님의 시간이 오면 이 공포도

---

164 바람이나 물에 흔들리는 모래.

제게서 멀어져가겠지요."

미나의 태도는 지극히 훌륭하고 용감했다. 우리는 모두 그녀를 위해 움직이고 온갖 어려움을 견뎌내야 한다는 결심이 확고해지는 것을 느꼈다. 우리는 앞으로 무엇을 할지 의논하기 시작했다. 나는 미나에게 앞으로 필요할지 모를 모든 서류며 일기와 녹음 내용을 남김없이 금고에 보관해두어야 하고 예전처럼 그녀가 기록을 맡아달라고 말했다. 그녀는 할 일이 있다는 생각에 기뻐했다. '기뻐하다'는 말이 이렇게 처참한 일에 쓰일 수 있는 표현인지는 모르겠지만.

언제나처럼 반 헬싱 교수는 누구보다도 앞서가서 우리가 할 일의 정확한 순서를 마련해놓고 있었다.

"카팩스에 갔다가 연 회의에서 그곳에 놓여 있던 흙이 담긴 상자를 그대로 놔두기로 결정한 것은 아무래도 썩 잘한 일인 듯하오. 그때 상자를 움직였더라면 백작이 우리의 목적을 눈치채고 우리가 자기의 의도를 좌절시키지 못하도록 다른 상자들에 미리 조처를 취해놓았을 테니 말이오. 허나 백작은 우리의 목적을 모르고 있소. 아니, 비단 그 정도가 아니라 백작은 예전처럼 마음대로 사용할 수 없도록 그의 소굴을 정화시킬 수 있는 힘이 우리에게 있다는 것을 상상조차 못하고 있소이다. 우리는 그 상자의 배치에 관련해서 더욱 많은 정보를 갖게 되었으니 피커딜리의 집을 수색하면 나머지 상자들도 추적할 수 있을 게요. 그러므로 오늘은 우리의 날이고 오늘에 우리의 희망이 담겨 있소. 오늘 우리의 슬픔 위로 솟아오른 태양은 그 궤도를 돌며 우리를 지켜줄 것이오. 밤이 되기 전까지 그 괴물은 뭐가 됐든 지금의 모습을 그대로 유지하고 있을 것이오. 그자는 흙이라는 제한에 갇혀 있을 수밖에 없소. 얄팍한 공기에 녹아들 수도 없고 틈바구니나 갈라진 자국으로 사라질 수도 없지요. 문을 통해 들어갈 생각이라면 우리네 인간들과 마찬가지로 문을 열어야 하오. 그러므로 우리는 오늘 당장 그자의 모든 소굴을 추적하여 정화시켜야 하오. 그렇게 해서 아직은 그자를 붙잡아 파멸시키지는 못하더라도 반드시 포획과 뒤이은 파멸을 맞게 될 궁지로 그자를 몰고 갈 것이오."

나는 미나의 삶과 행복으로 고민하는 매 분과 매 초가 우리에게서 날아간다는 생각에 나 자신을 억누르지 못하고 자리에서 벌떡 일어섰다. 이렇게 이야기를 하는 사이 행동은 불가능한 것이 아닌가. 그러나 반 헬싱 교수는 경고하듯 손을 들어 올렸다.

"아니, 조너선, 이 일은 바쁠수록 돌아가라는 말이 딱 들어맞는 경우요. 때가 되면 우리는 행동을 해야 하고 그것도 아주 민첩하게 해야 하오. 허나 이 상황의 열쇠는 피커딜리의 집이오. 백작이 사들인 집은 아마 그것 말고도 여러 채가 있을 게요. 구매에 관련된 증서며 열쇠며 기타 등등의 물건들이 딸려 있겠지요. 앞으로 쓸 서신 용지며, 수표책도 있을 게요. 이 많은 소지품을 어딘가에 두어야 하오. 이토록 중심지이면서도 조용한 곳, 어느 때든 앞이나 뒤로 들락날락할 수 있는 곳, 오가는 사람이 많아도 눈에 띄지 않는 곳이 아니라면 대체 어디다 두었겠소? 우리는 피커딜리로 가서 그 집을 수색해보아야 하오. 그 집에 무엇이 있는지 알고 난 다음 우리의 친구 아서가 사냥할 때 즐겨 쓰는 표현대로 '굴을 매우고' 난 뒤 우리의 늙은 여우를 쫓아야 하는 거지요. 그렇지 않은가요?"

"그러면 당장 가게 해주십시오. 지금 이 귀중한, 너무도 귀중한 시간을 낭비하고 있어요!"

내가 소리쳤다. 교수는 전혀 동요 없이 다만 이렇게만 말했다.

"그러면 피커딜리의 집에는 어떻게 들어갈 거요?"

"어떤 식으로든요! 필요하다면 부수고라도 들어가겠습니다."

"그러면 경찰은? 보나마나 경찰이 있을 텐데 경찰이 그걸 보면 뭐라고 하겠소?"

나는 멈칫했다. 만약 반 헬싱 교수가 지체하려 한다면 충분한 이유가 있으리라는 것을 나도 잘 알고 있었다. 그래서 나는 되도록 조용하게 말했다.

"필요 이상으로 기다리지는 말았으면 합니다. 제가 어떤 고문을 받고 있는지 아시잖습니까?"

"아, 바로 그거요. 나 역시 당신에게 고통을 더할 생각은 추호도 없소. 허나 온 세상이 움직이기 시작할 때까지 우리가 뭘 할 수 있겠소? 잠시 기다리면 우리의 시간이 올 거요. 나는 생각하고 또 생각해보았는데, 가장 간단한 방법이 최선처럼 보이오. 우리는 그 집 안으로 들어가기를 바라는데, 열쇠가 없소. 그렇지요?"

나는 고개를 끄덕였다.

"그럼 이제 당신이 그 집의 소유주라 가정하고 그런데도 여전히 집에 들어갈 수 없다고 칩시다. 가택 침입자라는 가책을 전혀 느끼지 않아도 된다면 그때는 어떻게 하겠소?"

"믿음직한 열쇠 수리공을 불러다가 열쇠를 따라고 하겠지요."

"그러면 경찰은? 경찰이 개입하지 않겠소?"

"그럴 리가 있습니까? 그 사람이 합법적으로 고용되었다는 걸 경찰이 아는 이상 그런 염려는 하지 않아도 되겠지요."

내 대답에 반 헬싱 교수는 나를 뚫어져라 바라보았다.

"그렇다면, 의심이 되는 것은 그 고용주의 양심일 뿐이고, 경찰의 신뢰는 그 소유주가 훌륭한 양심을 가지고 있는지 그렇지 못한지의 여부를 가리는 것은 아니지요. 경찰이 그런 일에까지 귀찮게 나서려면 열정이 넘치는 영리한 사람, 아, 사람의 마음을 읽는 재주가 비상한 정말 영리한 사람이어야 할 거요. 아니, 조녀선, 그런 일이 얼마나 멀쩡하게 일어날 수 있는지 안다면 당신은 이 런던에서, 아니, 세상 어느 도시에서든 수백 채의 빈집을 열 수 있을 거요. 제대로만 된다면 아무도 개입하지 않을 테니까. 나는 런던에 멋진 집을 소유한 한 신사에 대한 글을 읽은 적이 있소이다. 여름 몇 달 동안 휴가차 스위스에 가면서 집을 잘 잠가놓았는데, 도둑이 집 뒤쪽 창문을 깨고 안으로 침입했다오. 집으로 들어간 도둑은 앞으로 가서 현관문을 열고 그 문을 통해 밖으로 나갔소. 그것도 바로 경찰 눈앞에서 말이오. 그러고는 바로 그 집에서 경매를 붙인다고 광고하고 커다란 표지판까지 세웠지요. 경매일이 오자 그는 집주인의 가재도구를 대규모 경매상에게 싹 팔아치웠소. 그런 뒤에는 건축업자에게 가서 일정한 시일 내에 지금의 건물을 부수고 잔해를 치운다는 데 동의하는 조건으로 그 집을 팔았소. 경찰과 관계 당국에서는 할 수 있는 대로 그 사람을 도왔지요. 주인이 스위스에서 휴가를 끝내고 돌아오자 예전에 집이 있던 곳에는 텅 빈 자리밖에는 아무것도 없었다오. 이 모두가 합법적으로 이루어진 일이었고, 우리의 일도 이처럼 합법적이어야 하오. 우리는 생각할 것 별로 없는 경찰이 이상하다고 여기지 않도록 지나치게 일찍 가서는 안 되오. 많은 사람들이 돌아다니는 10시 이후에 가서, 그 집이 진짜 우리 집인 척하며 작업을 해야 하는 거요."

반 헬싱 교수의 말이 구구절절 옳았다. 생각에 잠긴 사이 미나 얼굴에 드리워졌던 끔찍한 절망감도 어느 정도 누그러졌다. 그 훌륭한 조언에는 희망이 있었다. 반 헬싱 교수는 말을 이었다.

"일단 안으로 들어가면 우리는 더 많은 단서를 찾게 될 거요. 어쨌든 몇몇이 그곳에 남아 있는 사이, 우리 중 일부는 흙이 든 상자가 옮겨져 간 버몬시와 마일 엔드를 찾아다녀야 하오."

고달밍 경이 일어섰다.

"그 점에서는 제가 쓸모가 있겠군요. 아랫사람들에게 전보를 보내서 편리한 곳에 마차와 말들을 준비해두라고 이르겠습니다."

그러자 모리스가 나섰다.

"이보게, 우리가 승마를 하러 갈 경우라면 모든 것을 준비해놓는 것이 최선이겠지. 하지만 월워스나 마일 엔드의 골목길에서 우아하게 장식된 자네의 멋들어진 마차들이 우리의 목적을 이루기에는 지나치게 남들의 이목을 끌 거라고는 생각하지 않나? 서쪽이나 동쪽으로 갈 때는 합승 마차를 타야 할 걸세. 그나마도 우리의 목적지 인근에서 돌려보내야 하고."

"퀸시의 말이 옳소! 정말 비상한 머리를 가진 친구요. 우리가 하러 갈 일은 여간 어렵지 않은데 되도록 아무 눈에도 띄지 않는 편이 좋겠지요."

교수가 말했다. 미나는 차츰 모든 일에 흥미를 보였고, 상황의 긴박함 덕분에 한동안은 간밤의 끔찍한 경험을 잊는 것 같아 나는 무척 기뻤다. 그녀는 매우, 매우, 창백해서 납빛에 가까울 지경이었고 핏기가 가신 입술이 벌어져 얼마간 돌출된 이가 드러나 있었다. 미나에게 불필요한 고통을 줄까 봐 언급하고 싶은 생각은 추호도 없었지만 백작에게 피를 빨린 가엾은 루시에게 일어난 일을 생각하면 내 혈관을 흐르는 피가 차갑게 얼어붙는 것 같았다. 이가 날카로워졌다는 징조는 아직 보이지 않았지만 지난 시간은 얼마 되지 않은 반면 두려워할 시간은 많고 많았다.

계속해서 논의를 이어가 힘을 어떻게 분산할지를 의논하게 되자 새로운 문제가 불거졌다. 마침내 피커딜리로 떠나기 전에 가까운 백작의 소굴부터 분쇄하자는 데는 모두가 동의했다. 백작이 제아무리 빨리 우리의 의도를 알아챈다 해도 그렇게 하면 여전히 백작에 한발 앞서 파괴 작업을 이어갈 수 있으리라는 계산에서였다. 설령 일이 어긋난다 해도 지금처럼 물질적 형태를 지닌 취약한 존재일 때는 우리에게 새로운 기회를 줄 수 있을지도 몰랐다.

반 헬싱 교수는 힘의 분배와 관련해, 일단 카팩스에 들어갔다 나온 뒤다 같이 피커딜리의 집에 가자고 주장했다. 그런 다음 고달밍 경과 퀸시가 월워스와 마일 엔드의 소굴을 발견해 소탕하는 사이 의사 두 사람과나는 그곳에 남아 있어야 한다는 얘기였다. 반 헬싱 교수는 백작이 낮 동안 피커딜리에 나타날 수도 있으며 그렇다면 우리가 그때 그곳에서 그를 상대할 가능성이 있을지도 모르고, 어떤 경우에든 힘에서 그자에 밀려서는 안 된다고 말했다. 그러나 나는 그 계획에 강경하게 반대했다. 미나 곁에 남아서 그녀를 보호할 생각이었던 것이다. 나는 확고한 결심이 섰다고 말했지만 미나는 내 말에 반대하고 나섰다. 미나는 법적으로 해결할 문제가 있을지도 모르며 그럴 경우라면 반드시 내가 있어야 한다고 했다. 백작의 서류 중에는 트란실바니아에서의 경험에 비추어 나만이 이해할 수 있는 어떤 단서가 있을지도 모른다고도 했다. 백작이 가진 특별한 힘에 대항하려면 우리가 모을 수 있는 모든 힘을 총동원해야 하지 않겠느냐는 것이 미나의 얘기였다. 워낙 결심이 확고했기 때문에 나는 고집을 꺾을 수밖에 없었다. 미나는 우리가 함께 일을 하는 것만이 자신에게는 마지막 희망이라고 말했다. 미나는 내게 이렇게 이야기했다.

"나는 아무 두려움도 없어요. 이미 상황은 최악으로 치달았어요. 그러니 이제부터 무슨 일이 일어나든 거기에는 희망이나 위안이 담겨 있을 거예요. 가요, 여보! 하느님께서는, 그분의 뜻이 그러하시다면, 누가 곁에 있을 때와 마찬가지로 나 혼자 있어도 나를 지켜주실 거예요."

미나의 말이 끝나자 나는 목소리를 높였다.

"그렇다면 하느님의 이름으로 당장 시작합시다. 우리는 시간을 낭비하고 있어요. 백작은 우리 생각보다 피커딜리에 일찍 도착할지도 모릅니다."

"그렇지 않소!"

반 헬싱 교수가 손을 들어 올리며 말했다.

"왜죠?"

내 물음에 교수는 미소를 지었다고까지 할 수 있을 만한 표정으로 이렇게 대답했다.

"간밤에 실컷 성찬을 맛보았으니 오늘은 늦게까지 자리란 걸 잊었구려."

내가 잊었다고! 결코…… 절대로 그럴 수는 없다! 우리 중 누구라도 과연 그 섬뜩한 장면을 잊을 수 있을까! 미나는 용맹한 표정을 잃지 않으려고 안간힘을 쓰고 있었지만 곧 고통이 그녀를 사로잡았고 결국 두 손에 얼굴을 묻고 부르르 몸서리를 치며 신음을 토했다. 물론 반 헬싱 교수가 그녀의 끔찍한 경험을 되살릴 뜻이 있었던 것은 아니었다. 생각을 거듭하는 와중에 미처 그녀를 보지 못했고 이 일에서 그녀가 겪은 부분을 잠시 잊었던 것뿐이었다. 자신의 입에서 무슨 말이 나왔는지 깨닫자 반 헬싱 교수는 자신의 무심함에 경악하며 미나를 위로하려고 했다.

"아, 마담 미나. 소중한, 너무도 소중한 마담 미나, 아! 누구보다도 부인을 경외하는 내가 그런 소리를 내뱉다니……. 이 어리석은 늙은이의 입과 머리가 저지른 짓을 괘념치 말아주십시오. 제발 부탁이니 잊어주시지 않겠습니까?"

그러면서 교수는 미나 앞에서 허리를 깊숙이 굽혀 사과했다. 미나는 교수의 손을 잡고 눈물이 줄줄 흐르는 얼굴로 바라보면서 쉰 목소리로 말했다.

"아뇨, 저는 잊지 않을 거예요. 기억하는 편이 더 나아요. 그래야 교수님이 제게 얼마나 친절하셨는지도 모두 기억할 수 있을 테니까요. 자, 여러분은 곧 가셔야 해요. 아침식사가 준비되었고 우리는 강해지려면 뭐든 먹어야 돼요."

아침은 우리 모두에게 이상한 식사였다. 우리는 쾌활하려고 노력했고 서로에게 용기를 북돋워주려고 애썼다. 우리 중에서도 미나가 단연 밝고 명랑했다. 식사가 끝나자 반 헬싱 교수는 일어서서 말했다.

"자, 내 소중한 친구들이여, 우리는 이제 섬뜩한 사업에 나서야 하오. 처음 적의 소굴을 찾았던 밤에 그랬듯 모두 무기를 잘 갖추었소? 육신의 공격뿐만 아니라 영적인 것에도 무장이 되었소?"

우리는 일제히 그렇다고 대답했다.

"잘되었군요. 자, 마담 미나. 부인은 어느 경우에도 일몰까지는 이곳에서 안전하게 계실 수 있을 겁니다. 그전에는 우리가 돌아올 것이고……만약…… 아니, 반드시 돌아올 겁니다! 허나 가기 전에 혹시라도 있을지 모를 공격에 대비해서 부인을 무장시켜야겠습니다. 이미 부인의 방은 준비를 시켜놓았습니다. 우리가 익히 아는 것들을 놓아 그자가 들어올 수 없게 해놓았지요. 이제는 부인을 보호할 수 있게 해주십시오. 부인의 이마 위에 이 성체를 붙이겠습니다. 성부와 성자와 성령의 이름으로……."

듣는 우리의 마음이 얼어붙을 만큼 공포에 찬 비명이 일었다. 반 헬싱 교수가 미나의 이마에 성체를 올리자 지지직 소리가 나더니…… 마치 뜨겁게 달구어 희어진 금속 조각처럼 성체가 피부를 태우고 들어갔다. 내 가엾은 아내의 머리는 신경이 그 고통을 받아들이는 것만큼이나 빠르게 그 일의 중요성을 깨달았다. 그 두 가지 과정에 압도되어 미나의 온몸이 지나치게 긴장한 나머지 섬뜩한 비명을 내지른 것이었다. 비명의 메아리가 공기 중에서 채 가시기도 전에 그녀는 수치심의 격통을 이기지 못하고 바닥에 무릎을 꿇고 말았다. 낡아빠진 누더기 뒤에 숨은 나병 환자처럼 아름다운 머리칼로 얼굴을 가린 채 그녀는 울부짖었다.

"전 부정해요! 부정해! 심지어는 하느님도 제 더럽혀진 육신을 거부하시는 거예요! 전 최후 심판의 날까지 이마 위에 이 치욕의 표시를 갖고 있어야 할 거예요."

우리는 모두 꼼짝도 하지 못했다. 나는 무기력한 슬픔의 고통 속에서 그녀 곁에 몸을 던지고 그녀를 두 팔에 꼭 끌어안았다. 몇 분 동안 우리의 슬픔에 찬 심장은 함께 뛰었고, 그사이 주위의 친구들은 눈물이 흘러내리는 눈길을 가만히 돌렸다. 곧이어 반 헬싱 교수가 돌아서서 엄숙하게 입을 열었다. 그 장엄한 말투는 마치 그가 신의 계시를 받아 방언을 하고 있는 것처럼 느껴질 정도였다.

"아마도 그 표식은 하느님께서 당신이 적당하다 여기실 때까지 부인 이마 위에 남겨놓으실 겁니다. 어쩌면 그분께서 이곳에 내리신 그분의 자손들과 이 땅의 죄를 사하여주실 최후 심판의 날까지 남아 있을는지도 모르지요. 아, 마담 미나. 소중하고 소중한 분이시여. 그 붉은 상처, 무슨 일이 있었는지 하느님이 아신다는 표식인 그 상처가 사라져 부인의 이마가

우리가 아는 마음처럼 순수해질 때 부인을 사랑하는 우리들이 지켜볼 수 있기를 바랄 뿐입니다. 살아 있는 동안이라면 우리에게 지워진 짐을 들어 올리기에 하느님이 적당하다 여기실 때에 그 상처가 사라질 것입니다. 그 때까지 우리는, 그분의 외아들께서 그분의 의지에 순종하셨듯 우리의 십 자가를 지어야 하는 것이지요. 어쩌면 우리는 그분의 선량하신 기쁨의 선 택된 도구이며, 우리는 채찍질과 치욕을 통하여 그분의 부름에 따라야 하 는지도 모릅니다. 눈물과 피를 통하여, 의구심과 두려움을 통하여, 하느 님과 인간 사이의 차이를 만드는 모든 것들을 통하여 말이지요."

반 헬싱 교수의 말에는 희망과 위안이 있었다. 묵묵히 견디는 인종을 위한 것이기도 했다. 미나와 나는 모두 그렇게 느꼈고 동시에 우리는 노 인의 한 손씩을 붙잡고 허리를 굽혀 입을 맞추었다. 우리는 한 마디 말없 이 나란히 무릎을 꿇고는 모두가 손을 잡고 서로에게 진실할 것을 맹세했 다. 우리 남자들은 각자 자신의 방법으로 우리가 사랑하는 그녀의 머리에 서 슬픔의 베일을 걷어주겠다고 약속했다. 우리는 우리 앞에 놓인 섬뜩한 임무에서 하느님의 도움과 보호를 간절히 바랐다.

이제는 시작할 시간이었다. 나는 미나에게 작별 인사를 했다. 우리가 죽는 날까지 결코 잊지 못할 이별이었다. 그리고 우리는 출발했다.

한 가지에 관해서는 나는 결심을 굳혔다. 만약 미나가 결국 뱀파이어가 될 수밖에 없다는 것을 알게 된다면 그 공포만이 가득한 미지의 땅으로 홀로 가서는 안 된다는 것이었다. 뱀파이어는 비단 하나의 뱀파이어가 아 니었다. 그들의 음침한 몸뚱이가 신성한 흙에서만 쉴 수 있듯 그 가장 성 스러운 사랑이 그들의 섬뜩한 군대를 위한 모병 역할을 하는 것 아닌가.

우리는 아무 탈 없이 카팩스에 들어갔다. 모든 것이 처음 들어갔을 때 와 다름이 없었다. 그 먼지와 부패가 만연한 황폐한 환경 속에 우리가 익 히 아는 두려움의 원인이 있다고는 도무지 믿기 어려웠다. 이미 굳게 결 심이 선 상태가 아니었고 끔찍한 기억이 우리를 계속해서 나아가게 하지 않았더라면 우리의 사명을 지속할 수 없었을지도 모른다. 그 집에는 어떤 서류도 없었으며 쓰였던 흔적도 찾지 못했다. 낡은 예배당에 놓인 거대한 상자들은 지난번에 보았던 것과 똑같았다. 우리가 그 앞에 서 있는데 반 헬싱 교수가 엄숙하게 말했다.

"자, 친구들. 이제 우리는 여기서 할 임무가 있소. 우리는 백작이 그 소름끼치는 용도를 위해 저 머나먼 곳에서 가져온 성스러운 기억들로 축성된 이 흙을 정화시켜야 하오. 그자가 이 흙을 고른 것은 이것이 성스러웠기 때문이오. 그러므로 우리는 이 흙을 더욱 성스럽게 하여 그 자신의 무기로 그자를 무찌르는 것이오. 인간의 쓰임으로 바쳐졌던 것을 이제 우리는 하느님께 바치는 것이오."

그러면서 교수는 가방에서 스크루드라이버와 렌치를 꺼냈고 곧 상자 뚜껑을 열었다. 흙에서는 곰팡내와 텁텁한 냄새가 물씬 풍겼으나 우리는 조금도 신경 쓰지 않았다. 우리의 온 신경은 온통 반 헬싱 교수에게 쏠려 있었다. 교수는 가방에서 성체 한 조각을 꺼내더니 경건하게 흙 위에 올리고는 다시 뚜껑을 닫고 나사를 조였다. 우리도 곁에서 도왔다.

하나씩 차례로 우리는 같은 식으로 거대한 상자를 모두 처리했다. 겉보기에는 처음과 다름이 없었지만 상자에는 모두 성체의 빵 조각이 들어 있었다. 밖으로 나와 문을 닫자 반 헬싱 교수는 진지한 목소리로 말했다.

"이미 많은 일이 끝났소. 다른 일들에도 성공을 거둘 수 있다면 오늘 저녁 일몰의 햇살은 마담 미나의 상아처럼 흰, 아무 상처도 없는 이마를 비출 수 있을 것이오!"

기차를 타러 역으로 가는 길에 잔디밭을 지나가면서 우리는 정신병원의 정면을 바라보았다. 올려다보자 우리 방 창가에 선 미나가 보였다. 나는 그녀에게 손을 흔들어 보이고, 우리 일이 성공적으로 완수되었다는 것을 알리려고 고개를 끄덕였다. 미나는 알았다고 화답해 고개를 끄덕여 보였다. 나는 손을 흔드는 그녀의 모습을 마지막으로 보고 돌아섰다. 무거

459

운 마음으로 우리는 역으로 가 플랫폼에 들어섰고, 때마침 증기를 뿜어내던 기차를 가까스로 잡아탈 수 있었다. 나는 지금 기차에서 이 일기를 쓰는 중이다.

피커딜리, 12시 30분 펀처치 가에 도착하기 직전에 고달밍 경이 내게 말했다.

"퀸시와 나는 열쇠 수리공을 찾아보겠소. 하커 씨는 혹시라도 어떤 어려움이 있을지 모르니 같이 가지 않는 편이 좋아요. 우리가 빈집을 부수고 들어갔다는 것은 지금 같아서는 별로 나쁠 것 없어 보이기는 하지만 하커 씨는 변호사이고 자칫하면 변호사 협회에서 책망을 듣게 될지도 모르는 일이니까요."

나는 오명이든 뭐든 그 어떤 두려움도 함께하겠다며 항의했지만 고달밍은 말을 이었다.

"게다가 사람이 적어야 주목도 덜 끌게 될 거요. 내 작위만으로도 열쇠 수리공이나 순찰 다니는 경찰에게는 통할 수 있을 테니까 당신은 잭과 교수님과 함께 가서 그린 파크에서 기다리고 있어요. 그 집이 보이는 근처에서 어슬렁거리고 있다가 문이 열리고 열쇠 수리공이 가는 걸 보고 나면 건너오도록 해요. 우리가 망을 보고 있다가 안으로 들어오라고 할 테니까."

"훌륭한 충고요!"

반 헬싱 교수의 말에 더 이상 왈가왈부할 것이 없어졌다. 고달밍과 모리스는 합승 마차를 타고 서둘러 떠났고 우리는 다른 마차를 잡았다. 알링턴 가 모퉁이에서 나와 반 헬싱 교수, 수어드 박사는 마차에서 내려 그린 파크로 걸어갔다. 우리의 희망을 오롯이 품고 있는 그 집은 활기차고 생기 넘쳐 보이는 이웃한 집들 사이에서 버려진 상태 그대로 외따로이 음침하게 서 있었다. 그 모습에 내 심장은 두방망이질했다. 우리는 그 집이 잘 보이는 벤치에 앉아 남의 시선을 끌지 않을 요량으로 아무렇지도 않은

460

듯 시가를 피우기 시작했다. 두 사람이 오기를 기다리는 사이 시간은 발에 납덩이를 단 듯 느릿느릿 흘러가는 것 같았다.

마침내 우리는 사륜마차가 달려오는 것을 보았다. 마차가 멈추자 고달밍 경과 모리스가 태연한 모습으로 내렸다. 곧이어 마부석에서 골풀로 짠 연장 바구니를 든 땅딸막한 사내가 따라 내렸다. 모리스가 삯을 치르자 마차꾼은 모자챙에 손을 얹어 인사를 한 뒤 마차를 몰고 갔다. 두 사람은 함께 계단을 올라갔고 고달밍 경이 손짓으로 자물쇠를 가리켰다. 일꾼은 마침 주위를 순찰하던 경찰에게 뭐라고 하더니 겉옷을 벗어 무심코 난간에 걸쳐놓았다. 경찰은 알았다는 듯 고개를 끄덕였고, 일꾼은 가방을 내리고 무릎을 꿇었다. 일꾼은 가방 안을 들여다보면서 연장을 골라 차곡차곡 곁에 늘어놓았다. 일꾼은 일어서서 열쇠 구멍을 들여다보고 후우 불어본 다음 자기를 고용한 사람들을 돌아보며 뭐라고 이야기했다. 고달밍 경이 미소를 짓자 일꾼은 엄청난 크기의 열쇠 뭉치를 들어 올렸다. 일꾼은 그중 하나를 골라 마치 길이라도 찾는 양 자물쇠를 살피기 시작했다. 이 열쇠는 헛돌았고 잠시 후에 일꾼은 두 번째 열쇠를, 그러고는 세 번째 열쇠를 넣어보았다. 곧이어 문을 살짝 밀자 문이 와락 열렸고, 일꾼과 두 사람은 안으로 들어갔다. 우리는 가만히 앉아 있었다. 우리의 시가는 맹렬하게 타고 있었지만 반 헬싱 교수의 것은 차디차게 식어 있었다. 우리는 일꾼이 나와 자기 가방을 챙길 때까지 참을성 있게 기다렸다. 사내는 문을 무릎으로 받쳐 다시 닫히지 않게 고정하고는 자물쇠에 열쇠 하나를 맞추었다. 마침내 일꾼은 그 열쇠를 고달밍 경에게 내밀었고, 고달밍 경은 지갑을 꺼내어 뭔가를 내주었다. 일꾼은 모자챙을 살짝 건드려 인사를 한 뒤 가방을 들고 겉옷을 입고는 자리를 떴다. 그 모든 일이 벌어지는 동안 눈길을 준 사람은 단 한 사람도 없었다.

마침내 일꾼이 멀리 가자 우리 셋은 길을 건너가서 문을 두드렸다. 그러기가 무섭게 퀸시 모리스가 문을 열었다. 곁에는 고달밍 경이 시가에

461

불을 붙이고 있었다.

"여기 냄새가 아주 고약합니다."

우리가 들어갈 때 고달밍 경이 말했다. 아닌 게 아니라 고약하기 짝이 없었다. 카팩스의 낡은 예배당과 다를 것이 없었다. 우리의 예전 경험으로 미루어보아 백작은 틀림없이 이곳을 마음대로 이용하고 있었다. 우리는 강하고 교활한 적을 상대하고 있다는 것을 알고 있었지만 백작이 그집에 있는지의 여부는 아직 알 수 없었기 때문에 혹시라도 있을지 모를 공격에 대비해 다 같이 모여 집 안을 수색하기 시작했다. 홀 뒤쪽에 붙은 식당에 흙이 든 상자 여덟 개가 놓여 있었다. 우리가 찾는 아홉 개 중 여덟 개뿐이었다! 우리의 일은 아직 끝나지 않았다. 사라진 상자를 찾을 때까지는 결코 끝나지 않을 터였다. 우선 창문으로 가서 덧창을 열었다. 돌이 깔린 좁다란 마당을 가로질러 꼭 모형 집처럼 생긴 창문 없는 마사의 정면이 보였다. 마사에는 창문이 없어서 누가 엿볼까 염려는 하지 않아도 되었다. 우리는 곧바로 상자를 점검해보았다. 가져온 연장들로 차례로 상자를 연 다음 카팩스의 예배당에서 했던 것과 마찬가지의 조처를 취했다. 지금 백작이 집에 없다는 것이 확실했기 때문에 우리는 백작의 소지품을 찾아 나섰다.

지하실부터 다락방까지 나머지 방들을 대충 훑어본 다음 우리는 백작의 소지품이 모두 식당에 있으리라는 결론에 이르렀다. 잡다한 것들이 식당의 거대한 식탁 위에 아무렇게나 놓여 있었고 우리는 세심하게 살펴보기 시작했다. 큼직한 더미로 묶인 피커딜리 집의 권리증서, 마일 엔드와 버몬시의 집과 관련한 매매증서, 편지지, 봉투, 펜, 잉크가 있었다. 모두가 먼지가 앉지 않도록 얄따란 포장지를 덮어놓은 채였다. 옷솔이며 브러시, 빗, 주전자와 대야도 있었다. 대야에는 핏물인 듯 불그레하게 더러워진 물이 담겨 있었다. 마지막으로는 갖가지 종류와 크기의 작은 열쇠 더미가 있었는데, 아마도 마일 엔드와 버몬시의 것인 모양이었다. 이 마지

462

막 발견물을 점검하고 난 뒤 고달밍 경과 퀸시 모리스는 두 집의 주소를
정확하게 적은 종이와 열쇠 더미를 들고 두 집에 있을 상자들을 처치하러
갔다. 남은 우리 셋은 엄청난 인내심으로 두 사람이 돌아오기를 기다리는
중이다. 어쩌면 백작이 나타나기를 기다리는 중일지도 몰랐다.

23

수어드 박사의 일기

10월 3일 고달밍과 퀸시 모리스의 도착을 기다리는 사이 시간은 끔찍하도록 더디게 가는 것 같았다. 반 헬싱 선생은 우리가 무력해질까 봐 계속해서 머리를 쓰고 있도록 애를 썼다. 나는 때때로 하커에게 던지는 곁눈질로 그분의 자상한 뜻을 감지할 수 있었다. 그 가엾은 남자는 언뜻 보기에도 섬뜩하리만큼 슬픔에 완전히 압도되어 있다. 지난밤만 해도 하커는 원기 넘치고 강건한, 나이보다 어려 보이는 얼굴에 짙은 밤색 머리칼의 솔직하고 행복한 표정의 남자였다. 그러나 오늘은 시달리고 찌든 늙은이의 모습이다. 허옇게 센 머리는, 슬픔 탓에 얼굴에 가득해진 주름과 공허하지만 불타는 듯한 눈과 기이한 조화를 이루고 있다. 그러나 원기만큼은 여전히 온전하게 남아 있다. 사실, 하커는 살아 있는 불꽃과도 같다. 모든 일이 무사히 끝난다면 그 생생한 기력은 절망의 시기를 극복하게 해주어 그에게는 구원이 될 것이다. 그렇게 되면 다시금 현실의 삶에 적응할 수 있으리라. 가엾은 사람, 나 자신의 고통도 이토록 괴로운데 그의 고통은 오죽하겠는가! 그 점을 잘 아는 선생은 하커의 머리가 활발하게 움직이도록 최선을 다하고 계신다.·상황을 고려하면 그분이 하는 말씀은 무척

464

흥미로운 것이었다. 또렷이 기억나는 것으로는 이런 얘기가 있었다.

"나는 이 괴물과 관련된 서류를 수중에 얻게 된 후로 뭐 하나 빠짐없이 연구하고 또 연구해보았는데, 시간이 지날수록 그자를 철저히 제거할 필요성이 커지는 것 같소. 어느 글을 읽어보아도 그자가 발전한 흔적을 읽을 수가 있었다오. 비단 힘뿐만이 아니라 지식에서도 그래요. 부다페스트 대학에 있는 내 친구인 아르미니위스의 연구에서 알게 된 바에 따르면 백작은 살았을 적에 굉장한 인물이었소. 군인이자 정치가, 연금술사였지요. 연금술사로서는 그 당시의 과학적 지식의 최전선에 있었기도 했고 말이오. 백작은 비할 바 없는 박학한 두뇌와 두려움이나 회한을 모르는 마음을 갖고 있었소. 심지어는 스콜로만스에 들어가기도 했다고 하는데, 그의 시대의 학문의 갈래로서 백작이 연구하지 않은 것이 없다 하오. 하여간 그 지력은 육체의 죽음 이후에도 살아남았소. 비록 기억이 모두 완성된 것처럼 보이지는 않지만 말이오. 어떤 정신적 기능에서는 예전이나 지금이나 어린애에 불과하오. 그러나 그는 계속해서 성장하고 있고 처음에는 유치한 단계에 지나지 않던 것들이 지금은 성인의 것과 다름없는 상황에 이르렀소. 그자는 실험을 하고 있고 그것도 썩 잘하고 있다 할 수 있소. 우리가 그 앞을 가로막지 않았더라면 그자는 하마터면 삶이 아니라 죽음으로 이끄는 길에 놓인 존재들로 이루어진 새로운 질서의 아버지이자 선구자가 될 뻔한 게요. 만일 우리가 실패한다면 지금 역시 그럴 가능성이 있고 말이오."

선생의 말이 끝나자 하커는 신음을 하며 입을 열었다.

"그런데 그 실험이 제 아내를 상대로 이루어지고 있다는 겁니다! 그자가 어떻게 실험을 하고 있는 걸까요? 그걸 알면 우리가 그를 물리치는 데 도움이 될 텐데요!"

"이곳에 온 이후로 그자는 천천히, 그러나 확실히 자신의 힘을 시험하며 성공을 거두고 있소. 그 커다란 어린애의 두뇌를 맹렬히 움직이면서요. 그래요, 아직 우리에게는 어린애의 두뇌요. 만일 그자가 처음부터 시도를 했더라면 오래전에 우리의 힘을 넘어설 수도 있었을지 모르오. 그러나 그는 성공을 거둘 요량으로 바짝 조심을 하고 있고 몇 세기를 지낸 사람이니 기다리면서 천천히 갈 여유가 있을 것이오. 페스티나 렌테이[165]가 아마 그자의 좌우명일 거요."

"이해가 가지 않습니다. 아, 좀 더 평이하게 설명해주세요! 아마도 슬픔과 고통이 제 머리를 둔하게 만들었나 봅니다."

하커가 기진맥진한 듯 말했다. 반 헬싱 선생은 그의 어깨에 부드럽게 손을 올리고 말했다.

"그러지요, 평이하게 하리다. 이 괴물이 최근 실험을 통해 서서히 지식을 향해 다가가고 있는 것을 보지 않았소? 어떻게 그 식육광 환자에게 영향을 미쳐 그를 이용해 존의 집으로 들어갈 수 있게 되었던가요? 비록 이후에는 자기 내키는 대로 제멋대로 드나들 수 있지만 처음에 들어가려면 내부인의 청이 있어야 한다오. 허나 이것이 그자의 가장 중요한 실험은 아니오. 처음에는 이 거대한 상자들을 다른 사람의 힘을 빌려서 옮겼다는 걸 우리도 알지 않소? 그자는 그때는 그렇게 해야 한다는 것만을 알고 있었소. 그러나 그동안 거대한 어린애의 두뇌가 자라나면서 그자는 혼자 힘으로도 상자를 옮길 수 있지 않을까 생각하기 시작했소. 그래서 서서히 거들기 시작한 거요. 그렇게 해도 아무 문제가 없다는 걸 깨닫자 이제는 혼자서 운반해보겠다고 마음먹었지요. 그런 식으로 그자는 계속해서 나아가 여기저기에 자신의 무덤을 흩어놓았던 것이오. 상자가 어디에 숨겨져 있는지를 오직 자신만이 알고 있게끔 말이오. 아마도 그자는 상자를 땅속 깊이 묻어두려는 의도를 가지고 있을 게요. 그렇게 하면 밤이나 형상을 바꾸려 할 때에 자신만이 그 상자를 이용할 수 있으며, 그 누구도 그

---

165 급할수록 돌아가라는 뜻.

것이 그자의 피난처임을 모르게 될 테니까! 허나, 절망하지 말구려. 이것을 그자가 깨달은 것은 불과 얼마 전 일이고 때는 이미 늦었소! 이미 한 곳을 제외한 그자의 모든 소굴이 아무 쓸모없도록 정화되었지 않은가요? 그나마 해가 지기 전까지는 그 한 곳도 그렇게 될 게요. 그렇게 되면 그자가 움직이거나 숨을 수 있는 곳은 아무 데도 없소. 내가 오늘 아침 지체한 까닭은 확신을 얻기 위해서였소. 우리가 그자보다 위험할 일이 무엇이 있겠소? 그런 다음에 우리는 그자보다 더욱 주의하면 되는 것이 아니겠소? 내 시계로는 지금 1시이고, 일이 잘되었다면 아서와 퀸시가 돌아오는 길일 거요. 오늘은 우리의 날이오. 우리가 느리기는 해도 어떤 기회도 놓치지 않을 것임을 확신해야 하오. 보시오! 지금 자리를 비운 이들이 돌아오면 우리는 다섯이 된다오."

이야기를 하고 있는데 홀 문에서 노크 소리가 들려왔고 우리는 소스라치게 놀랐다. 두 번 연속 문을 두드리는 것으로 보아 전보 배달을 알리러 온 우체부였다. 우리 셋은 곧바로 홀로 나갔고, 반 헬싱 선생은 손을 들어 가만히 있으라고 한 뒤 문가로 다가가 문을 열었다. 전보 배달부가 속달을 건네주었다. 선생은 다시 문을 닫고 손에 든 전보를 잠시 내려다본 뒤 열어 읽어 내려갔다.

D를 주의할 것. 지금 12시 45분, 카팩스에서 나와 급하게 남쪽으로 갔음. 한 바퀴 돈 뒤 여러분을 보고 싶어 할 듯함.

미나

잠시 침묵이 일었지만 곧 조너선 하커의 목소리가 울렸다.

"이제 하느님께 감사하게도 곧 만나게 되겠군요!"

반 헬싱 선생은 곧바로 하커 쪽으로 눈길을 던졌다.

"하느님은 당신의 방식과 시간으로 임하시는 분이오. 두려워하지도 말

467

고 아직은 기뻐하지도 마시오. 지금 우리가 바라는 것은 우리의 파멸이 될지도 모르니까."

"저는 지금 아무것도 상관하지 않습니다. 창조주의 세계에서 이 짐승을 제거하는 것 외에는요. 그러기 위해서라면 제 영혼이라도 팔겠습니다!"

하커가 노기를 띠고 대꾸했다.

"아, 가만, 가만. 하느님은 이런 방법으로 영혼을 사는 분이 아니오. 악마야 영혼을 살지 몰라도 신의를 지키지는 않지요. 허나 하느님은 자비롭고 공정하신 분이어서 당신의 고통과 마담 미나에 대한 헌신을 알고 계시오. 부인이 그 말을 듣지 못했으니 망정이지 그랬다면 고통이 두 배가 되지 않았겠소? 우리 중 누구도 두려움을 가진 사람은 없소. 우리는 이 목적에 스스로를 헌신했고, 오늘은 그 마지막을 볼 것이오. 행동할 시간이 다가오고 있소. 오늘 이 뱀파이어는 인간의 힘에 제한되어 있고 일몰까지는 변신을 할 수 없소. 지금 1시 20분인데, 아무리 서두른다고 해도 그자가 여기에 도착하기까지는 시간이 꽤 걸릴 게요. 우리가 바랄 건 아서 경과 퀸시가 먼저 도착하는 것이오."

하커 부인의 전보를 받은 뒤 30분쯤 뒤에 조용하지만 단호한 노크 소리가 들려왔다. 매시간 수천 명의 신사들이 하고 있을 평범하기 짝이 없는 노크였지만 그 소리에 나와 선생의 심장은 요란하게 뛰기 시작했다. 우리는 서로를 바라보고 나란히 홀로 움직였다. 저마다 다양한 무기 ─ 왼손에는 영적인, 오른손에는 도덕적인 ─ 를 갖춘 채였다. 반 헬싱 선생이 당장 행동을 취할 준비를 한 뒤 빗장을 풀고 반쯤 문을 열었다. 문가 계단에 서 있는 사람은 다행히도 고달밍 경과 퀸시 모리스였다. 두 사람은 재빨리 안으로 들어와 문을 닫았다. 홀을 따라 걸음을 옮기면서 고달밍 경이 말했다.

"잘되었습니다. 두 곳 다 찾았어요. 한 곳에 상자가 여섯 개씩 있었는데 모두 파괴했습니다."

"파괴했다고?"

선생이 물었다.

"네!"

우리는 한동안 아무 말이 없었다. 그러다가 퀸시가 입을 열었다.

"여기서는 기다리는 것 말고는 할 일이 없습니다. 하지만 5시까지 기다려도 그자가 나타나지 않으면 우리는 출발해야 해요. 해가 진 후에 하커 부인을 혼자 남겨두고 싶지는 않습니다."

그 말에 반 헬싱 선생은 수첩을 들여다보고 나서 말했다.

"곧 올 거요. 노타 베이니[166]. 마담 미나가 보낸 전보에 따르면 그자는 카팩스에서 남쪽으로 갔소. 그 말은 강을 건너간다는 뜻인데, 그자가 강을 건너는 건 간조 때, 그러니까 1시 조금 전에야 가능하오. 그가 남쪽으로 갔다는 말은 우리에게 시사해주는 바가 있소. 지금까지는 그저 미심쩍은 생각을 품고 있을 뿐이어서, 우선 카팩스에서부터 시작해 가장 덜 의심 가는 쪽으로 이동하게 될 거요. 아마 두 사람이 버몬시에 간 시각은 그자가 도착한 시각보다 불과 얼마 빠르지 않았을 게요. 아직 그자가 이곳에 오지 않았다는 건 다음에 마일 엔드로 갔다는 뜻이라오. 어떤 식으로든 강을 건너야 할 테니 시간이 좀 걸릴 거요. 이제는 그다지 오래 기다리지 않아도 될 듯하오, 친구들. 기회를 허비하지 않으려면 공격 계획을 짜야 하오. 쳇, 이제는 시간이 없소. 무기를 드시오! 잠깐!"

그러다가 선생이 경고하듯 손을 들어 올렸다. 홀 문의 자물쇠에 살그머니 열쇠가 꽂히는 소리가 들려왔다.

나는 심지어는 그러한 순간에도 탁월한 영혼이 그 진가를 드러내는 방식에 감탄을 금할 수 없었다. 세계의 여러 곳에서 벌인 수많은 사냥과 모험 여행 속에서 퀸시 모리스는 언제나 행동 계획을 세우는 쪽이었고, 아서와 나는 잠자코 그 친구 말을 따르는 데 익숙해져 있었다. 지금도 그 오랜

---

166 주의하라는 뜻.

습관이 본능적으로 나타나는 것 같았다. 방 안을 잽싸게 둘러본 뒤 모리스는 곧바로 공격 계획을 세우고 한 마디 말없이 몸짓으로 우리를 각자 위치에 배치했다. 반 헬싱 선생, 하커와 나는 문 바로 뒤였다. 문이 열리면 선생이 그자를 막아서고 그러는 사이 우리 두 사람이 안으로 들어선 백작과 열린 문 사이에 서는 것이었다. 창문 정면으로 뛰어들 수 있는, 눈에 띄지 않는 위치가 고달밍과 퀸시의 자리였다. 고달밍이 뒤에, 퀸시는 앞에 자리를 잡았다. 시간은 악몽처럼 더디게 지나갔고, 손에 땀을 쥐게 하는 긴장감은 높아져만 갔다. 느릿한, 주의 깊은 발소리가 홀을 따라 들려왔다. 백작은 틀림없이 어떤 놀라운 일을 예상하고, 적어도 두려워하고 있었다.

  느닷없는 단 한 번의 몸짓으로 백작이 방 안으로 뛰어들었다. 우리 중 누구라도 그를 저지시키기 위해 손 하나 들 짬 없이 백작은 우리를 지나쳐 달려갔다. 그 행동에는 표범의 것 같은, 도무지 인간의 것이라고는 할 수 없는 무엇인가가 있었고 우리는 백작이 달려든 충격에서 벗어나 곧바로 정신을 바짝 차렸다. 처음으로 행동을 취한 사람은 하커였다. 하커는 날래게 몸을 날려 집 정면 쪽의 방으로 이어지는 문 앞을 막아섰다. 우리를 보자 백작의 얼굴에 섬뜩한 조소가 스치며 길고 날카로운 이가 드러났다. 그러나 그 사악한 웃음은 사자의 것과 같은 경멸이 담긴 차디찬 응시로 바뀌었다. 우리가 다가가자 백작의 표정은 순식간에 다시 변했다. 좀 더 잘 조직된 공격 계획을 세워두지 못한 것이 유감이었다. 바로 그 순간에조차도 나는 우리가 뭘 하면 좋을지 궁리하고 있었던 것이다. 우리의 치명적 무기가 유용할지 나조차도 확신하지 못하고 있었다. 하커는 무기를 실험해보려고 작정을 했는지 어느새 커다란 쿠크리[167] 단검을 준비하고 맹렬하고도 갑작스럽게 달려들었다. 매서운 가격이었다. 그러나 백작은 악마 같은 민첩함을 갖고 있었고 뒤로 풀쩍 뛰어 가까스로 공격에서

---

167 네팔 구르카 족이 쓰는 날이 넓은 단검.

벗어날 수 있었다. 그 순간 예리한 칼날이 그자의 코트를 찢어 그 터진 틈으로 지폐 다발이며 금화들이 우수수 쏟아져 내렸다. 그때 백작의 얼굴에 떠오른 표정은 지옥 그 자체였다. 그 모습을 보자 또 한 번의 일격을 가하기 위해 섬뜩한 칼을 휘두르는 것을 내 눈으로 확인하고도 나는 하커가 걱정스러워 견딜 수가 없었다. 본능적으로 나는 하커를 보호하려는 충동으로 왼손에 성체와 십자가를 든 채 앞으로 나아갔다. 나는 알 수 없는 강력한 힘이 내 팔을 따라 흐르는 것을 느꼈다. 그것은 그리 놀라운 일이 아니었다. 우리 모두에게서 동시에 이루어진 유사한 움직임 앞에서 주춤거리며 그 괴물이 물러나고 있었으니까. 그때 백작의 얼굴에 떠오른, 지옥의 것과 같은 증오심이 어른거리는 그악한 분노와 당혹스러운 사악함의 표정을 묘사하기란 불가능하다. 밀랍 같은 창백한 안색은 불타오르는 눈과 대조를 이루어 녹색 빛이 도는 노란색을 띄었고, 이마의 붉은 상처는 그 파리한 피부 위에서 꿈틀거리며 뚜렷하게 드러나 보였다. 다음 순간, 백작은 몸을 홱 아래로 꺾어 하커의 팔 밑으로 숙이고 들어갔고 하커의 가격은 실패로 돌아갔다. 백작은 바닥에서 한 줌의 돈을 그러쥔 뒤 방을 가로질러 달려가 창으로 몸을 던졌다. 쨍그랑, 반짝이며 떨어져 내리는 산산조각 난 유리의 파편과 함께 백작은 판석을 깐 포장 위에 나뒹굴었다. 유리 깨지는 요란한 소리에는 소버린 금화들이 판석 위로 떨어지면서 울리는 '쩔렁' 소리가 섞여 들었다.

우리는 우르르 창가로 달려갔다. 백작은 멀쩡하게 바닥에서 벌떡 일어났다. 백작은 허겁지겁 계단을 밟고 포장이 깔린 마당을 지나 마사 문을 열었다. 그곳에서 백작은 홱 돌아서서 우리를 올려다보며 소리쳤다.

"네놈들이 나를 좌절시키겠다는 말이지. 꼭 푸줏간에 걸린 양고기처럼 희멀개진 얼굴로 나란히 서 있는 네놈들이. 후회하게 될 것이다, 한 놈 한 놈 모두 다! 내가 쉴 곳이 단 한 군데도 남아 있지 않다고 생각하겠지만 어림도 없다. 내 복수는 이제 시작되었어! 나는 이 복수를 몇 세기 동안

이나 계획해왔고 시간은 나의 편이다. 네놈들의 계집들, 네놈들이 모두 사랑한 그 계집들은 모두 내 것이 되었다. 그 계집들을 통해서 언젠가 네놈들과 다른 놈들은 나의 명령을 수행하고 내가 먹기를 바랄 때 기꺼이 나의 재칼 노릇을 하는 나의 소유물, 나의 창조물이 될 것이다!"

경멸스러운 조소를 던지며 백작은 잽싸게 마사 문 안으로 들어갔다. 우리는 백작이 안에서 문을 잠그는, 녹슨 빗장의 끼익거리는 소리를 들을 수 있었다. 그러고는 그 맞은편의 문이 열렸다 닫히는 소리가 이어졌다. 마사로 그자를 쫓아가봤자 소용이 없다는 것을 깨닫고 홀로 향하고 있을 때 가장 먼저 입을 연 사람은 반 헬싱 선생이었다.

"우리는 뭔가를 배웠소……. 그것도 지나치게! 흰소리를 치고는 있지만 그는 우리를 두려워하고 있소. 시간을 두려워하고, 바람을 두려워하오! 그렇지 않다면 왜 그리 서둘렀겠소? 그자의 목소리는 스스로를 배신했소. 그렇지 않다면 내 귀가 잘못된 것이지. 왜 돈을 가져갔겠소? 어서 따라가시오. 당신들은 들짐승을 사냥하는 사냥꾼이니 그자를 잘 이해할 수 있을 게요. 그동안 나는 혹시라도 그자가 돌아올 것에 대비해 이곳에서는 아무것도 쓸 수 없게 해놓으리다."

그러면서 선생은 남은 돈을 주머니에 넣고 하커가 놓아둔 권리 증서며 다른 여타의 것들을 한데 모아 벽난로에 넣은 뒤 성냥으로 불을 붙였다.

고달밍과 모리스는 마당으로 달려 나갔고 하커는 백작을 쫓으려고 창으로 내려갔다. 그러나 마사 문의 빗장을 잠가놓았던 터라 강제로 열어젖혔을 때는 백작의 흔적조차 찾을 수 없었다. 반 헬싱 교수와 나는 집 뒤쪽을 조사했다. 그러나 마사는 버려져 있었으며 그자가 떠나는 것을 본 사람도 아무도 없었다.

이제 늦은 오후였고 일몰이 멀지 않았다. 우리는 게임이 끝났다는 것을 인정할 수밖에 없었다. 무거운 마음으로 우리는 선생의 말에 고개를 주억거렸다.

"마담 미나에게로 돌아갑시다. 가엾은, 가여운 마담 미나. 우리가 지금 할 수 있는 일은 모두 끝났지만 적어도 그곳에서 그녀를 보호할 수는 있지 않겠소. 그렇다고 절망할 건 아니오. 흙이 담긴 상자는 이제 하나뿐이니 우리는 그 상자를 찾기 위해 애써야 하오. 그것만 잘되면 만사 아무 문제없을 게요."

나는 선생이 하커를 위로할 요량으로 한껏 용감하게 이야기하고 있다는 것을 알 수 있었다. 그 가엾은 사람은 절망한 나머지 차마 억누르지 못한 낮은 신음을 가끔씩 토해내고 있었다. 부인을 생각하고 있었던 것이다.

서글픈 마음으로 우리는 집으로 돌아왔다. 하커 부인은 용기와 이타심을 뚜렷하게 드러내주는 명랑한 표정으로 우리를 기다리고 있었다. 우리의 얼굴을 보자 그녀의 표정은 죽음처럼 창백해졌다. 한동안 그녀의 눈은 마치 은밀히 기도를 올리는 듯 감겨져 있었다. 그러더니 그녀는 쾌활한 목소리로 말했다.

"여러분 모두에게 얼마나 감사를 드려야 할지 모르겠어요. 아, 가엾은 내 남편!"

그렇게 말하면서 그녀는 남편의 희끗한 머리칼을 두 손에 들어 입을 맞추었다.

"당신의 가엾은 머리를 내려놓고 좀 쉬어요. 모든 것이 잘될 거예요, 여보! 그분의 선량하신 의도 속에서 하느님께서는 우리를 보호해주실 거예요."

가엾은 남편은 신음을 토했다. 그 깊고도 깊은 비참함을 묘사할 언어는 세상 어디에도 없었다.

우리는 다 같이 모여 대충 요기를 했다. 그나마도 식사가 얼마간은 기운을 북돋워줄 수 있었던 것 같다. 아마도 음식이 배고픈 이에게 주는 단순한 동물적 열기였을 것이다. 우리 중 누구도 아침식사 이후로 아무것도 먹지 못했던 데다가 동료 의식이 우리를 도왔기 때문인지 어쨌든 우리는 덜 비참한 느낌이 들기 시작했고, 아무 희망도 없이 내일을 맞게 될 것 같지는 않은 기분이 들었다. 약속에 충실하게, 우리는 하커 부인에게 지난 일을 모두 이야기했다. 위험이 남편을 엄습하는 듯 보일 때마다 흰 눈처럼 새하얘지기도 하고, 그녀에 대한 헌신이 만천하에 드러날 때는 발갛게 홍조를 띠기도 하면서, 부인은 용감하게 귀를 기울였다. 하커가 무모할 정도로 용감하게 백작에게 달려든 부분에 이르자 그녀는 남편의 팔에 달라붙더니, 그렇게 하면 다가올 모든 해악에서 남편을 보호할 수 있기라도 한 것처럼 꼭 붙들었다. 그러나 그녀는 이야기가 모두 끝나고 현재 상황으로 이어질 때까지 한 마디도 하지 않았다. 이야기가 모두 끝나자 그녀는 남편의 손을 놓지 않은 채 자리에서 일어서서 입을 열었다. 아, 그 광경을 글로 옮길 수 있다면 얼마나 좋을까. 젊음과 활력의 광채를 뿜어내는 아름답고 아름다운, 선하디선한 여인이 있다. 그녀 자신이 너무도 뚜렷이 인식하고 있으며 언제 어떻게 생겨났는지를 떠올릴 때마다 우리로 하여금 절로 이를 갈리게 만드는 이마의 붉은 흉터를 지니고 있는 여인이……. 그녀의 사랑스러운 다정함은 우리의 음울한 증오와 대조를 이루고 있었다. 그녀의 부드러운 믿음은 우리 모두의 두려움과 의구심에 대항하고 있었다. 그러나 그 상징을 알고 있는 우리에게, 그 모든 선함과 순수함과 믿음에도 불구하고 그녀는 하느님에게서 축출된 존재였다.

"조녀선."

부인이 마침내 입을 열었다. 그녀의 입술에서 나오는 말 한 마디 한 마디에 사랑과 다정함이 가득 담겨 음악처럼 울렸다.

"조녀선, 그리고 저의 진정한, 진정한 친구들, 저는 여러분이 이 섬뜩한 시간 내내 마음에 새기고 계시는 것이 있기를 바라는 마음이 간절해요. 저는 여러분이 투쟁해야 한다는 걸 알아요. 진정한 루시가 이후에 살 수 있도록 거짓된 루시에게 그렇게 하셨듯 파괴를 하는 것이 여러분의 일이라는 것도 잘 알아요. 하지만 이것은 증오심으로 할 일은 아니에요. 이 모든 비극을 일으킨 그 가엾은 영혼이야말로 단연코 가장 슬픈 사례일 거예요. 그의 사악한 부분이 파멸되어 선한 부분이 영적 불멸성을 되찾게 되었을 때 그의 기쁨이 어떨까를 생각해보세요. 여러분은 비록 그를 파괴하는 일에서 손을 떼지는 못할지언정 그를 불쌍히 여기셔야 해요."

그녀의 말을 듣는 사이 나는 그녀 남편의 얼굴이 마치 그 자신 속에 들어 있는 열정이 그의 존재를 중심을 향해 바짝 오그라뜨리기라도 하는 것처럼 어두워지고 침울해지는 것을 볼 수 있었다. 본능적으로 부인의 손위에 낀 깍지가 세게 죄어 들어가면서 관절이 하얗게 드러났다. 그녀는 분명 고통을 느꼈을 테지만 움찔조차 하지 않고 그 어느 때보다도 호소력 있는 눈으로 남편을 바라보았다. 그녀가 말을 멈추자 하커는 그녀의 손에서 강제로 떼어내다시피 손을 떼면서 벌떡 일어섰다.

"하느님께서, 우리가 겨냥하고 있는 그자의 이승에서의 생명을 멸망시키기에 충분한 시간만큼만 내 손에 그자를 주신다면 나는 더 바랄 것이 없겠소. 아니, 비단 그것뿐만이 아니라 그자의 영혼을 영원히 불타는 지옥으로 보낼 수 있다면 기꺼이 그렇게 하겠소!"

"아, 진정해요, 여보! 자비로우신 하느님의 이름을 함부로 말하지 말아요. 조너선, 그런 얘기를 입에 올리면 안 돼요. 당신이 그러면 나는 공포와 두려움으로 짓뭉개지고 말 테니까요. 한번 생각해봐요, 여보……. 나는 이 기나긴 하루 동안 종일 그 생각을 했어요. 어쩌면…… 아마도…… 언젠가는…… 나 역시 그런 자비를 필요로 할지도 모르는데, 당신과 같은 다른 사람, 같은 분노의 이유를 가진 사람이 내게 그런 자비를 베풀기를 거부할 수도 있을 거라는 생각을요! 아, 여보! 솔직히 다른 방법이 있다면 이런 생각을 당신에게는 숨겼을 거예요. 하지만 나는 하느님께서 당신이 한 그 거친 말을 대수로이 여기지 않으시도록 기도드리겠어요. 그저 사랑하는, 하지만 너무도 큰 고통을 겪은 사람의 가슴 찢어지는 울부짖음으로서 받아들여 주십사고요. 아, 하느님, 평생토록 잘못을 저지르지 않았는데, 지극히 큰 슬픔을 안게 된 사람입니다. 이 가엾은 흰 머리칼이 이 사람이 겪는 고통의 증거가 되게 해주옵소서."

이제는 우리 남자들도 모두 눈물을 흘리고 있었다. 감정을 주체할 수가 없었기에 모두들 대놓고 울었다. 그녀 역시도 자신의 아름다운 조언이 받아들여지는 것을 보고 눈물을 흘렸다. 그녀의 남편은 그녀 곁에 무릎을 꿇고 앉아 두 팔로 부인을 끌어안고 드레스 자락에 얼굴을 묻었다. 반 헬싱 선생이 우리를 손짓해 불렀고, 우리는 서로 사랑하는 두 사람을 하느님께 남기고 살며시 방을 나왔다.

방에서 나오기 전에 선생은 하커 부인에게 그 방에 뱀파이어가 침입하지 못하도록 조처를 취했으니 평화 속에서 쉴 수 있을 것이라고 부인을 안심시켰다. 그녀는 애써 선생의 말을 신뢰하고 남편을 위해서라도 흡족해하는 듯 보이려고 안간힘을 쓰는 기색이 역력했다. 나는 그것이 몹시 용감한 투쟁이며, 결코 보답이 없지 않으리라 생각하고 또 믿는다. 반 헬싱 선생은 위급 상황이 닥치면 둘 중 누구라도 울릴 수 있도록 근처에 종을 준비해놓았다. 방에서 나오자 퀸시, 고달밍, 나는 우리가 밤 시간을 나누어 불침번을 서서 저 가여운 여인의 안전을 수호해야 한다는 데 의견을 모았다. 첫 번째 차례는 퀸시의 몫이니 나머지 우리 두 사람은 되도록 빨리 침대로 가야 한다. 고달밍은 두 번째 차례이기 때문에 벌써 자러 들어갔다. 이제 내 일이 끝났으니 나도 잠자리에 들어야겠다.

조너선 하커의 일기

10월 3, 4일, 자정 가까운 시각 나는 어제가 결코 끝나지 않으리라 생각했다. 잠에 대한 열망은 나를 넘어서 있었다. 깨어 있다 보면 상황이 변화하는 것을 깨달을 수 있을 것이며 지금으로서는 어떤 변화도 현재보다는 나을 것이라는 맹목적 믿음 때문이었다. 헤어지기 전에 우리는 다음 번 취할 조치에 대해 의논했지만 어떤 결론에도 이르지 못했다. 우리가 아는 것은 흙이 담긴 상자 하나가 남아 있고 그 장소를 아는 이는 백작 혼자뿐이라는 것이 전부였다. 만약 백작이 상자에 누워 숨어 있기로 작정했다면 몇 년이고 우리는 할 수 있는 일이 아무것도 없게 된다. 그러는 사이에…… 아니, 그 생각은 너무도 끔찍하여 지금으로서는 머릿속에 떠올릴 엄두조차 나지 않는다. 내가 아는 것은 이것뿐이다. 세상에 모든 면에서 완벽한 여인이 있다면 그 사람은 바로 나의 딱한 아내라는 것. 나는 지난밤에 자비를 드러내 보인 이후로 그녀를 수천 배 더욱 사랑하게 되었다. 그 괴물에 대한 나 자신의 증오가 비루해 보일 만큼의 자비였다. 확실히 하느님은 그 같은 창조물이 사라진다 해서 세상이 더욱 타락하도록 허락하지는 않으시리라. 이것은 내게 희망이다. 암초를 향해 떠내려가는 우리에게 지금의 믿음만이 우리의 유일한 닻이다. 하느님, 감사합니다! 미나가 잠이 들었다. 꿈도 꾸지 않고 있다. 나는 그녀의 꿈이 끔찍한 기억과 관련 있는 것일지도 모른다는 생각에 두려워진다. 미나는 내가 보기에는 해가 진 이후로 편안한 모습이 아니었다. 그러더니 한동안 그녀의 얼굴에 3월의 눈보라 이후의 봄날 같은 휴식이 떠올랐다. 그때는 그것이 그녀 얼굴에 비친 일몰의 부드러운 붉은빛이라고 생각했지만 지금 생각해보니 한층 깊은 의미를 띠고 있는 것 같다. 졸음이 오지 않는다. 지칠 대로 지쳤는데도, 죽음에 이를 만큼 지쳤는데도……. 그러나 잠이 들도록 애써 봐야 한다. 생각해야 할 내일이 있고 내게는 휴식이란 없을 테니까. 바로 그때까지는…….

후에 미나가 깨워 일어났으니 나도 모르게 잠이 들어 있었던 모양이다.

478

미나는 소스라치게 놀란 표정으로 침대에 앉아 있었다. 방 안에 희미한 불을 밝혀놓았기 때문에 어려움 없이 그녀를 볼 수 있었다. 미나는 내 입술 위로 경고하듯 손을 얹더니 이제는 귀에 대고 속삭였다.

"쉿! 복도에 누군가 있어요!"

나는 가만히 일어나 방을 가로질러 가서 조심스레 문을 열었다.

바로 밖, 매트리스 위에 모리스 씨가 멀쩡하게 깬 채 앉아 있었다. 그는 조용히 하라고 손가락을 들더니 내게 속삭였다.

"쉿! 침대로 돌아가요. 아무 탈 없이 무사하니 걱정 말고. 우리 중 한 사람이 밤새 여기를 지킬 거요. 만의 하나라도 여지를 남겨서는 안 되니까!"

모리스 씨의 표정과 몸짓으로 보아 무슨 말을 해도 소용없을 것 같았다. 나는 가만히 침대로 돌아가 미나에게 그 사실을 이야기했다. 그녀는 한숨을 내쉬었지만, 내게 팔을 두르고 이렇게 속삭일 때는 분명 미소의 그림자가 그 가엾은 창백한 얼굴을 스치고 있었다.

"아, 그렇게 용감한 분들이 계시다니, 하느님 감사합니다!"

한숨을 내쉬고는 그녀는 다시 누워 잠이 들었다. 나는 졸음이 오지 않아 일기를 쓰고 있다. 물론 잠을 청하려 애써봐야겠지만.

10월 4일, 아침 밤사이 다시 한 번 미나 때문에 잠에서 깨어났다. 이번에는 푹 자고 난 뒤였다. 다가오는 먼동의 회색빛이 창문을 예리한 직사각형으로 만들고, 가스등 불빛은 빛이 이룬 원반이라기보다는 하나의 점처럼 보일 때였다. 그녀는 나에게 서둘러 말했다.

"가서 교수님을 불러와요. 당장 그분을 뵈어야겠어요."

"왜 그러오?"

내가 물었다.

"생각이 떠올랐어요. 밤새 떠올랐던 생각인 것 같은데 미처 나도 알지 못하는 사이에 무르익었나 봐요. 동이 트기 전에 내게 교수님이 최면을 걸면 말을 할 수 있을 것 같아요. 얼른 가요, 여보. 그 시간이 가까워지고 있으니까요."

나는 문가로 갔다. 매트리스에 누워 있던 수어드 박사는 나를 보자 펄쩍 뛰어 일어섰다.

"뭐 잘못되었소?"

박사가 놀라 물었다.

"아닙니다만 미나가 반 헬싱 교수님을 곧바로 뵙고 싶어 해요."

"내가 가지요."

그러더니 박사는 곧 자기 방으로 들어갔다.

2, 3분 후에 반 헬싱 교수는 가운을 걸치고 우리 방에 와 있었고, 모리스 씨와 고달밍 경은 방문 앞에서 수어드 박사에게 질문을 던지고 있었다. 교수를 보자 미나의 얼굴에는 그분의 걱정을 단숨에 몰아내는 미소가 떠올랐다. 교수는 두 손을 비비며 말했다.

"아, 마담 미나. 이건 정말 대단한 변화로군요. 보시오, 조녀선. 우리는 오늘 우리의 소중한 마담 미나를 예전의 모습 그대로 되찾았소!"

곧이어 반 헬싱 교수는 그녀 쪽으로 고개를 돌리고 경쾌하게 말했다.

"그러면 내가 뭘 해드려야 할까요? 설마 이 시간에 아무 볼일 없이 나를 부르시지는 않았겠지요?"

"저에게 최면을 걸어주세요! 동이 트기 전에 해주세요. 그렇게 하면 자유롭게 말할 수 있을 것 같은 느낌이 들어요. 시간이 얼마 없으니 서둘러 주세요!"

한 마디 말없이 교수는 그녀에게 침대에 앉으라는 몸짓을 해 보였다.

그녀를 똑바로 바라보면서, 교수는 그녀 앞에서 머리 위에서부터 아래쪽으로 양손을 차례로 그어 내리기 시작했다. 미나는 몇 분 동안 교수를 뚫어지게 응시했다. 어떤 위기가 다가온 듯한 느낌에 내 심장은 전동 망치처럼 쿵쿵 울렸다. 차츰 그녀는 눈을 감더니 꼼짝도 하지 않고 꼿꼿하게 앉아 있었다. 가슴의 가벼운 들썩임만이 그녀가 살아 있다는 것을 알 수 있게 해주었다. 교수는 몇 번을 더 손을 움직이더니 멈추었고 나는 그분의 이마에 송글송글 맺힌 땀방울을 볼 수 있었다. 문득 미나가 눈을 떴지만 아까와 같은 사람처럼 보이지는 않았다. 눈빛은 머나먼 곳을 보는 듯했고, 목소리에는 내게도 낯선 꿈결 같은 서글픔이 담겨 있었다. 조용하라고 손을 들어 올리더니, 교수는 내게 다른 사람들을 안으로 들이라는 몸짓을 해 보였다. 수어드 박사와 고달밍 경, 모리스 씨가 발끝으로 들어와 문을 닫고 침대 발치에 서서 가만히 지켜보았다. 미나는 그들을 보지 못하는 것 같았다. 미나의 생각의 흐름을 깨지 않도록 나지막한 어조로 반 헬싱 교수가 무거운 침묵을 깼다.

"지금 어디에 있습니까?"

교수의 질문에 대답하는 미나의 목소리에는 감정이 실려 있지 않았다.

"모르겠어요. 잠 속에는 여기가 어디라고 분명히 말할 수 있는 장소가 없나 봐요."

몇 분 동안 침묵이 이어졌다. 미나는 꼿꼿하게 앉아 있었고 교수는 서서 그녀를 뚫어지게 응시했다. 나머지 우리는 거의 숨조차 쉬지 못했다. 방 안은 차츰 밝아지고 있었다. 미나의 얼굴에서 눈을 떼지 않은 채, 반 헬싱 교수는 내게 블라인드를 걷으라는 시늉을 해 보였다. 블라인드를 걷자 낮이 와락 다가오는 것 같았다. 붉은 햇살이 솟아오르면서 장밋빛 빛줄기가 방을 뚫고 들어와 흩어지고 있었다. 그 순간 교수가 다시 물었다.

"지금은 어디 있습니까?"

대답은 꿈꾸듯, 그러나 분명한 의도를 엿볼 수 있는 목소리로 흘러나왔다. 마치 그녀 스스로 무언가를 해석하고 있는 듯했다. 속기록을 읽을 때 미나가 쓰는 어조였다.

"모르겠어요. 모든 것이 제게는 낯설어요!"

"무엇이 보입니까?"

"아무것도 볼 수 없어요. 온통 어두워요."

"무슨 소리가 들립니까?"

나는 반 헬싱 교수의 침착한 목소리에 깃든 긴장을 감지할 수 있었다.

"물이 철썩이는 소리예요. 쿨럭쿨럭 하는 소리가 나면서 작은 파도가 일고 있어요. 밖에서 그 소리가 들려와요."

"그렇다면 지금 배 위에 있나요?"

우리는 이삭줍기라도 하듯 뭐든 생각을 모으려고 서로를 바라보았다. 그러나 누구나 생각하기를 두려워하고 있었다. 대답은 빨랐다.

"아, 네!"

"다른 소리는 또 뭐가 들리지요?"

"사람들이 머리 위에서 달려 다니면서 쿵쿵거리는 소리요. 사슬이 삐걱이는 소리도 있고 캡스턴[168]이 래치트[169]에 떨어지면서 나는 요란한 쨍겅 소리도요."

"부인은 뭘 하고 있습니까?"

"저는 가만히 있어요. 아, 너무도 가만히요. 꼭 죽음 같아요!"

그 목소리는 다시 잠든 이의 깊은 숨결로 잦아졌고, 떠 있던 눈이 다시 감겼다.

이때쯤 해가 떴고 어느새 우리는 낮의 환한 햇살 아래 서 있었다. 반 헬싱 교수는 미나의 어깨에 손을 얹더니 머리를 살며시 베개에 내려놓았다. 그녀는 한동안 잠든 아이처럼 누워 있더니 기다란 한숨과 함께 일어나서 의심스러운 듯 주위를 휘휘 둘러보았다.

"제가 자면서 이야기를 했나요?"

그녀가 한 말은 이것이 전부였다. 비록 자기가 한 말에 대해 몹시 알고

---

168 회전축이 수직 도르래로 된 감는 장치.
169 일정한 간격으로 톱니를 내어 만든 바퀴로 서로 맞물려 돌아가며 한 방향으로 움직임.

싫어 하기는 했지만 굳이 이야기를 듣지 않아도 이 상황을 알고 있는 듯 보였다. 교수가 대화를 되풀이해 이야기하자 그녀는 말했다.

"그렇다면 한순간도 허비해서는 안 돼요. 어쩌면 지금도 너무 늦지 않았을지 몰라요!"

모리스 씨와 고달밍 경이 문 쪽으로 다가갔지만 교수의 차분한 목소리가 두 사람을 다시 불러 세웠다.

"가만 계시오, 친구들. 뭐가 됐든 간에 그 배는 이토록 넓은 런던 항에서 지금 닻을 올리고 있소. 어느 것을 찾으시려오? 우리를 어디로 이끌지는 알 수 없다 하더라도 또다시 단서를 갖게 되었으니 하느님께 감사드릴 일이오. 우리는 다소간 맹인이나 다름없었소. 인간의 방식으로 했기 때문에 그러했던 거요. 돌아볼 수 있었을 때 만일 우리가 마땅히 보았어야 할 것을 볼 수 있었더라면 우리가 갈망하는 것을 보았을 테니까 말이오. 아, 이 문장은 완전히 뒤죽박죽이구려. 그렇지 않소? 조녀선의 맹렬한 칼날이 그 자신조차 두려워하는 위험에 그를 몰아넣었을 때에도 백작은 돈을 집어 들었소. 이제 백작의 마음에 무슨 생각이 있었는지 알 수 있을 듯하오. 그자는 탈출하려는 것이오. 알겠소? 탈출이오! 상자가 단 한 개만 남고 일단의 사내들이 여우를 쫓는 사냥개처럼 자기 뒤를 쫓는 이 런던은 자신이 있을 곳이 아니란 것을 알아챈 거요. 그래서 마지막 남은 상자를 들고 배에 올라 땅을 떠난 거요. 그자는 탈출할 생각을 하고 있소. 허나, 천만에! 우리가 뒤를 쫓을 거요. 탈리 호[170]! 우리의 친구 아서가 붉은 프록을 입을 때면 이렇게 말하지요! 우리의 늙은 여우는 교활하오. 그래요. 워낙 교활하니 우리도 교활함으로 그를 따라가야 하오. 나 역시 교활하니 그자의 마음을 읽을 수 있을 것 같구려. 그동안에는 잠시 쉬고 평화를 느낄 수도 있을 게요. 우리 사이에는 그자가 지나기를 바라지 않으며 할 수

170 사냥꾼들이 여우 사냥을 할 때 여우를 찾으면 외치는 소리.

있다면 결코 건너려 하지 않을 것, 바로 바다가 있기 때문이오. 배가 육지에 닿지 않는 한, 그자는 만조나 간조 때만 물을 건널 수 있소. 보시오, 해는 갓 떠올랐고 일몰까지는 하루가 온전히 남아 있소. 씻고 옷을 입고 식사를 합시다. 이게 우리에게 필요한 전부요. 게다가 우리는 편안하게 먹을 수 있을 게요. 그자가 우리와 같은 땅에 있지 않으니까."

미나는 호소하듯 교수를 바라보며 물었다.

"하지만 백작이 우리에게서 떠난 마당에 왜 우리가 계속해서 추적을 해야 하죠?"

그러자 반 헬싱 교수는 그녀의 손을 잡고 토닥이며 말했다.

"아직은 내게 아무것도 묻지 마십시오. 아침식사를 하고 나면 모든 질문에 대답을 할 테니."

교수는 더 이상 말을 하지 않았고 우리는 옷을 갈아입으러 헤어졌다.

아침식사 후에 미나는 같은 질문을 반복했다. 반 헬싱 교수는 한동안 그녀를 숙연한 표정으로 바라보더니 슬픈 목소리로 이렇게 말했다.

"그 까닭은, 마담 미나, 지금이야말로 그 어느 때보다도 우리가 그자를 지옥의 입구까지라도 따라가야 할 때이기 때문이지요!"

"왜죠?"

미나가 점점 창백해지면서 기어 들어가는 소리로 묻자 교수는 장중하게 대답했다.

"왜냐하면 그자는 몇 세기를 살 수 있는데 부인은 죽어야 할 운명을 타고난 인간에 불과하기 때문입니다. 그자가 부인의 목에 상처를 남긴 이상 이제 시간은 두려워할 대상이에요."

나는 그녀가 기절해 앞으로 쓰러지려는 순간에 가까스로 그녀를 붙잡을 수 있었다.

24

수어드 박사의 축음기 일기 구술 반 헬싱

조너선 하커 씨 들으시오.

당신은 마담 미나와 함께 머물러 있어야 하오. 우리는, 이렇게 말할 수 있을지 모르겠지만, 수색을 하러 갈 것이오. 사실은 수색이라기보다는 알아보는 것이며 확인을 하러 가는 것에 불과하지만 말이오. 그러나 당신은 오늘 집에 머물면서 부인을 돌보아야 하오. 이것이 당신의 가장 최선이자 성스러운 임무요. 오늘은 무슨 일이 있어도 이곳에서 백작을 만날 수는 없을 거요. 이미 다른 친구들에게는 이야기했으니 이제부터 당신에게 우리 넷은 이미 아는 사실을 이야기하려 하오. 우리의 적, 그자는 달아났소. 트란실바니아의 성으로 돌아간 거요. 나는 엄청난 불길이 벽에 또렷하게 새겨놓은 것처럼 그 사실을 잘 알고 있소. 백작은 모종의 방법으로 이 일을 준비해왔고, 어딘가에서 그 마지막 흙이 담긴 상자를 승선시킬 채비를 했을 것이오. 이 목적이 있었기 때문에 돈이 필요했던 거지요. 그래서 혹시 해가 지기 전에 우리가 자기를 붙잡을까 싶어 마지막 순간에 그렇게 서둘렀던 거라오. 가엾은 루시가, 자기 생각으로는 자기를 좋아하여 무덤을 열어주어서 그 속에 숨지 않는 한 배를 타는 것이 백작의 유일한 희망이었

485

소. 그런데 무덤을 찾아가기에는 시간이 부족했지요. 그 일이 실패로 돌아 가면 백작은 마지막 희망, 하나 남은 흙 상자로 곧바로 달려갈 계산이었던 게요. 두 가지 복안이 있었던 셈이지요. 정말 영리하오. 정말이지 영리해 요! 그자는 이곳에서 자신의 게임이 끝났다는 걸 알아요. 그래서 집으로 돌아가기로 결심한 거라오. 백작은 그곳으로 가는 배를 찾아 승선할 거요. 우리가 가서 그 배를 찾아보고 출항했는지 여부를 알아보겠소. 결과가 있 으면 돌아와서 이야기하리다. 그러면 우리는 당신과 가엾은 마담 미나에 게 새로운 희망을 안 줄 수 있겠지요. 모든 것을 잃어 다 끝났다고 생각할 때 그것이 새로운 희망이 될 테니 말이오. 우리가 추적하는 이 존재는 런 던에 오기까지 수백 년을 보냈소. 하루만 더 있었더라면 우리는 그자를 쫓 아 제거할 수 있었을 게요. 비록 우리는 할 수 없는 많은 해악과 고통을 끼 치기에 충분한 엄청난 힘을 갖고 있기는 해도 그자에게는 한계가 있소. 그 러나 우리는 강하오. 각자 모두가 뚜렷한 목표를 갖고 있으며 함께 함으로 써 더더욱 강해지고 있소. 마담 미나의 남편으로서 마음을 새로이 하시오. 이 투쟁은 얼마 전에 시작된 것에 불과하고 종국에는 우리가 이길 것이오. 그러니 저 높은 곳의 하느님이 그분의 어린 양들을 지켜보심을 믿어 의심 치 마시오. 우리가 돌아올 때까지 이것이 위안이 되리라 믿으며.

반 헬싱

조너선 하커의 일기

10월 4일 내가 미나에게 축음기에 녹음된 반 헬싱 교수의 메시지를 읽 어주자 가엾은 아내는 눈에 띄게 밝아졌다. 이미 백작이 이 나라를 떠났다는 사실이 큰 위안이 되는 모양이었다. 나로서는 그 섬뜩한 위험과 맞대지 않게 된 지금 여간해서는 아무것도 믿어지지 않을 것만 같다. 심지어는 드라큘라 성에서 겪었던 나 자신의 끔찍한 경험마저도 오래도록 잊었던 꿈처럼만 느껴진다. 지금은 환한 햇살 사이로 상쾌한 가을바람이 불고 있다.

아아! 하지만 어떻게 내가 믿지 않을 수 있겠는가! 생각 속에서 내 눈은 사랑하는 아내의 흰 이마에 선명하게 자리 잡은 붉은 흉터에 박혀 있는 것을. 그것이 지속되는 한 불신은 없으리라. 미나와 나는 빈둥거리기가 두려워 다시금 일기를 샅샅이 훑어보았다. 비록 현실은 매시간 점차 거창해지는 듯해도 두려움과 고통은 줄어드는 듯 보인다. 우리를 인도하는 목적은 이제 분명해졌고 그것이 크나큰 위안이 된다. 미나는 아마도 우리가 궁극적 선을 위한 도구일 것이라고 한다. 어쩌면 그럴지도 모를 일이다! 나 역시 미나처럼 생각하려고 애써 봐야겠다. 우리는 아직은 결코 미래를 이야기하지 않는다. 이제 반 헬싱 교수와 다른 이들이 조사를 끝내고 돌아오기를 기다려야겠다.

오늘은, 다시는 하루가 이토록 빨리 지나갈 수 없으리만큼 빠르게 흘러가고 있다. 벌써 3시가 되었다.

미나 하커의 일기

10월 5일, 오후 5시 보고를 위한 모임. 참석자 : 반 헬싱 교수, 고달밍 경, 수어드 박사, 퀸시 모리스 씨, 조너선 하커, 미나 하커.

반 헬싱 박사는 드라큘라가 탈출을 하기 위해 고른 배를 알아내려고 낮

동안 어떤 경로를 밟았는지 설명해주었다.

"내가 아는 바로는 백작은 트란실바니아로 돌아가기를 바라고 있으니 도나우 강 어귀를 통해서 들어가거나 아니면 흑해의 어딘가를 통해야 할 거라고 자신 있게 말할 수 있습니다. 우리 앞에 놓인 것은 공백이었습니다. 옴네 이그노툼 프로 마그니피코[171]. 너무도 무거운 마음으로 우리는 간밤에 흑해를 향해 떠난 배들을 찾기 시작했습니다. 마담 미나가 돛이 올라가는 이야기를 들려준 것을 보면 그자는 범선에 타고 있겠지요. 그 어느 일도 『타임스』의 출항 리스트를 보는 것만큼 중요하지는 않았기 때문에 우리는 고달밍 경의 제안에 따라, 아무리 규모가 작아도 출항한 모든 배의 기록이 남아 있는 로이드로 갔습니다. 그곳에서 우리는 만조 때에 맞춰 흑해로 출항한 배는 한 척뿐이라는 것을 알았습니다. 예카테리나 여제[172] 호로, 둘리틀 부두에서 바르나로 출항했는데, 다른 항구를 거쳐 도나우를 거슬러 올라갈 겁니다. '이 배가 바로 백작이 탄 배로군' 하고 나는 말했지요. 그래서 우리는 둘리틀 부두로 갔고 그곳의 한 사무실에서 웬 사내를 만났습니다. 그 사내에게 우리는 예카테리나 여제 호의 상황에 대해 질문을 했습니다. 불쾌한 얼굴에 커다란 목소리로 욕설을 내뱉기가 다반사였지만 그래도 사람 좋은 친구였어요. 게다가 모리스가 호주머니에서 빳빳한 지폐를 꺼내주자 사내는 옷 속 깊이 숨겨놓은 아주 작은 가방에 날름 받아넣었는데, 그 뒤로는 사람이 더 좋아지고 굽실거리는 품이 영락없는 하인이 되었지요. 그 사람은 우리와 함께 다니면서 성질 거칠고 우락부락한 사내들에게 질문을 했습니다. 갈증 날 일을 씻어주니 그 친구들도 하나같이 사람이 좋아지더군요. 간간이 욕설을 섞기는 했지만 그래도 그 사내들은 우리가 원하는 얘기를 전부 들려주었습니다.

---

171 Omne ignotum pro magnifico, 알려지지 않은 모든 것은 굉장해 보인다는 뜻.
172 독일 출신의 18세기 러시아의 여황제로 남편 표트르 3세를 폐위시키고 제위에 오름.

덕분에 어제 5시쯤 한 남자가 허둥지둥 그쪽으로 왔다는 것을 알게 되었지요. 키가 크고 마르고 안색이 창백한데, 콧대가 높고 유독 흰 이에 불타는 것처럼 보이는 눈을 가진 남자라 했어요. 철에도 어울리지 않는 밀짚모자를 제외하고는 온통 검은색 차림이었다고도 했어요. 그 남자는 흑해로 나가는 배를 재빨리 수배하려고 돈을 마구 뿌려댔다고 합니다. 몇 사람이 그 남자를 사무실로 데려간 다음 같이 예카테리나 여제 호로 갔는데, 남자는 배에 오르지 않고 부두 끄트머리에 서서는 선장에게 자기 쪽으로 와달라고 했습니다. 선장이 가서 두둑하게 삯을 치러야 할 거라고 말하니까 비쩍 마른 남자는 처음에는 욕설을 퍼부었지만 결국은 그 조건에 동의했다고 해요. 그런 다음 말과 마차를 어디서 빌릴 수 있느냐고 다른 사람에게 물었다고 합니다. 남자는 알려준 곳으로 가더니만 잠시 후에 커다란 상자 하나가 실린 짐마차를 직접 몰고 왔습니다. 배에 상자를 실을 때는 장정 몇이 달려들어야 했는데도 남자는 혼자서 직접 상자를 짐마차에서 내렸다더군요. 그 상자를 어디에 어떻게 놓아야 하는지에 대해서도 선장에게 이러쿵저러쿵 말이 많았다 합니다. 헌데 선장은 잔소리가 영 마음에 들지 않아서 갖가지 나라 말로 욕설을 퍼붓고는 남자에게 성에 차지 않으면 직접 와서 어디다 놓을지 얘기하라고 했는데, 남자는 할 일이 많다면서 거절했지요. 그 말에 선장은 '빌어먹을', 빨리 서둘지 않으면 가만두지 않겠다고, 자기 배는 무슨 일이 있어도 조수가 바뀌기 전에 출항해야 한다고 했습니다. 그러자 호리호리한 남자는 껄껄 웃고는 물론 자기가 생각하기에 적당하다고 여길 때 갈 것이라고 얼마나 빨리 갈지를 알면 놀랄 거라고 대꾸했지요. 화가 난 선장은 갖가지 나라 말로 다시 온갖 욕을 퍼부었는데 마른 남자는 절을 하더니 감사하다면서, 친절이 고마워서라도 돛을 올리기 전에 갑판에 올라야겠다고 말했다고 합니다. 마침내 선장은 화가 머리끝까지 치밀어서 그 어느 때보다도 시뻘게진 얼굴을 하고는 별별 희한한 나라 말로 자기는 프랑스 놈들은 절대 배에는 들이지 않는다고 버럭버럭 소리쳤지요. 곧이어 남자는 어디서 승선 양식을 구입할 수 있느냐고 물은 뒤 떠나갔습니다.

그 남자가 어디로 갔는지는 모른다고 합니다. 그곳 사람들 말로는 '어디로 가든 빌어먹을 무슨 상관'이냐고 했지요. 생각할 건 그것 말고도 허다하니까요. 헌데 예카테리나 여제 호가 예상대로 출항하지 못하리라는건 곧 확실해졌습니다. 옅은 안개가 강에서 스멀거리며 기어오르기 시작하더니 점차 두터워지고 두터워졌고, 이윽고 두툼한 는개가 배와 그 주위를 완전히 둘러싸버렸으니까요. 선장은 별별 나라 말로, 정말이지 온갖 나라의 말로 갖가지 욕설을 퍼부었지만 아무것도 할 수 없었지요. 물은 차츰 높아지고 높아졌고, 선장은 이러다가 때를 놓칠까 봐 걱정이 되기 시작했습니다. 안 그래도 기분이 좋지 않은데 만조가 되자마자 호리호리한 남자가 다시 부두에 나타나서는 자기 상자를 어디에 놓아두었냐고 물었습니다. 선장은 당신과 당신 상자는 빌어먹을 지옥에나 빠지라고 고래고래 소리쳤어요. 헌데 그 마른 남자는 화도 내지 않고 항해사와 함께 내려가 상자가 놓인 자리를 보더니 다시 올라와서 안개에 싸인 갑판 위에 서 있었습니다. 그런데 어느새 내렸는지, 그 뒤로는 아무도 그를 보지 못했다 합니다. 사실 곧 안개가 걷히기 시작해 다시 주위가 훤해졌기 때문에 그 사람 생각을 할 짬이 없기도 했지요. 언제나 갈증이 난다면서 욕지거리를 달고 사는 내 친구들은 그 선장이 내뱉은 갖가지 나라 말의 욕설이 얼마나 굉장했는지 떠벌려대며 왁자하게 웃음을 터뜨렸습니다. 그 시간에 강을 오르내리는 일을 하던 다른 선원들에게 질문하자 부두 근처에 어른거렸던 것 말고는 아예 안개라는 걸 구경도 못했다는 말을 전할 때는 그 묘사가 더욱 굉장했습니다. 하여간 배는 썰물에 출항했고 의심의 여지 없이 아침에는 그 강의 어귀 저 아래에 가 있었을 겁니다. 그 친구들 이야기를 들을 때쯤에는 아마 바다 저 멀리 나가 있었을 겁니다.

그래서 마담 미나, 우리가 한동안 쉬어야 하는 겁니다. 우리의 적은 바다에 나가 자유자재로 안개를 부리며 도나우 강 어귀로 향하고 있으니까요. 항해는 시간이 걸리는 일이고 배로는 그렇게 빨리 움직일 수가 없으니 우리가 육지로 서둘러 간다면 거기서 만날 수 있을 겁니다. 우리가 바랄 수 있는 최선의 희망은 일출과 일몰 사이에 상자 안에 숨어 있는 백작을 만나는 겁니다. 그때라면 아무 저항을 할 수 없을 것이니 우리 뜻대로 다룰 수 있을 테니까요. 아직 계획을 세우기에 충분한 날들이 남아 있습니다. 우리 모두는 그자가 어디로 갈지를 압니다. 배의 선주를 만났는데, 우리에게 송장을 비롯해 필요한 서류를 죄다 보여주었으니까요. 우리가 찾는 상자는 바르나에 상륙할 것이고 그의 대리인이 신임장을 제시하고 받아갈 겁니다. 그때 가서 우리의 상인 친구가 자신의 역할을 하게 되겠지요. 그는 뭐 잘못된 것이 있느냐고, 만약 그렇다면 전보를 보내 바르나에서 조사를 하게 하겠다고 했는데 우리는 거절했습니다. 우리의 일에 경찰이나 세관이 개입되어서는 안 되니까요. 그건 우리에 의해서만, 우리 자신의 방식으로 이루어져야 합니다."

반 헬싱 교수가 말을 마치자 나는 백작이 배의 갑판에 남았다고 확신하시느냐고 물었다. 교수의 대답은 이러했다.

"오늘 아침 최면 상태에서 부인 스스로의 증거로 최선의 입증을 한 셈이지요."

나는 다시금 백작을 추적하는 일이 정말로 필요하다고 생각하는지를 물었다. 아, 다른 사람들이 간다면 조녀선 역시 함께 가야 할 텐데, 조녀선이 나를 떠나는 것이 너무도 두렵다. 반 헬싱 교수는 처음에는 차분히 입을 열었지만 점차 열기를 띠어가며 대답했다. 말을 이을수록 교수의 목소리에는 분노와 힘이 스며들었고, 우리는 교수가 여러 사람들 사이에서 그리도 오래도록 지도자 역할을 할 수 있게 된 진면목이 무엇인지를 확인할 수 있었다.

"그래요, 필요하고, 또 필요하고, 반드시 필요합니다! 우선은 부인을 위해서, 그리고 인류를 위해서지요. 이 괴물은 그 스스로가 출현한 좁은 범위와 어둠 속에 갇혀 무지한 상태에서 그저 자신의 보잘것없는 수단을 더듬거리던 몸뚱이에 불과한 짧은 시간 동안에도 이미 지나치게 많은 해악을 끼쳤습니다. 이 모든 얘기를 나는 이미 다른 사람들에게는 한 적이 있습니다. 마담 미나, 부인도 존이나 남편의 죽음기 녹음본을 통해 알 수 있을 겁니다. 나는 이 친구들에게 백작이 자신의 황폐한 불모의 땅을 떠나와 생명을 가진 사람들이 층층이 들어찬 옥수수처럼 빼곡히 모여 사는 새로운 땅에 오기까지 몇 세기 동안 어떻게 해왔는지를 이야기했습니다. 그와 같은 다른 언데드가 그자가 한 일을 하려 한다면 아마도 이 세상에 존재했던 모든 세기, 아니, 앞으로의 모든 세기가 그를 도와야나 가능할 겁니다. 우리가 상대하는 그자에게는 신비하고 깊고 강한 모든 자연의 힘이 놀라운 방식으로 함께 작용해왔습니다. 그가 살아왔던 바로 그곳, 이 모든 세기 동안 그 언데드의 자리는 지질학적, 화학적 세계의 기이함으로 가득한 장소였지요. 그곳에는 아무도 어디에 닿는지 모르는 깊은 동굴들과 균열들이 있습니다. 지금도 갖가지 기이한 분화구가 있는 화산들이 존재하여, 기이한 성질의 물을 뿜어내기도 하고 생명을 생생하게 하거나 목숨을 앗아가는 가스를 내뿜기도 합니다. 의심의 여지없이, 기이한 방식으로 물리적 생명에 작용하는 이 같은 신비로운 힘들의 조합 안에는 일종의 자력이나 전기력이 존재하고 있으며 백작 스스로도 애초에 훌륭한 자질을 타고난 사람이었지요. 전쟁이 한창이던 어려운 시기에 그는 그 누구보다도 강철 같은 신경, 한층 기기묘묘한 두뇌, 더욱 용감한 심장으로 이름을 떨쳤습니다. 그자의 몸속에서는 어떤 생기적인 원칙이 기이한 방식으로 최상을 이루고 있습니다. 육체가 강해지고 자라고 번성할수록 두뇌도 그러했지요. 이 모두가 확실히 그자에게 존재하는 악마적 도움이 없이도 그러했습니다. 그자는 부인을 감염시켰고, 아, 죄송합니다, 마담 미나. 이렇게 말씀드릴 수밖에 없다는 걸 이해해주십시오. 허나 내가 이야기하는 편이 부인에게도 좋을 겁니다. 그자가 부인을 얼마나 교묘하게 감염시켰는지 더 이상 무슨 짓을 하지 않는다 해도 부인은 예전처럼 훌륭한 삶을 살기만 해도, 하느님의 처벌로 모든 인간의 평범한 운명이 된 죽음의 순간이 오면 부인은 그자와 같이 되고 맙니다. 그래서는 안 됩니다! 우리는 그래서는 안 된다고 다 같이 맹세했습니다. 우리는 하느님의 바람을 실천하는 전령입니다. 그분의 아들이 기꺼이 목숨을 바치신 이 세상과 사람들을, 그 존재만으로도 하느님께 오명이 되는 괴물들에게 넘겨서는 안 됩니다. 하느님은 이미 우리의 영혼의 죄를 사할 것을 허락하셨고, 우리는 십자군 기사와 마찬가지로 나아가 더욱 많은 죄를 씻어야 합니다. 십자군과 마찬가지로 우리는 해가 뜨는 곳을 향해 여정을 떠날 것입니다. 그리고 그들과 마찬가지로 우리가 만약 쓰러진대도 고결한 목적을 위하여 희생하는 것이지요."

반 헬싱 교수가 잠시 말을 멈추자 내가 나섰다.

"하지만 백작이 혹시라도 이 좌절을 현명하게 받아들이지는 않을까요? 영국에서 축출되었으니 자기가 사냥감이 되어 쫓겼던 마을에는 얼씬거리지 않는 호랑이처럼 이 땅을 피하게 되지 않을까요?"

"아하! 부인의 호랑이 비유가 썩 좋으니 나도 차용해서 이야기해야겠군요. 일단 사람의 피 맛을 본 인도의 식인 호랑이는 다른 먹잇감에는 더 이상 신경 쓰지 않고 어떻게 하면 사람을 공격할까에 그치지 않고 먹이를 찾아 배회하게 되지요. 우리가 우리 마을에서 쫓아낸 이 식인 호랑이도 같은 경우여서 먹이를 찾아 배회하기를 결코 멈추지 않을 겁니다. 아니, 원래 존재에서부터 그자는 물러나거나 한 발짝 물러서 있을 자가 아닙니다. 살아 있는 동안 투르크 국경을 침범해 그들의 땅에서 적을 공격한 사람이었습니다. 패퇴했다고 해서 그자가 그냥 머물렀던가요? 아닙니다! 다시 가고, 또 가고, 또 갔습니다. 그자의 끈질김과 인내심을 보십시오. 자신이 지닌 어린애의 두뇌로도 그자는 대도시에 가겠다는 생각을 오래도록 품어왔습니다. 그래서 어떻게 했지요? 이 세상에서 자신에게 가장 전망 있어 보이는 곳을 골라냈습니다. 그런 다음에는 세밀하게 준비를 갖추어갔지요. 인내심을 가지고 자신의 힘이 어떤지, 자신이 지닌 능력이 무엇인지를 알아냈습니다. 새로운 언어를 공부했습니다. 새로운 사회생활과 오랜 전통을 지닌 환경, 정치, 법률, 재정, 과학, 새로운 땅의 습성, 그리고 자기가 살았던 이래로 만나게 될 새로운 사람들에 대해 익혀나갔지요. 그가 지녀온 어렴풋한 생각은 그의 식욕을 자극하고 욕망을 북돋웠을 뿐입니다. 아니, 그의 두뇌와 함께 자라나 그를 도왔다고 해야지요. 처음 했던 자신의 추정이 얼마나 옳았던가를 입증했으니까요. 이 모두를 혼자 해낸 자입니다. 네, 모두 혼자서요! 잊힌 땅의 버려진 무덤에서 와서 말이지요. 보다 광대한 사고력의 세계가 그자에게 열릴 때 더 이상 무엇을 하게 될지는 아무도 알 수 없는 일입니다. 우리가 익히 알듯 죽음도 비웃을 수 있는 백작이니까요. 여러 민족을 모조리 거꾸러뜨린 질병의 외중에서도 번영을 누릴 수 있었던 자입니다. 아! 바로 이런 자가 악마가 아닌 하느님으로부터 왔다면, 우리의 이 세상에 얼마나 훌륭하고 큰 힘이 되었을까요? 우리는 세상을 자유롭게 하겠다고 맹세했습니다. 우리의 노고는 침묵 속에 있어야 하고, 우리의 노력은 모두 비밀이어야 합니다. 직접 자신의 눈으로 보는 것조차 믿지 않는 이 계몽된 세상에 현명한 사람들의 의구심은 그자에게는 가장 큰 힘이 될 테니까요. 그것은 그의 칼집이자 갑옷, 우리가 사랑하는 사람의 안전을 위해 우리의 영혼까지 멸망시킬 각오가 되어 있는 그자의 적인 우리를 파멸시킬 그의 무기가 될 것입니다. 이것은 인류를 위한, 하느님의 영예와 영광을 위한 사명입니다."

전반적 논의 후에 오늘은 아무것도 확정하지 않기로 결론이 났다. 우리는 하룻밤 자면서 벌어진 사실들로 생각을 해보고 제대로 된 결론을 추론해보기로 했다. 내일 아침식사 때, 다시 만나 자기가 내린 결론을 다른 사람들에게 이야기하고, 정확한 행동 방식을 결정할 것이다.

나는 오늘 밤 경이로운 평안과 휴식을 느낀다. 늘 나를 괴롭히던 어떤 존재가 제거된 듯한 느낌이다. 어쩌면…….

아니, 내 추정은 마무리되지 않았고 그럴 수도 없다. 거울에 비친 내 이마의 붉은 자국을 보며 나는 스스로가 아직도 정결하지 못하다는 것을 절감했으니까.

수어드 박사의 일기

10월 5일 우리는 모두 일찍 일어났고 나는 하룻밤 잠이 우리 저마다에게 썩 이로운 역할을 해주었다고 생각한다. 이른 아침식사를 하러 만났을 때 식탁에는 우리 누구도 다시는 경험하리라고 생각하지 못했던 활기가 넘쳐흘렀다.

인간의 본성에는 얼마만큼의 복원력이 있는지 그저 놀라울 뿐이다. 무엇이든 간에 장애가 되는 요인이 어떤 식으로든, 하다못해 죽음을 통해서라도 제거되고 나면 희망과 기쁨이라는 최초의 원칙들로 날아가는 것이다. 다 같이 식탁 앞에 앉아 있는 동안 나는 지난날 전부가 꿈이 아닌가 하는 의구심에 몇 번이나 눈을 감았다 떴다. 그러다가 하커 부인의 이마에 난 붉은 상처를 보면 곧바로 현실로 되돌아오는 것이었다. 심지어는 이 문제를 심각하게 되돌아보는 지금조차도 우리의 모든 고민의 원인이 여전히 존재한다는 사실이 좀처럼 믿어지지 않을 지경이다. 하커 부인조차도 내내 자신을 사로잡았던 고민을 잊은 듯, 가끔씩, 뭔가가 마음속에 새삼스레 일깨울 때만 그 끔찍한 흉터를 떠올릴 뿐인 것처럼 보인다. 우리는 30분 후에 이곳 내 서재에서 만나 행동 방식을 결정하기로 했다. 내가 알 수 있는 것은 오직 즉각적 어려움뿐이고, 그걸 아는 것은 이성보다는 본능에 따른 것이다. 우리는 모두 솔직하게 털어놓아야 한다. 그러나 어째서인지는 알 수 없지만 가엾은 하커 부인의 혀가 묶인 것 같아 두려운 마음이 든다. 나는 그녀가 스스로의 결론을 내렸다는 것을 알고 있으며 지난 일들로 미루어보아 그 결론이 얼마나 기발하고 진실할지 예상하기도 어렵지 않다. 그러나 그녀는 좀처럼 입밖에 내려 하지 않는다. 아니, 어쩌면 할 수 없는지도 모른다. 나는 내 생각을 반 헬싱 선생에게 귀띔했고 우리끼리 있을 때 그 얘기를 해보기로 했다. 혹시라도 그녀의 혈관 속에 들어간 그 무시무시한 독이 점차 효력을 발휘하기 시작하는 것은 아닐까. 반 헬싱 선생이 '뱀파이어의 피의 세례'라고 부른 의식을 그녀에게 치를 때 백작은 나름의 목적을 갖고 있었다. 그렇다, 어쩌면 그 자체로 훌륭함을 희석시키는 독이 들어 있을지도 모를 일이다. 프토마인[173]의 존재가 수수께끼로 남아 있는 시대에 우리는 어느 것도 의아해해서는 안 된다! 내가 아는 한 가지 사실은 하커 부인의 침묵에 대한 나의 본능이 들어맞는다면 우리 앞에 놓인 과업에는 너무도 두려운 고난, 미지의 위험이 놓여 있다는 것이다. 그녀에게 침묵을 강요하는 같은 힘이 강제로 그녀의 입을 열 수도 있는 일이니까. 더 이상은 감히 생각할 수가 없다. 내 생각 속에서 그 존귀한 여인을 욕되게 해서야 되겠는가!

반 헬싱 선생이 다른 사람들보다 조금 더 일찍 내 서재로 오셨다. 내 머릿속 생각을 그분에게 털어놓아야겠다.

후에 선생이 서재로 오시자 우리는 그 상황에 대해 대화를 나누어보았

---

173 동물 조직, 특히 육류의 부패로 생기는 유독성 분해물.

다. 나는 그분이 이야기하고 싶지만 차마 입에 올리기를 꺼려하는 뭔가가 있다는 것을 알아챘다. 약간 변죽을 울리다가 선생이 말했다.

"존, 자네와 단둘이 이야기할 게 있네. 적어도 당분간은 말이야. 후에는 다른 이들에게도 솔직하게 털어놓아야 마땅하겠지만."

그러더니 선생이 말을 멈추었고 나는 기다렸다. 잠시 후에 선생이 말을 이었다.

"마담 미나, 우리의 가엾은 마담 미나가 변하고 있네."

나의 최악의 두려움이 확인되었다는 사실에 문득 등골이 써늘해졌다. 반 헬싱 선생은 말을 계속했다.

"루시 양의 슬픈 경험으로 미루어보아, 우리는 이번에는 상황이 지나치게 진전되기 전에 경고를 받아야 마땅하네. 우리의 사명은 이제 현실에서도 그 어느 때보다도 엄중해졌고, 이 새로운 고통으로 매시간이 극도로 중요해지고 있어. 부인의 얼굴에서 나는 그 뱀파이어의 특성을 볼 수 있네. 지금은 아주, 극히 미미할 뿐이지. 허나 우리가 선입견 없이 알아챌 수 있는 눈을 가진다면 얼마든지 볼 수 있을 게야. 이는 날카로워지고 때때로 눈은 매서운 빛을 띠네. 하지만 이것이 전부가 아니야. 부인에게는 예전 루시 양이 그랬던 것처럼 침묵이 점점 잦아지고 있어. 심지어는 알리고 싶은 내용이 있으면 나중에 글로 쓸지언정 말로는 하지 않았네. 지금 내 두려움은 바로 이걸세. 우리가 최면을 걸었을 때 백작이 보고 들은 것을 그녀가 말할 수 있다면, 우리보다 먼저 부인을 최면에 걸었고, 그녀의 피를 빨았으며, 그녀로 하여금 자신의 피를 빨게 했던 그는 원한다면 그녀의 마음을 자신에게 열어 그녀가 아는 것을 드러내게 할 수 있지 않을까?"

나는 동의의 뜻으로 고개를 끄덕였다. 선생은 말을 이었다.

"그렇다면 우리는 어떻게든 막아야 하네. 우리는 그녀가 우리의 의도를 알지 못하게 해야 해. 자기가 알지 못하는 것을 말할 수는 없는 법이니

497

까. 고통스러운 일이지! 아, 얼마나 고통스러운지 생각만 해도 가슴이 아리네만 반드시 그래야 해. 오늘 우리가 만나면 나는 부인께, 지금은 설명할 수 없는 이유로 더 이상 우리의 회합에 참여하실 수는 없지만 계속해서 우리의 보호를 받으시게 될 거라고 이야기하겠네."

이미 고문을 받은 그 가엾은 영혼에게 자신이 끼치게 될 고통 생각에 선생은 이마에서 솟아나온 굵은 땀방울을 훔쳐냈다. 나는 나 역시 같은 결론에 이르렀다고 말하면 어느 정도 위안이 되리라는 것을 알았다. 어느 식으로든 의구심의 고통은 덜어드릴 수 있을 테니까. 내 의견을 이야기하자 효과는 내가 기대한 대로였다.

이제 전체 회의 시간이 가까워졌다. 반 헬싱 선생은 회의 준비를 하러 갔다. 악역을 맡게 될 회의였다. 나는 그분의 목적이 그 자체로 간절한 기원임을 믿는다.

후에 회합이 시작되자마자 반 헬싱 선생과 나 모두에게 개인적으로 엄청난 안도감이 느껴지는 일이 벌어졌다. 하커 부인이 남편 편에 당분간 모임에 참석하지 않겠다고, 자신이 등장해 우리가 당황하는 일 없이 자유롭게 행동 계획을 의논하는 편이 낫겠다고 생각한다는 전갈을 전해왔던 것이다. 선생과 나는 한동안 서로를 돌아보았고 어느 정도 우리 둘 다 마음이 놓였다. 그러나 머릿속에서는 혹시 하커 부인 자신이 그 위험을 깨달은 것이라면 위험을 피하는 것만큼이나 크나큰 고통을 겪었으리라는 생각이 들었다. 그 상황에서 우리 두 사람은 질문이 담긴 표정과 대답으로, 다시 우리끼리 의논할 수 있게 될 때까지 우리의 의구심을 비밀로 하자고 입술에 손을 얹어 암묵적 동의를 했다. 우리는 곧바로 행동 계획으로 들어갔다. 우선 반 헬싱 선생이 대략적 사실 보고를 했다.

"예카테리나 여제 호는 어제 아침 템스 강을 떠났소. 최대한 빠른 속도로 가도 적어도 석 주는 되어야 바르나에 닿을 거요. 허나 육지로 가면 같은 곳에 닿을 때까지 사흘이면 충분하오. 이제 우리가 익히 알고 있는, 백작이 일으킬 수 있는 날씨의 영향을 감안해 배의 여정을 이틀 적게 잡고 우리에게 일어날 가능성이 있는 지체를 고려해 하루 낮밤을 더 넣는다 해도 우리에게는 보름의 여유가 있는 셈이오. 안전에 만전을 기해서 여기서 늦어도 17일에는 출발해야 하오. 그런 다음에는 무슨 일이 있어도 배가 닿기 하루 전까지는 바르나에 도착해서 필요한 모든 준비를 할 수 있어야 하지요. 물론 우리는 모두 무장을 할 것이오. 물리적일 뿐만 아니라 영적 사악함에 대하여도 말이오."

그러자 퀸시 모리스가 덧붙이고 나섰다.

"제가 알기로는 그 백작이 늑대의 나라에서 왔는데, 거기서는 우리보다 그자가 훨씬 유리할 수도 있습니다. 그러니 우리의 무기에 윈체스터[174]을 더할 것을 제안합니다. 그런 류의 골칫거리와 관련해서는 저는 윈체스터를 전적으로 신뢰하니까요. 아트, 우리가 토볼스크[175]에서 늑대 떼를 쫓았던 때를 기억하나? 그때 연발총 한 정씩만 갖고 있었다면 더 바랄 게 없었을 것 아닌가?"

"좋소! 윈체스터라, 훌륭하군. 퀸시의 머리는 때로 아주 냉철한데 특히 사냥과 관련될 때는 더욱 그러하구려. 비록 내 비유법이 늑대가 인간에게 위험한 만큼이나 과학에게는 불명예겠지만 말이오. 당분간 우리가 여기서 할 수 있는 일은 없소. 바르나가 우리 누구에게도 익숙하지 않은 곳이니 되도록 일찍 도착하는 것이 어떨까 싶소. 여기서 기다리나 거기서 기다리나 기다리기는 마찬가지니까. 오늘 밤과 내일에 걸쳐 준비를 하고, 그러고 나서 모든 것이 갖춰지면 우리 넷은 여행에 착수할 것이오."

---

174 미국에서 가장 많은 소총류를 제작하는 윈체스터 연발총 제조회사, 즉 WRAC에서 만드는 소총을 일컬음. 1873년에 제작한 모델 1873은 연발총의 대명사처럼 사용되기도 함.
175 러시아 서시베리아 튜멘 주에 있는 도시 이름.

"우리 넷요?"

하커가 미심쩍은 듯 우리를 한 명씩 차례로 돌아보며 물었다. 선생의 대답은 빨랐다.

"물론이오! 당신은 남아서 선량한 부인을 돌보아야 하니까!"

하커는 한동안 침묵을 지키고 있다가 힘없는 목소리로 말했다.

"그 문제는 아침에 이야기하도록 하죠. 미나와 의논해봤으면 합니다."

나는 지금이야말로 반 헬싱 선생이 우리 계획을 그녀에게 발설하지 말라고 하커에게 경고할 때라고 생각했지만 선생은 내 생각을 알아채지 못하시는 듯했다. 나는 열심히 선생을 바라보며 짐짓 기침을 했다. 대답으로 선생은 입술에 손가락을 얹고는 돌아섰다.

조너선 하커의 일기

10월 5일, 오후 오늘 아침의 회합 이후 한동안 나는 아무 생각도 할 수가 없었다. 상황의 새로운 국면 탓에 내 마음은 활기 넘치는 생각을 할 여유가 없이, 그저 의문으로만 가득했다. 토론에 참여하지 않겠다는 미나의 결단은 나를 고민하게 만들었다. 그 문제에 대해서는 그녀와 왈가왈부할 수 없는 터라 나로서는 그저 추측만 할 뿐이었다. 나는 지금 그 어느 때보다도 해결책에서 멀리 떨어져 있는 것만 같다. 게다가 다른 사람들이 미나의 태도를 받아들이는 방식도 나를 어리둥절하게 만든다. 우리가 그 문제를 마지막으로 이야기했을 때만 해도 우리 사이에 더 이상 어느 것도 숨기는 것은 없으리라는 데 동의하지 않았던가. 미나는 지금 어린아이처럼 가만히, 사랑스럽게 잠들어 있다. 입술이 벌어지고 얼굴은 행복으로 빛나고 있다. 이런 시간이 아직도 그녀에게 남아 있다니 하느님 감사합니다.

후에 이 모두가 얼마나 기이한지 모르겠다. 미나가 행복하게 잠든 모습을 보며 앉아 있는 사이 나 역시 다시는 이 같은 느낌을 갖지 못하리라 여겨질 만큼 행복에 다가가고 있었다. 저녁이 깊어가고 지는 해가 땅에 기다란 그림자를 드리우면서 방 안의 침묵은 내게 더욱 장중하게 느껴졌다. 갑자기 미나가 눈을 뜨더니 나를 부드럽게 바라보며 말했다.

"조너선, 난 당신이 명예를 걸고 나에게 약속을 하나 해주기 바라요. 나에게 하는 약속이지만 신성하신 하느님의 귀에 들리도록 하는 것이니, 비록 내가 무릎을 꿇고 눈물을 흘리며 애원한다고 해도 절대로 어겨서는 안 돼요. 어서요, 지금 당장 약속을 해줘야 돼요."

"미나, 그런 약속을 당장 할 수는 없어요, 나는 그런 약속을 할 권리가 없어요."

"하지만 여보 그 약속을 원하는 사람은 바로 나예요. 나를 위한 약속은 아니에요. 내가 옳은지 그렇지 않은지 반 헬싱 교수님께 여쭤봐도 좋아요. 만약 교수님 의견이 당신 의견과 다르면 당신 좋을 대로 해요. 아니, 여러분들이 모두 동의하면 후에 당신은 그 약속을 지키지 않아도 돼요."

그 말을 하는 미나의 눈은 영적 집중 상태를 드러내주듯 북극성처럼 빛나고 있었다.

"약속하겠소!"

내가 말했다. 그러자 한동안 그녀는 지극히 행복해 보였다. 비록 내게는 그녀의 모든 행복이 이마 위의 붉은 흉터로 부정되고 있기는 했지만.

"백작에 대항해 싸우는 계획에 대해서 한 마디도 내게 하지 않겠다고 약속해줘요. 언어로뿐만 아니라 추정이나 암시도 주면 안 돼요. 절대로 안 돼요, 이것이 내게 남아 있는 한은!"

그러면서 미나는 진지하게 이마의 상처를 가리켰다. 나는 그녀가 진정이라는 것을 알고 엄숙하게 말했다.

"약속하리다!"

그렇게 말하는 순간 나는 우리 사이에 하나의 문이 닫히는 것을 느끼고 있었다.

후에, 자정 미나는 저녁 내내 밝고 명랑했다. 너무도 명랑해서 우리 모두에게 그녀의 쾌활함이 전이되어 용기가 솟아나는 것 같았다. 덕분에 우리를 짓누르는 참혹함이 어느 정도 걷히는 기분이었다. 우리는 일찍 헤어졌다. 미나는 지금 어린아이처럼 곤히 잠들어 있다. 이토록 지독한 고통을 겪으면서도 잠을 잘 수 있는 능력이 그녀에게 남아 있다는 것은 놀라운 일이다. 적어도 그때만큼은 근심을 잊을 수 있으니 하느님께 감사드릴 뿐이다. 아마도 미나의 지금 모습은 오늘 저녁 그녀의 쾌활함이 그러했듯 나에게 좋은 영향을 미칠지도 모르겠다. 한번 노력해봐야겠다. 아! 꿈이 없는 잠을 위하여.

10월 6일, 아침 또 다른 놀라움. 미나는 어제와 거의 같은 시간에 일찍감치 나를 깨우더니 반 헬싱 교수에게 데려다달라고 했다. 나는 또다시 최면이 있을 거라 생각하고 아무 질문 없이 교수를 부르러 갔다. 반 헬싱 교수도 내가 오리라고 기대하고 계셨는지, 내가 방에 들어가자 옷을 입은 채였다. 우리 방의 문이 열리는 소리를 들을 수 있도록 문도 빠끔히 열어놓고 있었다. 교수는 곧바로 나왔다. 우리 방으로 들어서면서 교수는 미나에게 다른 사람들도 와도 되겠느냐고 물었다.

"아뇨, 필요 없을 거예요. 사실 그대로 이야기하시면 되니까요. 저는 여러분의 여행에 같이 가야 해요."

미나가 아무렇지도 않은 듯 이야기했다. 반 헬싱 교수는 나만큼이나 깜짝 놀랐다. 잠시 뜸을 들이다가 교수가 물었다.

"왜지요?"

"저를 데리고 가셔야 해요. 저는 여러분과 같이 가는 게 더 안전하고 여러분도 그 편이 더 안전할 거예요."

"하지만 왜지요, 마담 미나? 부인의 안전이 가장 막중한 임무라는 것을 알고 계시는 부인이 아니십니까? 우리는 위험에 뛰어드는 것이고, 아마도 부인은…… 그러니까 지금 상황으로 미루어보아 부인이 우리 누구보다도 취약할 수 있습니다."

교수는 당황한 나머지 거기서 말을 멈추었다. 미나는 손가락을 들어 자기 이마를 가리키며 대답했다.

"알아요. 그래서 제가 가야 하는 거예요. 태양이 떠오르고 있을 때인 지금에만 말씀드릴 수 있어요. 다시는 못하게 될지도 몰라요. 저는 백작이 바라면 제가 가야만 한다는 걸 알아요. 백작이 은밀하게 저더러 오라고 하면 저는 속임수를 써서라도 가야 해요. 심지어는 조너선의 눈을 속이면서까지도요."

그렇게 말하면서 내게 고개를 돌릴 때 미나의 표정을 하느님은 보셨으리라. 만약 실제로 기록 천사[176]가 있다면 그 표정이야말로 그녀에게 영원히 존재하는 영예의 한 증거일 것이다. 나는 그저 그녀의 손을 잡을 수밖에 없었다. 아무 말도 할 수 없었다. 눈물이라는 위안이 있기는 했지만 그럼에도 불구하고 내 감정은 말로 표현하기에는 너무도 격했다.

"여러분은 정말 강하고 용감하세요. 수적으로도 강하니까 혼자 방어해야 하는 인간의 인내심을 무너뜨리는 적이라도 능히 물리칠 수 있으실 거예요. 게다가 교수님께서 제게 최면을 걸어 저조차도 모르는 것을 알게 되신다면 저도 여러분께 도움이 될 수 있을 테고요."

---

176 인간의 살아생전의 선악을 기록한다는 천사.

미나의 말에 반 헬싱 교수는 근엄하게 대답했다.

"마담 미나, 부인은 언제나처럼 정말 현명하십니다. 우리와 함께 가십시다. 그리고 앞으로 이루려는 일을 다 같이 이루도록 합시다."

교수의 말이 끝나도 미나는 오래도록 침묵을 지켰다. 내가 돌아보니 그녀는 베개에 누워 자고 있었다. 내가 블라인드를 걷자 햇살이 찰랑이며 넘쳐 들어와도 미나는 잠에서 깨어나지 않았다. 반 헬싱 교수는 나더러 가만히 따라오라는 손짓을 해 보였다. 우리는 교수의 방으로 갔고 잠시 후에 고달밍 경, 수어드 박사, 모리스 씨가 왔다. 반 헬싱 교수는 그들에게 미나가 한 말을 이야기했다.

"아침에 우리는 바르나로 떠날 거요. 이제 우리는 마담 미나라는 새로운 요소를 고려해야만 하오. 아, 허나 그녀의 영혼은 정말 진실하오. 부인께는 그렇게 세세히 이야기하는 것이 여간 고통이 아닐 게요. 허나 부인의 말은 정말 옳고 우리는 때마침 경고를 받은 셈이오. 단 한 번의 기회도 놓쳐서는 안 되오. 우리는 바르나에서 그 배가 도착하자마자 행동할 준비를 해야 하오."

"우리가 정확하게 뭘 해야 하지요?"

모리스 씨가 간결하게 물었다. 반 헬싱 교수는 잠시 뜸을 들이다가 대답했다.

"우선 그 배에 승선할 거요. 그런 뒤에 상자를 확인하면 찔레 가지를 그 위에 놓을 거요. 상당히 서둘러야 하오. 누가 나타나기 전까지, 적어도 미신이라고 소리치기 전까지는 해야 하는 일이니까. 게다가 미신으로 말하자면 우리는 일단은 미신을 믿어야 하오. 초창기에 미신은 사람들의 신념이었고 여전히 신념에 그 뿌리를 갖고 있으니까. 그러고는 우리가 찾는 기회를 얻게 되면 아무도 보는 눈이 없을 때 그 상자를 열고 그런 다음에는…… 결국 모든 것이 잘될 게요."

"저는 어떤 기회도 기다리지 않겠습니다. 상자를 보자마자 바로 열어서 그 괴물을 처단할 겁니다. 비록 수천 명의 사람들이 지켜보고 있어서 바로 다음 순간에 제가 최후를 맞아야 한다고 해도요."

모리스가 말했다.

나는 본능적으로 그의 손을 쥐었다. 그의 손은 강철처럼 단단했다. 나는 모리스가 나의 표정을 이해했다고 생각한다. 제발 그랬기를 바란다.

"훌륭하오. 정말 훌륭해. 퀸시는 진정한 남자요. 하느님께서 당신의 남자다움을 축복하시기를. 우리 누구도 두려움으로 물러서거나 주춤거리지 않을 거요. 나는 우리가 할 수 있는 일을 이야기하는 거라오. 우리가 해야 하는 일이지요. 허나 사실, 우리는 무엇을 할 수 있게 될지 모르오. 일어날 수 있는 경우의 수는 무한하고 그 방식과 목적이 너무도 다양하기 때문에 바로 그 순간까지도 알 수가 없을 테니 말이오. 우리는 온갖 방법으로 무장을 해야 하오. 그리하여 파국을 향한 시간이 다가오면 우리의 노력에는 부족함이 없을 게요. 자, 오늘은 각자 주변을 정리하도록 합시다. 우리에게 소중한 다른 사람들에게 영향을 미칠 법한 일들을 말끔하게 정리하도록 하시오. 우리 중 누구도 그 파국이 무엇인지, 언제인지, 어떻게 올지 장담할 수 없으니 말이오. 나는 내 개인적 일을 모두 정리해놓아 더 이상 할 일이 없으니 여행 준비를 하러 가겠소. 내가 우리 여행에 필요한 기차표며 갖가지 것들을 준비하리다."

반 헬싱 교수가 말했다. 더 이상 할 얘기가 없었으므로 우리는 헤어졌다. 나는 이제 이 땅에서의 내 일을 모두 정리하려 한다. 그렇게 해서 장차 무슨 일이 닥치든 준비해둘 수 있도록…….

후에 모두 끝났다. 나의 의지는 정해졌고 모두가 완결되었다. 미나가 살아남는다면 그녀가 나의 유일한 상속인이 될 것이다. 그렇게 되지 못한다면 우리에게 그토록 친절했던 다른 이들이 우리의 남은 재산을 물려받게 되리라.

이제 일몰 시간이 가까워지고 있다. 미나의 불안감에 신경이 쓰인다. 정확한 일몰 시간에 그녀의 마음에는 뭔가가 드러나는 것 같다. 이 모두가 우리에게는 괴로운 시간이 되고 있다. 일출과 일몰 때마다 새로운 위험, 새로운 고통이 드러나기 때문이다. 그러나 하느님의 의지 속에서 좋은 결과가 있으리라. 그녀가 지금은 듣지 못하도록 나는 이 모든 것을 일기에 적고 있다. 그러나 그녀가 다시 일기를 볼 수 있게 된다면 그때는 준비가 갖춰져 있을 것이다.

미나가 나를 부르고 있다.

25

수어드 박사의 일기

10월 11일, 저녁 조너선 하커가 자기는 도저히 이 일을 못하겠지만 정확한 기록이 이루어졌으면 한다고, 나더러 대신 기록을 해달라고 부탁했다.

일몰 시간 직전에 하커 부인을 만나러 오라고 했을 때 나는 우리 중 누구도 놀라지 않았으리라고 생각한다. 요즘 들어 우리는 일출과 일몰이 부인에게는 특별한 자유의 시간이라는 것을 이해하게 되었다. 일출과 일몰은 행동을 하라고 자극하거나 그녀를 억누르거나 구속하는 그 어떤 통제력의 제한을 받지 않은 채 부인의 옛 자아가 표출될 수 있을 때이다. 이 기분, 혹은 이 상태는 실제의 일출과 일몰 시각 30분쯤 전에 시작되어 해가 뜨거나 지평선 위에 구름이 여전히 넘실거리는 빛으로 빛날 때까지 지속된다. 처음에는 마치 매듭이 느슨해진 듯 일종의 부정적 상태가 드러나지만 곧이어 완전한 자유가 나타난다. 그러나 그 자유의 시간이 멎으면 잠시 경고하듯 침묵이 이어진 뒤 곧바로 원래의 상태, 혹은 퇴보의 모습을 보이는 것이다.

오늘 밤, 우리가 만났을 때 부인은 어느 정도 억제되어 있었고 내부의 투쟁의 흔적을 고스란히 드러내고 있었다. 그녀가 일몰의 처음 순간에 격렬한 노력을 기울였기 때문이라는 것을 나로서도 알 수 있었다. 그러나 몇 분 만에 부인은 자제심을 되찾았다. 그녀는 남편에게 자기가 반쯤 누워 있는 소파 곁에 와서 앉으라는 손짓을 하고는 우리 모두에게 의자를 가져와서 앉으라고 했다. 남편의 손을 잡은 채 부인은 입을 열었다.

"우리는 자유 속에서 여기 모두 함께 모였어요. 어쩌면 지금이 마지막일지도 모릅니다! 저는 여러분이 끝까지 저와 함께 계시리라는 걸 알고 있어요."

이 말에 남편은 아내의 손을 꼭 쥐었다.

"아침이면 우리는 우리의 사명을 찾아 떠나고, 하느님이 우리 각자에게 예비하신 일이 무엇인지는 오직 그분만이 아실 수 있을 따름이에요. 여러분은 감사하게도 저를 같이 데려가시기로 해주셨어요. 저는 이 모든 용감하고 성실한 남자분들이 한 가엾은 힘없는 여자, 영혼을 잃은, 아니, 아니, 아니, 아직은 아니죠, 하지만 어쨌든 위험에 처한 영혼을 지닌 한 여자에게 무엇을 해주실 수 있는지 잘 알고 있어요. 하지만 여러분은 제가 여러분과 같지 않다는 걸 기억하셔야 해요. 제 피, 제 영혼에는 구원이 오지 않는 한 저를 파괴시킬지 모를, 아마도 반드시 파괴하고야 말 독이 들어 있어요. 아, 여러분은 저만큼이나 제 영혼이 위험에 처해 있다는 걸 잘 알고 계세요. 그리고 비록 저를 위한 탈출구가 하나뿐이라는 것을 알더라도 여러분은 그것을 택하시면 안 돼요! 저 역시 마찬가지고요."

부인은 남편에서 시작하여 다시 남편까지, 호소하듯 우리 모두를 차례로 돌아보았다.

"그 탈출구가 무엇입니까? 우리가 택하면 안 될, 부인도 택하면 안 될 탈출구가 과연 무엇입니까?"

반 헬싱 교수가 목쉰 소리로 물었다.

"더 큰 악이 전면적으로 발현하기 전에 제 손으로나 아니면 다른 이의 손으로나 제가 죽는 것이죠. 저도, 여러분도 알고 있어요. 제가 죽으면 여러분은 가엾은 루시에게 하셨듯 영원히 멸망하지 않는 제 영을 자유롭게 풀어주실 수 있으며 반드시 그렇게 하시리라는 걸요. 만약 죽음이, 혹은 죽음에 대한 두려움이 우리의 앞길을 가로막는 유일한 장애라면 저는 지금 저를 사랑하는 친구들 사이에서 죽는대도 조금도 물러서지 않을 거예요. 하지만 죽음이 전부가 아니에요. 저는 희망이 우리 앞에 있으며 보다 엄혹한 사명이 이루어져야 하는 한, 이런 때에 죽음을 청하는 것은 하느님의 의지가 아니라 믿어요. 그러니 저는 영원한 안식이라는 확실성을 포기하고 이 세상에서도, 저승 세계에서도 가장 어두운 것들이 숨어 있는 암흑 속으로 나아갈 거예요!"

우리는 본능적으로 이것이 서곡에 불과하다는 것을 알았기에 모두 침묵했다. 다른 이들의 표정은 심각했고 하커의 얼굴은 잿빛이 되어 있었다. 아마도 이후에 무엇이 올지 우리 누구보다도 잘 추측하고 있었기 때문이리라. 그녀는 말을 이었다.

"이것이 제가 재산 병합[177]에 내주려는 것이에요."

나는 부인이 하필이면 그러한 때에 진지하게 그토록 기이한 법률적 표현을 쓰는 데 주목하지 않을 수 없었다. 부인은 재빨리 말을 이었다.

"여러분은 저마다 뭘 주시겠어요? 여러분의 생명요? 저도 알아요. 그건 용감한 남자분들께는 어렵지 않은 일이죠. 여러분의 생명은 하느님의 것이고, 여러분은 그것을 그분께 돌려드릴 수 있지만 제게는 뭘 주실 건가요?"

그녀는 질문하듯 바라보았지만 이번에는 남편의 시선을 피하고 있었다. 퀸시가 이해했는지 고개를 끄덕이자 그녀의 얼굴이 밝아졌다.

"그렇다면 제가 원하는 것을 솔직하게 말씀드릴게요. 지금 여러분 사이에서 이것과 관련해서는 어떤 의심도 있어서는 안 되니까요. 여러분은

---

177 똑같은 분배를 위하여 재산을 한데 합치는 것.

차례로, 모두, 심지어는 내 사랑하는 남편인 당신도 약속해주어야 해요. 때가 되면 저를 죽여주시겠다고요."

"그때가 언제인가요?"

퀸시의 목소리였다. 낮고 억눌린 목소리.

"여러분이 제가 너무도 변해서 사는 것보다 차라리 죽는 것이 낫겠다고 확신할 때요. 그러면 제 육신이 죽고 난 뒤 여러분은 한시도 지체 없이 제 몸에 말뚝을 박고 제 머리를 자르고 그밖에도 제가 안식을 취하기에 필요한 일을 모두 해주세요!"

잠시 침묵이 이어졌다. 가장 먼저 입을 연 사람은 퀸시였다. 그는 그녀 앞에 무릎을 꿇고는 그녀의 손을 두 손으로 쥐고 엄숙하게 말했다.

"저는 아마도 그러한 고결함에 어울리지 않는 삶을 살아온, 그저 한낱 거친 사내에 불과합니다만 제가 성스러이 여기고 소중히 여기는 모든 것을 걸고 그때가 오면 부인께서 저희에게 내리신 임무에서 한 치도 물러서지 않겠다고 맹세합니다. 그리고 부인께, 지금으로서는 그때가 와도 받아들일 수 있을지 미심쩍을 뿐이지만 반드시 그렇게 하리라고 약속드립니다!"

"제 진정한 친구세요!"

떨어지는 눈물방울 속에서 그녀가 할 수 있는 말은 그것이 전부였다. 그녀는 고개를 숙이고 그의 손에 입을 맞추었다.

"나도 맹세합니다, 마담 미나!"

반 헬싱 선생이 말했다.

"저도요!"

고달밍 경이 말했고, 두 사람은 차례로 무릎을 꿇고 맹세를 했다. 나도 따랐다. 그런 다음에는 그녀의 남편이 하얗게 센 머리칼이 무색할 만큼 녹색 빛이 도는 창백한 얼굴을 들고 흐리멍덩한 눈빛으로 물었다.

"여보, 나도 꼭 그런 약속을 해야 하오?"

"당신도예요, 여보. 물러서지 말아요. 당신은 이 세상에서 나와 가장 가깝고, 가장 소중한 사람이에요. 우리의 영혼은 평생토록 하나로 엮여 있어요. 생각해봐요. 용감한 남자들이 적의 손에 넘어가지 않게끔 아내와 집안 여자들을 죽였던 때가 있었죠. 사랑하는 사람들이 자신들을 베어달라고 애원했기 때문에 그들의 손은 떨리지조차 않았어요. 극심한 시련의 시기에 그것은 사랑하는 이들을 위한 남자들의 임무예요! 아, 여보. 내가 누구의 손에 의해서든 죽음을 맞아야 한다면 난 내가 가장 사랑하는 사람의 손이었으면 해요. 반 헬싱 교수님, 저는 가엾은 루시에게 베푸셨던 자비를 잊지 못할 거예요. 가장 루시를 사랑한 사람이……."

그녀의 눈과 목소리에는 무한한 자비의 갈망이 들어 있었다. 부인은 살짝 얼굴을 붉히더니 어조를 바꾸어 말을 이었다.

"가장 확실한 권리를 가진 사람이 그 애에게 평화를 주도록 하셨잖아요. 그때가 오면, 저를 압도한 그 끔찍한 기억에서 저를 자유롭게 하는 것이 제 사랑하는 남편의 손이라는 행복한 기억을 갖게 해주실 것을 부탁드려요."

"다시 한 번 맹세합니다!"

반 헬싱 선생이 대답했다. 하커 부인은 안도의 한숨과 함께 뒤로 기대고 살포시 미소를 지으면서 말했다.

"그리고 여러분이 절대 잊어서는 안 될 한마디 경고의 말씀을 드려야겠어요. 그 시간은, 만일 그때가 온다면, 재빠르고 예상치 못하게 다가올 테고 그럴 때면 여러분의 기회를 이용하는 데 망설일 틈이 없을 거예요. 그런 때라면 저는 아마도…… 아! 만일 그 시간이 온다면, 저는 아마도 여러분의 적과 손을 잡고 여러분께 대항할지도 모르니까요. 한 가지 요청이 더 있어요."

부인은 진정 엄숙해진 표정으로 말을 이었다.

"먼젓번 요청만큼 결정적이거나 필수적이지는 않지만 가능하시다면 여러분이 한 가지를 더 해주셨으면 해요."

우리는 모두 동의했지만 아무도 입을 열지는 않았다. 아니, 말할 필요가 없었다.

"여러분이 「죽은 자의 매장」¹⁷⁸을 읽어주셨으면 해요."

남편의 깊은 신음소리에 부인은 말을 멈추었다. 그녀는 남편의 손을 잡아 자기 심장에 갖다대더니 말을 이었다.

"여러분은 언젠가 제 앞에서 그것을 읽으셔야 해요. 이 모든 두려운 상황이 어떻게 종결되든 간에 이것은 우리 모두, 혹은 우리 일부에게는 행복한 추억이 될 거예요. 여보, 나의 사랑. 나는 당신이 그걸 읽었으면 좋겠어요. 그러면 앞으로 무슨 일이 닥치든 간에 내 머릿속에서 당신의 목소리가 영원히 남아 있을 테니까요!"

"하지만, 아, 여보. 죽음은 당신에게서 아주 멀리 있소."

하커가 애원했지만 부인은 경고하듯 한 손을 들어 올렸다.

"아니에요. 나는 지금 이 순간 흙으로 된 무덤의 무게가 내 위에 놓여 있는 것보다도 더 깊이 죽음 속에 들어서 있어요!"

"아, 여보. 내가 꼭 그걸 읽어야 하오?"

하커가 말했다.

"그게 내게 위안이 될 테니까요!"

이것이 그녀가 말한 전부였다. 곧이어 하커는 부인이 준비해놓은 책을 읽기 시작했다.

나, 아니 그 누구라도 이 기이한 장면, 그 음울함, 그 슬픔, 그 공포, 그리고 거기에 한데 뒤섞인 그 행복함을 어떻게 설명할 수 있을까? 성스럽거나 감정적인 것은 그 무엇이라도 씁쓸한 현실의 희화화라 여기게 마련인 회의론자조차도 만약 이 헌신적이고 애정 어린 친구들의 조그만 무리가 그 수난당하고 슬픔에 잠긴 여인을 둘러싸고 무릎을 꿇고 앉은 모습을 보았다면, 비록 소리는 갈라지고 격해진 감정으로 때로 멈칫하기는 했지

---

178 18세기 영국의 신학자 겸 시인 존 키블의 시.

만 「죽은 자의 매장」을 읽는 그녀의 남편의 목소리에 서린 부드러운 열정을 들었다면 가슴 깊이 밀려오는 감동을 주체할 수 없었으리라.

"더 이상은…… 도저히…… 도저히 못하겠습니다. 목소리가…… 목소리가…… 나오지를 않아요……."

하커가 말했다. 그녀는 본능적으로 옳았다. 무척 기이했으며, 그 순간의 강력한 영향을 느낀 우리에게도 그 이후로는 기괴하기 짝이 없게 느껴지기는 했지만, 그것은 우리를 위로해주었다. 그리고 하커 부인이 영혼의 자유에서부터 퇴행한다는 것을 보여주는 그 침묵조차도, 우리가 예전에 두려워했던 만큼 진적인 절망이라고는 이제는 우리 누구도 느낄 수 없었다.

조너선 하커의 일기

10월 15일, 바르나 우리는 12일 아침 차링크로스를 떠나 같은 날 밤 파리에 닿았고 오리엔트 특급 열차[179]에 올라 미리 예약해둔 좌석에 앉았다. 우리는 밤낮을 달려 5시에 이곳에 닿았다. 고달밍 경은 혹시 자신에게 도착한 전보가 있는지 알아보러 영사관으로 갔고, 그사이에 다른 사람들은 이곳 호텔 '오데수스'에 닿았다. 여행 중에 이런저런 일들이 있었겠지만 도착에만 급급한 나머지 아무 데도 신경 쓸 수가 없었다. 예카테리나 여제 호가 항구에 닿을 때까지는 이 드넓은 세상의 어느 것도 나의 흥미를

---

179 1883년부터 운행을 시작한 장거리 고급 열차로 최초의 노선은 파리를 거쳐 빈, 부다페스트, 부쿠레슈티, 바르나, 이스탄불까지 운행됨.

끌지는 못할 것이다. 하느님 감사합니다! 미나는 건강하고 강인해지는 것처럼 보인다. 얼굴색도 돌아왔다. 잠을 많이 잔다. 여행 내내 그녀는 거의 잠을 자고 있었다. 그러나 일몰과 일출 직전에는 몹시 허약하고 긴장한 기색이 역력하다. 그럴 때 반 헬싱 교수가 그녀에게 최면을 거는 것은 이제 하나의 습관이 되었다. 처음에는 약간의 노력이 필요했고 여러 번 손을 아래위로 오가야 했다. 그러나 이제는 익숙해진 듯 곧바로 최면에 들어서 손짓 하나 할 필요가 없을 정도였다. 반 헬싱 교수는 이러한 특별한 순간에 단순한 의지를 따르게 하는 힘을 갖고 있는 것 같고, 그녀의 생각은 그것에 복종한다. 교수는 언제나 그녀에게 뭐가 보이고 들리는지를 묻는다. 첫 번째 질문에 대한 그녀의 대답은 늘 이렇다.

"아무것도 볼 수 없어요. 온통 어두워요."

그리고 두 번째 질문에 대한 대답은 이것이다.

"파도가 뱃전에 일렁이는 소리와 물살이 달리는 소리를 들을 수 있어요. 돛과 밧줄은 팽팽하고, 마스트와 야드[180]이 끼익거려요. 바람은 드높아…… 돛대밧줄[181]에 부딪히는 바람 소리가 들려요. 뱃머리는 물거품을 일으키며 앞으로 나아가요."

예카테리나 여제 호가 아직 바다에 있으며 서둘러 바르나로 향하고 있다는 것은 명확하다. 방금 고달밍 경이 돌아왔다. 우리가 출발한 날부터 하루 한 장씩 네 장의 전보를 갖고 있었는데 모두가 같은 내용이었다. 예카테리나 여제 호가 어디에서도 로이드에 보고를 하지 않았다는 것이었다. 그는 런던을 떠나기 전에 대리인을 시켜 그 배에 대한 보고가 있었는지 여부를 날마다 전보로 알리도록 조처를 취해놓았다. 제대로 관찰이 되고 있는지 확인할 수 있도록 특별한 보고 내용이 없어도 전갈을 남기기로

---

180 활대라고도 함. 돛 위에 가로댄 나무.
181 마스트를 좌우 방향으로 지탱하는 밧줄.

되어 있었다.

우리는 식사를 하고 일찍 침대에 들었다. 내일 우리는 부영사를 만나 가능하다면 배가 입항하는 즉시 승선할 수 있도록 손을 써놓을 것이다. 반 헬싱 교수는 일출과 일몰 사이에 배에 오를 수 있는지 여부에 우리의 기회가 달려 있다고 한다. 설령 박쥐의 형태를 하고 있더라도 그 자신의 의지로는 특정한 때가 아니면 흘러가는 물을 건널 수 없는 백작이니 배를 떠날 수 없다. 인간의 형태로 변신하지 않는다면 백작은 상자 속에 들어 있을 수밖에 없다. 그리고 인간의 형태로 변신하는 것은 백작으로서는 당연히 피해야 마땅한 일이다. 그러므로 우리가 일출 후에 배에 오를 수 있다면 그자는 우리의 처분에 달린 셈이다. 상자를 연 다음, 가엾은 루시에게 했듯 그자가 일어나기 전에 처치하면 되니까. 그자가 우리에게 어떤 자비를 얻을 수 있을는지는 그리 대수롭지 않다. 공무원들이나 뱃사람들과는 그다지 문제될 것이 없으리라 생각한다. 하느님께 감사하게도 이곳은 뇌물로 할 수 없는 것이 없는 곳이며 우리는 돈이라면 얼마든지 갖고 있다. 그저 그 배가 일몰과 일출 사이에 경고 없이 입항하는 일만 없으면 아무 문제 없다. 이것 역시 심판관인 돈지갑이 깨끗이 해결할 수 있으리라!

10월 16일 미나의 보고는 여전히 같다. 일렁이는 파도와 달려가는 바다, 어둠과 순조로운 바람. 우리는 확실히 유리한 때에 있고 예카테리나 여제 호의 소식을 들을 즈음에는 만반의 준비가 되어 있을 것이다. 그 배가 다르다넬스 해협을 지나야 할 테니 보고 문제도 걱정할 일 없다.

10월 17일 내 생각에 백작이 여행에서 귀환했을 때 환영할 만반의 준비가 갖춰진 듯하다. 고달밍은 외국으로 보내진 그 상자에 자신의 친구가 도난당한 물건이 들어 있지 않을까 의심된다고 선박 회사 측에 이야기했고, 자신이 모든 책임을 지고 상자를 열어보겠다는 반승낙을 얻었다. 선박 소유주는 선장 앞으로 된, 고달밍 경이 배에 올랐을 때 뭐든 자의로 할 수 있도록 편의를 베풀라는 내용의 서신을 써주었으며, 바르나의 대리인에게도 유사한 권한을 부여해주었다. 우리는 그 대리인을 만나보았고, 고달밍 경의 친절한 태도에 감명을 받은 대리인은 우리의 바람이 모두 이루어지도록 도움이 되는 것은 무엇이든 하겠다는 확답을 주었다. 우리는 상자를 열고 나서 할 일에 대해서도 이미 정해놓았다. 백작이 들어 있으면 반 헬싱 교수와 수어드 박사가 당장 그 목을 자르고 그의 심장에 말뚝을 박기로 했다. 모리스와 고달밍과 나는 필요하다면 우리가 갖고 있는 무력을 써서라도 개입을 막는 역할을 맡았다. 교수의 말씀으로는 그렇게 백작의 몸을 다룰 수 있게 되면 그 육신이 곧바로 먼지로 변할 것이라고 한다. 그 말씀대로라면 혹시 살인 혐의가 제기된다 해도 우리에게 불리한 증거 자체가 없어지게 된다. 그러나 그렇지 않다면 우리는 우리가 저지른 행위에 따라 생사를 같이 해야 할 테고, 언젠가 이 원고는 우리 몇 사람과 교수대 밧줄을 연결하는 증거의 역할을 할 수도 있다. 그렇게 된다 해도 나는 기꺼운 마음으로 받아들일 것이다. 우리는 예카테리나 여제 호가 눈에 띄는 즉시 전갈을 받을 수 있도록 몇몇 공무원들에게 손을 써놓았다.

10월 24일 일주일 내내 기다림의 연속이다. 날마다 고달밍에게 전보가 도착하지만 번번이 같은 내용, '아직 보고 없음'뿐이다. 미나가 아침저녁으로 최면에 걸렸을 때 하는 대답에도 변함이 없다. 일렁이는 파도, 달려드는 물살, 끼익거리는 마스트.

전보, 10월 24일,
런던 로이드 사의 러퍼스 스미스, 고달밍 경 전교 바르나 부영사
예카테리나 여제 호가 오늘 아침 다르다넬스 해협에서 보고됨.

수어드 박사의 일기

10월 25일 축음기가 얼마나 그리운지 모르겠다! 펜으로 일기를 쓰는 것은 내게는 고역이다! 그러나 반 헬싱 선생은 내가 일기를 기록해야 한다고 하신다. 고달밍이 로이드 사에서 전보를 받은 어제 우리는 흥분으로 다들 제정신이 아니었다. 이제 나는 돌격 명령이 떨어졌을 때 전장에서 군인들이 느끼는 기분을 알 수 있을 것 같다. 우리 모임 중에서 하커 부인만이 어떤 감정의 변화도 드러내고 있지 않다. 어쨌든 그녀가 아무것도 모르도록 우리 모두 특별한 주의를 기울이고 있는 데다가 그녀 앞에서는 어떤 흥분도 드러내지 않으려고 애쓰고 있으니 하커 부인이 동요하지 않는 것도 무리는 아니다. 예전 같았으면 아무리 우리가 숨기려 한다고 해도 눈치를 챘을 그녀였다. 그러나 부인은 지난 석 주 동안 상당히 변했다. 비록 건강해 보이고 잘 지내기는 하며 예전의 혈색을 되찾기는 했지만 점차 무기력증이 강해지는 것이 반 헬싱 선생과 나는 영 마뜩지가 않다. 우리는 종종 그녀에 대해서 이야기를 나누지만 다른 사람들에게는 한 마디도 하지 않았다. 우리가 그 주제에 관해 의구심을 갖고 있다는 낌새라도 채면 가엾은 하커의 심장과 신경은 무너져버릴 테니까. 반 헬싱 선생은 최면 상태일 때 하커 부인의 이를 유심히 점검한다고 한다. 이가 날카로워지기 시작하지 않으면 그녀에게 변화가 활발히 일어날 위험은 없기 때문이라는 것이다. 만약 그 같은 변화가 오면 서서히 단계를 밟아나갈 준비를 해야 하리라! 비록 서로의 생각을 입 밖에 내어 말하지는 않아도 나나 선생이나 그 단계가 무엇이어야 하는지 뻔히 알고 있다. 우리는 둘 다 설령 아무리 생각하기에 끔찍한 일이더라도 그 임무에서 움찔해서는 안 된다. '안락사…….' 얼마나 훌륭하고 위로가 되는 말인가! 나는 그것을 처음 알아낸 이에게 정말 감사할 따름이다.

예카테리나 여제 호가 런던에서부터 항해해 온 속도를 계산해보면 다르다넬스 해협에서 이곳에 이르기까지는 대략 24시간이 걸린다. 그러므로 어느 때든 아침 시간에 도착할 테지만 정오 전까지는 힘들어 보이니 오늘은 일찍부터 쉬어야 한다. 준비를 하기 위해 1시에 일어나기로 했다.

10월 25일, 정오 예카테리나 여제 호의 도착에 관해서는 아직 아무 소식이 없다. 오늘 아침 최면에 걸린 하커 부인의 보고는 여느 때와 다름이 없었으니 언제든 소식을 들을 수 있을 것이다. 우리 남자들은 침착한 하커를 제외하고는 모두 흥분의 도가니 속에 있다. 하커의 손은 얼음처럼 차고, 한 시간 전에는 이제는 언제나 지니고 다니는 구르카 족 칼의 날을 갈고 있었다. 그 단호하고 얼음처럼 차가운 손으로 '쿠크리'의 날이 백작의 목을 건드리기라도 하는 날에는…….

반 헬싱 선생과 나는 오늘 하커 부인에게 적잖이 놀랐다. 정오쯤 그녀는 우리가 마뜩지 않아 하는 무기력 상태에 빠져들었다. 다른 사람들에게는 침묵을 지켰지만 우리 둘 다 좋지 않은 느낌이었다. 그녀는 아침 내내 불안한 모습을 보였고 그녀가 잠들었다는 것을 알게 되자 선생도 나도 기뻐했다. 그러나 하커가 지나가는 말투로 하도 곤히 자고 있어서 깨울 수가 없었다고 하자 우리는 직접 방으로 가서 살펴보았다. 부인은 자연스럽게 숨을 쉬고 있었고 지극히 편안하고 건강해 보였다. 무엇보다도 잠이 부인에게는 좋은 약이다. 가엾은 사람, 너무도 잊을 일이 많으니 망각을 가져다주는 잠이 그녀에게 도움이 된다는 것도 놀라운 일은 아니다.

후에 우리 생각이 옳았다. 몇 시간 동안 원기를 보충해주는 잠을 자고 난 뒤 일어났을 때 부인은 요 며칠 동안보다 밝고 좋아 보였다. 일몰에 부인은 최면에 걸린 상태에서 평상시와 다름없는 보고를 했다. 혹해 어딘가에서 백작은 서둘러 목적지를 향해 가고 있으리라. 그자의 최후가 기다리는 곳으로. 나는 그렇게 믿는다!

10월 26일   하루가 더 지났지만 예카테리나 여제 호에 대한 소식은 없다. 진작 도착했어야 하거늘. 일출 시간 최면에 걸린 하커 부인의 보고가 여느 때와 다름없는 것을 보면 배는 여전히 어딘가를 향해하고 있음에 틀림없다. 안개 때문에 어디엔가 정박하고 있는지도 모르겠다. 지난밤에 도착한 배의 선원들이 항구 남쪽과 북쪽 양편에 안개가 자욱했다고 했으니 말이다. 그 배가 언제라도 신호를 보내올지 모르니 경계를 게을리 하지 말아야 한다.

10월 27일, 정오   정말 이상한 일이다. 우리가 기다리는 그 배의 소식은 아직도 없다. 하커 부인은 지난밤과 오늘 아침에 평소처럼 "일렁이는 파도와 달려드는 물결"이라고 이야기했다. 비록 "파도 소리가 아주 희미했어요" 하고 덧붙이기는 했지만. 런던에서 온 전보는 똑같이 '더 이상의 보고 없음' 이다. 반 헬싱 선생의 걱정은 이만저만 아니다. 좀 전에는 백작이 우리 수중에서 빠져나간 것은 아닌지 근심스럽다고도 귀띔하셨다. 선생은 의미심장하게 덧붙였다.

"마담 미나의 무기력증이 영 마음에 걸리네. 혼수상태에서 우리의 영과 기억은 아주 기이한 일을 할 수도 있거든."

내가 좀 더 자세히 캐물으려는데 하커가 안으로 들어왔고 선생은 경고하듯 손을 올렸다. 오늘 밤 일몰 때는 최면 상태에서 부인이 좀 더 자세하게 이야기하도록 애써 보아야겠다.

10월 28일
런던의 러퍼스 스미스가 고달밍 경에게 보내는 전보, 바르나 부영사 전

교, '예카테리나 여제 호가 오늘 1시에 갈라치[182]에 입항했음을 보고함.'

수어드 박사의 일기

10월 28일 갈라치에 도착했다는 전보를 받고도 우리 누구도 엄청난 충격을 받았던 것 같지는 않다. 사실 어디서, 어떻게, 언제 청천벽력이 떨어질지는 알지 못했지만 누구나 뭔가 놀라운 일이 벌어지리라는 예상을 하고 있었다고 생각한다. 바르나에 입항이 늦어지자 우리는 저마다 상황이 우리 예상대로 돌아가지 않으리라고 짐작했고 결과적으로 우리의 짐작이 맞아 들어갔다. 어디서 변동이 생겼는지 그저 처분을 기다렸을 뿐이었다. 그러나 그럼에도 불구하고 그 소식은 놀라웠다. 자연이란 우리 자신에 반해서, 우리가 앞으로 그렇게 되리라고 예상하는 것이 아닌, 마땅히 일이 그렇게 돌아가야 한다는 희망에 기초해 움직이는 모양이다. 초월주의[183]은 비록 인간에게는 도깨비불에 지나지 않을지라도 희망이라는 천사에게는 횃불인 법이다. 반 헬싱 선생은 한동안 전능하신 하느님께 항의라도 하듯 머리 위로 두 손을 들어 올렸다. 그러나 아무 말도 하지 않았고 몇 초 뒤 그분의 얼굴에는 지극히 엄격한 표정이 나타나 있었다. 고달밍 경은 차츰 창백해지더니 자리에 앉아 무겁게 한숨을 내쉬었다. 나는 경악하여 의구심에 찬 눈으로 동료들을 돌아보았다. 퀸시 모리스는 내가 익히 아는 재빠른 몸놀림으로 허리띠를 졸라매었다. 예전 우리가 모험을 하러

---

182 루마니아 갈라치 주의 주도. 도나우 강 하류에 있는 주요한 내륙 항구 역할을 하는 곳.
183 19세기에 미국의 사상가들이 주장한 이상주의적 관념론에 의한 사상개혁운동.

다니던 시절에 그것은 '행동'을 의미하는 것이었다. 하커 부인은 창백하도록 하얘져 이마의 흉터가 불타는 듯 보였지만 유순하게 두 손을 포개고 기도를 드리고 있었다. 하커는 희망 없는 사람의 어둡고 쓸쓸한 미소를 짓고 있었다. 때로는 행동이 그가 하고 싶은 말을 대신하는 듯 하커의 손은 본능적으로 커다란 쿠크리 칼의 손잡이를 만지작거리고 있었다.

"갈라치로 가는 다음 기차가 언제일까 모르겠군."

반 헬싱 선생이 혼잣말처럼 중얼거렸다.

"내일 아침 6시 30분이에요!"

우리는 모두 화들짝 놀랐다. 그 대답은 하커 부인에게서 나온 것이었다.

"그걸 대체 어떻게 아십니까?"

아트가 물었다.

"잊으셨거나 아니면 모르셨나 보네요. 조너선과 반 헬싱 교수님은 제가 기차 시각을 훤히 꿰고 있다는 걸 알고 계세요. 엑서터의 집에 있을 때 저는 남편을 도우려고 기차 시간표를 짜곤 했거든요. 저는 그것이 가끔은 매우 유용하다는 걸 알았고, 이제는 어딜 가나 기차 시각을 조사하게 되었어요. 저는 어떤 교통편을 이용해서든 드라큘라 성에 가려면 갈라치를 지나가든가 아니면 적어도 부쿠레슈티[184]를 통과해야 한다는 걸 알았고 그래서 그곳을 지나는 기차 시각을 열심히 조사해보았어요. 불행하게도 알아낸 내용은 얼마 되지 않았지만요. 왜냐하면 제가 말씀드린 것이 내일 유일한 기차 편이거든요."

"정말 훌륭한 부인이십니다!"

선생이 중얼거렸다.

"특별편을 구할 수는 없을까요?"

고달밍 경이 묻자 반 헬싱 선생은 고개를 흔들었다.

---

184 도나우 강변에 위치한 도시로 루마니아의 수도.

"유감스럽지만 안 될 거요. 이 땅은 여러분이나 내가 태어난 나라와는 사뭇 다르오. 설령 특별편이 있다고 해도 그게 우리네 정규 열차만큼 빨리 도착하란 법도 없소. 게다가 우리는 준비할 것이 있소. 생각을 해야 하니 말이오. 이제 우리를 조직화합시다. 아서는 기차역으로 가서 표를 구하고 우리가 아침에 출발할 수 있도록 필요한 조처를 취해놓으시오. 조녀선은 예카테리나 여제 호의 대리인에게 가서, 여기서와 마찬가지로 그 배를 수색할 수 있는 권한을 부여하는 갈라치의 대리인에게 보내는 서신을 받아오시고. 퀸시 모리스는 부영사께 가서 갈라치의 동료에게 도움을 청하시고 우리 여정을 순탄하게 할 수 있도록 손을 써주실 것을 부탁드리시오. 도나우 강을 건널 때 한시도 지체해서는 안 되니까. 존은 마담 미나와 나와 함께 머물면서 협의를 하도록 하게. 시간이 길어지면 우리가 지체될 수도 있으니까. 내가 마담 미나와 함께 머물면서 듣고 있을 테니 해가 져도 별문제는 없을 거요."

"저도 이모저모로 도움이 되도록 애쓸게요. 제가 하던 대로 여러분을 위해서 생각하고 글을 쓰고요. 왠지는 모르겠지만 제게서 뭔가가 바뀐 것 같고 저는 최근 얼마 전보다 훨씬 자유로운 느낌이에요!"

하커 부인이 밝게 말했다. 그녀는 오랜만에 예전의 모습을 찾은 듯 보였다. 세 명의 젊은 남자들은 그녀의 말에 담긴 의미를 깨닫고 그 순간 행복한 듯 보였다. 그러나 반 헬싱 선생과 나는 서로를 돌아보며 고뇌에 찬 시선을 주고받았다. 그러나 당장은 아무 말도 하지 않았다.

세 남자가 임무를 완수하러 떠나자 선생은 하커 부인에게 일기 사본을 살펴보고 하커가 성에서 쓴 부분을 찾아다달라고 부탁했다. 그녀가 일기를 가지러 가고 문이 닫히자 선생은 내게 말했다.

"우리 생각은 같은 것 같군! 말해보게!"

"뭔가 변화가 있습니다. 저를 아프게 하는 것은 희망입니다. 희망은 우리를 속일 수도 있으니까요."

"그렇지. 내가 왜 부인에게 그 원고를 가져오라고 했는지 알겠나?"

"아뇨, 저와 단둘이 있을 기회를 얻기 위해서라는 것밖에는요."

"부분적으로는 맞네, 존. 하지만 오직 일부분일 뿐이야. 나는 자네에게 뭔가를 얘기하고 싶으이. 아, 나는 정말 크나큰, 정말이지 심각한 위험을 감수하고 있다네. 허나 나는 그것이 옳다고 믿어. 마담 미나가 우리 두 사람만이 알아챈 이야기를 하는 순간 내 머릿속에 어떤 영감이 떠올랐네. 사흘 동안 최면 상태 속에서 백작은 그녀에게 자신의 영을 보내 그녀의 마음을 읽으려 했네. 어쩌면 부인의 마음이 자유롭게 다니는 일출과 일몰 때 물결이 달려드는 배에 실린 흙 상자 안으로 자신을 보러 오라고 불렀다고 하는 편이 더 맞는지도 모르지. 그러다가 우리가 여기에 있다는 걸 알게 된 게야. 왜냐하면 상자 안에 갇혀 있는 백작보다는 듣는 귀와 보는 눈을 가진 그녀의 열려 있는 생명이 더 많은 것을 보고 말할 수 있을 테니까. 이제 그자는 우리에게서 탈출할 필사의 노력을 하고 있네. 지금은 그녀를 원하지 않아. 백작은 자신이 지닌 상당한 지식으로 부인이 자신의 부름에 오리라는 것을 확신하고 있네. 그러나 동시에 그는 자기가 원할 때면 자신의 힘으로 그녀가 오지 못하도록 차단하거나 몰아낼 수도 있어. 아! 태어나서 지금까지 인간으로 살아왔으며 하느님의 은총을 잃지 않은 우리의 두뇌가, 몇 세기 동안 무덤에 누워 있어 아직은 우리의 상태에 이르지 못했고 오직 이기적으로만 작용하는 그자의 어린애 같은 두뇌보다는 그래도 낫지 않을까 하는 것이 나의 희망이라네. 마담 미나가 오더라도 최면 동안에 있었던 일은 단 한 마디도 하지 말게! 그녀는 그것을 몰라. 우리 모두 그녀가 희망을 갖고 용기를 잃지 않기를 그 언제보다도 원하고 있는 지금 이 사실을 알면 부인은 위압감과 절망을 느끼게 될 게야. 남자의 두뇌처럼 훈련받았으며, 여성의 섬세한 장점을 두루 갖추고 있을뿐더러, 백작이 부여한 특별한 힘을 가진 두뇌의 소유자 아닌가. 비록 백작의 생각은 다를지 몰라도 그자도 자신이 그녀에게 부여한 힘을 모두 회수할 수는 없을 게야. 가만! 내 이야기할 테니 잘 듣게나. 그러면 자네도 알게 될 테니. 아, 존, 우리는 끔찍한 궁지에 몰려 있네. 나는 예전 그 어느 때보다도 두려운 마음이야. 그저 하느님의 선의만을 기대할 뿐이지. 가만! 부인이 오는구먼!"

나는 선생이 루시가 세상을 떠났을 때처럼 무너지는 모습을 보이며 히스테리에 빠질 것이라고 예상했지만 선생은 엄청난 노력으로 스스로를 통제하고 있었다. 하커 부인이 일에 몰두하느라 자신이 처한 비참한 처지를 잊은 채 밝고 행복한 얼굴로 방 안으로 들어왔을 때 선생의 신경은 완벽한 평정을 유지하고 있었다. 안으로 들어온 부인은 타자기로 친 두툼한 원고를 선생에게 건네주었다. 선생은 심각한 표정으로 원고를 읽어보았고 그러는 사이 얼굴이 차츰 밝아졌다. 마침내 선생은 엄지와 검지 사이에 몇 페이지를 낀 채로 말을 이었다.

"존 자네는 이미 많은 경험을 갖고 있네. 마담 미나께서는 젊지만 많은 일을 겪으셨지요. 여기 한 가지 교훈이 있습니다. 생각하는 것을 두려워하지 마세요. 반쯤 익은 생각이 내 머릿속에서 이따금씩 붕붕거리며 날갯짓을 했습니다만 나는 그것이 날개를 펴도록 하기가 두려웠습니다. 그런데 이 원고를 읽고 더욱 많은 것들을 알아내어 반쯤 영근 생각의 출발점으로 찾아가 보니 그것이 반쯤 영근 것이 아니라는 걸 알게 되었습니다. 아니, 제법 성장한 생각이었지요. 비록 너무 어려서 그 작은 날개가 아직은 사용하기에 힘이 달리지만 말입니다. 사실 내 친구인 한스 안데르센의 '미운 오리 새끼'에 가깝습니다. 녀석은 오리라고 생각되지 않았지만 날개를 시험할 때가 무르익자 커다란 날개로 우아하게 날아다니는 큰고니임이 밝혀졌지요. 여기, 조너선이 쓴 내용을 읽겠습니다.

'후세에 다시, 그리고 또다시 병력을 이끌고 그는 그 거대한 강줄기를 건너 투르크의 땅으로 진군했소. 패퇴했지만 그는 다시 가고 또 가고 또다시 갔소. 군대가 살육당하고 피비린내 진동하는 전장에서 홀로 돌아와야 했을지라도 그 무엇도 그를 멈출 수는 없었다오. 자신만이 궁극적 승리를 거두리라는 것을 알고 있었으니까!'

이것이 우리에게 무엇을 말해주는 걸까요? 별것 아니라고요? 천만에요! 백작의 어린애 같은 사고는 아무것도 보지 못하기 때문에 그토록 자유롭게 말할 수 있는 겁니다. 존, 자네가 지닌 어른의 사고도 아무것도 보지 못했네. 내가 지닌 어른의 사고 역시 방금 전까지는 아무것도 보지 못했고. 그러나 아무 생각이 없으며 무슨 뜻인지를 모르기 때문에 이야기 와중에 섞여 나오는 진정한 의미가 숨어 있을 수 있지요. 마치 자연의 운행 속에서 자신의 길을 가다가 번쩍! 갑자기 하늘을 찢는 번개가 내리쳐지면서, 어떤 이를 눈멀게 하고 죽임을 당하게 하고 파괴하는 것처럼 말이지요. 그러나 그렇게 내리쳐지는 속에서 사방의 모든 것들은 한 치까지도 훤히 제 모습을 드러내게 되는 겁니다. 그렇지 않은가요? 자, 내가 설명을 하죠. 우선, 두 사람은 범죄 철학을 공부한 적이 있습니까? '네' '아니오'로만 대답하세요. 그래, 존은 정신병을 연구했으니 '네' 겠지. 마담 미나는 한 차례 외에는 범죄가 부인을 스친 적이 없으니 '아니오' 겠고요. 여전히 부인의 마음은 진실하게 움직이며 특정한 것을 일반적인 것으로 삼지는 않아요. 헌데 범죄자들에게는 이 특성이 있습니다. 이것은 국가와 시기를 막론하고 불변인 특성이기 때문에 철학을 잘 모르는 경찰조차도 경험적으로 알게 되었어요. 그래요, 그것은 경험적인 것입니다. 그 범죄자는 늘 한 가지 범죄를 저지르고 있습니다. 범죄에 예정된 운명을 지닌 듯 보이는 범죄자에게는 나름대로 진실한 것이겠지요. 그런데 이 범죄자는 다 자란 성인의 두뇌를 가지고 있지 못합니다. 영리하고 교활하고 지략이 뛰어나기는 하지만 두뇌의 상태에서는 성인이 못 됩니다. 아직도 어린애의 두뇌와 비슷한 점이 많지요. 우리의 이 범죄자는 범죄를 저지르도록 예정되어 있으며 어린애의 두뇌를 가지고 있기 때문에 그자가 저지른 일은 어린아이의 것이나 진배없습니다. 어린 새, 어린 물고기, 어린 들짐승은 원칙에 따라 배우는 것이 아니라 경험적으로 배웁니다. 그리고 일단 어떤 것을 배우면 그런 다음에 그걸 바탕으로 그 이상을 할 수 있게 되는 것이지요. 아르키메데스는 '도스 푸 스토[185], 내게 지렛대를 주면 세상을 움직이겠다!' 고 말했습니다. 일단 어떤 일을 하게 되면 그것이 어린애의 두뇌가 어른의 두뇌로 성장하는 지렛목이 되는 것이지요. 그리고 더 이상의 것을 할 목적이 없다면, 예전처럼 번번이 같은 일을 반복할 것입니다! 아, 부인, 눈이 뜨이셨군요. 그 번갯불에 사방의 모든 것이 한 치까지 훤히 보이는 것을 이 반 헬싱도 알 수 있겠습니다."

아닌 게 아니라 바로 그때 하커 부인이 손뼉을 쳤다. 눈에서는 광채를 내뿜고 있었다. 선생은 말을 이었다.

"이제 부인은 말할 수 있습니다. 과학의 세계에서 온 메마른 두 남자에게 그 밝은 눈으로 본 것을 이야기해주세요."

그러면서 선생은 그녀의 손을 들어 꼭 쥐었다. 부인이 말하는 사이 선생의 검지와 엄지는 본능적으로, 그리고 무의식적으로 그녀의 맥 근처를 짚고 있었다.

"백작은 범죄자이고 전형적 범죄자 타입이에요. 노르다우[186]과 롬브로소[187]도 그자를 그렇게 분류할 거예요. 범죄자로서 백작은 불완전하게 형성된 마음의 소유자예요. 그렇기 때문에 어려움이 닥치면 습관에 의지할 거예요. 그자의 과거는 하나의 단서가 되죠. 조너선 일기의 한 페이지와 그 자신의 입술에서 나온 말로 우리는 한 가지를 알 수 있어요. 예전에 침략을 감행했던 땅에서 모리스 씨라면 '옴짝달싹 못할 곳' 이라고 부를 법한 자신의 나라로 되돌아갔을 때도 백작은 목적을 잃지 않고 오히려 새로

---

185 Dos pou sto, 발 디딜 것을 달라는 뜻.
186 헝가리의 유대인 소설가이자 평론가이자 의사.
187 형법학에 실증주의적 방법론을 도입한 이탈리아의 정신의학자이자 법의학자로, 범죄인류학의 창시자임.

운 노력을 준비했어요. 그렇게 해서 더욱 만반의 준비를 갖추고 다시 침
략을 감행해 승리를 거둔 거예요. 그랬듯 백작은 새로운 땅을 침략하기
위해 런던에 왔어요. 하지만 패퇴하고 말았고, 성공의 희망이 모두 사라
지고 자신의 존재 자체가 위험에 처하자 백작은 자신의 집으로 달아나고
있어요. 예전에 투르크 땅에서 도나우 강을 건너갔듯 바다를 건너서요."

"좋아요, 좋아! 아, 정말 현명하신 부인입니다!"

반 헬싱 선생이 열의를 담아 외치더니 허리를 굽혀 그녀의 손에 입을
맞추었다. 잠시 후에 선생은 내 쪽으로 다가와 병실에서 의사끼리 협의를
하듯 소리를 낮춰 말했다.

"겨우 사흘일세. 흥분이 되는구먼. 내겐 희망이 있네."

그녀 쪽으로 다시 고개를 돌리면서 선생은 앞으로에 대한 강한 기대를
품고 말했다.

"계속하십시오, 계속! 원하신다면 더 할 말이 있을 겁니다. 두려워하지
마세요. 존과 나는 알고 있습니다. 어느 경우에든 부인이 옳다면 말하리
라는 걸요. 두려움 없이 이야기하세요!"

"노력할게요. 하지만 제가 너무 자기중심적인 듯 보이더라도 저를 용
서해주세요."

"천만에요! 두려워하지 마십시오. 우리가 생각하는 것은 부인뿐이니
부인은 철저하게 자기 중심주의자가 되셔야 해요."

"그렇다면 계속할게요. 백작은 범죄자이고 이기적이에요. 지력은 보잘
것없고 행동은 이기심에 근본을 두고 있기 때문에 오직 한 가지 목적에만
몰두하고 있어요. 그 목적은 무자비하기 짝이 없어요. 예전에 자신의 병
력이 난도질당하도록 내버려둔 채 혼자 도나우를 건너 자기 땅으로 돌아
갔듯 지금은 그 무엇에도 상관하지 않고 자신의 안전만을 도모하고 있어
요. 그래서 그 이기심으로, 그 무시무시한 밤에 제게서 취해갔던 섬뜩한
힘에서 어느 정도 제 영혼을 자유롭게 풀어주고 있는 거예요. 저는 그걸

느꼈어요! 아, 정말 그걸 느꼈어요! 감사합니다, 하느님. 당신의 자비에 감사드립니다! 제 영혼은 그 소름 끼치는 시간 이래로 그 어느 때보다도 자유로워요. 지금 저를 사로잡은 걱정은 최면이나 꿈속에서 혹시 백작이 자신의 목표를 위해 제가 아는 내용을 이용하지는 않을까 그것뿐이에요."

그 말에 반 헬싱 선생은 벌떡 일어섰다.

"그자는 부인의 마음을 이용했고 그것으로 우리를 이곳 바르나에 묶어 두었습니다. 그 사이에 그자가 탄 배는 안개에 둘러싸인 채 갈라치로 달려갔지요. 의심의 여지없이 우리에게서 탈출할 준비를 했던 겁니다. 그러나 그자의 어린애의 마음은 그 정도밖에는 보지 못합니다. 그리고 하느님의 섭리 안에서 항상 그러하듯, 자신의 이기적 위안을 위해 소환해낸 사악함은 자신의 가장 치명적 해악으로 판명될 수 있는 법입니다. 사냥꾼은 그 자신의 올무에 걸린다는 것이 위대한 「시편」의 말씀이에요. 우리의 추적을 완전히 따돌렸고 자기가 우리보다 몇 시간 앞서 있다고 생각하고 있는 지금 백작의 어린애의 두뇌는 그에게 잠을 자라고 속삭일 겁니다. 또한 부인의 마음을 아는 일에서 스스로 손을 뗐으니 부인이 자신에 대해 알 일은 없을 거라 생각하겠지요. 거기가 그자가 잘못을 저지른 부분입니다! 백작이 부인에게 주었던 그 섬뜩한 피의 세례 덕분에 일몰과 일출이라는 부인이 누리는 자유의 시간에 부인은 여태까지와 마찬가지로 영적으로 그자에게 다가갈 수 있을 겁니다. 이제 부인은 그자가 아닌 나의 의지에 따라가시는 겁니다. 부인과 다른 이들에게 유익한 이 힘은 부인이 그자의 손에서 고통을 받으면서 얻어진 것입니다. 지금 부인의 힘은 그자가 짐작조차 하지 못하고 있으며 자신을 지킬 요량으로 우리의 근황에 대해 알아볼 수 있는 가능성을 스스로 차단했기 때문에 더욱더 소중합니다. 우리는 이기적이지 않으며 하느님께서 이 암흑의 시기, 이 엄혹한 시간 내내 우리와 함께 하시리라는 것을 믿고 있습니다. 우리는 그자를 따라갈 것이며 결코 물러서지 않을 겁니다. 설령 우리가 위기에 처해 그와 같은 처지가 된다고 할지라도 말이지요. 존, 오늘 부인과 우리가 같이 보낸 시간은 너무도 귀중한 시간이었고 우리 앞길에 상당한 진전을 이끌어냈네. 다른 사람들이 돌아오면 보고할 수 있도록 모두 적어두게나. 그래야 그 사람들도 우리처럼 알 수 있을 테니까."

그래서 나는 친구들이 돌아오기를 기다리는 사이 그 내용을 기록했으며, 하커 부인은 그 원고를 타자기로 옮겨주었다.

26

수어드 박사의 일기

10월 29일 바르나에서 갈라치로 가는 기차에서 일기를 적고 있다. 지난 밤 우리 모두는 일몰 직전에 모였다. 우리 각자는 능력이 되는 한, 생각이 미치는 한, 노력과 기회가 닿는 한 모든 일을 했고 그 결과로 갈라치까지의 여행과 그곳에 도착했을 때 할 일에 철저히 준비가 된 상태였다. 하커 부인이 언제나처럼 최면에 들 준비를 하고 반 헬싱 선생의 입장에서는 평상시 필요했던 것보다 조금 더 길고 진지한 노력을 한 끝에 그녀는 최면에 빠져들었다. 평상시 부인은 암시를 주면 거기서부터 이야기를 풀어나갔다. 그러나 이번에는 무엇이든 알아내기 위해서는 반 헬싱 선생이 직접적 질문을, 그것도 꽤나 단호하게 던져야 했다. 마침내 그녀의 대답이 나왔다.

"아무것도 볼 수 없어요. 우리는 가만히 있어요. 일렁이는 파도 소리도 없고 단지 굵은 밧줄에 물살이 끊임없이 가볍게 와 닿는 소리만 들릴 뿐이에요. 멀리서, 가까운 곳에서 외치는 남자들 목소리가 들리고, 노걸이에서 노가 흔들리며 끼익거리는 소리를 들을 수 있어요. 어디선가 대포가 발사된 것 같은데 그 메아리가 아주 멀리서 들려오는 듯해요. 머리 위에 쿵쿵대며 다니는 발소리가 나고 밧줄이며 사슬이 끌리는 소리도 들리고요. 이게 뭐죠? 아, 빛줄기가 있어요. 바람이 제 몸 위로 불어오는 것을 느낄 수 있어요."

여기서 그녀는 멈추었다. 부인은 충동적으로 누워 있던 소파에서 몸을 일으키더니 뭔가 묵직한 것을 들듯 손바닥을 위로 한 채 두 손을 들어 올렸다. 반 헬싱 선생과 나는 알겠다는 눈빛을 서로 교환했다. 퀸시는 눈썹을 살짝 치켜 올린 채 그녀를 유심히 바라보았고, 하커의 손은 본능적으로 쿠크리의 손잡이를 쥐고 있었다. 오랜 휴지기가 이어졌다. 그녀가 말할 수 있는 시간이 지나가고 있다는 걸 모두가 알았지만 우리가 무슨 말을 해도 소용없다는 것 역시 잘 알고 있었다. 갑자기 그녀가 깨어나더니 반짝 눈을 뜨고 다정한 목소리로 물었다.

"누구 차 한 잔 드실 분 없어요? 모두 아주 피곤하실 텐데요!"

우리는 그녀를 행복하게 해줄 생각에 다들 동의했다. 그녀는 부리나케 차를 준비하러 갔다. 부인이 나가자 반 헬싱 선생이 말했다.

"알겠지만 친구들, 그자는 지금 육지 가까이 있소. 흙이 담긴 상자를 떠난 것이오. 허나 아직 뭍에 오르지는 못했소. 밤 동안 어딘가에 숨어 있기는 하겠지만, 누가 뭍까지 실어 나르거나 배가 육지에 닿지 않는 한 상륙할 방법은 없소. 배가 부두에 닿는다 해도 모습을 바꾸어 뛰어내리거나 날아서 육지에 닿지 않는 한 빠져나가지는 못하오. 그러므로 오늘 밤이나 내일 동이 트기 전에 뭍으로 빠져나가지 못한다면 하루 온종일을 허비할 수밖에 없게 되오. 그렇다면 우리가 시간 내 도착할 수 있지요. 밤에 달아나지 못하고 붙잡혀 있다면 낮에 찾아가 그자가 든 상자를 열고 우리 뜻대로 할 수 있을 게요. 사람들 눈에 띌 각오를 하지 않고서야 본 모습으로 돌아다닐 엄두를 내지는 못할 테니까."

더 이상 할 이야기가 없었기 때문에 우리는 하커 부인에게서 정보를 더 얻을 수 있을지 모르는 동틀 녘까지 인내심을 가지고 기다렸다.

오늘 아침 일찍 우리는 숨죽인 긴장 속에서 최면에 빠진 부인의 대답에 귀를 기울였다. 최면에 빠지기까지는 예전보다 훨씬 오랜 시간이 걸렸고 해가 뜰 때까지 남은 시간이 너무 짧아 우리는 절망하기 시작했다. 반 헬싱 선생은 그 노력에 전 영혼을 건 것처럼 보였다. 마침내 선생의 의지에 굴복하여 그녀가 입을 열었다.

"온통 어두워요. 저와 같은 높이에서 물이 일렁이는 소리와 나무가 끼익거리는 소리가 들려요."

그녀는 말을 멈추었고 순간 붉은 해가 솟아올랐다. 오늘 밤까지 다시 기다려야 하리라.

지금 우리는 고통에 찬 기대 속에서 갈라치를 향해 여행하고 있다. 예정대로라면 새벽 2, 3시 사이에 도착했어야 했다. 그러나 이미 부쿠레슈티에서 세 시간이나 늦어버렸고 해가 뜨고 난 뒤에야 도착할 수 있을 듯하다. 그러니 최면 상태의 하커 부인에게서 두 번의 메시지를 더 받게 될 것이다! 둘 모두, 혹은 둘 중 하나라도 지금 일어나는 일에 빛을 던져줄 수 있으면 좋으련만.

후에 일몰은 왔다가 갔다. 다행히도 주위가 산란하지 않을 때였다. 기차역에 있을 때 일몰이 찾아왔다면 최면에 필요한 조용하고 고립된 장소를 찾을 수 없었을 것이다. 하커 부인은 오늘 아침보다도 최면에 빠져들 준비가 덜 된 것처럼 보였다. 우리에게 백작의 느낌을 읽는 그녀의 힘이 가장 필요로 할 때 사라진 것은 아닌지 두려운 마음이다. 내가 보기에는 그녀의 상상력이 작용하기 시작하는 것만 같다. 지금까지 최면 상태에 있을 때 그녀는 스스로를 가장 단순한 사실에만 한정시켜왔다. 이런 일이 계속된다면 우리를 완전히 오도할 수도 있다. 그녀에게 미치는 백작의 힘이 그녀가 백작에 대해 알게 되는 내용과 함께 사라진다면 그건 행복한 일이다. 그러나 그렇게 되지 않을까 봐 나는 좀처럼 두려움을 떨치지 못하고 있다. 그녀의 입 밖으로 나온 말은 수수께끼나 다름없었다.

"뭔가가 밖으로 나가고 있어요. 저는 그것이 찬바람처럼 저를 지나쳐 가는 것을 느낄 수 있어요. 저 멀리서, 혼란스러운 소리가 들려와요. 사람들이 낯선 언어로 말하는 것 같은 소리와 세차게 떨어지는 물줄기의 소리, 거기에 늑대의 울부짖음 같은 소리도 섞이는 것 같아요."

그녀는 말을 멈추더니 몇 초 동안 온몸을 부들부들 떨었다. 처음에는 가벼운 전율이었지만 시간이 갈수록 심해져 마침내는 중풍에라도 걸린 듯 온몸을 덜덜 떨어댔다. 그녀는 더 이상, 심지어는 선생의 명령조의 질문에도 아무 말이 없었다. 최면에서 깨어나자 그녀는 지치고 맥없고 나른했지만 정신만큼은 각성 상태였다. 그녀는 아무것도 기억하지 못했고, 자신이 무슨 말을 했는지 물었다. 이야기를 듣고 나자 그녀는 오랫동안 침묵에 빠져 생각에 잠겼다.

10월 30일, 오전 7시　우리는 이제 갈라치 근방에 이르렀다. 나중에는 일기를 쓸 시간이 없을지도 모른다. 오늘 아침 일출은 우리 모두에게 초조하기 이를 데 없는 시간이었다. 최면 상태에 들어가기가 점차 어려워진다는 것을 알았기 때문에 반 헬싱 선생은 좀 더 일찍부터 손을 움직이기 시작했다. 그러나 애를 써도 정해진 시각 전까지는 아무 효력도 발휘하지 못했다. 그제야 가까스로 부인이 더욱 어렵사리 반응을 보이기 시작했고 해가 뜨기 불과 1분 전에야 최면에 들었다. 선생은 지체 없이 질문에 들어갔다. 부인의 대답도 마찬가지로 즉각적이었다.

"온통 어두워요. 물이 제 귓가와 같은 높이에서 출렁이는 소리를 들을 수 있고 나무들이 서로 부딪혀 끼익거리는 소리도 들려요. 저 멀리서는 소 울음소리가 낮게 들리고요. 다른 소리도 있는데, 이상한 게 꼭……."

그녀는 말을 멈추더니 얼굴이 하얗게 질렸다.

"계속해요, 계속! 말하세요, 이건 명령입니다!"

반 헬싱 선생이 고통에 찬 목소리로 말했다. 동시에 선생의 눈에는 절망이 어렸다. 떠오른 해가 하커 부인의 창백한 얼굴을 발갛게 비추었던 것이다. 순간 그녀는 눈을 떴다. 그녀의 목소리에 우리는 소스라치게 놀랐다. 다정하지만 지극히 무심한 말투였다.

"아, 교수님, 제가 할 수 없는 일을 왜 하라고 하시나요? 저는 아무것도 기억할 수 없어요."

그러더니 우리 얼굴에 떠오른 당혹스러운 표정을 보자 부인은 근심스러운 얼굴로 한 사람씩 돌아보았다.

"제가 무슨 말을 했나요? 제가 뭘 했죠? 전 아무것도 몰라요. 그저 여기에 반쯤 잠이 들어 누워 있다가 '계속해요, 계속! 말하세요, 이건 명령입니다!' 라는 말씀을 들었던 것밖에는요. 꼭 말썽쟁이 꼬마처럼 이래라저래라 명령하는 소리를 듣다니 우습다는 느낌이었어요."

그 말에 선생이 슬프게 대꾸했다.

"아, 마담 미나. 내가 얼마나 부인을 아끼고 존경하는지 증명이 필요하십니까? 부인을 위해 그 어느 때보다도 신실한 마음으로 이야기한 단어가 내가 기꺼이 복종하려는 분에게 명령하는 것으로 들렸다니 정말 안타까운 일입니다!"

호루라기 소리가 들려온다. 우리는 갈라치에 이르고 있다. 근심과 열정으로 온몸이 활활 타오르는 느낌이다.

미나 하커의 일기

10월 30일 모리스 씨는 전보로 방을 예약해둔 호텔로 나를 데려갔다.

외국어를 못했기 때문에 남아 있기에 적격인 사람이었다. 우리의 일은 한시가 급했고, 그의 작위가 즉각적 보증의 구실을 할 수 있는 고달밍 경이 부영사에게 간 것을 제외하고는 바르나에서와 마찬가지로 저마다 맡은 일을 하러 갔다. 조너선과 의사 두 사람은 예카테리나 여제 호의 도착에 관한 자세한 사항을 알아보러 선박 회사의 대행사로 찾아갔다.

후에 고달밍 경이 돌아왔다. 영사는 출타 중이고 부영사는 아프다고 했다. 그래서 일상적 업무는 서기가 수행하고 있었다. 서기는 매우 공손한 말투로 힘 닿는 것은 무엇이든 제공하겠다고 했다 한다.

조너선 하커의 일기

10월 30일 9시에 반 헬싱 교수, 수어드 박사와 나는 런던의 선박 회사인 햅굿 사의 대행사인 매켄지 & 슈타인코프를 찾아갔다. 벌써 가능한 한 편의를 베풀어주었으면 하는 내용으로 고달밍 경이 보낸 전보에 대한 답신을 런던에서 받은 터였다. 그들은 더할 나위 없이 친절하고 예의 발랐고 곧바로 우리를 강 항구에 닻을 내린 예카테리나 여제 호에 승선시켜주었다. 배에서 우리는 도넬슨이라는 이름의 선장을 만났고 선장은 우리에게 여행 이야기를 들려주었다. 선장은 평생토록 이렇게 순조로운 항해는 처음이었다고 말했다.

"굉장했지요! 하지만 결국에는 평균치를 따라잡으려고 생판 만나기 힘든 고약한 불운이 찾아오지는 않을까 지레 걱정이 되었어요. 꼭 악마 녀석이 자기 목표가 있어서 우리 돛에 바람을 불어주는 것마냥 런던에서 혹해까지 줄곧 신나게 달릴 수는 없는 노릇이니까요. 우리도 한 가지는 어쩔 수 없었습니다. 우리 배가 다른 배에 가까워지거나 항구나 곶에 가까이 갔다 싶으면 안개가 자욱하게 껴서 우리와 나란히 항해를 하는 바람에, 마침내 안개가 걷히고 살펴보면 어디가 어딘지 알 수가 없었으니까요. 우리는 신호도 못 보내고 지브롤터를 지났습니다. 아닌 게 아니라 다르다넬스에 이르러 통행 허가가 떨어지기를 기다릴 때까지는 신호 한 번 못 받았지요. 처음에는 돛을 늦추고 안개가 걷힐 때까지 빈둥거릴 생각이었어요. 그런데 만약 악마가 우리를 잽싸게 흑해에 넣을 생각이라면 우리가 무슨 짓을 하든 제 뜻대로 하고 말 거라는 데 생각이 미치더군요. 그렇게 해서 항해 일정이 빨라진다고 해도 소유주들과의 신용을 어기는 것도 아니고 배가 상하는 것도 아니지 않습니까? 게다가 목적을 완수했으니 그 악마도 우리에게 고마워할 테고 말입니다."

이 단순함과 교활함, 미신과 상업적 논리가 뒤섞인 태도에 반 헬싱 교수가 한마디 했다.

"선장, 그 악마는 누군가가 생각하는 것보다 훨씬 더 영리하다오. 그리고 어디서 자기 상대를 찾아야 하는지도 잘 알고 있소이다!"

선장은 그 말을 칭찬으로 여겼는지 계속해서 말을 이었다.

"우리가 보스포루스를 지나자 선원들은 투덜대기 시작했어요. 다들 루마니아 인들인 몇몇이 제게 오더니 우리가 런던에서 출항하기 직전에 이상하게 생긴 노인이 배에 실은 커다란 상자를 갑판 너머로 들어내자고 했지요. 전 그 선원들이 그 노인네한테 겁을 집어먹는 걸 봤고 사악한 눈에서 자기들을 보호한답시고 손가락 두 개를 들어 올리는 꼴도 봤습니다. 맙소사! 정말이지 외국인들의 미신이란 얼마나 우스꽝스러운지! 나는 당장 일이나 하러 가라고 되돌려 보냈지만, 안개가 우리를 감싼 다음에는 그 사람들 말도 일리가 있나 보다 싶은 생각이 언뜻 들기도 했지요. 비록 꼭 그 상자 때문은 아니었겠지만요. 하여간에 그렇게 항해를 계속하는데

닷새 동안이나 안개가 걷히질 않자 저는 그냥 바람 가는 대로 내버려뒀어요. 만일 그 악마가 어디로든 가고 싶다면, 그놈이 배를 끌고 갈 테니까요. 만약 그놈이 그렇게 안 했더라면, 글쎄요, 어쨌든 우리가 유심히 살펴봤겠지요. 아닌 게 아니라, 항해도 순조롭고 물길도 깊고 좋았습니다. 그러다가 이틀 전에, 아침 해가 안개를 뚫고 솟아오르고 보니 우리가 갈라치 맞은편 강에 이르러 있지 뭡니까? 루마니아 사람들은 정신이 나가서 얼른 그 상자를 꺼내서 강물에 던져야 한다고 우겨댔습니다. 저로서는 화를 내며 매를 들 수밖에 없었어요. 그리고 마침내 그들 중 몇몇이 손으로 머리를 감싸고 갑판에서 벌떡 일어서자 나는 그 사람들에게, 악마의 눈이든 뭐든 간에 제 소유주의 재산과 신뢰가 도나우 강이 아닌 내 손에 있어야 한다고 설득했지요. 그런데도 그 선원들은 그 상자를 갑판으로 끌고 와 당장이라도 내던질 참이었어요. 그 상자에는 바르나를 거쳐 갈라치로 향한다고 표시가 되어 있었고, 저는 항구에 닿아 그걸 처리할 때까지는 그대로 둬야 한다고 생각했습니다. 그날은 어떻게 하지를 못하고 보냈고 밤에도 닻을 드리운 채 있어야 했어요. 그런데 아침이 되자 해가 뜨기 한 시간 전에 한 남자가 드라큘라 백작 앞으로 된 상자를 인수하라는 내용의 영국에서 발송된 명령장을 들고 배에 올랐어요. 이제 그 문제는 그 남자 손으로 넘어간 셈이었지요. 그 남자는 서류를 갖고 있었고 저는 그 빌어먹을 걸 처리하게 되어 아주 기뻤습니다. 그러잖아도 그것 때문에 슬슬 불안해지고 있었으니까요. 만약 악마가 우리 배에 어떤 짐을 실었다면 제 생각으로는 바로 그 상자였을 겁니다!"

"그 상자를 인수한 사람의 이름이 어떻게 되오?"

반 헬싱 교수가 조바심을 억제하면서 물었다.

"금세 말씀드리지요!"

그러더니 선장은 선장실로 내려가 '임마뉴엘 힐데스하임'이라고 쓰인 영수증을 가져왔다. 주소는 부르겐 가 16번지로 되어 있었다. 우리는 그것이 선장이 아는 전부라는 것을 깨닫고 감사의 인사를 전하고 돌아왔다.

우리가 힐데스하임을 만난 곳은 그의 사무실이었다. 뭉툭한 코와 페즈 모자[188]가 인상적인 헤브루 인으로 아델피 극장[189]에나 어울릴 법한 사람이었다. 그는 은근슬쩍 돈으로 대화를 몰고 갔고, 우리가 그렇게 하겠다고 하자 약간의 흥정 후에 자기가 아는 것을 이야기해주었다. 내용은 간단했지만 매우 중요한 것이었다. 힐데스하임은 런던의 드 빌 씨라는 사람에게서 세관을 피할 수 있도록 되도록 일출 전에 예카테리나 여제 호에 선적되어 갈라치에 입항할 상자를 인수하라는 편지를 받았다고 했다. 그는 이 상자를 페트로프 스킨스키라는 사람 손에 넘기게 되어 있었는데, 페트로프 스킨스키는 강을 내려와 항구까지 와서 장사를 하는 슬로바키아 인들과 거래하는 사람이라고 했다. 힐데스하임은 도나우 인터내셔널 은행에서 금으로 충분히 환전 가능한 영국 지폐로 수고비를 받았다고 했다. 스킨스키가 찾아오자 그는 운송료를 절약할 요량으로 그 사람을 배로 데려가 상자를 직접 인수하게 했다. 그것이 그가 아는 전부였다.

그런 다음 우리는 스킨스키를 찾아 나섰지만 그를 찾기는 불가능했다. 그에게 아무 호의도 없는 듯 보이는 한 이웃 사람이, 이틀 전에 어디론가 갔고 그 뒤로는 아무도 행방을 모른다고 말해주었다. 집 주인도 그 점을 확인시켜주었다. 주인은 심부름꾼에게서 영국 돈으로 집세와 함께 집 열쇠를 받았다고 했다. 지난밤 10시에서 1시 사이에 있었던 일이었다. 우리는 다시 막다른 골목에 다다라 있었다.

우리가 이야기를 나누고 있는데 어떤 사람이 숨이 턱에 차도록 달려와 스킨스키의 시체가 성 베드로 교회 묘지 담 안에서 발견되었고, 들짐승의

---

188 붉은 원통 위에 검은 술이 달린 모양의 모자.
189 1806년에 지어진 런던의 유명한 극장.

소행인 듯 목이 찢겨져 있었다고 헐떡거리며 말했다. 우리와 대화를 나누던 남자는 그 끔찍한 광경을 보러 달려갔고 여자들은 "슬로바키아 인들 짓이야!" 하고 소리를 질러댔다. 우리는 혹시 그 일에 말려들어 지체되는 일이 없도록 재빨리 자리를 떠났다.

다시 모였을 때 우리는 어떤 정확한 결론에도 이르지 못한 상태였다. 그 상자가 수로를 따라 어딘가로 가고 있다는 것은 알았지만 어디에 가야 찾을 수 있는지는 짐작조차 할 수 없었다. 무거운 마음으로 우리는 호텔에서 기다리는 미나에게로 갔다.

우리의 회합에서 첫 번째로 논의할 사항은 다시 미나에게 진행되는 사안을 알릴 것인지 그 여부를 협의하는 것이었다. 상황이 절망적이니만큼 설령 위험이 따른다고 해도 또 다른 기회가 될지도 몰랐다. 그 예비 단계로서 나는 아내와 한 약속에서 놓여났다.

미나 하커의 일기

10월 30일, 저녁 모두들 너무도 피곤하고 탈진하고 기력이 쇠잔해 있어서 좀 쉴 때까지는 아무것도 할 수 없을 것 같았다. 나는 그분들에게 내가 모든 내용을 적을 테니 그때까지 30분가량 눈 좀 붙이시라고 했다. '여행 자용' 타자기를 발명한 이에게 진정으로 감사한다. 또한 나를 위해 한 대를 가져다준 모리스 씨에게도 진심으로 감사드린다. 펜으로 써야 했다면 얼마나 정신이 없었겠는가…….

이제 다 끝났다. 가엾은 조너선, 얼마나 고통을 받았으며, 또 얼마나 고통을 받고 있을까. 숨조차 제대로 쉬지 못하고 소파에 누워 있는 조너선은 꼭 몸 전체가 무너질 듯 보인다. 눈살은 잔뜩 찌푸려져 있고 얼굴은 고통으로 절어 있다. 가엾은 사람, 아마도 생각을 하고 있으리라. 그이가 얼굴을 온통 찌푸린 것으로 보아 생각에 골몰하고 있다는 걸 알 수 있다. 아! 어떻게든 도울 수만 있다면 내가 할 수 있는 일을 하련만.

나는 반 헬싱 교수께 의논을 드렸고 교수는 지금까지 본 적 없는 갖가지 서류를 보여주었다. 다른 분들이 쉬는 사이에 모두 세심하게 살펴보도록 하자. 어쩌면 어떤 결론에 이를 수 있을지도 모른다. 나 역시 반 헬싱 교수의 예를 따라 내 앞에 놓인 사실을 아무 편견 없이 살펴볼 것이다…….

나는 하느님의 섭리 안에서 내가 한 가지를 발견했으리라 믿는다. 지도를 가져와서 확인해봐야겠다…….

내가 옳다는 것을 이렇게까지 확신해본 적이 없었던 것 같다. 나는 결론을 내렸고 모두가 모였을 때 그 내용을 읽을 것이다. 판단은 다른 사람들의 몫이다. 정확성이 무엇보다 중요하므로. 1분 1분이 너무도 소중하다.

미나 하커의 메모

(일기에 끼워져 있었음)

조사의 바탕 — 드라큘라 백작이 당면한 문제는 자신의 본거지로 돌아가는 것이다.

(a) 다른 이의 힘을 빌려야만 백작은 돌아갈 수 있다. 이것은 명확한 사실이다. 그가 바라는 대로 스스로를 움직일 힘이 있다면 사람이든 늑대든 박쥐든, 혹은 다른 형태로라도 갈 수 있을 테니까. 백작은

일출과 일몰 사이 시간에 나무 상자 안에 갇힌 채 무력한 상태에서 누군가가 개입하거나 발견될 것을 두려워하고 있다.

(b) 어떻게 움직여야 하는가? — 이 질문에는 논리적 배제의 과정이 도움이 될 것이다. 도로로, 철로로, 수로로?

1. 도로를 이용하는 경우 — 수없이 많은 어려움이 있다. 특히 도시를 떠날 때의 어려움이 크다.

(a) 사람들이 있다. 사람들은 호기심이 많고 조사하고 싶어 한다. 그 상자에 무엇이 들어 있는지에 대한 암시나 추정, 의구심은 그에게는 곧 파멸이다.

(b) 세관이나 입시세 징수소를 통과해야 할지도 모른다.

(c) 추적자들이 따라붙을 수도 있다. 이것이 가장 큰 두려움이다. 백작은 자신의 상태가 드러나는 것을 막기 위해 될 수 있는 대로 그의 희생자, 다시 말해 나를 내치고 있다!

2. 철로를 이용하는 경우 — 상자를 책임질 사람이 없다. 연착될 위험을 감수해야 하는데, 연착은 적들이 추적에 나설 경우 치명적일 수 있다. 사실, 그는 밤중에 달아날 것이다. 그러나 날아갈 수 있는 피난처가 없는 상태에서 낯선 곳에 남겨진다면 어떻게 되겠는가? 이것은 그가 의도하는 바가 아닐 것이며 그 위험을 감수할 생각은 없을 것이다.

3. 수로를 이용하는 경우 — 어찌 보면 가장 안전할 길이지만 반대로 생각해보면 가장 위험하기도 하다. 물 위에서는 밤 시간을 제외하고는 아무힘이 없다. 심지어는 밤 시간에조차 안개와 폭풍, 눈보라, 늑대만을 부를수 있을 뿐이다. 게다가 난파되는 날이면 살아 넘치는 물이 무력한 그를삼킬 것이며 그것은 곧 그의 최후가 된다. 설령 육지로 몰고 갈 배를 구할수 있다 해도 그곳이 그가 움직이기에 자유롭지 못한 호의적이지 못한 곳이라면 그는 여전히 절망적이다.

우리는 지금까지의 기록에서 백작이 물 위에 있다는 것을 알고 있다.

이제 우리가 해야 할 것은 어떤 물인지를 확실히 아는 것이다.

우선은 그가 지금까지 무엇을 했는지를 정확하게 알아야 한다. 그러고 나면 그가 염두에 둔 것에 대해 빛을 얻을 수 있을 것이다.

첫째, 우리는 그가 압박감을 느끼고 최선을 다했을 때 런던에서 한 일을 전체적 행동 계획의 일부로서 받아들여야 한다.

둘째, 우리가 아는 사실로부터 추정하는 것과 마찬가지로 그가 무엇을 했는지를 살펴보아야 한다.

첫째 사항과 관련해서는 백작은 확실히 갈라치에 도착하려는 의도를 가지고 있었다. 그러나 영국에서 빠져나갈 때 자신이 취할 방도를 확증하지 못하도록 우리를 속이기 위해 송장을 바르나로 보냈던 것이다. 당시 그의 즉각적이면서도 유일한 목적은 탈출이었다. 이것은 임마뉴엘 힐데스하임에게 보낸, 일출 전에 얼른 상자를 찾아 하선하라는 지시를 담은 서신으로 확인할 수 있다. 페트로프 스킨스키에게 보내는 지시도 있다. 다만 추측일 뿐이지만 스킨스키가 힐데스하임에게 온 것으로 보아 또 다른 편지나 전갈이 있었을 것이다.

지금까지 그의 계획은 우리가 아는 한 성공적이었다. 예카테리나 여제 호는 전대미문의 빠른 항해를 했다. 얼마나 빨랐는지 도넬슨 선장이 의구심을 품을 정도였다. 그러나 미신과 더해진 신중함이 백작에게 유리하게 작용하여 선장은 안개를 뚫고 순항했고 아무것도 모른 채 갈라치에 이르렀다. 백작이 상황을 잘 조정해두었다는 것은 이렇게 해서 증명되었다. 힐데스하임은 상자를 인수하여 스킨스키에게 넘겼다. 스킨스키는 상자를 인계받았고 여기서 우리는 그 추적의 실마리를 놓치고 말았다. 우리가 아는 것은 그 상자가 물을 타고 운반되고 있다는 것이 전부이다. 세관과 입시세 징수소는 교묘하게 따돌려졌다.

이제 우리는 이것을 알아야 한다. 갈라치에서 육지에 도착한 뒤 백작이 무엇을 했을까?

상자는 일출 전에 스킨스키에게 전달되었다. 일출에 백작은 그 자신의 본모습으로 나타났을 것이다. 여기서 그 일을 돕는 데 왜 하필 스킨스키를 선택했는지 생각해보아야 한다. 남편의 일기를 보면 스킨스키는 강을 따라 항구에서 장사를 하는 슬로바키아 인들과 거래를 한다고 언급되어 있다. 그리고 슬로바키아 인이 살인을 저질렀다는 소문은 그 계층에 대한 전반적 인식이 어떠한지를 알 수 있게 해준다. 한마디로 백작은 고립을 원했던 것이다.

내 추정은 다음과 같다. 런던에서 백작은 가장 안전하고 비밀스러운 방법으로서 수로를 택해 드라큘라 성으로 돌아가기로 결정했다. 그는 시가니의 힘을 빌어 성에서 운반되어 나왔고, 아마도 그들이 그 짐을 슬로바키아 인들에게 전해주었을 것이며, 그 뒤로는 슬로바키아 인들이 런던으로 가는 배에 실을 수 있도록 상자들을 바르나로 운반해왔을 것이다. 그렇게 해서 백작은 내키는 대로 부릴 수 있는 사람들에 대한 정보를 갖게 되었다. 상자가 일출 전이나 혹은 일몰 후에 육지에 닿았을 때 백작은 상자에서 나와 스킨스키를 만나서는, 어떤 강을 거슬러 그 상자를 운반할지 필요한 조치를 취해놓았을 것이다. 이 일이 끝나고 모든 것이 제 궤도에 올랐다는 것이 확실해지자 백작은 대리인을 살해함으로써 자신의 흔적을 지운 것이었다.

나는 지도를 점검해보고 슬로바키아 인들이 다니기에 가장 적합한 강이 프루트[190]나 시레트[191]라는 결론을 내렸다. 나는 내 최면 중 기록에서 내가 낮은 소 울음소리와 내 귓가와 같은 높이에서 물이 찰랑이는 소리, 그리고 나무가 끼익거리는 소리를 들었다고 했다는 글을 읽었다. 그렇다

---

190 우크라이나의 카르파티아 산맥에서 발원해서 갈라치 동쪽 레니 인근에서 도나우 강과 합류하는 강.
191 우크라이나에서 발원하는 강으로 루마니아를 지나 갈라치에서 도나우 강과 합류하며 주요한 지류로는 비스트리차와 몰다바 강이 있음.

면 백작은 상자에 실린 채 노나 장대로 젓는 갑판 없는 배에 실려 강둑 사이가 가까운 강의 흐름을 거슬러 올라가고 있는 것이다.

물론 시레트나 프루트 두 곳 다 아닐 수도 있지만 보다 자세히 조사해 보면 될 일이다. 이 두 곳 중에서는 프루트가 더 운항하기에 쉽지만 시레툴 강은 푼두에서 보르고 고개를 감아 돌아 올라가 비스트리차 강으로 흘러들게 되어 있다. 그 만곡부는 수로로 닿기에는 드라큘라 성에서 가장 가까운 곳이다.

미나 하커의 일기

내가 다 읽고 나자 조너선은 나를 두 팔로 끌어안고 입을 맞추었다. 다른 사람들은 두 손으로 내 손을 잡고 악수를 했고 반 헬싱 교수는 이렇게 말했다.

"마담 미나께서 또다시 우리의 스승 역할을 하시는군요. 우리의 눈이 멀었던 곳에서 부인의 눈은 뜨여 있었습니다. 이제 우리는 다시금 추적 길에 오르게 되었고 이번에는 기어코 성공할 겁니다. 우리의 적은 가장 취약한 상태지요. 만약 우리가 낮에 물 위를 떠가는 그자를 덮칠 수 있다면 우리의 사명은 곧 끝날 겁니다. 백작이 선수를 치기는 했지만 자기를 운반하는 사람이 의심을 품을까 봐 상자를 떠나지 못하기 때문에 서두르기에는 무력합니다. 공연한 의심을 품게 만들어 상자를 강물에 던져버리기라도 하는 날에는 끝장이니까요. 이 점을 잘 알고 있기에 섣부른 짓은 하지 않을 겁니다. 이제, 전투를 앞둔 우리의 회합에서, 지금 당장 우리 각자 그리고 모두가 무엇을 해야 할지 계획을 세우도록 합시다."

"저는 기정[192]을 한 척 구해서 그를 뒤쫓겠습니다."

고달밍 경이 말했다.

"저는 혹시 그가 상륙할 경우에 대비해 말을 구해 둑으로 따라가지요."

모리스 씨가 말했다.

"좋소! 둘 다 좋아요. 허나 두 사람 다 혼자 가서는 안 되오. 필요할 경우 무력을 제압할 힘이 있어야 하오. 슬로바키아 인들은 강하고 거칠며, 조잡하기는 해도 무기를 갖고 있을 테니까."

반 헬싱 교수의 말에 남자들은 모두 미소를 지었다. 우리에게는 작은 무기고를 채우기에도 충분한 무기가 있었던 것이다.

"저는 윈체스터를 몇 정 가지고 왔습니다. 떼거리가 모여 있어도 꽤나 유용하고 혹시라도 늑대가 있을지도 모르니까요. 기억하시겠지만 백작은 다른 예비책도 준비해놓았습니다. 하커 부인이 듣거나 알지 못하는 다른 이들에게 어떤 명령을 내려놓았을 겁니다. 우리는 모든 면에서 준비가 되어 있어야 해요."

모리스 씨의 말에 수어드 박사가 나섰다.

"제가 퀸시와 함께 가는 게 좋겠습니다. 우리는 함께 사냥을 하는 데 익숙해져 있고 제대로 무장만 하고 있으면 무슨 일이 생기든 능히 대적할 수 있으니까요. 아트, 자네도 혼자여서는 안 돼. 슬로바키아 인들과 싸우는 것이 불가피할 수도 있으니까. 그 사람들이 총을 가지고 있을 거라고는 생각하지 않지만 자칫하다가는 우리 계획을 무산시킬 수도 있으니 말일세. 이번에는 다른 가능성은 절대로 안 돼. 백작의 머리와 몸통을 분리해 다시는 육체를 지닌 몸으로 살아나지 못하리라는 확신이 들기 전까지는 쉴 수가 없어."

수어드 박사는 그러면서 조녀선을 보았고 조녀선은 나를 보았다. 나는

---

192 증기 기관의 힘으로 움직이는 비교적 작은 배.

가엾은 남편의 마음이 갈가리 찢기는 것을 알 수 있었다. 물론 그이는 나와 함께 있고 싶을 것이다. 그러나 배편이 가장 그…… 그…… 그 뱀파이어(왜 내가 그 단어를 적기를 망설이는 걸까?)를 패망시킬 가능성이 가장 높다. 남편은 한동안 말이 없었고 그 사람이 침묵을 지키는 사이, 반 헬싱 교수가 나섰다.

"조너선, 이것은 두 가지 이유에서 당신을 위한 것이오. 첫째, 당신은 젊고 용감하고 싸울 수 있으며 마지막까지 필요한 모든 힘을 갖고 있소. 다시 한 번 강조하는데 그자를 멸망시키는 것은 당신의 권리요. 당신과 부인에게 그 엄청난 비통함을 가져온 존재이기 때문이지요. 마담 미나 걱정은 하지 말아요, 내가 돌봐드릴 테니까. 나는 늙었소. 내 다리는 예전처럼 빠르게 움직이지 못하오. 게다가 그리 오래도록 말을 달리거나, 필요한 만큼 추적에 나서거나, 치명적 무기를 들고 싸우는 일에 익숙하지 못하오. 그러나 다른 일이라면 제법 한다오. 나는 다른 방식으로 싸울 수 있소. 그리고 필요하다면 젊은 사람들만큼이나 기꺼이 죽을 수도 있소. 자, 이제 우리의 계획을 정리해봅시다. 고달밍 경과 조너선은 작고 날쌘 증기선을 타고 강을 거슬러 올라가고, 존과 퀸시는 혹시 백작이 상륙할지도 모르니 강둑의 경비를 맡으며, 나는 마담 미나를 모시고 적의 나라의 심장부로 가겠소. 그 늙은 여우가 자기 상자에 갇혀, 땅으로 빠져나가지도 못하고 혹시 슬로바키아 인 짐꾼들이 두려움으로 자신을 파멸시킬까 겁이 나 관 뚜껑조차 들어 올리지 못하고 강물에 떠 있는 사이 나는 조너선이 지났던 길을 택해 비스트리차에서 보르고를 넘어 드라큘라 성에 닿을 것이오. 우리가 그 운명적 장소에 다다르면 첫 번째 일출 이후 마담 미나가 지닌 최면의 힘은 틀림없이 도움이 될 것이고 우리는 우리의 길을 찾을 수 있을 것이오. 그렇지 않다면 모두가 암흑이고 미지의 것으로 남겠지만 말이오. 해야 할 일은 많고 그 악의 소굴을 제거하려면 성화해야 할 다른 장소들도 많소."

그 말에 조너선은 흥분해 교수의 말을 잘랐다.

"반 헬싱 교수님, 지금 저토록 슬픔에 빠져 있고, 악마의 질병으로 시달릴 대로 시달리고 있는 미나를 데리고 그자가 놓은 죽음의 덫의 칼날로 곧바로 들어가겠다는 말씀이십니까? 절대 안 됩니다! 절대, 결코 있을 수 없는 일입니다!"

조너선은 한동안 목이 메어 아무 소리도 내지 못했다. 잠시 후에 조너선이 말을 이었다.

"그곳이 어떤 곳인지 아십니까? 지옥 같은 오명으로 가득한 끔찍한 소굴입니다. 소름 끼치는 형체들로 살아 있는 달빛과, 바람결에 소용돌이치면서 태아 상태의 게걸스러운 괴물을 만들어내는 먼지가 떠도는 곳입니다. 교수님은 목에 뱀파이어의 입술을 느껴보셨습니까?"

여기서 조너선은 나를 돌아보았다. 내 이마에 눈길이 닿는 순간 조너선은 팔을 들어 올리며 소리쳤다.

"아, 하느님, 저희가 무슨 일을 했기에 이토록 끔찍한 공포를 드리우시는 겁니까?"

조너선은 비참함을 이기지 못하고 소파에 무너져 내렸다. 그러나 공기속을 진동하는 듯한 맑고 사랑이 담긴 반 헬싱 교수의 목소리가 우리 모두를 진정시켰다.

"아, 내가 거기 가려는 까닭은 그 섬뜩한 곳에서 마담 미나를 구하기 위함이오. 하느님이시라도 내가 부인을 그곳으로 데려가는 것을 금지하실 것이오. 그곳이 정화되기 전에 해야 할, 부인의 눈으로는 차마 볼 수 없는, 몹시도 괴로운 과업이 있소. 허나 우리가 끔찍한 궁지에 몰려 있다는 것을 기억하구려. 이번에도 우리 손아귀를 빠져나간다면 그 강인하고 면밀하고 교활한 백작은 몇 세기 동안 잠을 자는 편을 선택할 수 있소. 그렇게 되면 우리의 소중한 사람이……."

교수는 내 손을 잡고 말을 이었다.

"그자에게로 가서 그자의 동료가 되어 당신, 조너선이 직접 본 이들과 마찬가지의 처지가 될 수도 있다오. 당신은 우리에게 그 탐욕스러운 입술에 대해 이야기했소. 백작이 던진 꿈틀대는 주머니를 그러쥐면서 음탕하게 웃는 웃음소리를 들었다고도 했고 말이오. 몸서리를 치는군요. 당연하지요. 지독한 고통을 끼치는 나를 용서하시오. 하지만 어쩔 수 없다오. 내 친구여, 그 절체절명의 필요를 위해서라면 뭐든, 하다못해 생명이라도 내줄 수 있는 내가 보이지 않소? 만약 그곳에서 누군가가 머물러 있어야만 한다면 그들과 합류해야 할 사람은 바로 나라고 생각한다오."

반 헬싱 교수의 말에 조너선은 온몸이 들썩이도록 흐느끼며 대답했다.

"좋으실 대로 하십시오. 우리는 하느님의 손안에 있으니까요!"

후에   아, 이 용감한 남자들이 움직이는 것을 지켜보자니 나는 무척 행복하다. 저렇게 열성적이고 진실하고 용맹한 모습을 보일 때에 사랑하는 남자들을 위해 여자들은 무엇을 할 수 있을까? 그리고 나는 돈의 엄청난 힘에 대해서도 새삼 생각하게 되었다! 제대로만 이용된다면 돈이 못할 일은 아무것도 없다. 그런 돈이 비열하게 쓰인다면 그때는 또 무슨 일이 생기겠는가? 고달밍 경이 부자인 것이 정말 감사하고, 그분과 마찬가지로 돈이라면 부족함이 없는 모리스 씨가 아낌없이 쓰려 하시는 것이 고마울 뿐이다. 그렇지 않았더라면 한 시간 내에 시작될 우리의 작은 여정이 이토록 빠르고 완벽한 채비를 갖추지는 못했을 것이다. 우리 저마다가 무슨 일을 맡을지 할당한 지 채 세 시간이 지나지 않았다. 그런데 벌써 고달밍 경과 조너선은 곧바로 증기를 뿜으며 발진할 수 있는 멋진 기정을 갖고 있다. 수어드 박사와 모리스 씨에게는 완벽한 마구를 갖춘 여섯 마리의 근사한 말이 있다. 우리 모두가 갖가지 장비와 지도를 지니고 있다. 반 헬싱 교수와 나는 오늘 밤 11시 40분 열차를 타고 베레슈티로 가서 마차를 타고 보르고 고개로 향할 것이다. 마차와 말을 사야 하기 때문에 상당히 많은 돈을 갖고 간다. 신뢰할 수 있는 사람이 없기 때문에 우리가 직접 몰아야 한다. 교수님이 여러 나라 말을 하실 줄 아니 별일 없을 것이다. 우리는 모두 무기를 가졌고 심지어는 나도 구경이 큰 연발 권총 한 정을 받았다. 내가 다른 사람들처럼 무장을 갖추지 않으면 조너선이 마뜩지 않아 할 테니 어쩔 수 없다. 아! 그럼에도 나는 다른 사람들처럼 한 가지 무기만큼은 가져갈 수가 없다. 이마의 상처가 막고 있으니까. 반 헬싱 교수는 내가 늑대가 나타나도 끄떡없을 만큼 충분한 무기를 갖추었다고 나를 위로하셨다. 날씨는 매시간 차가워지고 있고, 마치 경고처럼 눈발이 간간이 흩날린다.

후에 나는 모든 용기를 그러모아 사랑하는 이와 작별 인사를 했다. 어쩌면 다시는 만나지 못할지도 모른다. 용기를 내, 미나! 교수님이 너를 잘 돌봐주실 거야. 그분의 표정은 꼭 경고하는 것 같다. 하느님이 기쁨에 겨운 눈물을 흘리도록 허락하시지 않는 한 이제 눈물을 비쳐서는 안 된다.

조너선 하커의 일기

10월 30일, 밤 나는 기정의 화로 문으로 새어나오는 불빛 아래서 이 일기를 쓰고 있다. 고달밍 경이 불을 피우는 중이다. 몇 년 전부터 템스 강과 노포크 호소 지방에서 자기 소유의 기정을 두 척 갖고 있던 터라 이런 일에는 이력이 나 있다. 우리의 계획과 관련해서 말하자면 우리는 마침내 미나의 추측이 옳다는 결정을 내렸다. 백작이 자신의 성을 향해 달아날 수로를 선택한다면 시레트를 지나 비스트리차 강으로 접어들 공산이 컸다. 우리는 그렇게 생각을 모으고 시레트 강과 카르파티아 산맥 사이 북위 47도 부근을 적합한 곳으로 골랐다. 밤에도 우리는 두려움 없이 상당한 속도로 강물을 거슬러 올라가고 있다. 수량은 풍부했고 양편의 강둑이 어둡기는 했지만 배가 지나기에 아무 어려움이 없을 만큼 강폭이 넓었다. 고달밍 경은 망을 보는 데는 지금으로서는 한 사람이면 충분하다고, 나더러 잠깐 눈을 붙이라고 하지만 나는 잠을 잘 수가 없다. 아내에게 그토록 섬뜩한 위험이 드리워져 있으며 그 으스스한 곳으로 향하고 있는 마당에 내가 어떻게……. 지금 나의 유일한 위안은 우리가 하느님 손에 놓여 있다는 것이다. 그 믿음이 없었다면 사는 것보다는 죽는 것이 쉬웠을 테고, 그렇게 해서 모든 문제를 잠재울 수 있었으리라. 모리스 씨와 수어드 박사는 우리가 출발하기 전에 이미 말을 타고 떠나 있었다. 두 사람은 오른편 강둑을 따라 달리고 있다. 그곳은 고지대여서 이리저리 휘어진 곡선을 따라가지 않아도 쭉 뻗은 흐름을 한눈에 볼 수 있다. 그들은 여행의 첫 부

분에서 공연한 호기심을 불러일으키지 않도록 일꾼 두 명을 고용해 말을 타고 여분의 말들도 끌고 가게 하고 있다. 머지않아 일꾼들을 돌려보내면 두 사람이 직접 말을 돌보아야 할 것이다. 아마도 우리가 그들과 합류하게 될 텐데 그렇게 하면 우리 모두가 탈 말이 필요하기 때문이다. 안장 하나는 안장머리가 움직일 수 있도록 되어 있어서 필요할 경우 미나에게 맞도록 조절할 수 있다.

우리는 지금 험난한 모험을 앞에 두고 있다. 어둠을 뚫고 강의 냉기가 솟아올라 우리를 덮치는 듯하고, 우리를 둘러싼 밤은 온갖 수수께끼 같은 소리를 들려준다. 그 속을 우리는 맹렬한 속도로 물살을 가로지르고 있다. 마치 우리가 미지의 장소, 미지의 길로 떠돌아 들어가는 것 같다. 어둠과 두려운 것들이 드글거리는 세계로. 이제 고달밍이 화로의 문을 닫고 있다…….

10월 31일 여전히 서둘러 강물을 거슬러 올라가고 있다. 낮이 되었고 고달밍은 자고 있다. 지금은 내가 불침번이다. 아침의 한기가 몹시 차서 비록 두툼한 털 코트를 걸치고 있기는 하지만 화로의 열기가 고마울 뿐이다. 지금까지 몇 척의 갑판 없는 배를 지나쳤지만 그중 어느 배에도 우리가 찾는 것과 비슷한 크기의 짐이나 상자가 실려 있지 않았다. 배에 탄 사람들은 우리가 전기 램프를 비추면 언제나 기겁을 하고는 무릎을 꿇고 앉아 기도를 올렸다.

11월 1일, 저녁 하루 종일 아무 소식도 없다. 우리가 찾는 짐 비슷한 것도 찾지 못했다. 배는 어느덧 비스트리차 강으로 들어섰고, 애초의 추정에서부터 잘못되었다면 우리의 기회는 아예 무산된 셈이다. 우리는 작건 크건 배란 배는 샅샅이 수색했다. 오늘 아침 일찍, 우리 배를 정부 소유의 것으로 오해한 한 선원이 우리에게 깍듯하게 대해준 일이 있었다. 우리는 이런 식으로 하면 상황이 술술 풀린다는 것을 깨달았고, 비스트리차 강과 시레트 강이 서로 만나는 푼두에서 루마니아 깃발을 구해 지금 열심히 흩날리는 중이다. 그때 이래로 우리가 수색한 모든 배에는 이 수법이 통했다. 말 한 마디면 즉각 따랐고, 뭘 묻든 뭘 하든 아무도 반대하고 나서지 않았다. 우리는 몇몇 슬로바키아 인들에게서, 커다란 배를 한 척 봤는데 뱃전에 뱃사람이 둘뿐이었는데도 평범한 배의 속도보다 훨씬 빠르게 지나쳐가더라는 이야기를 들었다. 그 일은 푼두에 이르기 전에 있던 일이었기 때문에 우리는 그 배가 비스트리차 강으로 꺾어졌는지 아니면 계속해서 시레트 강을 올라갔는지 그 여부를 들을 수는 없었다. 푼두에서는 그 같은 배에 대해 들은 이야기가 아무것도 없는 것으로 보아 아마도 밤에 지난 모양이었다. 몹시 졸리다. 쌀쌀함이 내게 영향을 미치기 시작하는 것 같다. 자연의 일부는 언젠가는 쉬어야 하는 마련인가 보다. 고달밍은 자기가 먼저 불침번을 서겠다고 한다. 가엾은 미나와 나에게 베푸는 그의 선의가 감사할 뿐이다. 하느님, 그를 축복하소서.

11월 1일, 아침 어느덧 대낮이다. 사람 좋은 고달밍이 나를 깨우지 않았던 것이다. 내가 고통을 잊고 워낙 평화롭게 잠들어 있었기 때문에 나를 깨우는 것은 죄를 짓는 기분이었다고 한다. 밤새 그에게 망보는 일을 맡겨 놓고 내처 잠을 잤다니 정말 이기적인 일이지만 그의 말이 옳았다. 오늘 아침 나는 전혀 다른 사람이 되었으니까. 이곳에 앉아 잠이 든 고달밍을 지켜보면서도 나는 틈틈이 엔진을 살피고 방향키에 신경 쓰고 망을 보는 것까지 필요한 모든 일을 전부 할 수 있다. 힘과 에너지가 되돌아온 것을 느끼고 있다. 미나와 반 헬싱 교수는 지금 어디에 있을까. 아마도 수요일 정오 즈음에는 베레슈티에 도착했으리라. 말과 마차를 구하는 데는 시간이 제법 걸렸겠지. 그래도 두 사람이 여정에 올라 길을 재촉했다면 지금쯤 보르고 고개 인근에 이르렀을 것이다. 하느님, 그들을 보호하고 도와주소서! 무슨 일이 일어날지 두렵다. 좀 더 빨리 갈 수 있다면. 그러나 그럴 수는 없다. 고동치는 엔진은 지금도 최선을 다하고 있으니 말이다. 수어드 박사와 모리스 씨는 어떻게 하고 있을까. 산맥 아래를 지나 이 강으로 흘러드는 지류는 수없이 많은 것 같지만 겨울이나 눈 녹을 철에야 말할 나위 없이 무시무시할지라도 지금으로서는 두 사람이 말을 몰고 지나기에 그다지 장애가 될 것 같지 않아 보인다. 스트라자[193]에 이르기 전에 그들을 볼 수 있었으면……. 그때쯤까지 우리가 백작을 따라잡지 못한다면 함께 모여 머리를 맞대고 다음 계획을 준비해야 할 것이다.

수어드 박사의 일기

11월 2일 길에서 사흘째. 아무 소식도 없고, 매순간이 귀중하기 때문에 글을 쓸 시간도 없다. 우리는 말이 휴식을 취하는 데 필요한 시간만 쉴 뿐이다. 그러나 다들 잘 견뎌내고 있다. 우리의 이 모험에 찬 날들의 유용성이 판명되고 있다. 더욱 박차를 가해야 한다. 다시 기정을 보게 될 때까지 우리는 결코 행복할 수 없으리라.

11월 3일 푼두에서 그 기정이 비스트리차 강으로 올라갔다는 말을 들었다. 너무 춥지 않아야 할 텐데. 눈이 올 조짐이 보인다. 만약 폭설이 내린다면 전진이 불가능하다. 그런 경우에 우리는 러시아식으로 썰매를 타고 전진해야 할 것이다.

---

193 현재 세르비아의 한 마을로 루마니아 인들이 인구의 대다수가 살고 있음.

11월 4일 오늘 기정이 급류를 거슬러 올라가려고 애쓰다가 사고를 당해서 지체되었다는 소식을 들었다. 슬로바키아 인이 모는 배들은 지형을 잘 알고 있어서 밧줄과 능숙한 조타술 덕분에 아무 문제없이 지날 수 있다. 불과 몇 시간 전에도 몇 척이 올라갔다. 고달밍은 아마추어 정비사이니 아마도 기정을 다시 손본 사람도 그 친구일 것이다. 우여곡절 끝에 두 사람은 현지인의 도움으로 무사히 급류를 올라가 새로이 추적 길에 올랐다고 한다. 사고 탓에 배에 이상이 생기지는 않았을지 걱정이다. 농부들 말로는 다시 잔잔한 흐름에 들어서고 난 뒤에도 수시로 멈추는 것을 봤다고 한다. 그 어느 때보다도 박차를 가해야 한다. 우리의 도움이 곧 필요할지도 모르니까.

미나 하커의 일기

10월 31일 베레슈티에 정오에 도착했다. 반 헬싱 교수는 내게 오늘 아침 해돋이 무렵에는 좀처럼 최면에 걸 수가 없었다고, 내가 한 말은 "어둡고 조용해요"가 전부였다고 하셨다. 지금은 마차와 말을 사러 나가셨다. 우리가 도중에 갈아탈 수 있도록 나중에도 말을 더 사야 한다신다. 우리가 갈 길은 아직 110킬로미터 넘게 남아 있다. 이 나라는 아름답고 몹시 흥미롭다. 다른 상황이었다면 이 광경을 보는 것은 얼마나 큰 기쁨이었을까. 조너선과 단둘이 마차를 타고 달린다면 얼마나 즐거웠을까. 곳곳에 멈춰 서서 그곳 사람들을 만나고 그들의 삶에 대하여 배우면서 우리의 마음과 기억을 그 황량하지만 아름다운 나라의 그림 같은 풍광과 흥미로운 주민들로 가득 채울 수 있었다면! 그러나 아아!

후에 반 헬싱 교수가 마차와 말을 마련해서 돌아오셨다. 이제부터 식사를 한 뒤 한 시간 후에 출발할 예정이다. 여주인은 우리에게 커다란 바구니 가득 음식을 싸주었다. 군대를 먹이기에도 충분해 보인다. 여주인에게 감사하다고 인사를 하고서 반 헬싱 교수는 내게 앞으로 일주일 동안은 다시 음식을 구하지 못할지도 모른다고 귀엣말을 했다. 그분은 장을 보러 간 김에 멋진 털옷과 숄, 그리고 갖가지 방한 도구도 사왔다. 감기에 걸릴 걱정은 안 해도 될 것 같다.

곧 출발하려 한다. 무슨 일이 벌어질지 생각하기조차 두렵다. 우리는 진정으로 하느님의 손안에 있다. 그분만이 장차 무엇이 올지를 아실 뿐. 그리하여 나는 이 슬프고 비천한 영혼을 다하여 그분께 나의 사랑하는 남편을 보살펴주시기를 간절히 기도드린다. 무슨 일이 일어나든 간에 내가

말로 표현할 수 있는 것보다 그를 더욱 사랑했고 존경했으며 나의 가장
마지막이자 가장 진실한 생각은 언제나 그를 위한 것이라는 것을 조녀선
이 알게 해주십사고.

27

미나 하커의 일기

11월 1일 온종일 우리는 놀라운 속도로 여행을 했다. 말들은 좋은 대우를 받고 있는 것을 아는지 최선을 다해 기꺼이 최고 속도로 달려주었다. 지금까지 여러 번 바꿔 타보았지만 꾸준히 잘 달려주었기 때문에 여행이 순탄하리라는 생각에 무척 고무되어 있다. 반 헬싱 교수는 농부들에게는 별다른 얘기 없이 서둘러 비스트리차로 가야 한다고만 하실 뿐이다. 우리는 돈을 넉넉히 주고 말을 바꾼 뒤 뜨거운 수프나 커피, 차를 마시고 떠난다. 아름다운 나라이다. 상상할 수 있는 갖가지 아름다움으로 가득 차 있고, 주민들은 용감하고 강인하고 순박하며 훌륭한 자질을 타고난 것이 느껴진다. 주민들은 미신을 몹시 신봉한다. 우리가 멈춘 첫 번째 집에서 우리를 대접한 아주머니는 내 이마 위의 상처를 보더니 성호를 긋고 악마의 눈을 피한다며 내게 손가락 두 개를 내밀어 보였다. 그 사람들은 우리 음식에는 일부러 마늘을 잔뜩 집어넣는 것 같다. 나는 정말 마늘이 딱 질색인데 말이다. 그때 이후로 나는 모자나 베일을 벗지 않게 되었고 그렇게 해서 공연한 의심을 피했다. 우리는 빠르게 여행을 하고 있는 데다가 말을 옮길 마차꾼과 함께가 아니기 때문에 추문이 생길까 걱정할 일은 없다. 그러나 나는 악마의 눈에 대한 두려움이 내내 뒤를 바짝 따라온다는 것을 알 수 있었다. 반 헬싱 교수는 지치지도 않는 듯 보인다. 내게는 오래도록 자게 하시면서 당신은 하루 종일 쉬지를 않으신다. 일몰에는 내게 최면을 거는데 내 대답은 언제나처럼 "어둠, 일렁이는 물결, 끼익거리는 나무 소리"가 전부라고 한다. 그러니 우리의 적은 아직 강에 있는 셈이다. 조녀선을 생각하기가 두렵기는 하지만 어쨌든 지금으로서는 나를 위해서든 그이를 위해서든 별 걱정이 들지 않는다. 지금 나는 말이 준비되기를 기다리면서 한 농가에서 일기를 쓰는 중이다. 반 헬싱 교수는 잠이 들었다. 가엾은 분, 몹시 지치고 부쩍 늙으신 듯하지만 입은 정복자의 것처럼 굳게 다물려 있다. 잠을 잘 때조차도 결의가 넘치는 듯하다. 출발하고 난 뒤 내가 마차를 몰고 그분을 쉬게 해야겠다. 우리에게는 몇날 며칠이 더 남아 있으며 그분이 전력이 다하셔야 할 때 무너져서는 안 된다고 말씀드릴 참이다……. 모든 준비가 끝났다. 우리는 곧 출발한다.

11월 2일, 아침 내 설득이 성공을 거두어 우리는 번갈아 밤새 마차를 몰았다. 이제는 쌀쌀하지만 상쾌한 아침이다. 공기에는 기이한 묵직함이 느껴진다. 묵직함 외에 더 적절한 표현을 찾지 못하겠다. 공기가 우리 모두를 짓누르고 있는 듯한 느낌이기 때문이다. 날은 몹시 차고 따스한 털옷만이 우리 몸을 편안하게 해준다. 동틀 녘에 반 헬싱 교수는 나에게 최면을 걸었다. 그분 말로는 내가 "어둠, 나무가 끼익거리는 소리, 그리고 물살이 울부짖는 소리"라고 대답했다고 하시는데, 아마도 배가 거슬러 올라가면서 물살이 달라지기 때문인 것 같다. 남편이 필요 이상으로 어떤 위험에도 말려들지 않기를 바라지만……. 우리는 하느님의 손안에 있을 뿐.

11월 2일, 밤 하루 온종일 달렸다. 이 땅은 가면 갈수록 더욱 거칠어진다. 베레슈티에서 보았을 때는 그리도 멀게, 지평선 저 아래쪽에 있던 듯 보였던 카르파티아 산맥의 봉우리들이 어느덧 우리 주위로 모여들어 우리 눈앞에 까마득하게 솟아 있다. 우리는 둘 다 원기 왕성해 보인다. 어떻게든 기운을 내야 한다는 생각에 서로서로 기운을 북돋우려 노력하다 보니 그렇게 되었나 보다. 반 헬싱 교수는 아침나절에 보르고 고개에 닿을 거라고 한다. 이제 이곳은 인가가 드문드문하고, 반 헬싱 교수 얘기로는 말을 갈아탈 수가 없으니 지금 같이 있는 마지막 말로 계속해서 가야 할 거라신다. 말을 두 필 더 구했던 터라 이제 조악한 사두마차의 모습을 하고 있다. 말들은 끈기 있고 성격이 좋아 다루기에 아무 어려움이 없다. 다른 여행자들에 대해서는 신경 쓰지 않아도 되기 때문에 나도 마차를 몰 수 있다. 우리는 한낮에 보르고 고개에 들어설 계획이다. 그곳에 일찍 도착하고 싶은 생각은 전혀 없다. 그렇기 때문에 차례로 제법 오랜 시간 동안 휴식을 취하면서 쉬엄쉬엄 가고 있다. 아, 과연 내일 아침, 무엇이 우리를 기다리고 있을까? 우리는 지금 내 사랑하는 남편이 그리도 고통 받은 그곳을 찾아가고 있다. 하느님께서 우리가 올바르게 인도됨을 허락하시고, 남편과 우리 두 사람에게 너무도 소중한 이 죽음의 위험에 처한 이들을 어여삐 지켜봐주시기를. 하지만 나는 그분이 보아주시기에 합당치 못하다. 아아! 나는 그분의 눈에 정결하지 못하며 앞으로도 그러하리라. 그분의 분노를 불러일으키지 않는 한 사람으로서 그분 앞에 서도록 하느님이 허락하시기 전까지는.

애이브러햄 반 헬싱의 메모

11월 4일 이것은 혹시라도 다시 보게 되지 못할 경우에 대비하여 나의 절친한 오랜 친구인 런던 퍼플리트 가의 의학박사 존 수어드에게 남기는 글이다.

이 글을 보면 설명이 될 걸세. 지금은 아침이며, 나는 마담 미나의 도움을 받아 밤새 꺼지지 않게 살려놓은 화톳불 곁에서 이 글을 쓰고 있다네. 추워. 몹시도 춥다네. 날은 몹시도 차고 무거운 잿빛 하늘은 눈을 잔뜩 머금고 있네. 눈이 내리면 겨우내 녹지 않고 바닥에 딱딱하게 얼어붙겠지. 이 날씨가 마담 미나에게 영향을 끼치는 모양일세. 온종일 머리가 무겁다고 하는데 평소의 그녀 같지가 않아. 자고, 자고, 또 자니 말일세! 언제나 그리도 바지런하던 부인이 말 그대로 종일 아무것도 하지 않는다네. 심지어 식욕도 잃었어. 그토록 성실하게 매순간 써왔던 작은 일기장도 거들떠보지 않는다네. 이 모두가 좋지 않은 일이라고 뭔가가 내 귓가에 속삭이는 것 같으이. 그래도 오늘 밤은 나아진 모습을 보이고 있네. 온종일 잠을 잔 덕에 기운이 나고 기력을 찾게 되었는지 지금은 언제나처럼 사랑스럽고 밝은 표정일세. 일몰에 최면을 걸려 했지만, 아아! 아무 소용도 없었다네. 힘은 하루가 다르게 약해지고 있고 오늘은 완전한 실패로 돌아가고 말았지. 무엇이든 간에 하느님의 뜻이 이루어질 것이며 그 뜻에 따르리라!

마담 미나가 속기로 일기 적기를 그만두었기 때문에 사실 그대로를 기록하기 위해 내가 낡은 방식으로라도 적어야겠다는 생각일세. 그래야 기록되지 않은 채 우리의 나날이 지나가버리는 일이 없을 테니.

우리는 어제 아침 일출 직후에 보르고 고개에 닿았네. 동이 터 오는 징후가 보이자 나는 최면을 준비했지. 우리는 마차를 멈추고 방해를 받지 않도록 마차에서 내렸네. 나는 털옷으로 푹신한 앉을자리를 만들었고, 마담 미나는 자리에 누워 언제나처럼 내가 하라는 대로 따랐지만 최면 상태의 잠에 빠져들기까지는 더욱 오랜 시간이 걸렸고 그 상태도 더욱 짧았네. 예전과 마찬가지로 "어둠과 굽이치는 물"이라는 대답이 나왔어. 그러기가 무섭게 그녀는 밝고 활기찬 얼굴로 깨어났고 우리는 길을 재촉해 곧 보르고 고개에 닿았네. 지금, 이곳에서 부인은 열의로 불타오르고 있네. 그녀를 이끄는 새로운 힘이 몸 안에서 표출되는 듯, 부인은 한 길을 가리키며 입을 열었지.

"이게 그 길이에요."

"어떻게 그걸 아십니까?"

내가 물었네.

"당연히 알아요."

그렇게 대답하더니 그녀는 잠시 후에 덧붙였네.

"제 남편 조너선이 여행을 했고 그 얘기를 쓰지 않았던가요?"

처음에는 좀 이상하다고 생각했지만 곧 그 같은 샛길은 단 하나뿐이라는 것을 알게 되었네. 오가는 사람이 거의 없어서, 훨씬 너르고 바닥이 단단하게 다져진 부코비나에서 비스트리차로 이르는 마찻길과는 사뭇 다른 길이었네.

우리는 그 길로 접어들었네. 조금 가니 길인지조차 알아보기 힘들 정도 였지. 버려진 데다가 싸락눈이 내려앉아 있었지만 그래도 말들은 용케 길을 알아보고 그리로 향하더군. 나는 말들이 자유롭게 가도록 고삐를 풀어 주었고 말들은 끈기 있게 나아갔네. 차츰 조너선이 기이한 일기에서 적어 놓은 풍광을 찾아볼 수 있었네. 그런 뒤로도 오래, 정말이지 오랜 시간 동안 길을 갔지. 처음에 나는 마담 미나에게 잠을 좀 자두라고 했고 부인은 한동안 애를 쓴 끝에 잠이 들었네. 허나 계속해서 내처 자는 품이 상당히 미심쩍어 깨우려 했지만 그녀는 일어나지 않았네. 애를 써도 깨울 수가 없었지. 혹시나 해가 될까 두려워 지나친 노력을 하고 싶지는 않았지만 말일세. 극심한 고통을 겪고 있는 그녀에게 때로는 수면만이 전부라는 것을 알고 있는 나였으니까. 그러다가 잠깐 졸았던 모양일세. 무슨 짓을 저지르기라도 한 것처럼 급작스럽게 죄책감이 밀려왔지 뭔가. 소스라치게 놀라 정신을 차려보니 두 손에 쥔 고삐는 그대로였고 말들은 언제나처럼 열심히 달리고 있었네. 내려다보니 마담 미나는 여전히 잠이 들어 있었지. 이제는 일몰 시간이 멀지 않았고 눈 위로는 햇살이 거대한 황금물결을 넘실대고 있어서 가파르게 솟은 산 위로 우리 그림자가 기다랗게 드리워졌네. 우리는 올라가고 또 올라갔네. 마치 세상의 끝인 양. 아, 그 황량하고 거친 곳이라니.

나는 마담 미나를 깨워보았네. 이번에는 그다지 수고롭지 않게 잠에서 깨어났고, 나는 최면을 걸려고 해보았네. 그러나 그녀는 좀처럼 잠이 들지 않았네. 내가 노력하고 또 노력하고 있는데 갑자기 그녀와 내가 어둠 속에 있다는 느낌이 들더군. 주위를 둘러보니 해는 이미 져 있었지. 문득 마담 미나가 웃음을 터뜨렸고, 나는 고개를 돌려 바라보았네. 그녀는 이제 말짱하게 깨어 있었고 카팩스에서 우리가 처음 백작의 집에 들어간 밤 이래로 그렇게 좋아 보이는 낯빛은 처음이었네. 나는 놀랐지만 마음이 편치는 않았네. 그러나 부인이 너무도 밝고 자상하고 사려 깊었기 때문에 모든 두려움을 잊었어. 약간의 땔감을 싣고온 터라 내가 불을 피우고 난 뒤 말들을 풀어 쉴 곳을 찾아 먹이를 먹이는 동안 부인은 우리가 먹을 음식을 준비했네. 불가로 돌아오자 그녀가 내 저녁을 차리고 있더구먼. 내가 도우려 했더니 그녀는 미소를 지으며 자기는 벌써 먹었다고 혼자 드시라고 했네. 무척 배가 고파 기다릴 수가 없었다는 얘기였지. 그 대답에는 뭔가 켕기는 구석이 있었고 내 머릿속에는 무거운 의구심이 생겨났네. 그러나 공연히 부인을 겁주게 될까 봐 아무 말도 하지 않았네. 부인이 내 시중을 들어주는 사이 나는 혼자 식사를 했지. 식사를 마치자 우리는 털옷으로 몸을 감싸고 불가에 누웠고, 나는 내가 망을 볼 테니 그녀에게 자라고 했네. 하지만 얼마 안 가 내가 망을 보고 있다는 사실조차 까맣게 잊고 설핏 잠이 들고 말았지 뭔가. 갑자기 망을 봐야 한다는 기억이 나 부리나케 살펴보니 그녀가 가만히 누워 있기는 해도 말짱하게 깨어서 초롱초롱한 눈으로 나를 바라보고 있었네. 한 번, 두 번, 같은 일이 반복되었고 그래도 나는 아침까지 제법 눈을 붙일 수 있었다네. 잠에서 깨어나 최면을 걸려고 해보았건만…… 아아! 고분고분하게 눈을 감기는 했어도 잠이 들지는 않는 걸세. 해는 솟고, 솟고 또 솟아올랐지. 그녀에게 잠은 너무도 늦은 때에, 그러나 너무도 무겁게 찾아왔고, 이제는 좀처럼 깨어나지 않았네. 나는 마구를 채우고 모든 준비를 끝낸 뒤 잠든 부인을 안아 올려 마차에 누일 수밖에 없었지. 마담 미나는 여전히 자고 있고, 그 잠든 얼굴은 예전보다 한층 건강하고 불그레해 보인다네. 솔직히 나는 그 점이 영 마음에 들지 않으이. 두렵다네, 두려워. 너무도 두렵다네! 모든 것, 심지어는 생각하는 것조차 두렵지만 허나 나는 내 길을 가야겠지. 지금 우리의 과업은 생과 사의 것, 그 이상의 것이며 절대 물러서서는 안 되니까.

11월 5일, 아침 비록 자네와 내가 이 이상한 일을 함께 보았다손 쳐도 자네라도 처음에는 나 반 헬싱이 미쳤다고 생각할 테니 모든 것에 정확을 기하려 하네. 수없는 공포와 그토록 오래도록 계속되어 온 신경의 긴장이 마침내 내 두뇌에서 마지막 회전을 하는 모양일세.

어제 내내 우리는 여행을 계속했네. 산지에 가까워지면서 사방은 더욱 더 거칠고 황량해져갔지. 위압하듯 늘어선 깎아지른 절벽들과 어마어마한 폭포들로 자연은 때로 스스로를 위해 사육제를 여는 듯 보였네. 마담 미나는 아직도 자고 또 자고 있다네. 나는 배고픔을 느끼고 요기를 하고 있는데도, 그녀는 허기도 지지 않는지 일어나지를 않고 있네. 이곳에 만연한 치명적 마력이 뱀파이어의 세례식처럼 그녀에게 영향을 끼치기 시작하는 것은 아닌지 두려운 마음일세.

"부인이 이렇게 하루 종일 잠을 자면 내가 밤새 한잠이라도 잘 수 있을까 모르겠군."

나는 혼잣말로 중얼거렸네. 오래된 길은 수시로 끊겼지만 그 거친 길을 가면서도 나는 고개를 숙인 채 꾸벅꾸벅 졸았다네. 다시금 죄책감과 시간이 지나가는 느낌에 잠에서 깨어났더니 여전히 마담 미나는 잠든 채였고 해가 기울어 있었지. 허나 사방은 완전히 달라져 있더군. 위압하던 산지가 저 멀리로 물러나고 우리는 가파르게 솟은 언덕의 정상 가까이 이르러 있었네. 정상에는 조녀선이 일기에서 이야기한 것과 같은 성이 있었고 말일세. 순간적으로, 흥분과 두려움이 나를 감쌌네. 이제는 좋건 나쁘건 마지막이 가까이 와 있었으니까. 나는 마담 미나를 깨웠고 다시금 최면을 걸려 했지만 아아! 아무 소용이 없었다네. 곧이어 무시무시한 어둠이 우리를 짓눌렀네. 해가 진 후에도 하늘이 눈 위에 남은 햇살을 반사해 사방에 한동안 거대한 황혼이 덮여 있었던 터라 어둠은 더욱 굉장하게 느껴졌지. 나는 말을 멈추고 내가 찾을 수 있는 쉼터로 데려가 말을 먹였네. 그런 다음에는 불을 피운 뒤, 어느덧 일어나 있던 미나를 불가로 모셔와 깔개 위에 편안하게 앉게 했네. 부인은 그 어느 때보다도 매력적인 모습이었지. 내가 음식을 준비했지만 부인은 배가 고프지 않다면서 먹으려 하지 않더군. 나는 그래봤자 소용없다는 걸 잘 알고 있었기 때문에 강권하지는 않았어. 그래도 그 어느 때보다 강해야 할 필요를 느꼈던 터라 나는 먹었지. 그런 다음에는 무엇이 올지 모른다는 두려움으로 나는 마담 미나를 보호할 수 있도록 그녀가 앉은 곳 주위에 커다란 원을 그린 뒤 성체를 조금 가져와 잘게 빻아 원에 뿌렸네. 그녀는 내내 죽은 사람처럼 꼼짝 않고 있었어. 이윽고 그녀는 창백해지고 더욱 창백해져 마침내 하얀 눈이나 다름없는 얼굴빛이 되더니 아무 말도 않고 있었네. 그러나 내가 가까이 가자 내게 바싹 달라붙었고, 나는 그 가엾은 영혼이 머리에서 발끝까지 온몸을 고통스럽게 바들바들 떨고 있는 걸 알았네. 부인이 조금 침착해지자 내가 물었네.

"불가로 가까이 가시겠어요?"

나는 그녀가 그렇게 할 수 있는지 시험해볼 요량이었던 게야. 그녀는 공손하게 일어섰지만 한 발짝 앞으로 내딛더니 기겁한 듯 멈춰 서버렸네.

"왜 계속 가시지 않고요?"

내가 물었지. 그녀는 고개를 젓고는 뒤로 물러나 원래 자리에 앉았네. 그러더니 잠에서 깨어난 사람처럼 동그래진 눈으로 나를 보며 "할 수 없어요!"라고만 말하고는 침묵을 지켰다네. 나는 그녀가 할 수 없는 것을 알게 되면서 우리가 두려워하는 것들은 그 무엇도 할 수 없는 것이 무엇인지를 깨달아 기쁜 마음이었네. 비록 그녀의 몸에는 위험이 있을지 몰라도 그녀의 영혼은 안전했던 게야!

문득 말들이 비명을 지르며 몸을 맨 밧줄을 마구 뻗대기 시작했네. 내가 가서 달래주자 내 손길에 기쁜 듯 나지막이 히힝거리고 내 손을 핥고는 한동안 잠잠해졌지. 자연의 움직임이 가장 저하되는 기온이 뚝 떨어지는 시각에 이르기까지 밤새 나는 몇 번이나 말들에게 가야 했고, 내가 가면 말들은 매번 잠잠해졌네. 그 차디찬 때에 어느덧 불길이 잦아들기 시작했네. 나는 불을 살리려고 앞으로 나가려 했지. 어느덧 눈발이 흩날리기 시작해 차가운 안개와 함께 흩뿌리고 있었으니까. 어둠 속에서조차도 눈 위에서는 사물이 보이듯 뭔가 빛이 있었네. 눈발이 흩날리면서 안개가 이룬 화환이 꼭 기다랗게 끌리는 옷차림을 한 여자들의 형상을 띠고 있는 듯했지. 모든 것이 죽은 듯한, 침울한 침묵 속에서 말들만이 극도의 공포에 시달리는 듯 잔뜩 몸을 움츠리며 히힝거렸네. 두려움, 섬뜩한 두려움이 나를 휩싸기 시작했네. 그러나 곧이어 내가 서 있는 원 안은 안전하다는 생각이 들었지. 그러면서 나는 이 밤, 이 음침함, 내가 지나야 했던 휴식 없는 날들, 그리고 너무도 섬뜩한 근심 탓에 공연한 상상력이 일어난 거라 생각하기 시작했네. 꼭 조녀선이 겪는 으스스한 경험이 나를 속이는 것 같았다네. 눈발과 안개가 빙빙 돌며 날리기 시작하더니 어느덧 조녀선에게 입을 맞추었다던 그 여자들의 어렴풋한 형상이 나타난 듯했으니까. 그 순간 말들은 낮게, 더욱 낮게 움츠러들었고 공포 속에 잠긴 사람들이 그러하듯 고통스러운 신음을 내뱉었네. 경악스러운 광기에 사로잡히면 달아나려 안간힘을 쓰겠지만 그조차도 잃은 듯했지. 이 기이한 형상들이 가까이 다가와 주위를 빙빙 돌자 나는 마담 미나가 걱정스러워졌네. 고개를 돌려 바라보니 그녀는 가만히 앉아 나를 보고 미소를 지었네. 불을 살리려고 그쪽으로 발길을 내디디려는데, 부인이 나를 붙잡아 뒤로 끌더니 꿈속에서처럼 지극히 낮은 소리로 속삭였다네.

"아니! 안 돼요! 나가지 마세요. 여기에 계셔야 안전해요!"

나는 그녀 쪽으로 고개를 돌리고 똑바로 눈을 들여다보며 물었네.

"하지만 부인은요? 내 두려움은 부인을 위한 겁니다!"

그 말에 그녀는 웃음을 터뜨렸지. 낮고 어딘지 공허하게 느껴지는 웃음이었네.

"저를 위한 두려움이라고요! 왜 저를 위해 두려워하시죠? 저들에게서는 세상 누구도 저보다 안전할 사람이 없어요."

그 말뜻을 알 수 없어 의아해하는데 한줄기 바람이 불어와 불꽃을 일으켰고 나는 그녀 이마의 붉은 상처를 볼 수 있었네. 곧이어 아아! 나는 알았다네. 안개와 눈이 섞여 휘돌아 치는 형체가 차츰 다가오기는 했지만 그 성스러운 원으로는 접근하지 못하고 있었던 것이었네. 그 깨달음을 얻기가 무섭게 만약 하느님이 나의 이성을 거두어 가신 것이 아니라면, 그 형체가 물질화되기 시작했네. 그래, 내 눈으로 똑똑히 보았어. 내 앞에 그 세 명의 여자가 선명한 육체의 모습으로 서 있었네. 조너선이 방에서 보았다던, 그의 목에 입을 맞추려 했던 그 여자들. 나는 그 어른거리는 풍만한 몸을, 그 불타는 듯한 강렬한 눈을, 눈처럼 흰 이를, 새빨갛고 육욕에 찬 입술을 보았네. 여자들은 가엾은 마담 미나에게 웃음을 지어 보였네. 밤의 고요함을 뚫고 그들의 웃음소리가 들려왔네. 여자들은 팔을 비비 꼬아 미나를 가리키며, 물 컵을 두드릴 때처럼 감질나도록 견딜 수 없게 만드는 달콤함이라고 조너선이 표현했던 너무나도 달콤한 어조로 입을 열었네.

"이리 와요, 자매여. 우리에게 와요, 어서!"

두려움 속에서 나는 가엾은 마담 미나 쪽으로 고개를 돌렸고, 일순간 내 마음은 기쁨으로 불꽃처럼 타올랐네. 아! 그녀의 아름다운 눈에 어린 공포와 혐오감, 두려움은 내 마음에 희망의 목소리를 들려주었네. 하느님께 감사하게도 그녀는, 아직은, 그들의 일원이 아니었던 게야. 나는 근처에 있던 땔감을 쥐고 성체를 내민 채 불가로, 그들을 향해 다가갔네. 여자들은 내 앞에서 주춤거리며 뒤로 물러서더니 낮고 소름끼치는 소리로 킬킬거렸지. 나는 두려움 없이 불에 땔감을 넣었네. 그 원 안에 있는 한 우리는 안전하며, 부인은 여자들이 원 안에 들어올 수 없는 것과 마찬가지로 그곳을 떠날 수 없다는 것을 알았으니까. 말들은 끙끙거리기를 멈추고 땅 위에 가만히 누워 있었네. 눈이 몸뚱이 위로 부드럽게 내려앉았고 말들은 차츰 희어져갔네. 그 모습을 보며 나는 그 가엾은 짐승들에게는 더 이상의 공포가 없으리라는 것을 깨달았네.

우리는 먼동의 붉은빛이 음울하게 내려앉은 눈을 뚫고 내리비칠 때까지 그렇게 꼼짝 않고 있었다네. 외로움과 두려움, 비통함과 공포가 나를 가득 채웠지. 그러나 아름다운 태양이 지평선 위로 솟아오르자 생명은 다시 내게로 되돌아왔네. 동이 트는 순간 그 섬뜩한 형체는 소용돌이치는 안개와 눈으로 녹아들었고 투명한 어둠의 화환은 어느새 성을 향해 사라져버렸네.

뜨는 해를 보자 나는 최면을 걸 요량으로 본능적으로 마담 미나 쪽으로 고개를 돌렸네. 그러나 그녀는 깊고 갑작스러운 잠에 빠져 있었고 도저히 깨울 수가 없었네. 잠든 그녀에게 최면을 걸려고 해보았으나 아무 대답도 들을 수 없었고 그 와중에 날이 밝았네. 나는 여전히 움직이기가 두려웠네. 가까스로 불을 다시 살리고 말을 살피러 가니 모두 죽어 있었지. 오늘 나는 이곳에서 할 일이 많고 해가 중천에 뜰 때까지 기다릴 참일세. 내가 가야만 하는 곳들이 있다네. 비록 눈과 안개 탓에 흐려진다 해도 햇살은 내게 위안이 될 게야.

아침식사로 기운을 돋우고 난 뒤 내 섬뜩한 임무에 나설 것일세. 마담 미나는 여전히 잠들어 있다네. 하느님 감사합니다! 잠 속에서는 그녀는 평온하니까…….

조너선 하커의 일기

11월 4일. 저녁   기정에 일어난 사고는 우리에게는 고약하기 짝이 없는 일이었다. 그 사고만 없었다면 오래전에 그 배를 따라잡았을 것이고 지금

쯤이면 사랑하는 미나가 자유의 몸이 되었으련만. 그 섬뜩한 장소 근처의 황량한 고원 어딘가에 있을 그녀 생각만 해도 두려움이 나를 엄습한다. 우리는 말을 구했고 그들의 자취를 따라가고 있다. 고달밍이 준비하는 사이 나는 이 글을 적고 있다. 무기도 충분히 갖추었다. 우리와 싸울 생각이 있다면 시가니들은 조심하는 편이 좋을 것이다. 아, 모리스와 수어드가 함께 있다면 얼마나 좋을까. 우리에게는 오직 희망뿐이다! 혹시라도 다시 글을 쓰지 못할지도 모르니 마지막 인사를 적는다. 안녕 미나! 하느님이 당신을 충복하고 지켜주시기를.

수어드 박사의 일기

11월 5일 동이 트자 우리 앞에 기다란 사다리 짐마차를 끌고 강에서부터 쏜살같이 올라가는 시가니 무리가 보였다. 한 덩어리로 마치 포위라도 하듯 짐마차를 둘러싸고 허겁지겁 가고 있었다. 가볍게 눈이 내린 탓에 공기에는 기이한 흥분이 떠돌고 있었다. 우리 자신의 느낌일지도 모르지만 그 우울한 분위기는 기이하기만 하다. 저 멀리서 늑대들의 울음소리가 들린다. 눈이 내려 산에서부터 내려온 것이다. 우리에게는 사방이 위험뿐이다. 말들은 거의 준비가 끝나가고 우리는 곧 출발할 것이다. 우리가 말을 모는 것은 누군가의 죽음을 위해서이다. 그것이 과연 누구의 죽음일지, 그곳이 어디가 될지, 어떻게일지, 언제일지는 오직 신만이 아시리라······.

반 헬싱 박사의 메모

11월 5일, 오후 내 정신은 적어도 멀쩡하네. 그것을 입증하기가 무시무시하기 짝이 없기는 했지만 그 모든 일에 자비를 베풀어주신 하느님께 감사드리는 마음일세. 나는 성스러운 원 안에 잠든 마담 미나를 떠나 성으로 길을 잡았네. 베레슈티에서부터 마차에 싣고 온 대장장이의 망치는 퍽 유용했어. 비록 문이 모두 열려 있기는 했지만 혹시라도 사악한 악의나 불운 탓에, 문이 닫히는 바람에 일단 안으로 들어가는 데는 성공했더라도 빠져나오지 못하는 일이 없도록 그 망치로 녹슨 쩌귀를 모두 부수어버렸거든. 이것은 조너선의 쓰디쓴 경험 덕분이었지. 그의 일기를 기억 속에 더듬으면서 나는 오래된 예배당으로 가는 길을 찾았네. 그곳에 내 사명이 기다리고 있다는 걸 알고 있었기 때문일세. 공기는 위압적이었네. 유황 냄새 같은 것이 나는 듯해 때로 머리가 어지러웠어. 귓속에서 울부짖는 것 같은 소리가 울리는 듯했네. 어쩌면 저 멀리서 늑대의 울음소리가 들리는 것이었으려나. 일순간 마담 미나에 생각이 미치자 나는 내가 진퇴양난에 빠져 있다는 걸 알았다네. 이곳에 데리고 올 엄두가 나지 않아 뱀파이어로부터 안전하라고 그 성스러운 원 안에 놔두고 온 나였네. 그러나 늑대라니! 허나 나는 내 사명은 이곳에 있으며, 늑대에 대해서는 그것이 하느님의 의지라면 복종할 수밖에 없다고 마음을 다졌다네. 어쨌든 그녀 머에는 오직 죽음과 자유뿐이니까. 나는 그녀를 위한 선택을 한 것일세. 내 생각뿐이었다면 선택은 오히려 쉬웠을 테고, 뱀파이어의 무덤보다는 차라리 늑대의 주둥이가 안식을 구하기에는 더욱 나은 곳이었을 테니 말이야. 결국 나는 내 사명을 밀고 나가기로 마음을 굳혔네.
　나는 주인이 있는 무덤이 적어도 세 개가 있다는 것을 알고 있었네. 나는 찾고 찾고 또 찾아 마침내 무덤 하나를 발견했지. 그 안에 든 뱀파이어의 잠을 자고 있는 여인은 너무도 생생하고 관능적 아름다움으로 가득해 나는 마치 살인이라도 저지르는 듯 부르르 몸서리쳤다네. 아, 그 오래전, 나와 같은 사명을 수행하러 떠난 수많은 이들이 결국에는 그 심장이, 곧 이어는 그 신경이 스스로를 배신했으리라는 것을 이제는 얼마든지 이해할 수 있네. 아마도 머뭇거리고, 머뭇거리고 또 머뭇거리다가, 그 음탕한 언데드의 아름다움과 매혹 탓에 최면에 걸리고 말았겠지. 어느새 일몰이 다가와 뱀파이어가 잠에서 깨어날 때까지 꼼짝하지 못하고 그렇게 멍하니 남아 있었을 게야. 어느덧 아름다운 여인이 매혹적인 눈을 뜨고는 사랑을 담은 눈길로 바라보며 키스해달라고 관능적 입술을 내밀고 결국 그는 그대로 주저앉고 말았겠지. 급기야는 그렇게 뱀파이어의 우리 속에 하나의 희생양이 추가되었을 것일세. 또 하나의 음침하고 섬뜩한 언데드의 모병꾼이!

수세기의 먼지가 묵직이 내려앉고 세월의 흔적이 역력한 무덤에 누워 있는데도, 비록 백작의 여타 소굴들과 다름없는 고약한 악취가 풍기도 있었음에도, 그 존재만으로도 내 마음이 움직인 것을 보면 그 언데드에게는 확실한 매혹이 있었다네. 그래, 내 마음이 움직였어. 수많은 목적과 증오의 동기를 가진 나, 반 헬싱의 마음이. 나는 미루고 싶었네. 온몸의 기능이 마비되고 영혼이 틀어 막힌 듯 느껴졌네. 어쩌면 자연스러운 수면의 욕구이거나, 공기에 가득한 기이한 위압감이 나를 압도하기 시작한 것이었을지도 모를 일이지. 확실한 것은 내가 그 달콤한 매혹에 굴복하여 눈을 뜬 상태로 백일몽에 잠겼다는 사실이네. 순간, 흰 눈이 내려앉은 공기의 정적을 뚫고 클라리온[194]의 소리와 같은 비통함과 동정심으로 가득 찬 길고 낮은 울부짖음이 들려왔고, 나는 소스라치게 깨어 일어났지. 내가 들은 소리는 바로 마담 미나의 목소리였네.

---

194 나팔처럼 생긴 옛 악기의 하나.

    곧 나는 정신을 추스르고 다시 섬뜩한 임무에 착수해 그 자매들 중 하나의 무덤 뚜껑을 벗겨내어 또 다른 검은 머리의 여자를 찾아냈네. 나는 또다시 미혹될까 두려워 그녀의 자매를 보았듯 멈추고 바라볼 엄두가 나지 않았어. 그리하여 수색을 계속해 마침내 한층 사랑받은 사람을 위해 만들어진 것 같은 높고 웅장한 무덤 속에서 세 번째 여자도 찾아낼 수 있었네. 너무도 사랑스럽고 눈이 부실 만큼 아름다운 데다가 견딜 수 없을 정도로 관능적이어서, 내 안의 사랑과 보호를 불러일으키는 남자의 본능으로 내 머리는 새로운 감정에 휩싸여 빙빙 돌았네. 그러나 하느님께 감

사하게도 마담 미나의 영혼의 울부짖음이 내 귓전에서 사라지지 않고 있었다네. 주술이 나에게 더 이상의 영향을 미치기 전에 나는 용기를 내어 내 험한 임무에 착수했다네. 이번에 나는 예배당의 무덤을 샅샅이 찾아보았어. 간밤에 보았던 언데드의 환영이 오직 셋이었던 것으로 보아 현재 활동하는 언데드는 더 이상 없으리라고 생각했지. 그런데 다른 것보다 유독 웅장한 무덤 하나가 내 눈길을 끌었다네. 외관으로 보아 그 고결한 품이 예사 무덤이 아니었네. 그 위에는 단 한 마디가 쓰여 있었다네.

드라큘라

바로 여기가 그 많은 이들을 뱀파이어로 만든 뱀파이어의 왕 언데드의 집이었네. 무덤은 비어 있었고, 그것은 내가 아는 사실을 새삼 확인시켜주었지. 소름끼치는 과업을 통해서 그 여인들을 죽음을 맞은 원래의 자아로 돌려놓기 전에, 나는 이 드라큘라의 무덤에 성체를 조금 넣어 그자를 영원히 무덤에서 추방해버렸네.

그러고서 나는 소름끼치는 과업에 돌입했네. 너무도, 너무도 두려웠어. 하나라면 비교적 수월했겠지. 허나 셋이라니! 그 섬뜩한 일을 하고 난 뒤에 두 번이나 반복해야 한다니! 사랑스러운 루시 양에게도 끔찍한 일이었지만 수세기 동안 살아왔고 세월이 지날수록 더욱 강해진 이 낯선 여인들에게는 더할 나위 없었네. 자기들의 더러운 생명을 위해 별짓을 다해 투쟁해왔던 여인들 아닌가…….

아, 존, 그것은 정녕 백정의 일이었네. 또 다른 죽음, 그리고 죽음의 두려움에 시달리는 삶을 사는 또 다른 이에 대한 생각으로 신경을 단련하지 않았더라면 차마 더 이상은 하지 못했을 걸세. 모든 것이 끝난 지금까지도 나는 온몸을 떨고 또 떨고 있으며, 내 신경이 견뎌준 것에 하느님께 감사를 드린다네. 첫 번째 무덤에서 평온함을 보지 못했더라면, 마지막으로 먼지로 분해되어 사라지기 직전 그 영혼이 승리를 거두었다는 것을 깨달으며 순간적으로 스쳐간 기쁨의 표정이 없었더라면, 나는 내 일을 계속하지 못했을 걸세. 그래, 심장에 말뚝이 박히는 순간 그 소름끼치는 비명 소리, 핏물로 범벅된 거품 문 입술과 뒤틀리며 몸부림치는 몸뚱이를 도저히 견뎌낼 수 없었을 게야. 아마 공포에 사로잡혀 내 일을 완수하지 못한 채 밖으로 달려 나가버렸을지도 모르지. 허나 이제 끝났네! 그리고 그 가엾은 영혼들, 사라지기 직전 짧은 순간 동안 죽음의 잠 속에 저마다 평온하게 누워 있던 그녀들을 생각하면 이제 비로소 그들을 동정하며 울 수 있다네. 존, 내가 칼을 들어 머리를 잘라내기가 무섭게, 이미 몇 세기 전에 자리해야 했을 죽음이 드디어 자신의 모습을 드러내고 곧바로 커다란 목소리로 "드디어 내가 왔도다!" 하고 외치기라도 하듯 여인들의 몸뚱이는 녹아 들어가 원래의 먼지로 사그라졌다네.

성을 떠나기 전에 나는 더 이상 백작이 그곳에 언데드로서는 들어가지 못하도록 입구에 조치를 취해놓았지.

이윽고 마담 미나가 잠들어 있던 원으로 들어서자 그녀는 잠에서 깨어나 나를 보더니 고통에 차서 외쳤다네.

"자! 이 끔찍한 곳에서 얼른 나가요! 제 남편을 맞으러 가요. 전 그 사람이 우리를 향해 오고 있다는 걸 알아요."

그녀는 여위고 창백하고 약해 보였다네. 그러나 눈만큼은 순수한 열정으로 빛나고 있었지. 나는 그녀의 창백함과 완연한 병색이 반가웠네. 그 혈색 좋은, 이제는 잠들어버린 뱀파이어의 생생한 공포가 마음을 가득 메우고 있었으니까.

신뢰와 희망, 그러나 여전히 두려움을 가득 안은 채로 우리는 우리의 친구들과, 마담 미나가 우리를 만나러 오고 있다고 자신 있게 이야기한 조녀선을 맞으러 동쪽으로 향하고 있네.

미나 하커의 일기

11월 6일 반 헬싱 교수와 내가 동쪽으로 길을 잡은 것은 늦은 오후였다. 왠지는 몰라도 나는 조너선이 동쪽에서 오고 있다는 것을 알고 있었다. 그 길은 가파른 내리막이었지만 우리는 두툼한 외투와 숄로 온몸을 꽁꽁 감싸야 했기 때문에 빨리 갈 수가 없었다. 그 매서운 추위와 눈 속에서 방한구 없이 남겨질지 모를 위험을 감수하고 싶지는 않았다. 우리가 있는 곳은 철저하게 황량한 곳이었고, 내리는 눈 사이로 볼 수 있는 한은 인가가 아무 데도 없었기 때문에 식량도 좀 가져가야 했다. 2킬로미터 정도 가고 나자 고된 걸음으로 지쳐 나는 자리에 앉아 한숨 돌려야 했다. 뒤를 돌아보자 드라큘라 성이 하늘 위로 선명하게 우뚝 솟아 있었다. 카르파티아 산지의 가파른 정상에 솟은 성은 까마득하고 우리가 선 언덕은 한참 아래 깊은 곳이어서 그 모습이 더욱 두드러져 보였다. 성은 인접한 양측에 선 장엄한 산지 사이에 우뚝 솟은, 깎아지른 절벽 위에 외따로이 서 있었다. 그 모습에는 뭔가 현실적이지 못한 황량함이 풍기고 있었다. 멀리서는 늑대의 울음소리가 들려왔다. 비록 먼 곳에서 들렸고 귀가 멀도록 펑펑 퍼붓는 눈발 속에 약해지기는 했어도 그 소리에는 공포가 깃들어 있었다. 나는 반 헬싱 교수가 공격에 대비해 덜 노출될 장소를 찾고 있다는 것을 알 수 있었다. 우리가 가는 길은 여전히 내리막이었고, 우리는 퍼붓는 눈을 뚫고 그 길을 밟아갔다.

잠시 후에 교수가 내게 신호를 보냈고 나는 일어서서 그리로 갔다. 교수는 두 개의 거대한 뭉우리돌 사이에 긴 바위에 천연적으로 난 움푹한 썩 괜찮은 자리를 찾아놓고 있었다. 반 헬싱 교수는 내 손을 잡아 나를 그 안으로 들였다.

"자, 부인은 여기 계시면 안전할 겁니다. 늑대가 온다고 해도 내가 한 마리씩 상대할 수 있어요."

교수는 그 안으로 털옷들을 가져와 나를 위한 아늑한 둥지를 만들어주
고 식량을 조금 가져오더니 먹으라고 했다. 그러나 나는 먹을 수 없었다.
먹으려고만 해도 속이 울렁거렸다. 그분을 기쁘게 해드리고 싶은 마음은
간절했어도 시도조차 할 수 없었다. 반 헬싱 교수는 몹시 슬퍼 보였지만
나를 책망하지는 않았다. 교수는 쌍안경 갑에서 쌍안경을 꺼내더니 바위
꼭대기에 서서 지평선을 탐색하기 시작했다.

"보세요! 마담 미나. 보세요! 보세요!"

갑자기 반 헬싱 교수가 외쳤다. 나도 재빨리 바위 위로 올라가 그 곁에
섰다. 교수는 내게 쌍안경을 건네주고 손가락으로 가리켰다. 거센 바람이
불기 시작해 눈은 이제 더욱 거칠게 휘날리고 매섭게 휘몰아치고 있었다.
그러나 날리는 눈발 사이에는 간간이 휴지기가 있었고 그 틈을 이용해 나
는 주위의 머나먼 곳까지 볼 수 있었다. 우리가 꽤 높은 곳에 서 있었던
터라 제법 먼 거리까지 잘 보였다. 저 멀리, 흰 눈 더미 너머로 검은 리본
처럼 구불텅하게 휘돌아가는 강물이 보였다. 그리고 우리 바로 앞, 그리
멀지 않은 곳에서, 실은 너무도 가까워 여태껏 알아채지 못한 것이 도리
어 희한할 정도로 가까운 곳에서, 말을 탄 사람들의 무리가 부리나케 산
길을 오르고 있었다. 무리 한가운데에는 울퉁불퉁한 길 탓에 개의 꼬리처
럼 이쪽저쪽으로 휘청거리며 올라오는 기다란 사다리 짐마차가 있었다.
하얀 눈과 대조를 이룬 알록달록한 옷차림으로 한눈에도 농부거나 집시
라는 것을 알 수 있는 무리였다.

짐마차 위에는 커다란 직육면체 상자가 놓여 있었다. 그 상자를 보는
순간 나는 드디어 파국이 오고 있다는 생각에 심장이 쿵쿵 뛰었다. 어느
덧 일몰이 가까워오고 있었다. 해가 지면 그때까지는 저곳에 갇혀 있을
바로 '그것'이 새로운 자유를 얻어 어떤 형태로든 바뀌어 추적을 빠져나
갈 수 있을 것이었다. 두려움 속에서 나는 교수를 바라보았다. 그러나 교

수는 자리에 없었고 나는 소스라치게 놀랐다. 잠시 후에 바위 아래서 그분의 모습이 보였다. 바위 주위에 그분은 지난밤 만든 피난처처럼 원을 그려놓고 있었다. 원을 다 그리고 나자 교수는 다시 내 곁으로 올라와 이렇게 말했다.

"적어도 부인은 여기 있으시면 저자로부터 안전할 수 있을 겁니다!"

교수는 내게서 쌍안경을 다시 가져가 다음 번 눈이 잦아질 때 아래쪽 공간을 죽 훑어보았다.

"굉장히 빠른 속도로 올라오고 있군요. 말을 채찍으로 휘갈겨가며 최대한 빨리 달리고 있어요."

반 헬싱 교수는 잠시 멈추었다가 공허한 목소리로 말을 이었다.

"일몰을 향해 달리고 있군요. 어쩌면 우리가 늦어버렸는지도 모르겠습니다. 하느님의 뜻이 이루어지소서!"

다시 앞이 안 보일 정도로 눈이 쏟아져 내렸고 전경은 일거에 지워져버렸다. 그러나 거센 눈발이 지나가자 다시금 그분의 쌍안경은 벌판을 겨냥했다. 그러더니 갑작스러운 외침.

"봐요! 봐요! 저길 보세요! 말을 탄 사람 둘이 전속력으로 남쪽에서부터 쫓아오고 있습니다. 퀸시와 존일 거예요. 쌍안경을 받으세요. 눈이 모든 것을 가려버리기 전에 어서 보세요!"

나는 쌍안경을 받아들고 들여다보았다. 수어드 박사와 모리스 씨처럼 보였다. 무슨 경우에도 나는 그 두 사람 모두 조너선이 아니란 것만큼은 확신할 수 있었다. 동시에 조너선도 그다지 멀리 있지 않다는 것도 알 수 있었다. 주위를 둘러보자 북쪽에서 다른 두 남자가 미친 듯 말을 몰고 전속력으로 달려오는 모습이 보였다. 둘 중 한 사람은 조너선이라는 것을 대번에 알 수 있었다. 다른 사람은 물론 고달밍 경일 터였다. 두 사람 역시 짐마차를 운반하는 무리를 쫓고 있었다. 내가 그 이야기를 하자 교수는 어린아이처럼 기쁨에 겨워 소리를 치더니 날리는 눈발이 다시 시야를 가릴 때까지 열심히 쌍안경을 들여다보다가 우리의 피난처 입구 커다란 뭉우리돌에 당장이라도 쏠 수 있도록 윈체스터를 기대어놓았다.

"곧 모두 모일 겁니다. 시간이 되면 사방에서 집시를 상대하게 될 거예요."

그러는 사이 늑대의 울부짖음이 더욱 크고 더욱 가까이 들려왔다. 나는 권총을 꺼내어 쏠 수 있게 준비해놓았다. 한순간 눈이 잦아지자 우리는 다시 쌍안경을 들여다보았다. 코앞에서는 그토록 거센 눈발이 퍼붓는데 그 너머 저 멀리 산꼭대기 위쪽으로는 태양이 지면서 더욱 찬란한 빛을 뿜어내는 광경이 무척 낯설게 느껴졌다. 주위를 휘휘 둘러보던 나는 여기저기에서 하나, 두세 개, 아니면 좀 더 많은 수효가 되어 움직거리는 점들을 볼 수 있었다. 먹이를 찾아 모여드는 늑대들이었다.

기다리는 사이 매순간이 영원만 같았다. 바람은 이제 거친 돌풍이 되어 불어닥쳤고 소용돌이치는 공기의 흐름을 따라 눈은 매섭게 내리쳐 우리를 휩쌌다. 때로는 바로 한 치 앞도 보이지 않을 지경이었다. 그러나 때로는 바람이 그 공허한 울림을 내지르며 우리 주위의 공기를 쓸어가 좀 더 멀리까지 볼 수 있었다. 요즘 들어 일출과 일몰을 보는 데 익숙해져 있었기 때문에 우리는 그것이 언제인지 제법 정확하게 알고 있었다. 얼마 지나지 않아 해가 지리라는 것도 잘 알고 있었다.

시계를 보니 바위투성이 피난처에서 나와 다양한 무리가 모여드는 것을 지켜보기까지 채 한 시간이 지나지 않은 때였다. 시간이 얼마나 더딘지 믿어지지가 않았다. 바람은 이제 더욱 거세고 한층 매서웠고, 북쪽에서부터 줄기차게 불어오고 있었다. 그 바람이 눈구름을 쓸고 내려갔는지, 눈은 이제 간헐적으로만 퍼부을 뿐이었다. 우리는 각각의 무리, 추적자와 쫓기는 무리에 속한 한 사람 한 사람을 뚜렷이 알아볼 수 있었다. 기이하게도 추적을 당하는 자들은 지금 상황을 깨닫지 못하거나 적어도 자기들이 추적당하는 데 신경 쓰지 않는 것 같았다. 그러나 해가 산 정상으로 낮게 드리워질수록 더욱 속도를 내고 있었다.

가까이, 더 가까이 그들이 다가왔다. 교수와 나는 바위 뒤에 웅크리고 앉아 무기를 준비했다. 나는 그분이 저들이 아무 탈 없이 지나가도록 내버려두지 않겠다고 결심했다는 것을 알 수 있었다. 우리의 존재를 아는 사람은 아무도 없었다.

"멈춰라!"

갑자기 두 개의 목소리가 동시에 소리쳤다.

하나는 남편 조너선의 목소리였다. 열정에 차 내지르는 높은 소리였다. 또 다른 것은 모리스 씨의 강하고 결단력 있는, 조용한 명령이었다. 설령 집시들이 그 말의 의미를 몰랐더라도, 세상 그 어느 언어로 이야기했던 간에 그 어조를 착각할 리는 없었다. 본능적으로 집시들이 멈추어 서자 그 순간 고달밍 경과 조너선이 한쪽에서, 수어드 박사와 모리스 씨가 다른 쪽에서 달려들었다. 집시의 우두머리, 켄타우로스[195]처럼 말 위에 앉은 위풍당당한 모습의 남자가 손을 젓더니 매서운 목소리로 집시들에게 전진하라고 명을 내렸다. 집시들은 일제히 말을 몰아 앞으로 내달렸다. 그러나 네 명의 남자는 윈체스터 소총을 들어 올렸고 그들에게 서라고 명령을 내렸다. 다음 순간 반 헬싱 교수와 나도 바위 뒤에서 일어서서 우리의 무기를 가리켜 보였다. 포위된 것을 깨달은 집시들은 고삐를 당겨 멈춰 섰다. 우두머리가 부하들 쪽으로 고개를 돌리고 뭐라고 말을 하자 집시 무리는 일제히 칼이건 권총이건 자기들이 갖고 있는 갖가지 무기를 준비하고 공격할 채비를 갖추었다. 곧이어 그곳은 전장이 되었다.

우두머리는 고삐를 잽싸게 잡아채어 선두로 나서더니 이제는 언덕 꼭대기에 가까이 걸린 해를 가리킨 뒤 성을 가리키고 나서 뭔가 내가 알아들을 수 없는 말로 소리를 질렀다. 대답처럼 우리 무리의 네 사람 모두가

---

195 그리스 신화에 등장하는, 몸의 반은 말이고 반은 사람인 괴물.

말에서 내려 짐마차를 향해 달려들었다. 그런 위험에 처한 조녀선을 보았다면 당연히 섬뜩한 두려움을 느꼈어야 하지만 아마도 전투의 열정이 다른 사람들과 마찬가지로 내게도 내려왔던 모양인지 아무 두려움도 들지 않았다. 단지 무엇이든 하겠다는 거친 열망이 용솟음칠 뿐이었다. 우리 편의 재빠른 움직임을 보자 집시 우두머리는 명령을 내렸다. 집시들은 명령을 받들어 서로서로 어깨를 겯고서 짐마차를 둘러싸고 섰다. 그래도 어딘가 훈련을 받지 않은 엉성한 모습이었다.

이 와중에서 나는 집시들의 무리 한쪽으로 짐마차를 향해 맹렬히 달려오는 조녀선을 볼 수 있었다. 다른 쪽에서는 모리스 씨가 달려오고 있었다. 해가 지기 전에 사명을 완수하기 위해 두 사람은 안간힘을 쓰고 있었다. 그 무엇도 그들을 멈추거나 저지할 수는 없을 듯했다. 조준된 무기나 선두에 선 집시들의 번뜩이는 칼에도, 뒤쪽에서 울부짖는 늑대의 울음소리에도, 두 사람은 조금도 아랑곳하지 않았다. 누구라도 그 의도를 알 수 있을 만큼 단호하고 맹렬한 조녀선의 태도가 그 앞의 집시들을 압도한 것 같았다. 본능적으로 그들은 한켠으로 비켜서서 조녀선에게 길을 내주었다. 순간 조녀선은 짐마차를 향해 달려들었고, 도저히 믿기지 않는 힘으로 그 커다란 상자를 들어 올리더니 바퀴 너머 바닥에 내던졌다. 그러는 사이 모리스 씨는 자기 쪽에 있는 시가니 무리를 뚫고 나가려고 애쓰고 있었다. 숨조차 제대로 쉬지 못하면서 눈물이 그렁그렁한 채 조녀선을 지켜보던 내 눈에 필사적으로 앞으로 나아가려 하는 모리스 씨의 모습이 들어왔다. 집시들은 칼을 휘둘러대며 그에게 달려들었다. 모리스 씨는 커다란 사냥칼로 그들을 막았고 처음에 나는 모리스 씨 역시도 안전하게 빠져나왔다고 생각했다. 그러나 모리스 씨가 짐마차에서 뛰어내린 조녀선 곁에 서는 순간 나는 그가 왼손으로 옆구리를 쥐고 있으며 손가락 사이로 피가 솟아나오고 있다는 것을 알 수 있었다. 그럼에도 불구하고 그는 조금도 머뭇거리지 않았다. 관 뚜껑을 열기 위해 필사적인 힘으로 조녀선이

그 큼지막한 쿠크리 단검을 관 한쪽 끝에 찔러넣으려 애쓰는 사이, 모리스 씨 역시 사냥칼로 미친 듯 반대편 끝을 공격하고 있었다. 두 남자의 노력 덕분에 뚜껑이 밀려나기 시작했다. 끼익거리며 못이 비껴나더니 관 뚜껑이 열렸다. 어느덧 집시들은 윈체스터를 든 고달밍 경과 수어드 박사에게 포위되어 두 사람의 자비를 구해야 할 입장이라는 것을 깨닫고 포기한 채 더 이상 저항을 하지 않았다. 해는 산 정상에 가까스로 걸려 있었고 눈 위에는 기다란 그림자가 누웠다. 상자 안 흙 위에는 백작이 누워 있었다. 짐마차에서 거칠게 끌어내지는 바람에 몸 위에 흙이 흩어진 채였다. 밀랍으로 만든 듯 죽음처럼 창백했지만 붉은 눈만큼은 내가 익히 아는 섬뜩한 복수의 표정으로 이글이글 타올랐다.

　내가 보는 사이에 백작의 눈이 지는 해를 향했고 그 속에 담긴 증오의

빛은 승리로 바뀌었다.

그러나 바로 그 순간, 조너선의 커다란 칼이 공기를 가르며 번뜩였다. 그 칼이 목을 잘라내는 것을 보며 내 입에서는 비명이 터져나왔다. 동시에 모리스 씨의 사냥칼이 그 심장을 관통했다.

마치 기적처럼, 바로 우리 눈앞에서, 숨 한 번 내쉴 틈도 없이, 백작의 몸뚱이 전체가 먼지로 사그라지더니 감쪽같이 사라져버렸다.

그러나 나는 그의 최후의 순간, 먼지로 산산이 조각나 사라지는 순간 그 얼굴에 떠오른 표정을 보았다. 내가 감히 상상조차 못할 정도로 평화로운 표정이었고, 나는 그 모습을 보았던 것을 평생토록 기쁨으로 여길 것이다.

드라큘라 성은 이제 그 붉은 하늘을 등지고 서 있었다. 부서진 흥벽의 돌 하나하나가 일몰의 태양 빛에 선명한 모습을 드러냈다.

집시들은 백작이 죽고 난 뒤 기이하게 사라진 이유가 우리 탓이라고 생각했는지 휙 돌아서더니 한 마디 말없이 목숨이라도 달린 일인 양 내달려 가버렸다. 말에 타고 있지 않았던 집시들은 짐마차에 뛰어오르더니 말을 탄 동료들에게 자기들을 버리고 가지 말라고 소리소리 질렀다. 멀찍이 물러서 있던 늑대들도 집시들 뒤를 따라가버리고 그곳에는 우리만 남았다.

모리스 씨는 바닥에 쓰러져 손으로 옆구리를 누른 채 팔꿈치에 몸을 기대고 있었다. 칼로 베인 상처에서는 여전히 붉은 피가 솟구쳐 나오고 있었다. 더 이상 성스러운 원 안에 있을 필요가 없었으므로 나는 얼른 그에게 달려갔고 두 의사도 마찬가지였다. 조너선이 뒤쪽에서 무릎을 꿇자 부상을 입은 모리스 씨는 그의 어깨에 머리를 기댔다. 한숨을 내쉬면서 모리스 씨는 안간힘을 써서 내 손을 잡았지만 그 손은 곧 미끄러져 내리고

말았다. 내 얼굴에서 내 심장의 고통을 읽었는지 그는 미소를 지으며 말했다.

"저는 도움이 되어서 그저 기쁠 뿐입니다! 아, 하느님! 이것을 위해서는 죽음도 가치가 있습니다! 봐요! 보세요!"

갑자기 모리스 씨가 소리치더니 몸을 일으켜 앉으려 하면서 손가락으로 나를 가리켰다.

해는 이제 산 정상에 걸려 있었고 그 붉은빛이 드리워져 내 얼굴을 장밋빛 빛으로 물들이고 있었다. 일순간 눈으로 그의 손가락을 따르던 남자들은 무릎을 꿇고 진정으로 경건하게 "아멘"을 외쳤다.

"모든 것이 헛되지 않았으니 하느님께 감사드립니다! 보세요! 저 눈도 더 이상 부인의 이마만큼 순결하지는 않습니다! 저주가 사라졌어요!"

그리고 너무도 비통하게, 퀸시 모리스, 그 용맹한 신사는 아무 말 없이 미소를 지으며 눈을 감았다.

후기

7년 전에 우리는 모두 불꽃을 건너왔다. 그리고 그때 이래로 우리들이 맛본 행복은 그 지독한 고통을 충분히 보상해주었다. 미나와 내게는 아들의 생일이 퀸시 모리스가 세상을 떠난 날과 같은 날이라는 것이 기쁨을 더해주었다. 우리 용맹한 친구의 영혼의 일부가 아이에게 들어와 있다는 은밀한 믿음을 그 애의 어머니가 갖고 있다는 것을 나 역시 알고 있다. 그 애의 긴 이름에는 우리와 함께 했던 남자들의 이름이 모두 들어가 있다. 그러나 우리는 그 애를 퀸시라고 부른다.

올해 여름, 우리는 트란실바니아로 여행을 떠나 우리에게는 너무도 생생한 끔찍한 기억들이 가득한 그 오랜 땅을 찾았다. 우리 자신의 눈으로 보고 우리 자신의 귀로 들은 것들이 사실이었다는 것이 좀처럼 믿어지지 않았다. 남아 있던 모든 흔적은 지워져버렸다. 성은 예전처럼, 버려진 폐허가 되어 높다랗게 솟아 있었다.

집으로 돌아오자 우리는 지난 시절을 이야기했다. 이제는 모두들 절망 없이 그때를 돌아볼 수 있다. 고달밍과 수어드가 행복하게 결혼을 한 덕분이다. 나는 오래전 그곳에서 돌아왔을 때 이래로 금고에 넣어 둔 서류들을 꺼내보았다. 우리가 기록한 그 많은 자료 속에서 단 한 장의 권위 있는 서류도 찾을 수 없다는 것이 우리에게는 충격이었다. 미나와 수어드, 나의 일기, 그리고 반 헬싱 교수의 메모 정도를 제외하면 타자로 친 한 무더기의 원고에 불과했으니까. 아무리 우리가 원한다고 해도 그 섬뜩한 이야기의 증거로 이것을 받아들여달라고 할 수는 없는 일이었다. 반 헬싱 교수는 무릎에 우리 아이를 앉히고 앉아 이렇게 말했다.

"우리는 어떤 증거도 바라지 않소. 누구에게도 우리를 믿으라고 애원하지 않을 테고! 이 아이는 언젠가는 자기 어머니가 얼마나 용감하고 훌륭한 여성인지를 알게 될 게요. 이미 엄마의 다정함과 사랑에 찬 보살핌을 알고 있는 아이요. 자라나면 이 아이는 어떤 남자들이 어머니를 어떻게 사랑했으며 그래서 어머니를 위해 얼마나 많은 것을 기꺼이 감수했는지 모두 이해하게 될 게요."

조너선 하커

휘트비 수도원 Whitby Abbey

잉글랜드 노스요크셔 카운티 North Yorkshire county에 위치한 휘트비 수도원은 많은 사람들에게 『드라큘라』의 공간적인 배경이 된 건물로 유명하다. 휘트비 수도원은 영국의 기독교 역사에 매우 중요한 장소로 평가받는다. 외래 민족의 침략으로 두 번에 걸쳐 파괴되었으나 그때마다 재건되었다. 영국의 기독교 전래는 북쪽 지방에서 시작되었으며 처음에 켈트 교회라고 불렀다. 남쪽 지방의 선교는 로마 교회가 베네딕도회 수사 어거스틴(캔터베리 어거스틴)을 파송하면서부터 시작되었다. 북족의 켈트 교회와 남쪽의 로마 가톨릭 교회가 만난 곳이 바로 이 휘트비 지역이다. 그후 이 수도원은 867년 덴마크를 중심으로 한 바이킹 족의 침입으로 파괴되어 207년간 방치되었다가 다시 복구하였으나 1538년 영국 국왕 헨리 8세의 명령으로 다시 파괴되어 현재의 모습이 되고 말았다. 이 건물은 현재 영국의 중요 문화재로 남아 있으

월터 크레인 / 1875년경 / 개인 소장

며 휘트비 항구와 그 근방을 지나는 배들에게는 이정표가 되고 인공위성의 지리학적 중요 포인트로 사용되고 있다. 파괴된 채 천 년이 넘었지만 아직도 견고하게 서 있는 이 석조 건축물은 스코틀랜드 사람들의 건축술이 얼마나 뛰어났는지를 알려 준다. 독일의 건축학자 니콜라스 페브스너가 '영국에 존재하는 폐허 중 가장 감동적인 건축물'이라고 묘사한 바 있으며, 역사적 맥락과는 무관하게 『드라큘라』의 작가 브램 스토커에게 강렬한 소설적 영감을 안겨줌으로써 현대의 독자들 앞에 새롭게 등장하게 되었다. 건물의 원형이 복원되지는 않았지만, 문학적 공간으로는 거의 완벽하게, 그리고 성공적으로 복원된 것이다

월터 크레인 Walter Crane, 1845. 8. 15~1915. 3. 14.
영국의 화가, 판화가, 장식 예술가로 리버풀에서 출생하고 런던에서 사망했다. 빅토리아 시대 말기에 활약. 윌리암 모리스의 이념에 공명하여 '아트 앤드 크래프트 운동'을 추진했다.

옮긴이 **홍연미**

서울대 영어영문학과를 졸업하고 번역 일을 하고 있다. 옮긴 책으로는 『블랙 뷰티』, 『검은 옷의 신부』, 『앤서니 브라운 나의 상상 미술관』 등이 있다.

드라큘라 Dracula

초판 1쇄 인쇄 2011년 7월 15일
초판 1쇄 발행 2011년 7월 25일

지은이 브램 스토커
그린이 찰스 키핑
옮긴이 홍연미
펴낸이 정중모
펴낸곳 도서출판 열림원

기획 한소원 | 편집장 김도언 | 책임편집 유혜현 | 디자인 주수현 김선미
홍보 장혜원 | 제작 윤준수 | 마케팅 남기성 | 관리 박정성

등록 1980년 5월 19일(제406-2003-026호)
주소 서울시 마포구 잔다리로 2길 7-0
전화 02-3144-3700 | 팩스 02-3144-0775
홈페이지 www.yolimwon.com | 이메일 editor@yolimwon.com
트위터 twitter.com/Yolimwon

ISBN 978-89-7063-701-3 03840

＊책값은 뒤표지에 있습니다.